PRIMA

BETA ANDROMEDAE

PRIMA

BETA ANDROMEDAE

MURIELLE MI

ADA ÉDITIONS

Éditeur : François Doucet
Révision linguistique : Nicolas Whiting
Correction d'épreuves : Émilie Leroux, Myriam Raymond-Tremblay
Conception de la couverture : Félix Bellerose
Photo de la couverture : © Getty images
Mise en pages : Sébastien Michaud
ISBN papier 978-2-89803-088-8
ISBN PDF numérique 978-2-89803-089-5
ISBN ePub 978-2-89803-090-1
Première impression : 2018
Dépôt légal : 2018
Bibliothèque et Archives nationales du Québec
Bibliothèque et Archives Canada

Éditions AdA Inc.
1385, boul. Lionel-Boulet
Varennes (Québec) J3X 1P7, Canada
Téléphone : 450 929-0296
Télécopieur : 450 929-0220
www.ada-inc.com
info@ada-inc.com

Diffusion

Canada :	Éditions AdA Inc.
France :	D.G. Diffusion Z.I. des Bogues 31750 Escalquens — France Téléphone : 05.61.00.09.99
Suisse :	Transat — 23.42.77.40
Belgique :	D.G. Diffusion — 05.61.00.09.99

Imprimé au Canada

Participation de la SODEC.
Nous reconnaissons l'aide financière du gouvernement du Canada par l'entremise du Fonds du livre du Canada (FLC) pour nos activités d'édition.
Gouvernement du Québec — Programme de crédit d'impôt pour l'édition de livres — Gestion SODEC.

Catalogage avant publication de Bibliothèque et Archives nationales du Québec et Bibliothèque et Archives Canada

Mi, Murielle, auteur
Prima / Murielle Mi.
Sommaire : tome 1. Alpha Andromedae : prologue -- tome 2. Beta Andromedae.
ISBN 978-2-89803-085-7 (vol. 1)
ISBN 978-2-89803-088-8 (vol. 2)
I. Mi, Murielle. Alpha Andromedae. II. Mi, Murielle. Beta Andromedae. III. Titre.

PS8626.I13P74 2018 C843'.6 C2018-942095-2
PS9626.I13P74 2018

PROLOGUE

New York, É.-U.

Un corps se mouvait langoureusement dans la lumière tamisée de la salle au rythme de la musique douce diffusée par les différents haut-parleurs. La femme mince n'était vêtue que d'un string couleur chair laissant apparaître des fesses charnues et musclées. De hauts talons aiguilles venaient compléter son habillement, et de longs cheveux blonds cascadaient le long de son dos. Quand elle se retourna vers les personnes assises devant elle pour constater que la petite foule était très attentive à ses mouvements, un sourire de plaisir se dessina sur ses lèvres peintes en rouge. La plupart des hommes qui composaient la foule la dévoraient des yeux. Intensément. Crûment. Leurs yeux passaient de sa bouche coquine, qui laissait apparaître une langue agile, à ses seins pleins et ronds pour descendre finalement vers son ventre plat et ferme.

La jeune femme attrapa la barre de danse d'une main, s'élança et se suspendit dans les airs. Seules ses jambes athlétiques la maintenaient sur la barre. Ses cheveux caressant le sol, la femme bougea les bras d'une manière gracieuse, toujours au son de la musique. Le sourire aux lèvres, elle adressa un clin d'œil à la foule, puis en se redressant grâce à ses bras, elle se tint en suspension pour écarter ses jambes afin de former un arc parfait. À la fin du morceau musical, elle était par terre, ses jambes faisant le grand écart.

Un tonnerre d'applaudissements se fit entendre à la fin de la prestation de la femme. Celle-ci salua la foule de la main et descendit de l'estrade où elle se trouvait. Des mains se tendaient vers elle de toutes parts. Une vraie vedette !

— Messieurs, c'était la magnifique — la talentueuse — Brianna ! tonna dans le micro la voix d'un annonceur.

— Brianna ! Brianna ! scandaient de part et d'autre les hommes debout et excités.

La jeune femme souriait. Elle distribua des baisers à distance tout en continuant d'avancer vers les loges du fond.

— Prélude et Plaisirs est fier de vous présenter une toute nouvelle venue dans nos rangs… commença l'annonceur.

Brianna se dirigea alors vers sa loge d'une démarche chaloupée en soupirant légèrement. Quelques filles attendant leur tour lui sourirent timidement. D'autres fuyaient carrément son regard. Quand la jeune femme ouvrit la porte, elle y découvrit une bouteille de champagne, deux flûtes ainsi qu'un bouquet de roses rouges. Un coup d'œil rapide vers le mini sofa dans le coin lui apprit qui avait apporté tout cela. Le souffle lui manqua un instant. Elle se ressaisit en haussant un sourcil, étonnée, puis elle referma la porte sans dire un mot et s'y adossa en observant l'homme assis.

— Toujours aussi splendide, Alina.

— Que faites-vous ici ? lui demanda-t-elle d'une voix froide.

— Moi aussi, je suis ravi de te revoir après tout ce temps, ironisa-t-il.

Brianna/Alina se décolla de la porte où elle était adossée et se tint devant l'homme, les bras croisés. Ses lèvres devinrent une longue ligne ferme. Même comme cela, elle restait magnifique.

— Je ne te savais pas blonde. M'aurais-tu caché quelque chose, dis-moi ? continua-t-il en souriant malicieusement.

Visiblement excédée par l'attitude joueuse de l'homme, la femme retira rageusement sa perruque blonde et la jeta par terre. Elle se dirigea ensuite vers le guéridon et se servit une coupe de champagne, qu'elle but d'un trait, comme s'il s'agissait d'un vulgaire verre d'eau.

— Alina, Alina… Tu ne changeras donc jamais, se mit à rire doucement l'homme en se levant et en s'approchant de la jeune femme.

— Que me voulez-vous ? Ça fait près de 15 ans que je n'ai pas de nouvelles, et vous débarquez comme ça, l'air de rien… ? dit-elle en secouant la tête.

— Je suis passé te dire un petit coucou !

— À d'autres ! Je ne suis pas née de la dernière pluie. Vous ne sortez jamais de votre repaire sans une bonne raison. Que voulez-vous, exactement ?

Ils se jaugèrent longuement, puis le sourire de l'homme disparut. Il passa une main sur les cheveux toujours attachés de la femme.

— Elle est réveillée.

À ces mots, les yeux de la jeune femme s'agrandirent et se mirent à briller intensément.

— P-Pardon ? bafouilla-t-elle.

— Tu as très bien entendu.

— Depuis combien de temps ? demanda-t-elle en clignant des yeux.

— À peu près deux mois. Ne l'as-tu pas ressenti ? demanda-t-il d'un ton presque soupçonneux.

— Je vous assure que je n'en avais pas la moindre idée…

La main de l'homme passa de ses cheveux à son cou. Les yeux de la femme s'agrandirent de frayeur.

— Je vous assure, North, que je ne savais pas…

— Et pourtant, tu aurais dû, fit l'homme en resserrant légèrement ses doigts sur son cou.

Il plissa ses yeux noirs et la regarda fixement. Plus grand qu'elle, il dut se courber, ce qui fit apparaître quelques mèches blanches sur sa tête.

— Tu faisais partie des leurs avant la Grande Bataille, continua-t-il.

— O-oui, oui, je le sais bien.

North se redressa, sourit simplement à la jeune femme et se servit une flûte de champagne. Vêtu d'un costume trois-pièces noir moderne et portant de chaussures cirées noires, l'homme ne ressemblait en rien à l'image qu'il avait déjà projetée. Il se tenait droit et marchait avec assurance. Ses cheveux blancs lissés et attachés dans un chignon savamment noué laissaient apparaître un visage ferme et anguleux. Ses nombreuses ridules lui donnaient un côté sombre, et des doigts aux ongles bien manucurés tenaient le verre. Alina passa sa main à l'endroit où l'homme l'avait touchée.

— Je suis venu te chercher, Alina.

— Pardon ? s'exclama-t-elle, étonnée. Mais pourquoi ?

— L'heure est venue.

— Mais que voulez-vous que je fasse ? Même si elle est réveillée, je ne pourrai rien faire de plus pour vous. Pas après ce qui s'est passé sur Prima… J-j'ai construit ma vie ici ; je n'ai aucune envie de retourner à Montréal. Je suis bien ici !

— Tu as construit ta vie ? À danser presque nue dans ce taudis ? Voyons ! s'exclama-t-il, dégoûté.

– Je…

– Penses-tu que je te laisse le choix ? dit-il, la coupant d'une voix dure. Tu m'appartiens, Alina ! Je crois que tu l'as un peu trop vite oublié. Je vais devoir te rafraîchir la mémoire…, ajouta-t-il en lui saisissant brutalement le bras.

La jeune femme ne l'avait pas vu s'avancer rapidement. Les yeux de North étaient devenus totalement noirs. Le visage d'Alina se décomposa ; sa bouche s'entrouvrit sur une grimace d'effroi. Un tonnerre d'applaudissements se déchaîna au moment même où un cri montait dans la gorge de la jeune femme.

CHAPITRE 1

BlackTower, Terre

– Entrez ! fit une voix ferme.

– Mon lieutenant-général ! salua une femme en levant sa main droite à hauteur de sa tempe, ses doigts tendus et joints, la paume de sa main non visible.

Elle se tenait droite, le bras gauche le long du corps, les talons joints, la tête haute. La femme était vêtue d'un uniforme noir faisant ressortir la croix pattée rouge de l'emblème qu'elle portait à l'épaule gauche. Des chaussures rangers noires aux pieds et un étui tactique à la cuisse muni d'un pistolet semi-automatique complétaient sa tenue.

– Repos, sergente Hewer, dit l'homme assis à son bureau. Des nouvelles ?

– Oui, monsieur. La femme est actuellement dans cet immeuble, déclara la sergente en lui donnant une feuille. Un étage a été réquisitionné pour elle seule. Neuf métamorphes que nous avons déjà répertoriés dans notre base de données font partie de sa garde rapprochée. Le changement de garde se fait toutes les cinq heures.

– Bien… Comment s'appellent ces deux métamorphes de type loup qui sont en permanence avec elle, déjà ?

– Vous parlez de ceux utilisés par la meute du Canada ?

En voyant qu'il acquiesçait de la tête, elle répondit :

– Sacha et Simon, monsieur.

– Oui. Soit ils ont changé de camp, soit ils jouent un double jeu, ces deux-là, déclara le lieutenant-général en s'adossant à son siège tout en lisant les données inscrites sur une feuille.

– Effectivement ! Une équipe les suit 24 heures sur 24. Nous avons appris que ce Simon fréquente secrètement une terrienne, amie de Laura Opal St-James, dit la sergente en lui tendant une nouvelle feuille.

– Eh bien, on peut dire qu'il ne perd pas de temps, celui-là ! s'exclama le lieutenant-général en prenant ce que lui tendait la sergente de la main droite.

Il se caressa le menton de la main gauche distraitement avant d'ajouter :

– Des nouvelles de Dominicus ou de Joseph ?

– Nous n'avons rien sur eux, monsieur. Ils sont comme qui dirait absents des radars depuis trois mois !

L'homme soupira longuement en se mordant la lèvre et se mit à consulter les documents pendant que la sergente le saluait et sortait du bureau.

Derrière l'homme, sur un mur blanc, se détachait un tableau représentant une épée médiévale traversant verticalement un *t* de couleur rouge sang. Sur le pommeau se trouvait une étoile à huit branches, et juste en dessous, on pouvait apercevoir un croissant de lune disposé en coupe.

Appartement de César, palais de Prima

César, tout de noir vêtu, se tenait immobile devant son miroir. Les sourcils froncés, il soupira en fixant un point devant lui. C'est dans cet état que son frère le découvrit en entrant dans son appartement.

— Hé…

César prit une profonde inspiration, cligna les yeux et regarda son frère dans le reflet de la glace, l'air perdu. Ce dernier posa sa main sur son épaule.

— Ça va ? C'est Opal ?

— Oui… elle est troublée et a peur, dit-il d'une voix rauque.

Marcus poussa un soupir en observant son frère jumeau. Il ressentait toute sa peine et son désespoir, mais il ne pouvait rien faire. Il se mordit la lèvre.

— On pourrait essayer de lui dire ce que vous étiez l'un pour l'autre avant.

— Elle n'est pas prête, Marcus, tu le sais bien. Il faut que *Tia* assimile son identité avant tout !

— Et pendant tout ce temps, tu souffres ! Putain ! Tu n'en as pas marre ?

— Eh bien, frérot ? Tu nous sors des gros mots ? Toi ? ricana César en allant chercher son baudrier dans le coin de la pièce.

— Tu peux essayer de détourner la conversation, mais je te signale que je ressens ta peine. Tu ne peux pas continuer à souffrir ainsi. Tu es un homme, César, pas un robot ! Il faut qu'on fasse quelque chose pour qu'elle récupère sa mémoire originelle. Ses sentiments pour toi n'ont pas disparu. Toi-même tu me l'as dit : votre communication est revenue, ainsi que votre toucher.

César ne répondit pas et finit d'attacher son baudrier. Quand il eut fini, il releva sa tête et regarda son frère dans les yeux. Ce dernier soupira à nouveau et baissa les yeux.

— Si tu savais à quel point j'ai envie de la prendre dans mes bras à nouveau…, souffla César, la mine triste.

Quartier général des Loups, niveau -2, Montréal

La lumière était tamisée dans la pièce fermée. Un homme se trouvait assis sur un immense lit. Nu. La tête baissée. Il se releva et s'avança vers un miroir à pas lents. En relevant la tête avec langueur, il vit sa longue barbe noire qu'il n'avait pas rasée depuis des mois. Il y passa sa main. Ses lèvres firent une grimace et son regard monta vers son œil visible, injecté de sang. Sa pupille noire était plus dilatée que la normale. Ses cheveux, qu'il n'avait pas coupés depuis trois mois, lui tombaient sur le front, cachant une partie de son visage.

Son expression changea. Les muscles de son cou et de ses épaules se tendirent. Il repoussa la mèche. Des cicatrices boursouflées s'étalaient de sa tempe vers l'endroit où devait se trouver son œil droit… et où se trouvait désormais un trou béant. Dominicus eut un rictus terrible, hurla et brisa le miroir de son poing.

Appartement d'Anna Menon, Montréal

– Je suis bien avec toi, Simon, souffla d'une voix douce Anna.

Cette dernière, entièrement nue, se dirigea vers le lit et se colla contre l'homme étendu de tout son long. Une couverture légère recouvrait le bas de son corps musclé. Un rire rauque s'échappa de la gorge de celui-ci. Anna se releva sur ses avant-bras et embrassa le jeune homme en souriant, lui donnant un baiser doux et pourtant insistant. Le rire cessa et une plainte de désir monta en lui. Simon leva sa main gauche, caressa les longs cheveux blond-châtain d'Anna et continua de descendre pour arriver à la naissance de ses reins. La main s'aventura ensuite sur ses fesses rondes et fermes, qu'il flatta lentement. Elle continua son chemin, glissant pour se retrouver dans un recoin plus humide un peu plus bas. Anna émit un petit cri à ce contact.

– Tu es toute mouillée, articula Simon avec un sourire carnassier.

– Simon…

– Veux-tu que j'arrête ? demanda-t-il en retirant ses doigts.

– Non ! dit Anna en passant ses mains dans les cheveux poivre et sel de Simon avant de déposer des petits baisers sur son cou. Continue, ajouta-t-elle en le suppliant des yeux. Tes yeux me rendent folle, Simon… je n'ai jamais vu de telles couleurs dans ma vie, lança-t-elle en arrêtant de l'embrasser pour le regarder plus attentivement.

Avant que la jeune femme fasse d'autres commentaires, Simon enfonça ses doigts par à-coups dans sa fente humide et chaude, la faisant pousser à nouveau de petits cris. Il enfonça ses doigts de plus en plus fort, de plus en plus profondément. Anna donnait des coups avec ses reins pour que les doigts rentrent avec plus de force en elle. Elle gémissait de plus en plus intensément. Le jeune homme joua avec Anna ; il allait et venait en elle comme si ses doigts étaient son membre, les faisant glisser sur son clitoris. Anna ondula de plus en plus jusqu'à ce que Simon ressente les contractions rythmées sur ses doigts et la voie écarquiller les yeux. Anna ne tarda pas à jouir, se laissant tomber de tout son long sur sa poitrine, essoufflée.

La femme ne vit pas l'expression fermée que prit le visage de Simon.

Appartement de Laura, Montréal

Laura était assise sur son canapé, perdue dans ses pensées. Un café à la main, elle fixait sans vraiment le voir le fleuve Saint-Laurent, qui s'écoulait doucement en face de son appartement situé dans le quartier du Vieux-Port de Montréal. Le soleil venait de se lever et éclairait son salon de ses chauds rayons de juillet. Cela ne faisait que 48 heures qu'elle était installée dans sa nouvelle maison. La quatrième en l'espace de trois mois. Encore impersonnelle. Malgré toutes les attentions d'Annabella, l'appartement était toujours vide ; c'était ce que Laura souhaitait. Cela ne servait à rien de le décorer pour tout laisser en plan quelques jours plus tard. Elles l'avaient compris au fil des déménagements.

Les cartons qu'ils avaient ramenés de l'ancien appartement où elle habitait avec Dominic, peu nombreux, se disputaient un coin. Dominicus du royaume des loups… c'était le vrai prénom de l'homme avec qui elle vivait avant de tout découvrir sur sa vraie nature. Laura ferma les yeux et secoua la tête lentement ; une larme roula sur sa joue. En se laissant aller sur le sofa, elle repensa à tout ce qui s'était produit dernièrement dans son univers. En seulement 10 jours, sa vie, qu'elle croyait normale, s'était transformée en chaos. C'était son avis. Elle avait découvert des choses qu'elle croyait impossibles auparavant. Des êtres venus d'ailleurs et vivant sur la planète Terre en toute discrétion. Des planètes où la vie était possible, situées dans une galaxie autre que la Voie lactée. Des êtres ayant la possibilité de prendre une forme animale. Enfin, elle avait appris qui elle était réellement : une princesse ! C'était fou ! C'était incroyable. Impensable, même ! Laura avait cru perdre les pédales.

À tel point qu'au début de toute cette histoire, elle était allée se faire ausculter plusieurs fois à cause des crises et des évanouissements qu'elle avait. Ils s'étaient bien fichus d'elle ! Joseph et Dominicus faisaient partie du plan qui consistait à la maintenir dans un état amnésique constant. Ils devaient – elle l'avait appris par la suite – lui cacher qui elle était jusqu'au moment où son ex-amant lui volerait ses pouvoirs lors d'une éclipse lunaire totale. Car oui, elle détenait des pouvoirs qui défiaient l'entendement. Laura se leva du sofa, se dirigea lentement vers la grande baie vitrée et but un peu de son café avant de replonger dans ses réflexions. La jeune femme avait en tête l'immense brèche qui avait ouvert le ciel de Montréal en deux. Une myriade d'étoiles scintillant aux confins de l'univers. Des couleurs majestueuses s'étendant de part et d'autre – bleues, rouges, jaunes… La galaxie d'Andromède n'avait jamais été aussi belle qu'à ce moment précis ! L'endroit d'où elle venait. Son origine… C'était lors de cette éclipse qu'elle avait pu réaliser ce prodige : ouvrir un passage interstellaire entre deux systèmes solaires se trouvant dans deux galaxies différentes. C'était également à ce moment qu'elle avait failli mourir. « Dominicus… » songea-t-elle tristement. Son cellulaire se mit à sonner : elle avait reçu un message texte de son amie Kassandra. Elle sourit en le lisant.

07:40 Kassandra – Un coucou du samedi, ma LoLo! :)

Cette jeune femme, Laura l'avait rencontrée un soir à Montréal, lors d'un spectacle. Elle avait 22 ans à l'époque et avait tout de suite été attirée par elle, par l'aura de confiance qu'elle dégageait. Depuis cette nuit, elles ne s'étaient plus quittées. Kassandra était son contraire. Laura était douce, trouvant des circonstances atténuantes à tous. Kassandra, elle, était forte et avait réponse à tout. Designer d'intérieur, elle voyageait un peu partout dans le monde pour son travail. Quand elles se revoyaient toutes les deux, c'était avec joie et bonne humeur. Elles s'envoyaient très souvent des messages textes durant la semaine. Grâce à elle, Laura pouvait oublier la réalité — au moins pour quelque temps.

07:41 Laura – Merci ! Coucou à toi aussi ! :) Tu ne dors pas ?

07:41 Kassandra – Non, j'ai un rendez-vous avec une cliente dans 4 h. Il faut que je prépare mon discours, lol. :)

07:42 Laura – Lol ! :)

07:42 Kassandra – Si le contrat est accepté, je m'envole pour l'Alaska ! Wow...

07:42 Laura – En Alaska ? Tu te fiches de moi ? :(

07:43 Kassandra – Que nenni, jeune innocente, lol ! :)

Un coup frappé à la porte la fit légèrement sursauter. Laura se leva en envoyant rapidement un dernier message à son amie.

07:44 Laura – OK, tiens-moi au courant, copine. Bisou !

07:44 Kassandra – Ciao, Lolo ! :)

Laura déposa son cellulaire sur la table basse et alla ouvrir. Une Annabella toute souriante se tenait derrière la porte, et trois hommes la suivaient, les bras chargés de grosses boîtes.

— Bon matin, Opal. Tu as vu le splendide soleil que nous avons aujourd'hui ? s'exclama-t-elle, joyeuse, en l'embrassant.

— Bonjour, Bella. Oui, c'est magnifique ! lui répondit Laura en souriant à son tour.

Cette femme était un vrai rayon de bonheur. Chaque fois que Laura se trouvait dans la même pièce qu'elle, ses mauvaises pensées s'en allaient. Annabella était l'une des premières personnes venant de la galaxie d'Andromède qu'elle avait rencontrées. À l'époque, Laura avait cru rêver. Un peu plus grande qu'elle, Annabella était une jeune femme d'une beauté à couper le souffle au corps ferme et mince. C'était d'ailleurs lors de leur première et étrange rencontre que Laura avait constaté que Bella n'avait pas une once de gras sur tout le corps : elle lui était apparue nue. Ayant trouvé cela très bizarre à l'époque, elle ne s'était pas vraiment demandé pourquoi par la suite. Un visage délicat avec des yeux légèrement bridés d'un bleu saphir magnifique, des cheveux blancs qui lui arrivaient à la taille... Annabella était sa « tigresse à appeler », ou plutôt sa Sentinelle. D'après ce que Laura avait compris, dès qu'elle était née, des enfants avaient été choisis dans chacun des cinq royaumes de l'empire priméen : les royaumes des lions, des loups, des tigres, des aigles et des panthères. (Marjoria lui avait dit qu'elle allait lui expliquer pourquoi le royaume des panthères n'avait pas participé quand le moment serait venu.) Ces enfants avaient été élevés afin de la servir – elle, la future reine de l'empire priméen. Lors de la cérémonie du sang – qui était un passage obligatoire pour tout membre héritier de la famille impériale –, elle avait dû choisir l'animal totem qu'elle pourrait contrôler toute sa vie.

Cependant, la jeune fille de 17 ans qu'elle était à l'époque, en rébellion contre toute forme de domination, avait choisi de faire fi de la tradition. Au lieu d'avoir le contrôle de l'un de ses sujets, au lieu de recevoir les pouvoirs de l'animal totem sans rien donner en retour, elle avait décidé de partager son pouvoir en versant son sang dans le calice contenant déjà celui de ses « Bêtes à appeler ». Hélas, elle n'avait pu mettre à exécution son projet.

Une simple larme versée dans le calice sacré avait cependant changé la norme. La princesse Opal s'était liée véritablement à ses Sentinelles. Se lier véritablement signifiait partager les pensées, les dons. Cela avait aussi eu pour effet d'intensifier leurs pouvoirs à eux tous, et ce, de manière incommensurable. Ce n'était pas censé être possible. Aucun autre membre de la famille impériale n'avait pu faire cela. Mais plus important encore : Opal avait acquis la capacité de contrôler tous les animaux des royaumes alentour !

Les trois hommes qui suivaient Annabella posèrent leurs lourdes charges par terre sans aucun effort apparent et se relevèrent. Eux aussi faisaient partie de ses Sentinelles. Deux visages parsemés de légères taches de rousseur, semblables en tout point, la regardaient avec leurs yeux vert émeraude. L'un souriait, l'autre avait un air sérieux. Ainsi étaient César et Marcus. D'autres frères jumeaux n'auraient pas pu être autant l'opposé l'un de l'autre. César adorait faire le malin, s'amuser et surtout ne pas se prendre au sérieux ; Marcus était tout son contraire. César était un parfait combattant maniant le katana avec adresse, alors que Marcus était l'intellectuel de service ne se servant de la force qu'en dernier recours.

Le clin d'œil que fit César en rentrant fit battre le cœur de Laura un peu plus vite que la normale. « Il faut vraiment que je lui pose la question… » Laura sentait bien qu'entre eux, il se passait quelque chose d'inexplicable. Quand ils se touchaient, quand ils étaient dans la même pièce ou même quand ils communiquaient sans que personne le sache… Depuis que la jeune femme l'avait rencontré, elle n'avait pas osé lui poser la question, mais elle ne pourrait pas repousser cela bien longtemps. Au fond d'elle, elle était attirée par ce loup…

— Enfin, de l'air frais ! s'exclama César en soufflant. Il fait super chaud dehors.

Il pencha la tête et ramassa ses longs cheveux sur le côté pour les tresser rapidement.

— Je te l'ai dit avant de partir, mais tu ne m'écoutes jamais, fit Marcus en s'adossant au mur, les bras croisés.

Laura put voir les muscles fermes et développés étirer le tee-shirt noir qu'il portait. Cela allait bien avec son teint et faisait ressortir ses courts cheveux roux.

— Ouais, mais tu ne m'as juste pas dit qu'ici, ce serait la canicule, dit-il en finissant de tresser ses cheveux et en se rendant dans la cuisine. Tu as quelque chose à boire, Opal ?

César avait déjà ouvert la porte du frigo et farfouillait dedans à la recherche de boissons.

— Hum… j'ai du vin. Sinon, il y a des bouteilles d'eau. Comment ça se fait que cette chaleur vous affecte autant ? demanda Laura en se tournant vers les autres.

— Comme tu peux le voir, ça n'affecte que César… Il voulait se faire beau pour venir sur Terre et s'est habillé un peu trop élégamment, commenta ironiquement Marcus, qui regarda en haussant les sourcils son frère qui buvait de l'eau avec délectation.

En effet, César était tout de noir vêtu : pantalons, chemise, veste et souliers noirs. En sentant tous les regards tournés vers lui, ce dernier déposa sa bouteille, se retourna vers les autres en grimaçant, enleva son baudrier contenant ses deux katanas. Il enleva sa veste avec un soupir, déboutonna les premiers boutons de sa chemise et retroussa ses longues manches, laissant apparaître, tout comme son frère, des muscles saillants. Il portait un bracelet au poignet gauche. Laura sourit et referma la porte d'entrée. Elle se trouvait entourée de très beaux spécimens de la gent masculine. Enfin, elle se tourna vers l'homme qui n'avait pas encore dit un mot. « Gabriel… »

— Bonjour, Gabriel !

— Bonjour, Opal, la salua-t-il de sa voix rauque.

Trois mois auparavant, Gabriel était toujours un lion. En fait, il avait été enfermé dans son corps d'animal durant de nombreux millénaires. Grâce au pouvoir que Laura avait acquis lors de la lune de sang, il avait pu retrouver son apparence anthropomorphe. Sa voix était toujours très enrouée, quoique cela ait diminué depuis. Ses yeux étaient cachés par des lunettes de soleil — un autre effet de l'état prolongé où il avait été tenu bien malgré lui. Ses yeux avaient gardé leur couleur jaune-or. Ceux de Gabriel avaient la particularité de ressembler à la topaze impériale.

— Es-tu prête, Opal ?

Cette dernière se tourna vers Annabella.

— Prête pour quoi ?

— Tu n'as pas oublié que nous devions nous rendre au quartier général de la Coalition, n'est-ce pas ? lui répondit Gabriel en enlevant ses lunettes fumées.

Ses yeux de lion la fixaient intensément. C'était étonnant et en même temps un peu effrayant. « Un peu moins quand même que ceux de Sacha et Simon… »

Laura se passa la main sur le front et soupira en secouant la tête légèrement. Son cœur avait bondi à ces mots. « Non, je ne veux pas y aller. »

— Je suis désolée. Ça m'était complètement sorti de la tête, déclara la jeune femme en allant déposer sa tasse de café sur le plan de travail.

Elle sourit tristement et les regarda un court instant avec un air troublé. Personne ne détourna les yeux.

— Laissez-moi 30 minutes; je dois appeler Anna et Frederico pour l'agence, et j'arrive, OK?

Laura n'attendit pas de confirmation de leur part et se dirigea rapidement vers sa chambre. Marcus, Gabriel, Annabella et César — qui se toucha légèrement la tempe — regardèrent longuement l'endroit où elle se trouvait quelques secondes auparavant.

— Elle a longtemps reporté cette rencontre, murmura Annabella.

— À sa place, j'aurais fait pareil, dit à voix basse César.

— Oui, mais c'est notre reine, maintenant. Elle se doit d'agir…

— Oh, arrête ça, Gab! lui répondit César en lui coupant la parole. Tant qu'elle n'aura pas assimilé le fait qu'elle est l'unique héritière de l'empire priméen, elle n'agira pas de la sorte. Ça fait maintenant trois mois qu'elle agit comme si elle était redevenue une terrienne normale.

— C'est comme si elle refusait d'être celle qu'elle est réellement. Moi qui pensais qu'après avoir accompli ce miracle en faisant apparaître notre galaxie dans le ciel terrestre, elle agirait comme avant sur Prima… Je me suis lourdement trompée, dit alors Bella.

— Sérieusement! Vous pensiez vraiment qu'elle serait redevenue l'Opal que nous connaissions d'un simple claquement de doigts? demanda César en les regardant tour à tour. Marcus, ne me dis pas que toi aussi, tu le pensais…

– N'oubliez pas ce qu'elle a subi à son réveil avec Dominicus et les loups. Ses souvenirs ne sont plus ce qu'ils sont. Elle est troublée, et il lui faudra du temps pour redevenir celle qu'elle était, répondit son frère amèrement.

Les trois autres opinèrent de la tête. Marcus avait raison, et César également. Ce n'était pas parce que leur princesse avait sauvé leurs vies, tué des loups et pu ouvrir un portail interstellaire fait seulement d'énergie entre la Voie lactée et Andromède qu'Opal était redevenue « normale », l'Opal qu'ils connaissaient.

Quand ils s'étaient réveillés sur Prima, près de 57 ans plus tôt – soit 68 années terrestres –, une chose était claire : des milliers d'années de sommeil n'avaient pas altéré leurs mémoires. Ils avaient tous en tête une seule idée : délivrer la princesse Opal, capturée par les loups. Avec l'aide de Marjoria et d'Arradoi, ils avaient essayé de retrouver leur princesse. Le dernier souvenir qu'ils avaient d'elle était une vision d'Annabella lors de la Grande Bataille : Opal inconsciente dans les bras d'un des généraux renégats. Ce dernier menaçait de tuer l'un des siens si jamais la princesse était réellement morte. Et puis plus rien. La vision s'était obscurcie. Mais ils avaient senti au fond de leur âme qu'elle était encore vivante.

Ils avaient cherché et cherché encore. Ils avaient constaté que toutes les planètes-royaumes s'étaient considérablement éloignées de la planète Prima, ce qui rendait leurs recherches laborieuses. Il leur avait fallu du temps, énormément de temps. Ils avaient même cru ne jamais y arriver. Quand ils avaient enfin retrouvé Nexma, le royaume des loups, ils avaient réalisé qu'elle se trouvait maintenant dans la galaxie de la Voie lactée ! Là encore, ils s'étaient heurtés à la distance pratiquement démesurée qu'il y avait entre les deux planètes se trouvant dans des galaxies différentes. Grâce à la technologie priméenne et à de savants calculs émis par le groupe de scientifiques, ils avaient réussi à créer un raccourci à travers l'espace-temps : un trou de ver. Quand ils avaient retrouvé Opal, elle était amnésique, ne se souvenant plus de rien. Ils avaient découvert qu'elle était sous la coupe du royaume des loups, très actif et apparemment réveillé depuis des siècles. Des milliers de ses membres vivaient en secret parmi les terriens.

Dominicus, le chef et Héritier des loups, avait abusé de leur princesse, tant physiquement que mentalement. Opal avait alors retrouvé une toute petite partie de ses souvenirs. Assez pour commencer à se méfier de Dominicus. Assez pour s'éloigner de ses Sentinelles également.

Depuis la fin de l'éclipse lunaire du 15 avril dernier, la princesse n'était pas revenue sur Prima, où l'attendait pourtant un peuple fébrile qui n'avait qu'une envie : celle de la revoir et de la célébrer. Elle n'avait pas non plus visité les membres de la Coalition vivant sur Terre.

Depuis leurs réveils, ils avaient constaté que de nouveaux individus de l'empire priméen s'éveillaient avec chaque éclipse lunaire. La dernière ne faisait pas exception : sur Prima, on comptait plus de 300 réveils récents ! Ce record était-il dû à ce qu'Opal avait fait ? Sûrement ! Il n'y a jamais eu autant de réveils en une seule nuit. Trois cent habitants de Prima s'étaient réveillés, qu'ils soient des citoyens priméens de naissance, des lions, des tigres, des loups, ou des panthères. Ces dernières, dont ils n'avaient plus de nouvelles depuis longtemps, avaient décidé de mettre leur force en commun contre le royaume des loups et Dominicus afin de libérer la princesse Opal.

— Je vais appeler Alano et Serena sur la ligne sécurisée pour leur dire que nous arrivons avec Opal, avertit Annabella en sortant un cellulaire de sa poche.

— Mauvaise idée ! rétorqua Gabriel. Soyons discrets et ne parlons de ça à personne. Ne rien leur dire mettra toutes les chances de notre côté en cas d'attaque des loups.

— Tu ne leur fais pas confiance ou quoi ? demanda Marcus en se détachant du mur.

— J'ai uniquement confiance en nous, et vous le savez tous très bien, répondit Gabriel en se rapprochant d'eux. Notre discrétion nous a permis de déjouer pas mal d'embuscades ces trois derniers mois. Ce n'est pas le moment de nous laisser aller.

— Je suis d'accord avec Gab. Par contre, mettons les « deux S » au courant. Personne ne se doutera de quelque chose s'ils sont présents à l'assemblée. Ce serait bien d'avoir ces deux-là à nos côtés en cas de besoin, suggéra César.

— Ils n'auraient pas été les suiveurs d'Opal, je dirai non direct… surtout après ce qui s'est passé au musée.

César grimaça à ce souvenir. Étant des loups mineurs, Sacha et Simon n'avaient pas la faculté de faire abstraction de l'appel de la pleine lune. Mais le fait que cette éclipse lunaire ait été totale… Il avait maudit son manque de clairvoyance à ce moment-là.

— Mais ils lui sont liés, Gabriel ! lança Marcus.

— Je le sais bien. Ces deux jeunes loups ont encore besoin d'entraînement, mais une chose est sûre : ils ne feront rien contre Opal.

– Je vais leur dire de se rendre directement au lieu du rendez-vous et de sécuriser les lieux, dit Bella.

– Discrètement !

– Discrètement, bien évidemment, Gabriel, répliqua la jeune femme en s'éloignant vers le salon, le téléphone à l'oreille.

Les trois hommes se rapprochèrent les uns des autres. Deux têtes rousses et une blonde légèrement plus petite.

– Que fait-on au sujet d'Élisabeth ? murmura imperceptiblement Marcus afin que personne à part eux trois ne puisse entendre ce qu'il disait.

– Hum…, commença César.

– Elles ne se sont pas parlé depuis qu'elles se sont vues lors de cette fameuse nuit.

– Hum…, émit pour la seconde fois César en croisant les bras.

– Ouais, c'est exactement ça, « Hum », et cette rencontre ne sent pas bon…

Quartier général des loups, étage des Sages, Montréal

– Est-ce que tout se déroule comme prévu, Adeline ? demanda North.

L'homme était attablé et étalait de la confiture sur du pain grillé. Il prit une bouchée puis s'essuya la bouche avec sa serviette blanche. Il portait une chemise blanche ainsi qu'un pantalon noir.

– Oui, monsieur, tout est en ordre. Le plan suit son cours.

– Des nouvelles fraîches de *la fille* et des *Autres* ?

— Toujours la même chose, monsieur. Concernant la *fille*, mon contact la sent toujours apeurée. Par rapport aux *Autres*, le trou de ver est utilisé de façon quotidienne. Rien que nous ne savons pas déjà.

— D'accord ! Vous devriez garder un œil sur l'homme, Adeline. Depuis que nous savons qu'il ne nous a pas tout dit, je me méfie de lui.

— Je comprends, monsieur. Je vais le surveiller attentivement.

— Bien ! fit North en hochant de la tête.

Leur échange prit fin au moment même où entraient trois hommes similaires en tout point à l'homme assis sur son siège, si l'on faisait abstraction de leurs visages criblés de rides. Tous avaient les cheveux blancs. L'un les portait en une longue tresse, l'autre avait un chignon au sommet du crâne, et le dernier les laissait libres. Ils portaient tous un jeans et une chemise. Un des hommes remonta les manches de sa chemise, qui semblaient trop larges pour lui. Des bras fluets parsemés de veines apparurent. Ils marchèrent d'un pas léger et facile ce qui ne cadrait pas avec leurs visages ridés et fatigués ainsi que leurs corps.

— Alors ? demanda North en les regardant s'avancer vers lui.

— Joseph est toujours dans le cocon, lui répondit le premier homme, un croissant dans la bouche.

— Son état reste inchangé pour l'instant, dit le second homme en prenant une tasse de café.

— Quand on joue avec la magie noire, c'est ce qui arrive, intervint le troisième homme en finissant de boutonner sa chemise noire avant de croiser les bras sur sa poitrine frêle.

— Qu'en est-il de Dominicus ?

— Il se sent coupable, dit celui qui croisait les bras. Et je pense qu'il a aussi honte de son incompétence, lâcha-t-il en riant.

— South ! s'exclama North.

— Quoi ? C'est vrai ! ricana l'homme en allant chercher un verre de vin rouge et de quoi manger.

— Nous savons tous que tu l'aimes particulièrement, déclara celui à la tresse. Il ressemble à Clément, même s'il est un peu trop fougueux.

— Comme le dit si bien West, il est fougueux. Trop ! Mais ça va lui servir d'expérience. Je pense qu'il se sent juste humilié. Il n'a pas seulement été touché physiquement ; son rang d'Héritier en a souffert.

— Comment va son œil, au fait, East ? demanda North en buvant une gorgée de café.

— Les spécialistes ont dû finalement le retirer cette semaine. L'œil n'a pas pu se régénérer ; il était trop endommagé ! grimaça-t-il.

North serra les dents à cette réponse. Il ne pouvait rien faire pour Dominicus, malheureusement. L'homme regarda ses frères s'asseoir à ses côtés. Ils embrassèrent tous la bague qu'ils portaient. Un changement se fit imperceptiblement. Leurs yeux commencèrent par devenir noirs dans leur totalité. Ils expirèrent longuement, puis leurs fronts parsemés de rides, leurs joues creusées et leur teint blême disparurent ; les vieillards laissèrent leur place à des hommes plus jeunes et plus forts. Des visages fermes et anguleux apparurent. Leurs corps changèrent également : leurs bras frêles devinrent plus durs, plus résistants, leurs torses minces prirent du muscle, et enfin, leurs cous et leurs mains devinrent lisses. Quand ce fut terminé, ils sourirent et se tournèrent vers North.

— Que t'a dit Adeline ? demandèrent-ils d'une seule voix.

Appartement d'Anna Menon, Montréal

Dans la salle de bains, Simon se tenait nu devant le miroir. Il s'était douché, et la vapeur embuait le miroir. Le jeune homme se tenait debout et se regardait. Sa bouche n'était qu'une ligne fine. Il se détestait. Il secoua la tête, n'arrêtant pas de se dire qu'il avait dépassé les limites. Il releva sa tête à nouveau et essuya le miroir embué avec sa main. Des yeux jaunes tachetés de rouge le regardaient fixement.

Son téléphone sonna à cet instant, le faisant sursauter. C'était Annabella.

— Annabella, tout va bien? lui répondit Simon en baissant la voix, un peu inquiet.

Avait-elle appris qu'il fréquentait Anna? Allait-elle lui passer un savon?

— Oui, tout va bien. J'ai besoin de vous deux au quartier général.

— Quand? lui demanda-t-il.

Il ne put s'empêcher de pousser un soupir de soulagement intérieurement. Si elle avait été au courant, ce n'est pas là qu'elle l'aurait envoyé.

— Maintenant. Discrètement.

— OK, je préviens Sacha, et on arrive.

— Merci, Simon, dit Annabella avant de raccrocher.

Il se regarda une dernière fois dans le miroir puis posa sa main sur son étui de lentilles.

Cache des panthères, banlieue de Montréal

— K, il faut vraiment qu'on fasse quelque chose, dit Lucas, qui pouvait la voir souffler de lassitude tout en balançant son cellulaire sur la longue table où ils étaient attablés.

Il regarda sa compagne d'un air attentif. Vêtu d'un polo bleu, d'un pantalon militaire et d'un collier qu'il ne quittait jamais, l'homme était plus charmant que beau. Son visage était avenant ; ses cheveux brun foncé étaient longs sur le devant et courts à l'arrière. Il portait au menton un bouc bien taillé laissant apparaître de légers poils blancs. Kassandra venait d'envoyer un message texte à Opal, comme elle le faisait tous les jours.

— Je le sais bien, Lucas ! Que veux-tu que je te dise ? lança-t-elle, un peu énervée.

Elle passa rageusement sa main dans ses cheveux roux.

— Ne t'énerve pas, lui lança-t-il.

— Je ne m'énerve pas ! dit-elle en haussant la voix.

Kassandra arrêta de parler quand trois personnes passèrent près d'eux en les saluant. Quand ils disparurent du salon, elle poussa un long soupir et reprit doucement.

— Que veux-tu que je fasse quand je ne peux même plus me transformer devant les autres panthères sans risquer qu'elles s'aperçoivent du changement et qu'elles en parlent à notre reine ?

— Tes pouvoirs sont devenus trop visibles, je ne le sais que trop bien…

— C'est pourquoi je me suis portée volontaire pour être en poste au Canada. Il fallait que je m'éloigne du château ; sinon, les autres auraient commencé à avoir des doutes.

Lors de la fameuse nuit où Opal avait récupéré ses pouvoirs, tuant une partie des loups, envoyant de l'énergie vitale à ses Sentinelles et ouvrant un tunnel entre Prima et la Terre, K avait été affectée. Quand Aquiles les avait tous téléportés dans une de leurs caches, située à Aveiro au Portugal, K s'était transformée en son animal afin de soigner son mal.

Axel, Tiago, Lucas et Aquiles étaient tous restés sans voix en réalisant que la panthère qui se trouvait devant eux était méconnaissable. S'ils ne l'avaient pas vue se transformer, ils n'auraient pas pris le temps de reconnaître son odeur ou son essence, submergée par la nouvelle aura présente. Sous sa forme animale, le corps de K avait augmenté en masse ; elle était devenue plus grosse, plus massive, plus imposante. Son œil qui tirait sur le bleu-violet était devenu complètement violet, alors que l'autre était resté brun foncé. Ils l'avaient cachée le temps que l'aura violette qui l'enveloppait disparaisse.

Comment auraient-ils pu expliquer cela à la reine alors qu'eux même ne comprenaient rien à ce qui se passait ? D'après les tests faits par Axel, c'était comme si la panthère de K avait muté et atteint sa pleine maturité… C'était incompréhensible !

Le pire dans tout cela était le fait que de temps à autre, K ressentait l'esprit d'Opal. C'était flou, brumeux et extrêmement effrayant. Dans ces moments-là, elle essayait de calmer la colère qui montait en elle. Que lui avait donc fait cette fille ? Était-ce dû au fait qu'elle prétendait être sa soi-disant meilleure amie, ou la cause était-elle plus profonde ? Ils n'en avaient aucune idée. Les garçons s'étaient donc mis à faire des recherches afin de trouver une explication.

— Ça fait trois mois déjà, et nous n'avons aucun indice sur le pourquoi du comment, annonça durement K.

— Les garçons cherchent, tu le sais bien !

— Je le sais, je le sais ! souffla la rousse en se mordant les lèvres.

Des bruits de bottes se firent entendre. Les compagnons mirent fin à leur conversation pour se tourner vers la femme qui s'approchait d'eux.

– K, Lucas, bonjour ! Nous venons d'intercepter un appel émis depuis le téléphone d'Annabella, la tigresse.

– Qui appelait-elle ? demanda Lucas, les sourcils froncés.

– Simon, le suiveur d'Opal.

CHAPITRE 2

Appartement de Laura, Montréal

— Je suis prête, dit Laura sans les regarder.

Vêtue de noir des pieds à la tête, elle s'avança vers eux. Un jeans, des espadrilles et une blouse complétaient son habillement. Le long de son avant-bras droit, une partie de cicatrice en forme de fougère était visible. Ses vanilles tombaient librement jusqu'au bas de son dos. Laura n'était pas grande, mais elle n'était pas petite non plus, et sa peau était d'une magnifique couleur chocolat. La jeune femme ne s'était pas maquillée, et malgré cela, on ne pouvait que remarquer ces beaux yeux marron foncé prolongés par des cils longs et épais. Il leur sembla à tous qu'elle avait perdu énormément de poids, mais personne ne dit un mot. Laura récupéra ses clés de voiture et son sac, puis elle se dirigea lentement vers la porte d'entrée. Remarquant que personne ne la suivait, elle se retourna, la mine interrogative.

— Vous venez? demanda-t-elle, la main sur la poignée.

— Nous pensions utiliser la téléportation pour nous y rendre, expliqua Annabella. Ce serait plus rapide et plus sécuritaire, pour nous comme pour la Coalition, précisa-t-elle en souriant comme pour la rassurer.

— Oui, bien sûr. Je comprends.

Laura déposa ses clés et se tourna vers eux, hésitante. Elle resta un long moment à les regarder puis se mit à reculer en secouant la tête. À ce moment-là, César grimaça légèrement en passant discrètement un doigt sur sa tempe. Il la regarda attentivement.

— Je ne peux pas…, fit la jeune femme, les yeux agrandis par une peur qu'elle n'arrivait plus à dissimuler.

— Ça ira, Opal. Nous sommes là pour te protéger. Rien ne t'arrivera tant que tu es avec nous. Je te le promets, dit Gabriel d'une voix douce tout en faisant un pas vers elle, tentant de la rassurer.

La jeune femme recula en secouant la tête encore plus fort cette fois-ci. Dans ses yeux repassèrent les souvenirs du visage en pleine jouissance de Charlène qui la torturait encore et encore. Ce n'était pas vrai ; ils ne pouvaient pas la protéger.

— Je ne peux pas…, répéta-t-elle. Depuis trois mois, j'essaye d'oublier… mais comment oublier quand tu es surveillée et protégée nuit et jour par des métamorphes ? Tous les jours, je me force à aller à l'agence pour travailler, puis je rentre. Je ne sais pas comment expliquer à mes employés pourquoi chaque tintement de la cloche d'entrée me fait sursauter, expliqua la jeune femme tout en haussant les épaules de désespoir.

Laura renifla et secoua sa tête avant de continuer :

— Je ne peux pas leur dire que je suis terrorisée à l'idée qu'une autre Élisa se jette sur moi et m'enlève pour me jeter aux mains de cette femme… je ne peux pas leur expliquer pourquoi je fais des cauchemars quand, terrassée par le manque de sommeil, je me repose à l'arrière et me mets à hurler… J'ai peur, et vous voulez que je vienne avec vous alors que la dernière fois, vous n'avez rien pu faire ? dit-elle enfin en se retournant, des sanglots dans la voix.

Laura se mit à pleurer doucement. César serra les dents. Marcus, Annabella et Gabriel baissèrent la tête à ce mauvais souvenir. Ils n'avaient pas pensé à quel point cela pouvait être dur pour elle. Remplis de joie après avoir enfin retrouvé leur princesse, ils ne s'étaient pas doutés qu'elle pouvait être traumatisée par Charlène, la sorcière au service de Dominicus. Par ce qu'elle lui avait fait subir sur le toit du musée Pointe-à-Callière. Quand ils avaient pu la localiser après son enlèvement, ils l'avaient retrouvée à l'article de la mort. Charlène l'avait accrochée aux immenses pieux du musée et s'était amusée à la torturer sans qu'elle puisse se défendre. Ils s'étaient téléportés et avaient combattu Dominicus et ses loups. Malheureusement, des créatures – des *chacals,* comme ils les appelaient maintenant – créées par la magie noire avaient eu raison d'eux. Quand ils s'étaient éveillés un peu déboussolés, ils flottaient dans les airs, Opal leur envoyant de l'énergie afin de les « ressusciter ». Et quand ils avaient exhalé leur nouveau souffle de vie, un tourbillon d'énergie les avait frappés de plein fouet. Ils avaient écarquillé leurs yeux de surprise et de contentement. Leurs pouvoirs respectifs, en latence depuis la cérémonie du liage, explosaient en eux – littéralement. Les Sentinelles avaient vu leur princesse faire un autre prodige en ouvrant un passage entre leurs deux systèmes solaires. Ils avaient pensé qu'à ce moment-là, elle s'était souvenue totalement de qui elle était réellement. Cela n'avait pas été le cas, et le plus dur avait été de la voir s'éloigner d'eux. Tant physiquement que mentalement. Ils comprenaient maintenant pourquoi.

Bella alla vers elle sans hésiter et enserra sa taille par-derrière. Légèrement plus grande que Laura, elle posa sa tête sur son épaule et se colla à elle. Les sanglots de la jeune femme s'intensifièrent. Gabriel hésita à se rendre vers Opal. Il pinça les lèvres et serra les poings, mais resta sur place. César, lui, se dirigea vers les deux femmes sans hésitation. Marcus jeta un rapide coup d'œil à Gabriel et le vit tordre sa bouche. César se plaça devant Opal, et en prenant son menton à l'aide de ses doigts, il la força à lever son visage vers lui. Une légère décharge électrique se produisit quand il la toucha, et il fit sourire en coin. Comme il était plus grand qu'elle, cette dernière dut lever vers lui des yeux qui refusèrent de maintenir plus longtemps le contact avec son beau regard vert.

— Je sais que tout ce qui s'est passé depuis qu'on se connaît est complètement déroutant pour toi. Inimaginable, même ! Mais tu es plus forte que tu le crois, ma princesse.

Laura dirigea son regard sceptique vers le sol, mais il reprit son menton, essuya ses larmes et la regarda droit dans les yeux.

— Un jour, tu comprendras, Opal…

Devant son silence, il lui fit un immense sourire qui éclaira tout son visage, faisant instantanément disparaître les doutes de Laura.

— Que t'ai-je déjà dit, princesse ? Une chose à la fois. Un jour à la fois.

Dans les rues de Montréal

— Tu es sérieux Simon ?

— Sacha, ne me fais pas de sermon, s'il te plaît !

— Je pensais que c'était juste une passade !

— Sacha…

— C'est une terrienne, et en plus, c'est l'amie de la princesse!

— Tu penses que je ne le sais pas? demanda-t-il en haussant la voix.

— Écoute, c'est ta grande sœur qui te parle! Il faut réellement que tu arrêtes cette relation! Elle ne va mener à rien.

Simon ne lui répondit pas.

— Est-ce que tu as pensé aux conséquences de tes actes? continua Sacha sans prêter attention à son frère. Qu'est-ce qu'*elle* va dire quand *elle* le saura? Quand Gabriel le saura?

— Je trouverai un moyen à ce moment-là…, soupira-t-il en démarrant au feu vert.

Quelque part dans la province du Gyeongsang du Nord, Corée du Sud

— Qu'en est-il de la Coalition, *nae olaen chingo*[1]? demanda un homme à la voix éraillée.

Vêtu d'un *hwangp'o* en soie dorée, l'homme prit sa tasse et la porta doucement à ses lèvres. Son corps semblait flotter dans ce large vêtement traditionnel de haut rang coréen. Sans âge, mince, l'homme avait des traits fins, un nez large et une moustache qui pendait et rejoignait une barbichette noire. Ses cheveux, noirs également, étaient attachés en chignon sur le sommet de sa tête.

— *Taewang*[2], la Coalition a trouvé une nouvelle cache pour la princesse Opal après la tentative d'enlèvement que la meute a fomenté.

1. «Mon vieil ami».

2. «Grand roi».

— Je suppose que ce n'est pas Alano qui a réussi à déjouer cet essai de la part de ces loups, n'est-ce pas ? demanda-t-il en grimaçant légèrement.

— Non, effectivement, *Taewang.* Ce sont ses Sentinelles qui y sont arrivées ! La princesse Opal n'a pas semblé s'apercevoir de cette attaque…

Le deuxième homme s'arrêta de parler, les sourcils froncés, puis il but une gorgée de sa boisson et releva la tête afin de continuer.

— Elle semble vouloir revenir à sa vie terrienne, comme si elle cherchait à se dérober à ses devoirs.

— « L'endroit le plus sombre est juste sous la bougie », cita l'homme en levant ses yeux vers le ciel bleu.

Les deux hommes étaient assis dans deux fauteuils situés dans un pavillon fait en bois et en brique au bord d'un petit lac tranquille. Sur une table avaient été posés une théière, des tasses et quelques sandwichs. Des chênes blancs, des zelkovas, des pruniers et des érables s'élevaient tout autour d'eux. Une légère brise souffla, emportant l'odeur des dizaines de gardes cachés surveillant les alentours, garantissant au roi des tigres une sécurité maximale.

Ce dernier se tourna vers l'homme aux cheveux blancs, ses yeux d'un bleu saphir profond semblant le transpercer.

— Nos amis ne vont pas s'arrêter avant d'avoir mis la main sur la princesse. Son pouvoir incommensurable les attire comme du miel.

Il soupira longuement avant de continuer, tout en regardant un aigle planant dans les airs.

— Je me demande cependant ce que North et ses frères ont en tête…

— Nos tigres les surveillent de loin, *Taewang*. Pour l'instant, nous n'en savons encore rien.

— Qu'en est-il des panthères ?

— Elles sont toujours au Canada et suivent la princesse de loin, tout comme nous. Je pense qu'elles attendent que la meute attaque en premier.

— Comme toujours, *nae olaen chingo.* Attendre, se cacher et laisser les autres faire le sale travail ! C'est tout à fait le genre de Marguerite !

— Tous les royaumes sont après la princesse, murmura Il Nam en soupirant.

Ils restèrent un moment silencieux, réfléchissant à ce qui les attendrait dans ce futur plein de questions.

— Au fait, *nae olaen chingo,* as-tu ce que je t'ai demandé ?

Il Nam regarda furtivement de gauche à droite avant de passer discrètement sa main dans l'ouverture de son costume coréen, un hanbok, et tendit une photographie à son roi.

— Oui, *Taewang,* dit-il en opinant de la tête.

Le roi souffla un instant avant de retourner la photo. Une pléiade d'émotions passa sur le visage jusqu'à ce qu'une larme vienne se former sur sa joue.

— Elle ressemble tellement à sa mère, murmura le roi des tigres d'une voix chargée de chagrin tout en suivant du doigt les contours du visage d'Annabella.

Quartier général de la Coalition, Montréal

— Nous sommes ici afin de déterminer et mettre à jour les derniers règlements de la Coalition. Comme vous le savez, nous avons dû les modifier au vu des éléments qui nous sont apparus dernièrement…

L'homme qui parlait au micro se tenait debout sur une estrade. Grand, mince et brun, il s'exprimait avec aisance et facilité. Le regard tourné vers la foule, il la fixait, attentif aux moindres mouvements et questions. Une petite table se trouvait sur sa gauche. Plusieurs personnes y prenaient place.

Une femme brune avec des yeux en forme d'amande se trouvait à l'extrémité de la table. Elle était entièrement vêtue de noir, et son tee-shirt laissait apparaître des épaules blanches immenses et carrées se terminant par des bras musclés et fermes. Elle dégageait une force brute que l'on pouvait percevoir rien qu'en la regardant. À ces côtés se tenait un géant aux yeux bleu-gris. Seuls ses gros sourcils et sa barbe fournie laissaient supposer que l'homme tendait vers les tons ocre. Tout son corps était fait de muscles, ce qui faisait paraître l'homme à sa droite presque chétif. Ce dernier portait un costume traditionnel asiatique. C'était un vêtement de toute beauté avec des motifs gris pâle brodés à la main. Aux épaules, on pouvait voir une patte de tigre dessinée. Sur le devant de la tunique se trouvait le corps entier d'un tigre savamment brodé et magnifique. La tunique était resserrée à la taille par un large pan de tissu servant de ceinture et lui allait jusqu'aux chevilles. Le contour du costume ainsi que la ceinture étaient de couleur rouge et comportaient également du gris tirant sur le vert. L'homme portait des lunettes rondes laissant paraître un visage émacié. Ses cheveux noirs lisses étaient attachés en chignon. La jeune fille noire assise à ses côtés semblait être la plus jeune du groupe. Elle avait des yeux marron et portait ses cheveux en un miniafro. Elle était vêtue d'un jeans et d'une chemise toute simple. Enfin, la dernière personne ressemblait à s'y méprendre à l'homme parlant au micro. Le visage souriant, les yeux légèrement bridés de couleur gris-vert, la femme laissait ses cheveux auburn libres sur ses épaules. Elle était vêtue d'une blouse blanche de médecin. Elle écoutait attentivement ce qui se disait dans la salle. Un siège était resté vide.

Une foule de femmes et d'hommes se tenait dans une salle. Les chaises étaient toutes prises, et beaucoup de personnes se tenaient debout. Il devait y avoir environ 500 personnes dans une salle qui ne pouvait en contenir que 300. Des murmures montaient de temps à autre dans les rangs. Des yeux et oreilles attentifs écoutaient l'homme au micro. Pourtant, on pouvait sentir une certaine insatisfaction de part et d'autre de la salle.

– Pour ceux qui viennent juste d'arriver, laissez-moi vous présenter à nouveau les représentants des royaumes qui sont parmi nous aujourd'hui. Nos dernières nouvelles d'eux ou de Prima remontaient à des millénaires. Voici Ava, la représentante du royaume des loups, annonça l'homme en désignant de la main la femme brune.

Cette dernière se leva, fit un geste de la main et se rassit. Le murmure dans la foule s'éleva d'un cran.

– Voici Cam, représentant du royaume des lions, continua l'homme au micro.

Le géant se leva, opina de la tête et se rassit après avoir jeté un coup d'œil rapide à l'homme debout au micro. Ce dernier fit un signe imperceptible de la tête. Quelque chose se passait.

– La troisième personne est du royaume des tigres ; voici Pol.

— On s'en fout ! cria un homme dans la foule. Où est-*elle* ?

— Oui, exactement ! ajouta un autre homme. Ça fait trois fois que nous les voyons. Nous savons exactement qui sont Pol et la petite Pia du royaume des panthères. Où est-*elle* ? Où est la princesse Opal ?

Les voix enflèrent de plus en plus. Le dénommé Pol pinça ses lèvres, et ses yeux rétrécirent pour ne devenir que de minces fentes derrière ses lunettes. Pia posa sa main sur son bras, comme pour le calmer.

— La princesse Opal devrait arriver d'une minute…, commença l'homme au micro.

— C'est ce que tu nous as dit aux deux dernières réunions, Alano. Et nous ne l'avons toujours pas vue. Nous sommes venus pour la voir ! répliqua une autre personne dans la foule.

— Comment cela se fait-il que nous ne l'ayons pas vue ? Après ce que nous avons fait pour *elle* ! s'exclama une femme aux cheveux gris en se mettant debout.

— Mes amis…

— Non, Alano ! Nous voulons voir la princesse immédiatement ! hurla une autre personne.

— Opal ! Opal ! Opal ! scandèrent rageusement de nombreuses voix dans la salle.

La femme qui portait la blouse de médecin se leva de la table et se rapprocha du micro. Elle leva les mains, demandant ainsi le silence, qui revint au bout d'une longue minute.

— Je vous comprends. Je sais que vous aimeriez voir la princesse. Comme mon frère vous l'a dit, elle devrait être là…

— Serena, on veut juste la vérité, déclara d'une haute et intelligible voix une jeune femme brune. Viendra-t-elle ou pas ?

Un silence tendu s'établit après ces mots. Serena regarda son frère puis les représentants sur sa gauche. Ava et Cam s'étaient mis debout. Les autres restaient assis à la table. Leurs regards étaient fixés sur la foule, attentifs au moindre geste suspect. La foule était en colère et semblait imprévisible. Serena soupira.

— Nous avons des nouvelles de la princesse uniquement par ses Sentinelles. Nous ne l'avons pas vue depuis le soir de l'éclipse, déclara-t-elle.

Après un silence médusé, la foule se déchaîna : les voix rageuses s'unifièrent en une assourdissante cacophonie. D'autres personnes se regardèrent entre elles, ébahies par une telle nouvelle. Comment les fondateurs de la Coalition, qui avaient pourtant aidé la princesse durant cette fameuse nuit, pouvaient-ils ne plus avoir de nouvelles d'elle ? C'était insensé. Ils avaient tous risqué leur vie pour *elle* !

— Il ne faut jamais faire confiance à quiconque, et surtout pas à tous ces nobles, marmonna une femme au regard triste en s'asseyant, désespérée par la situation.

— Et moi qui pensais qu'*elle* était différente, bougonna un homme grand et blond tenant un jeune enfant dans ses bras.

— Elle est différente, je vous l'assure ! s'écria une femme à la peau métissée.

La femme avait des cheveux bouclés mi-longs et une peau caramel. Elle marcha et se mit en face de la foule, faisant dos à l'estrade.

— Si elle n'est pas là aujourd'hui, continua-t-elle, ce n'est pas parce qu'elle vous regarde de haut ou quelque chose du genre. Il a dû se passer quelque chose d'important pour qu'elle ne vienne pas lors des derniers rassemblements.

— Ah, oui ? Quoi, par exemple ? s'écria l'homme en posant l'enfant par terre.

— Je ne sais pas trop. Mais ça ne lui ressemble pas.

— Mais je te reconnais ! intervint un homme avec une longue balafre sur la joue droite. Tu es celle que les loups avaient désignée comme la « nounou » de la princesse. Tu as joué le rôle de sa mère adoptive.

— Oui, c'est moi, mais comme je vous l'avais expliqué la dernière fois, ce n'était pas…

— C'est sûrement à cause de toi que la princesse ne vient pas. Comment oses-tu te regarder dans la glace après ce que tu lui as fait ? vociféra une femme noire en la toisant.

Alors qu'elle parlait, le brun de ses iris s'agrandit sur presque toute la surface visible de ses yeux.

En voyant cela, la femme métissée recula. Peu à peu, les yeux d'autres métamorphes se trouvant aux alentours de la femme noire devinrent animaux. Les couleurs des iris de chacun se propageaient lentement sur toute la surface de leurs yeux. C'était comme si le fait que l'une des leurs se soit transformée partiellement entraînait une réaction en chaîne. À cet instant, Pia et Pol se relevèrent. Une des chaises bascula par terre, mais personne ne sembla le remarquer.

— Arrêtez ça ! Nous ne sommes pas là pour nous tirer dessus ! s'exclama Alano en reprenant le micro. Si la princesse n'est pas ici, ce n'est la faute de personne, et surtout pas celle d'Élisabeth !

— Non, mais ça pourrait être une cause. Si je me rappelle bien, la princesse a semblé stupéfaite en voyant Élisabeth sur le toit du musée.

— Elle me croyait morte, tenta d'expliquer cette dernière. Eh oui, je lui ai fait du mal, je dois le reconnaître. Mais c'était encore une fois indépendamment de ma volonté.

— Mais tu étais avec eux. Avec le clan de Dominicus ! lâcha l'homme à la balafre en s'approchant lui aussi.

Ses pupilles se mirent à pulser de colère.

— Tout comme toi, Georges.

— Oui, mais moi, je n'ai jamais fricoté avec Dominicus et sa bande. Ce n'est pas moi qui couchais avec Joseph ! lança-t-il à haute voix.

Tout le monde se tourna vers Élisabeth, bouche bée. Elle était cramoisie. Estomaquée. Étonnée. La femme ouvrit la bouche, mais la referma.

— Ça suffit ! cria Cam.

Il s'était avancé sur le bord de la scène, suivi par les autres. À ces mots, deux loups de petite taille apparurent et se mirent à courir vers Élisabeth — un loup poivre et sel et un autre noir. Ils se mirent devant la femme comme pour la protéger et grognèrent devant la foule. Leurs crocs acérés n'étaient pas ce qui effrayait les autres ; c'étaient plutôt leurs yeux : des iris jaunes tachetés de rouge et des pupilles dilatées.

— Ce sont les suiveurs d'Opal, murmurèrent quelques voix dans le fond de la salle.

— Ce sont les loups de Dominicus, chuchotèrent d'autres individus, affolés.

— Pourquoi la protègent-ils ? demanda une autre partie de la foule.

— Ils la protègent parce qu'ils font partie du même clan : celui de Dominicus ! s'écria le dénommé Georges avec hargne.

En entendant le nom de Dominicus, les deux loups grognèrent encore plus fort.

— Ça suffit ! cria à nouveau le représentant des lions. Nous ne sommes pas venus ici pour nous entretuer ou raconter des conneries.

— Tu n'es pas mon roi, Cam. Tu n'as strictement rien à me dire. Nous sommes ici en terre démocrate. Votons !

— Tu veux voter pour quoi, Georges ? demanda Serena, complètement dépassée. Sérieusement, ça devient ridicule.

— Ridicule ? Je ne vous ai jamais rien reproché à tous les deux, mais là, c'est vraiment mettre la Coalition en danger. Tout ceci à cause d'une seule femme et de ces loups…

Il eut un rictus mauvais.

— Tu connais l'histoire d'Élisabeth. Tout comme vous, elle a été sous le joug des loups ! Tout comme vous, elle avait besoin d'un lieu où se cacher, d'un lieu où refaire sa vie ! énonça doctement Alano. Quand un des nôtres a besoin d'aide, nous sommes là pour lui. C'est à ça que sert la Coalition.

— Votons, mes frères et sœurs ! dit à haute voix Georges sans écouter Alano et en se tournant vers la foule. Cette femme, ajouta-t-il en montrant Élisabeth du doigt, a donné sa vie à Dominicus. Elle est une des leurs ! Le fait que ces loups la protègent en est la preuve. La mort ou la vie ?

Ava, Cam, Pol et Pia se regardèrent, atterrés. Comment en étaient-ils arrivés à cela ? La discussion avait dérapé de façon dramatique. Les gens de la foule étaient des moutons suivant un leader. Hélas, ce leader avait une façon radicale de voir les choses !

Le loup poivre et sel émit deux hurlements, comme un appel de détresse.

— Vous voyez ? reprit l'homme, les yeux exorbités. Il appelle à l'aide. Tous avec moi ! lança-t-il avant de courir vers le loup poivre et sel.

Alors qu'il s'élançait seul vers le loup qui avait fait l'appel, ce dernier se retrouva instantanément protégé par un cocon translucide. Étonné, l'homme se retourna vers l'autre loup, qui se retrouva également protégé.

— Arrête, Georges, s'il te plaît, implora Élisabeth, apeurée.

Ses yeux étaient devenus ceux d'un loup. Le marron de ses iris s'était agrandi, et ses pupilles pulsaient par à-coups.

— Sorcière ! s'écria-t-il en s'élançant vers elle, le poing levé.

Laura apparut en une fraction de seconde devant la femme. Le poing passa à un centimètre de son visage. Ses yeux opaques fixèrent l'homme, surpris par l'apparition soudaine. Elle posa rapidement sa main droite sur la poitrine de l'homme, qui se retrouva projeté dans les airs à plusieurs mètres. Seul le mur du fond l'arrêta dans son élan. Un bruit d'os cassé se fit entendre.

Tout le monde regarda la jeune femme, bouche bée. La foule la vit tendre ses deux bras vers les cocons, les faisant fondre comme par magie et relâchant les deux loups. Ces derniers jappèrent de contentement en se frottant à qui mieux mieux entre les jambes de leur princesse.

— À genoux ! ordonna Ava d'une voix forte.

Toutes les personnes présentes mirent un genou à terre en signe de respect. Une seconde plus tard, les Sentinelles arrivèrent comme par magie sur l'estrade, prêtes au combat, l'air inquiet.

— Moi, je vous le dis : Opal n'a même plus besoin de nous pour se téléporter, lança César, pince-sans-rire, en rengainant ses deux katanas dans son baudrier. Marcus, tu ne sers plus à rien, finalement.

Ce dernier regarda son frère silencieusement en secouant doucement la tête, l'air de dire « Tu es vraiment un casse-couilles, César ».

Agence de voyages, Montréal

– Déjà arrivée ? s'écria Frederico en ouvrant la porte d'entrée de l'agence. Habituellement, tu n'es pas une lève-tôt, Anna !

Cette dernière se mit à rire et à sautiller sur place.

– Wow ! Quel accueil ! Que se passe-t-il ? Tu as gagné le gros lot ou quoi ?

– Je suis seulement heureuse, déclara-t-elle en souriant de toutes ses dents.

– Je suis bien heureux pour toi, alors, dit-il en l'embrassant. Est-ce que je le connais ?

– Hum… tu l'as déjà vu. Mais je préfère ne rien dire pour l'instant. Ça ne fait que deux mois que nous nous voyons « secrètement », avoua-t-elle en levant les deux doigts pour faire des guillemets.

– En tout cas une chose est sûre : l'amour te réussit, ma belle !

– Oh, merci ! Je suis juste… wow ! lui répondit-elle en riant. Je te souhaite de trouver le bon aussi.

– Ah, ça, je l'espère ! Avant d'avoir 40 ans, ce serait chouette, plaisanta-t-il.

Frederico s'assit à son bureau et alluma son ordinateur. Pendant qu'Anna allait dans la petite pièce qui leur servait de cuisine, il récupéra son cellulaire et envoya un message en la surveillant du coin de l'œil. Puis il commença à tapoter sur son clavier.

— Je m'inquiète pour Laura, dit Anna en revenant avant de déposer une tasse de café sur le bureau de Frederico.

— Merci, Anna. Oui, moi aussi, je m'inquiète, murmura-t-il en buvant une gorgée. Elle ne viendra pas aujourd'hui ; elle m'a envoyé un texto.

— Elle me l'a envoyé aussi. Sa rupture avec Dominic est plus difficile que je le pensais. As-tu vu combien de poids elle a perdu ? Il faut vraiment qu'on fasse quelque chose pour elle !

— Oui, il faudrait la faire sortir, pour qu'elle s'amuse un peu.

— Je lui ai déjà proposé de le faire, mais elle a toujours refusé. J'ai l'impression qu'elle a peur de quelque chose…

— Écoute, demain, je vais lui proposer de sortir dans le bar d'à côté.

— Ce serait une bonne idée. Demain, j'ai congé. Peut-être qu'elle te parlera si vous êtes tout seuls, suggéra Anna.

Le téléphone l'empêcha de répondre, et la porte d'entrée résonna. Un client entra dans l'agence. Avec un sourire de bienvenue, Anna l'invita à rentrer, et tous se mirent au travail.

Quartier général des loups, niveau -2, Montréal

Une jeune femme blonde marchait dans le couloir blanc. Ses hauts talons frappaient le sol avec une cadence régulière. Elle était mince et avait des cheveux blonds coupés à la garçonne. Vêtue d'une jupe noire qui épousait ses courbes et d'une blouse verte, elle se dirigea vers une porte gardée par deux molosses. Ces derniers se mirent devant ladite porte quand elle arriva.

— Laissez-moi passer ! leur dit-elle sèchement.

— Nous avons reçu l'ordre de ne laisser passer personne, dit celui de gauche.

— Ça suffit ! Ça fait maintenant trois mois. Je veux le voir immédiatement !

— Nous n'avons pas d'ordre à recevoir de toi, sorcière, lui répondit celui de droite.

— Justement ! Après Dominicus, c'est moi qui devrais vous donner vos ordres. Je suis *sa fiancée*, ne l'oubliez pas ! Laissez-moi entrer !

— Les ordres viennent des Sages, sorcière. Ils sont de loin supérieurs aux tiens.

Charlène resta un moment sans bouger, bouillant de rage. Elle pensa une seconde utiliser sa magie pour les écarter de son chemin. Les gardes durent le sentir, car celui de droite lui lança un avertissement.

— Je ne pense pas que Dominicus ait envie de te voir après ce que tu lui as fait il y a trois mois, sorcière ! Si tu utilises ta magie pour entrer, ça ne fera que conforter notre futur roi dans sa décision de t'exclure de sa vie.

La jeune femme pinça les lèvres, grimaça, recula et rebroussa chemin.

Quartier général de la Coalition, Montréal

Un garçon qui se trouvait près de l'homme blond leva des yeux surpris. Il les écarquilla quand il comprit l'identité de ceux qui se tenaient devant lui. Ses yeux se mirent à briller.

— Grand-papa… Il y a Gabriel, César et les autres…, murmura-t-il, excité.

— Reste tranquille, Samson, dit tout bas Alexander.

Mais il ne put s'empêcher de jeter un bref coup d'œil vers l'estrade où se trouvaient les Sentinelles. Un sourire doux étira ses lèvres.

Laura leva les yeux vers la foule. Elle ressentait la surprise, la crainte et l'once de douleur qui émanaient de ces personnes. En fait, la douleur n'émanait que d'une seule personne, mais elle n'en avait cure. Cet homme avait tenté de s'en prendre à ses loups et à sa mère. Enfin, il avait voulu s'attaquer à la personne qu'elle avait considérée comme sa mère pendant un long moment. Et malgré l'amertume et la déception qu'elle ressentait à l'égard de cette femme, sa mort lui aurait été bien dure à supporter. La jeune femme séchait encore ses larmes quand elle avait entendu l'appel à l'aide de Simon. Simon et Sacha étaient ses loups. Ses suiveurs, comme on les appelait. Lors de son affrontement avec des loups de la meute de Dominicus, elle les avait « ensorcelés ». Laura ne l'avait pas fait intentionnellement. Ces derniers étaient maintenant à son service et lui obéissaient au doigt et à l'œil. Elle avait vu ce qui se passait à travers leurs yeux. « Quelle sensation bizarre ! » avait-elle alors songé. La jeune femme avait agi instinctivement, et une seconde plus tard, sans qu'elle sache comment, elle s'était téléportée en cet endroit.

Laura se retourna vers sa gauche afin de ne pas croiser le regard d'Élisabeth et leva les yeux vers l'estrade pour jeter un coup d'œil aux personnes présentes. Elles étaient toutes à genoux, la tête penchée en signe de respect. Annabella, Marcus, César et Gabriel s'étaient dispersés afin de faire un périmètre de protection autour d'elle, comme à leur habitude.

— Laura…, fit Élisabeth d'une voix hésitante.

La jeune femme sursauta doucement au son de cette voix qu'elle pensait ne plus jamais entendre. Elle serra les dents, se tourna à moitié vers la femme, mais ne la regarda toujours pas.

— Merci, princesse, dit finalement Élisabeth en se mettant à genoux également.

En une fraction de seconde, Laura se téléporta sur l'estrade et se dirigea vers le micro. Ses Sentinelles s'approchèrent et l'entourèrent. Elle les regarda tour à tour. Ses compagnons lui sourirent en retour, confiants. « Tout allait bien, apparemment ». Les deux loups, Sacha et Simon, se positionnèrent devant elle, de part et d'autre du micro.

— Je vous en prie, relevez-vous ! ordonna Laura aux personnes toujours agenouillées.

Avant de continuer de parler, elle attendit qu'une à une, les personnes se lèvent.

— Pourriez-vous apporter de l'aide à l'homme que j'ai… que j'ai dû repousser ? Je pense que j'y suis allée un peu fort.

Ce faisant, la jeune femme s'adressa à Serena qui, opinant de la tête, fit un signe à deux hommes qui se dirigèrent rapidement vers Georges et le transportèrent hors de la salle. Le silence revint. Les hommes et femmes regardèrent attentivement Laura, qui était toujours au micro. Ils n'espéraient pas la voir, et pourtant, la princesse était devant eux, en chair et en os. Ils avaient eu la démonstration de son pouvoir, et ceux qui voulaient condamner à mort Élisabeth au début étaient bien contents de n'avoir pas suivi leur acolyte.

— Au nom de tous les membres de la Coalition, nous vous souhaitons la bienvenue, princesse Opal. Nous sommes extrêmement heureux de vous avoir avec nous aujourd'hui, déclara Alano à haute voix.

— Merci... Alano, c'est bien ça?

Quand l'homme hocha de la tête, elle continua.

— J'aimerais personnellement vous remercier, Serena et vous — ainsi que vous tous — pour ce que vous avez fait pour nous, dit Laura en désignant la foule. Vous êtes venus à notre aide quand nous avions besoin de soutien. Grâce à vous, les différents représentants des royaumes ont pu me protéger, mais également protéger la Terre.

Laura sentait le regard de «sa mère» sur elle...

— Princesse, pourquoi ne nous avez-vous pas téléportés dans notre monde?

La question provenait d'un jeune garçon. Laura eut l'impression de l'avoir déjà vu auparavant...

Un murmure parcourut l'assistance. Apparemment, beaucoup de personnes pensaient la même chose. La princesse avait eu la possibilité de téléporter la Terre — ou plutôt la planète Nexma — dans sa galaxie d'origine : Andromède. Et pourtant, ils l'avaient vue refermer le passage entre les deux galaxies.

— Oui, pourquoi ne l'avez-vous pas fait, princesse? demanda une jeune métamorphe. C'est passé sur Internet en boucle avant que toutes les vidéos soient supprimées. On vous voit ouvrir un vortex puis le refermer. Certains l'ont vu de leurs propres yeux. Notre galaxie était à portée de main. Si proche et pourtant si lointaine...

Sa voix devint plus ténue. Laura regarda toutes ces personnes. Devait-elle leur avouer qu'une voix lui avait dit d'attendre le bon moment? Que la Terre n'était pas prête? Elle ferma pendant un court instant ses yeux en touchant légèrement l'anneau que Marjoria lui avait offert. Quand elle releva la tête, elle sut quoi dire.

— J'ai une question pour vous. Quelle serait la probabilité que rien de tout ceci n'ait été fait par hasard ? demanda-t-elle en faisant un geste global des deux mains. Quelles sont les chances que l'impératrice Liliana ait envoyé la planète Nexma ici, à cet endroit précis, dans cette galaxie précise ?

Après quelques secondes, elle ajouta :

— Et surtout, que faudrait-il comme coïncidence pour que la vie existe encore sur cette planète ? Cette femme, qui a vu les personnes qu'elle aimait mourir et regardé son empire s'évanouir sous ses yeux, cette femme aurait pu envoyer cette planète n'importe où ailleurs, loin de tout, loin d'un soleil, loin de toutes ces probabilités afin qu'elle meure, nous tuant tous !

Laura respira. Ces mots qu'elle disait… César lui jeta un drôle de regard avant de se remettre à surveiller la pièce.

— Quelle serait la probabilité que l'impératrice n'ait pas voulu notre mort ? demanda-t-elle à l'assistance. Peut-être que nous devions prendre conscience de notre existence avant de rentrer sur Prima sans querelle ? Sans cette guerre qui nous a opposés violemment ? Quelle serait cette probabilité, selon vous ?

Laura se tut un moment, souriant légèrement.

— Rien n'est laissé au hasard, j'en suis sûre ! continua-t-elle. Ni le fait de nous réveiller dans ce siècle ni le fait que mes Sentinelles m'aient retrouvée. Quand nous retournerons tous sur Prima, quand ce jour-là arrivera, la planète entière sera prête pour ça. Et pas juste une poignée d'entre nous. Je suppose que c'est pour ça que les vidéos et toutes les autres preuves menant à nous ont été détruites, devina-t-elle en jetant un coup d'œil du côté des représentants et des membres de la Coalition.

Elle se souvint des paroles de la Voix. Les terriens ne devaient pas savoir ce qui se passait en ce moment. L'heure n'était pas encore venue.

— Et nous ? Nous n'avons pas choisi d'être ici ! s'exclama l'homme de toute à l'heure, qui avait repris son enfant dans ses bras. Dois-je voir grandir mes petits-fils en leur expliquant qu'ils doivent se cacher à chaque pleine lune ? Que sortir avec une terrienne est impossible, car ils risquent de lui faire du mal ?

Laura haussa les sourcils. L'homme qu'elle voyait ne ressemblait pas à un grand-père... il semblait plutôt être dans la force de l'âge. Il avait peut-être 35 ou 40 ans, tout au plus. Pourquoi parlait-il de *ses* petits-enfants ?

— Alexander, des solutions existent. Nous sommes là pour assurer votre sécurité. Serena conduit des expériences avec un sérum, tu le sais..., lança Alano.

— Non, Alano. Je veux l'entendre de la bouche de la princesse. Que comptez-vous faire pour nous ?

— Je n'ai pas de réponse à vous donner, Alexander, car je ne le sais pas encore. Je suis désolée.

En voyant son regard surpris, Laura lui sourit, hésita un instant et se dirigea vers lui. Un léger brouhaha se produisit. Les Sentinelles la suivirent et se mirent de part et d'autre d'elle.

— Il n'y a pas longtemps que je sais qui je suis, murmura-t-elle en le regardant. Et malgré tout, j'ai souvent l'impression de rêver... ou de cauchemarder, selon les jours.

Laura lui sourit, un peu gênée, avant de continuer.

— Quand mes migraines sont devenues de plus en plus fortes, j'ai cru que je délirais. Je voyais des choses qui n'auraient pas dû apparaître à une personne normale. Toute ma petite vie confortable explosait en mille morceaux. Après m'avoir fait croire que j'avais perdu mes parents dans un accident de la route, on m'a fait croire que je devenais folle.

Elle respira longuement et jeta un coup d'œil à Élisabeth, qui se tenait près d'eux.

— La seule présence rassurante dans ma vie était celle de Dominic…

Laura expira profondément après avoir prononcé ce nom. Quand elle releva les yeux vers Alexander, ils étaient redevenus normaux.

— Alors, je peux comprendre ce que vous ressentez. Le fait d'être dans un endroit qui ne nous appartient pas… Eh bien, je sais ce que c'est. Quand j'ai su la vérité, je me suis menti à moi-même. J'ai fait comme si de rien n'était et j'ai essayé de redevenir la terrienne que je croyais être tout en me disant que je pouvais gérer tout ça. Mais ce n'était pas vrai. On ne peut rien faire seul, surtout quand l'entreprise est si énorme. Je n'ai pas retrouvé toute ma mémoire, et mes pouvoirs ne sont pas…

Elle soupira une autre fois. Laura regarda un à un les visages qui se tenaient devant elle.

— C'est pour ça que je ferai tout ce qui est en mon pouvoir pour que vous soyez en sécurité. Mais je ne peux pas faire ça toute seule. Nous devons nous serrer les coudes, nous entraider. Nous affronter ne servira à rien. Unis, nous serons vainqueurs. Séparés, nous perdrons.

Un brouhaha s'éleva alors. Les hommes et femmes se regardèrent; tous étaient un peu incrédules à la suite de la déclaration que leur faisait leur princesse. Une déclaration d'une sincérité touchante, mais d'une logique bouleversante.

— Pour répondre à la question que vous vous posiez tous à propos de mes absences aux précédentes réunions, je…

Elle s'arrêta un instant, se sentant prise d'une légère hésitation, et sourit aux regards étonnés qui étaient posés vers elle.

— J'avais peur, reprit la jeune femme. Peur de vous. Peur de vos regards à mon endroit. Peur de vos attentes. Je suis née princesse dans une galaxie autre que celle-ci, mais j'ai tout oublié. Tout ! J'avance à tâtons, et je suis effrayée à l'idée de vous faire du mal sans le savoir ou de ne pas pouvoir répondre à vos demandes. Je me dévoile devant vous ; ça ne fait pas très « royal », n'est-ce pas ? dit enfin Laura en se moquant doucement d'elle-même.

Tout le monde sourit en entendant ces mots. L'ambiance était devenue un peu plus agréable.

— Comment s'appelle votre fils ? demanda-t-elle à l'homme en regardant le petit garçon qui lui souriait.

Il lui manquait les dents de devant, mais il était trop craquant. Sachant qu'on parlait de lui, l'enfant leva les bras pour que Laura le prenne, au grand étonnement de l'homme.

— C'est mon petit-fils. Il s'appelle Benjamin. Mais vous savez, il est un peu craintif. Il ne va pas souvent vers les gens, essaya-t-il de la prévenir.

Alors qu'il finissait sa phrase, le petit garçon sauta des bras de son grand-père vers ceux de Laura sans hésitation. En accompagnant le mouvement, Alexander toucha sans le vouloir la main de Laura. Un frisson électrique les parcourut tous les deux. Le souffle devenu court, Laura regarda les yeux de l'homme, qui étaient devenus presque totalement ambrés, et vit le déroulement de sa vie.

Il vivait dans le royaume des lions, Optima. Le royaume le plus puissant de tout l'empire.

Elle le vit fier, car il était un combattant au service du roi et de la reine des lions. Il assurait la protection personnelle du roi au palais. C'était un privilège et un honneur de servir la royauté. Une charge à vie. Grâce à son travail, sa vaillance et à sa fidélité, il se fit offrir une maison à proximité du palais. Il avait une famille. Sa femme attendait un enfant. Leur premier. Ils étaient heureux. L'accouchement ne se passa pas comme prévu. L'enfant était trop gros pour son épouse. Il avait demandé de l'aide à Marjoria, la prêtresse du royaume des aigles, qui était en visite dans leur royaume.

Comme la femme aux cheveux rouges avait un air innocent et des yeux pétillants d'énergie, à l'époque ! C'était infime, mais elle voyait la différence.

Cette dernière lui avait dit qu'il allait devoir choisir entre le bébé et sa femme. Choix terrible ! Déchirant ! Sa femme avait décidé pour lui. Elle était morte, mais lui avait laissé une magnifique fille. Dès lors, sa vie avait été constituée de deux choses : sa fille et le palais.

Elle le vit lors de la cérémonie du sang sur Prima. Il avait senti le pouvoir infini de la princesse Opal. Il n'avait pas été en mesure de rester sous sa forme anthropomorphe et s'était transformé comme tous les autres gardes du roi. Ce dernier, grâce à sa force, était resté tel quel, mais il lui avait fallu déployer énormément de pouvoir : des gouttes de sueur perlant sur son front et sa respiration hachurée le prouvaient. Elle vit la peur s'installer sur le visage du roi à la fin de la cérémonie quand il avait constaté que l'empereur souriait en regardant sa fille entourée de ses Sentinelles au milieu de l'arène.

Après cela, tout alla vite : de nombreuses visites secrètes des rois des autres royaumes. Certains voulaient tuer la menace qui pesait sur leurs têtes. D'autres, comme son roi, voulaient attendre de voir ce qui se passerait. Finalement, après avoir appris que l'empereur avait emprisonné sa propre fille dans un donjon, ils avaient décidé d'agir…

Alexander se rejeta brusquement en arrière. Ce retour dans le passé n'avait duré que quelques secondes, mais pour Laura, qui avait vu les souvenirs enfouis d'Alexander, c'était complètement différent. C'était comme la première fois avec César, mais en pire. « J'ai été emprisonné dans un donjon par mon propre père ? » se dit-elle, incrédule. Ses yeux avaient changé un court instant pour prendre un éclat ambré qui disparut par la suite.

Alexander cligna des yeux plusieurs fois, comme s'il se réveillait également d'un long rêve, et continua de la regarder, éberlué.

— Comment avez-vous fait ça, princesse ? lui demanda-t-il en secouant la tête doucement.

Le jeune garçon qui avait posé une question à Laura aida l'homme blond à se relever et se colla à lui par la suite tout en regardant Laura d'un air inquisiteur. Celle-ci continua de regarder Alexander, cherchant des réponses dans son regard ambré. L'enfant qui se tenait alors dans ses bras mit ses deux petites paumes contre ses joues. La jeune femme, encore sous le choc après cette révélation, fixa l'enfant sans vraiment le voir. Blond, les yeux clairs, il lui souriait comme seul un enfant savait le faire et se mit à babiller de joie.

Laura se mit à sourire tendrement. Une larme coula sur sa joue gauche. Benjamin l'essuya avec sa petite main tout en continuant de babiller. « Il est trop craquant. » La jeune femme le serra un moment contre elle. Il était chaud, et sa peau était toute douce. Enfin, elle le déposa dans les bras de l'homme blond. Le petit n'avait apparemment pas envie de quitter ses bras, puisqu'il se mit à pleurnicher. Les pensées de Laura étaient déjà ailleurs : « Mon père m'a-t-il vraiment emprisonnée dans un donjon ? Moi, sa propre fille ? Qu'ai-je fait pour mériter ça ? Je dois vérifier ceci auprès de Marjoria. »

– Opal, est-ce que tout va bien ? s'enquit César en lui touchant l'épaule.

Sous l'effet de ce contact électrisant, elle frissonna et sortit de sa bulle. Laura prit conscience de tous les regards qui la fixaient étrangement. Des murmures montaient çà et là de la salle. Alors, le jeune garçon fit une chose inattendue : il se jeta dans les bras d'Opal et se mit à pleurer lui aussi. Ses maigres bras lui enserrant sa taille.

– Pourquoi ne vous souvenez-vous pas de nous, princesse Opal ? s'écria-t-il d'une voix étouffée, son visage caché dans les plis de sa blouse.

Quand il releva la tête, des torrents de larmes coulaient sur ses joues.

– Pourquoi vous ne nous aimez plus ? demanda-t-il en continuant de pleurer à chaudes larmes.

Forêt de Prima

Le capitaine de la garde de Prima marchait avec ses hommes dans la section nord de la forêt priméenne, sans bruit. Des fusils d'assaut *Enforcer* en main, déployés en demi-cercle, ses soldats et lui scrutaient les hauts buissons, en état d'alerte.

Tous étaient vêtus de pantalons et de hauts noirs. Une cuirasse bleutée faite de nanofilaments de carbone priméen protégeait leurs torses, leurs dos, leurs jambes ainsi que leurs bras. Les épaulettes étaient marquées du sceau de Prima : un croissant de lune blanc avec en son centre une lune pleine et bleue. Sur chacune de leurs cuisses se trouvait un étui contenant leurs armes, dont le B.E.X-21, une arme longue et rétractable permettant d'immobiliser un ennemi grâce à un courant électrique.

Thoas était attentif à tous les sons que la forêt émettait. Des bruits de pas leur parvinrent de la droite : d'un seul mouvement, la dizaine d'hommes levèrent leurs armes dans cette direction. Leurs deux éclaireurs se montrèrent tout en signalant leur présence, les mains levées. Thoas pinça les lèvres et se dirigea vers eux.

— Venez voir, dit l'un des éclaireurs.

— Vous avez trouvé quelque chose ? demanda l'homme aux traits asiatiques.

— Oui, capitaine, des traces de loups, comme on l'avait prévu. Il y en a plusieurs. Regardez ça, dit le premier éclaireur en montrant les immenses empreintes de loups dans la terre mouillée.

— Quatre alphas, apparemment, dit pensivement Thoas en regardant attentivement les traces. Trois loups mineurs ici, dit-il en montrant de la main un emplacement.

— Exact. Ils semblent se diriger vers la section nord-ouest de la forêt, confirma un soldat, qui était penché vers les traces et qui les reniflait.

— Et ils ne sont pas répertoriés, affirma un autre en reniflant l'air.

Thoas sortit un tube cylindrique de sa poche et l'étira, révélant ainsi un écran holographique. La carte détaillée de la forêt où ils se trouvaient apparut. Il tapota sur l'image quelques instants pendant que ses hommes commentaient les traces. La plupart des soldats étaient des loups, ce qui était génial quand ils devaient retracer des métamorphes.

— Voilà ce que nous allons faire, les gars.

Il attendit qu'ils écoutent avant de recommencer à parler.

— Nous cinq, dit-il en désignant quatre autres hommes, nous partirons vers cette section de la forêt. Nous nous rencontrerons à ce point-ci, commanda-t-il en entourant la zone sur le plan qu'il leur montra. C'est OK ?

— Oui, Capitaine, dirent-ils d'une seule voix.

Les quatre hommes se rapprochèrent de leur capitaine tandis que les autres partaient en suivant les traces d'empreintes.

— Tim ? lança Thoas à sa tablette holographique.

La carte de la forêt disparut pour laisser apparaitre le visage du scientifique, qui leva les yeux vers eux.

— Ouais, je t'écoute, dit-il d'une voix grave.

— Téléporte-nous vers le secteur nord-ouest. Je viens de t'envoyer les coordonnées.

— C'est comme si c'était fait, ma poule !

— Tim…, soupira Thoas en entendant ce surnom.

Ses hommes se mirent à rigoler avant qu'un halo bleu les téléporte vers le lieu désiré.

Quartier général de la Coalition, Montréal

Pendant que Serena et les représentants des royaumes s'occupaient du reste des individus restés dans la pièce principale,

Alano, lui, avait conduit Laura et ceux qui l'accompagnaient dans une petite salle attenante, son bureau. L'endroit n'était pas vaste, mais il y avait assez de place pour accueillir une petite dizaine de personnes. Deux larges sofas, des chaises, une immense bibliothèque sur un pan de mur ornaient la pièce. Une petite porte donnait accès à la salle de bains adjacente.

Alexander, Benjamin, le jeune garçon — qui séchait ses larmes et dont elle ne connaissait toujours pas le nom — et ses Sentinelles se trouvaient là. Apparemment, elle avait connu personnellement cette famille dans son ancienne vie. Elle n'avait aucun souvenir de tout cela.

— Je me souviens de vous, Alexander, dit Gabriel d'une voix rauque en s'avançant vers lui. Vous étiez dans la garde royale de notre roi.

— Exact, jeune lion… je veux dire Sentinelle, pardonne-moi. Pour moi, tu seras toujours ce petit garçon que j'ai connu autrefois. Je suis bien aise de te voir à nouveau sur pied.

Les deux hommes se regardèrent, émus.

— Grâce à la princesse, le maléfice a disparu. Je suis vraiment content de vous revoir, Alexander, déclara Gabriel en souriant plus largement.

Un vrai sourire éclairait son visage. Laura pouvait compter le nombre de fois où il avait souri, et elles n'étaient pas nombreuses. En fait, elle ne l'avait vu sourire qu'une seule fois : quand elle l'avait libéré de sa forme de lion permanente. Pour qu'il sourie ainsi, il devait être vraiment heureux de revoir cette personne en vie. Elle avait dû beaucoup compter pour lui.

— Moi aussi, jeune lion… je veux dire Gabriel, dit Alexander en se reprenant.

Il rit doucement, déposa le petit par terre et lui donna une grande accolade.

— Nous sommes heureux de vous revoir également, dit César en s'approchant, suivi par son frère.

Ils lui serrèrent longuement et chaleureusement la main. Annabella lui adressa un merveilleux sourire. Benjamin en profita pour courir dans les bras de Laura, qui le porta en riant. Il se mit à babiller à qui mieux mieux en souriant de toutes ses dents. La jeune tigresse, debout derrière la princesse, se mit à jouer avec lui.

— Comment est-ce que je vous connais, vous et les garçons ? demanda Laura.

— Princesse Opal, vous connaissiez Samson et Benjamin quand nous étions encore sur Prima. Vous veniez en cachette avec vos Sentinelles sur Optima, le royaume des lions.

En voyant l'air interrogateur de Laura, l'homme blond expliqua en souriant :

— La première fois, je vous ai tous surpris furetant dans la ville, habillés comme le commun des Priméens. Au lieu de vous gronder, je vous ai reconduits discrètement au portail interplanétaire. Par la suite, quand vous êtes revenus, vous avez rencontré les garçons et ma fille. Benjamin n'était qu'un bébé. J'ai comme l'impression qu'il se souvient de vous, princesse… c'est fou ! Vous vous êtes liés d'amitié avec mon petit-fils Samson également.

Il prit le jeune garçon par les épaules et ajouta :

— Vous veniez souvent à la maison pour manger les pâtisseries que ma fille faisait.

— D'ailleurs, où est Saam ? demanda Gabriel. Est-elle ici avec toi ?

À ce nom connu, les deux enfants sursautèrent. Leurs yeux s'écarquillèrent, et ils prirent un air terrorisé l'espace d'un instant. Benjamin, la seconde d'avant rieur, se blottit dans les bras de Laura, la mine triste. L'autre jeune garçon se serra contre son grand-père, le visage caché dans sa chemise. Le visage fermé, le regard de ce dernier fit le tour des personnes présentes, désormais ombrageux.

— Elle est morte… tuée par les loups, annonça-t-il d'une voix atone.

Tous le regardèrent, hébétés par la nouvelle. Laura les fixa, la mine circonspecte. Cette dernière ne savait pas de qui il s'agissait, mais apparemment, cela était encore un choc pour eux tous. Elle approcha son menton de la tête de Benjamin et le serra un peu plus fort.

— Que s'est-il passé, Alexander? demanda Annabella, qui était restée jusque-là silencieuse.

L'homme soupira profondément, le cœur lourd. Il serra d'un bras le jeune garçon toujours serré contre lui.

— Quand nous nous sommes réveillés de notre long sommeil, Saam et moi, les garçons dormaient encore, tout comme bon nombre de nos frères et sœurs. Grâce à Serena et Alano, nous avons été pris en charge dès le début.

En prononçant ces mots, il jeta un regard plein d'amitié à ce dernier qui écoutait sans mot dire les bras croisés, adossé au mur.

— Je vous passe les détails de notre extrême surprise sur l'évolution de notre statut au cours des millénaires où nous avons dormi. Nous n'étions plus dans notre monde, nous n'avions plus de traces de nos planètes respectives, mais plus que ça, les loups nous « moissonnaient » ! s'exclama-t-il presque en criant.

Il semblait que même aujourd'hui, il n'y croyait toujours pas.

— Grand-papa…, murmura le jeune garçon en regardant son grand-père inquiet.

— Ça va, ne t'inquiète pas, Samson. Je vais bien, mon enfant, reprit-il, plus calme.

— Ils vous moissonnaient ? Que voulez-vous dire par là ? demanda Laura.

— Ils les tuaient, répondit froidement César à la place de ce dernier. Peux-tu nous dire comment tout ça a commencé… ? Alano ? s'enquit-il en se tournant vers l'homme toujours adossé contre le mur.

Ce dernier releva les yeux vers eux. Son regard s'était changé en yeux de panthères. Il restait là à les regarder longuement comme s'ils étaient invisibles.

— Alano ? lança Laura, un peu indécise.

L'homme sursauta légèrement à cette voix et se tourna vers elle. Il cligna plusieurs fois des yeux, comme s'il essayait de revenir au moment présent.

— Quel âge me donnez-vous, princesse Opal ? demanda l'homme en dirigeant son regard vers elle.

— Euh…

La jeune femme ne s'attendait pas à cette question. Quand elle vit qu'il ne plaisantait pas et attendait une réponse, elle le regarda plus attentivement. Sa peau était mate ; de fines lignes marquaient le coin de ses yeux, et de petites ridules striaient son visage carré et volontaire. Des cheveux blancs parsemaient le contour de ses tempes. Il lui semblait jeune, probablement dans la quarantaine.

— Je vous donne environ 42 ans, Alano, évalua-t-elle à haute voix.

— Princesse, je suis flatté. Mais vous êtes loin du compte, dit-il en riant doucement. Essayez encore, mais cette fois-ci, augmentez le nombre.

— En augmentant ? Vous êtes sûr ? demanda-t-elle, perplexe, en regardant rapidement Annabella. Hum... 49 ans ? dit-elle alors, indécise.

— Princesse, j'ai près de 496 ans !

En voyant le regard interloqué de Laura, il éclata de rire. Un rire agréable et chaud.

— Mais... comment cela peut-il être possible ? bégaya-t-elle.

Cette dernière regarda tout le monde. Personne n'avait l'air surpris par ce qu'Alano venait d'annoncer. Par contre, Gabriel, Marcus et César la regardaient avec un drôle d'air, guettant sa réaction. Annabella lui toucha le bras avec un regard perçant.

— Il dit vrai, Opal, confirma la jeune tigresse en continuant de la fixer.

— Mais comment cela peut-il être possible ? répéta-t-elle, abasourdie.

La jeune femme se tourna lentement vers Alexander en le regardant étrangement.

— Alexander, quel âge avez-vous ?

— Je suis plus âgé qu'Alano, princesse. Je vais avoir 958 ans.

Laura sursauta et fit un pas en arrière, tenant toujours Benjamin dans ses bras. Elle buta sur Annabella, juste derrière, puis la regarda fixement avant de déglutir lentement.

— Annabella, Gabriel, Marcus, César... quel âge avez-vous donc ?

Son regard était posé sur César. Ce dernier pinça les lèvres.

Tous les quatre se regardèrent rapidement avant de poser leurs yeux sur Laura.

— Nous sommes la dernière génération, les plus jeunes, répondit finalement Marcus. Pour t'expliquer rapidement, lorsque nous nous sommes tous endormis, nous avions sensiblement le même âge. Cependant, nous, nous sommes réveillés plusieurs décennies avant ton réveil.

— Plusieurs décennies ? C'est-à-dire ?

— En fait, nous avons tous 30 ans depuis un bon moment, expliqua d'un air grave César en posant son regard émeraude sur elle, puis brusquement, il grimaça et posa son pouce et son index sur une de ses tempes en plissant le front comme s'il avait mal.

— Pardon ? Je ne comprends plus rien, balbutia Laura en secouant sa tête, sentant poindre une migraine.

— Nous avons arrêté de vieillir lorsque nous avons atteint l'âge de 30 ans. C'est ce qui est arrivé à Alexander, Alano et les autres métamorphes présents dans ce lieu.

— Est-ce que vous êtes… immortels ?

À voir la tête que faisait Laura, elle commençait à comprendre petit à petit ce que les personnes présentes lui expliquaient.

— Non, affirma Gabriel. Nous ne le sommes pas. À un certain moment, nous recommençons à vieillir normalement et nous mourrons.

— Normalement ? Comme des terriens ? demanda-t-elle en grimaçant légèrement.

— Pas exactement. L'évolution est… hum… un peu plus lente.

— À quel moment recommencez-vous à vieillir? continua Laura en se touchant la tempe gauche; elle commençait à en avoir assez de poser des questions.

— À partir de 430 ans pour certains peuples. Pour ce qui est des nobles de sang royal, ces derniers commencent à vieillir à partir des 1100 ans.

Laura tiqua et déposa Benjamin par terre; son mal de tête devenait de plus en plus lancinant. Cela pulsait dans sa tête comme un cœur qui battait la chamade. Elle reporta son attention vers Marcus.

— Ce qui veut dire qu'à partir de 30 ans, j'arrêterai de vieillir, c'est ça?

— Opal, pour toi, c'est différent. Tu es de sang impérial. La plus haute famille de l'Empire. À ton prochain anniversaire, tu arrêteras de vieillir.

Estomaquée, elle regarda Marcus d'un air hébété. Elle qui pensait avoir tout entendu sur cette vie! Le battement à ses tempes se fit plus sourd, plus lourd. Ses paupières se mirent à papillonner. César serra fortement l'épaule de son frère. Ce dernier pinça les lèvres en le voyant se tenir l'arête du nez et se retourna vers la princesse. Il fallait qu'il la calme tout de suite.

— Tu veux dire qu'à mes 25 ans, je serai comme vous jusqu'à environ 1 000 ans?

Sa voix était devenue aiguë. « Mon Dieu! Dans quoi me suis-je embarquée? » songea-t-elle, désespérée.

Laura s'adossa au mur et ferma les yeux.

— Je suis désolé d'avoir abordé cette question. Je pensais que Marjoria vous en avait déjà parlé, princesse. Je voulais seulement attirer votre attention sur le fait que ça fait très, très longtemps que nous combattons les loups, lui expliqua doucement Alano, un peu inquiet. Que vous rappelez-vous au juste de votre ancienne vie ?

— Pas grand-chose, en vérité, murmura Laura d'une voix presque ensommeillée.

La jeune femme était toujours adossée au mur. La révélation de leur longévité lui donnait le tournis. Elle se laissa glisser par terre, les mains autour de son visage. Annabella voulut la retenir, mais sans ouvrir les yeux, Laura la fit reculer de quelques pas. Uniquement par la pensée. Elle n'avait aucune envie d'être touchée ; ce qu'elle voulait, c'était connaître toute l'histoire entourant cette vie. Elle en avait assez de ne pas se souvenir. Alexander plissa le front en regardant Alano. Ce dernier se mordit les lèvres, inquiet.

Annabella, Gabriel, César et Marcus se regardèrent rapidement. Il ne fallait surtout pas que la princesse soit effrayée et s'éloigne. Ils avaient déjà eu du mal à la persuader de venir au rassemblement…

— Opal, fit Gabriel en s'accroupissant devant elle avec sa voix douce et rauque. Princesse…, dit-il une seconde fois.

Laura ouvrit des yeux opalins. Elle semblait réellement fatiguée ; elle était complètement affalée par terre et respirait difficilement. Sa respiration était hachurée.

— Gabriel…, fit-elle dans un souffle avant de disparaître.

Temple de Marjoria, Prima

Laura ouvrit ses yeux, toujours opalins. Elle se toucha les tempes en grimaçant de douleur.

— Tu es enfin réveillée, mon enfant, prononça une voix douce. En tournant la tête sur la gauche, Laura remarqua une femme aux cheveux rouges à genoux devant une stèle qui priait. Cette dernière se releva à l'aide de son sceptre, pencha son buste comme pour saluer le monument et vint vers elle.

— Comment te sens-tu, Opal ? lui demanda Marjoria en s'accroupissant devant elle.

Cette dernière l'observait attentivement de ses grands yeux marron.

— J'ai une migraine affreuse, avoua la jeune femme d'une petite voix, fermant ses yeux en grimaçant de douleur.

Marjoria posa sa main sur le front d'Opal. « Comme c'est frais ! » Marjoria ferma pendant un court instant ses yeux, puis elle les rouvrit en chuchotant des phrases. Ses yeux étaient devenus rouge almandin.

Un moment plus tard, Laura leva la tête vers Marjoria en souriant.

— Je n'ai plus mal, Marjoria. Merci.

— Que s'est-il passé pour que tu viennes jusqu'ici toute seule ? Est-ce que tes Sentinelles savent où tu te trouves, mon enfant ?

— Je ne sais pas, déclara Laura en se levant.

La sensation de fatigue était bel et bien passée. Elle se sentait à nouveau normale.

— Je crois que je me suis évanouie, continua-t-elle. Je ne sais pas trop comment j'ai fait pour arriver sur Prima.

Laura l'avait déjà fait — venir sur Prima en se téléportant. Mais à l'époque, elle avait un talisman pour l'aider, à savoir sa pierre contenant un pouvoir insoupçonné, créée grâce à une de ses larmes et le sang de ses Sentinelles lors de la cérémonie du liage. C'était grâce à cette opale qu'elle avait pu être protégée des attaques des créatures créées par Charlène, la nuit de l'éclipse. La pierre lui avait également transféré de l'énergie.

— Pourrais-tu m'expliquer ce qui se passe Opal ? s'enquit la femme aux cheveux rouges en se redressant également. Te voir ici après tous ces mois d'absence est agréable, mais je n'ai pas l'impression que tu es venue de gaieté de cœur.

Laura regarda autour d'elle pendant que Marjoria parlait. Le soleil éclairait le lieu. Il faisait chaud et sec. Elle se trouvait dans le temple de Marjoria, dans la partie nord ; elle n'y était jamais venue. La jeune femme ne connaissait que sa partie sud, où elle avait atterri un jour sans prévenir. Elle avait cru rêver à ce moment, persuadée par la suite que cela était dû à sa prise de médicaments — enfin, c'était ce que Joseph et Dominic lui avaient laissé croire. Laura s'était réveillée dans une salle comme celle-ci, avec de grandes statues avec des ailes déployées se trouvant aux quatre coins du temple. Cependant, la végétation avait pris possession des lieux : des plantes grimpantes couraient le long des colonnes en marbre et sur les murs en pierre. Des arbres millénaires, immenses et majestueux s'y étaient installés, cassant ainsi certains pans de mur. Une partie du temple était donc ouverte sur l'extérieur. La lumière du jour rentrait et éclairait la chevelure de feu de Marjoria. Marjoria, la grande prêtresse de l'air, dernière représentante du royaume des aigles. Elle se tenait debout devant Opal dans sa longue robe rouge et noire. Des plumes d'aigle dorées étaient fixées à ses épaules. Ses yeux rouges brillaient.

— Opal ? demanda Marjoria en la regardant d'un air insistant.

— Marjoria… quel âge as-tu ?

CHAPITRE 3

Quartier général de la Coalition, Montréal

— ... je ne peux pas te le promettre, annonça Serena en regardant Élisabeth.

— Même 15 minutes avec elle seraient parfaites. Je veux juste avoir la possibilité de m'excuser auprès d'elle, murmura la femme, les larmes aux yeux.

— J'essayerai..., promit Serena en lui serrant les mains avant de se diriger vers la pharmacie de la clinique, Simon et Sacha sur ses talons.

Depuis trois mois maintenant, Serena leur administrait un sérum leur permettant de revenir à leur forme anthropomorphe plus rapidement, comme les alphas le pouvaient. Les loups mineurs devaient normalement attendre le lendemain afin de pouvoir se transformer. La Coalition et les Sentinelles avaient décidé de le faire afin d'assurer plus efficacement la sécurité de la princesse.

Quartier général des loups, niveau -3, Montréal

Deux hommes se trouvaient dans un petit bureau entouré par plusieurs écrans. Une vitre les séparait d'une pièce blanche vide. Une sonnerie retentit. Un des hommes entra un code afin d'actionner le T-Quan, et le bruit cessa.

— À cinq minutes près, je me demandais si elle allait toujours venir, plaisanta un homme.

— Jamais ! Depuis trois mois, c'est toujours la même chose avec elle.

Trois anneaux apparurent, fins, luminescents à l'intérieur et décorés avec des symboles inconnus. Charlène apparut dans la pièce blanche au même moment où les anneaux disparurent. La femme ne les salua pas, ne les regarda pas. Elle attendit que la porte s'ouvre pour avancer à l'intérieur.

Les deux hommes se regardèrent, firent une grimace et retournèrent à leur travail.

Les bruits des talons de la jeune femme résonnèrent dans tout l'étage. L'atmosphère y était étrange. La lumière tamisée rendait cet endroit encore plus froid et inamical. Un bruit sourd la fit s'arrêter. À sa gauche, une porte blindée se faisait taper dessus de l'intérieur. Un visage de loup apparut par une petite ouverture vitrée faisant office de lucarne. Blindée, elle aussi. Le loup alpha regardait la jeune femme avec un air affamé ; ses yeux rouges semblaient vouloir lui faire du mal. Il ouvrait sa gueule en montrant ses crocs. Charlène plissa les yeux, se tourna vers lui et s'avança vers la porte. Le métamorphe ouvrit encore plus grand sa gueule, essayant de briser la vitre afin de l'atteindre. Des traces humides collèrent à la vitre. Les yeux de la sorcière se modifièrent pour devenir d'un noir de jais. Au même moment, le loup se mit à hurler de douleur, se tenant la tête et la secouant vigoureusement de gauche à droite. Des craquements se firent entendre ; le loup était en pleine métamorphose. Les hurlements se changèrent en des cris de terreur jusqu'à ce que l'homme, qui était un loup alpha quelques secondes plus tôt, tombe par terre, inconscient. Des portes s'ouvrirent, et des hommes et des femmes en sortirent. Quand ils virent Charlène, ils baissèrent la tête et rentrèrent rapidement dans leurs différents bureaux, sauf un, qui vint vers elle d'un pas rapide. Il la recula de la porte et la regarda dans les yeux.

— Charlène ! Qu'est-ce que tu fais ? lui demanda-t-il.

La jeune femme le regarda avec un regard flou puis souffla. Elle fit cligner ses yeux, qui redevinrent normaux, puis elle soupira et serra les lèvres. La sorcière continua son chemin jusqu'à un nouveau sas rotatif. L'homme la suivit.

— Charlène… commença-t-il d'une voix inquiète.

— Je n'aurais pas dû m'en prendre à lui.

— Exact !

Ils entrèrent dans un second secteur. Lumière filtrée aussi. Ils se dirigèrent sans bruit vers une grande vitre et s'y arrêtèrent, regardant à l'intérieur. Charlène n'aurait jamais pensé avoir aussi mal au cœur. Elle n'avait ressenti ce sentiment que quand elle s'était réveillée sur cette Terre qui n'était plus la sienne.

— Il n'y a pas de changements depuis le jour où tu es venue, Charlène…, c'est-à-dire hier, annonça l'homme en haussant un sourcil réprobateur.

— C'est de ma faute s'il se trouve là…

— Je te signale que si tu n'avais pas été là, nous n'aurions pas pu le maintenir en vie. Si tu ne t'étais pas téléportée à temps, tu n'aurais pas pu les sauver tous les deux. Dominicus a perdu un œil, oui, mais au moins, il peut encore marcher, manger…

— Pourtant, *mon fiancé* ne le voit pas ainsi ! Je n'ai toujours pas le droit de le voir, même après trois mois ! s'écria-t-elle. Mais pourquoi n'ai-je pas suivi ce foutu plan ? cria-t-elle en tapant du poing sur la vitre.

— Charlène..., chuchota-t-il en essayant de l'apaiser.

— Ils me détestent tous !

— Qui ça, « ils » ?

— Tous les membres de la meute ! Je vois comment ils me regardent. Je les entends discuter entre eux quand j'ai le dos tourné.

Elle semblait sur le point de flancher. Des larmes menaçaient de couler. Marc lui prit les deux bras et la tourna vers lui en lui souriant.

— Moi, je tiens à toi, Charlène. Tu le sais !

— Marc..., commença-t-elle d'une petite voix en baissant sa tête et secouant la tête ; elle semblait à bout.

— Viens, sortons d'ici. Allons boire quelque chose de chaud ; tu en as besoin.

Charlène lui fit un semblant de sourire et se laissa emmener par Marc, non sans avoir jeté un dernier coup d'œil à l'intérieur de la pièce.

Dans cette salle, il y avait une coque translucide remplie d'un liquide transparent. De nombreux appareils médicaux s'y trouvaient. Des tubes sortaient de certains et se trouvaient immergés dans cette eau. Ils étaient tous reliés à un homme noir couché au fond. Immobile, les yeux fermés. Seul le moniteur émettant des *bips-bips* réguliers indiquant que l'homme était toujours en vie.

Agence de voyages, Montréal

— J'y vais, lança Frederico en préparant ses affaires.

— OK ! Pas de souci, lui répondit Anna en finissant de taper sur son clavier. Je finis ce dossier et j'y vais aussi.

— Ne reste pas trop tard ! À demain.

— Ciao, Frederico.

Deux minutes plus tard, la porte d'entrée tinta à nouveau. Quand Anna vit qui entrait dans l'agence, son sourire s'élargit encore plus.

— Simon ! s'exclama-t-elle d'une voix joyeuse, se levant rapidement pour aller au-devant de lui.

— Anna ! Dis-moi, Laura est-elle ici ? s'enquit-il en scrutant vers l'arrière avec insistance.

— Non. Elle n'est pas là depuis ce matin. Elle a pris sa journée, apparemment, fit-elle avec un sourire, se dandinant devant lui et résistant à l'envie de l'embrasser.

— Bien, murmura Simon en serrant les dents.

Ce dernier se retourna et regarda la baie vitrée sans vraiment la voir. En pensée, il envoya une réponse négative à Sacha, lui disant que la princesse ne se trouvait pas ici. Celle-ci lui répondit qu'Annabella et elle continuaient les recherches.

— Simon ? Ça va ?

— Oui, oui, lui dit-il en se retournant vers la jeune fille.

Il fit un sourire un peu forcé. Il était content de la voir, mais il avait pour mission de retrouver la princesse.

— Que lui voulais-tu, au juste ?

— Euh... lui parler, tout simplement.

— Tu es venu lui dire pour nous deux ? s'exclama-t-elle en souriant.

— Anna ! se récria-t-il assez rudement en la prenant par les épaules. Op... hum... Laura ne doit pas savoir que nous sommes ensemble ! Je suis sérieux.

— Jusqu'à quand comptes-tu le lui cacher ? C'est l'une de mes meilleures amies. Je veux lui faire partager notre bonheur. Elle sera contente pour nous, j'en suis sûre.

En disant cela, elle se colla à lui et releva la tête pour le regarder.

— Non, Anna. Le temps est mal choisi pour ça, émit-il en reculant, essayant de se décoller d'elle.

— Sais-tu des choses que je ne sais pas ? lui demanda-t-elle.

— Non, pas vraiment.

La jeune fille lui faisait énormément d'effet, et malheureusement, il avait autre chose à faire.

Anna avait senti le changement en Simon. Elle lui sourit sensuellement et passa sa main sous son tee-shirt. L'homme poussa un petit gémissement de plaisir. Il l'avait vraiment dans la peau ! Elle se décolla en frottant légèrement son bassin contre lui puis alla fermer la porte d'entrée. Sans le regarder, elle éteignit la lumière de la salle principale et se rendit à l'arrière de l'agence. Simon poussa un long soupir, passa sa main dans ses cheveux rageusement puis se dirigea vers la pièce du fond.

Temple de Marjoria, Prima

Marjoria fixa Laura un instant de ses yeux aux iris toujours rouge almandin. Son regard était devenu fuyant. Elle se détourna et marcha vers le monument monolithe dressé d'un pas lent. Laura la suivit.

C'était bien une stèle qui se tenait devant elles. Celle-ci devait faire un 3 m de haut. Une partie de la pierre était cassée et fissurée. Certaines inscriptions avaient été un peu effacées au fil du temps. Une sculpture y était représentée. En hauteur, elle comportait deux cercles de tailles différentes, dont l'un était entouré de rayons ressemblant à un soleil. Un aigle déployant des ailes immenses, le bec ouvert, s'élevait dans cet espace. Un peu plus bas, en bas d'une montagne, plusieurs femmes vêtues de courtes jupes et de tissu couvrant leurs poitrines brandissaient des arcs et des épées vers le ciel. Au milieu d'elles, il y avait une femme habillée d'une toge qui tenait un sceptre, le regard tourné vers l'aigle. Deux grands personnages se dressaient de profil face à face sur les bords de la stèle. Possédant un corps d'homme avec une tête d'aigle, celui de droite tenait une sorte de seau à la main tandis que l'autre portait au poignet un bracelet. Deux paires d'ailes sortaient de leurs dos.

Marjoria regarda un long moment le monument puis sourit doucement.

— On t'a donc révélé notre longévité exceptionnelle, devina-t-elle.

Ce n'était pas une question, mais plutôt une confirmation.

— Oui. J'ai rencontré Alano et Alexander du royaume des lions.

— Alexander… hum…, murmura la femme aux cheveux rouges en plissant le front, étonnée.

— Oui. Peux-tu m'expliquer, Marjoria ? J'ai besoin de comprendre.

— Je suis née il y a des millénaires, Opal, commença-t-elle. Quand la mère de ta mère — ta grand-mère, donc — régnait encore sur Prima avec son époux, l'empereur Sangasu. Lilith était son nom. Tu lui ressembles un peu.

Marjoria lui fit un sourire et la regarda un court instant avant de continuer.

— L'impératrice qui contrôlait les aigles est venue dans notre royaume en visite protocolaire l'année où je suis née.

Chaque nouveau-né devait être présenté à l'impératrice pour la bénédiction annuelle. Elle a vu dès ma naissance que j'avais des dispositions pour le monde surnaturel et a voulu me prendre à ses côtés. Elle a cependant accédé à la demande de ma mère de me laisser vivre une enfance normale tout en lui faisant promettre que quand je serais prête, elle m'enverrait sur Prima. Ma mère l'a juré.

Marjoria se tut. Quand elle recommença à parler, sa voix était moins ferme.

— Durant les premiers siècles de ma vie, j'ai donc vécu avec ma famille, mon Vol, au royaume des aigles. J'avais deux frères et une sœur. Avec nos parents, nous vivions bien grâce à la bonté de Lilith. Nous étions heureux. C'était un honneur pour la famille que l'on me prenne au palais. Mes parents n'avaient plus de souci à se faire pour mon futur. Par contre, pour moi, c'était horrible ! Je ne voulais pas me rendre sur une autre planète et vivre avec des étrangers — même si l'étrangère était l'impératrice.

Marjoria s'appuya sur son sceptre puis continua son récit.

— Cependant, l'appel intérieur du Divin était de plus en plus fort, et je le cachais de plus en plus difficilement. Quand ma mère m'a surprise un jour à jouer avec le vent, j'ai su que ces beaux jours étaient terminés. Et quand j'ai dû partir sur Prima, cela a été un déchirement…

Marjoria expira longuement.

— En arrivant sur la planète principale, je me suis consacrée au service de la beauté, de l'amour et de l'esprit de toute vie. J'officiais à des rites sacrés au rythme de la Nature, des éléments et de l'énergie présente parmi nous. L'impératrice m'a prise sous son aile dès le début. Peut-être savait-elle ce que je deviendrais ? En tout cas…

La prêtresse se tut à nouveau, les yeux dans le vague. Laura la regardait attentivement. Marjoria lui parlait d'une partie de sa vie. Elle avait l'impression que peu de personnes connaissaient sa véritable histoire.

— J'ai vu ta mère Liliana naître et l'impératrice mourir en même temps. Cela a été un déchirement, comme si je perdais ma famille une seconde fois. Je n'ai rien pu faire pour elle. Je suis arrivée trop tard… tout le monde courait et pleurait… Alors que je m'agenouillais auprès d'elle, elle a ouvert les yeux une dernière fois, m'a souri et m'a tenu la main. Son dernier acte a été de me donner en cadeau sa longévité impériale, raconta Marjoria d'une voix émue.

Elle se tourna vers Laura et la regarda fixement.

— Princesse, pour répondre à ta question, je suis âgée de 1322 ans !

Quartier général des loups, niveau -2 Montréal

— Il faut que je trouve une façon de me faire pardonner…

La jeune femme aux cheveux blonds marchait de long en large. Ils étaient dans une cuisine, et l'homme préparait du thé. La bouilloire siffla, la faisant sursauter. Elle respira longuement puis s'assit sur une chaise, les jambes croisées.

— Tu l'as déjà fait, Charlène. Je te rappelle encore une fois que tu as sauvé Joseph et Dominicus de *la fille*. Si tu ne t'étais pas téléportée avec eux, ils seraient morts. Tous les deux ! s'exclama l'homme à la blouse de médecin.

— Marc, tu vois les bonnes choses là où elles ne le sont pas, sourit gravement la femme. Merci, ajouta-t-elle quand il lui offrit la tasse.

— As-tu mangé ?

— Je n'ai pas le temps de…

Le dénommé Marc ouvrit le congélateur et mit quelque chose au four à micro-ondes. Il se retourna vers elle et lui sourit. Il mit sa blouse blanche sur le dossier d'une chaise et retroussa ses manches en lui parlant.

— Manger est la meilleure chose qu'une louve de ton rang puisse faire. Ton corps a besoin d'énergie. De un, pour être physiquement en état de se battre. De deux, pour pouvoir réfléchir efficacement et rapidement, ce que tu n'arrives pas à faire en ce moment. Le fait de manger détermine ton statut de prédateur ou de proie dans la chaine alimentaire.

Il lui servit un gigot d'agneau très saignant.

— Mange ! Ensuite, nous discuterons de ce que tu pourrais faire.

Agence de voyages, Montréal

Simon avait collé Anna contre le mur et l'embrassait sauvagement. Il n'avait jamais ressenti un tel attrait pour une femme, surtout pas pour une terrienne. Il avait déjà baisé des femmes, mais jamais comme ça ! Il se serait cru amoureux… En ayant cette pensée, le jeune homme arrêta d'embrasser Anna brusquement. Il recula, les yeux ronds, puis passa sa main dans ses cheveux ; il était troublé. « Je suis amoureux ? »

— Simon ? Ça va ?

Ce dernier la regarda un long moment, immobile. Anna se mordit les lèvres, et cela le rendit fou de désir. Il se jeta à nouveau sur elle, lui enlevant sa jupe et sa culotte pendant qu'elle riait de bonheur. Simon la porta jusqu'à la table de conférence — accessoirement table de cuisine — et la déposa délicatement dessus. Elle voulut s'asseoir, mais il secoua sa tête négativement et la fit se coucher, les jambes pendantes.

Le jeune homme souleva sa blouse blanche et chercha ses seins, qu'il se mit à malaxer puis à titiller avec la langue. Anna gémissait de plaisir, prononçant son nom d'une voix rauque. Simon posa sa main droite sur le pubis de la jeune femme et descendit plus bas afin de toucher son sexe mouillé. Il ne put se retenir ; il fit descendre son jeans, se mit entre ses jambes et s'enfonça en elle, millimètre par millimètre. C'était bon et chaud. Étroit et humide. Simon commença des mouvements d'aller-retour de manière continue en s'arrêtant quand il était sur le bord d'exploser et recommençait. Anna jouit, contractant son vagin à plusieurs reprises. L'homme ouvrit la bouche, essayant de respirer. La sensation était si exquise que sans faire d'efforts, il aurait pu jouir également. Simon la fit descendre de la table, la retourna et la prit par-derrière, écartant légèrement ses fesses. Il s'accrocha à ses hanches, et ses mouvements, qui plus tôt étaient réguliers comme un métronome, se transformèrent en de longs mouvements rapides et forts. Il la sentit trembler sous lui. Quand Anna poussa à nouveau un long cri, l'homme se laissa enfin aller, jouissant de tout son être.

Dans les rues de Montréal

– STOP ! s'écria Marcus.

Il apparut comme par magie dans une ruelle et s'accroupit pour ne pas se faire voir. César apparut une demi-seconde plus tard à ses côtés en le regardant d'un air interrogateur. Il fit comme lui et s'accroupit de façon à pouvoir passer à l'action si nécessaire.

– Que se passe-t-il ? demanda son frère tout en regardant autour de lui, soupçonneux.

– On s'y prend de la mauvaise façon pour retrouver Opal. Elle peut être partout !

– Tout le monde quadrille le pays ! Où veux-tu en venir, au juste ?

Marcus le regarda d'un air circonspect.

– On sait tous les deux que tu es le seul à pouvoir la retrouver, César.

– Marcus…, le coupa-t-il.

– Ça va te demander une grosse dose d'énergie comme la dernière fois, mais je suis là, cette fois-ci.

– Marcus…, le coupa César à nouveau.

– Ça peut durer des heures, cette recherche, et tu le sais bien. La nuit tombe. Notre priorité est sa sécurité – n'est-ce pas, mon frère ?

Les deux hommes se regardèrent, semblant se dire des milliers de choses avant que César détourne la tête en soupirant. Il s'adossa au mur et posa ses coudes sur ses genoux en soupirant. Son front était barré de plis de concentration.

– Tu es prêt ?

– Oui, dit enfin César en fermant ses yeux.

Quartier général de la Coalition, Montréal

Après ce qui s'était passé ce matin, Pol avait décidé d'essayer à nouveau de contacter les membres de sa fratrie. La première fois qu'il l'avait fait, il était sur Prima, et malgré toute sa concentration, il n'était pas arrivé à intercepter l'énergie d'Il Nam. Si ce dernier se trouvait sur cette Terre, peut-être l'entendrait-il d'ici ? Il se devait d'essayer…

Il avait demandé une salle à Serena où il pourrait être tranquille pour sa méditation quotidienne. Elle lui avait laissé une chambre qui servait au repos des métamorphes.

Pol enleva sa longue tunique, la plia délicatement et la déposa sur le dossier d'une chaise. Mince, l'homme avait un corps musclé et sec.

Debout, les jambes parallèles écartées et alignées au niveau de ses épaules, le dos droit, Pol inspira et expira profondément à plusieurs reprises avant de fermer les yeux et de faire le vide dans son esprit. Il plia les genoux puis posa sa main droite, paume en avant, parallèle à son visage. Il posa sa main gauche, paume vers l'intérieur, devant son ventre, parallèle à celui-ci. Il bougea lentement ses mains en décrivant des cercles. Chaque fois que ses mains se faisaient face complètement, il inspirait et expirait. Tout son être n'était qu'énergie.

Une énergie que chaque être vivant possédait. Chaque être vivant avait son énergie qui lui était propre, comme une signature énergique. Parmi les nombreuses lignes entrelacées qu'il voyait dans son esprit, aucune ne correspondait à celle qu'il recherchait. Alors qu'il allait abandonner, une pulsation familière le fit légèrement sursauter. Comme dans un labyrinthe qui serpentait et avait plusieurs chemins, Pol essaya de trouver le bon afin de se rapprocher de cette ligne d'énergie qui battait, qui pulsait comme un cœur et qui lui était connue.

Il l'avait trouvé !

– *Il Nam*, l'appela-t-il en pensée.

Wang Gung[3] des tigres, Corée du Sud

C'était une chambre au décor minimaliste. Un immense cadre représentant un tigre blanc aux yeux bleu saphir était accroché à un mur tandis que sur l'autre, il y avait une photographie montrant cinq personnes souriantes. L'horloge qui se trouvait dans la pièce indiquait 5 h du matin.

Un homme aux cheveux blancs dormait sur un large *yo,* un matelas ressemblant à un futon.

Le visage de l'homme, qui une minute plus tôt dormait profondément, se tordit : sa bouche fit une moue et son front se plissa. L'homme inspira profondément avant d'ouvrir ses yeux. Des pupilles dilatées et des iris dorés sombres regardaient le plafond.

– *Pol ?*

Temple de Marjoria, Prima

— Je suis désolée, Marjoria.

— Pourquoi, mon enfant ? demanda la femme aux cheveux rouges.

Les deux femmes étaient assises dans l'herbe. Elles avaient marché jusqu'à un petit jardin non loin du temple. De là, elles apercevaient une partie du palais. Tout y était tranquille. Des oiseaux chantaient leurs derniers chants. Le soleil commençait à se coucher à l'horizon. Quand elles avaient descendu les marches, des jardiniers s'étaient arrêtés de travailler, surpris, puis s'étaient agenouillés immédiatement en signe de respect.

3. « Palais du roi ».

— Pour tout ce qui t'est arrivé depuis ta naissance. Le fait que tu aies dû quitter ta famille pour Prima.

— Tu n'y es pour rien, mon enfant.

Laura fit une petite grimace. Un silence paisible s'installa entre elles. La jeune femme se tourna vers Marjoria, une question sur les lèvres.

— Quand ma grand-mère est morte, pourquoi n'es-tu pas retournée sur ta planète ?

— Parce que je ne le pouvais pas...

Marjoria hésita un instant et fit la moue.

— Lorsque l'impératrice est morte, la planète Vixma — la planète d'où je viens — est devenue inaccessible...

— Comment ça ? Les portails ont été détruits ?

— Non. Nous ne comprenons pas pourquoi... mais une semaine après sa mort, il y a eu... euh... un bouleversement incompréhensible de la planète...

Marjoria n'arrivait pas à terminer ses phrases. Son explication était décousue, ce qui ne lui ressemblait pas du tout. Laura faillit poser sa main sur le bras de la femme aux cheveux rouges avant de se rappeler ce qui s'était passé un peu plus tôt avec Alexander. À la place, elle lui sourit en guise d'encouragement. Marjoria, qui avait remarqué son geste, sourit à son tour et lui présenta la paume de sa main.

— N'aie pas peur. Vas-y, princesse !

— Je n'en suis pas sûre. Il m'arrive de voir les souvenirs des personnes et...

— Et il faut que tu sois en mesure de faire face à tes dons, Opal. Il faut que tu apprennes à les contrôler, à voir ce dont tu as besoin et laisser le reste de côté. Exerce-toi sur moi, mon enfant.

— Hum… OK, dit-elle en lui prenant sa main.

Dès qu'elle toucha la main de la prêtresse, son souffle ralentit, et ses iris devinrent rouge almandin. Laura vit cet instant de vie de Marjoria.

Elle était contente et en même temps triste. Durant des siècles, l'impératrice avait été à ses côtés, l'avait consolée quand sa famille lui manquait, l'avait aidée à développer ses dons. La reine Lilith était devenue comme une mère pour elle. Grâce aux encouragements de cette femme, ses pouvoirs s'étaient intensifiés. Sa perte lui faisait mal. Elle était également contente, car l'empereur, un peu plus tôt, l'avait fait demander pour lui faire part d'une nouvelle. Quand elle s'était présentée à lui, ses traits étaient figés dans la tristesse. La mort de sa femme l'attristait. Il savait à quel point la mort de Lilith l'affectait également. Il lui donnait la possibilité de passer quelque temps avec sa famille. Il supposait que cela l'aiderait à accepter le deuil.

Elle remplissait sa petite valise avec des cadeaux pour tout le monde.

Elle se dirigea vers une pièce où on entendait des pleurs. La petite princesse Liliana pleurait à nouveau. Elle serra les lèvres. Se rendait-elle compte de l'absence de sa mère ? La nourrice auprès d'elle faisait les cent pas, mais apparemment, rien ne la faisait taire. Elle posa sa valise près de la porte et la prit dans ses bras. Elle se mit à lui chanter une berceuse dans sa langue. Automatiquement, le bébé arrêta de pleurer et se mit à lui sourire pour ensuite s'endormir tranquillement. Elle lui promit de revenir vite, l'embrassa sur le front et la déposa dans son berceau. La nourrice lui sourit et s'assit sur une chaise.

Elle se rendit vers la grande salle de transfert. Sur son chemin, elle rencontra plusieurs personnes qui lui sourirent, l'embrassèrent et lui souhaitèrent un bon séjour auprès des siens. Ses mains se retrouvèrent remplies de cadeaux. Elle les remercia chaleureusement. Ces gens, elle les aimait vraiment. Ils faisaient partie de sa famille sur Prima : femmes de ménage, cuisiniers, serveurs, gardes… Grâce à eux, elle s'était sentie moins seule sur cette planète. Ils l'accompagnèrent jusque dans la salle de téléportation. Exceptionnellement, les gardes s'occupant de ce haut lieu stratégique les laissèrent tous passer. À cause d'elle ? Du deuil ? De la perte de cette reine bien-aimée ?

Les techniciens la saluèrent avec un sourire. L'un d'eux posa sa main sur un écran pendant que les autres tapotaient sur leurs écrans tactiles. Au sol, des lignes d'énergie bleutées apparurent, suivant le dessin d'un heptagramme dessiné au sol. Les sept colonnes s'illuminèrent, atteignant le plafond. Une gerbe d'énergie bleue explosa entre les colonnes. La porte vers Vixma !

Elle était accroupie et embrassait la jolie Rose, qui ne voulait pas qu'elle parte, quand un des techniciens s'écria qu'il se passait quelque chose de bizarre. Une pointe de glace vint le transpercer soudainement. Il s'écroula par terre. Les personnes se mirent à crier. Du tube d'énergie bleutée, des centaines de morceaux de glace déferlèrent dans la salle, touchant les personnes autour.

Elle créa un bouclier d'énergie rouge entre le portail et eux. Les pointes de glace frappèrent la barrière de protection avec force, la faisant trembler de tout son être. Elle se mit alors à invoquer le vent. Elle parvint avec beaucoup d'efforts à déformer le bouclier et à le transformer en un cône entourant les sept colonnes. Elle put alors respirer et tomba à terre. Autour d'elle, des personnes au sol avec des morceaux de glace plantés en travers du corps gémissaient. Du sang sur le sol…

— Que se passe-t-il ici ? tonna l'empereur en arrivant à la course.

— Nous n'en savons rien, mon Seigneur ! cria un technicien. Nous avons ouvert la porte vers Vixma comme d'habitu…

Il ne put finir sa phrase, touché par un énorme morceau de glace en plein cœur. Les gens se mirent à nouveau à crier. Marjoria leva une tête fatiguée vers le cône. Une fissure y était apparue à cause du choc continu contre le cône. Elle vit alors une lame de glace s'élancer dans la salle. Quand elle tourna sa tête vers le cri, son cœur s'arrêta un instant de battre. Rose ! Non… cela ne pouvait pas être possible ? « Déesse des Sept Cieux, aidez-nous ! » se dit-elle avec désespoir. Quand elle se dit cela, elle se sentit remplie d'une étrange énergie. Ses yeux devinrent rouges. Elle entendit la voix de Lilith dans sa tête.

— N'oublie pas ce que je t'ai enseigné, Marjoria la Rouge ! Tu es la réincarnation de la déesse des Sept Cieux. Laisse l'énergie monter en toi et referme ce passage.

Un tourbillon rouge apparut autour d'elle. Elle se releva. Il fallait qu'elle protège la vie d'innocents. Levant ses bras au-dessus d'elle, elle créa une boule d'énergie rouge qui grossit petit à petit. Elle la lança vers le cône qui allait se déchirer complètement. La puissance dégagée força la glace à reculer. L'ouverture se ferma instantanément, et elle s'évanouit.

Laura inspira profondément en ouvrant les yeux ; ses iris devenus rouges reprirent leur couleur normale. Les souvenirs dont elle était témoin n'étaient pas juste quelque chose qu'elle voyait. Elle ressentait tout ! Le sentiment qui avait habité Marjoria lors de la perte de sa grand-mère, sa douleur profonde. Cet immense bonheur à l'annonce de sa visite à sa famille qu'elle n'avait pas revue depuis des siècles ! Sa douleur intolérable lorsqu'elle avait vu le corps de la petite fille transpercée. Elle avait tout ressenti ! Ce fabuleux pouvoir circulant dans son corps quand elle avait refermé le portail.

C'était étrange et aussi jouissif. Quand elle se tourna vers Marjoria, elle vit que son visage triste regardait au loin. Elle lui tenait toujours la main. Le soleil avait disparu. La lumière venait de nombreux lampadaires installés dans le jardin. Quand la prêtresse parla, sa voix était devenue rauque.

– Nous avons scanné la planète, plusieurs fois. Tout était brouillé. Il n'y avait aucune réponse, aucun signal venant des habitants. L'empereur a donc envoyé des vaisseaux sur la planète…

– Qu'ont-ils découvert ?

– La planète était complètement gelée.

– Gelée ? s'étonna Laura.

– Oui ! Gelée, affirma Marjoria en se retournant vers elle, ses yeux d'aigle toujours visibles. Nous ne savons pas pourquoi ni comment ça peut être possible.

– Ta famille… ?

– Je prie tous les jours pour pouvoir les revoir, ne serait-ce qu'une minute, avoua la femme aux cheveux rouges en levant le visage vers le ciel étoilé.

Grotte, Prima

– La petite princesse est venue d'elle-même ici sur Prima après ces longs mois. Après autant de temps passé sur Nexma, elle s'est décidée à revenir ! Nous avons bien fait de ne pas la brusquer.

Pendant qu'elle parlait, son sceptre à la main, Marjoria allumait différents flambeaux par la simple pensée, illuminant la grotte où elle se trouvait. Elle avait déposé de grandes coupes contenant des herbes séchées sur des petits tas de pierres ; des flammes apparurent, et le crépitement doux de l'herbe se fit entendre. Une odeur de romarin remplit l'atmosphère. Le bruit d'une petite rivière intérieure se faisait entendre tout près. La prêtresse passa sa main sur une longue coque transparente, se trouvant au centre de la cavité, et s'inclina légèrement. Elle se releva quand celle-ci émit une lumière bleutée.

– Opal va aussi bien que possible, rassurez-vous ! Je la sens encore fragile mentalement. C'est tout à fait normal au vu de ce qui s'est passé avec Charlène, et puis il y a également la découverte de sa vraie nature... Ses pouvoirs augmentent au fur et à mesure, je peux le ressentir... la présence de César y est sûrement pour quelque chose.

Une nouvelle fois, une lumière bleue se répandit sur le long de la coque. Brièvement.

– César ne me parle pas directement, vous le savez bien, pas après ce que nous lui avons fait ! Mais je sens qu'il apaise Opal, et inversement, sa présence lui fait du bien. Dire que s'il n'avait pas été là, nous n'aurions jamais retrouvé la petite princesse, murmura-t-elle longuement en secouant sa tête. Il va falloir lui parler. Nous devons les réunir ; c'est primordial actuellement.

La lumière bleue s'illumina à nouveau. Marjorie soupira et regarda la coque bleutée.

– Elle voulait des informations sur notre longévité. Alano pensait qu'elle était au courant de notre évolution hors norme. La petite princesse commence à se poser des questions, et c'est très bien, sourit Marjoria. Je ne voulais pas lui faire peur et je lui ai raconté mon histoire, ce qui l'a rassurée. Opal a d'ailleurs pu se servir de ses dons pour remonter dans mes souvenirs.

Quand la prêtresse finit de parler, elle hésita pendant un court instant en se mordant la lèvre inférieure.

– Quelque chose m'inquiète, cependant. Je n'y avais pas vraiment réfléchi, mais nous n'avons jamais demandé à Alano ce que sa sœur et lui faisaient sur cette planète. Quand nous avons cherchés des survivants, nous étions heureux, moi la première, de les retrouver et de les savoir en vie. Nous savions que les royaumes avaient envoyé des combattants sur Nexma. Hier, Opal m'a dit avoir rencontré Alexander du royaume des lions sur Nexma.

Marjoria plissa les yeux en disant cela.

– Que fait donc le haut commandant de la garde privée du roi des lions sur Nexma ?

La lumière, brillant brièvement un instant plus tôt, se mit à réagir intensément. Par vagues, elle colora entièrement la coque transparente d'une couleur rougeoyante. La prêtresse dut se cacher les yeux avec son bras avant que l'intensité de la lumière explose, illuminant la grotte entière.

Appartement de Marcus, Prima

Marcus était allongé sur un lit défait. Nu. Le souffle encore un peu court, mais le sourire aux lèvres. Il passa son avant-bras sous sa tête et écouta l'eau, provenant de la salle de bains, couler. Quand enfin elle s'arrêta de s'écouler, son sourire s'accentua. La porte s'ouvrit un instant plus tard sur Annabella. Elle essayait d'attacher ses longs cheveux blancs en chignon, et ce faisant, elle dévoilait son corps harmonieux : deux beaux seins bien ronds, un ventre plat et lisse, deux jambes galbées et douces, des fesses fermes. Un minou qu'il adorait titiller avec sa langue juste pour l'entendre gémir et jouir. Un plaisir ! Il sentit son érection revenir. Marcus revint sur son visage angélique et sur sa bouche qu'il ne cessait de vouloir embrasser. Ils devraient garder secrète leur relation jusqu'à ce qu'Opal soit au pouvoir. Telle qu'il la connaissait, elle changerait ces lois stupides édictées par la famille impériale.

Quand Annabella eut fini avec ses cheveux, elle s'allongea près de lui et lui donna un long baiser. Son pénis devint encore plus dur. Marcus gémit d'une voix sourde. Il avait envie de se transformer et de la prendre afin de la faire sienne pour toujours.

— Qui aurait pensé que Marcus le scientifique, celui qui ne sourit jamais, est en fait un homme assoiffé de sexe ?

Il se mit à rire. Non, c'était sûr qu'il ne fallait pas se fier à l'apparence ; peu de personnes le voyaient sourire ou même rire. Il avait arrêté d'être joyeux après son réveil, en voyant tout ce qui les attendait. Tout ce qu'il avait à faire !

— J'ai trouvé la personne qui me fait tendre vers ça, lui répondit-il en riant encore. Et tu aimes ça toi aussi, je te signale !

— J'aime ça parce que c'est avec toi que je fais l'amour, chuchota Bella en lui offrant un doux baiser.

Marcus se leva et se dirigea vers une petite console où il se servit un verre d'eau après lui avoir demandé si elle en voulait un. Il était toujours nu et ne semblait pas du tout gêné de montrer à Bella son envie pour elle.

— Comment avez-vous retrouvé Opal, au fait ?

— C'est César. Je le lui ai demandé de la chercher grâce au lien. Sans ça, nous aurions perdu du temps. D'ailleurs, nous ne cherchions pas au bon endroit, vu qu'elle était ici, sur Prima, avec Marjoria.

— Est-ce qu'il va bien ? s'enquit Bella, une ligne plissée sur son front montrant son inquiétude.

— Il se repose, déclara Marcus en faisant une grimace.

— Je n'ai pas encore réussi à parler avec Gabriel…

— Je ne sais pas comment tu vas pouvoir aborder la conversation, Bella.

— Je ne sais pas non plus, mais nous devons savoir pourquoi il ne se souvient de rien et… le préparer, dit-elle en hésitant sur le dernier mot.

Le jeune homme soupira et avala sa dernière gorgée avant de s'installer entre les cuisses de Bella. Il désirait ardemment la goûter et n'avait aucunement envie de discuter.

Appartement de Gabriel, palais de Prima

Deux lions gambadaient dans la forêt de Prima. Le grand lion essayait de temps à autre de mordiller les pattes du plus petit. Ils arrivèrent près de la fontaine où ils avaient l'habitude de passer du temps et lapèrent l'eau fraîche avec délectation. Le soleil était haut dans le ciel de Prima.

— Tu dois vraiment repartir sur Optima ? demanda le lion d'une voix éraillée.

— Oui, Gabriel, répondit une voix féminine et rauque.

La lionne s'allongea près de l'arbre et bâilla avant de continuer.

— J'ai mon dernier test à passer, et je veux être d'attaque.

— Tu sais très bien que tu vas l'avoir.

— Oui, sûrement, mais ce sont les deux premiers qui auront le choix de travailler là où ils le souhaitent dans tout l'empire, Gab ! Travailler au palais de Prima est le summum pour quelqu'un de ma condition… Si je peux travailler au même endroit que vous tous, ce serait merveilleux…

— Je pensais que tu voulais y travailler à cause de moi. Je me suis trompé…, dit Gabriel en tournant sa tête d'un geste théâtral.

— Comme tu es bête, toi, dis donc…, rigola la lionne. Si tu dois rester sur Prima, je veux pouvoir y rester aussi et y travailler, Gab ! Je me sens bien avec toi, tu le sais…

Le lion se frotta contre la lionne tendrement avant de lui lécher son visage.

— Tu es l'une des plus talentueuses scientifiques de notre époque …

Le lion pencha la tête de côté avant de plisser les yeux et de dire d'une voix taquine :

— Heureusement que Tim et Marcus ne participent pas au concours ; tu serais troisième…

Gabriel eut juste le temps de faire un pas de côté avant que les crocs de la lionne passent à un millimètre de sa patte. Il se mit à courir tandis que la lionne le poursuivait.

Gabriel se tourna sur lui-même dans son lit en remontant la couverture.

— Nolane…, marmonna-t-il avant de se réveiller, les yeux embrumés.

C'était quoi, ce rêve étrange avec son amie Nolane ? Il plissa les sourcils avant de se rendormir.

CHAPITRE 4

***Wang Gung* des tigres, Corée du Sud**

Des palapas aux toits en tuile avec des arêtiers dotés de gouttières à encorbellement faisaient le tour d'une piscine de taille moyenne. Sous chaque palapa se trouvaient des lits de piscine blancs luxueux. Deux femmes aux yeux bridés en bikini se faisaient bronzer, leurs lunettes de soleil sur le nez. À leurs côtés se trouvaient un seau à champagne ainsi que des flutes où la boisson pétillait.

Derrière elles, sur la pelouse, un homme avec un tablier faisait griller toutes sortes de viandes marinées.

Quatre énormes tigres reconnaissables à leur fourrure roux foncé rayée de noir se promenaient autour, semblant monter la garde. Leurs longues queues se balançaient au gré de leurs pas.

Un homme faisait des longueurs dans l'eau. Ses mouvements étaient fluides, réguliers et puissants. Quand il s'arrêta et se hissa hors de la piscine, une des femmes se précipita vers lui avec une serviette blanche alors que la seconde remplissait une flute de champagne.

– *Daegun*[4], êtes-vous bien ? demanda la première femme en lui présentant un peignoir après qu'il se fut essuyé avec la serviette et l'ait jetée au sol.

---

4. « Prince ».

La jeune femme avait la tête penchée devant l'homme brun aux yeux bridés en signe de respect, et elle ramassa rapidement la serviette.

— Très bien, Bae, dit l'homme d'un air détaché en allant s'allonger sur un des lits.

— Tenez, *nae daegun*, dit la seconde femme en lui tendant la boisson tout en penchant également la tête.

— Merci, Ae-Cha, lui répondit l'homme en prenant la flute et en la vidant d'un trait.

Ce dernier tendit le bras afin de se faire resservir pendant que la dénommée Bae lui tendait du bout de ses baguettes en argent un morceau de bœuf grillé. Une cuillère se trouvait au-dessous de la nourriture au cas où. L'homme l'avala avant de la recracher violemment tout en grimaçant de douleur. Il se mordit les lèvres avant de gifler la jeune asiatique.

— *Ssibal*[5] ! Assure-toi que la viande est tiède avant de me la tendre, espèce de *babo*[6] ! vociféra l'homme d'une voix froide tout en la regardant avec dégoût.

— Je suis désolée, *nae daegun*, chuchota Bae en se courbant à 90 degrés en face de lui.

Elle ne bougea pas avant qu'il fasse un geste et la renvoie vers le cuisinier.

— Et toi ! continua-t-il en se tournant vers Ae-Cha, qui avait cessé de le servir. J'ai soif !

— Oui, *nae daegun*, s'empressa-t-elle de dire en lui versant la boisson demandée.

5. « Merde ».

6. « Idiote ».

Cache des panthères, banlieue de Montréal

— *Bom dia*[7], Ach, as-tu des nouvelles ? demanda K en souriant à l'homme qui la regardait par visioconférence.

Kassandra était en train de boire son café dans sa chambre tout en vérifiant différentes données concernant Opal et les Sentinelles lorsqu'elle avait reçu un appel d'Aquiles. Elle leva ses yeux vairons l'espace d'une courte seconde vers Lucas, qui venait de sortir de la douche, avant de fixer à nouveau l'écran.

— *Boa tarde*[8], Kass. *Sim*[9], nous avons trouvé quelqu'un qui pourrait nous aider à comprendre pourquoi tu as réagi aussi intensément aux pouvoirs d'Opal, dit un homme noir portant des dreadlocks et détenant d'étonnants yeux pers.

— Explique-nous ça ! ordonna Lucas en venant s'asseoir à côté de Kassandra, qu'il embrassa sur la tempe avant de se tourner vers l'écran.

— Nous avons trouvé un homme qui pourrait nous être utile. Vous souvenez-vous de l'Augure de la reine Marguerite ?

À leur signe de tête, Aquiles continua.

— Il est toujours sur Nexma.

— Je pensais qu'il avait été tué par la garde…

— Apparemment pas. Il a pu s'enfuir, comme beaucoup d'autres. Nous ne pouvons lui en tenir rigueur, dit l'homme sur l'écran avec un bref rictus. Bref, tout cela pour dire qu'en passant par des intermédiaires, j'ai pu remonter jusqu'à lui.

— Où se trouve-t-il ?

— En Équateur.

7. « Bonjour ».

8. « Bon après-midi ».

9. « Oui ».

— Pardon ?

— En totale autarcie avec un peuple de la forêt qui apparemment l'a adopté il y a deux siècles environ.

— …

— Je t'ai pris un billet d'avion pour Quito, Kass. Tu pars d'ici trois heures !

— Pourquoi l'Équateur, Ach ? demanda la jeune femme en fronçant les sourcils.

— Parce que c'était un site de haut pouvoir psychique au temps où le royaume des loups était ce qu'il était. De nombreux augures, disciples de l'univers, s'y étaient installés et avaient élevé des écrits, des temples, des statues pour la déesse-mère. Un peu comme les pyramides de l'Égypte actuelle. C'était des millénaires avant notre naissance. J'avais lu dessus quand nous étions sur Tellus.

— Ouais, moi aussi, dit pensivement Lucas en se touchant le menton. Alors comme ça, l'Augure est parti s'installer là-bas. Je me demande bien pourquoi…

Petit salon, palais de Prima

— Merci, Marjoria, de nous avoir fait savoir qu'Opal était avec toi, la remercia Gabriel en s'asseyant à table.

Marcus César et Annabella se jetèrent rapidement un coup d'œil. Ils étaient tous attablés. Arradoi, Marjoria, César, Marcus, Annabella, Tim, Thoas et Gabriel se trouvaient dans la petite salle à manger du palais et prenaient leur petit-déjeuner ensemble. Ils avaient pris l'habitude de le faire depuis qu'ils s'étaient réveillés de leur long sommeil. C'était pour eux une manière d'être ensemble malgré ce qui se passait sur la planète. Une manière également de se parler de l'avancée des recherches de leur princesse. Et plus encore, maintenant que Gabriel avait été délivré de sa malédiction, ils ressemblaient à une grande famille. Il ne manquait qu'une seule personne à leurs côtés.

— C'est normal, mon enfant, répondit-elle après avoir bu une gorgée de sa tisane.

— Elle ne saisit pas l'ampleur de la peur qu'elle nous a fait ressentir, prononça doucement Annabella.

Une servante lui présenta une coupe de fruits qu'elle prit avec plaisir.

— Disons qu'Alano n'y est pas allé avec le dos de la cuillère, rectifia César.

— Effectivement ! Il n'aurait jamais dû se lancer sur ce sujet sans nous en parler avant, avança fermement Gabriel.

— Il pensait que nous lui avions tout dit. Et peut-être devrait-on tout lui dire, déclara César.

Ils le fixèrent tous en plissant le front.

— Il y aurait beaucoup à dire, finit par dire Thoas en déposant le plat de fruits qu'on lui donnait.

— Je ne pense pas qu'elle soit apte à entendre toute son histoire aujourd'hui…

— Elle a le droit de savoir, non ? émit Tim en s'essuyant les lèvres avec sa serviette. Je suis d'accord avec César. Il faut qu'Opal connaisse la vérité.

— Oui, elle est en droit de le savoir, mais…

— Mais ?

— Elle n'est pas prête, continua Gabriel. Et si elle s'enfuyait à nouveau ? Et si elle décidait de faire quelque chose…

— Gab, tu ne penses tout de même pas qu'elle voudrait à nouveau s'enlever la vie ? demanda Annabella, horrifiée.

— C'est ce qu'elle voulait pourtant faire sur Prima pour échapper à…, commença-t-il doucement sans continuer sa phrase.

Il baissa sa tête vers son plat en grimaçant. En entendant ces mots, tous arrêtèrent de manger, une boule au ventre. Marjoria et Arradoi se regardèrent rapidement.

— Allons, allons, les enfants ! déclara d'une voix haute et claire Marjoria. Pour avoir parlé avec elle longuement hier soir, je peux vous garantir qu'elle ne pense certainement pas au suicide. Ce qui est arrivé autrefois appartient au passé. Seul le présent compte ! Et nous allons aider Opal à retrouver ses souvenirs à son propre rythme.

Appartement de Laura, Montréal

Un drôle de son aigu la réveilla. Son réveil ! Laura ouvrit un œil, le referma et remonta sa couette sur sa tête après avoir arrêté l'alarme. Son lit était trop doux et trop bon pour qu'elle en sorte et aille travailler. La veille avait été une journée haute en émotion. Voir autant de personnes — ou plutôt voir autant de métamorphes — l'attendant au quartier général de la Coalition avait été un peu stressant. Mais découvrir comme ça qu'à son prochain anniversaire, elle arrêterait de vieillir pendant très, très longtemps, cela avait été la goutte d'eau qui avait fait déborder le vase. La jeune femme baissa sa couverture et ouvrit les yeux. Elle bâilla à s'en décrocher la mâchoire puis regarda véritablement son réveil cette fois-ci. 7 h 46 ; il était encore tôt !

La veille au soir, elle avait oublié de demander à Marjoria pourquoi l'empereur l'avait enfermée dans le donjon. Elles avaient abordé une période de la vie de la prêtresse qui pouvait ressembler à la sienne. Laura était émue que Marjoria l'ait laissée accéder à ses souvenirs. Quand César et Marcus avaient fait leur apparition à quelques pas de là, ces derniers avaient mis un terme à leur conversation. Marcus lui avait demandé de leur dire où elle comptait aller la prochaine fois. La jeune femme n'avait pas su si c'était une plaisanterie ou pas sur le coup, mais en voyant leurs visages si sérieux à tous les deux – surtout celui de César –, elle s'était excusée et avait promis de le faire. Ils l'avaient donc ramenée chez elle tard ce matin, et elle s'était écroulée sur son lit. À bien y réfléchir, ses Sentinelles avaient dû avoir peur qu'il lui arrive quelque chose. « Il faudra que je fasse attention la prochaine fois pour ne pas les affoler. Pour ne pas affoler César », songea-t-elle plus sérieusement. Le jeune homme ne lui avait pas adressé la parole de tout le chemin du retour. C'était sûrement la pire des choses qu'elle avait vécues, et elle n'arrivait pas à se l'expliquer. Lui qui, d'habitude, avait le sourire et la voix taquine, il était resté silencieux et morose. Laura s'était sentie très mal.

Son cellulaire sonna, la faisant sursauter légèrement. En regardant le nom apparaître, elle décrocha tout de suite.

– Hé, Laura !

– Guillaume, bonjour ! Ça va ?

– Moi, parfaitement. Par contre, nous avons un petit souci avec le groupe en partance vers New York.

Laura se réveilla complètement en entendant ces mots, le visage en une grimace.

– Dis-moi tout ! ordonna la jeune femme en se levant rapidement.

Appartement de César, palais de Prima

— Est-ce que je peux entrer, César ? demanda une voix féminine au pas de la porte d'entrée.

César hésita un court instant avant de laisser passer la femme. Son visage se ferma aussitôt. Que venait-elle faire ici ? Que lui voulait-elle ?

— Cela faisait longtemps que je n'étais pas venue dans tes appartements, prononça Marjoria en regardant autour d'elle avec intérêt.

— La dernière fois, c'est probablement le moment où tu as déposé le bracelet que j'avais offert à Opal, lâcha-t-il d'une voix froide.

Marjoria ne sut quoi répondre, mais ses yeux semblaient demander pardon. César se détourna d'elle et alla vers les deux larges portes en verre qui donnaient sur sa terrasse. Son éternel débardeur noir laissait apparaître ses avant-bras bien dessinés. Il portait un pantalon noir et avait les pieds nus. La femme aux cheveux rouges remarqua le bracelet à son poignet gauche. Elle blêmit à sa vue. Cela allait être difficile de discuter avec lui.

— Pourquoi es-tu là, Marjoria ? Opal va aussi bien que possible. Rien à signaler. S'il y avait un problème, je l'aurais signalé.

— Je ne suis pas venue pour la princesse… pas exactement. Nous voulions te remercier de la protéger comme tu le fais. Nous savons que cela te demande beaucoup d'énergie…

Un sourire ironique apparut sur les lèvres du jeune homme, mais sans atteindre ses yeux en colère. Il se tourna vers Marjoria, les mains dans les poches. Son corps lui faisait mal ; avoir cherché Opal lui avait pris une grosse partie de son énergie vitale.

– Si vous n'aviez pas toutes les deux joué aux apprenties sorcières, nous ne serions pas là aujourd'hui.

– J'aimerais m'excuser, César, pour ce que nous t'avons fait il y a longtemps… nous n'aurions jamais dû contrer les lois de l'univers.

– Tu veux t'excuser pour quoi, au juste ? Parce que tu as fait en sorte qu'Opal souffre pendant de longs mois à cause du manque qu'elle ressentait sans parvenir à savoir ce que c'était ? Ce cœur qui battait et que vous lui avez retiré sans scrupule ?

– L'empereur a joué également un rôle…

– Bien sûr qu'il a joué un putain de rôle dans tout ça ! Ça l'a même encouragée à vouloir s'enlever la vie, Marjoria ! Vous avez retiré à Opal ce qui l'aurait fait tenir bon, assena froidement le jeune loup. Et au lieu d'arranger votre merde, vous avez continué en l'abrutissant avec vos potions de merde et en faisant entrer Gab dans la donne !

Ils se regardèrent en silence. L'un avec rage et désespoir, l'autre avec gêne. Il avait raison. L'impératrice et elle s'étaient jouées des sentiments de la jeune princesse, mais c'était afin de la protéger. De protéger son futur, qu'elles croyaient mortel.

– Vous rendez-vous compte de tout ce que vous avez comploté dans son dos ? Vous ne nous avez laissé aucune chance. Vous ne m'avez laissé aucune chance !

– César, je suis totalement désolée. Nous avons commis de graves erreurs sans te laisser la moindre ouverture. Excuse-moi !

César émit un rire jaune tout en secouant sa tête de part et d'autre.

– Je te le redemande, Marjoria : t'excuser pour quoi ? Parce que tu as concocté avec l'impératrice un moyen de nous éloigner, Opal et moi ? Parce que tu nous as fait souffrir l'un comme l'autre ? Parce que tu m'as enlevé la femme de ma vie ? Parce que tu m'as tué à petit feu durant toutes ces longues années ? La liste est bien longue, ne trouves-tu pas ?

Après une grimace, il ajouta sèchement :

– Une prêtresse ne doit-elle pas servir la justice et l'amour ? Faire preuve de générosité ?

À ces mots, un rictus méprisant se forma sur les lèvres de César. Ses yeux vert émeraude devinrent plus brillants. Un cercle argenté vint apparaître tout autour de ses iris avant de disparaître rapidement. Une onde puissante émana de lui, faisant s'ouvrir brutalement les deux battants de porte qui vinrent s'écraser contre le mur violemment. Les portes déformées par le rude contact grincèrent sur place tandis que des milliers de morceaux de verre pleuvaient par terre.

Cinq secondes plus tard, Marcus se matérialisa au milieu du salon, en position de combat. Quand il vit Marjoria, il serra les dents, se redressa et se tourna vers César.

– Quand Opal ne courra plus aucun danger, on en reparlera. Mais pour l'heure, il n'est pas question de pardon. Parce que si jamais elle meurt, je t'en tiendrai personnellement rigueur, prêtresse ! Avant de m'enlever la vie, je te tuerai, je te le jure ! promit César d'une voix dédaigneuse.

Une des portes tomba au sol avec fracas sur ces derniers mots.

Quartier général des loups, étage des Sages, Montréal

– Maîtres, je suis désolé de vous déranger, s'excusa un homme noir baraqué qui s'inclina avec déférence devant les quatre Sages.

— Qui y'a-t-il, Étienne ? demanda South en déposant sa coupe de café sur la table.

— Il y a la sorcière… je veux dire Charlène. Elle veut vous parler, expliqua l'homme.

— Ah, oui ? s'étonna East.

— Que veut-elle, exactement ? demanda West.

— Faire amende honorable par rapport à ce qui s'est passé durant l'éclipse lunaire, d'après ce qu'elle m'a dit, répondit le garde.

— Hum… intéressant ! dit North en se mettant debout.

— Avons-nous réellement besoin d'elle ?

— Elle pourrait nous aider à finaliser le plan.

— Elle pourrait être notre plan B, émit West.

— Ou le C, pensa à haute voix North.

Les trois autres penchèrent la tête en signe d'assentiment.

— Fais-la attendre dans la salle du Conseil ! ordonna North en commençant à enlever sa chemise.

— Bien, maître !

Quartier général de la Coalition, bureau d'Alano, Montréal

— Je peux entrer ? s'enquit un homme debout devant la porte.

— Bien sûr, Alexander ! Je t'en prie.

Il attendit que l'homme blond prenne place sur une des deux chaises devant son bureau pour lui demander la raison de sa visite.

— Opal !

– Hum…, grimaça légèrement Alano en s'adossant à son siège.

– Elle a entraperçu mes souvenirs de Prima en me touchant hier.

– Qu'a-t-elle vu, au juste ? demanda-t-il en plissant les yeux.

– Rien de grave, fort heureusement, mais assez pour me convaincre qu'on doit lui dire ce qu'on sait.

– Qu'a-t-elle vu, Alexander ? répéta Alano.

– Opal a vu le jour de la cérémonie du sang. Le fait que mon roi ait été effrayé par son pouvoir titanesque et…

– Et… ?

– Les rencontres avec les rois et reines de nos royaumes respectifs, ainsi que l'empereur l'enfermant dans le donjon !

– Merde ! jura Alano en se levant de son siège.

Il fit les cent pas sans parler pendant quelques secondes, puis se retourna vers Alexander qui le regardait attentivement.

– Nous ne pouvons pas leur dire… pas tout de suite. Sinon…, ajouta-t-il d'une voix un peu désespérée.

– Sinon, nous les aurons tous à dos sans que nous puissions nous défendre, je le sais ! Ce que nous avons fait…

– Nous n'avons rien fait ! s'exclama Alano en haussant le ton.

Il souffla un moment, s'assit sur la chaise à côté d'Alexander. Il reprit d'une voix mesurée :

– Ce sont nos rois et reines qui l'ont fait. Nous avons tout fait pour qu'ils s'arrêtent et renoncent à cette bêtise.

– Je suis d'accord, ce sont eux. Mais nous aurions pu avertir les Sentinelles, Marjoria ou même l'impératrice à cet instant, non, mon ami ? Nous ne l'avons pas fait, souffla doucement l'homme, le regard flou.

— Je pensais pouvoir y arriver…

— Je le sais bien, mon vieil ami, je le sais bien.

BlackTower, Terre

— Madame ? lança un soldat assis devant son écran d'ordinateur holographique.

— Oui, Marne, qu'y a-t-il ? demanda la sergente Hewer en s'avançant vers l'un des bureaux de la salle de contrôle.

— Nous venons d'avoir le signalement d'un membre appartenant aux O-Zone grâce à la reconnaissance rétinienne. Il se trouve dans un espace neutre.

— La reconnaissance rétinienne ? répéta la femme en fronçant les sourcils.

— Oui. Changement de morphologie, expliqua le soldat en opinant de la tête.

— Qui ? demanda la femme en plissant le front.

— K. Elle est actuellement à l'aéroport de Montréal et semble ne se diriger ni vers le Canada ni vers le Portugal, expliqua le dénommé Marne. Sa destination finale est l'Équateur.

— L'Équateur ? Quito ? dit-elle, surprise.

— Oui, madame !

— Mettez immédiatement quelqu'un à bord de l'appareil afin qu'il la suive discrètement. Je vais envoyer des membres à cet aéroport, continua la sergente avant de tourner les talons rapidement.

— Oui, madame ! acquiesça le jeune soldat en se tournant vers son ordinateur.

Couloir, palais de Prima

– Marcus ! lança Marjoria en pressant le pas pour le rattraper dans le couloir.

Ce dernier se dirigeait vers la salle de contrôle. Il se retourna vers elle et l'attendit, les lèvres pincées. Que lui voulait-elle encore ?

– Je me suis rendue chez ton frère pour lui rendre l'opale et lui dire qu'*elle* ne s'opposait pas à ce qu'Opal et lui se remettent ensemble…

– Marjoria, la coupa-t-il légèrement agacé. Je veux qu'ils soient à nouveau réunis, mais c'est à mon frère de décider quand et comment ça se fera !

– Marcus, le temps joue contre nous !

– Si vous n'aviez pas joué avec leurs vies, on ne serait pas là, non ? assena-t-il d'un air méprisant.

La prêtresse soupira longuement en fermant les yeux. Quand son regard se posa sur lui, ce n'était plus celui de Marjoria, mais celui d'une autre. Un regard froid… impérial. Marcus eut un frisson glacé. « Ces yeux… » se souvint-il en se voyant debout près d'un corps allongé sur l'herbe alors que Marjoria, en face de lui, avait le même regard qu'il venait de voir.

La voix de Marjoria le sortit de ce passé révolu.

– Je ne demande pas ton avis, Sentinelle. Ceci est un ordre ! La priorité est de réunir ma fille et son loup, par tous les moyens.

– Je…

– Telle est ma première demande.

Le visage de Marcus se figea : ses narines gonflèrent, ses yeux papillonnèrent de droite à gauche et sa mâchoire se crispa. Il relâcha tout l'air contenu dans ses poumons avant de hocher la tête, contraint.

Marjoria ferma les yeux, et quand elle les rouvrit, elle lui fit un sourire apaisant avant de lui tendre la pierre, qu'il prit avant de se détourner et de partir, le visage fermé.

Hôtel, New York, dimanche

– Oui, Laura. Nous sommes bien arrivés, malgré le départ tardif, raconta Guillaume.

– Comment ça s'est passé à la frontière américaine ? Des soucis ? demanda Laura.

– Non, aucun ! On est passés comme « une lettre à la poste », plaisanta l'homme en riant.

– Tu es bête, Guillaume, rigola également Laura au téléphone.

Tôt ce matin-là devait avoir lieu le départ du groupe de Montréal vers New York. Comme pour tous les forfaits vers les États-Unis et le Canada, c'était Guillaume le responsable. Malheureusement, un incident dû à trois clients ayant oublié leurs passeports avait retardé le départ de quelques heures. Malgré le fait que ce ne soit pas leur faute, l'agence avait décidé d'offrir le petit-déjeuner aux 37 autres passagers pour combler le temps d'attente.

– Bien joué, le coup du petit-déjeuner, Guillaume, le félicita Laura.

– Je t'enverrai la facture à mon retour, rigola l'homme à la voix grave.

Ils se mirent à rire de bon cœur. Au moins, le problème avait été résolu. Le groupe était arrivé « sain et sauf » à New York.

— Tu vas faire quoi, là ? Te reposer ? s'enquit Laura en regardant par la baie vitrée.

Un membre de la Coalition venait de se garer en face de l'agence. L'homme regarda furtivement vers le commerce et alluma son cellulaire.

— Sûrement ; la journée sera longue demain. Je ne suis plus jeune, tu le sais, plaisanta une nouvelle fois Guillaume.

— N'importe quoi ! s'écria en riant Laura. Je te parie ce que tu veux que tu iras boire un verre à ton lounge bar préféré…

L'homme se mit à rire. Laura le connaissait trop bien !

— Passe le bonjour à Naïk si tu le vois, alors ! Bisous, Guillaume ! S'il y a le moindre souci, n'hésite pas à appeler l'agence, continua-t-elle.

— Comme d'habitude. Bye, Laura, la salua l'homme en raccrochant.

Guillaume se laissa aller sur le dossier de sa chaise et soupira profondément. La route avait été longue. Il n'avait pas plaisanté en disant qu'il se faisait vieux. Il passa négligemment sa main dans ses cheveux poivre et sel, se sentant de plus en plus fatigué. Il bâilla à s'en décrocher la mâchoire, puis il se leva et décida de prendre une douche.

L'homme enleva sa chemise blanche, laissant apparaître des épaules bien formées, et la déposa sur le dossier de la chaise. Guillaume possédait un dos large et musclé à cause de l'entraînement rigoureux qu'il s'imposait. Il allait au moins trois fois par semaine dans une salle d'entraînement, que ce soit à Montréal ou dans une des villes d'Amérique du Nord où il amenait des clients. Il y avait toujours des salles de sport à la disposition des clients dans les hôtels. Il enleva sa ceinture, déboutonna son pantalon et le fit glisser. Son caleçon noir suivit le même trajet. Des fesses musclées et bien dessinées se déplacèrent vers la salle de bains.

Quelques minutes plus tard, Guillaume sortit de la salle de bains en essuyant ses cheveux puis jeta la serviette mouillée dans un coin. Il mit sa montre à son poignet. Il avait décidé de sortir boire un verre. Il passa la main dans sa barbe de trois jours et s'habilla rapidement.

Agence de voyages, Montréal

– Guillaume est bien arrivé ? demanda Frederico en rangeant des dossiers dans une armoire.

– Oui, tout s'est finalement bien passé, fort heureusement ! conclut Laura en raccrochant. Sérieux, comment des personnes voyageant peuvent-elles oublier la pièce d'identité la plus importante du voyage ?

– Je ne sais pas, souffla l'homme en riant avant de s'approcher de la baie vitrée pour regarder les gens passer sur le trottoir. Tu en as encore pour longtemps ? Ça te dit d'aller boire un verre ?

– Je…

– Tu en as besoin, je crois, la coupa-t-il en se retournant pour la regarder fixement. Je ne sais pas vraiment ce qui se passe dans ta vie en ce moment, mais pour ce soir, oublie tout ! On va boire un verre et s'amuser, OK ?

Laura regarda son écran d'ordinateur un instant, passa ses doigts sur ses tempes puis sourit timidement.

– D'accord, tu as raison. Ça me fera du bien, affirma-t-elle en hochant de la tête.

Elle continua de sourire. S'amuser… cela faisait si longtemps qu'elle ne l'avait pas fait !

CHAPITRE 5

Chambre d'hôtel, New York

Alina finissait de se maquiller devant le miroir de la salle de bains. Elle avait accentué ses yeux avec du khôl noir. Ses lèvres étaient peintes d'un beau rouge vermillon. Elle avait remonté ses cheveux en chignon parfait. La jeune femme se savait belle et attirante avec sa petite robe noire qui mettait en relief son corps élancé, et pourtant... En soupirant, elle observa la couleur de ses iris qui lui rappelait tant de mauvais souvenirs : de couleur marron, ses yeux tiraient plus vers le rouge à cause de sa longue punition...

Alina ferma un instant les yeux et soupira longuement. La jeune métisse sortit de la salle de bains et se rendit dans la chambre. Elle récupéra son gros sac de voyage, fouilla dedans puis en sortit un petit coffre qu'elle ouvrit délicatement. Une rose séchée, un cadre holographique, un pendentif en forme de cœur et une vieille photo aux bouts racornis s'y trouvaient.

Elle prit cette dernière d'une main tremblante et la regarda. Elle avait demandé à ce que l'holographie soit imprimée en format statique pour qu'elle puisse la garder en tout temps, sans être encombrée par le cadre holographique. Heureusement, vu qu'il ne fonctionnait plus. Ils étaient tous là, ses amis, ses compagnons d'armes, sa famille... Tous les huit formaient une famille unie – avant qu'ils viennent la chercher sans lui laisser le choix, sans qu'elle puisse rester, sans qu'elle ait l'occasion de laisser un quelconque mot.

Alina prit dans sa main le pendentif sans l'ouvrir. Il contenait une autre photo d'elle et de son ancien amour. Elle se souvint.

Ils avaient décidé de prendre une holographie en couple. Ils voulaient fêter leur amour naissant. Lorsque l'holographe leur avait demandé s'ils étaient prêts, son amoureux lui avait demandé d'attendre un instant. Il s'était alors tourné vers elle, lui avait détaché son chignon, lui avait souri et lui avait dit que c'était comme cela qu'il l'aimait, avec ses boucles folles !

Alina ouvrit le pendentif et regarda à l'intérieur. Une photo pleine d'amour. Un immense sourire éclairait le visage plein d'espièglerie de son amoureux, de sa moitié. Ainsi était Tim... Était-il toujours comme cela, plein de vie et d'espièglerie ? Ou était-il devenu une épave comme elle ?

La jeune femme eut un rictus. Elle ramassa les affaires rapidement et cacha le coffre dans son sac de voyage. Alina défit son chignon, secoua sa tête et passa ses doigts dedans comme pour les coiffer, puis sans un regard derrière, elle sortit de la chambre d'un pas déterminé.

Salle de contrôle, palais de Prima

La principale salle de contrôle de Prima était toute en rondeurs. Elle faisait trois fois la taille de la petite salle de téléportation qu'ils utilisaient tous pour se téléporter sur Nexma. Cette pièce leur avait permis à une ancienne époque de contrôler tous les lieux de téléportation se trouvant sur Prima. Elle leur permettait également de travailler sur les nouvelles technologies. Deux salles attenantes à celle-ci leur donnaient l'occasion de faire des tests et de stocker du matériel.

Au milieu de la pièce se trouvaient sept sièges encastrés les uns aux autres. C'était de là qu'ils contrôlaient les ouvertures et fermetures des accès stellaires. Au milieu, quand cela était actionné, les planètes appelées apparaissaient en hologramme.

Tim était à moitié allongé sur son siège de travail et passait en revue les différentes données du jour. Un immense arc de cercle holographique composé de plusieurs écrans entourait le jeune Priméen. Le scientifique les faisait défiler d'un simple mouvement de la main.

Il y avait 25 personnes dans une équipe à l'époque, avec un roulement toutes les 5 heures. Aujourd'hui, il n'étaient que six scientifiques pour cet immense espace. Ils se relayaient toutes les six heures et travaillaient sans s'arrêter.

Tim s'y trouvait avec Marcus et Évry. Les trois immenses arceaux holographiques éclairaient la salle à l'éclairage tamisé. Des milliers de données s'affichaient, et chacun les traitait.

Depuis trois longs mois, ils se préparaient à prendre le contrôle de Nexma incognito : les milliers de satellites terriens, les secteurs économiques, financiers et médicaux ainsi que l'armée n'avaient plus de secrets pour eux. Ils avaient compris que l'argent sur Nexma – ou plutôt la Terre – était l'élément essentiel pour avoir ce que l'on désirait : ils avaient donc créé des comptes bancaires en argent virtuel. Ils avançaient vite et bien. D'ici quelques jours, ils pourraient doter Opal d'un gadget lui permettant de se téléporter sur Prima instantanément en cas de danger. Tim bâilla à s'en décrocher la mâchoire… Dans 30 minutes, ils auraient fini leur quart de travail ! Tim tourna son siège et regarda Marcus s'activer sur de nouvelles données. Ce dernier avait lancé une recherche de tous les métamorphes sur Nexma. L'écran diffusait donc des millions de visages venant de la planète. Il lui avait dit chercher une personne en particulier, mais sans vraiment lui dire qui. Qui aurait pu croire qu'ils seraient devenus comme des frères ? Les yeux dans le flou, le jeune homme se rappelait les bons moments avant que la Grande Bataille vienne tout bousiller.

À l'époque, il n'était qu'un simple Priméen, tout comme Thoas. Ils étaient des petits cons cherchant la bagarre avec tout le monde. Un jour, ils s'étaient battus contre Opal et les garçons. Mauvaise pioche ! Tim sourit à ce souvenir. Une famille… à laquelle il manquait deux personnes. Il soupira longuement. Il n'aimait pas se souvenir d'elle. De celle envers laquelle son cœur était devenu dur comme de la pierre quand elle s'était enfuie sans un mot.

Alors, pourquoi ce petit pincement au cœur quand il pensait encore à elle ?

Quartier général des loups, étage des Sages, Montréal

Deux hommes s'avançaient d'un pas tranquille vers leur salle de travail, toujours habillés de leurs toges grises et amples. Le visage ridé et fané, ils avaient revêtu l'apparence des vieillards que toute la meute connaissait. Le masque premier que les loups voyaient depuis des siècles : celui des Sages vieillissants.

— J'ai faim ! s'exclama West en voyant les plateaux de viandes et de fruits posés sur la table.

Il marcha vers la table, goba des raisins et un morceau de bœuf cru qu'il avala avec délice.

— La séance a été bien longue, je te le concède, fit East en allant remplir deux tasses de café.

— Charlène a quand même eu le cran de venir offrir ses services, ajouta West en s'asseyant au bord de la table et en piochant de temps en temps dans la nourriture.

— Oui. J'en conviens. Elle veut tout faire pour se racheter et rétablir son statut dans la meute, résuma son frère en lui tendant sa tasse.

— Merci ! Oui, mais elle ment.

— Ça, nous le savons tous ! Nous avons cet avantage sur elle !

— Ce qui est intéressant avec Charlène, c'est qu'elle a ces Sabs. Rien d'autre ! lança cyniquement South en apparaissant dans la pièce, suivi de près par North, qui finissait de mettre sa veste grise.

— Je me demande pourquoi nous ne nous sommes pas déjà débarrassés d'elle…

— À cause de *ça* et de Dominicus. Ils sont liés tous les deux, malheureusement, grimaça South en gobant lui aussi des raisins.

— Une belle réussite, ces créatures, en tout cas, confirma North au milieu de la salle.

Les deux hommes paraissaient forts et puissants. Le côté caché des Sages.

— Mangez-vous avec nous avant de partir ? demanda West.

Avant que South ou North répondent, l'écran principal s'alluma. Le visage d'Adeline apparut.

— Messieurs, êtes-vous là ? s'enquit la femme brune.

West, le plus près de la télécommande, appuya sur le bouton. Adeline put les voir et converser avec eux.

— Bonsoir, Adeline.

— Bonsoir, messieurs. Je voulais vous avertir de deux choses : tout d'abord, nous venons d'apprendre que Kassandra est partie ce matin vers l'une des zones d'énergie.

— Laquelle ? demanda East, son front laissant apparaître un pli soucieux.

— La côte sud du continent ouest. En l'occurrence, l'Équateur.

— Hum, il faudrait envoyer des loups là-bas afin qu'ils les surveillent. Il ne faudrait pas que l'autre abruti lui en dise trop, dit West en gobant une tranche de bœuf.

— Nos hommes sont sur place et l'attendent déjà, monsieur, annonça Adeline.

— Ne devrions-nous pas éliminer cet homme, mes frères ? demanda East.

— Ce n'est plus qu'un vieillard sénile, actuellement. Je doute que la femme le croie, dit South, les bras croisés.

— Oui, mais n'oublions pas qu'il a été l'Augure de Marguerite ! Il lui reste encore du pouvoir...

— Nous verrons ça plus tard ; ce n'est pas le plus important, les coupa North.

Ce dernier se tourna vers l'écran.

— Quelle est la seconde chose que vous vouliez nous dire, Adeline ?

— Je voulais juste vous avertir que *le pion* est sur place.

— Bien ! fit North en se frottant les mains. Merci, Adeline, nous arrivons tout de suite.

North fit un signe à ses frères de la main puis la posa sur l'épaule de South. Ce dernier banda son bras droit. Des veines apparurent sur sa gorge et aussi sur ses tempes. Il serra les dents et ouvrit alors sa paume, laissant paraître une étincelle noire. Au fur et à mesure qu'elle prit de l'ampleur, l'étincelle devint une sphère qui commença à les englober en entier. Puis elle disparut avec eux deux.

— Je pense que nous avons la réponse à ta question, West, dit East, le visage crispé et soucieux. Adeline, transmettez-nous les informations en direct, je vous prie.

— Oui, monsieur East. Tout de suite !

Lounge bar, New York

Un taxi jaune déposa Guillaume en face d'un hôtel. Le temps de traverser la rue, il fut accueilli par un large sourire. L'un des gardes de sécurité, un molosse, s'avança vers lui, la main tendue.

— *Welcome back to New York, my friend ! A new group of customers, I suppose*[10] ? dit l'homme.

— *Exactly, Naïk. Business as usual*[11], répondit Guillaume en serrant la main tendue.

Ils s'empoignèrent les pouces, se tirant l'un vers l'autre, et se donnèrent une tape amicale dans le dos. Naïk le fit rentrer directement, laissant une file de personnes faisant la queue maugréer devant une telle injustice. Guillaume rentra sans jeter un coup d'œil derrière lui. S'il s'était retourné, il aurait vu une voiture noire aux vitres teintées se garer en face du lounge bar. Les phares s'éteignirent, et le véhicule resta là.

Guillaume prit l'ascenseur qui le mena au 16e étage. C'est au sommet de cet hôtel se situant dans le quartier Hell's

10. « Bon retour à New York, mon ami. Un nouveau groupe de clients, j'imagine ? »

11. « Exactement, Naïk. La routine habituelle, quoi. »

Kitchen que ce lieu avait ouvert ses portes en 2010. Il avait acquis deux belles réputations : la première, celle d'être l'un des plus beaux lounge bars *rooftops* de la ville. Il offrait une vue incroyable de Times Square d'un côté, et de l'autre, on pouvait admirer la vue sur le fleuve Hudson. La seconde, celle de servir de magnifiques cocktails. Cet établissement était dynamique, agréable et sans prétention. Guillaume adorait y venir et boire un verre après une journée de dur labeur avec un groupe de clients souvent chiants.

L'hôtesse à l'entrée releva la tête, et en le reconnaissant, elle lui fit un vrai sourire. Elle semblait heureuse de le revoir.

— Guillaume, tu es là ! minauda-t-elle en un français teinté d'un accent américain.

— Dona, j'ai failli ne pas te reconnaître… tu es de plus en plus belle ! s'exclama-t-il en l'embrassant sur les deux joues.

Il la serra contre lui un peu plus longtemps que nécessaire.

— Flatteur, va ! dit-elle en riant d'une voix mélodieuse.

La dénommée Dona le conduisit à sa table habituelle dans la « Sun Room », qui offrait une vue panoramique du fleuve Hudson ainsi que du quartier Midtown à Manhattan. Les immenses baies vitrées rétractables étaient montées afin de laisser entrer la brise de cette fin de soirée. Il faisait bon, et la température était agréable. Des fauteuils en osier étaient disposés un peu partout à l'extérieur. Des petites lampes étaient mises un peu partout, créant une ambiance intime.

— Un dram de scotch de 15 ans *straight* avec un verre d'eau comme d'habitude, Guillaume ? susurra Dona.

— Oui, avec un plat de charcuteries et de fromage, s'il te plaît ! Je n'ai rien avalé depuis un petit bout de temps, lui répondit l'homme avec un sourire tout en s'asseyant.

— Noté ! Tu restes combien de temps, cette fois-ci ?

Les yeux de la femme brillaient de convoitise.

— Quatre jours. Et tu sais très bien qu'on s'amusera ensemble, déclara Guillaume avec un petit clin d'œil.

Ce dernier était le style d'homme que toutes les femmes de 18 à 99 ans recherchaient — sans exception ! Avec ses cheveux poivre et sel artistiquement coiffés, sa peau mate, ses yeux sombres enjôleurs, son nez aquilin, ses pommettes hautes et saillantes et sa barbe de trois jours, Guillaume se savait attrayant pour la gent féminine. Il était toujours habillé avec un pantalon classique et une chemise accentuant ses bras et ses pectoraux musclés. Ses 56 ans lui allaient magnifiquement bien. N'ayant ni femme ni enfants, il se permettait des relations sexuelles suivies avec de nombreuses femmes, dont Dona. Libre comme l'air. Accepté de part et d'autre.

Une jeune serveuse vint lui déposer sa commande sur la table quelques minutes plus tard sans cesser de lui jeter des regards insistants. Il lui sourit, charmeur, puis sortit son cellulaire de sa poche et commença à étudier l'itinéraire du lendemain, organisant les rendez-vous et d'autres détails. Les gens commençaient à affluer. La musique devint un peu plus forte. Les gens fumaient, discutaient ou même dansaient sur la terrasse. Il se délectait de ces petits moments.

— *Is this seat taken*[12] ? demanda une voix de femme.

Guillaume regarda la femme et resta un instant stupéfait par sa beauté. Des cheveux bouclés cascadant autour d'un visage angélique, de grands yeux dont la couleur marron le troublait légèrement. Des cils interminables. Sa peau chocolat au lait miroitant sous la lumière des lampes. Grande, élancée, la femme avait des jambes interminables. Vêtue d'une petite

12. « Est-ce que ce siège est occupé ? »

robe noire fine, elle le fixait d'un air interrogateur. Elle portait un sac à main et des chaussures à talons rouges.

– *Not at all*[13] ! Allez-y ! l'invita-t-il avec un sourire en désignant la place d'une main.

– Vous parlez français, n'est-ce pas ? s'enquit la jeune femme en s'asseyant et en penchant la tête sur le côté. J'ai l'impression que vous avez un léger accent..., continua-t-elle.

– Oui, effectivement. Je viens de Montréal, expliqua Guillaume, surpris d'entendre cette femme lui parler dans sa langue.

– J'ai étudié il y a longtemps cette langue, précisa la jeune femme en riant doucement. Mon français n'est qu'approximatif.

– Oh ! Je peux vous assurer que vous parlez le français mieux que beaucoup d'Américains, dit Guillaume, tout sourire.

En l'entendant rire de sa voix harmonieuse, il eut un pincement dans l'estomac. Elle lui plaisait. Ils se mirent à discuter de la raison de sa présence à New York.

– Et vous, Brianna ? Que faites-vous dans la vie ?

– Oh, des choses banales, pas aussi excitantes que votre métier. Comme j'aimerais visiter d'autres pays ! dit-elle en soupirant et en renversant sa tête sur le dossier de la chaise. Voir autre chose que New York, ce serait le paradis, je peux vous l'assurer !

La jeune femme s'adossa et le regarda en souriant. Guillaume sourit également. Elle était sublime. Ses lèvres peintes en rouge, son rire, sa façon de se mouvoir... Il la voulait !

13. « Pas du tout ! »

Terrier des Anciens, New York

Une grande pièce. Une rangée d'écrans sur un mur. Des personnes assises devant des écrans d'ordinateur à la fine pointe de la technologie. La dénommée Adeline, debout en hauteur, regardait attentivement les différents écrans, les bras croisés.

***Wang Gung* des tigres, Corée du Sud**

Il Nam soupira en se laissant aller contre le dossier de son large fauteuil. Il étudiait depuis son réveil les dernières nouvelles du Canada et n'en voyait pas le bout. Il fit pivoter son siège vers la baie vitrée montrant une partie du jardin du palais où la nature se réveillait tout doucement. Le roi Sisouk avait ordonné la construction de ce palais et de nombreux pavillons au moment de son réveil sur Nexma, après des millénaires de sommeil, afin de protéger son peuple.

Les tigres s'étaient éloignés des membres de la meute quand ils avaient compris que leur seule volonté était d'avoir le contrôle total sur eux. Le roi Sisouk avait eu raison de se méfier d'eux dès le début. Dès que tous les royaumes s'étaient réunis pour discuter de la menace, il avait émis des doutes sur la véritable raison de ce rassemblement.

L'homme aux cheveux blancs soupira à nouveau, secoua sa tête et observa le cadre naturel devant ses yeux. À cause de la Grande Bataille, ils s'étaient retrouvés bloqués sur cette planète appelée maintenant Terre et occupée par des terriens qui n'avaient aucune idée de leur existence. D'ailleurs, cet ensemble de constructions regroupait plusieurs bâtiments officiels et résidentiels qui avaient été édifiés il y a quatre siècles dans un mélange d'architecture inspiré de

Shaanxi Souk, leur planète d'origine, et de la conception extrême-orientale de l'architecture coréenne. Leurs sorciers avaient entouré par une barrière de protection invisible l'ensemble du palais d'une superficie de 60 hectares, caché au milieu de la forêt. Personne ne pouvait y rentrer sans permission. Il Nam passa sa main sur son front en soupirant à nouveau.

L'appel qu'il avait reçu de Pol la veille l'avait agréablement étonné. Il n'avait pas parlé à son *sachon*[14] depuis des millénaires, et en l'entendant à nouveau dans son esprit, il lui avait fallu quelques secondes avant de réaliser que c'était réel, et non pas un rêve.

Il lui avait expliqué tout ce qui s'était passé sur Prima au moment de son réveil ; les recherches faites pour retrouver la princesse Opal, l'arrivée des Sentinelles sur Nexma, la pression exercée par la meute sur l'héritière… Pol lui avait conseillé de ne rien dire pour l'instant. Devait-il en parler au roi quand même ou faire ce que Pol lui suggérait afin d'éviter de possibles fuites ?

Un coup à la porte de son bureau interrompit ses pensées. Il Nam fit pivoter son fauteuil en disant à la personne d'entrer. Un jeune homme portant une veste longue bleue recouvrant un pantalon blanc attaché au niveau des chevilles s'avança vers le bureau.

– *Hyung-nim*[15], je suis désolé de vous déranger, dit l'homme en se courbant à 90 degrés vers l'homme aux cheveux blancs.

– Entre, Jin-ho, je t'en prie. Que se passe-t-il ?

– Nous venons d'avoir des nouvelles des panthères…

14. « Cousin ».

15. « Respectable frère ».

Appartement de César, palais de Prima

Assis en équilibre sur une chaise, les pieds posés sur la rambarde, César buvait son verre d'alcool, puis il leva sa tête afin d'admirer le ciel étoilé. Il soupira longuement. Avec ses doigts, le jeune homme jouait machinalement avec un bracelet. Celui dont il avait parlé à Marjoria ce matin. « Il faut que j'installe de nouvelles portes », pensa-t-il en ayant un sourire désabusé. Un bruit le fit se tourner. Marcus. Ça pouvait être chiant d'avoir un jumeau qui ressentait ses propres sentiments.

– Ne dis pas ça, mon frère, lui répondit ironiquement Marcus en s'approchant de la rambarde et en s'y accoudant. Je passais juste comme ça, et je me suis dit : « Allons voir mon frère adoré », ajouta-t-il en éclatant de rire.

La voix de César se mêla à celle de Marcus, et ils eurent un bon fou rire pendant quelques minutes. César secoua légèrement la tête en souriant et avala d'un trait le reste de son verre en grimaçant. L'alcool lui faisait oublier son manque. Il s'en resservit.

– D'habitude, c'est moi qui dis une connerie comme ça, remarqua-t-il en remuant l'alcool dans son verre.

– Ouais, je sais ! Mais de temps en temps, j'aime être toi.

– Oh que non ! Tu n'aimerais pas ça, pas après tout ce qui est arrivé, décréta le jeune homme en ouvrant les bras et en englobant l'espace.

Il soupira à nouveau, son sourire envolé. Il se mit à triturer le bracelet.

– Le bracelet de maman…, murmura Marcus en voyant l'objet entre les doigts de son frère.

– Ouais…

– Je peux ? demanda Marcus en tendant sa main.

Quand ce dernier le tint, il eut un sourire nostalgique.

– Les yeux onyx pour la royauté et la purification. L'émeraude au centre pour le savoir et la connaissance. Les deux corps de loups entrelacés pour la vie et la mort, récita-t-il de mémoire.

– Notre mère avait le sens de l'humour…

– Oui, effectivement. Je pensais qu'Opal le détenait, dit-il en plissant les yeux. Je ne me souviens pas de tout.

– Après m'être réveillé, je l'ai retrouvé dans mon appartement, caché dans un coin. Je suppose que Marjoria a dû le déposer là après nous avoir jeté le sort, dit-il en faisant la grimace. En tout cas, elle ne s'est pas opposée à cette théorie quand je le lui ai rappelé ce matin.

Un silence s'installa entre les deux hommes. César leva son poignet gauche et joua avec son bracelet, semblable en tout point à l'autre, mais plus masculin.

– Tu sais qu'il y a une seconde paire pour toi, frérot !

– …

– Tu pourrais l'offrir à Bella, non ?

– Tu connais exactement la signification de ces bracelets, César, énonça Marcus en secouant la tête.

– Ose me dire que Bella n'est pas ta moitié ! lui lança-t-il fermement en avalant une gorgée d'alcool avant de pincer les lèvres. N'attends pas ; Annabella est auprès de toi. Si tu l'aimes, lie-la à toi et fous-toi des règles établies par ce foutu empire ! Je ne veux pas que tu aies des regrets, si jamais…

Marcus lui remit le bracelet en soupirant. Son frère souffrait de cette absence, et il ne pouvait rien faire pour le soulager. Il se sentait inutile. Lui, il avait Annabella.

– Ce n'est pas vrai ! Tu es là, mon frère. La preuve : ce matin, tu es arrivé avant que je fasse une chose irréparable, dit César avec un sourire misérable en lui jetant un léger coup d'œil. Tu es le seul qui sache avec la tigresse. Eh oui, je souffre, c'est un fait, ajouta-t-il en serrant les dents. Pourtant, ce long sommeil m'a fait le plus grand bien, malgré tout. Il m'a permis de comprendre pourquoi une part de moi s'était sentie si seule. Il m'a permis de me souvenir.

– En parlant de ça, hum…

– Ouais ? grimaça César en se relevant. Qu'est-ce qu'il y a ?

– Marjoria m'a remis ça pour toi, lui répondit Marcus en ouvrant sa paume. L'opale de la princesse sous sa forme normale.

César fronça les sourcils en regardant son frère, lui demandant du regard des explications sur la pierre qu'il tenait.

– Elle m'a juste dit qu'elle venait s'excuser et m'a demandé de te remettre l'opale d'Opal. Marjoria m'a fait comprendre à demi-mot qu'*elle* ne voyait plus d'obstacle à ce que tu la revoies.

– C'est un piège !

– Je ne pense pas. En te remettant l'opale, *elle* te permet de courtiser sa fille… César, même si je sais que tu ne leur fais pas confiance, tu ne dois pas manquer ta chance de pouvoir passer du temps avec Opal. Ses souvenirs lui reviendront sûrement plus rapidement avec toi à ses côtés.

César poussa un profond soupir en levant ses yeux vers le ciel brillant d'étoiles. « Qu'est-ce que je dois faire ? » se demanda-t-il en grimaçant. Il baissa les yeux vers la pierre puis la prit entre ses doigts. À son contact, elle se mit à émettre une lumière pulsée verte au rythme des battements de son cœur de loup.

– Si ce n'est pas une réponse, ça ! s'exclama Marcus, le sourire aux lèvres.

Lounge bar, New York

– Ce fut une magnifique soirée Guillaume. Merci.

– Il n'y a pas de quoi, Brianna ; ce fut un immense plaisir de t'avoir en ma compagnie, lança l'homme en la regardant attentivement.

Ils étaient sur le trottoir. Ils avaient discuté toute la soirée de choses et d'autres, avaient bu de nombreux verres. Guillaume avait même commandé une bouteille de champagne, chose dont il avait horreur d'habitude. Ils étaient un peu saouls, se souriaient pour un rien, riant pour une imbécilité. Dona lui avait fait la tête quand il était parti avec la jeune femme. « Il faudrait que je lui envoie des fleurs demain », se dit-il dans un coin de sa tête.

– Brianna, hum… ça te dit, un dernier verre à mon hôtel ?

La jeune métisse lui sourit d'un air coquin et pencha sa tête de côté, comme si elle réfléchissait.

– Un dernier verre ? En es-tu sûr ? J'ai juste l'impression que tu veux abuser de moi, décréta-t-elle en éclatant d'un rire harmonieux.

– Peut-être, lui répondit-il, frissonnant en entendant son rire… Je ne peux mentir et prétendre que tu ne m'attires pas énormément, Brianna. Mais tu dois avoir l'habitude que les hommes te disent ça, lâcha-t-il avec un sourire séducteur.

Brianna s'approcha de lui, se mit sur la pointe des pieds et l'embrassa doucement sur les lèvres. Le pincement à son estomac s'intensifia. Il avait envie d'elle ; rien que son odeur le rendait fou. Il recula un peu et tenta de reprendre ses esprits, mais elle se colla un peu plus à lui en sentant son membre viril dur contre sa robe. Elle sourit comme une petite fille.

— J'ai aussi envie de toi.

— Taxi ! cria Guillaume d'une voix rauque.

Ce dernier fit un signe de la main à Naïk, qui souriait en les regardant, et sauta dans un taxi qui venait d'arriver à la demande de Brianna. Il n'eut pas le temps de voir le léger signe de tête que la femme lança au chauffeur. Guillaume eut tout juste le temps de donner l'adresse de son hôtel avant que Brianna se jette sur lui avec fougue. Sa bouche mordillait ses lèvres, laissant des traces rouges sur sa peau. La jeune femme se mit à califourchon sur lui pour l'embrasser passionnément.

— Brianna... nous sommes dans un taxi..., essaya de dire en haletant Guillaume tout en posant ses mains sur ses fesses nues.

Elle ne portait pas de culotte !

— Il ne regarde pas. Ne t'inquiète pas, lui fit-elle en mordillant le lobe de son oreille.

Guillaume jeta un coup d'œil vers le conducteur. Ce dernier, casquette noire vissée sur la tête, regardait la route et ne leur prêtait pas attention. Il avait même allumé la radio afin de cacher les bruits de leurs ébats. Il y avait du trafic, mais le taxi zigzaguait facilement sur la route.

Apaisé, il reporta son attention sur la jeune femme qui lui faisait tant d'effet. Elle était toujours occupée à gober le lobe de son oreille avec volupté. Il n'avait jamais pensé que ce pan de peau pouvait être si érogène. Son membre devait de plus en plus dur, et elle ne l'aidait pas à se maîtriser en se frottant constamment contre lui. Si la jeune femme n'arrêtait pas, il ne pourrait plus se retenir.

Brianna passa ses mains dans les cheveux de Guillaume, finissant de l'achever. Il passa alors sa main dans ses cheveux bouclés et tira dessus afin de gober ses seins ronds et dodus. Il en avait rêvé depuis qu'il les avait vus dans la robe noire. Elle ne portait pas de soutien-gorge, et le bout de ses seins pointait quand la brise devenait un peu plus fraîche. Il sortit les deux seins de la robe et les suça l'un après l'autre. Brianna gémit de plaisir, puis elle déboutonna sa chemise et passa ses mains sur sa poitrine ferme, le faisant lui aussi pousser un cri étouffé.

Dans les rues de New York

La voiture noire essayait de suivre le taxi, mais le trafic était dense à la sortie des discothèques. Plusieurs taxis jaunes se retrouvèrent sur la même route. L'homme fit descendre sa vitre teintée. Il n'avait pas eu le temps de relever la plaque d'immatriculation de la voiture, et maintenant, il se retrouvait avec plusieurs autres taxis totalement similaires. Il jeta un coup d'œil vers un taxi à sa gauche. Ce n'était pas Guillaume Vent. Il se mit à jurer. Alano n'allait pas être content.

Ruelle de New York

Guillaume se rendit compte que le taxi s'était arrêté. Le conducteur fumait un peu plus loin, adossé à un mur. Brianna le regarda et lui fit un sourire tellement incroyable que le pincement dans son estomac remonta pour lui faire mal au niveau du cœur.

— J'ai envie de toi, murmura d'une douce voix angélique la jeune femme.

Pendant que Guillaume défaisait sa ceinture et faisait descendre son pantalon sur ses jambes, elle enleva sa robe, se retrouvant nue devant lui. La jeune métisse fit passer le vêtement par la fenêtre en plexiglas séparant le côté chauffeur du côté passager et referma cette dernière. Il finit de mettre le préservatif.

— Tu es belle, Brianna, lança-t-il. Tu te déshabilles pour moi…

Cette dernière ne dit rien, se contentant de sourire. Elle enleva la chemise de Guillaume et la mit à côté d'eux, puis s'aidant de ses genoux, Brianna enfonça le pénis turgescent en elle. Un son guttural sortit de la bouche de Guillaume. La sensation était extraordinaire. La jeune femme était étroite et chaude. Elle bougeait sans cesse de haut en bas, glissant le long de sa hampe pulsante. Brianna l'embrassa, sa langue jouant sauvagement avec la sienne. Il ne put s'empêcher de gémir de plaisir. Il lui tenait les hanches et suivait les mouvements ordonnés par la femme. Cette dernière accéléra la cadence malgré la réprobation manifeste de Guillaume. Il n'y tint plus devant cette attaque sournoise et jouit rapidement.

— Je suis désolée, Guillaume, s'excusa Brianna en le regardant fixement, le visage peiné.

— Quoi ? demanda l'homme d'une voix rauque, encore embrumé par la jouissance, la tête renversée sur l'appui-tête.

Il avait les yeux fermés.

— Tu es désolée de m'avoir emmené au paradis aussi rapidement ? demanda-t-il.

Des petits craquements vinrent troubler le bruit de la respiration laborieuse de l'homme. Ce dernier releva sa tête et découvrit une longue plume voletant dans l'habitacle. Elle était de couleur caramel et flottait dans les airs. Du duvet voleta vers l'homme. Ce dernier le regarda, étonné, s'approcher et se poser sur son nez. Il n'eut pas le temps de dire un mot de plus ; une pointe traversa sa gorge de bas en haut. Une autre perfora sa boîte crânienne en ressortant par le haut. Le corps de l'homme fit des soubresauts. Sa bouche émit des gargouillis puis s'emplit d'écume rouge. Son regard surpris se fixa sur la jeune femme alors qu'il essayait de comprendre ce qui lui arrivait. Quand il baissa ses yeux sur le bras droit de cette dernière, il eut d'autres soubresauts de terreur, les yeux agrandis d'horreur. La pointe se trouvant dans la tête de l'homme se retira d'un coup, aspergeant les deux personnes de sang. Guillaume, la tête pendante, arrêta de respirer à cet instant précis.

Alina plissa ses yeux de dégoût en jetant un coup d'œil sur sa poitrine couverte de sang. L'odeur ferreuse du sang lui monta à la tête. Son bras droit s'était allongé de façon démesurée et butait contre l'étroitesse du véhicule. Du duvet et des petites plumes étaient collés à ce bras étrange. La pointe formée par les rémiges primaires se détendit et se tint droite malgré le sang s'écoulant des plumes. Alina descendit rapidement de la voiture et eut tout juste le temps d'atteindre la bouche d'égout avant de vomir à longs jets le repas qu'elle avait mangé avec l'homme. Elle souffla un moment, la respiration saccadée, puis elle déglutit longuement et se tourna vers la portière, où elle récupéra la longue plume caramel avant de la jeter à l'endroit où elle avait vomi. Alina se redressa, pinça ses lèvres puis s'essuya la poitrine avec la chemise.

Le chauffeur arrêta de fumer et vint vers elle, sa casquette à la main. L'homme portait ses cheveux blonds courts. Il récupéra sa petite robe noire ainsi qu'un bidon d'eau qu'il lui tendit, et il se posa à ses côtés. Brianna déploya son bras qui, au fur et à mesure, redevint un bras humain. Les petits craquements revinrent. Son bras rétrécit lentement. Ses humérus et radius se remirent en place. Les phalanges basales et terminales qui avaient formé la pointe avec les plumes primaires se divisèrent en petites phalanges pour ainsi former à nouveau une main normale. Elle la nettoya puis s'habilla.

– Je ne sais pas comment tu arrives à faire ça, Brianna. Ça fait flipper. Tu n'as pas mal ?

– Tu sais ce qu'il te reste à faire, Patrick ? demanda la jeune femme au chauffeur sans répondre à sa question.

– Si, si… ne t'inquiète pas, le grand patron m'a indiqué quoi faire.

Il s'arrêta de parler, la regarda de ses yeux bleus, pinça ses lèvres, n'y tint plus finalement et reposa d'autres questions qui lui brûlaient la langue.

– Mais comment arrives-tu à faire ça ? Sérieux ?

– Une petite crétine m'a fait ce cadeau…

Bar, Montréal

Frederico et Laura dansaient, tout sourire, au son de la musique pop qui jouait dans le bar. Avec une bouteille de champagne et un plat de charcuteries et de fromage sur leur table, ils profitaient de la nuit. Un frisson désagréable parcourut la jeune femme, l'immobilisant brusquement. Son verre glissa de ses doigts et se brisa au sol. Elle ouvrit de grands yeux, la bouche entrouverte.

— Ça va Laura ? demanda Frederico en lui touchant le bras, un peu inquiet.

La jeune femme noire sursauta légèrement au contact de la main sur sa peau. Elle fit une grimace, secoua la tête et souffla, essayant de reprendre ses esprits.

— Euh, je crois… je ne sais pas ce que c'était, mais wow ! dit Laura en souriant nerveusement.

— Reste là, j'appelle quelqu'un pour ramasser les débris. Tiens mon verre en attendant.

Laura prit le verre, le porta à ses lèvres et le but en entier. La jeune femme soupira longuement en repensant à cette sensation de froid qui s'était glissée en elle brusquement. Elle n'eut pas le temps de s'étendre là-dessus, car Frederico revint, lui servit une autre coupe de champagne en lui souriant malicieusement puis l'entraîna au milieu de la piste de danse.

CHAPITRE 6

Sur les marches du palais de Prima

– Tu ne dors pas encore? lança Bella en voyant Gabriel monter les marches du palais tout en mettant rapidement son tee-shirt. L'homme leva son visage vers elle, surpris de la trouver dehors. Son œil gauche jaune-or scintillait encore plus tandis qu'à l'intérieur de son poignet gauche, des données brillaient dans la pénombre. Gabriel cligna de l'œil. L'hologramme de Thoas, que lui seul pouvait voir, se tenait devant ses yeux et communiquait avec lui. Il opina de la tête tout en disant à son interlocuteur qu'il devait le rappeler s'il y avait du nouveau. La conversation prit fin.

– Hé, Bella, fit le jeune homme de sa voix rauque en la voyant s'appuyer contre une colonne. Je suis parti avec Thoas et ses hommes. Nous devions vérifier certaines choses urgentes.

– De quoi parles-tu? s'enquit Bella en fronçant les sourcils.

– Thoas a entendu des rumeurs disant que des membres d'une famille noble de la meute se cacheraient sur nos terres.

– Les avez-vous trouvés? demanda Bella en plissant les yeux.

— Non, ça n'a rien donné, mais j'ai effectivement pu sentir différentes odeurs de loups, grimaça Gabriel.

— Avec les nombreux réveils occasionnés par Opal, nous n'avons pas pu tous les recenser, n'est-ce pas ?

— Exact, et c'est ça le problème ! Je n'ai vraiment pas envie qu'un noyau loyal au roi Clément se forme ici et attaque le palais, soupira Gabriel en s'adossant également contre la colonne. On a mis trop de temps à stabiliser Prima.

— Je ne le sais que trop bien…

— Thoas va continuer l'enquête discrètement. On verra bien ! Des nouvelles d'Opal ? lui demanda-t-il en changeant de sujet.

Bella lui jeta un coup d'œil rapide, fit une mimique avec ses lèvres et se jeta à l'eau.

— Pas depuis ce matin, quand nous en avons parlé avec Marjoria, mon ami. Puis-je te poser une question ?

— D'habitude, tu me les poses directement, tes questions, se mit à rire doucement Gabriel.

Il avait un sourire sur le visage. Effectivement, elle avait l'habitude de les poser sans retenue, sauf que là… son visage redevint sérieux.

— Dis-moi, que te rappelles-tu de ton réveil ?

— Je ne comprends pas ta question, Bella, dit-il en se tournant à moitié vers elle.

— N'as-tu pas eu l'impression de t'être réveillé… deux fois ?

En voyant l'incompréhension envahir les yeux de Gabriel, elle continua.

— C'est comme si les 12 derniers mois de notre vie — ceux avant la Grande Bataille, je veux dire — avaient été effacés. Comme si des choses qui n'auraient pas dû arriver s'étaient produites. Quand tu t'es réveillé, ne t'es-tu pas senti comme… dédoublé ?

— Annabella, où veux-tu en venir exactement ? demanda Gab en se redressant.

— Est-ce que les sentiments que tu as envers Opal sont vraiment les tiens, Gabriel ?

Voiture de patrouille, police de New York

— Sérieusement, mon pote, je te le jure : tu ne m'y reprendras plus. C'est terminé ! affirma un homme avec force en donnant un léger coup au volant.

— Mais ouais, c'est ça, se moqua l'autre.

— Je te le jure. Plus de nanas pour moi. C'est terminé ! déclara l'homme en buvant une gorgée de son café.

L'autre se mit à rigoler largement. Son collègue le faisait rire. Combien de fois l'avait-il entendu tenir les mêmes propos ? Chaque fois qu'il rencontrait une femme, c'était le coup de foudre. Et chaque fois qu'il rompait avec elle, c'était le plus gros problème du siècle… jusqu'à ce qu'il retombe amoureux. Ce qui se passait habituellement une fois par mois, si ce n'était pas plus. Était-ce à cause de ses origines argentines ? Peau mate, yeux charbonneux, cheveux noir foncé… il était plutôt beau garçon.

Ils étaient dans leur voiture de fonction à attendre que le répartiteur de la police leur donne une mission. Cela faisait 15 minutes qu'ils étaient garés au coin de la 50e et de la 8e avenue. Ils dégustaient leur café et discutaient de la dernière aventure de l'homme en regardant les passants.

— *Finito*, je te le dis !

— Lisandro, je te connais... tu as ça dans le sang. Dès qu'une belle femme se pointe, on ne t'arrête plus.

— Je le jure, Mike ! J'arrête avec les femmes, et...

Il s'arrêta au milieu de sa phrase et laissa presque tomber son gobelet chaud sur lui.

— Wow ! s'exclama-t-il en regardant du côté de la rue.

Le dénommé Mike jeta un coup d'œil par sa vitre et leva les sourcils. À quelques mètres d'eux, une magnifique femme descendait d'un taxi du côté passager. De nombreuses boucles entouraient son visage angélique. Sa courte robe noire laissait apparaître d'interminables jambes se terminant par des chaussures à talon rouge. Elle se pencha vers la portière, dit un mot au chauffeur puis marcha jusqu'à la bouche de métro sans se retourner.

— Ouais, j'avoue ! C'était de la bombe, celle-là...

— Je suis amoureux, fit Lisandro en se tournant vers son collègue, la bouche en forme de cœur.

— Arrête ça ! dit-il en riant. Tiens, le chauffeur de taxi a un feu arrière brisé...

— Allons-y ! Ça nous donnera une bonne raison de demander le nom de son amie à ce type, s'exclama Lisandro en démarrant et en allumant le *rumbler* et les avertisseurs lumineux.

— Et comment sais-tu que c'est son amie ? fit l'autre en mettant sa ceinture de sécurité.

— Mon instinct !

Terrier des Anciens, New York

— Messieurs, je suis désolée de vous déranger, mais nous avons un léger problème, annonça d'une voix ferme une jeune femme en entrant dans une pièce.

— Quel genre de problème ? demanda North.

— Ne pouvez-vous pas attendre que nous ayons fini de manger, Adeline ? demanda South en buvant un verre de vin rouge.

— Je ne me serais pas permis de vous déranger durant votre repas si ce n'était pas important. C'est au sujet de votre… hum… *partenaire…* Patrick, fit-elle en butant sur le mot.

À ce nom connu, les deux hommes se regardèrent brièvement avant de reporter leur attention sur Adeline.

— Que se passe-t-il, au juste ? s'enquit une des voix masculines en posant son couvert.

— Pourriez-vous venir à la salle de supervision ? Ce sera plus facile de vous le montrer.

Voiture de patrouille, police de New York

Lisandro roulait à vive allure pour se rapprocher du taxi. Il fit de nombreux appels de phare au chauffeur afin qu'il s'arrête.

— Il n'a pas l'air de vouloir s'arrêter, constata sérieusement l'Argentin.

En effet, la voiture jaune prenait plus de vitesse, comme si elle essayait de leur échapper.

— Un gars qui n'a pas payé son permis de taxi, je te parie, marmonna Mike en prenant l'ordinateur de bord et en tapotant dessus. Je vais entrer la plaque d'immatriculation dans le logiciel.

— Bordel ! Il vient de tourner sur la 48e. Accroche-toi, Mike ! s'écria Lisandro en donnant un coup de volant brusque sur la droite.

— C'est un 10-16 ! Le proprio de la voiture vient tout juste de porter plainte pour vol, déclara Mike en s'accrochant au tableau de bord.

Il prit le micro de la radio de police et appela le central.

— Équipe Bravo à Répartiteur.

— Répartiteur à Équipe Bravo, je vous écoute.

— Possible 10-16, vol de voiture. Numéro d'immatriculation 5, Yankee, 2, 9. Voiture se dirigeant à vive allure sur la 49e en direction de la 11e avenue.

Terrier des Anciens, New York

La salle pareille à une salle de cinéma moyenne était une des pièces les plus modernes qui soient. Ils avaient devant eux un réseau de vidéoprotection dernier cri : 500 caméras haute technologie reliées à un centre de supervision où une cinquantaine d'opérateurs se relayaient 24 heures sur 24 derrière des murs d'écrans qui restituaient l'ambiance de chaque quartier, de chaque rue et de chaque sortie d'école.

Les Sages avaient acheté plusieurs bases aux quatre coins du monde dès 1912. Ils n'avaient cessé de faire des rénovations majeures et de grande envergure. Ils avaient compris qu'ils devaient avoir une longueur d'avance pour pouvoir rester invaincus, comme dans une partie d'échecs. Juste avant la Première Guerre mondiale, South et East avaient assisté au tout premier congrès international de police criminelle, qui n'en était qu'à ses débuts internationaux. Quatorze pays s'étaient réunis à Monaco à l'initiative du prince Albert Ier, mais le groupe s'était dissous. Quand l'organisation avait finalement pu renaître en 1946 en Europe, les Sages étaient prêts. Avec une armée de métamorphes spécialistes en informatique, ils avaient créé un système-espion placé dans le système le plus « politisé et sécurisé » au monde : INTERPOL. Ils avaient aujourd'hui accès en temps réel aux bases de données sur le trafic et la production de drogue, le terrorisme, le crime organisé, la criminalité transnationale et le blanchiment d'argent. En se mettant plein les poches par la même occasion.

Les Sages ne s'étaient pas arrêtés en si bon chemin. Ils avaient placé *des « partenaires »*, comme ils aimaient les appeler, dans toutes les institutions internationales mondiales. Et ce depuis les années 1900. Grâce à ces différents accès, ils connaissaient les faits et gestes de la population mondiale. En plus d'avoir des *partenaires* partout sur Terre, les quatre hommes avaient placé en toute discrétion des caméras dernier cri dans les plus grandes villes de la planète. Elles n'étaient pas plus grosses qu'un demi-pamplemousse, et leurs techniciens avaient la possibilité de les contrôler à distance sur 360 degrés.

North et South suivirent Adeline et prirent place sur leurs sièges respectifs pendant qu'elle se mettait devant sa console de travail. Cette dernière tapota sur son clavier, et deux écrans centraux s'avancèrent vers eux. Ils levèrent un visage semblable : même regard noir, même teint blanc, même visage ferme et anguleux malgré des rides autour des yeux, mêmes cheveux blancs. La seule différence était leur style : l'un avait les cheveux attachés en chignon et portait son costume trois-pièces gris anthracite, tandis que l'autre laissait ses cheveux retomber au milieu de son dos et portait une toge et un pantalon blancs.

Ce dernier porta à sa bouche une coupe de vin et sembla s'en délecter.

— Notre intelligence artificielle a détecté des mouvements suspects à l'encontre du taxi transportant le corps de l'homme.

— Il y a combien de temps de cela ? demanda North en regardant un des écrans allumés montrant la course poursuite engagée.

— Celle-ci est en direct, fit-elle en montrant l'écran avant de tapoter sur son clavier. Pour répondre à votre question, monsieur, il y a moins de cinq minutes. Dès que je m'en suis aperçue, je vous ai mis au courant. Voici la vidéo !

Sur le deuxième écran, ils purent voir Alina descendant du taxi, parlant quelques secondes avec le chauffeur et se dirigeant rapidement vers le métro. Par la suite, la voiture de police s'élança et fit signe à la voiture de s'arrêter.

— Hum… voici un problème imprévu, dit South en buvant une autre gorgée de vin.

— Que devrait-on faire, à ton avis ? demanda son frère.

— Nous avons deux choix, mon frère : l'aider ou non. Mais la question serait plutôt : cela vaut-il la peine qu'on l'aide ?

— Que pourrait-il nous donner en échange ?

— Qu'est-ce que nous perdrions si nous le laissions à la police ?

— Qu'est-ce que nous perdrions si nous décidions de le tuer ?

Ils se regardèrent près d'une minute en silence, semblant se dire des choses sans se parler.

— Comme tu veux, North ; si tu penses que c'est la bonne décision, je te suis, poursuivit South en avalant d'une rasade le reste de son verre de vin.

— Adeline ?

– Oui, monsieur ?

– Trouvez-lui une porte de sortie pendant que South se prépare.

Rues de New York

La voiture noire était garée au coin d'une rue. L'homme avait allumé une cigarette. De la fumée s'éleva dans les airs. La tablette qu'il tenait dans sa main droite émit un bruit. Quand il regarda l'écran, le plan de Manhattan s'afficha. Un point rouge clignota et se mit à bouger rapidement. L'homme plissa les yeux et attendit.

Taxi, New York

– Oh putain ! Oh putain ! ne cessait de répéter Patrick.

Dès qu'il avait déposé Brianna devant le métro, il avait été pris en chasse par la police. Il se serait arrêté s'il n'y avait pas eu le corps de l'homme à l'arrière de la voiture. « J'aurais dû le mettre dans le coffre », se maudit-il. Mais comment aurait-il fait disparaître les larges traces de sang des sièges ? Il y en avait partout, ainsi que des morceaux de cervelle. C'est pour cela qu'il ne l'avait pas touché et l'avait laissé là, le recouvrant d'un plaid.

Il jeta un coup d'œil rapide à l'arrière et ne vit qu'une couverture totalement tachée par le sang. Il faillit vomir comme Brianna tout à l'heure. Une odeur infâme s'en échappait. À la base, le plan était simple : récupérer Brianna à la sortie du bar, les emmener dans la ruelle indiquée afin qu'elle tue l'homme, conduire la voiture dans un coin désert – assez loin des habitations – puis y mettre le feu. Il fallait qu'elle brûle assez longtemps pour qu'ils ne retrouvent aucune trace de son passage. L'autopsie des restes du corps aurait demandé pas mal de temps à la police avant qu'elle découvre de qui il s'agissait… surtout si l'homme n'était pas un Américain! Patrick n'aurait jamais pensé être poursuivi par la police. Il avait roulé normalement et agi normalement, comme un taxi devrait le faire. Il avait pensé sauter de la voiture et courir se cacher quelque part, mais il ne le pouvait pas. De un, il y avait ses empreintes partout dans l'habitacle. De deux, si le grand patron le retrouvait par la suite, il le tuerait; il en était sûr.

Son téléphone sonna dans l'habitacle, le faisant sursauter violemment. Il fit une embardée et faillit renverser un piéton. Patrick attrapa le téléphone dans la poche de son jeans.

— Allô? croassa-t-il d'une voix paniquée.

— On suit le plan. Dirigez-vous vers le tunnel Lincoln. On vous contactera à ce moment-là, ordonna une voix féminine.

— Euh… mais… mais…

— Faites ce qu'on vous dit, et tout se passera bien! dit la voix d'un ton sec en le coupant avant de raccrocher.

— Oh putain! s'écria l'homme en lançant sur le siège passager le téléphone, qui rebondit et tomba au sol.

BlackTower, Terre

— Monsieur, excusez-moi de vous déranger! dit un homme en uniforme noir.

Il salua le lieutenant-général en levant une main droite rigide à hauteur de sa tempe.

— Que se passe-t-il, soldat? demanda aussitôt l'homme en se relevant de son siège.

— Vous devriez venir au centre de contrôle, monsieur. Il semble se passer quelque chose avec une personne ayant un lien étroit avec le sujet non identifié.

— Vous parlez de St-James ?

— Oui, monsieur !

L'homme plissa les yeux, jeta les documents qu'il lisait sur son bureau et suivit le soldat rapidement.

Voiture de patrouille, police de New York

Le taxi zigzaguait, passant d'une voie à l'autre en accélérant. En passant un croisement où le feu venait de se changer en feu rouge, il ne s'arrêta pas et accéléra. Une des voitures qui l'esquiva de justesse perdit le contrôle et alla emboutir une voiture stationnée.

— 10-53 au coin de la 49e rue et de la 10e avenue. On a besoin d'une ambulance immédiatement ! cria Mike dans le micro.

— Équipe Bravo, bien reçu. 10-53 sur la 49e rue et 10e avenue. L'ambulance sera là dans quelques minutes.

La voiture de police arriva à la hauteur du taxi. Ils aperçurent un homme au volant, l'air crispé et effrayé. Grâce aux haut-parleurs, Mike lui ordonna de s'arrêter immédiatement. L'homme, le regard fou, prit quelque chose dans la boîte à gant et souleva un pistolet. Lisandro freina à temps. Les tirs passèrent juste devant eux.

— Putain ! Mais c'est qui, ce type ? Merde, il vient de disparaître sur la 11e avenue, ragea Lisandro en faisant une manœuvre pour contourner une voiture au milieu de la route.

— Homme blanc armé ! Je répète : suspect armé ! s'exclama rageusement Mike au micro. Il prend de la vitesse, le salopard. Il va finir par tuer des personnes.

Le taxi tourna une nouvelle fois, et à la dernière seconde, il fit crisser ses pneus sur l'asphalte. Une voiture venant d'en face alla s'écraser sur une borne-fontaine. Lisandro dut accélérer afin d'éviter une voiture ne pouvant freiner à temps.

— Nom de Dieu ! cria Mike, la main accrochée à la poignée au plafond. Répartiteur ! Nous avons besoin d'assistance de toute urgence ! 42e rue et 11e avenue, passagers à bord de deux voitures accidentées. Possibles victimes. Taxi roulant maintenant sur la 42e rue vers la 9e avenue. On doit le stopper au plus vite !

— Dégagez ! Dégagez ! cria Lisandro en sortant la tête de la voiture.

Une longue file de voitures les obligeait à ralentir.

— Équipe Bravo, bien reçu. 10-54 sur la 42e rue et 11e avenue. Deux ambulances arrivent. Équipe Écho sur la 41e rue et 10e avenue. Équipe Foxtrot arrivant sur la 40e rue. Interception dès que vous le pouvez, agents !

— Ici Équipe Foxtrot. Nous l'avons en visuel, fit une voix masculine sortant du talkie-walkie. Il remonte la 40e rue. On l'intercepte !

— La 40e ? C'est un sens unique, nom de Dieu ! s'exclama Mike quand la voiture tourna enfin sur ladite route.

Quartier général des loups, appartement de Dominicus, Montréal

— Je vous prie de m'excuser, Héritier, dit un homme en s'agenouillant avec beaucoup de zèle.

– Que me veux-tu, Brian ? demanda d'une voix rauque Dominicus.

Ce dernier ne tourna pas la tête vers lui. Il resta assis dans un fauteuil. Il faisait sombre dans la pièce servant de salon. L'homme qui venait déranger Dominicus ne le voyait que de profil. Il s'était désigné pour rentrer dans la suite de l'héritier, sachant que ceux qui avaient osé le faire auparavant n'étaient pas revenus entiers. Il avait foi en Dominicus depuis le début. Il le suivait depuis que les Anciens lui avaient laissé les rennes de la meute. Il était présent ce fameux soir et avait combattu aux côtés de Joseph et de son chef. Il avait été là quand les pouvoirs de *la fille* avaient refait surface, à la surprise de tous. Il s'était transformé et lui avait sauté à la gorge quand elle avait lancé une boule d'énergie vers Joseph, le touchant mortellement. Il avait été faible et s'était retrouvé projeté du toit du musée Pointe-à-Callière, comme d'autres loups. Brian s'était trouvé néanmoins très chanceux, car il était toujours vivant. Il allait remonter quand il avait aperçu la fille flotter dans les airs et créer le vortex entre leurs deux galaxies. Il se devait d'être là pour Dominicus. C'est ce que Joseph aurait fait si…

– Euh… hum, nous avons entendu certaines rumeurs, et je suis venu vous les transmettre, continua l'homme en s'inclinant encore plus profondément.

– Dis-moi…

– La sorcière a rencontré les Sages…

Dominicus tourna son visage vivement vers lui et plissa le seul œil qui lui restait.

Voiture de patrouille, police de New York

Des voitures se déversaient en sens inverse. Voyant le taxi surgir à haute vitesse, certains conducteurs klaxonnèrent avant de s'écarter. Le taxi jaune zigzaguait et montait sur le trottoir afin de rouler plus facilement. Des piétons criaient et couraient partout afin de se mettre à l'abri. D'autres n'eurent pas le temps et furent renversés. Le feu passa au rouge, forçant la voiture de police conduite par Lisandro à ralentir, ce qui permit au taxi de prendre de l'avance. Une voiture de police s'arrêta à l'intersection. Un des officiers ouvrit la portière du côté passager, se mit derrière et sortit son pistolet. L'autre policier alluma ses avertisseurs sonores et lumineux. Il prit le micro et actionna les haut-parleurs, et comme son collègue l'avait fait avant lui, il lui ordonna de s'arrêter. En constatant que le taxi accélérait et venait de renverser une nouvelle victime, celui qui avait l'arme tira. Deux balles firent voler en éclat le pare-brise du taxi, une autre toucha le rétroviseur du côté conducteur. L'homme sortit une main à travers le pare-brise et tira à plusieurs reprises. Un craquement sec se produisit alors, et un morceau de ce qui restait d'un poteau de feu de circulation tomba sur le capot de la voiture de patrouille dans un bruit sourd. Les deux policiers n'eurent que le temps de se protéger. La voiture ayant bougé sous l'impact, le policier accroupi reçut un coup de portière qui le mit K.-O. Le taxi continua sa route.

— Thomas ? Est-ce que ça va ? cria son collègue, qui était couché sur la banquette.

Le policier à terre leva difficilement un bras, ce qui le rassura. Il prit immédiatement son micro d'épaule.

— Le suspect remonte vers vous, Écho. Je répète, le suspect remonte vers vous.

— Il faut qu'on l'arrête coûte que coûte. La plaisanterie est terminée, balança Mike à son collègue tout en passant à toute vitesse devant la voiture de ses collègues.

— Il sait très bien qu'il ne pourra pas s'enfuir éternellement.

— Je me demande où il va…

La radio se mit à crépiter. La voix paniquée de l'Équipe Écho se fit entendre. Une ambulance était demandée : son collègue avait été touché par un éclair !

— Un éclair ? s'étonna Mike en plissant le front.

Il regarda le ciel et ne vit aucun nuage, aucune pluie. La voix de la policière reprit. Le taxi les avait contournés également et avait tourné en direction du tunnel Lincoln.

— Le tunnel ? Il est fait ! Nos collègues n'auront qu'à l'attendre à une des sorties ! s'exclama Lisandro, excité.

Mike fit une grimace et prit le talkie-walkie.

— Équipe Bravo à Répartiteur ! Pourrons-nous avoir un visuel dans les trois tunnels ?

— Pourquoi lui demandes-tu ça ? dit alors son collègue, étonné.

— J'ai lu un mémo cette semaine qui disait que les caméras de surveillance du tunnel Lincoln et du tunnel Holland seraient hors service cette nuit.

— Quoi ?

— Répartiteur à Équipe Bravo. Négatif. Maintenance des systèmes de surveillance aux entrées, aux sorties et à l'intérieur des souterrains.

— Et merde ! fit Lisandro en frappant de rage le volant. Il ne faut pas le perdre de vue jusqu'à la sortie.

— Hum…

— Quoi encore ?

— Je me demande s'il peut s'enfuir à pied. J'ai lu quelque part que les tunnels étaient reliés entre eux par un sas…

— Oh putain !

La radio se mit à crépiter. La voix du répartiteur se fit entendre de nouveau.

— Appel à toutes les voitures de patrouilles ! On signale un 10-39 à l'entrée nord du tunnel Lincoln. Numéro d'immatriculation du taxi : 5, Yankee, 2, 9. Arrêtez-le dès que vous le pouvez !

Taxi, New York

Il y était ! « *Hell yeah !* » se dit-il avec force. Cela n'avait pas été facile. La seconde voiture de police avait failli l'avoir. Il ne s'y attendait pas. Il avait eu beaucoup de chance que le feu tricolore tombe et fracasse l'auto. Enfin, de la chance… À bien y réfléchir, quand la troisième voiture avait été frappée par un éclair, il avait bien compris que le grand patron l'aidait. Il avait bien fait de ne pas s'enfuir comme il avait eu envie de le faire. Passer l'entrée du tunnel avait été un jeu d'enfant. La lumière avait viré au vert dès qu'il était apparu. Il avait pu foncer.

Patrick roulait à vive allure quand il aperçut du coin de l'œil des mouvements tellement rapides qu'il dut cligner plusieurs fois les yeux. Il pensa d'abord aux lumières éclairant le long du tunnel, mais quand il vit au loin un homme, le visage caché par une capuche et accroupi sur la rambarde, Brian sut qu'il ne rêvait pas. L'homme semblait attendre quelque chose. D'ailleurs, quelques klaxons de voitures se mirent à retentir. Quand Patrick arriva à sa hauteur et le dépassa, il ne put que le regarder avec des yeux ronds, la bouche ouverte. Son regard alla automatiquement vers le rétroviseur intérieur. Il n'y avait plus personne. Il fronça les sourcils en penchant la tête. « Où est-il ? » se demanda-t-il.

— Ne t'arrête pas ! Continue de rouler, dit soudainement une voix venue de nulle part.

Patrick sursauta si violemment que le taxi fit une embardée. Il put contrôler la voiture seulement grâce à sa grande expérience en conduite. L'homme qu'il avait vu sur la rambarde était assis à ses côtés. Il ne l'avait pas vu monter. Son cœur battit encore plus fort. Il souffla et hocha la tête. Il savait qu'il n'avait pas à poser de questions. C'était comme ça ! Mais il était si curieux qu'il lui jeta un coup d'œil en coin. Il ne pouvait pas voir son visage. Il put voir des cheveux blancs s'échapper de la capuche. Bizarre ! Il portait une sorte de toge blanche ouverte sur un pantalon de la même couleur.

Étrangement, il lui semblait l'avoir déjà vu quelque part... il ne put continuer sa réflexion, car il commença à ralentir. L'homme lui ordonna alors de continuer de rouler. Il y avait une file de voitures stoppées à trois mètres devant, et à moins de pouvoir rouler sur les murs, il ne pouvait décemment pas continuer.

— Euh... je ne voudrais pas vous contredire, mais il y a des voitures arrêtées devant... et... euh...

— Ah, ces terriens ! répliqua d'une voix dédaigneuse l'homme aux cheveux blancs en se tournant vers lui.

En voyant ses yeux rivés sur lui, Patrick sut où il l'avait déjà vu. Il eut un sursaut. L'homme ressemblait trait pour trait au grand patron. Il ouvrit la bouche pour dire quelque chose, mais il la referma en se mordant la lèvre inférieure et appuya sur l'accélérateur. L'homme aux cheveux blancs eut un rire tonitruant.

— Mon frère n'avait pas tort à ton sujet. Tu es finalement assez intelligent, pour un terrien.

Patrick avait raison : la même famille. Il sourit d'un air pincé et attendit, crispé, en voyant le parechoc de la dernière voiture de la file se rapprocher dangereusement.

L'individu assis à ses côtés banda son bras droit. Des veines apparurent sur sa gorge et aussi sur ses tempes. Il serra les dents et ouvrit alors sa paume : une étincelle apparut. Pas blanche ni jaune, comme on aurait pu le croire, mais noire comme la nuit ! Au fur et à mesure qu'elle grossissait, l'étincelle devint une boule qui commença à les englober. Au moment où la voiture allait s'encastrer dans celle de devant, il se passa une chose extraordinaire. Ils passèrent à travers les voitures sans les toucher en se dématérialisant. Ils devinrent tous les deux de plus en plus transparents avant d'être englobés en entier par la sphère noire. Les yeux exorbités, Patrick se laissa faire, non sans se signer auparavant. Puis ils disparurent.

CHAPITRE 7

Quartier général de la Coalition, Montréal

Alano était à son bureau quand un homme entra dans la pièce.

— Nous avons un problème, Alano, annonça-t-il sans préambule.

— Que se passe-t-il, Jacob ? La princesse ? demanda-t-il tout de suite, en alerte, en se levant à demi.

— Non. Il ne s'agit pas d'elle. Nous avons perdu la trace de Guillaume Vent à Manhattan.

— Comment ça ?

— Il a pris un taxi en sortant d'un bar, et la filature s'est arrêtée là. Notre homme a eu du mal à cause du trafic…

— OK, je comprends, le coupa Alano. Mais vous aviez bien mis un traceur dans son cellulaire, non ? Vous allez pouvoir le retrouver.

— C'est là le problème, expliqua l'homme avec un rictus. Il n'émet plus ! Notre homme vient juste de nous appeler pour nous le dire. C'est comme si le cellulaire s'était évaporé dans les airs… et on sait tous les deux que ce n'est pas possible !

— Et merde ! jura Alano en serrant les dents. As-tu vérifié à nouveau ? Il se peut que se soit seulement un problème d'équipement.

— Nous l'avons vérifié trois fois ! Cet équipement a été créé par nos meilleurs experts en informatique. Ça ne peut pas s'arrêter comme ça !

Il y eut une pause. Alano plissa le front en signe de réflexion pendant que Jacob se mordait les lèvres.

— Tu penses à quoi, là ? À Dominicus ? À la meute ?

— Peut-être. Mais je n'en suis pas sûr. Tu sais très bien qu'il n'y a pas que les loups qui en ont après la princesse, dit Jacob en soufflant. Il faudrait qu'on envoie plus de monde là-bas.

— OK !

Alano se leva et suivit l'homme hors de son bureau. Ils se dirigèrent d'un pas vif vers une porte. Son compagnon composa un code qui la déverrouilla. Ils arrivèrent dans une grande salle remplie d'ordinateurs ; une dizaine de personnes s'y trouvaient déjà. Concentrées sur leurs écrans, elles ne levèrent pas la tête à l'arrivée des deux hommes. Jacob se dirigea vers une femme et lui dit quelque chose. Un large écran apparut. Plusieurs points rouges scintillaient en Amérique du Nord. Un en Californie. Trois autres à Montréal. Il en manquait un : celui de Guillaume. Une image satellite montrait l'endroit où l'homme avait disparu.

— Est-ce qu'on avertit les Sentinelles et les représentants des royaumes ?

— Non, Jacob, pas tout de suite. Prends des hommes avec toi, et rendez-vous à New York. Il faut éclaircir tout ça. Vous ! ajouta-t-il en parlant à la femme devant l'ordinateur. Je veux qu'on augmente la surveillance de la princesse. Immédiatement !

BlackTower, Terre

Pas un bruit. L'homme qu'on avait appelé dans la salle de contrôle faisait les cent pas, furieux. Chauve, mesurant 1,77 m avec un léger embonpoint, il était habillé d'un uniforme noir. Il avait des étuis à pistolet aux cuisses et des chaussures rangers aux pieds, comme la dizaine de soldats présents. Une vidéo aérienne retraçait le périple du taxi jaune à travers les rues de Manhattan, sans son. Plusieurs écrans retransmettaient sans cesse les mêmes images. Un écran passait en revue des centaines de visages d'hommes afin de faire correspondre l'image brouillée du chauffeur à celle qu'ils cherchaient.

— Pourquoi n'avons-nous pas encore les images de ce qui se passe aux entrées, aux sorties et à l'intérieur de ce putain de tunnel ? demanda d'une voix sèche le militaire avant de se retourner vers les 10 bureaux où se trouvaient installés des hommes et des femmes devant des écrans holographiques.

— Il semble avoir des interférences, monsieur, répondit une voix féminine, le visage toujours tourné vers son écran, alors que ses doigts volaient sur un clavier, lui aussi holographique.

— Soldats ! Contournez ce problème ! Immédiatement ! dit-il les bras croisés au dos, les lèvres pincées. Nous avons l'équipement pour cela, nom de Dieu !

Sur un autre écran apparut le visage d'un homme blond aux cheveux coupés courts.

— Est-ce le chauffeur ?

— Oui, monsieur. Un dénommé Patrick Smith. Trente-cinq ans. Habitant Brooklyn, lut un soldat sur son écran. Un habitué de la case prison pour des délits mineurs. Après 2 ans de prison pour un vol à l'étalage en 2000, il semblait s'être rangé. Il travaille comme agent des services de nettoyage pour une petite entreprise de Manhattan.

— Vérifiez !

— Oui, monsieur !

— C'est bon ! s'écria soudainement un soldat. J'ai les images des caméras intérieures, ajouta-t-il en projetant du doigt les deux vidéos sur le large écran central.

— Ce n'est pas trop tôt !

L'écran flexible couvrant tout le pan d'un mur ovale se sépara en deux pour retransmettre les deux vidéos en simultané. Ils virent quelque chose de flou et de blanc se volatiliser à plusieurs reprises sur les rambardes séparant la route principale des passages piétons pour les employés. Ils purent voir un individu portant une capuche, de même qu'une toge et un pantalon blancs, accroupi sur la balustrade.

Le haut gradé plissa les yeux à ce moment. Son nez se gonfla. Sa paupière se mit à tressauter. Son visage se contracta. Sur la vidéo exposant la scène face à la voiture, ils virent la personne à la capuche blanche disparaître et se retrouver assise sur le siège passager du taxi. Quelques instants plus tard, la voiture semi-transparente traversa l'embouteillage avant de s'évanouir dans les airs.

— Faites un zoom sur le passager !

— Oui, monsieur !

Une image agrandie montrait le visage d'un homme aux traits anguleux, aux yeux noirs et aux cheveux blancs.

— Putain de bordel de merde ! souffla le haut gradé, les yeux exorbités.

Cache des panthères, banlieue de Montréal

– Lucas, excuse-moi de te déranger, mais il se passe quelque chose de bizarre à New York.

– Que veux-tu dire par là, João ? demanda le jeune homme en se relevant à moitié de son bureau et en le regardant, l'air inquiet.

– Tu sais que mon rôle, c'est de rester connecté à Internet afin de débusquer les faits étranges, commença un homme noir, la mine sombre, en tenant une tablette. Ça vient de se produire : un taxi aurait fauché de nombreux piétons à Manhattan avant de prendre la fuite en disparaissant dans un des nombreux tunnels de cette ville.

– OK. Quel rapport avec nous ? demanda Lucas en se rasseyant, mais en plissant un œil interrogateur.

– Trois choses : Guillaume Vent devait partir à Manhattan avec un groupe de clients dimanche matin selon les données recueillies. Coïncidence ? Peut-être pas. Il ne se trouve plus à son hôtel. Le taxi a disparu sans laisser de trace.

Au regard étonné de Lucas, João continua d'expliquer.

– Il n'existe pas d'ouvertures autres que la sortie vers le New Jersey. Je l'ai vérifié moi-même, lors de sa construction en trois phases dans les années 1900. Des sas, oui, mais pour des hommes à pied et non en voiture. La seule sortie est celle où tout le monde passe.

Lucas regarda l'homme en pinçant les lèvres. Son souffle s'accélérait sous le coup des informations qu'on lui donnait. Ça ne sentait pas bon, tout ça.

– Ne me dis pas que la meute l'a éliminé…

– Il y a une dernière chose… et je pense que tu ne vas pas apprécier, lui dit João sans lui répondre, mais en faisant jouer une vidéo. Ça a été pris par un passant. Ce policier-là, dit João en pointant un homme du doigt, va être touché par un éclair.

Effectivement, deux secondes plus tard, l'homme en uniforme tombait au sol, au moment même où un taxi jaune passait à ses côtés. La coéquipière penchée sur lui, après avoir envoyé un message via son walkie-talkie, lui faisait un massage cardiaque.

— Je ne comprends pas…

— Je vais repasser la vidéo au ralenti. Regarde le coin droit en haut sur le réverbère. Un homme habillé en blanc apparaît cinq secondes tout au plus avant de disparaître. C'est lui qui lance l'éclair. Il ne te rappelle personne? demanda João, un rictus aux lèvres en mettant la vidéo sur pause.

— *Merda*[16] ! s'exclama Lucas, les yeux exorbités.

Appartement de Laura, Vieux-Port de Montréal

— Merci pour cette soirée, Frederico. Tu avais raison, ça m'a fait le plus grand bien, même si je suis saoule, le remercia Laura en rigolant.

Ils avaient commandé deux bouteilles de champagne, et Laura en avait bu une et demie à elle seule. Frederico avait été raisonnable — c'était lui le conducteur désigné —, et il venait de garer la voiture devant l'entrée de l'immeuble où Laura habitait.

— Ça m'a fait plaisir aussi. Ça faisait trop longtemps qu'on ne s'était pas amusés à ce point! Et tu en avais besoin! Tu as vu les mecs qui te draguaient? Il faut que tu te lâches plus, Laura!

16. « Merde !! »

— Ha, ha, ha, n'importe quoi !

— Arrête ! Il y avait le baraqué qui se collait à toi sans cesse. Il avait vraiment l'air intéressé, tu sais ! D'ailleurs, tiens ! dit-il en cherchant quelque chose dans sa poche de pantalon.

Frederico lui tendit une feuille avec un numéro de téléphone. Elle le regarda, étonnée.

— C'est le numéro du gars. Si tu ne le veux pas, je le garde pour moi !

Ils se mirent à rire de bon cœur. Que pouvait-elle lui répondre ? La jeune femme avait eu conscience de tous les regards masculins sur elle, sauf qu'elle n'avait qu'une seule personne en tête : un très bel homme avec des yeux émeraude éblouissants.

Laura embrassa Frederico et sortit de la voiture. Ce dernier prit son cellulaire et envoya un message rapidement. Il leva la main pour saluer Laura qui s'était arrêtée devant la porte d'entrée et essayait tant bien que mal de lui faire de grands signes de la main sans perdre l'équilibre. Il sourit et démarra. Il l'aurait fait boire plus tôt s'il avait su que cela lui ferait retrouver le sourire aussi vite.

Laura souriait encore largement en attendant l'ascenseur. Son sourire se flétrit pour aussitôt disparaître lorsqu'elle vit trois hommes entrer dans l'immeuble. Ses gardes du corps ! La réalité la rattrapa dans toute sa grandeur malgré tout l'alcool qu'elle avait ingurgité.

Terrier des Anciens, New York

— Monsieur, ils arrivent ! annonça une voix féminine.

L'instant suivant, un des deux écrans montra une sphère noire qui apparaissait comme par magie dans une autre pièce. Lentement, elle s'ouvrit de haut en bas puis s'évanouit, laissant apparaître le taxi. South se volatilisa auprès de son frère, qui lui tendit en même temps une coupe de vin rouge. Ils échangèrent un sourire complice en hochant la tête.

— Adeline, faites-le descendre, je vous prie, dit North.

— Oui, monsieur, répondit la jeune femme en tapotant sur son clavier.

D'immenses anneaux rayonnants apparurent à leur étage avant de disparaître, laissant apparaître le taxi à la place. North se dirigea vers Patrick. Ce dernier sortit de la voiture et vomit.

— Vous avez le mal des transports Patrick ? lui demanda-t-il, curieux, en posant une main compatissante sur son épaule.

— Non, pas vraiment, monsieur. Hum... disons que la dernière heure a été intense, expliqua-t-il en prenant le mouchoir en tissu que lui tendait North.

— Adeline, apportez donc un verre d'eau à Patrick ! Venez, Patrick, asseyez-vous sur la chaise.

— Euh... merci, mais ça va déjà mieux.

Adeline lui tendit un verre d'eau d'un air hautain et retourna devant sa console. Patrick regarda autour de lui, étonné. Il écarquilla les yeux : il devait certainement se trouver dans le quartier général du grand patron, dans la salle de sécurité. Une cinquantaine de personnes se trouvaient devant des ordinateurs ; des écrans allumés et suspendus sur un mur montraient différents quartiers de Manhattan envahis par la police.

— Mais que se passe-t-il ? Ne dites pas que c'est pour moi, tout ça ? hoqueta-t-il en tordant sa casquette entre ses mains.

— Ha, ha, ils vous cherchent, mon cher Patrick, confirma North en souriant. Ils ne comprennent pas pourquoi vous n'êtes pas sorti du tunnel.

— Mais à ce point ? Tant de policiers rassemblés pour un délit de fuite…

— Disons que vous n'y êtes pas allé de main morte, mon cher ! Des piétons renversés, des policiers touchés ou morts…

Il regarda en direction de son frère en disant cela.

— C'est ce que je trouve courageux de votre part. Vous auriez pu fuir, vous cacher ! Mais vous êtes resté à votre poste. Je suis fier de vous, Patrick ! fit North en posant une main sur son épaule.

Ce dernier sourit à Patrick avec sincérité, ce qui le détendit imperceptiblement. Il mit sa casquette dans la poche de son jeans noir et passa ses doigts dans ses cheveux blonds.

— Monsieur, notre *partenaire* nous demande s'il peut remettre les caméras de surveillance en route. La police le talonne depuis quelques minutes là-dessus.

— Oui, oui, Adeline. Dites-lui de remettre tout ça en place… Adeline ?

— Oui, monsieur ? demanda la femme en se tournant vers North.

— Assurez-vous qu'il soit remercié comme il se doit pour ce service, s'il vous plaît. Sur un des comptes *SIERRA*. Il ne faudrait pas qu'on remonte jusqu'à nous, n'est-ce pas ?

— Bien sûr, monsieur, déclara-t-elle en inclinant légèrement la tête.

La jeune femme brune retourna à son poste et se mit à taper sur son clavier.

— Vous voyez, mon cher Patrick, c'est comme ça que je récompense mes plus fidèles collaborateurs. C'est donnant-donnant.

— Merci, monsieur, d'être venu me chercher, balbutia-t-il en jetant un coup d'œil à l'homme aux cheveux blancs qui buvait sa coupe de vin rouge.

South semblait totalement absorbé par ce qu'il voyait sur les écrans.

— Vous avez fait votre travail. J'ai fait le mien. Tout simplement.

Sur différents écrans, des policiers filtraient les arrivées du tunnel nord au compte-goutte. Des ambulances placées à des coins de rue s'occupaient des victimes. Sur un des écrans, il put voir le compte en banque d'un certain Peter H. crédité d'un montant de 350 000 $!

— Juste une question. Un petit point à éclaircir, continua North en s'asseyant sur son siège.

Il joignit les deux mains et tapota ses lèvres de ses index liés.

— Tout s'est bien passé lors de… ?

Il ne continua pas sa phrase, mais leva ses yeux vers le taxi.

— Oui… oui, monsieur. Tout s'est bien déroulé. Brianna lui a planté son… bras dans le crâne, et il est mort.

— Oui, pour ça, il est mort. Je peux le sentir d'ici, Patrick ! Je parlais plutôt d'indices, de personnes susceptibles de vous avoir vus, tous les trois…

— Non, tout s'est bien passé. Comme convenu, je suis allé les chercher au bar. La ruelle était déserte. J'étais allé y faire un tour le matin même pour m'assurer que tout était en ordre. Ça a dérapé quand j'ai laissé Brianna au métro.

— Est-ce que les policiers qui vous pourchassaient auraient pu voir le corps dans la voiture ?

— Non ; je peux vous l'assurer. J'avais mis une couverture par-dessus pour parer à toute éventualité. Personne n'a rien vu, je vous le jure !

— Parfait ! Adeline ?

— C'est comme si c'était déjà fait, monsieur !

Sur trois des écrans centraux, le défilement de la journée se mit en route en accéléré. Sur le premier, on voyait les entrées et les sorties de l'hôtel où se trouvait le fameux *rooftop*. On voyait le taxi arriver sur les lieux et partir avec Brianna et Guillaume. La vidéo fut effacée ! Sur les deux autres, ils virent la ruelle avec des angles de vue opposés. Plusieurs voitures passèrent, se garèrent, repartirent. Un garage se trouvait près du coin, ce qui était normal. Soudain, on aperçut un homme tout de noir vêtu portant une casquette, un jeans et un imperméable fureter dans le coin. Les deux vidéos furent effacées également. Adeline fit un zoom sur le visage de Patrick clairement identifiable malgré sa casquette et se retourna avec un air encore plus hautain que précédemment. Elle le regarda des pieds à la tête pour lui faire comprendre l'erreur qu'il avait commise, puis elle se tourna vers North.

— En ce qui concerne les vidéos de la course-poursuite, j'ai supprimé les parties où on distinguait *son* visage, dit Adeline.

— Bien !

— Je suis désolé, monsieur. Je croyais bien faire en allant vérifier…

— Je comprends, Patrick, le coupa North d'un ton ferme.

— Ça n'arrivera plus, je vous le promets ! jura-t-il.

Patrick semblait mal à l'aise. Il n'avait pas pensé que des caméras pouvaient se trouver là. « Quel crétin ! » se reprocha-t-il intérieurement en se pinçant les lèvres. Il sortit sa casquette de sa poche et se remit à la triturer.

— C'est très bien, mon cher ! J'aime entendre ces mots ! Je vois que vous apprenez vite ! Allez-vous reposer. Vous le méritez. J'aurai besoin de vous dans les jours à venir.

— Ah oui ? dit-il en tordant sa casquette.

— Un petit séjour à Montréal, ça vous dit ?

Appartement de Laura, Vieux-Port de Montréal

Après qu'un des gardes du corps lui ait ouvert la porte, Laura entra dans son appartement. En essayant de retirer ses chaussures sans tomber, elle faillit trébucher et s'étaler de tout son long par terre. Elle s'assit sur les marches menant au salon et se mit à rigoler toute seule. Sa tête tournait, mais elle était euphorique. « Bon, je suis complètement et irrémédiablement saoule », se dit-elle en riant.

En ouvrant les yeux, la jeune femme aperçut l'objet de ses pensées dans le salon. Laura fronça les sourcils, se demandant si son imagination lui jouait des tours, mais en le voyant assis, essayant de ne pas éclater de rire, elle se dit qu'elle ne rêvait pas du tout. Son baudrier était déposé à ses côtés ; César était assis sur le sofa, l'air parfaitement à l'aise, la jambe par-dessus l'autre, et il lui faisait un immense sourire. Elle ne put s'empêcher de remercier en silence le ciel parce qu'elle était noire : personne ne verrait qu'elle rougissait à l'instant. C'était la première fois qu'ils se retrouvaient seuls tous les deux.

— Salut, César ! Ça fait longtemps que tu m'attends ? Est-ce que tout va bien ? demanda-t-elle, un peu essoufflée.

— Ouais, tout va bien, ne t'inquiète pas ! Comme tu n'arrivais pas, je me suis permis de te prendre un verre de vin, qui en passant est dégueulasse… Il faut vraiment que tu améliores tes choix en matière d'alcool, Opal. La prochaine fois, j'apporterai ma propre bouteille.

— Mais qu'est-ce que tu peux être chiant, toi ! dit-elle en riant.

Son cœur s'était mis à battre un peu plus rapidement quand il avait parlé d'une potentielle prochaine fois. Laura se releva difficilement, déposa son sac sur la table et alla se servir un verre d'eau. Après tout le champagne qu'elle avait bu au cours de la soirée, elle avait besoin de s'hydrater et de reprendre le contrôle. César n'avait pas bougé et semblait suivre tous ses mouvements. Cela la rendit maladroite, et elle renversa presque le verre d'eau posé sur le comptoir. Avant que Laura ouvre la bouche pour crier, César rattrapa son verre grâce à sa vitesse hors norme. Car oui, ses Sentinelles disposaient de fameux dons. Annabella pouvait faire jaillir de la glace, Gabriel devenait invisible, et Marcus se téléportait.

— Merci, souffla Laura en levant les yeux vers César.

Ce dernier souriait d'un air taquin, comme à son habitude, mais elle distingua quelque chose d'autre qui fit battre son cœur un peu plus vite à nouveau. « Je suis saoule, et il est là ; il faut que je reprenne le contrôle », se dit-elle. Quand elle voulut récupérer son verre, le contact de sa peau avec celle de César lui donna une décharge électrique, mais en cet instant précis, elle eut l'impression que ses sensations étaient décuplées. Elle ressentait des choses plus fortes qu'à l'accoutumée.

— Tu es saoule, *Tia*, murmura César en souriant, reculant d'un pas sans la lâcher du regard.

— Pourquoi m'appelles-tu *Tia*, César ? demanda-t-elle avant de boire son verre d'eau au complet.

— C'est un surnom que je t'ai donné quand nous étions plus jeunes, lui dit-il sans vraiment répondre à la question. Tu t'es bien amusée, ce soir ?

— Oui… euh… Frederico et moi, nous sommes allés au bar qui se trouve à côté de l'agence. J'ai bu un peu trop, je crois, chuchota Laura en passant la main dans ses vanilles.

— Je vois ça. Il y a plusieurs autres odeurs accrochées à toi…

— Accrochées à moi ? répéta-t-elle en fronçant les sourcils afin de bien comprendre la phrase.

Laura le fixa, interrogatrice, puis ouvrit les yeux grands : il devait sentir l'odeur des hommes qui s'étaient collés à elle.

— Ce n'est pas ce que tu crois ! Ils voulaient juste danser.

— …

— César, tu n'es quand même pas jaloux, n'est-ce pas ?

— Et si je l'étais ?

— Je te dirais qu'il n'y a rien à craindre.

— Pourquoi ?

La jeune femme ne sut que répondre et se mordit sa lèvre. Elle décida de lui poser les questions qu'elle n'avait jamais osé mettre en mots.

— Dis-moi, pourquoi il y a ce… truc qui passe entre nous lorsque nous nous touchons ? Et pourquoi pouvons-nous discuter par télépathie tous les deux aussi facilement ?

César sourit sans répondre.

— Est-ce secret? Est-ce pour cela que tu ne voulais pas que je le dévoile quand nous nous sommes connectés tous les cinq la dernière fois?

César croisa les bras en s'adossant contre le frigo. Il avait toujours ce petit sourire énervant. Laura soupira. Il n'avait pas l'air d'avoir envie de lui répondre.

— Tu ne réponds pas!

— Je t'ai posé une question avant. Tu me réponds, et je répondrai à ta question, *Tia*, lui dit-il fermement.

Laura secoua la tête. Il était têtu. Elle aussi l'était! Il fallait changer de conversation.

— Pourquoi es-tu ici? Où sont les autres?

— Je devais te remettre ton opale, expliqua-t-il en la sortant de la poche de sa veste.

— Oh! fit-elle en voyant la pierre émettre une lumière verte.

Cela faisait trois mois qu'elle se demandait si elle la retrouverait un jour. Quoique d'après Marjoria, cette pierre était son talisman, mais également une partie d'elle-même. La pierre n'avait qu'à être appelée. Laura mit sa main sur son cœur en grimaçant légèrement. La dernière fois qu'elle avait vu l'opale, c'était sur le toit du musée Pointe-à-Callière. Son cœur avait cessé de battre en même temps que celui de César quand la lame s'était enfoncée dans la poitrine du jeune loup.

— Tout va bien, je vais bien! dit César en s'approchant rapidement d'elle pour la rassurer.

Il posa sa main sur sa joue.

— Tu m'as réparé encore une fois, ajouta-t-il d'une voix tendre.

Un frisson les prit tous les deux lors de ce contact. Encore cette étincelle électrique…

— Comment est-ce possible ? J'ai l'impression que tu ressens ce que je ressens… est-ce que tu lis dans mes pensées, César ? lui demanda Laura en fronçant les sourcils.

Elle ne comprenait plus rien.

— Je…

— J'ai besoin de réponses, fit-elle dans un souffle.

Laura ouvrait la bouche, la refermait. Ses yeux clignèrent plusieurs fois sous l'effet du stress, puis elle murmura en le regardant dans les yeux :

— Il y a quelque chose entre toi et moi, hein ?

César opina lentement de la tête. Il semblait cogiter. Il fronça ses sourcils et recula d'un pas, rompant par la même occasion leur toucher, ce qui fit sursauter Laura. César passa sa main sur son visage, respira profondément. Laura le regardait se débattre avec ses pensées. On lui cachait tant de choses, mais elle avait cru que César était différent, qu'il était de son côté. Quand elle leva les yeux vers son visage, il était fermé. Il semblait décidé à ne rien lui dire. Son cœur lui fit mal.

— César…, commença-t-elle par dire, le visage suppliant, des larmes au bord des yeux.

— Et puis merde !

Il s'élança vers elle, passa un bras ferme autour de sa taille et l'embrassa férocement. À l'instant précis où César posa ses lèvres sur les siennes, une aura rose fumé vint le parcourir pour aussitôt s'éteindre, puis une aura bleue de la même intensité vint faire le tour de Laura avant de disparaitre une seconde plus tard. César colla son corps contre le sien et la gouta autant qu'il était possible de le faire. Leur baiser n'avait rien de doux : il était passionné et féroce, avec un goût de désespoir. Laura se mit à trembler dans ses bras.

C'était bon, c'était chaud. Appétissant. Un torrent de lave se répandait dans son corps. Elle avait besoin de ce corps en elle. Elle sentit l'érection de César à travers ses vêtements et se colla encore plus à lui en gémissant.

Un songe lui vint : ses pupilles se dilatèrent tandis que ses iris marron foncé passaient au vert émeraude. Elle vit un moment de la vie de César.

Ils venaient d'arriver dans les appartements d'Opal. César voulait qu'elle arrête de s'inquiéter pour ses maux de tête. De toute manière, Marcus avait trouvé la solution. Il fallait juste patienter. Comme César avait envie de l'embrasser quand elle faisait sa tête de cochon ! Il ne résista pas et se pencha vers elle, l'embrassant comme il n'avait jamais embrassé personne. Leur baiser fut comme un feu d'artifice. Son corps, un feu qui ne demandait qu'à brûler librement. César avait envie d'elle, mais il devait attendre le parfait moment pour le faire avec Opal. Comme il était fou d'elle ! C'était incroyable, même après ces deux mois d'absence… ils étaient véritablement liés tous les deux…

Quand César se décolla d'elle, Laura dut se retenir à l'îlot pour ne pas tomber. « Wow ! » Elle releva la tête vers César, dont la couleur vert émeraude de ses iris englobait ses yeux presque en entier. Il respirait lui aussi difficilement. « César m'aime… César m'aime… » La jeune femme ne cessait de se le répéter comme une litanie tout en se laissant glisser au bas de l'îlot central et en secouant la tête lentement. Elle était perdue, totalement et irrémédiablement. Une chose était sûre : elle désirait César, et le baiser en était la preuve. Mais comment était-ce possible ?

Il vint s'asseoir à ses côtés. Sans la toucher.

— Pourquoi ? demanda-t-elle au bout de quelques minutes.

— Nous sommes liés, *Tia* – depuis notre naissance, apparemment, déclara lentement César d'une voix ferme.

Il s'était ressaisi et la regardait attentivement.

— Comment ?

— Alors là, tu me poses une colle, dit-il avec son sourire espiègle.

— Comment est-ce possible ? Je veux dire, on ne se connait que depuis quelques mois, et je ne peux pas ressentir toutes ces choses pour toi, dit-elle en secouant la tête.

— Que veux-tu dire par là ? demanda-t-il en plissant les yeux.

— Ce que je ressens, c'est… c'est… trop profond, trop puissant… César, ce n'est pas normal ! s'écria Laura, apeurée.

César lui sourit tendrement. Il passa sa main sur ses cheveux en signe d'apaisement et la fit venir contre son épaule, la consolant calmement. Quelques minutes plus tard, Laura se sentit apaisée, releva la tête pour le regarder et se perdit dans ce vert éblouissant, puis elle se souvint de quelque chose.

— Tu as des maux de tête, c'est ça ? Qu'est-ce que… ?

— Allons, viens ; il faut que tu te reposes, *Tia*, la coupa César en la prenant dans ses bras et en se relevant.

Il se dirigea vers sa chambre. Pour ne pas tomber, elle s'accrocha à son cou et ne put s'empêcher de l'observer du coin de l'œil.

— Ne me regarde pas comme ça ! avertit César.

— Pourquoi ?

— Tu n'as que ce mot-là à la bouche, dis donc, ironisa le jeune homme. Parce que si tu continues de me fixer comme ça, je ne suis pas certain de te laisser dormir seule cette nuit !

lui dit-il en s'arrêtant devant son lit et en la regardant aussi intensément que tout à l'heure.

— César... reste!

Les mots étaient sortis tout seuls. Oui, elle avait envie de lui. Leurs regards se soudèrent. Le visage de César était devenu de marbre. Elle se pencha pour l'embrasser quand César la jeta sur son lit comme un vulgaire sac de pommes de terre. Laura rebondit, pas très gracieusement, sur le matelas. Elle ouvrit des yeux surpris tout en remettant ses vanilles en place.

— J'aimerais ça plus que tout, *Tia*.

— Alors, pourquoi ne restes-tu pas? lui demanda Laura en se relevant sur ses coudes.

— Tu as bu et tu es sûrement troublée par ce que tu viens d'apprendre.

— César...

— Quand nous ferons l'amour — et ce jour arrivera —, je te jure que tu seras parfaitement en état. C'est toi qui viendras à moi! Et puis quand nous ferons l'amour, Opal, ce n'est pas d'une seule nuit dont nous aurons besoin, déclara César avec un petit clin d'œil pervers. Bonne nuit, princesse! dit-il avant de refermer la porte derrière lui.

Appartement de César, palais de Prima

L'eau froide de la douche coulait sur son corps, ses épaules carrées, son torse bombé, son dos sans une trace de gras, son ventre plat, ses abdominaux et ses fesses fermes jusqu'à ses jambes et ses mollets affutés. César rejeta ses longs cheveux en arrière.

Un rictus vint enlaidir son visage crispé. Il frappa le mur de la salle de bains, lui assénant un coup de poing plein de rage. Un large trou apparut. Il posa son front bouillant malgré l'eau froide sur les carreaux et expulsa une longue plainte.

CHAPITRE 8

Wang Gung des tigres, Corée du Sud

— Est-il vraiment importun de surveiller la meute ? demanda une voix masculine.

— Les Anciens ont construit une véritable toile d'araignée de renseignements sur cette planète. Seulement, ils nous sous-estiment en pensant que nous nous sommes sagement cachés, commandant Kun ! Je pense effectivement que nous devrions nous remettre à surveiller plus intensément les loups, déclara Il Nam en répondant à la question.

— Surtout après ce qui s'est passé cette nuit en Amérique, fit une seconde voix. Si je me fie à mon expérience passée avec les Anciens, ils mettent sûrement en œuvre l'éradication de toutes les personnes auxquelles tient la princesse Opal à l'heure qu'il est.

— Yi a raison. Je pense que nous devrions mettre sur pied un plan pour récupérer la princesse Opal. Nous devrions parler avec elle. Essayer de nous allier à elle, suggéra une autre voix.

— Ce sera difficile si la Coalition la protège, répliqua une quatrième voix.

— Ceux qui la protègent véritablement sont ses Sentinelles, ni plus ni moins, commandant Kam. La Coalition n'a plus l'aura ni les finances pour ça. Il fut un temps où

Alano et sa sœur Serena détenaient ce pouvoir. Il est loin, malheureusement, répondit Il Nam. Comme vous dites, commandant Kon, peut-être devrions-nous penser à nous mettre en contact avec la princesse Opal.

— Que décidons-nous, alors ?

Avant qu'ils puissent répondre, les larges battants de la porte de la salle du trône s'ouvrirent brusquement sur un homme. Des gardes qui n'avaient pu empêcher l'homme d'entrer se courbèrent profondément et refermèrent rapidement la lourde porte. Le silence se fit. Tous regardaient l'homme, celui de la piscine, approcher d'eux, et tous baissèrent la tête par signe de respect : Pish'Edo, le fils héritier du roi des tigres.

Ce dernier, assis sur un immense trône posé sur une plateforme, regardait d'en haut son fils, les yeux plissés. Six hommes portant des vêtements noirs amples et un chapeau en forme conique cachant leur visage se trouvaient de part et d'autre de lui. Il Nam tourna la tête vers le roi avant de reprendre un visage neutre.

— Comment cela se fait-il que je n'aie pas été averti de cette réunion, *Aebeoji* ? demanda Pish'Edo en restant debout devant les cinq hommes assis sur leurs coussins rouges agrémentés de fils d'or.

— Cette réunion, jeune *daegun,* a été organisée en urgence…, commença Il Nam.

— Et vous n'avez pas eu la décence de me réveiller pour m'avertir ?! cria froidement Pish'Edo en le coupant. Je vous signale que c'est grâce à moi que nous savons que la princesse Opal est ici sur cette planète, vivante, et qu'elle se trouve au Canada. Sans moi, les tigres auraient été à l'arrière, comme d'habitude depuis des siècles !

À ces mots, un silence de mort s'abattit dans la pièce. L'homme brun défiait son père par ses paroles. Finalement, sur un geste de la main du roi, une femme portant un hanbok en soie verte vint installer un coussin afin que le prince puisse s'asseoir et assister à la suite de la réunion.

BlackTower, Terre

– Ce n'est pas vrai ! murmura une voix féminine.

– En es-tu sûr, Janus ?

Trois hologrammes étaient diffusés dans le petit salon attenant au bureau du lieutenant-général. Deux femmes et un homme faisaient face au haut gradé, assis sur un des fauteuils. Derrière le bureau de chacun d'eux, il y avait un sigle sur le mur : une épée médiévale traversant verticalement un *t* rouge sang. Sur le pommeau, on pouvait voir une étoile à huit branches, et juste en dessous, un croissant de lune disposé en coupe.

– Je viens de vous envoyer par courriel sécurisé la photographie, répondit l'homme en prenant lui-même la photo sur la table basse.

Il la regardait en secouant la tête comme si ce qu'il voyait ne pouvait être possible.

– Je n'y crois toujours pas, murmura à nouveau la voix féminine en regardant son écran d'ordinateur.

Elle appartenait à une femme de type asiatique dans la soixantaine aux cheveux blancs bien lisses attachés en un savant chignon bas.

– Et pourtant, Lizzy, j'ai bien l'impression que c'est un des frères, répondit un homme de type arabe en faisant une grimace.

La peau mate, les sourcils épais, les cheveux parsemés de blanc, il semblait avoir la soixantaine.

— La photo est assez nette pour ça, ajouta-t-il.

— Tu as raison, Aylan, c'est bien lui, dit d'une voix vibrante de colère une femme noire aux cheveux poivre et sel retombant sur ses épaules en boucle.

Elle semblait être dans la même tranche d'âge que les autres.

— Depuis 1998, nous n'avions plus de traces d'eux, poursuivit-elle.

— Nous pensions à tort qu'ils aient pu être tués par l'un des quatre groupes ; tu le sais bien, Betsie.

— Ça n'avait jamais été prouvé de toute manière, déclara Lizzy en croisant les bras sur sa poitrine.

Janus July se mit debout et se mit à marcher de long en large.

— Cette soi-disant bataille entre le clan des O-Zone, la fratrie et la meute n'a servi que la Coalition, supposa-t-il. Elle a pu récupérer des membres.

— Exact ! acquiesça Betsie en opinant de la tête.

— Par contre, si les quatre frères sont revenus sur le devant de la scène, il se peut que ce soit pour la fille…, supposa le militaire en posant sa main sur sa nuque pour essayer de dénouer ses muscles.

— Cette dénommée Laura Opal St-James, n'est-ce pas ? Pas de passé, pas de famille. Aucun élément avec lequel on peut établir un lien. Elle est apparue soudainement en 2007 dans nos données, et nous n'y avons vu que du feu, soupira Betsie.

La femme prit une de ses notes, avant de les regarder à nouveau.

— Vu que c'est moi qui m'occupe de suivre les déplacements de la Coalition, je n'ai pas le moindre indice de qui est cette femme, continua-t-elle en secouant légèrement la tête. Une chose est sûre : elle est très discrète — pour ne pas dire effacée. Et la Coalition la protège 24 heures sur 24. Si je n'avais pas vu la vidéo, j'aurais cru que c'était une autre femme qui flottait dans le ciel de Montréal, cette nuit-là. Bref, d'après les rapports journaliers, elle fait des allers-retours de chez elle à l'agence de voyages. La femme ne déroge pas à la règle, à part cette nuit, où elle est sortie avec son collègue Frederico Suarez. Rien de plus que ce que vous savez déjà, déclara Betsie.

— Avec le clan des O-Zone, comme je vous l'avais déjà dit, il y a eu un renforcement du groupe depuis trois mois, soit à partir de l'éclipse lunaire. Il y a une petite dizaine de panthères au Québec. Elles se tiennent tranquilles, mais patrouillent régulièrement. Depuis que nous avons repéré la dénommée K et son second Lucas sur un des toits cette nuit-là, nous devinons qu'eux aussi sont après la femme, confirma Lizzy.

— La sergente Hewer m'a averti du fait que cette K venait d'arriver à Quito en Équateur, après un énième changement de visage, soupira-t-il. As-tu plus d'informations ?

— Oui. Un hélicoptère l'attendait. Direction : Latacunga, dans la province de Cotopaxi. Mes hommes n'en savent pas plus sur l'expéditeur. Ils vont se déployer à travers la ville dans le plus bref délai.

Ils soupirèrent tous.

— Il y a du mouvement dans les déplacements de la fratrie, annonça une voix monocorde.

Les trois autres tendirent une oreille attentive aux mots d'Aylan.

— Oh non, pas eux…, souffla Lizzy, le visage inquiet.

— Malheureusement, si. Nous avons aperçu l'avant-garde des tigres au Canada. Ce qui ne s'était pas vu depuis 1998.

Un silence pesant s'installa entre les quatre personnes, chacune cherchant à comprendre ce qui se passait.

— Tous les groupes sont au Canada ! Ce n'est pas normal ! Mais putain, qui est cette femme ?

— Mes hommes vérifient cette histoire de taxi actuellement. Le Fou du volant, comme l'appellent les médias…, souffla le lieutenant-général Janus July en revenant s'asseoir. Comme nous le supposions, ils n'ont pas laissé de traces derrière eux. Les vidéos sont HS.

— Pour tuer autant de civils, il devait forcément y avoir quelque chose entre les mains de ce chauffeur, supposa Betsie en s'accoudant à son bureau.

— Ils disposent d'une technologie qui nous dépasse, mais nous avons de très bons scientifiques — les meilleurs de toute la planète. Ils trouveront quelque chose, j'en suis sûr, décréta Aylan.

— Je vous fais signe dès qu'on a trouvé un indice…

Après un hochement de la tête des trois autres, le lieutenant-général éteignit l'appareil et se passa les deux mains sur son visage. Son regard se posa sur la photographie en question. Il vit le visage de l'homme à la capuche et eut un rictus.

Appartement de Gabriel, palais de Prima

Gabriel se tournait et se retournait dans tous les sens dans son lit. Ses yeux fermés bougeaient dans tous les sens. Sa respiration devenait hachurée. Une fine pellicule de sueur recouvrait son corps. Un songe, un rêve, un cauchemar…

Opal et lui, roulant dans le foin, riant et s'embrassant. Un instant léger et tendre, l'autre passionné et intense. Il sentait le cœur de la jeune fille battre contre sa poitrine, tellement il était soudé à elle. Il se coucha à ses côtés et l'embrassa à pleine bouche. Elle caressa ses cheveux blond-châtain en gémissant. Soudainement, il cessa de l'embrasser pour la regarder avec passion.

— Je t'aime, mon amour !

— Gabriel…, dit la jeune fille en se tenant la tête des deux mains comme si elle avait mal.

— Qui y'a-t-il, Opal ?

— Gabriel…

Elle essayait de lui dire quelque chose. Elle ouvrait sa bouche, mais aucun son n'en sortait. À la place, un liquide vert s'écoula de sa bouche et de ses yeux. Opal semblait s'étouffer. Gabriel se pétrifia quand la jeune fille s'évanouit dans les airs.

—Opal ! Opal, où es-tu ? hurla-t-il en se relevant, apeuré.

Gabriel dut fermer les yeux. Il se sentit basculer, comme s'il se dédoublait.

Il ne se trouvait plus dans l'étable où Laura et lui s'embrassaient, mais dans la forêt aux abords du palais. Il regarda partout sans comprendre. Il aperçut de longues vanilles et une longue robe blanche disparaître dans le lointain. Il cria le nom d'Opal et se mit à courir. N'allant pas assez vite, il se mit à se transformer. L'immense lion qu'il était se déplaçait rapidement. Il se mit à rugir, appelant Opal. Quand il arriva derrière elle, cette dernière se retourna, laissant apparaître un visage horrible : une moitié était pendante et rouge, comme si elle avait été cisaillée par des griffes, et l'autre lui souriait, l'air de rien. Il entendit son prénom murmuré d'une voix douce.

Un immense loup roux surgit aux côtés d'Opal, se redressa comme un alpha et se mit à lécher son visage ravagé. Un loup aux yeux vert émeraude…

Gabriel se redressa vivement de son lit en regardant partout ; il était déboussolé et haletait comme s'il avait couru de toutes ces forces. Il se redressa pour s'asseoir en posant ses pieds par terre et aspirant de l'air. Il tremblait. Il passa sa main sur son visage, les yeux grands ouverts.

Port Authority Bus Terminal, New York

Une femme habillée d'un jeans et d'un tee-shirt noirs faisait la queue, un sac de voyage noir à ses pieds. Elle portait une casquette cachant ses cheveux. Des lunettes de soleil lui mangeaient la moitié du visage. Quand se fut son tour, elle se rendit au comptoir.

– *Good morning, miss ! What can I do for you*[17] ?

– *One-way for Montreal, please*[18].

– *Alright ; I'll need your ID*[19].

Elle ouvrit son sac à main rouge et lui donna son permis de conduire. La femme enleva ses lunettes de soleil afin que l'employé puisse vérifier la ressemblance. Il le lui redonna.

– Chloé North, *go to gate 3. Here's your ticket for the bus. Have a good trip, miss*[20].

– *Thanks*[21].

Alina replaça ses papiers dans son sac à main et remit ses lunettes de soleil. Un sourire désabusé étira sa bouche.

17. « Bonjour, mademoiselle ! Que puis-je faire pour vous ? »

18. « Un aller simple pour Montréal, s'il vous plaît. »

19. « D'accord ; j'aurai besoin de votre carte d'identité. »

20. « Chloé North, dirigez-vous vers la porte 3. Voici votre ticket pour le bus. Bon voyage, mademoiselle. »

21. « Merci. »

Cela faisait longtemps qu'elle n'avait pas mis les pieds à Montréal.

Latacunga, Équateur

K, malgré la fatigue, marchait dans les petites rues pavées de la petite ville de Latacunga jusqu'au lieu de rendez-vous. L'apercevant, elle fit le tour de la place en espérant repérer l'homme en premier. Elle eut un rictus sachant que puisqu'elle était une étrangère, sa présence avait déjà été remarquée depuis son arrivée. La jeune femme s'arrêta devant un édifice élégant en pierre ponce éclairé par des lampadaires. De style néoclassique, le palais arborait de belles colonnes doriques avec des ornements corinthiens. Elle continua son tour et remarqua une très belle cathédrale blanche éclairée par des lumières bleutées. Il n'y avait pas grand monde aux alentours : il commençait à faire nuit. Finalement, elle se dirigea vers le parc Vincente León et s'assit sur un des bancs en soupirant devant une énorme statue. Après son vol de 9 heures et 15 minutes entre Montréal et Quito, un hélicoptère avait attendu K pour la conduire, ici, à Latacunga. La jeune femme avait essayé d'en savoir plus en posant des questions au pilote, mais ce dernier n'avait pas cessé de lui sourire tout en secouant la tête. Il lui avait ensuite remis une feuille pliée en deux indiquant un lieu de rendez-vous après avoir posé son appareil aux abords de la ville. Elle avait appris dans quelle ville elle se trouvait en demandant son chemin à des touristes qui sortaient tout juste d'un bus venant de la capitale, Quito. Le pilote de l'hélicoptère l'avait laissée à un kilomètre à l'ouest du centre historique, près d'un terminal de bus.

K avait envoyé un message texte à Lucas afin de lui faire savoir où elle se trouvait exactement... quoiqu'avec le traceur, les garçons avaient dû le savoir avant elle.

Des bruits de pas la firent tourner la tête. Un homme s'avança vers elle. Il était grand et maigre, avec un sourire doux sur son visage émacié. Des cheveux fins blancs parsemaient son crâne, et il était vêtu simplement d'un pantalon beige, d'une chemise blanche et d'espadrilles.

– *Imanalla*[22], Kassandra du royaume des panthères ?

– *Alilla*[23], Talah, répondit-elle en regardant cet homme qu'elle n'avait pas vu depuis très longtemps.

– Bien, bien ! dit-il en souriant à ce qu'elle venait de lui répondre.

Sa voix était douce et musicale.

– Tu as changé, dis-moi, ajouta-t-il.

Il la regardait attentivement, comme s'il voyait des choses invisibles dansant autour d'elle. Ce qu'il voyait semblait lui plaire, vu le sourire qui s'élargissait aux coins de ses lèvres.

– Tu dois être fatiguée par ce long voyage jusqu'ici. Je te proposerais bien de rester une nuit ici, mais il ne te reste plus de temps ; les étrangers vont arriver et continuer de te suivre à la trace.

– Les loups ?

– Nos amis les loups sont partout, Kassandra, dit l'homme en se moquant gentiment. Des terriens te suivent depuis le Canada.

La jeune femme fronça les sourcils. Comme dans le cadre de tout voyage qu'elles effectuaient, les panthères faisaient en sorte d'utiliser une nouvelle identité visuelle afin de voyager

22. « Bonjour, ça va ? »

23. « Ici, rien de plus. »

incognito. Comment les terriens avaient-ils pu remonter jusqu'à elle ? Il faudrait qu'elle en parle aux garçons...

— J'ai supposé que tu serais fatiguée, alors nous prendrons une voiture pour nous rendre au village, expliqua l'homme en se levant. Tu pourras ainsi reprendre ta véritable apparence physique ; bien que le châtain t'aille bien, je te préfère rousse, comme avant.

— Où allons-nous ? demanda en souriant Kassandra avant de se lever également et de le suivre.

— Dans un lieu où ton corps mental rencontrera ton potentiel énergétique, dit-il d'un air énigmatique.

Commissariat de police, New York

— Hé, Kim ! salua un homme en se levant à l'arrivée de son ami et collègue.

— Hé, Mike. Drôle de nuit, n'est-ce pas ? dit le nouvel arrivé en lui serrant la main.

— Ça, tu peux le dire ! s'exclama-t-il en se rasseyant devant le bureau. Sept morts parmi les civils ; trois autres sont toujours dans un état grave, et quelques-uns ont des blessures mineures — on ne craint pas pour leur vie, ajouta-t-il dans un souffle. On compte un mort et un blessé dans nos rangs...

— Je sais pour l'agent Dominguez. J'ai pu avoir un bref compte rendu dans la voiture qui m'amenait au commissariat, expliqua l'homme en s'asseyant sur le coin du bureau et en déposant son léger bagage au sol.

— Oh, merde, c'est vrai... je suis désolé pour ton père, Kim.

Ce dernier eut une légère grimace à l'évocation du décès de son père. Il revenait tout juste de Séoul, et à son atterrissage, il avait appris la tragédie qui avait sévi à Manhattan ce matin même. Son cellulaire n'avait pas dérougi depuis son arrivée.

— Merci, Mike.

Ce dernier se leva et posa sa main sur son épaule, puis il se rassit et se prit la tête entre les mains.

— Lisandro est en train de téléphoner à sa mère pour la rassurer. Il sera de retour dans un moment, déclara-t-il, fatigué.

— Je comprends ! Je suis désolé de vous retenir tous les deux. Je sais que votre quart est fini depuis un petit bout.

— Ouais, mais pas si c'est pour arrêter ce fils de pute !

— En attendant Lisandro, on va commencer. Peux-tu m'expliquer ce qui s'est passé, s'il te plaît ? lui demanda-t-il.

En le voyant acquiescer de la tête, le dénommé Kim appuya sur l'enregistreur se trouvant sur son bureau.

Quartier général des loups, étage des Sages, Montréal

— La situation est donc finalement sous contrôle ? demanda West.

Ce dernier et East conversaient avec leurs frères grâce à leur connexion privée. Ils étaient attablés, leurs ordinateurs allumés et ouverts sur les dernières informations du jour. En l'occurrence, la course poursuite dans les rues de New York.

— Oui. Fort heureusement !

— Par tous les dieux, pourquoi les terriens sont-ils si… désobéissants ? s'exclama South en secouant la tête.

— Je ne puis te le dire. Mais il faut travailler avec eux, malheureusement, constata North en s'adossant à son siège.

— Où se trouve Alina en ce moment ? demanda East.

— Elle est à la station de bus à attendre l'autocar en direction de Montréal, lui répondit une voix féminine.

Un plus petit écran s'alluma. Le visage d'Adeline apparut aux côtés de ceux de South et de son frère North.

— Elle devrait arriver à Montréal d'ici neuf heures environ, ajouta-t-elle en regardant sa montre.

— Bien !

— Et au sujet de notre *partenaire*, Patrick ? demanda à nouveau East.

— Il est en train de passer les tests à l'étage du dessous, lui dit Adeline. Il faudra sans doute quatre ou cinq jours avant qu'il soit prêt !

— L'un de nous aurait pu le faire, North, tu le sais très bien ! précisa West. On aurait pu l'éliminer ou le faire prendre par la police — mort, évidemment.

— N'oubliez pas, mes frères, que nous voulons faire savoir à la *fille* que NOUS sommes responsables de ce meurtre. Ainsi que des autres qui suivront.

— Lui faire peur…

— La faire craquer…

Les quatre frères eurent un sourire mauvais en haussant la tête. Ils se comprenaient.

— Cette expérience nous permettra de faire deux choses, ajouta North. La première : savoir si le filet nous est utile ou pas. La deuxième : ne pas nous salir les mains.

— Le filet a absorbé 69 % de l'énergie, observa Adeline. Assez pour que l'expérience soit viable.

– Sommes-nous vraiment prêts à mettre toute cette énergie dans ce projet, mes frères ?

Les uns après les autres, ils hochèrent la tête en signe d'acquiescement.

– Messieurs ? lança Adeline. Il est à signaler que dans les affaires de Guillaume Vent, nous avons retrouvé un logiciel espion rattaché à son cellulaire.

– Avez-vous pu remonter à la source, Adeline ?

– Bien évidemment ! dit-elle en se vantant presque avec un petit sourire. Et je pense que vous allez aimer ce que j'ai trouvé, continua-t-elle en souriant plus largement.

Commissariat de police, New York

Épuisé, Kim se laissa aller sur son siège et ferma brièvement les yeux. Il n'avait pas arrêté depuis son retour au bureau.

Dès qu'il avait allumé son cellulaire à son arrivée à l'aéroport JFK, il avait été submergé par les messages textes et appels laissés par son chef. Ce dernier voulait qu'il rapplique dare-dare au commissariat pour une affaire de premier ordre. Il lui avait rappelé que ce serait toujours mieux que de cogiter dans son appartement. Il avait raison, même s'il avait une façon pas très subtile de le dire.

À son arrivée ce matin-là, le chef du département lui avait remis cette enquête, ne lui laissant pas vraiment le choix, tout en lui expliquant à mots couverts que le bureau du Police Commissionner était sur les dents par rapport à ce qui venait d'arriver dans sa ville. Qu'il voulait qu'on retrouve cet homme coûte que coûte. Les médias locaux et étrangers avaient sauté à cœur joie sur l'affaire comme « des oiseaux sur du maïs » – pour reprendre ses termes. Il fallait que l'affaire soit réglée dans les plus brefs délais. Son chef faisait confiance en son unité criminelle pour déficeler ce « paquet de nœuds », pour reprendre à nouveau ses termes.

Cette unité spéciale de la police de New York, dirigée par le lieutenant Kim Kook, était chargée d'enquêter sur des crimes majeurs sous l'autorité directe du chef de la police. Les enquêtes étaient menées par son équipe, les inspecteurs Ingrid Augusta et Ludovic Target, et par le sergent Denys Grove.

Après avoir serré dans ses bras ses partenaires Ingrid et Ludovic, heureux de le retrouver malgré le chagrin causé par la mort de son père, il les avait mis au courant de l'affaire. Après ses 10 jours d'absence, ces derniers ne pensaient pas que leur lieutenant reprendrait le service aussitôt arrivé – et lui non plus, d'ailleurs !

Kim avait donc pris la déposition de Mike pendant que Ludovic avait fait celle de Lisandro. Il avait également demandé à ces coéquipiers de retrouver la fille du métro qui avait été la dernière à s'approcher du Fou du volant – et vu qu'ils n'avaient pas encore son identité en main, ce surnom lui allait plutôt bien. Celle-ci pourrait aider à le retrouver.

Vers 15 h, Kim avait pu aller se rafraîchir un peu. Il s'était brossé les dents et avait rasé sa barbe de trois jours qui cachait un menton volontaire et carré. En se regardant dans le miroir du petit cabinet qui leur servait de salle de bains privée, il trouva qu'il avait un air épuisé. Le décalage horaire ne l'aidait pas, à l'instar des nuits blanches. Des rides de fatigue avaient creusé ses traits. Kim avait un teint pâle, comme tous les Coréens, mais à la lumière que diffusaient les ampoules, il avait l'air blême. Des pommettes saillantes, un large nez et un front bombé caché par ses épais cheveux noirs constituaient son visage. C'étaient surtout ses yeux qui lui faisaient peur. Des cernes noirs avaient fait leur apparition, rendant ses yeux encore plus bridés qu'ils l'étaient normalement. Le lieutenant baissa la tête, les deux mains appuyées de part et d'autre du miroir, et souffla longuement. On frappa à la porte, le faisant sursauter.

– Cinq minutes ! cria-t-il.

Il farfouilla dans son sac et en retira un tee-shirt blanc qu'il mit. Ses épaules larges, son ventre plat, ses muscles abdominaux bien dessinés et ses bras musclés, il les devait à son père, maître de taekwondo. À cette pensée nostalgique, il serra les dents, s'habilla rapidement d'une chemise bleue carreautée et enfila son blouson noir défraichi. Quand il fut prêt, il rejoignit la pièce où se trouvait son unité.

– Tu es pire qu'une fille, toi, sérieux ! s'exclama un homme noir de 1 m 85 aux yeux vert clair étonnants.

Ce dernier était tellement mince que cela donnait l'impression qu'il était encore plus grand. Il restait que ce type mince et élancé, qu'on aurait pu qualifier de grand gaillard, avait une force du tonnerre. Il était agile et très fort. Cela faisait maintenant cinq ans qu'ils étaient partenaires à la criminelle. Et s'ils étaient physiquement opposés, ils s'entendaient comme des larrons en foire.

– Arrête ! Je venais juste d'entrer quand tu as frappé, rigola Kim avant de balancer son sac de voyage sur sa chaise et de s'avancer vers son partenaire, assis au coin du bureau.

– Ce n'est pas ce que Ludo m'a dit, en tout cas, ajouta Denys, l'air innocent.

– Hé, oh ! Ne me mêlez pas à vos histoires, tous les deux, rigola ce dernier.

Ils rirent tous. Denys serra longuement la main de Kim. Un bref regard passa entre eux, assez long pour que Kim hoche légèrement la tête, les lèvres serrées.

— Quelles sont les infos que nous avons acquises depuis que je me suis enfermé dans la salle de bains ? demanda Kim à la blague en s'asseyant à son bureau pour tapoter déjà son clavier.

— Concernant la fille, j'ai appelé ce matin la Metropolitan Transportation Authority, qui s'occupe des vidéos de surveillance du métro ainsi que du PATH. L'entreprise me les a envoyées assez rapidement. Il va me falloir un peu plus de temps, déclara Ingrid d'une voix ferme.

La jeune femme de 31 ans était petite et brune avec des cheveux toujours coiffés en queue de cheval. C'était une des femmes les plus débrouillardes qu'il avait eu l'occasion de connaître. Son rire communicatif déridait même leur chef — ce qui n'était pas peu dire ! Elle aurait pu être plus belle si elle s'était maquillée de temps en temps et si elle avait pu mettre autre chose que son sempiternel jeans.

Intelligente et pleine de ressources en informatique, elle avait gravi les échelons de la police rapidement. Cela faisait trois ans qu'elle travaillait avec Kim. Au début, elle n'était qu'une simple policière s'occupant de patrouiller dans Brooklyn. Il l'avait remarquée lorsqu'elle leur avait prêté assistance, à Denys et lui, dans une affaire de meurtre. Son calme, sa rapidité d'action et sa capacité de réflexion lui avaient plu.

— OK. Tu as quoi, Ludovic ? s'enquit Kim en bâillant discrètement.

— Pas grand-chose, à vrai dire, dit ce dernier avec une petite grimace alors qu'il accrochait sur l'immense mur d'affichage les plans du tunnel Lincoln avec des punaises.

Ludovic était l'archétype du surfeur californien : un type blond aux yeux bleus au corps mince musclé et bronzé avec des cheveux mi-longs. Un homme à femmes. Mais avant tout, c'était un brave et courageux policier qui avait perdu son coéquipier lors d'un braquage d'un magasin dans le Bronx. Il avait réussi à arrêter les deux types qui avaient fait le casse par après. Par la suite, le chef de police l'avait décoré et fait monter au grade d'inspecteur. C'était Denys qui avait parlé à Kim de cet homme afin de l'intégrer à la nouvelle unité. Curieux, loyal et minutieux, Ludovic était un excellent partenaire.

Ce dernier racontait qu'il avait fait des appels au département de la Port Authority gérant les caméras de surveillance des deux tunnels de Manhattan et du New Jersey, cherchant à savoir s'il y avait des vidéos. Il attendait toujours leur réponse. Il avait également requis le plan du tunnel Lincoln par courriel et demandé si cela était possible de s'enfuir du tunnel sans passer par une des sorties.

— Ils t'ont répondu quoi ? s'enquit Denys, toujours installé sur le bureau, les jambes allongées.

— Ils m'ont dit que c'était impossible. Ensuite, je leur ai dit que le taxi l'avait fait, lui ! dit-il en croisant ses bras sur sa poitrine.

— OK. On n'a pas grand-chose pour l'instant, constata Kim en bâillant.

— Hé ! Dis-nous : ça fait combien de temps que tu n'as pas dormi ?

— C'est si visible que ça ? leur demanda Kim en les regardant tour à tour avant de bâiller, puis de passer ses mains sur ses yeux et de bâiller encore.

Ingrid acquiesça vigoureusement de la tête. Ludo but son café en levant les yeux au ciel et Denys éclata de rire.

— Tu sais quoi ? Je pense que je vais te ramener chez toi, affirma le grand gaillard.

— Je ne peux pas. J'ai promis…

— Oui, oui… tu as promis au chef de faire ce que tu pouvais pour avoir ce type. Mais pour le moment, tu ne nous es pas utile, le coupa Denys en se levant et en récupérant le sac de voyage de Kim. Vous, les morveux, mettez-vous au travail ! J'amène le patron voir son lit. Toi, suis-moi !

Agence de voyages, Montréal

— Quoi ? s'écria Laura au téléphone. Que me dites-vous ?

Anna et Frederico la regardèrent attentivement. Ils se préparaient à fermer l'agence quand Laura avait reçu un appel de l'hôtel avec qui ils faisaient affaire à New York.

— Cela fait combien de temps, Jim ? demanda-t-elle d'une voix aigüe.

Ses deux collègues se jetèrent un coup d'œil et s'approchèrent du bureau de Laura. Il avait dû se passer quelque chose de grave pour que leur patronne se mette dans cet état.

— Non, pas depuis hier soir. Il m'a appelée pour m'avertir que le groupe était bien arrivé à l'hôtel.

Anna regarda Laura, dont le visage était empreint de tristesse et d'inquiétude à nouveau. Et dire que cette journée avait été géniale ! Ce matin, elle les avait accueillis avec le sourire et des croissants. Elle avait remercié à nouveau Frederico pour la sortie de la veille, qui lui avait fait le plus grand bien. Ils avaient ensuite pris leur repas du midi sur une terrasse non loin de leur agence. Ils avaient rigolé, plaisanté comme avant. Anna avait croisé le regard de son collègue et lui avait fait un clin d'œil. Ils avaient réussi ! Elle était redevenue la Laura qu'ils connaissaient.

— Tenez-moi au courant, je vous prie. De mon côté, je vais faire le maximum pour qu'un guide soit présent dès ce soir à l'hôtel. Je vous transmettrai toutes les infos. Merci, Jim.

Laura raccrocha et resta un instant immobile. Elle cacha son visage dans ses mains et poussa un long soupir désespéré.

— Laura, que se passe-t-il au juste ? demanda Frederico en lui touchant le bras.

— Guillaume a disparu. Jim, le directeur de l'hôtel, m'a appelée pour me le faire savoir et pour me demander si nous avions des nouvelles de lui !

— Guillaume n'a pas l'habitude de disparaître comme ça, soupira Frederico.

— Ni de ne pas répondre à son cellulaire…

Au moment où Anna disait cela, elle composa automatiquement le numéro de téléphone de leur ami. Après une sonnerie, la boite vocale se fit entendre : « Bonjour, vous êtes sur la messagerie vocale de Guillaume Vent. Laissez-moi un court message avec votre nom et numéro de téléphone, et je vous rappellerai dans les plus brefs délais. » Il y eut un court silence, et tous les trois se regardèrent avec appréhension.

— Que pouvons-nous faire, Laura ?

— C'est l'heure de la fermeture ; vous devriez…

– Laura ! s'écria Anna en la coupant. Dis-nous quoi faire !

– OK ! Frederico, appelle tous les guides habitant à Manhattan et en banlieue, s'il te plaît. Nous avons des cartes professionnelles de nombreuses personnes de la soirée d'avril dernier, dit-elle fermement en se levant et en allant prendre une boîte contenant les fameuses cartes dans un de leurs tiroirs. Essaye d'avoir un guide pour ce soir... ou pour demain dans le pire des cas. La personne doit aussi être disponible pour les deux derniers jours. Nous avons besoin qu'il ou elle revienne avec le groupe à Montréal. C'est important !

– OK ! acquiesça Frederico en allant rapidement à son bureau.

– Et moi ? demanda Anna.

– Toi, tu vas vérifier l'itinéraire que le groupe devait faire durant ces deux prochains jours. Assure-toi que tout a été réservé et payé. Normalement, Guillaume paye aux fournisseurs le montant final la veille de son arrivée à New York. Je ne sais pas s'il a eu le temps de le faire...

– OK !

– On va sûrement devoir rembourser la première journée aux clients et une partie des fournisseurs. Peux-tu t'en occuper, s'il te plaît ? lui demanda Laura d'une voix ferme.

– C'est comme si c'était fait, Laura, répondit la jeune femme en s'installant devant son ordinateur.

La jeune femme soupira profondément et se passa les deux mains sur le visage. Une belle migraine semblait vouloir pointer le bout de sa queue. Elle respira longuement. « Que dois-je faire ? » se dit-elle. Elle pensa automatiquement à

César, fronça les sourcils et soupira. Même si elle avait envie de le voir après la nuit dernière afin qu'il la rassure, elle avait besoin d'une aide immédiate.

— La Coalition…, chuchota-t-elle doucement en ouvrant de grands yeux.

Laura prit son sac et se dirigea rapidement vers la porte d'entrée. Elle accrocha la pancarte avec le mot « Fermé » en disant aux autres qu'elle sortait un moment.

— Où vas-tu, Laura ? demanda Anna, un peu inquiète.

— Je vais essayer de retrouver Guillaume ! dit-elle avant de refermer la porte.

Frederico regarda la porte se refermer et soupira longuement, l'air inquiet. Il prit son cellulaire, hésita un instant puis il le déposa pour se concentrer sur son ordinateur.

Plaza Saint-Hubert, Montréal

Laura sortit de l'agence et regarda autour d'elle. Où étaient-ils tous passés ? Elle plissa les yeux en regardant toutes les voitures à proximité quand elle la vit : une voiture banalisée dont le conducteur feuilletait un journal tout en buvant une boisson. La jeune femme allait traverser la rue quand une main se posa sur son épaule. Elle se retourna et vit Sacha et Simon à ses côtés.

— Princesse, est-ce que tout va bien ? demanda Sacha en la regardant attentivement.

— Sacha ! Simon ! Suivez-moi, ajouta-t-elle en traversant la rue.

La jeune femme toqua à la vitre du siège passager. Quand l'homme se tourna vers eux, il renversa presque son café. Il la regarda un instant, étonné, puis déverrouilla les portières. Laura prit place à côté de l'homme tandis que ses Suiveurs s'asseyaient à l'arrière.

— Conduisez-moi à Alano et Serena immédiatement !

BlackTower, Terre

— Lieutenant-général ! salua une femme en entrant dans le bureau d'un pas vif.

— Repos, sergente Hewer ! Des nouvelles ? demanda l'homme assis à son bureau.

— Oui, monsieur. Laura St-James est actuellement en route vers la cache de la Coalition.

— Quoi ? explosa le lieutenant-général Janus July en se relevant à moitié de sa chaise.

— Cette information a été confirmée il y a moins de cinq minutes par BlackTower Co. Elle est montée à bord d'une voiture banalisée conduite par un homme-panthère, membre de la Coalition. Simon et Sacha sont avec la femme.

Janus July se rassit lourdement en plissant le front. La femme était donc avec eux. C'était un fait !

— Quoi d'autre ?

— BTC espionnait les communications de la femme. Il se pourrait que le Fou du volant soit une couverture dont le but est de cacher le meurtre de Guillaume Vent, monsieur.

— Guillaume Vent ? Que vient-il faire dans l'histoire ? Et pourquoi serait-il mort ? demanda le lieutenant-général en fronçant les sourcils.

— Un groupe de touristes est parti vers New York hier. Guillaume Vent en était le responsable, et depuis ce matin, il est introuvable.

— Putain ! Ça coïncide avec l'intervention d'un des Anciens à New York.

— La lieutenante-générale Betsie Boot pense la même chose, monsieur !

CHAPITRE 9

Salle de stockage, palais de Prima

– Oh, putain ! C'est quoi, ce bordel ? demanda César en s'avançant dans une des pièces attenantes à la salle de contrôle. Il s'arrêta et regarda, éberlué, les deux hommes en face de lui. La pièce, qui n'était pas petite, était totalement encombrée par un arsenal d'armes étranges. Il y en avait partout : par terre, sur des tables, contre le mur…

– Tiens, César, ça va ? lança Thoas derrière lui. Tu m'aides un peu ? Ils sont lourds, ces trucs !

Il lui passa les deux énormes sacs qu'il tenait en grimaçant : ils devaient peser plusieurs kilos.

– Ce sont les deux derniers, les gars, soupira-t-il en se massant l'épaule.

César les prit comme s'ils ne pesaient rien et les posa au coin d'une table.

– Qu'est-ce que tu viens faire dans le coin, César ? demanda Tim.

– Je cherchais mon frère, dit César en se tournant vers celui-ci. Mais dites-moi, c'est quoi, tout ça ?

– Des armes à feu terriennes, mon frère, dit Marcus en souriant tranquillement.

Thoas ouvrit un des sacs et en sortit trois longues et lourdes mallettes. César fronça les sourcils.

— Où avez-vous trouvé tout ça, nom de… ?

— Nous avons passé une « commande ». Ça se fait énormément sur Terre, apparemment, rigola Marcus en aidant Thoas à assembler une arme à feu aussi longue que la table. Nous avons comparé les armes terriennes aux nôtres, et depuis deux mois, nous les testons.

— Comme vous le savez, depuis la Grande Bataille, nous avons juste accès aux fusils d'assaut *Enforcer*, des armes d'un ancien temps. Alors, nous nous sommes dit que nous devrions remplacer tous ceux qui ont été détruits par les renégats.

— Exact ; vous avez eu de la chance que les métamorphes ne vous tirent pas dessus avec les leurs, plus technologiques, lors des battues. Les *Enforcer* peuvent tuer, mais ils ont des défauts, et les autres le savent… Si pour une raison X, le palais devait se faire envahir, tes gardes pourront se défendre et donner du fil à retordre aux adversaires, expliqua Marcus à Thoas. Et puis, malgré la technologie peu avancée dont ils disposent, ces terriens ont de bonnes idées concernant la maniabilité et l'ergonomie. Ces armes tuent !

— De bonnes idées, je n'en suis pas sûr, grimaça Tim. Cette planète est une mine ouverte de vente d'armes. Ces terriens s'entretuent pour des questions pathétiques. Au lieu de consacrer autant d'argent à ces armes, ils auraient pu mieux gérer leurs ressources naturelles et aider leurs semblables.

— Tu as raison, Tim, mais je suis d'accord avec Marcus. Si nous devons laisser Opal sur Terre, il nous faut avoir au moins des armes pour arrêter la meute. Nos B.E.X-21 et nos *Enforcer* sont des armes du passé. Les dégâts qu'ils font sont trop minimes, et ils s'échauffent à la longue, ajouta Thoas en prenant son fusil d'assaut modulaire qui, après une pression sur la poignée, révéla deux longs canons.

— C'est pour ça que je n'en ai jamais trouvé l'utilité. Je préfère mes sabres, commenta César avec un gros sourire ironique.

— Ouais, c'est sûr, mais nous n'avons ni ta résistance ni ton habileté, répliqua Tim.

— Il n'y a pas si longtemps, tu te vantais de pouvoir battre Gabriel lors des concours, plaisanta Marcus en rigolant.

— Ah, ça... « Longtemps », c'est bien relatif, Marcus, rigola Tim. Finalement, je suis toujours second, mais côté théorie !

Les quatre hommes sourirent en se remémorant leur enfance. Ils avaient grandi ensemble, et tout cela grâce à Opal. Si elle n'avait pas sauvé les deux Priméens, ils auraient été tués.

— Quand vous parlez de « modifications », vous pensez à quoi au juste ? demanda César en prenant en main une arme avec un écran se trouvant sur une table pour la détailler dans tous les sens.

Il grimaça pendant un court instant en passant un doigt sur sa tempe puis se reprit.

— Les armes que tu vois ici, nous les avons choisies parmi une centaine d'armes. Nous en avons sélectionné trois types. Les armes de précision qui sont dans ce coin-là ont une portée variant entre 1800 et 2000 m, déclara Marcus en les montrant du doigt. Mais avec notre technologie, Nolane a pu gagner un 900 m de plus.

— Nous avons récupéré des armes à feu qui nous seraient également utiles. Celle-ci, dit-il en prenant en main une arme, est un pistolet à deux modes : semi-automatique et automatique. Celle-ci est un fusil à pompe, continua Tim tout en montrant son maniement.

— Ce que tu as en main, César, c'est un C.S. — un accessoire pour arme de poing. Il permet à son utilisateur de voir et d'attaquer une cible armée sans s'exposer à une contre-attaque grâce à sa caméra. Nolane a encore pu modifier l'arme, et notre prototype possède une portée de 800 m au lieu de 100 !

— Merci, Nolane, c'est génial ! Je le veux, lança César avec une mimique hilarante tout en le prenant contre sa poitrine, ce qui fit sourire les trois autres.

Ils secouèrent la tête.

— Cet homme ne changera jamais ! Un vrai gamin !

— On vous montrera tout le reste en temps voulu, mais disons que nous avons assez de gadgets pour nous amuser avec la meute, affirma Tim avec un énorme sourire salace.

— Juste une chose, les gars. Les munitions sont terriennes ; vous savez donc que cela pourrait sans doute nous tuer, Tim et moi, mais pas les métamorphes.

— C'est justement là qu'intervient Opal, chantonna Tim, les yeux brillants.

Marcus et lui se regardèrent un moment avec une sorte de fierté. Fronçant les sourcils, les deux autres les fixèrent d'un air interrogatif.

— Qu'est-ce qu'elle vient faire dans tout ça ?

— César, tu te rappelles la fois qu'Opal t'a rétamé ?

— Tu ne vas pas recommencer, Tim. Tu me fais chier avec cette histoire qui date, marmonna César en faisant la grimace.

– Eh bien, frérot, c'est grâce à l'énergie d'Opal que nous allons créer de nouvelles armes mi-priméennes, mi-terriennes.

– Son énergie ?

– Ouais carrément. Nous allons extraire l'énergie et l'utiliser pour la création de nouvelles munitions. Si tout se passe comme prévu, quand elles pénétreront un corps, elles exploseront…

– Et désintégreront l'ennemi. Comme ce qui s'est passé sur le toit, il y a trois mois, termina Marcus.

– …

– Oh, putain ! Vous êtes trop géniaux, les gars ! s'écria Thoas en les félicitant par une accolade.

– Tu en penses quoi César ?

– Je me demande juste pourquoi vous n'avez pas pensé à ça plus tôt !

Ils se mirent tous à rire.

Quartier général de la Coalition, Montréal

Alano et d'autres métamorphes se trouvaient dans la salle d'opération, une pièce comprenant une dizaine d'ordinateurs connectés à une ligne sécurisée et à Internet. Deux grands écrans se trouvaient près du mur du fond. Une vive discussion était en cours entre eux quand une femme apparut dans l'encadrement de la porte.

– Alano ! cria-t-elle.

– Oui ? Qu'y a-t-il ? répondit-il, un peu énervé.

– Excuse-moi de te déranger, mais il y a quelqu'un qui veut te voir.

— Je n'ai pas le temps, Natacha. Dis-lui de s'adresser à Serena.

— Elle est déjà avec Serena.

— Elle ? demanda Alano en se retournant.

— La princesse est ici avec ses Suiveurs, chuchota la femme en se tordant les mains.

Le silence se fit à ces mots. Tout le monde se retourna vers la femme puis se regarda.

— Comment... ?

— C'est Paul qui l'a conduite ici. Elle ne lui a pas laissé le choix. Elle veut te voir au sujet de l'homme qui a disparu.

— Je n'y crois pas ! s'exclama-t-il pour lui-même. Comment peut-elle être déjà au courant ? murmura-t-il en grimaçant. Vous, fit-il en désignant les métamorphes dans la salle, retrouvez-le-moi ! Vous autres, contactez Prima. Je pense qu'on n'a plus le choix, maintenant. On aura besoin des Sentinelles.

• • •

— Je suis ici, car j'ai besoin de votre aide pour retrouver mon ami dont nous sommes sans nouvelles depuis ce matin, expliqua Laura.

— Votre collègue Guillaume Vent, n'est-ce pas ?

— Exact, fit Laura, étonnée. Comment le savez-vous, Serena ? Je viens juste d'avoir la nouvelle de New York...

— Bonjour, princesse, salua Alano en entrant dans le bureau.

— Bonjour, Alano.

— Pour répondre à votre question, depuis hier soir, nous essayons de retrouver la trace de votre collègue, expliqua Alano.

— Comment ça ? Si vous le saviez, pourquoi ne m'avez-vous pas prévenue ?

— Ce n'est pas aussi simple, princesse. Nous ne voulions pas vous inquiéter plus que nécessaire.

Un regard bref passa entre Sacha et Simon.

— *Il ne dit pas tout, j'ai l'impression,* dit le jeune loup par la pensée en regardant Alano entre ses cils.

— *Nous devrions avertir les Sentinelles,* lui répondit de la même façon Sacha. *Qu'en penses-tu ?*

— *Tu as raison.*

— Princesse, dit d'une voix douce Serena. Nous sommes en train de le chercher. Soyez rassurée. Nous faisons tout... Alano fera tout ce qui est dans son pouvoir pour le retrouver et vous le ramener sain et sauf.

— Vous m'aviez assuré que mes amis seraient en sécurité ! s'exclama Laura, debout dans le bureau. N'aviez-vous pas mis des traceurs dans leurs cellulaires, comme vous me l'aviez dit ?

— Oui, nous l'avons fait pour vos quatre amis, mais également pour vous. Cependant celui de Guillaume n'émet plus...

— Oh, Seigneur ! murmura Laura en se passant les mains sur le visage. Vous m'aviez promis que rien ne leur arriverait !

— Oui, je le sais bien, princesse, lui dit Serena.

— Alors, retrouvez mon ami ; c'est tout ce que je vous demande !

Quartier général des loups, niveau -3, Montréal

Brian sortit discrètement d'un bureau. Il regarda à droite et à gauche avant de s'éloigner rapidement. Il ralentit en passant devant une grande vitre. Un caisson translucide s'y trouvait. Joseph se trouvait là, relié à de nombreux fils et plongé dans un liquide amniotique qui le maintenait en vie. L'homme grimaça légèrement et posa sa main sur la vitre quand il entendit des pas se rapprochant. Il eut juste le temps de se faufiler dans une pièce avant que le bruit de talons s'arrête juste en face de l'endroit où il se trouvait. Il entrebâilla la porte et serra les dents quand il vit qui se trouvait là : Charlène. Elle semblait vouloir rester là un long moment. Brian sortit son cellulaire sans un bruit, envoya un texto, pinça les lèvres et attendit, adossé au mur.

— Charlène ! Ne me dis pas que tu vas venir tous les jours ici ! s'écria un homme à la voix grave.

— Marc…

— Je te l'ai dit : dès qu'il aura pris du mieux, je t'appellerai, ma chère. Son état est stable pour l'instant.

— Oui, je sais bien…

— Dis-moi, as-tu vu les Sages, alors ?

— Pas ici, murmura la jeune femme blonde.

— OK. Mais pour l'instant, une chose me préoccupe : as-tu mangé ? Non ? Allons, viens ! Je vais te concocter du bœuf saignant. Tu m'en diras des nouvelles !

Les bruits de pas diminuèrent pour enfin disparaître. Brian passa sa tête dans l'entrebâillement de la porte puis fila jusqu'au sas. Il avait des choses à faire.

Quartier général de la Coalition, Montréal

Laura, Sacha et Simon se dirigeaient vers la sortie quand une femme apparut dans le couloir. Laura leva les yeux et sursauta légèrement quand elle réalisa qui la regardait.

— Laura…, dit doucement la femme.

Laura resta un moment immobile à l'observer. Ses Suiveurs s'étaient arrêtés et attendaient. Laura avait seulement revu sa mère adoptive sur le toit du musée, trois mois auparavant. Elle avait été stupéfaite de la voir, agenouillée avec les autres métamorphes. Elle qui l'avait cru morte, l'avait revue en vie et en bonne santé. La jeune femme avait alors compris qu'on lui avait encore joué un tour. Quand cette femme était venue vers elle pour la serrer dans ses bras en souriant, Laura avait reculé et l'avait regardée avec froideur. Il n'y avait aucun mot pour expliquer le sentiment de profond malaise qu'elle avait ressenti à ce moment-là.

Quand on lui avait appris que ses parents avaient été tués par un chauffeur, elle avait d'abord pensé à sa mère, qui avait toujours été là pour elle. Laura avait été très proche d'elle et avait senti son absence chaque seconde de sa vie. Pourquoi n'était-elle pas venue l'avertir du danger qu'elle courait si elle était toujours en vie ? Pourquoi l'avait-elle laissée avec Dominicus ? Elle ne pouvait pas lui pardonner cela.

Laura secoua légèrement la tête, baissa les yeux et passa devant elle sans la regarder.

— Je suis désolée, murmura Élisabeth, les larmes aux yeux.

Salle de stockage, palais de Prima

César était en train de farfouiller dans les nouvelles armes terriennes et en mettait certaines de côté pour son utilisation personnelle, d'après ce qu'il avait dit.

— Vous avez vraiment acheté de putains de bons trucs ! J'ai honte pour Thoas et les gardes avec leurs petits fusils d'assaut *Enforcer* de merde, ricana ce dernier en saisissant une arme d'assaut. C'est quoi, ça ?

— Tu es vraiment un gamin, frérot ! lui répondit Marcus en secouant la tête de désespoir. C'est un M4A1, une arme d'assaut de type carabine. Certaines polices sur Terre l'utilisent.

— Je n'y connais rien, mais ça me donne envie d'essayer, rigola César.

— Tu me sembles bien excité, dis donc, commenta son frère avant de le regarder un moment en silence.

Marcus le sentait bouillant d'excitation depuis qu'il était apparu dans la réserve… En fait, non. Marcus le sentait comme cela depuis ce matin-là.

— Comment ça s'est passé hier ?

Un sourire plein de nostalgie vint naître sur les lèvres de César. Il leva les yeux vers son frère et lui sourit.

— Ça s'est passé aussi bien que possible.

— Ce n'est pas une réponse, ça, fit Marcus en laissant l'arme qu'il avait en main avant de se diriger vers César et de le regarder.

— Je ne sais pas quoi te dire, en vérité, répondit César, tout sourire ayant disparu de son visage. Nous nous sommes embrassés… mais rien n'est dit, rien n'est fait, et ça me fait chier.

— Ressent-elle le lien ? demanda Marcus.

— Oui. Elle m'a posé plusieurs questions par rapport à ça : elle a parlé de ce qui se passe quand nous nous touchons, de l'étincelle qui apparaît chaque fois, de notre moyen de communication et du fait que je peux lire en elle.

— Il y a quelque chose en toi qui a changé, César…, dit-il en plissant les yeux.

— De quoi parles-tu ?

César arrêta de parler et ferma les yeux en fronçant les sourcils. Il se tint l'arête du nez. Marcus sut immédiatement de quoi il s'agissait. Tous les signes étaient là : Opal semblait avoir des soucis sur Terre.

— César, essaye de communiquer avec elle !

— Je ne pense pas pouvoir…

— Essaye ! ordonna-t-il.

César enleva rapidement son baudrier de son dos et s'accroupit contre le mur. Marcus alla fermer la porte de la réserve et s'adossa à celle-ci. Il se tint silencieux, observant son frère se concentrer. Cela demandait de l'énergie, surtout si les deux n'étaient pas à proximité, mais il lui semblait que l'énergie de son frère avait légèrement changé. César avait toujours été plus puissant que lui, mais là… il faudrait qu'il mène son enquête.

— *Tia ?*

— *César ?* demanda Laura d'une voix étonnée.

— *Est-ce que tout va bien ?*

— *Oooh, César…,* murmura Laura d'une voix tremblante.

— *Que se passe-t-il ? Est-ce que tu vas bien, Tia ?* demanda le jeune homme d'une voix mesurée.

Il ne voulait pas l'affoler, mais lui-même n'en menait pas large.

– *Il a disparu… depuis hier. Personne ne l'a vu… j'ai un mauvais pressentiment…*

Sa voix était hachurée.

– *De qui parles-tu, princesse ?* lui demanda César tout en se relevant.

On frappa à la porte. Marcus se pinça les lèvres et entrouvrit la porte à moitié.

– Il faut que tu viennes, Marcus, dit Bella. La Coalition vient de nous faire parvenir un message urgent. César n'est pas avec toi ?

– Que se passe-t-il ? demanda Marcus, les sourcils froncés, en ouvrant la porte machinalement.

Annabella allait parler quand César s'approcha d'eux tout en remettant son baudrier. Il avait sa tête des mauvais jours.

– Guillaume Vent, l'ami d'Opal, a disparu, dit ce dernier d'une voix ferme.

Wang Gung des tigres, Corée du Sud

– Il va falloir surveiller mon fils, Il Nam, l'avertit le roi Sisouk.

Ils marchaient tous les deux vers le pavillon se trouvant au bord de l'eau. La réunion avait été longue et interrompue la plupart du temps par son fils, qui n'admettait pas l'immobilisme des tigres.

– Il est jeune et têtu. Il me fait penser au jeune Dominicus…

– Justement, il est trop fougueux ! C'est ce qui me tracasse, *nae olaen chingo*. Dominicus s'est perdu dans une bataille qui ne le concernait pas. Cela devait rester entre Clément et Jeromius.

— Le roi Clément avait sa part de faute, si vous me le permettez, *Taewang*. Sa vie dissolue, ses terribles colères et ses nombreux enfants illégitimes n'ont pas rendu la vie facile à Dominicus. Il n'aurait jamais dû mettre son fils dans cette position. C'était un louveteau, à cette époque, et il voulait seulement que son père le remarque.

— Essayes-tu de me faire passer un message, Il Nam ? s'esclaffa doucement Sisouk en le regardant.

Comme l'homme aux cheveux blancs ne semblait pas comprendre, il répéta les mots qu'il avait dits concernant les enfants.

— Loin de moi cette idée, *Taewang* ! Pourtant, il est vrai que le jeune *daegun* ne semblait pas se réjouir de la réapparition d'Annabella.

— Il n'a aucun souci à se faire : c'est lui qui montera sur le trône !

— …

— Oui ? Dis-moi honnêtement ce que tu tentes de me dire avec délicatesse.

— C'est lui qui montera sur le trône, mais ce n'est pas lui qui sera regardé avec amour…

À ces mots, le roi Sisouk arrêta de marcher et soupira longuement.

— « Le plus grand malheur de l'homme, c'est un mariage heureux. Aucun espoir de divorce », cita le roi Sisouk tristement. J'ai dû suivre la volonté de mon père et épouser une femme que je n'aimais pas, sans espoir de divorce alors que mon cœur était dévoué à une autre…

Le roi se remit à marcher lentement, le visage sombre, comme si les souvenirs l'avaient fait vieillir d'un seul coup.

— Je suis désolé, *Taewang*; je ne…

— *Nae olaen chingo*, nous nous connaissons depuis assez longtemps pour que tu n'aies pas à t'excuser. Ce que tu dis est vrai : je n'ai pas donné à Pish'Edo ce que j'aurai aimé donner à Annabella. L'enfant né de l'amour est la plus magnifique des choses, mais aussi la plus destructrice.

Ils arrivèrent au niveau du pavillon. Des mets tous plus succulents les uns que les autres les attendaient : des bols de riz, de la soupe de poisson et de légumes et plusieurs plats d'accompagnements tels que des légumes, des viandes, du poisson… Les deux hommes s'assirent sans toucher aux plats.

Devait-il dire à son roi que Pol, le représentant des tigres sur Prima, l'avait contacté ? Quand son *sachon* lui avait recommandé de n'en parler à personne pour que l'information ne fuite pas, il ne parlait bien évidemment pas du roi Sisouk. Il Nam jeta un coup d'œil discret autour de lui. De nombreux gardes se trouvaient positionnés aux alentours. Assez loin pour laisser de l'intimité au roi, mais assez prêt pour des oreilles indélicates. Il eut un rictus.

— Le commandant Kon a suggéré quelque chose d'intéressant, fit Sisouk en regardant le ciel.

— Rencontrer la princesse Opal et nous allier ? demanda Il Nam en se tournant vers lui.

— Oui, mais encore faudrait-il qu'elle soit la jeune fille que nous connaissions avant : la guerrière, mais aussi l'empathe. La longue exposition aux substances médicamenteuses des loups pourrait l'avoir marquée. Il nous faut savoir ce qu'il en est, tout d'abord !

— Vous avez raison, *Taewang*, acquiesça Il Nam de la tête.

Agence de voyages, Montréal

Laura était retournée à son agence. Anna et Frederico finissaient les appels. Tout avait été réglé. Une guide new-yorkaise était disponible pour prendre au pied levé le groupe dès ce soir. Anna avait fait toutes les réservations qu'il fallait.

Laura regardait le paysage défiler dans la voiture qui les ramenait à l'agence quand elle avait sursauté violemment en attendant la voix de César résonner en elle. Laura n'avait plus eu de doute, à cet instant : il ressentait ce qu'elle ressentait. Comment ? Pourquoi ? À cause du lien, lui disait sa conscience. César lui avait dit qu'il s'en occupait et l'avait rassurée autant que possible. Elle avait hâte d'avoir de ses nouvelles.

— Tu as dit que tu allais retrouver Guillaume, tout à l'heure. Qu'est-ce que tu voulais dire par là ? demanda Frederico.

Ils étaient attablés à la table de conférence et sirotaient une tasse de thé. Laura avait ramené à chacun un plat à emporter. Ils n'y avaient pas vraiment touché, le ventre tordu par la nouvelle de la disparition de Guillaume.

— Je suis allée voir des… gens qui pourraient enquêter sur la disparition de Guillaume. Ils ont… hum… la technologie nécessaire pour le retrouver. Ils sont en train de le chercher en ce moment même.

— C'est une super bonne nouvelle, alors ! dit Anna en touchant le bras nu de Laura, retirant ensuite sa main en sursautant. Mais tu es brûlante ! s'exclama-t-elle en essayant de la toucher à nouveau.

— Ce n'est rien, murmura Laura en reprenant son bras et en le mettant hors de portée.

Sa température corporelle avait augmenté depuis l'éclipse ; ça, elle l'avait remarqué. Marjoria l'avait rassurée sans lui donner trop d'explications. Mais la réaction d'Anna lui faisait croire que son corps était bien trop chaud pour une simple terrienne...

— Est-ce que tu es malade ? Tu as la fièvre ? s'inquiéta la jeune femme.

— Non ; calme-toi, s'il te plaît. Je vais bien. J'ai juste un petit rhume. Ça va aller...

— En es-tu sûre, Laura ? demanda Frederico en la regardant fixement.

Elle allait devoir inventer un mensonge pour s'en sortir. Et rapidement.

— J'ai dû prendre froid hier soir en rentrant à la maison... J'ai laissé l'air conditionné fonctionner toute la nuit... c'est tout, dit-elle en souriant doucement en se levant pour aller remplir sa tasse d'eau chaude.

Anna regarda Frederico en secouant légèrement la tête tout en plissant les yeux. Ce dernier haussa les épaules en se pinçant les lèvres.

— Je vais devoir me rendre à New York dès demain afin d'en savoir plus, leur annonça-t-elle. Je devais avoir une interview à la télévision à midi...

— On pourra y aller à ta place !

Laura sourit d'un air las. Il y eut un court silence.

— Il est peut-être juste en train de décuver...

— Demain, quand tu iras à l'hôtel, Guillaume se sentira vraiment mal de nous avoir fait aussi peur.

— Il nous payera à tous les trois une bonne semaine dans un hôtel dans la Caraïbe, c'est moi qui vous le dis ! leur assura Laura avec un petit sourire.

Ils sourirent tous. Ils voulaient tellement y croire.

Hôtel, Montréal

– Chloé North, annonça la jeune femme à la réceptionniste de l'hôtel.

– Bonsoir, madame. Voici vos clés et une enveloppe, dit la réceptionniste.

À son air étonné, la femme baissa ses lunettes rapidement, assez pour qu'Alina puisse voir ses yeux se modifier. Elle sourit : une métamorphe.

– Bon séjour à Montréal, ajouta-t-elle en souriant également.

Alina se dirigea vers l'ascenseur. Deuxième étage. Elle ouvrit et referma sa porte, tira les rideaux puis inspecta rapidement la pièce. La jeune femme s'assit sur le lit et décacheta l'enveloppe. Elle renfermait un cellulaire et quatre puces SIM jetables. Elle en inséra une et alluma le portable. Un numéro de téléphone s'y trouvait déjà, et elle le composa.

– Tu es bien arrivée, Alina ? dit une voix rauque.

– Oui, North. Je viens juste d'arriver dans la chambre, répondit la femme en frissonnant ; elle aurait reconnu cette voix entre mille.

– Bien, bien ! dit-il, un soupçon de sourire dans la voix. Nous avons hâte de te voir demain.

– Ah, oui ?

– Une voiture sera là pour t'emmener au premier rendez-vous avec *le second pion*. Demain à 11 h 00. Sois prête !

Et avant qu'elle puisse répondre, il raccrocha. Alina soupira en fermant les yeux tout en se laissant aller de tout son long sur le lit.

Quartier général de la Coalition, Montréal

— … et l'endroit exact où le capteur s'est arrêté est ici, expliqua Jacob en désignant un point rouge sur la carte en trois dimensions.

L'écran principal affichait une carte de la région de New York. Le point rouge était sur le tunnel Lincoln, entre Manhattan et le New Jersey.

— Est-il possible qu'il y ait d'autres sorties ? leur demanda Marcus en scrutant la carte.

— C'est la première chose que nous avons faite en nous y rendant : inspecter les différents tunnels et passages.

En disant cela, il leur montra les différents plans en trois dimensions qu'ils avaient en leur possession : ils dataient de 1937, de 1945, de 1957 et plus récemment de 2013.

— Mes gars et moi, nous avons passé au peigne fin les six voies de circulations. Nous n'avons rien trouvé, dit-il en faisant la moue. Pas même la plus petite trace. Rien !

— S'il n'y a pas de sortie secrète, comment la puce s'est-elle éteinte ? demanda César.

— C'est impossible qu'elle s'éteigne ; elle a sa propre source d'énergie ! Nos ingénieurs ont créé un traceur qui utilise deux sources d'énergie différentes. Si celle de l'appareil suivi s'arrête, celle du traceur prend le relais. Ton cellulaire est éteint, mais tu perds toujours de la batterie ? Ça aurait été suspect, pas vrai ?

— Que faudrait-il faire pour désactiver les différentes sources d'énergie en même temps ? s'enquit César.

— En fait, je ne crois pas que le problème se situe au niveau des sources d'énergie ; je pense que les circuits se sont fait griller par une surcharge électromagnétique, expliqua l'homme de la voiture noire, assis sur un des bureaux. Il te faut de très bons contacts pour réussir à mettre les mains sur un appareil capable d'émettre de telles ondes.

— Tout ça pour vous dire, Sentinelles, que cette disparition n'est pas nette. J'ai l'impression qu'il y a quelque chose derrière, dit Alano.

— Veux-tu dire, Alano, qu'il se pourrait que Guillaume Vent ait été enlevé ? demanda Gabriel.

Alano ne répondit pas tout de suite. Il regarda la carte et souffla longuement. Il avait dû appeler les Sentinelles pour trouver cet homme ; lui qui pensait que ce serait simple et rapide.

— Nous avons passé en revue les heures qui ont suivi sa disparition, les avertit-il en tapotant sur son clavier. Regardez !

César, Gabriel, Bella et Marcus se tournèrent à nouveau vers l'écran. Une vidéo venant d'images satellites joua. Deux personnes marchaient sur le trottoir. Un homme et une femme. Cette dernière se colla à l'autre. Ils s'embrassèrent. Ils virent l'homme faire un signe en se retournant puis se diriger vers un taxi.

— Il n'était pas seul, constata Gabriel.

— Effectivement. Malheureusement, nous n'avons pas le visage de la femme. Bizarrement, toutes les caméras ont été trafiquées.

— En fait, si on arrive à retrouver cette femme…, commença Marcus.

— On retrouvera l'homme, termina Annabella.

Appartement de Laura, Vieux-Port de Montréal

— Merci, frérot, dit César en frappant à la porte d'entrée.

Les jumeaux avaient atterri à l'étage appartenant à Opal. Les gardes, auparavant sur le qui-vive, les avaient salués respectueusement avant de continuer leur ronde.

— Ne tarde pas trop, avertit ce dernier en s'adossant au mur, les bras croisés, la jambe repliée.

Quand Laura ouvrit la porte, elle fut surprise de voir César sur le pas de sa porte. Ce dernier entra et referma la porte. Ils restèrent là à se regarder. La jeune femme avait pleuré : cela se voyait à ses yeux rouges et gonflés. Elle se mordait la lèvre inférieure; elle essayait de ne pas fondre en larmes à nouveau, mais quand une larme glissa le long de sa joue, César s'élança et la prit dans ses bras. Lorsque l'étincelle les saisit, Laura se laissa aller contre son torse. Elle était plus qu'heureuse qu'il soit là : il la rassurait, elle s'en rendait compte de plus en plus. Laura essaya de se ressaisir et recula d'un pas, rompant le contact. Pour le moment, seul devait compter Guillaume. César essuya du pouce ses traces de larmes, la faisant à nouveau frémir.

— Avez-vous des nouvelles ? demanda Laura d'une voix tremblante.

— Non. Nous sortons tout juste du quartier général de la Coalition. Ils font actuellement des recherches. Des métamorphes sont sur le terrain et vérifient la moindre trace, le moindre indice *Tia*. Ton ami n'était apparemment pas seul. Il sortait d'un bar quand ça s'est produit.

— C'est moi qui lui ai conseillé de sortir pour se changer les idées... aaah! s'exclama-t-elle en se passant lentement les mains sur le visage.

Cette dernière se détourna et se dirigea vers la large baie vitrée. « Et si c'était ... ? » Elle soupira longuement en secouant la tête. César s'approcha d'elle sans bruit.

– Se peut-il que ce soit Dominic ? demanda-t-elle.

– C'est une possibilité à ne pas exclure.

Laura soupira longuement.

– Merci César.

– De quoi ?

– De me dire la vérité et... d'être là...

– Je t'avais promis de passer par la suite et de t'expliquer.

Laura se tourna vers lui, posant sa main sur son torse, et à travers sa veste noire, elle crut sentir son cœur battre un peu plus vite. César se baissa et posa un léger baiser sur ses lèvres. Tout en douceur, comme une plume se posant délicatement sur le sol. C'était tout le contraire de ce qui s'était passé la veille, mais ils ne purent s'empêcher de frissonner tous les deux.

– Je dois y aller, *Tia*, chuchota César.

Laura hocha doucement la tête et après un dernier regard, le jeune homme s'éloigna, ouvrit la porte et s'en alla sans se retourner. La jeune femme avala avec peine sa salive, touchant lentement sa lèvre en soufflant longuement. « Wow ! Si tous ses baisers sont comme ça, mon cœur ne tiendra pas. »

Appartement de Bella, palais de Prima

– Je pensais que César ne pouvait pas communiquer avec Opal à cette distance, énonça Annabella en taillant ses bonsaïs plantés à même le sol dans son salon.

La jeune femme était vêtue d'un peignoir en satin bleu saphir.

— Effectivement, il ne le pouvait pas, mais ce n'était pas la distance, le problème, lui répondit Marcus en buvant sa tasse de thé.

Ils se trouvaient dans l'appartement de Bella. Un magnifique lieu que la jeune tigresse avait décoré avec soin. Des moulures en acajou encadraient les murs et les portes. La couleur chaleureuse de bois se retrouvait dans les lattes au sol. Les portes étaient ceintes de boiseries noires, et celles du placard de la chambre étaient faites de roseau et de bois. Des portes coulissantes divisaient les différentes pièces. Des ranmas sculptés en forme de tigre comblaient l'espace entre le haut des portes et le plafond, permettant que l'air circule entre les pièces tout en laissant filtrer la lumière.

Le lit qui se trouvait dans la chambre était à lui seul un chef-d'œuvre de perfection et d'harmonie, créé par le meilleur menuisier du royaume des tigres. Avec ses formes douces et arrondies — les quatre pieds, et la tête de lit ressemblaient à des pagodes orientales —, il était composé d'une structure en un bois endémique à Shaanxi Souk, le royaume des tigres, lamellée et à emboîtement des pièces sans parties métalliques. Sur le futon, un plaid de couleur bleu saphir rappelait les yeux d'Annabella.

Enfin, des coussins positionnés à même le sol autour d'une magnifique table basse et un tapis couleur crème placé dessous complétaient le décor. D'ailleurs, Marcus y était assis et buvait sa tasse de thé dans le salon.

— …

Bella arrêta de tailler les branches de ses arbres et haussa son sourcil, en quête d'explication.

— J'y réfléchis depuis ce matin, et d'après moi, il se pourrait qu'ils aient réactivé cette fonction.

— Mais comment ? Est-ce parce qu'ils sont de plus en plus proches ?

— Oui, bien sûr, ça aide. César m'a dit qu'ils se sont embrassés tous les deux. Il se pourrait que ce soit grâce à ça.

— La roue des sens… ?

— Exactement ! confirma Marcus en fronçant les sourcils, buvant ensuite une gorgée de thé en silence avant de passer rageusement la main dans ses cheveux.

— Qu'est-ce qu'il y a, Marcus ? Qu'est-ce qui te tracasse véritablement ?

— On aurait dû prendre des dispositions pour tracer et repérer les amis terriens d'Opal… cela a été notre première erreur, et à cause de ça Guillaume Vent a disparu.

— Je tiens à te rappeler que nous ne le pouvions pas : nous n'avions pas encore la technologie terrienne. Nous avons donc laissé ce rôle à la Coalition, Marcus. Ses membres ont l'habitude de repérer les métamorphes et certains terriens.

Marcus posa sa tasse et soupira longuement. Il plaça ensuite ses deux coudes sur la table et passa ses doigts dans ses cheveux.

— Qu'est-ce que tu as appris au juste pour dire ça ? demanda-t-elle en plissant les yeux et en s'asseyant en face de lui.

— Je viens d'apprendre que leurs fonds sont insuffisants.

— Comment ça ? s'écria Bella.

— En gros, je ne sais pas comment Alano et Serena gèrent les choses, mais la Coalition est en train de s'écrouler.

— Tu te fiches de moi, c'est ça ?

— Tim et les autres sont au courant. Nous devons accélérer la cadence afin d'avoir le contrôle de Nexma le plus rapidement que possible ! émit Marcus en regardant Bella d'un air inquiet.

CHAPITRE 10

Petit village de La Maná, Équateur

Quand K ouvrit les yeux, elle resta un instant immobile à écouter son environnement. Les pupilles de ses yeux vairons s'étaient agrandies pour ensuite rétrécir progressivement. Des cris d'enfants et des voix de femmes et d'hommes lui parvinrent du dehors. À son premier clignement d'yeux, la jeune femme expira longuement, se rappelant son arrivée tard dans la nuit dans ce petit village installé au pied de la montagne équatorienne. L'ancien Augure de la reine Marguerite lui avait montré une petite hutte où un lit l'attendait. K plissa les yeux en fronçant les sourcils, puis en se redressant légèrement, jeta un coup d'œil à l'endroit où elle se trouvait. À part le lit et une chaise, il n'y avait rien dans la petite maison. Elle qui s'était attendue à quelque chose de sommaire et de rustique comme un hamac entre les arbres, était restée bien surprise. En regardant son cellulaire, elle constata, dépitée, qu'il n'y avait aucun réseau.

Son ventre se mit à gargouiller. Kassandra fit une grimace ; elle commençait à ressentir la faim et la soif. Il est vrai que son dernier repas remontait au moment où une hôtesse de l'air lui avait servi un plateau-repas ! Elle fixait son sac à dos resté par terre, qui contenait sa bouteille d'eau, quand quelqu'un toqua à la porte et entra sans attendre une quelconque réponse.

Une femme passa la tête par la porte et sourit à Kassandra en la voyant réveillée. Cette dernière portait un cabaret contenant une tasse en bambou et une amphore en terre cuite. La femme avait des cheveux longs lisses et noirs, laissant apparaître de gros colliers aux perles dorées autour de son cou. Elle était habillée d'un chemisier blanc brodé de fleurs avec deux jupes superposées, et celle du dessus était foncée. Deux ceintures de couleurs vives les maintenaient en place.

Son regard était rieur; la femme se lança dans un babillage incompréhensible aux oreilles de Kassandra, ne semblant pas vouloir s'arrêter. Elle présenta la tasse à la jeune panthère, qui s'en saisit en faisant un signe de tête, et la femme lui versa de l'eau. Kassandra but le liquide jusqu'à la dernière goutte. La femme lui fit signe de la suivre dehors.

Quand elle se retrouva hors de sa petite maison, Kassandra réprima un petit cri de surprise. Des dizaines de cabanes plus ou moins grandes étaient dispersées autour de la sienne. Le toit de chacune était fait de feuilles de palmiers tressées et séchées. Toutes les cabanes étaient faites en bois : cela incluait les escaliers autant que les structures des habitations. Elles descendirent les marches en bois et se rendirent vers une autre cabane un peu plus éloignée. Le village était implanté au sein de la nature. Il faisait corps avec son milieu naturel. Sur sa droite, il y avait diverses plantations, incluant des bananiers, des papayers et d'autres plantes inconnues.

Les voix se turent à son apparition. Des enfants, hommes et femmes la regardaient avec le plus grand intérêt, non pas à cause de ses yeux vairons, lui semblait-il, mais parce qu'ils semblaient tous voir à travers son âme. « Étrange sensation », se dit-elle avant de se toucher le ventre en grimaçant.

Les deux femmes se dirigèrent vers une sorte d'énorme hutte en forme de dôme rappelant un igloo, construite de bois et recouverte de couvertures. Elle était haute et relativement grande. Kassandra essaya de demander où elles se rendaient, mais la jeune femme ne cessait de lui sourire en l'incitant à la suivre. Elles passèrent devant un immense feu semblant chauffer une dizaine de roches. Elles étaient rougeoyantes, ce qui indiquait qu'elles brûlaient depuis un moment. Par terre, des deux côtés de la hutte en toile, il y avait deux étoiles de sept branches dessinées avec des pétales de fleurs.

Quand la jeune femme souleva la porte en toile et lui fit signe de passer, Kassandra se mordit les lèvres, mais décida d'y entrer. Ses pupilles se dilatèrent légèrement à cause de la semi-obscurité. La lumière venant de l'ouverture laissait passer quelques rayons de soleil dans l'espace sombre. Cinq formes assises bougèrent et se tournèrent d'un même mouvement vers elle. Une des formes découvrit son visage entièrement en enlevant sa capuche : une tête courte et ronde, des oreilles bougeant au moindre bruit, des petites taches noires unies marquant son front et ses joues, des pupilles rondes et noires, des iris turquoise, un museau de couleur blanchâtre… Tel était l'homme-panthère sous sa forme d'alpha : Talah, l'ancien Augure de la reine Marguerite !

– Nous t'attendions, Kassandra, dit l'homme-panthère d'une voix éraillée.

– …

– Assieds-toi, je t'en prie, dit-il, attendant que la jeune femme prenne place par terre et soit à leur niveau avant de commencer. Pourquoi es-tu venue ici, Kassandra ?

— On m'a dit que vous pourriez m'aider à comprendre pourquoi j'ai réagi au pouvoir d'Opal.

— Quelles sont les réactions que tu as vécues, au juste ?

— Lors de l'éclipse lunaire, lorsqu'elle a fait montre de son pouvoir à la meute, j'ai ressenti…

Kassandra hésita, se mordit les lèvres, fit un rictus puis releva la tête vers l'homme-panthère.

— J'ai senti un pouvoir inconnu me traverser. Une aura violette s'est étendue autour de mon corps pendant plusieurs heures sans que je puisse y faire quoi que ce soit. Mon œil, ajouta-t-elle en touchant cette zone, est devenu totalement violet depuis ce jour.

— Tu portes une lentille ? s'enquit Talah en regardant attentivement l'œil bleu-violet qui le fixait.

— Depuis ce jour, oui.

— Quoi d'autre ? demanda une voix grondante dans le coin.

K regarda dans la direction de la voix, mais ne vit rien à part la forme cachée par la capuche et la sorte de toge qui lui cachait la personne. La jeune femme sentit que cette personne n'était pas terrienne. Un métamorphe, sûrement.

— Le fait que je me sois transformée cette nuit-là a rendu le groupe nerveux. C'était comme si mes compagnons ne reconnaissaient plus mon essence, mon odeur… Et puis, j'ai l'impression de ressentir de temps à autre les pensées d'Opal. Mais tout est très flou, très embrouillé.

— En as-tu parlé avec la reine Marguerite ? demanda Talah en la fixant de ces yeux ronds.

— Non.

Un silence s'installa. K grimaça et passa sa main sur son ventre.

— Sais-tu pourquoi les impératrices et empereurs de Prima possédaient des « Bêtes à appeler » ?

— Non, mais je ne vois pas le rapport…

— Il y a fort longtemps, la galaxie Andromède était formée de planètes indépendantes. Prima, elle, était constituée de Priméens sans aucun pouvoir, mais disposant d'une haute technologie due à l'exploitation de leur énergie centrale. La plupart de ces êtres qui ressemblaient aux terriens vivaient en symbiose avec leur environnement naturel, commença doucement Talah. Les sept planètes aux alentours étaient constituées de familles d'êtres vivants avec de la fourrure, des carapaces, des ailes… ce que les terriens pourraient appeler des animaux. Des animaux pouvant cependant se déplacer sur leurs pattes arrière. Des animaux pouvant penser, agir, créer.

Après une courte pause, il ajouta :

— Un certain groupe plus intelligent a créé la porte interplanétaire afin d'explorer la galaxie, mais cela a sonné le début des hostilités : ces diverses espèces sont entrées fréquemment en guerre pour des raisons territoriales jusqu'au moment où certaines ont décidé de se battre côte à côte afin de voler la planète regorgeant de ressources des Priméens. Après tout, c'étaient des êtres inférieurs, des êtres uniquement bipèdes, des êtres qu'ils pourraient mettre facilement en esclavage.

L'Augure s'arrêta pendant un court instant afin de laisser à K le temps d'assimiler ce qu'il disait : elle secouait la tête comme si ce qu'il disait était faux.

— Une famille a lancé la première attaque, certaine qu'elle pourrait en venir à bout facilement sans l'aide des autres, désirant surtout conserver pour elle toute cette énergie. Seulement, cette dernière a été repoussée par l'armée priméenne. C'était inattendu et surtout très honteux pour cette famille.

Il se mit à rire doucement.

— Bien plus tard, au moment où ces peuples allaient passer à l'attaque pour la seconde fois, une armée d'étranges créatures est arrivée avec des vaisseaux spatiaux dans la galaxie. Ces bêtes ont voulu prendre le contrôle des huit planètes. Elles étaient beaucoup plus fortes et agiles que les autres grâce à leurs jets de flammes et à leurs ailes surpuissantes, et elles croyaient pouvoir soumettre les habitants d'Andromède. Après une longue bataille, ces êtres ont disparu, carrément avalés par la terre priméenne, selon la légende.

Il s'arrêta un instant, fixant attentivement K.

— Celle qui avait combattu ces monstres a alors décidé de rééquilibrer l'ordre universel : elle a choisi des « Bêtes à appeler », ou plutôt des Sentinelles, le second terme étant le plus approprié. Un membre de chaque famille afin qu'il protège la galaxie au lieu de guerroyer pour le pouvoir. C'est à partir de là que nous, les animaux, avons pu devenir en partie priméens par l'ADN transmis…

— Mensonges, panthère ! s'écria K d'un ton révolté, le front plissé.

Une goutte de sueur coula le long de sa tempe. Une crampe tordit son ventre, la faisant grimacer encore une fois. L'homme émit un rire sourd et rauque.

— Nous — les panthères, loups, aigles, lions, tigres et les autres — sommes tellement imbus de notre propre personne que nous avons rayé ce léger détail de nos cours d'histoire, jeune Kassandra. Je n'aurais jamais cru que toi, fille de…

— Ce sont des mythes ! Comment oses-tu raconter de telles insanités ? Nous avons la possibilité de nous transformer en animaux, et non le contraire ! Et...

La jeune femme s'arrêta brusquement de parler, le souffle court. Sa vision périphérique se brouilla. Mais que lui arrivait-il ? K essaya de se remettre debout, mais ne put que s'écrouler au sol, le souffle court, le corps secoué par des frissons. Une pensée lui vint : l'eau ingurgitée quelques minutes plus tôt ! Que lui avait-on fait ?

C'est à ce moment que les cinq formes se tournèrent et firent un signe de tête à la jeune femme qui était restée près de l'ouverture. Celle-ci fit un signe vers l'extérieur, et des hommes apparurent, portant au bout de pelles des roches en fusion qu'ils déposèrent au fur et à mesure au centre de la hutte, dans une cavité ronde. Une forme qui était restée jusque-là accroupie se releva et jeta diverses poudres sur les braises qui se consumaient tandis que deux autres, de leurs voix harmonieuses et rauques, se mirent à entonner un chant entraînant dans une langue étrangère. Une senteur de plantes et de bois de santal s'éleva dans l'espace. La jeune femme aux cheveux lisses ramena deux seaux d'eau et une louche, qu'un des cinq personnages prit d'une main recouverte de poils et de griffes.

Talah vint s'asseoir aux côtés de K. Cette dernière était couchée de tout son long, à même le sol, le souffle court.

— Nous sommes ici dans le ventre de Nexma, déesse de cette planète qui fut un temps la terre des loups. Cet endroit est un lieu où les quatre éléments essentiels à la vie se rencontrent : l'air, le feu, l'eau et la terre. Il y a des millénaires, des loups venaient ici prier la déesse-mère. Ici même, à l'endroit où les deux parties de Pangée se rejoignent. Là où cette planète n'est qu'équilibre.

Après un sourire doux qui étira ses lèvres, Talah ajouta :

– Kassandra, fille du royaume des panthères ! Nous allons t'aider à remonter dans tes souvenirs enfouis et à te rappeler le pourquoi de ta connexion avec Opal, princesse de Prima. Grâce aux pierres de lave fournies par le volcan Cotopaxi qui gardent le souvenir de Tout, nous, anciens Disciples et Augures des royaumes, allons te faire revenir dans ton toi intérieur. Le savoir accumulé et les pensées de Nexma y sont connectés. Quand les pierres de lave et l'eau pure qui s'écoule de la montagne entreront en contact, le pourquoi arrivera, murmura de sa voix douce et envoutante Talah.

Quand le dernier homme sortit de la hutte, la jeune femme se courba, saluant les six occupants et les quitta avant de fermer l'ouverture hermétiquement. Une fois dans le noir, la forme qui tenait la louche récita une prière avant de verser l'eau sur les pierres de lave. Une vapeur s'éleva.

C'est ce moment précis que K ouvrit ses yeux : ses deux iris brillaient dans le noir, l'un brun foncé et l'autre violet. Sa lentille déchirée resta coincée entre ses cils un court instant avant de tomber au sol.

Commissariat de police, New York

– Je n'ai rien ! Absolument rien ! J'ai passé les dernières heures à vérifier toutes les vidéos entre 2 h et 3 h 30 du matin, à partir de la station de la 50e rue où les gars ont vu la fille entrer pour la dernière fois dans le métro.

Ingrid se leva de son bureau, prit plusieurs feutres et alla près du mur d'affichage et leur montra le plan de métro de Manhattan et ses environs.

— La desserte C fonctionne toute la journée — sauf pendant la nuit entre 00 h 00 et 06 h 30. Cette ligne, je l'ai mise de côté. En disant cela, elle traça une ligne au feutre rouge.

— La desserte E fonctionne 24 heures sur 24, et son parcours classique relie la station de Jamaica Center—Parsons/Archer, dans le Queens, à l'emplacement où se trouvait le World Trade Center, dans le sud de Manhattan. J'ai donc regardé sur cette ligne en premier grâce à notre système de détection de personnes. N'ayant pas les éléments clés comme la couleur de ses yeux, par exemple, j'ai entré dans le logiciel d'autres mots-clés précis : femme entre 1,65 m et 1,80 m, métisse, cheveux bouclés, robe noire, chaussures à talons et sac rouge.

— Tu n'as eu aucun résultat, c'est ça ? devina Denys.

— Exact. J'ai continué avec les autres possibilités de dessertes. Les lignes F, J et M par exemple, dit-elle en traçant différentes lignes. Je n'ai eu aucun résultat. J'ai refait l'exercice trois fois de suite. Rien !

— C'est comme si elle n'avait pas existé…, murmura Ludovic.

— Et ce n'est pas possible. Je veux dire, nous avons des centaines de caméras dans le métro. Ce n'est pas possible qu'on ne la retrouve pas !

Kim se plaça devant la carte, les bras croisés.

— Pourquoi dis-tu que c'est impossible, Ingrid ? lui demanda-t-il en se tournant pour la scruter.

— Parce que ce système est quasi infaillible. C'est un peu comme une intelligence artificielle. L'ordinateur contrôle les caméras, et à l'aide d'équations mathématiques, il va trouver une concordance, même minime. Je lui ai transmis plusieurs mots-clés qu'il aurait dû détecter…

Elle secoua la tête, passa ses mains sur ses cheveux attachés en queue de cheval et souffla fortement en contemplant le plan.

— À quoi tu penses ?

— Je vois deux choix.

— Qui sont ?

— Soit elle n'a pas pris le métro… soit on a effacé les vidéos qui la montrent.

— Un peu du même genre que le taxi se volatilisant dans le tunnel, nota Ludovic en se levant. Cette histoire n'a pas de sens.

Il attendit que les autres se retournent avant de reprendre.

— Question : vous avez volé un taxi et vous êtes poursuivi par la police. Quel est l'endroit où vous iriez pour vous cacher ou vous enfuir ?

— Je me garerais dans une ruelle sombre et j'attendrais.

— Un immense stationnement souterrain.

— Moi, je laisserais la voiture et je m'enfuirais en courant. J'ai plus de chances de m'échapper comme ça, fit Denys en souriant de toutes ses dents.

— Personne ne m'a donné l'option qui consiste à aller dans un tunnel ! Pourquoi ? s'enquit-il en s'appuyant sur son bureau.

— Parce que ce n'est tout simplement pas logique, déclara Ingrid.

— Exact ! s'écria Ludovic en acquiesçant de la tête. Parce que PERSONNE ne peut se cacher dans un tunnel, surtout pas avec une voiture jaune, ajouta Ludovic en croisant les bras sur sa poitrine.

— Et nous n'avons pas de vidéos dans le tunnel pour vérifier !

— Avez-vous des dépositions de personnes ayant vu le taxi entrer ou sortir du tunnel ? demanda Kim en regardant les plans du tunnel Lincoln.

— Hum… pas vraiment…, dit Ludovic.

Les trois autres le regardèrent avec perplexité. Il n'avait pas l'habitude d'hésiter à une simple question. Avec lui, c'était soit oui, soit non. Ludovic fouilla dans ses papiers, et quand il trouva celui qu'il cherchait, il lut ce qui y était écrit.

— En fait, d'après un des agents qui étaient à la sortie, une femme leur a dit qu'il y avait des fantômes dans le tunnel.

— Quel est le rapport entre… ?

— Elle a dit textuellement : « Un taxi m'a foncé dessus puis s'est volatilisé dans les airs. »

Salle des délibérations, palais de Prima

— Et vous ne pensez pas qu'il nous a dit la vérité, c'est ça ? demanda Gabriel.

— Je pense qu'il ne nous a pas tout dit, rectifia Simon.

— Ça n'a aucun sens, tonna Cam de sa grosse voix en s'avançant vers les Suiveurs. Pourquoi ferait-il ça ?

— Quand nous sommes allés au quartier général de la Coalition, ils étaient déjà tous en état d'alerte, comme s'il se passait quelque chose, commença Sacha.

— Alano a dit à la princesse que depuis avant-hier, ils savaient pour la disparition de l'homme, termina Simon.

— Il le savait et ne nous l'a pas dit ! conclut Annabella.

— Exact ! fit avec une grimace Sacha en posant son regard sur elle.

Gabriel, Annabella, Arradoi, Marjoria ainsi que les représentants des royaumes, Pol, Cam, Pia et Ava, se trouvaient dans la salle des délibérations. C'était une petite salle où ils avaient pris l'habitude de venir pour débattre. Et tôt ce matin-là, les Suiveurs, Simon et Sacha, leur avaient demandé une audience. César et Marcus venaient juste d'apparaître et prenaient la conversation en cours de route. Marcus fit un léger signe de tête à Bella en souriant.

— Alano pensait sans doute pouvoir y arriver seul, émit comme hypothèse Simon.

— Oui, mais il lui a fallu une journée terrienne entière avant de nous avertir, grommela Ava. Tout peut arriver dans ce laps de temps.

— Ce qui veut dire qu'il n'est pas arrivé à le retrouver et a décidé de vous demander de l'aide, conclut Pia.

— Ou bien la venue de la princesse a accéléré sa décision de nous en faire part, suggéra Pol.

— Nous aurions pu agir et retrouver l'homme si nous avions travaillé de concert, remarqua Annabella.

— Marcus, toi et les scientifiques, où en êtes-vous avec la logistique ? demanda Gabriel, énervé.

— Quelques éléments sont toujours manquants, mais quand nous les aurons, nous serons fin prêts à avoir le contrôle de toute la planète Terre.

— Ça prend trop de temps, Marcus ! dit violemment le lion. Nous sommes aveugles et sourds sans ça !

— Crois-tu qu'il ne le sait pas, Gabriel ? répondit rageusement César. Je le vois passer des jours entiers à travailler sur cet immense projet. Hier matin, Tim et lui étaient en train d'apporter des modifications à des milliers d'armes ! Nolane, Évry, Vin et Xaviu font le travail d'une équipe de 25. Ils ne peuvent pas aller plus vite pour ton bon plaisir, Gabriel !

Un silence à couper au couteau se fit. César et Gabriel se regardèrent avec colère. Ce dernier renifla l'air, et son regard vers César se fit plus insistant. César ne baissa pas les yeux. Arradoi jeta alors un coup d'œil à Marjoria, qui souriait discrètement.

— Je tiens à signaler que c'est à grâce à Marcus que nous avons réussi à retrouver la princesse, déclara d'une voix forte Arradoi. Qu'il a pu remettre en fonction certains portails interplanétaires. Qu'il a su créer avec l'aide de Tim et des autres scientifiques un pont nous permettant de nous transporter dans une autre galaxie. Et ceci en moins d'un siècle, Gabriel !

— Je le sais bien…, avoua ce dernier en serrant les dents et en se détournant.

— Alors, que représentent quelques semaines d'attente ?

— Le problème, c'est qu'Opal se trouve seule sur cette planète. Et que si nous ne pouvons pas faire confiance totalement en Alano et le reste de la Coalition… Les *Primelinks* ne sont pas fonctionnels sur Terre… on ne peut même pas communiquer avec elle en cas d'urgence…

— Elle possède les Suiveurs, répliqua en s'avançant Marjoria, qui était restée en retrait durant la conversation, tout en les désignant du doigt. La preuve : ils nous transmettent des informations cruciales. Et puis, pour avoir connu

Alano, je pense qu'il voulait retrouver Guillaume Vent sans aucune aide, comme il avait l'habitude de faire.

— Eh bien, il s'est trompé !

— Oui, et je suppose qu'il en porte la totale responsabilité, répondit d'une voix très calme Marjoria.

— Il faudrait que nous puissions communiquer avec Opal à distance pour...

Un silence se fit tout d'un coup.

— Gabriel ?

— Oh, déesse ! Ses yeux ! s'écria Pia en regardant Gabriel attentivement.

— Ceux de Bella brillent aussi, s'étonna Ava.

— Ceux de César et Marcus aussi, déclara d'une voix calme Pol tout en plissant les yeux.

— Marjoria, que se passe-t-il ? Ils ne bougent plus...

Les quatre Sentinelles se tenaient immobiles, le regard fixé vers le plafond. Leurs yeux avaient un éclat particulier et brillaient comme des pierres précieuses. Seule leur respiration indiquait qu'ils étaient vivants. César se mit à sourire d'un air fier.

— Je crois que notre petite Opal a trouvé le moyen de communication parfait, sourit Marjoria en observant le jeune homme.

Appartement de Laura, Vieux-Port de Montréal

Laura se tenait devant sa baie vitrée, regardant les lumières éclairant encore la ville qui se réveillait doucement. « Guillaume, je t'en prie, où que tu sois, attends-moi. J'arrive ! » Elle poussa un long soupir et alla se préparer un café. Elle n'avait pas vraiment pu fermer l'œil de la nuit, se réveillant en imaginant des choses terribles. Elle était épuisée. Il fallait qu'elle le retrouve le plus rapidement possible. « Il faut que j'appelle César. » Laura secoua la tête en souriant et se reprit. « Il faut que j'appelle mes Sentinelles. J'aurai besoin d'elles pour me rendre à New York et retrouver Guillaume. »

Laura ferma les yeux et leva la tête vers la large baie vitrée. La lune scintillait encore à moitié dans le ciel clair. Elle ressentait avec une acuité particulière le bruit de l'eau s'écoulant dans la cafetière. L'arôme qu'elle respirait et qui se déposait sur sa langue. Elle pouvait le sentir, le goûter. Elle entendait le ronronnement de l'air conditionné dans le fond de la pièce. Elle pensa à Bella et vit des yeux bleus la regarder. Elle pensa à César, à la douceur de ses baisers sur ses lèvres. Elle pensa à Marcus, et ses iris émeraude brillèrent dans le noir. Elle pensa à Gabriel, et son rugissement se fit entendre à travers ses oreilles. « Mes Sentinelles, j'ai besoin de vous », lança Laura par la pensée. Elle fit alors quelque chose qu'elle n'avait jamais tenté : elle leur envoya ses souvenirs de la dernière journée. Guillaume, Alano, son désir de se rendre à New York… en cachant, bien évidemment, la venue de son loup chez elle.

Quand la jeune femme ouvrit les yeux, elle s'accrocha au rebord du comptoir de cuisine, sa tête tournant un peu. Elle n'était pas sûre que cela ait marché.

Laura alla prendre sa douche puis s'habiller. Elle buvait son café au lait quand la sonnette de la porte d'entrée la fit sursauter. « Qui cela peut-il être ? » se demanda-t-elle en ouvrant.

— J'ai toujours voulu visiter New York ! s'exclama César en souriant largement, adossé au mur.

Jardins du palais de Prima

— Si on ne peut plus faire confiance en Alano, ça va mal, souffla Cam en marchant dans les jardins du palais de Prima avec ses trois autres compagnons.

Ils devaient se rendre dans la cité afin d'entendre les doléances du peuple. Au lieu de se faire téléporter, ils avaient décidé de s'y rendre à pied afin d'avoir le temps de discuter des dernières nouvelles survenues sur Terre.

— J'ai fréquenté Alano à plusieurs reprises quand il était politicien sur Tellus, et je ne doute vraiment pas de sa loyauté, moi !

— Pia, tu es naïve, dit Ava.

— Et pourquoi ça ? demanda-t-elle en arrêtant de marcher pour faire face à la louve.

— Parce que les gens changent, lui répondit la louve en haussant les épaules d'un air indifférent. Qui nous dit qu'Alano et sa sœur ne sont pas avec la meute ? Qui nous dit qu'ils ne jouent pas un double jeu afin de connaître nos faiblesses et kidnapper la princesse ?

— Tu penses vraiment ce que tu dis, Ava ?

— Pia, une chose est sûre. Il me faut des preuves avant que je puisse croire quoi que ce soit, et le fait que la Coalition ne nous ait pas contactés à ce moment critique…, dit-elle sans terminer sa phrase tout en faisant une moue qui voulait tout dire.

— Il va falloir ouvrir l'œil, dit simplement Pol en se remettant à marcher.

— Oui, effectivement.

Ava se figea un court instant. Son œil gauche, auparavant noisette, scintillait. La femme regarda discrètement les inscriptions sur son poignet gauche et pinça les lèvres. Elle se laissa distancer.

— Désactivation de l'œil, chuchota-t-elle avant de se racler la gorge, ce qui les fit tous se retourner vers elle. J'ai oublié de récupérer ma tablette. Je vous rejoins, dit Ava avant de partir en courant sans laisser à qui que ce soit le temps de répondre.

Quand elle se fut éloignée, elle réactiva l'appel et cligna de l'œil. L'hologramme de l'homme noir chauve – qu'elle seule pouvait voir – se compila rapidement devant ses yeux. La voix de celui-ci résonna dans son esprit.

— J'allais couper la connexion…

— Désolée, je n'étais pas seule.

— Je m'en suis douté. Des nouvelles ?

— Oui…

Appartement d'Anna Menon, Montréal

Simon monta furtivement l'escalier se trouvant à l'arrière de l'immeuble d'Anna. Arrivé sur le balcon, il se pencha et fit un signe à sa sœur qui l'attendait en bas. Il fit coulisser la baie vitrée et entra à l'intérieur de l'appartement confortable et agréablement décoré. Sur un des murs était accroché un tableau de la tour Eiffel en noir et blanc. Il y avait des plantes un peu partout. Une petite table ronde séparait la cuisine du salon. Le jeune homme se rendit vers la chambre et ouvrit sans faire de bruit la porte. Anna était allongée sur le lit. Il la regarda un long moment sans bouger, soupira et s'avança vers le lit avant de s'y asseoir. Anna ouvrit de petits yeux et sourit quand elle vit qui était là.

— Simon…, murmura-t-elle, la voix endormie.

— Bonjour, toi!

— Tu viens d'arriver? demanda-t-elle en regardant l'heure affichée sur son horloge.

— Oui, et je repars tout de suite, l'avertit-il en se penchant pour l'embrasser.

Simon avait prévu l'embrasser chastement, mais dès que leurs lèvres se touchèrent, il ne résista pas à l'envie d'insérer sa langue dans sa bouche. Cette femme le rendait fou! Il passa sa main sur son sein et le malaxa avec ferveur. Anna se mit à gémir de plaisir. «Simon, tu n'as pas le temps pour ça», lui dit une voix féminine. «Nous avons des choses importantes à faire!» Il se détacha d'un coup. Sacha. Elle avait raison.

— Continue, susurra d'une voix boudeuse Anna.

— Je suis désolé, Anna, répondit-il en soufflant avant de sourire et de passer la main dans ses cheveux. Je suis juste venu te dire que je pars avec Op… hum… Laura pour New York.

— C'est à propos de Guillaume? demanda sérieusement la jeune femme en se levant.

— Oui, acquiesça-t-il de la tête. Nous allons essayer de le retrouver.

— OK! Oui… embrasse Laura pour moi, s'il te plaît. Elle est anéantie par sa disparition.

— Oui, je le sais bien.

Le jeune homme prit sa main, l'emmena vers le balcon et l'embrassa une dernière fois avec passion. Le corps de la jeune femme se fondit sur le sien, et elle put sentir toute l'envie qu'il avait pour elle à ce moment. Elle ne put s'empêcher de sourire de contentement.

— Merci d'être passé me le dire, lui murmura-t-elle en le regardant descendre l'escalier.

Il lui fit un clin d'œil et descendit rapidement. Il vit Sacha faire un semblant de sourire et lever la main pour saluer Anna. Il ne se retourna pas et fila avec sa sœur au point de rendez-vous.

Commissariat de police, New York

Tous les quatre assis à leurs bureaux, ils se regardaient et cherchaient à comprendre la logique de l'affaire. Comme leurs bureaux se faisaient face, ils avaient pris l'habitude, quand une affaire était complexe, de se poser des questions et d'essayer d'y répondre.

— Si j'avais volé une voiture, j'aurais porté des gants afin qu'on ne retrouve pas mes empreintes, affirma Ludovic.

— Ouais, c'est vrai ; le type n'en portait pas. Quand il a tiré sur les gars, ses mains étaient nues. Soit il est con, soit qu'il comptait utiliser la voiture plus longtemps puis la détruire par la suite, en déduisit Denys.

— Si j'avais volé une voiture, ce ne serait pas un taxi. Trop voyant, émit Ingrid.

— Pas forcément. Il y a combien de taxis dans la ville de New York ? Beaucoup, énonça Ludovic en répondant à sa propre question. Le type voulait rester discret.

— Discret ? Pour faire quoi ?

— Il avait besoin de la voiture pour transporter quelque chose…, supposa Kim.

— La fille ?

— Hum… peut-être, mais à ce moment, pourquoi ne s'est-il pas arrêté quand la police a voulu le contrôler ?

— Il n'avait pas de permis pour le taxi, ne l'oublie pas ! répondit Denys.

— Oui, c'est vrai.

— Donc, la fille pourrait être celle qu'il nous faut ! dit Ingrid.

— Oui, mais peut-être que ce n'était que sa complice et qu'il cachait quelque chose dans la voiture, répliqua Ludovic.

— Un objet volé ? De l'argent blanchi ?

— Un corps ?

— De la drogue ?

— Fiouuu… trop de possibilités…

— Ingrid, dis-moi quelque chose : as-tu vérifié ce qui pouvait se trouver à l'intérieur de la voiture ? demanda Kim.

— Pas vraiment. J'ai essayé d'avoir le visage du type plus qu'autre chose, s'excusa Ingrid.

— OK. Il faudrait voir ça. Vu que les caméras des métros ne donnent rien, n'aurait-on pas d'autres caméras dont on pourrait se servir pour rechercher la fille ?

— Il y a des milliers de caméras dans la ville, dont celles d'entreprises privées. Elles installent leurs propres caméras de sécurité. Alors oui, je pourrais faire une recherche. Ça prendra du temps, je vous avertis, les garçons !

— Je pourrais aller vérifier les caméras de sécurité des magasins se trouvant dans la zone de la station où la fille est descendue. Ça nous ferait sauver du temps, proposa Ludovic.

— Intelligent garçon ! se moqua Ingrid en rigolant.

— Parfait ! dit Kim en se levant avant de mettre sa veste noire. Quant à nous deux, nous allons faire un petit tour à la Port Authority of New York and New Jersey.

Station de télévision, Montréal

Anna et Frederico se rendirent à la station de télévision. L'interview devait commencer dans 30 minutes. Ils étaient assis dans des fauteuils à réviser leurs notes quand le cellulaire de Frederico sonna.

– Excuse-moi, Anna, dit Frederico en se levant pour s'éloigner à grands pas.

– Pas de souci, murmura la jeune femme en se penchant sur ses notes.

Arrivé près d'une fenêtre à l'abri de toutes oreilles indiscrètes, il décrocha.

– Allô… oui, j'écoute !

– Vous allez rester cinq minutes à l'endroit où vous êtes, Frederico. Quand la femme partira, vous retournerez à votre place, ordonna une voix féminine. M'avez-vous bien comprise ?

– Oui… oui…

La communication coupa.

• • •

– Puis-je m'asseoir ici ? demanda une jeune femme en souriant.

Elle désignait le fauteuil se trouvant près d'Anna.

– Il est déjà pris. Mon collègue devrait revenir d'une minute à l'autre. Il est au téléphone, répondit cette dernière en le désignant du menton.

– Oh ! Alors j'ai le temps de me repoudrer. Les toilettes sentent tellement mauvais, avoua l'inconnue en plissant le nez.

– Dans ce cas, oui, bien sûr, fit Anna en souriant avant de retourner à ses notes et de recommencer à lire.

– Merci.

La jeune femme s'assit et commença à farfouiller dans son sac. Anna sentit la jeune inconnue la dévisager de temps en temps pendant qu'elle se maquillait. Cette dernière n'était apparemment pas très discrète. Anna leva ses yeux vers elle et rencontra un regard hypnotisant. Des yeux marron l'observaient avec attention.

— Est-ce que je peux vous aider ? demanda Anna un peu sèchement.

— Oh… euh… je suis désolée, mademoiselle, balbutia l'inconnue en rangeant sa poudre dans son sac.

Cette dernière se mit à rire doucement, un peu gênée. Son rire harmonieux et contagieux fit sourire Anna malgré elle. Cette dernière baissa son carnet sur ses genoux et dévisagea la femme couleur chocolat au lait assise à ses côtés. Elle était grande : une jupe bleue laissait apparaître ses longues jambes athlétiques. Une chemise tendance blanche ajustée qui laissait paraître la dentelle rouge de son soutien-gorge terminait son habillement. Son sac rouge s'harmonisait avec ses talons de la même couleur.

— Je suis désolée, continua l'inconnue au sac rouge. J'ai l'impression de vous avoir déjà vue quelque part. Je ne suis pas très discrète, n'est-ce pas ? demanda-t-elle avec une petite grimace cocasse.

— Effectivement, acquiesça en souriant Anna. Ce n'est pas très grave.

— Quelle fille mal élevée je suis ! Je ne me suis pas présentée. Je m'appelle Brianna, déclara la jeune femme en avançant sa main afin de la saluer.

— Je m'appelle Anna, répondit-elle en acceptant la main tendue.

— Ah ! Je savais bien que votre visage m'était familier. Vous faites partie de l'agence de voyages qui a innové en faisant une soirée de présentation lors de l'éclipse lunaire totale d'avril dernier.

— Ha, ha, je ne sais pas si on peut parler d'innovation... mais oui, c'était notre agence !

— J'ai vu des reportages à la télévision américaine. Pour que ce soit diffusé aux États-Unis, il a fallu que ce soit un fameux événement, je peux vous l'assurer ! affirma-t-elle en souriant fermement.

— C'est gentil, Brianna.

— Et que faites-vous ici ? Une interview ?

— Oui exactement. La patronne ne pouvait pas venir, alors mon collègue et moi avons été désignés pour nous coller à cette tâche, dit-elle en ouvrant de grands yeux.

— Ha, ha, ha...

C'était un rire clair, communicatif et drôle. Anna aimait bien cette jeune femme.

— D'ailleurs, je crois que votre collègue a fini son appel, annonça Brianna en se levant. Cela a été un plaisir de discuter un peu avec vous, Anna, ajouta-t-elle en souriant.

— Pour moi aussi, répondit Anna avec un large sourire.

— Ciao ! lança la femme en s'éloignant rapidement.

Quand Frederico arriva à la hauteur d'Anna, celle-ci souriait encore largement. Ce petit moment avait été plaisant et lui avait fait oublier la disparition de Guillaume.

Frederico prit place là où se trouvait Brianna quelques secondes auparavant. Il souffla longuement, paraissant mal à l'aise.

— Hé, ça va ? l'interrogea-t-elle en passant sa main sur son bras.

— Oui, oui, ça va, répondit rapidement l'homme en souriant difficilement.

— Guillaume ?

Il secoua la tête pour lui faire comprendre que ce n'était pas au sujet de leur collègue. Anna n'eut pas le temps de lui demander la raison de son mal-être. La réceptionniste les appela pour qu'ils aillent voir le maquilleur.

Petit village de La Maná, Équateur

Les cinq personnages recouverts de leurs toges et capuches chantaient dans une langue étrangère. Les sons résonnaient dans la pièce, faisant frissonner Kassandra par leur puissance. Il faisait noir et chaud. Une des formes se leva, prit la louche remplie d'eau et en versa le contenu une nouvelle fois sur les roches en fusion. La vapeur se dispersa dans l'espace confiné. K, toujours étendue par terre, les yeux grands ouverts, respirait difficilement. Elle semblait vouloir rester éveillée et luttait contre les voix et des bouts de vision lui parvenant de son esprit.

— *Ne fais pas ça, K, je t'en prie,* la supplia une voix féminine.

— *Et ma sœur, alors ?*

— *Ce n'était pas moi,* souffla longuement la voix désespérée.

— *Comment ça, ce n'était pas toi ? Je viens de te voir la propulser dans les airs comme si elle n'était qu'une marionnette ! Je savais qu'on ne pouvait pas faire confiance à l'empereur, mais toi…*

— *K, s'il te plaît… ce n'était pas moi !* fit la voix en secouant vigoureusement sa tête de gauche à droite.

— *Voanna est étendue par terre, et tu oses me dire que ce n'est pas toi ? Ce pouvoir que tu as obtenu lors de la cérémonie du liage… je pensais que tu allais l'utiliser à bon escient, mais je m'aperçois que ma mère avait raison : tu es véritablement une menace pour nous !*

— *Kassandra, ce n'est pas moi : on m'y a obligée ! Écoute-moi ! Je ne veux pas me battre contre toi – ni contre qui que ce soit d'autre, d'ailleurs. C'est mon père qui veut votre royaume. Il le veut par-dessus tout ! Il cherche à nous monter les uns contre les autres.*

Je n'ai jamais voulu blesser ta sœur; tu le sais très bien. Tu me connais.

— Je croyais te connaître, Opal. Mais je ne peux pas te laisser gagner cette soi-disant compétition! Il en va de la sécurité du royaume de Tellus. Il ne faut pas que l'empereur mette la main sur notre planète. Et s'il faut que je te tue pour ça, je le ferai! annonça Kassandra en se plaçant en position de combat, les yeux brillants.

Des centaines de Priméens et métamorphes se tenaient debout entre les arbres, regardant ce qui se passait au centre du terrain. Marcus, Bella, César, Gabriel et la jeune aigle observaient la scène, l'air inquiet. À quelques mètres des deux combattantes, une jeune fille rousse était étendue par terre, inconsciente, des personnes s'agitant autour d'elle, dont Marjoria. Une femme aux iris bleu-violet foudroyait des yeux la princesse Opal au centre du terrain. Une haine sans nom pouvait se voir au fond de ses yeux.

K ouvrit la bouche comme pour aspirer de l'air puis ferma les yeux, vaincue.

Quartier général des loups, Montréal

Alina entra dans un ascenseur, encadrée par deux gardes. Après avoir appuyé sur le bouton «Sous-sol», l'un d'entre eux tapota un code sur le clavier. L'ascenseur dépassa le sous-sol. Il continua sa route jusqu'à ce que les chiffres se mettent à défiler. Quand l'ascenseur s'arrêta, les portes s'ouvrirent sur une porte à scanneurs rétinaux. En l'ouvrant, ils débouchèrent sur une pièce blanche. Deux hommes qui se trouvaient dans un bureau entouré de vitres leur firent un signe de la tête.

Il y avait un sas de chaque côté. L'un d'eux était à ouverture rotative verticale, et l'autre comportait des portes automatiques horizontales. Ce dernier s'ouvrit de l'intérieur : deux autres gardes s'y tenaient, et ils étaient aussi grands et costauds que les deux individus précédents. Ils détaillèrent la jeune femme un peu plus longtemps que la décence le permettait. Un regard hautain de la part d'Alina les remit à leur place. Ces derniers les firent passer par un dernier sas, non sans jeter un dernier coup d'œil aux courbes voluptueuses de la femme. Un rayon rouge monta du sol au plafond : un scanneur corporel.

Enfin, une dernière porte s'ouvrit, laissant place à une atmosphère rance.

Alina suivit les deux gardes dans les dédales du souterrain. À l'entrée, deux immenses statues de loups montaient la garde. Hautes de 3 m, elles étaient imposantes. Alina plissa son nez à mesure qu'ils avançaient à l'intérieur de plusieurs galeries dont les pierres semblaient être taillées directement dans le roc. L'odeur y était insoutenable. Elle regarda brièvement les gardiens. Ces derniers n'avaient pas l'air d'en souffrir. Après quelques minutes de marche, ils bifurquèrent vers une grande salle. Plusieurs colonnes de différents diamètres montaient jusqu'au plafond.

En demi-lune, le mur du fond était recouvert par d'énormes rideaux rouges. Sur celui du milieu, on pouvait voir un imposant dessin cousu : des yeux d'un loup de couleur onyx. Des crocs de loups venaient se juxtaposer pardessus et se refermer sur eux. Tel était l'emblème de la meute des loups. La jeune femme eut le souffle court en voyant les armoiries. De mauvais souvenirs lui revinrent instantanément. Des souvenirs qu'elle aurait voulu effacer de sa mémoire. Elle serra les dents, et en fixant ce qui se trouvait droit devant elle, elle continua de suivre les deux hommes. Finalement, ils arrivèrent devant une porte à battants en bois.

Des gardes en poste les firent rentrer dans une petite pièce blanche. Quand la porte à battants se referma, ils attendirent.

– Que se passe-t-il ? demanda Alina aux deux gardiens.

– Nous attendons, répondit simplement l'un d'eux.

50e rue et 8e avenue, New York

Après avoir garé son VUS dans le quartier de Hell's Kitchen, Ludovic passa l'entrée du métro en revue. Il y avait bien des caméras un peu partout. « Comment a-t-elle fait alors pour passer inaperçue sur les vidéos ? » songea-t-il. Après avoir fait le tour du coin de rue où le taxi avait déposé la fille, Ludovic alla dans la première entreprise possédant des caméras extérieures : une banque. Il parla avec le directeur de la succursale et eut accès à la salle de sécurité. Il demanda au technicien d'avancer la vidéo dans la nuit de dimanche à lundi, entre 2 h 30 et 3 h 30 environ. Ils virent la voiture de patrouille se garer. Il fit accélérer la vidéo et vit les deux hommes se pencher par la fenêtre du côté passager puis démarrer. À part ses deux caméras, la banque n'en possédait pas d'autres de ce côté de la rue. Ludovic grimaça de dépit. Il se dirigea ensuite juste à côté, vers une tour d'appartements. Cette fois, les deux caméras n'avaient capté que le départ de la voiture de police. Même chose du côté du bistro mexicain se trouvant à proximité. Le policier soupira longuement en ressortant de là. Traversant la rue, l'homme se dirigea vers un hôtel de luxe. Malheureusement pour lui, il dut attendre plus d'une heure que le directeur lui donne son autorisation pour finalement s'apercevoir que les seules caméras extérieures étaient dirigées vers l'entrée de l'hôtel, et non vers la rue. Ludovic sentit un mal de crâne se pointer. Le nettoyeur du coin ne possédait pas de caméras extérieures. Cela réglait la chose.

Arrivé à un restaurant asiatique, le policier sentit son ventre gargouiller. Il commanda un immense sandwich Bành Mi et demanda si l'entreprise possédait des caméras extérieures. Le serveur ne parlant pas un mot d'anglais, il alla chercher la propriétaire dans les cuisines. Cette dernière regarda sa plaque de police attentivement puis le regarda par-dessus ses lunettes de vue et lui dit de le suivre. Ils allèrent dans la cuisine où travaillaient deux cuisiniers. Sur une petite table au fond traînait un vieil écran de télévision couvert de poussière. Elle lui montra un siège et lui ordonna de s'asseoir. Elle essaya de prendre un carton sur une haute étagère. Voyant qu'elle avait de la difficulté il se releva pour l'aider — trop vite — et buta contre elle, ce qui fit tomber le contenu du carton par terre. Une vingtaine de cassettes vidéo se retrouvèrent éparpillées par terre. Elle bafouilla quelque chose en vietnamien, semblant un peu fâchée. Il n'en était pas sûr ; on aurait dit qu'elle souriait. Enfin, elle le laissa là pour aller servir les clients dans la salle.

— Oh, putain ! s'exclama-t-il, la bouche toujours pleine.

Le jeune homme commença à les ramasser une par une en les retournant. Évidemment, il n'y avait pas de dates inscrites dessus. Lui qui ne voulait que la cassette de la veille !

— Savez-vous où se trouve la cassette de lundi matin ? demanda-t-il aux deux cuisiniers.

Les deux hommes se retournèrent vers lui, lui dirent quelques mots qu'il ne comprit pas, rigolèrent et reprirent leur travail en souriant. Il n'allait pas avoir d'aide sur ce coup-ci.

Ludovic jeta un coup d'œil au vieux magnétoscope et soupira longuement.

Station de télévision, Montréal

Ils étaient tous assis autour d'une table ovale. Une femme à la silhouette assez forte était assise en face de Frederico et d'Anna et parlait dans un micro. Des feuilles et un stylo se trouvaient près de ses doigts boudinés. Deux caméras les filmaient.

— Comptez-vous en faire d'autres comme celle-ci ? leur demanda-t-elle en souriant.

— S'il n'en tenait qu'à moi, je vous dirais non ! s'exclama Frederico en éclatant de rire.

— Il faut dire qu'il y a beaucoup de questions logistiques derrière tout ça, vous savez ! ajouta Anna en souriant.

— Il faut s'occuper du traiteur et de la décoratrice, faire les devis auprès de tout un chacun, appeler le lieu où l'on veut faire la présentation pour savoir s'il sera libre, s'occuper de la liste d'invités..., énuméra l'homme en roulant des yeux. Je peux vous dire que ça fait beaucoup de choses à faire, et là, je ne vous ai même pas tout donné.

— Ha, ha, je comprends parfaitement. Mais même après fait tout ça, après avoir vu la satisfaction dans les yeux de vos invités, ce doit être extrêmement gratifiant pour vous, non ?

— Oui, bien sûr, c'est génial. Nous voulions montrer notre identité en tant qu'agence, et nous avons réussi ! Nous avons travaillé fort pour que la présentation maya ait lieu. Durant des mois. Alors, le fait de voir les invités éblouis par la soirée... c'est une sensation indescriptible !

— En parlant de cette soirée, la lune bleue était-elle de votre cru ?

— La lune bleue ?

— Pardon ?

— Ne faites pas les modestes ! s'écria la journaliste en faisant un petit signe de la main. La lune bleue : c'est ainsi que plusieurs anonymes d'Internet ont appelé le phénomène qui s'est déroulé le 15 avril dernier. De nombreuses personnes ont vu l'éclipse lunaire changer de couleur à un moment donné. Oh ! C'était certes très court, mais dites-nous : comment avez-vous fait ça ?

— J'ai entendu parler de ça dans certains journaux et sur les réseaux sociaux, mais je pensais que c'était une blague, lui répondit Anna.

Cette dernière regardait son collègue avec une expression étonnée.

— Il y avait une ou deux vidéos qui montraient ce phénomène. D'après ces personnes qui marchaient dans le Vieux-Port ce matin-là, il y avait dans le ciel une sorte d'entonnoir fait de nuages juste au-dessus du musée.

— Elles sont où, ces vidéos ? s'enquit Frederico en riant alors qu'il croisait ses bras sur sa poitrine. J'ai un peu de mal à croire à ce que vous dites…

— Elles ont disparu. Mais ce qui est le plus fou, dans tout ça, c'est qu'on aurait dit un tunnel s'ouvrant sur l'univers, laissa tomber la journaliste en les regardant attentivement tous les deux, attendant une explication qui ne venait pas.

Frederico se mordit les lèvres en plissant les yeux. Il entendit Anna émettre un rire un peu gêné, puis une voix hors champ indiqua le début du segment publicitaire.

CHAPITRE 11

Centrale de police du Port Authority Police Department, New York

Le Port Authority Police Department gérait les opérations de police et de sécurité de la zone portuaire du New Jersey et de la ville de New York. Ce service de police était un des plus importants aux États-Unis. Il était placé sous l'autorité de l'autorité portuaire de l'État de New York et du New Jersey, une institution inter-États chargée de la gestion des ponts et tunnels, des aéroports internationaux et locaux, des bus, trains, métros et ports maritimes situés le long de la frontière entre les États de New York et du New Jersey.

Kim et Denys se rendirent au centre de régulation central de la police, qui était situé à Journal Square. C'était le centre nerveux du service, ouvert 24 heures sur 24, et le point central du réseau de communication du service de police de l'autorité portuaire. C'est à partir de là que le personnel sur le terrain était envoyé en mission. Toutes les communications radio y étaient surveillées, et les terminaux informatiques étaient reliés à la banque de données criminelles et de renseignement commune aux États de New York et du New Jersey, ainsi qu'à la Banque Nationale des données criminelles située à Washington.

Après avoir montré leurs plaques et insignes, ils demandèrent à parler avec la personne responsable des caméras de sécurité. La réceptionniste qui les accueillit avec un sourire leur indiqua le bureau où on pourrait leur répondre après avoir passé un court appel. Ils se dirigèrent à l'étage indiqué par la femme et frappèrent à une porte.

— Entrez ! dit une voix masculine.

Ils entrèrent dans un petit bureau sans fenêtre et virent un homme brun portant des lunettes assis à son bureau. Il portait vraisemblablement une perruque afin de cacher sa calvitie. Il se leva promptement, montrant un ventre proéminent, et leur tendit sa main moite et molle.

— Bonjour. Que puis-je faire pour vous… inspecteurs ?

— Bonjour. Je suis le lieutenant Kim Kook, et voici le sergent Denys Grove, dit Kim pour le corriger en lui montrant son insigne. Vous êtes ?

— Oh, pardon, je ne savais pas, s'excusa-t-il d'un air gêné en se tordant les mains. Je m'appelle Barry, Barry Bennett. Maria, euh… la réceptionniste m'a dit que vous vouliez me voir, ajouta l'homme en les regardant tour à tour.

— Oui, exact. Nous aimerions voir les vidéos de la nuit de dimanche à lundi. Nous enquêtons sur le Fou du volant. Il a disparu dans le tunnel Lincoln.

— Disparu ?

— Oui, évaporé. Il n'est jamais sorti du tunnel. Et à moins qu'il ait une machine de téléportation, ce n'est absolument pas possible, ironisa le lieutenant.

Le dénommé Barry sursauta quand le lieutenant Kim Kook finit sa phrase. Ils étaient toujours debout dans le bureau. Barry toucha son front en sueur.

— Pouvons-nous nous asseoir, Barry ? Vous permettez que je vous appelle Barry ? demanda Denys en jetant un rapide coup d'œil à son collègue.

— Oui, oui, bien sûr. Excusez-moi, déclara très vite l'homme à la perruque.

— Merci, Barry, c'est gentil, susurra Denys d'une voix mielleuse. Alors, dites-moi, vous occupez quelle fonction dans la sécurité du département ?

— Je... suis le responsable de tout ce qui est surveillance et sécurité des tunnels Lincoln et Holland.

— Wow ! s'exclama le policier. C'est un poste qui implique de grandes responsabilités, dites donc ! Diriger les troupes, ce n'est pas donné à tout le monde. Vous avez de quoi être fier de votre parcours !

— Euh... merci, dit l'homme, le sourire aux lèvres.

Il essuya la sueur qui coulait de son front.

— Votre mère doit être fière de vous. Je suppose que c'est elle, ajouta Denys en montrant du menton deux portraits.

Sur le premier, on pouvait voir une dame obèse aux cheveux blancs qui ne souriait pas. L'autre montrait cette femme avec Barry. L'amour semblait absent de ces photos.

— Avoir un fils qui occupe un haut poste dans l'un des plus grands services des États-Unis, c'est... wow, ajouta-t-il en secouant la tête comme si c'était incroyable.

Kim s'accouda sur le siège et mit sa main devant ses lèvres afin de cacher un sourire. Son collègue jouait trop bien la comédie. Il serra les lèvres et souffla lentement.

— Oh, vous savez, ma mère est difficile. Mais entre vous et moi, je suis bien content de ma position.

— Je comprends ! Ma mère me critique pour tout, même si je suis sergent dans la police. « Fais ceci, fais cela... » Parfois, je n'en peux plus...

Il s'arrêta un moment de parler, les yeux perdus dans le vague. C'est à ce moment que Kim commença à tousser afin de masquer le rire qui voulait sortir de sa gorge. Barry lui demanda s'il voulait un verre d'eau. Il répondit en acquiesçant de la tête. Quand Barry sortit du bureau, Kim s'arrêta et regarda Denys.

— Sérieux Denys, je pense que tu t'es trompé de métier. Quitte la police et va faire un tour à Hollywood, déclara-t-il en riant aux éclats.

— Chut, il revient, l'avertit Denys en reprenant son air désolé.

Le rire de Kim reprit de plus belle. Il essaya de tousser. Quand Barry revint avec un verre d'eau, Kim s'essuyait les yeux.

— Tenez ! Buvez ça. Ça ira mieux, fit Barry en s'asseyant à son bureau.

— Merci, Barry, dit Kim en buvant une gorgée d'eau.

— Je suis désolé, Barry, je suis parti dans mes pensées... continua Denys.

— Je comprends, je comprends. J'ai l'impression que nous sommes semblables, vous et moi...

Une quinte de toux retentit à nouveau.

— Désolé, s'excusa Kim.

— Barry, revenons à nos moutons. On nous a dit qu'il y avait une maintenance le soir où le Fou du volant s'est échappé. Pouvez-vous nous confirmer ça, chef ?

— Oui, une maintenance était prévue, confirma l'homme en se rengorgeant avant de tapoter sur le clavier de son ordinateur. Tous les services de police ont été prévenus il y a une semaine. Un mémo a été envoyé, il me semble.

– Est-ce vous qui avez ordonné ces réparations, chef ?

– Oui, tous les six mois. Nous sommes obligés de le faire pour assurer la sécurité des deux tunnels.

– OK, je comprends. Avez-vous des caméras qui prennent le relais quand les principales sont arrêtées ?

– Oui, bien sûr. C'est la procédure.

– Pourrions-nous avoir accès à ce qu'elles ont filmé, Bar... chef ? demanda Kim, entrant dans la conversation.

– Oui, bien sûr... Normalement nous n'avons pas le droit de le donner directement à moins de passer par la hiérarchie et de remplir toute la paperasse..., commença-t-il en tapotant sur son clavier. Mais comme je vous aime bien..., ajouta-t-il en regardant Denys.

– Merci, chef, c'est vraiment extra de votre part, dit ce dernier en s'adossant au dossier de son siège et en jetant un long regard à son partenaire.

Ce dernier secoua la tête tout en souriant.

– C'est bizarre...

– Qu'est-ce qui est bizarre ? demanda Kim, tout de suite en alerte.

– Je ne retrouve pas les dossiers.

Kim et Denys se regardèrent, mais attendirent. Ils virent Barry faire plusieurs appels. Il manquait les liens pour accéder aux vidéos des caméras de soutien. Les dossiers avaient disparu !

Quartier général des loups, étage des Sages, Montréal

La porte blindée s'ouvrit finalement, laissant apparaître un couloir blanc, aseptisé et moderne. Deux autres gardes – encore – se tenaient debout, face à face. Alina haussa un sourcil interrogateur. Cette dernière avait attendu près de cinq minutes en faisant les cent pas, se demandant ce qui se passait. Ses gardes, eux, n'avaient pas bougé d'un poil. Elle avait remarqué qu'au plafond, des microcaméras suivaient ses mouvements quand elle marchait de long en large.

Les gardes se mirent à marcher le long du corridor. Alina les suivit. Ils marchèrent 10 secondes avant de tourner à droite et de la laisser passer. Elle entra dans une grande pièce éclairée, comportant une longue table et plusieurs écrans au mur.

– Bonjour, Alina, as-tu fait bon voyage ? demanda une voix rauque.

– O-oui, merci, North, lui répondit-elle en avalant difficilement sa salive.

Elle aurait reconnu sa voix entre tous, comme celles de ses frères. Les quatre Sages se trouvaient dans la pièce. Elle pensait voir North uniquement. Se retrouver avec quatre personnes semblables en tout point la faisait flipper.

– As-tu faim, Alina ? s'enquit South en souriant largement.

Il se trouvait à sa droite, près d'une desserte remplie de victuailles en tous genres : fruits, viandes, poissons…

– Non merci, dit-elle en tournant sa tête vers la voix du Sage, dont le sourire n'atteignait pas les yeux.

– Veux-tu boire, alors ? demanda East.

Il se trouvait à sa gauche. Une console avec plusieurs types de boissons s'offrait aux yeux de la jeune femme : café, thé, eau, vin, champagne…

– Je vous remercie. Mais non, ça ira.

– Alors, entrons dans le vif du sujet, annonça le quatrième Sage, West, qui était adossé au mur et fixait Alina attentivement. Comment s'est passée la rencontre avec *le second pion* ?

Petit village de La Maná, Équateur

Les deux jeunes filles se battaient : Opal subissait les coups, Kassandra l'attaquait. Des coups justes, rapides et sûrs trouvaient les zones faibles de la jeune princesse. Kassandra s'était en partie transformée : ses doigts étaient devenus de longues griffes effilées laissant de longues marques sur le corps d'Opal. Elles reculèrent d'un pas et respirèrent fortement. De la transpiration mouillait leurs vêtements.

– *Vas-tu enfin te battre ?*

– *K, ne fais pas ça…*

La jeune panthère s'élança vers la jeune fille et lui balança un coup de poing violent en plein thorax. Opal posa un genou à terre, crachant du sang. Elle avait l'air mal en point. Celle-ci releva la tête et lança un regard incertain à Kassandra.

– *K…, murmura-t-elle en secouant la tête.*

– *Toi et ta famille, vous êtes tous pareils ! Je t'interdis de prononcer ce surnom que tu as inventé ; tu ne le mérites pas ! Surtout pas après ce que tu as fait, cracha Kassandra en lui envoyant un coup de pied sous le menton.*

Opal tomba lourdement sur le dos et souffla longuement. Elle essuya le sang à son nez et se remit sur pieds rapidement, ses yeux maintenant d'un blanc laiteux.

– *Vas-tu enfin te battre ?*

– *Non ! Je refuse !*

– Pourtant, tes yeux parlent d'eux-mêmes. Il semblerait que tu commences à être en colère.

– Je suis en colère, oui ! À cause de ce que mon père m'oblige à faire, à cause de ce qu'il veut vous faire, mais pas à cause de toi. Je refuse de me battre contre toi, Kassandra. Pas après ce qui s'est passé avec Voanna.

– Ne t'inquiète pas ; il faut juste que tu mordes la poussière, et Tellus sera sauvée. Pour cela, tu dois te battre, Opal. Et par la même occasion, tu payeras pour ce que tu as fait à ma sœur.

– Pourquoi ne m'as-tu pas avertie de ce qui se tramait ? Nous aurions pu préparer un plan avec mes amis, dit Opal en jetant un rapide coup d'œil à ses Sentinelles, qui la regardaient d'un air inquiet.

– N'as-tu pas reçu mon message ?

– De quoi parles-tu K ? Quel message ? demanda Opal en plissant gravement les sourcils.

– Ne fais pas l'innocente ! Je t'ai envoyé une missive que tu m'as retournée, m'assurant que tu allais coopérer en te laissant battre par ma sœur.

– Je ne l'ai jamais reç…

– Mensonge !

– Pourquoi mentirais-je ? Tu sais très bien que je suis contre une guerre entre les royaumes. Crois-tu que j'ignore que vous me craignez depuis la cérémonie ? Que ce que nous avons fait, mes Sentinelles et moi, vous fait peur ? Kassandra, je peux t'assurer que…

– Tu mens !

– Ai-je signé la missive ?

À son signe de tête, Opal continua.

– L'ai-je signée différemment de ce que j'ai l'habitude d'écrire ?

Kassandra se redressa, serra les poings et se jeta sur Opal, essayant de la toucher, mais cette dernière, plus rapide, esquiva les coups. Se retrouvant derrière la panthère, elle posa la paume de sa main contre son dos et propulsa Kassandra loin de la foule. Celle-ci roula par terre comme une poupée de chiffon jusqu'à ce qu'un arbre arrête sa route. Les oreilles fines des métamorphes ne devaient pas entendre ce qu'elles avaient à se dire. Opal se téléporta vers Kassandra, la maintenant appuyée contre l'arbre par les deux poignets.

– Qu'est-ce que j'ai écrit ? répéta-t-elle.

Kassandra tourna la tête pour ne pas avoir à la regarder. Les sourcils froncés, les lèvres pincées, elle garda le silence.

– K, dis-le-moi ! ordonna Opal en la secouant légèrement.

– Tu m'as appelée Kassandra, et tu as simplement signé ton nom, Opal, lui répondit la jeune panthère en grimaçant, se demandant si elle n'avait pas fait une erreur de jugement en recevant la réponse.

– Nous ferons comme tu le suggères. Tu devras me battre, et nous ferons croire à l'empereur que tu as été victorieuse, murmura Opal après un instant.

– L'empereur ne nous croira pas. Tu m'as propulsée dans les airs et tu as pu te téléporter facilement, Opal. Ton pouvoir est incroyable, lâcha Kassandra en se débattant.

Opal avait oublié que K avait de longues griffes à la place des doigts, et cette dernière entailla profondément ses mains en se libérant de la poigne de fer de la princesse. Du sang jaillit des plaies. Pendant qu'Opal regardait le liquide s'écouler de ses avant-bras, un halo violet parcourut le corps de la panthère avant de s'éteindre aussi rapidement.

– Il nous croira, K. Il suffira que tu projettes tes griffes juste ici, dit Opal en montrant sa poitrine. Ça ne me tuera pas, te laissera en vie et sauvera Tellus pour l'instant.

Rues de New York

Kim et Denys sortirent de la centrale de police portuaire de New York avec déception. Ils avaient été sur le point d'élucider le mystère entourant la disparition du Fou du volant, et au lieu de cela, ils revenaient bredouilles. Enfin, pas vraiment!

Après qu'ils aient attendu près d'une heure et demie dans le bureau de celui qui s'occupait de la surveillance et de la sécurité de deux tunnels de New York, celui-ci était revenu, angoissé. Les auréoles de sueur entourant les aisselles de sa chemise et les longs filets s'écoulant de son front le prouvaient. Barry était allé dans une zone du département où se trouvaient les serveurs lui permettant d'accéder plus facilement aux historiques des vidéos. Les dossiers de la nuit de dimanche à lundi avaient bel et bien disparu, et il en était responsable! Il s'était gratté la tête nerveusement, déplaçant par la même occasion son postiche.

Denys avait encore joué de cette camaraderie, lui promettant un coup de main s'il le désirait. Barry avait sauté sur l'occasion et leur avait communiqué avec empressement les noms des personnes qui y avaient accès. Les vidéos secondaires se téléchargeaient et se retrouvaient stockés automatiquement dans un serveur interne. Seules quelques personnes avaient accès au code.

Kim lui avait demandé si l'accès se faisait obligatoirement ici, dans l'entreprise, ou si les employés pouvaient se connecter de n'importe où. Barry avait hésité un moment avant de répondre qu'il était possible de se connecter d'ailleurs. Il fallait juste avoir le matériel informatique nécessaire, ce qui était facile, ainsi qu'un logiciel qui pourrait transférer les données vers un autre serveur. Denys lui avait donc demandé de faire inspecter la salle où se trouvait le serveur interne le plus rapidement et le plus discrètement possible et de les tenir informés. Il lui avait également remis son numéro de cellulaire.

Ce dernier avait promis de le tenir au courant de l'avancée de l'enquête sur ces personnes. Ainsi, Barry pourrait par la suite en parler à qui de droit et en prendre le mérite. L'homme était devenu joyeux.

— On peut déjà enlever ton frère d'une autre mère de la liste des suspects. C'est sûr et certain que ce n'est pas lui, souligna Kim en montant dans le VUS noir de la police.

Il donna son café à son partenaire et but le sien avant de démarrer.

— Très drôle ! grimaça le grand noir en buvant une gorgée de la boisson chaude. En tout cas, ça nous a aidés à mettre la main sur quatre suspects, ajouta-t-il en ouvrant le dossier que lui avait remis Barry.

— Où va-t-on en premier, alors ?

— L'adresse la plus proche est celle-là, répondit-il en la lui montrant.

Pendant que Kim roulait, Denys lut la fiche descriptive fournie par Barry.

— Un dénommé Trent Johnson. Quarante-neuf ans. Il est employé depuis 2000 et est responsable de la maintenance. Marié, deux enfants. Sans antécédent.

— Il faudra vérifier toutes ces infos par la suite au bureau.

Ils arrivèrent facilement chez l'homme, qui se trouvait chez lui. Les deux agents lui posèrent des questions auxquelles il répondit sans problème. Il avait un alibi : il avait pris congé ce soir-là, car c'était l'anniversaire de ses filles. Des jumelles. Il y avait une vingtaine de personnes qui pouvaient témoigner du fait qu'il était bien là.

La deuxième personne était un jeune homme de 23 ans. Peter Hall. Le PAPD l'avait employé l'an dernier dans le service informatique. Il venait de sortir de l'université avec mention. Arrivés devant un immeuble moderne, ils sonnèrent à l'appartement, mais personne ne répondit. Revenant au VUS, ils remarquèrent une petite Mercedes décapotable stationnée aux abords du bâtiment. Le numéro d'appartement était inscrit sur une petite pancarte.

— Gosse de riche ? demanda Denys.

— Je n'en sais fichtrement rien…

Après avoir jeté un coup d'œil à l'ordinateur de bord, Kim se décida à l'appeler. Il mit les haut-parleurs. L'homme décrocha au bout de la seconde sonnerie.

— Allô ?

— Bonjour, Peter Hall ?

— Oui, c'est moi.

— Bonjour, c'est la police. Nous sommes actuellement devant chez vous.

— Oh, euh… que se passe-t-il ? Mon appartement ?

— Non, non ! Rassurez-vous. Cependant votre voiture vient d'être emboutie. Carrément démolie ! Nous allons la remorquer jusqu'à notre commissariat. Nous tenions à vous en informer.

— Putain, je n'y crois pas ! s'écria l'homme au téléphone. Putain, c'était une nouvelle voiture !

— J'en suis désolé. Je ne vous rapporte que ce qui vient de se produire.

— Où se trouve votre commissariat ? Je serai là à 17 h 30. Avez-vous la personne qui a fait ça ?

Après lui avoir donné l'adresse, Kim raccrocha et se mit à rire, ravi de son coup. Denys secoua la tête en souriant et appela une dépanneuse afin de faire remorquer la voiture du suspect.

La troisième personne était une femme.

— Tyra Miller. Cinquante-neuf ans. Elle a passé près de 37 ans à travailler pour le PAPD. Dans six mois, elle se retrouvera à la retraite avec de bons avantages gouvernementaux.

Ils la trouvèrent chez elle. Cette dernière travaillait cette nuit-là, et elle contrôlait le flux de voitures comme d'habitude. Elle avait effectivement utilisé les vidéos de soutien, vu que les caméras principales étaient éteintes pour maintenance. Cependant, elle n'avait rien remarqué de particulier, à part évidemment quand la police avait appelé au bureau afin de pouvoir remettre les caméras principales en route. La femme avait donc appelé Barry Bennett, mais comme il ne travaillait pas ce soir-là, elle avait appelé le second en chef, James Moore. Celui-ci n'avait pas répondu.

— James Moore, 45 ans, second en chef de Barry Bennett. Il s'occupait également de la surveillance et de la sécurité des deux tunnels. Il est entré dans l'entreprise en même temps que Trent Johnson, soit en 2000. Marié. Pas d'enfants.

Quand Kim et Denys frappèrent à la porte, une femme d'une quarantaine d'années en peignoir de bain qui avançait en traînant les pieds les accueillit — en gardant la moustiquaire de la porte fermée. Elle leur dit que son mari était allé à sa réunion hebdomadaire et qu'il devrait arriver bientôt.

Elle leur demanda ce qu'ils lui voulaient. Au même moment, un homme apparut devant le portail. Il allait l'ouvrir quand il s'arrêta, ayant aperçu les deux hommes devant sa porte d'entrée. Il se mit à reculer doucement, mais la femme tourna sa tête vers lui. Denys et Kim regardèrent automatiquement dans la direction et virent l'homme reculer puis s'enfuir.

— Police ! Arrêtez-vous ! cria Kim.

Ils se mirent donc à courir derrière lui. James Moore traversa la rue en zigzaguant entre les voitures. Ses sacs d'épicerie terminèrent leur route sur des pare-brise. L'homme fonça vers une ruelle en regardant de temps en temps derrière lui.

— Je fais le tour ! cria Denys en s'élançant vers l'autre trottoir.

Kim suivit l'homme en accélérant la cadence. Pour tenter de ralentir son poursuivant, le suspect renversa toutes les poubelles sur son chemin. Une vieille dame qui marchait avec son caddie fut projetée contre Kim, qui essaya de la protéger de la chute violente. Cela donna à l'homme l'occasion de grimper un grillage de 1,50 m environ et de sauter pardessus avant que Kim en fasse autant.

L'homme se retourna une seconde pour voir Kim grimper et ne vit pas l'intérieur du bras de Denys arriver contre sa gorge. Ce simple choc le fit tomber à la renverse, lui coupant net la respiration. Quand il ouvrit les yeux, il vit un grand type noir qui le visait de son pistolet.

— James Moore, vous êtes en état d'arrestation !

Quartier général des loups, appartement de Dominicus, Montréal

– Dominicus ? lança Brian en entrant dans l'appartement.

La porte se referma derrière lui, le laissant dans le noir le plus complet. Brian resta immobile en attendant que son chef lui donne l'autorisation de s'avancer. Ses pupilles se dilatèrent, et sa vision nocturne lui montra une silhouette silencieuse venant vers lui.

– Oui ? grommela une voix bourrue.

Brian s'agenouilla immédiatement. Il valait mieux faire profil bas. Cela ne semblait pas être un bon jour pour Dominicus.

– Je viens vous donner des nouvelles, comme convenu…

– Qu'est-ce que ma si douce *fiancée* magouille cette fois-ci, Brian ? Comment va-t-elle faire pour revenir dans les bonnes grâces de la meute ? ironisa-t-il d'une voix doucereuse.

– Marc ne m'a rien dit de nouveau au sujet de Charlène. Il doit justement la voir ce soir. Il est devenu son… confident, dit-il en hésitant légèrement sur le mot.

– Un confident qui attend un remerciement en nature, rigola le jeune homme d'une voix rauque.

– Je suis venu pour vous avertir que les Sages ont fait entrer une personne étrangère dans l'enceinte.

– Ah, oui ? Une proie ? demanda Dominicus en s'approchant de Brian, toujours agenouillé.

– Je ne pense pas, Dominicus. C'était une femme. Très belle.

– Une louve ? s'enquit-il, intéressé.

— Mon contact est catégorique. Ce n'était pas une louve, affirma d'une petite voix Brian avant de se ressaisir, se sentant mal à l'aise à cause de la présence de son chef devant lui. Ce n'est pas une terrienne non plus ; ça, c'est sûr.

— Si ce n'est pas une proie, ni une louve, ni une terrienne, qui cela pourrait-il être ?

Dominicus était arrivé devant lui.

— Regarde-moi, Brian ! ordonna-t-il.

Dominicus posa sa main sur l'épaule de l'homme, qui se releva sans oser le regarder. Quand enfin il se décida à le regarder dans les yeux, il le fit sans détourner le regard, et Dominicus grimaça un sourire.

— Alors ?

— Ce n'était pas non plus une lionne. Elle n'avait pas cette odeur. Ni une panthère. J'ai peut-être quelque chose qui pourrait nous aider, dit-il en sortant son cellulaire de sa poche. Mon contact m'a envoyé une photo de la femme.

Brian fouilla dans son cellulaire à la recherche de la photo.

— La voici, Dominicus. C'est la jeune femme de tout à l'heure, déclara-t-il en lui passant son téléphone.

— Putain de bordel de merde ! s'exclama Dominicus, ne croyant pas ce qu'il voyait. Alina…

Une photo prise de haut montrait Alina, les bras croisés. La bouche pincée, elle semblait en colère.

Quartier général des loups, niveau -2, Montréal

Un appartement. Cinq personnes. Une femme noire faisait la cuisine. Elle touilla dans une casserole et goûta sa sauce. Elle fit une moue indécise. Elle saisit la cuillère en bois, prit un peu de sauce, souffla dessus pour la refroidir et la présenta à une autre femme qui lavait des verres dans l'évier.

— Aiko, tu en penses quoi ? lui demanda la femme noire en lui tendant la cuillère. Je la trouve un peu fade, moi…

Lorsqu'elle se tourna vers la dénommée Aiko, une longue cicatrice apparut, s'étendant sur toute la diagonale de son visage. La femme avait de longues dreadlocks attachées à la va-vite sur le sommet de son crâne.

— Jahia, tu sais très bien que ta sauce est excellente, comme toujours, lui répondit son amie en souriant, mais en la goûtant quand même.

La femme d'origine asiatique avait de longs cheveux fins noirs attachés en une longue tresse et la peau blanche. Elle semblait avoir le sourire aux lèvres.

— Han, han, il y a un petit quelque chose qui manque, insista la femme noire en retournant à sa casserole.

— Jahia, tu es chiante ; tu le sais, ça ? dit une autre voix féminine.

Cette dernière dressait la table pour six personnes. Ses yeux fermés ne l'empêchaient pas de le faire, et elle semblait pouvoir accomplir cette tâche habilement sans l'aide de sa vue. Elle avait des cheveux courts blancs, un visage doux et de longs cils recourbés.

— Laissez-la tranquille, dit une quatrième femme, assise dans un sofa. Si elle n'est pas satisfaite, c'est qu'elle ne l'est pas ! Nous ne devons pas embêter notre cuisinière en chef…

Un sourire taquin releva ses lèvres roses. Ses yeux ambrés souriaient d'espièglerie alors qu'elle peignait ses cheveux blonds.

— Ouais ? C'est plutôt ton ventre qui parle, Dahlia. Gourmande, va ! lança une femme métisse qui approchait de la table en tenant de sa seule main un plateau.

La femme aux cheveux bouclés avait allumé de l'encens qu'elle déposa un peu partout dans le salon.

— Ce que Jahia prépare est chaque fois un délice, de toute manière.

— Vous êtes gentilles, les filles, leur dit en souriant tendrement Jahia en se retournant vers elles.

Un bruit se fit entendre. Les cinq femmes arrêtèrent instantanément ce qu'elles faisaient pour diriger leurs regards vers la source du bruit. Une porte s'ouvrit et se referma. Une seconde plus tard, une femme aux cheveux châtains et aux yeux vert émeraude apparut.

— Les filles ! Les filles ! chuchota-t-elle fortement en s'avançant au milieu de la pièce.

— Que se passe-t-il ? demanda Dahlia en se levant rapidement — malgré l'absence de sa prothèse — tandis que les autres s'avançaient rapidement vers la femme nouvellement arrivée.

— Un des gardes, Edgar, vient de m'avertir qu'il y avait une métamorphe dans la cité.

Les femmes plissèrent les yeux et haussèrent leurs sourcils de manière interrogative. La femme aux yeux verts se tourna vers Meia et lui prit la main, le visage encore surpris.

— Izabel ?

— C'est Alina ! s'exclama-t-elle d'une voix excitée tout en regardant Meia dans les yeux.

Quand elle vit l'incompréhension apparaitre dans les yeux de son amie, elle la prit par les épaules.

– C'est Alina qui se trouve dans la cité, Katameia !

Des regards surpris se tournèrent vers la femme qui, étonnée, écarquilla ses yeux marron clair tout en posant sa main sur sa bouche ouverte.

Commissariat de police, New York

– Dis-nous un truc : pourquoi tu t'es enfui en nous voyant ? demanda Kim en s'asseyant à califourchon sur la chaise de la salle d'interrogatoire.

• • •

Pendant que des techniciens fouillaient la maison et vérifiaient le matériel informatique, ils avaient ramené James Moore au commissariat. Kim menait l'interrogatoire pendant que Denys se trouvait dans une petite salle à la vitre sans tain avec Ingrid.

– Quelque chose de nouveau, Ingrid ? demanda-t-il en regardant sa collègue entrer dans la salle.

– Pour l'instant rien, lui répondit cette dernière en bâillant. Au fait, je ne savais pas que tu avais un demi-frère, Denys !

– Sérieux ? Kim a trouvé utile de perdre son temps à raconter ça ? demanda l'homme noir, ne sachant pas s'il devait en pleurer ou en rire.

– Ouais, à tout le commissariat. Ton frère d'une autre mère. Blanc, gros et avec un postiche en plus.

– Je vais le tuer ! ragea Denys en se tournant vers la vitre sans tain.

— Alors, c'est lui notre suspect ? demanda-t-elle en souriant largement et en regardant l'homme assis devant Kim.

— Ouais, c'est lui !

• • •

— Comme je vous l'ai dit dans la voiture, je pensais que c'étaient d'autres hommes qui en avaient après moi.

— Qui ?

— Des personnes non recommandables…

— Pourtant, on s'est annoncés, mon collègue et moi.

— Ouais, et combien de personnes mentent sur leur identité, hein ?

— OK. C'étaient qui, ces gens ? lui demanda le lieutenant.

— Des gens à qui je dois du fric…

— Ah, ouais ?

— Je ne peux pas vous en parler…

— Oh, vraiment, tu ne peux pas ? Tu sais que je peux te coffrer pour refus d'obtempérer et pour mise en danger d'autrui…

— Hé… de quoi parlez-vous ?

— La vieille femme que tu as balancée comme un sac de merde. Si je n'avais pas été là, elle aurait pu se prendre un coup à la tête… Après tout, un traumatisme crânien est si vite arrivé, James, fit Kim d'une voix innocente.

— Vous mentez…

— Eh bien, on verra, dit Kim en se tournant vers la vitre sans tain. Sergent Grove, pourriez-vous vous renseigner sur l'état de madame Wung, je vous prie, et savoir si elle veut porter plainte ?

— OK, OK ! J'ai un gros penchant pour l'alcool et…

— Et ?

— Et le jeu ! Je leur dois du fric que je n'ai pas encore pu rembourser…

— …

— Je devais recevoir un gros paquet de blé. Je n'ai juste pas eu de chance sur cette main…

— Et ?

— J'ai tout perdu.

— Combien ?

— 11 000 $.

— Wow ! C'est un gros montant pour un gars qui ne touche que 2800 $ par mois, lut Kim en regardant le dossier ouvert sur la table. C'est donc pour ça que tu as bidouillé les caméras du tunnel.

— De quoi vous parlez ?

— Je parle des caméras de soutien qui filment en tout temps dans les différents tunnels que ta compagnie possède.

— Je ne comprends pas !

— Arrête de jouer au con avec moi ! s'écria Kim en balançant sa chaise de côté. À qui as-tu vendu les vidéos ?

— Je vous jure, je ne vois pas de quoi vous parlez, fit James en levant les mains devant lui tout en secouant sa tête de gauche à droite.

— Tu sais que tu risques jusqu'à près de cinq ans d'emprisonnement pour entrave au travail de la police, non ? Mais en volant des données appartenant au gouvernement, tu risques encore plus.

— Je n'ai rien volé au boulot… je ne sais rien de cette affaire…

— Où étais-tu dans la nuit de dimanche à lundi ?

— Euh… j'étais dans une salle de jeu…

— Nom et adresse !

— Je ne peux pas. Ça pourrait m'attirer de gros ennuis…

— Si tu veux sauver tes fesses et continuer à bosser pour le PAPD[24], alors que tu as commis des délits mineurs, comme la conduite en état d'ivresse, je te conseille de me dire tout ce que tu sais… et tout de suite ! ordonna Kim avec un sourire méchant.

Quartier général des loups, appartement de Dominicus, Montréal

— Que fait-on, alors ? demanda Brian, toujours debout.

— Je ne sais pas à quoi jouent les Sages, mais il se passe quelque chose en ce moment. J'ai comme l'impression qu'ils préparent un truc.

— Oui ; bien qu'ils ne sortent pas de leur étage, nous avons remarqué un léger changement de comportement depuis environ trois mois. Et il y a cette femme… Alina, c'est bien ça ? dit Brian, essayant de savoir qui pouvait être cette femme.

— Oui, répondit Dominicus. C'est bien ça, ajouta le jeune homme sans en dire plus avant de prendre place dans son fauteuil en passant ses doigts sur sa barbe, l'air absent.

Un silence s'installa. Dominicus réfléchissait, cela se voyait. Il avait remis en place sa mèche de cheveux, cachant l'orbite désormais vide.

— Brian ?

24. Port Authority Police Department.

L'homme sursauta. Dominicus le regardait attentivement.

— Oui, Dominicus ?

— À combien d'hommes de la meute puis-je toujours faire confiance… l'œil fermé ? s'enquit-il avec un sourire carnassier aux lèvres.

— Hum… une bonne trentaine, lança Brian, réfléchissant à toute allure. Je mettrais ma main au feu en ce qui les concerne. Pour le reste, je ne peux être sûr à 100 %.

— Bien, bien. Je veux que tu mettes cette femme sous surveillance 24 heures sur 24. Discrètement ! Personne ne doit être au courant.

— OK, je le fais tout de suite, répondit Brian en se retournant pour partir.

— Brian ?

— Oui ? demanda l'homme en se retournant à moitié vers son chef.

— Joseph ?

— Il… est toujours maintenu dans le cocon. Son état reste stable…

— Merci, Brian.

— À vos ordres, Héritier, s'inclina Brian avant de quitter les lieux.

Dominicus se leva et passa dans une autre pièce. Des poids, des haltères et des sacs de sable se trouvaient dans un coin. Il enleva son tee-shirt et se plaça au sol.

— Alina, que viens-tu donc faire dans le coin ? murmura Dominicus avant de se mettre à faire des pompes vigoureusement.

Commissariat de police, New York

— Depuis une semaine, James Moore est en arrêt forcé. Le directeur de son département l'a surpris alors qu'il buvait au boulot il y a trois semaines. Il l'a suspendu pendant un mois sans solde et l'a contraint à assister à une réunion hebdomadaire des Alcooliques Anonymes, raconta Denys après avoir raccroché. Selon lui, c'est un bon type qui est aux prises avec de vieux démons. C'est pour ça qu'il l'a juste suspendu au lieu de demander son congédiement.

— OK. De mon côté, les techniciens n'ont rien découvert dans l'ordinateur de notre suspect. En faisant une petite recherche sur ses comptes bancaires, j'ai découvert qu'il avait effectivement des soucis financiers, ajouta Kim en s'adossant à son siège avec lassitude.

— Il reste la salle de jeu illégale qu'il faudrait qu'on vérifie, mais mon petit doigt me dit qu'il dit vrai, ce fils de pu…

C'est à ce moment que Ludovic arriva. Il se tint au milieu de leurs quatre bureaux et commença à se pencher comme pour saluer, les manches de sa chemise blanche retroussées sur ses avant-bras. Cette dernière était toute poussiéreuse. Il avait des traces noires sur son visage, et il tenait quelque chose dans sa main droite ainsi qu'un lecteur vidéo dans son autre main.

— Je vous en prie, c'est trop ! Trop d'applaudissements… je suis ému ! Non ! Non ! dit-il en continuant de saluer ses partenaires.

— Je crois qu'il a trouvé quelque chose, fit Ingrid en se mettant debout.

— Ouais, mais ce n'est pas la modestie qui l'étouffe, ajouta Denys en s'adossant à son siège.

— Hé, les gars, j'ai dû rester durant quatre heures et demie dans une cuisine vietnamienne à essayer de retrouver UNE putain de cassette vidéo perdue parmi une boîte entière de ces petites choses, expliqua Ludovic en faisant miroiter un boîtier.

— Cassette vidéo ? Ça existe encore, ce genre de choses ? plaisanta Kim.

— Je peux te le confirmer ! gémit le blond en lui faisant de gros yeux.

— Tu as quoi, au juste ?

— Il faut juste connecter ce magnétoscope à une télé, et je vous montre ça.

Il se dirigea vers la télévision à écran plat qu'ils avaient au fond de la salle et se mit à faire les branchements. Les trois autres se regardèrent rapidement en souriant et se dirigèrent vers Ludovic. Ce dernier accéléra la vidéo de la nuit de dimanche à lundi aux alentours de 3 h du matin. L'angle de la caméra était de 60 degrés, donnant sur l'entrée du métro et sur le trottoir. Un lampadaire éclairait la scène.

— Ne me dis pas que tu as…, commença Ingrid, les yeux ronds.

Ludovic se contenta de sourire. Sur la vidéo, des personnes défilaient. Des bruits de klaxons. Des cris. Des rires. Des voitures se garant et repartant. Un taxi arriva. Une femme en sortit : chaussures à talons et sac à main rouges, robe noire, cheveux bouclés. Après avoir refermé la portière, elle se pencha vers le conducteur par la fenêtre ouverte. Ce dernier se tourna vers l'arrière tout en remontant une sorte de couverture sur quelque chose. La femme se retourna vers l'entrée du métro et s'y dirigea sans se retourner. Ludovic rembobina le film jusqu'à ce qu'on voit un visage partiel de la femme, un peu flou, mais suffisamment reconnaissable. Denys tilta en voyant le visage et plissa les sourcils.

– C'est à toi de jouer, ma grande, précisa Ludovic en croisant les bras et en regardant Ingrid avec le sourire.

Ruelle de New York

Laura se tenait debout en jouant machinalement avec l'opale pendant à son cou. Annabella lui avait demandé de la prendre avec elle, au cas où.

Laura, donc, écoutait Gabriel distribuer ses ordres. Il les avait répartis en trois groupes. Annabella, Sacha et elle iraient directement à l'hôtel. Elles recueilleraient des informations auprès du personnel sur la disparition de Guillaume. Marcus et César iraient fureter du côté des tunnels. Simon et lui referaient le parcours qu'avait pris l'homme à son arrivée à New York. César lui fit un clin d'œil rassurant quand elle sut, dépitée, qu'elle ne serait pas dans son équipe. Quand ses Sentinelles avaient sonné à la porte, elle avait ri. Ses dons, qu'elle le veuille ou pas, lui permettaient pas mal de choses. Il fallait juste qu'elle travaille dessus, comme l'avait si bien dit Marjoria. Elle s'était empêchée de toucher César malgré ses envies, de peur que Gab, Bella ou Marcus s'en aperçoivent. Pourtant, elle avait senti son regard la suivre à chacun de ses pas.

Ses Suiveurs étaient arrivés quelques minutes plus tard.

Avant de partir de Montréal, ils avaient fait plusieurs choses qui leur avaient pris toute la demi-journée. Tout d'abord, ils s'étaient arrêtés à l'appartement de Guillaume afin d'y chercher des indices. Marcus avait cherché dans ses courriels tout lien qui aurait pu concerner sa disparition tandis que les autres reniflaient à qui mieux mieux à la recherche d'une odeur qui pourrait laisser entendre qu'un métamorphe s'était déjà rendu ici.

Quand elle avait vu Simon revenir avec le panier à linge sale, elle lui avait demandé ce qu'il comptait faire avec. Il lui avait répondu qu'ils auraient besoin de l'odeur fraîche de Guillaume afin de retrouver sa trace. Laura s'était mordu les lèvres.

Ils étaient ensuite passés au quartier général de la Coalition. Alano avait mis à leur disposition tout son équipement à New York. Des hommes à lui se tenaient à leur disposition s'ils avaient besoin d'aide. La Coalition leur avait même réservé des chambres dans le même hôtel où le disparu avait séjourné.

Laura revint au présent quand son cellulaire sonna. « Kassandra. »

— Coucou, Lolo, tout va bien ? demanda la voix de la jeune femme.

— Oui, ça va. Toi ? Tu as une petite voix, on dirait.

— Je couvre un petit rhume, je pense, expliqua Kassandra en se raclant la gorge.

— Il fait combien de degrés du côté de Santa Monica, dis-moi ?

— Euuh… disons… hum… aux alentours de 29 degrés. Je n'ai pas regardé la température, en fait.

— Tu es sûre que tout est OK, Kassandra ? demanda Laura, un peu inquiète. J'ai l'impression que ça ne va pas trop bien.

— Ne t'inquiète pas, Lolo… je suis un peu chamboulée : j'ai appris une nouvelle dernièrement, et je suis encore sous le choc.

— Tu veux en parler ? C'est à propos de quoi ? demanda la jeune femme, sur le qui-vive.

Tout d'un coup, Kassandra se mit à rire.

— Je t'ai bien eue, hein ? Ah, Lolo, tu tombes toujours dans le piège !

Elle se remit à rigoler pendant que Laura souriait. Sur le coup, cette dernière avait craint que son amie sache quelque chose à son sujet.

— Tu ne devineras jamais ce qui m'arrive ! continua-t-elle, excitée.

— Je dirais que tu as peut-être obtenu ton fameux contrat.

La voix chaude de son amie lui avait mis un peu de baume au cœur.

— Yeeaaaaah ! s'écria-t-elle à nouveau.

— Ha, ha ! Tu cries dans mes oreilles !

— Pardon, pardon ! Vas-y, demande-moi combien je vais me faire payer pour le mois !

— Tu ne m'as pas vraiment dit ce que tu allais faire là-bas.

— Oui, j'avoue…, déclara Kassandra en se calmant un peu. C'est la propriété d'un nouveau riche. Sa femme a vu ce que j'avais fait à Los Angeles, et elle a adoré. Elle veut que je décore la maison principale. Accroche-toi bien, Lolo. Cinq chambres, deux salles de bains, une immense cuisine, deux salons, un solarium.

— Ouf ! Et tu as juste un mois pour décorer tout ça, c'est ça ?

— Oui. Deux de mes assistants vont venir avec moi… Alors ? Alors ? demanda-t-elle avec excitation.

— Ha, ha, ha, rigola Laura en imaginant son amie se dandinant au téléphone. Alors, si j'y vais au pif, je dirais 24 950 $.

— …

— Ha, ha… je devine que je suis proche.

— Ouais, très proche. Je me demande comment tu fais ! ronchonna Kassandra au téléphone.

— Tu pars quand ?

— Aujourd'hui !

— Tu te fiches de moi ?

— Hier, j'ai commandé avec la jeune femme tout ce dont nous aurons besoin pour le mois. La cargaison partira demain alors que moi, je serai installée à bord d'un jet privé volant en direction de l'Alaska !

— Tout allait bien dans ton histoire jusqu'à ce que tu me rappelles ta destination si exotique, plaisanta Laura.

Gabriel lui fit un signe de la main, lui indiquant de venir. Elle souffla légèrement.

— L'Alaska, c'est un très bel État, je te signale, fit Kassandra avant d'éclater de rire.

— Copine, il faut que j'y aille, lui dit Laura doucement. S'il te plaît, fais attention à toi. Envoie-moi un texto quand tu arriveras là-bas, OK ?

— Pas de problème, Lolo ! Bisous !

Laura rangea son cellulaire dans son sac à main, cacha le pendentif sous sa chemise et mit ses mains dans les poches de son jeans noir en s'avançant vers le groupe. L'après-midi s'annonçait difficile. César se tourna vers elle.

— *Une chose à la fois. Un jour à la fois, Tia.*

Petit village de La Maná, Équateur

– À ton air, je suppose que la princesse a deviné le nombre que tu avais inscrit sur cette ardoise, c'est ça ?

– …

K, qui ne souriait plus, tenait un téléphone satellite d'une main tremblante, les yeux grands ouverts sur un petit tableau noir où les nombres qu'Opal avait devinés étaient inscrits noir sur blanc. La jeune femme rousse laissa tomber l'appareil au sol et se tint le front entre les mains tout en essayant de comprendre ce qui se passait depuis qu'elle avait mis les pieds dans ce village en plein cœur de la sierra équatorienne.

Ils étaient assis tous les deux sur une véranda. L'homme-panthère avait retrouvé sa forme anthropomorphe et fumait une sorte de cigare fait maison. Quand Kassandra était sortie de la hutte, elle tenait difficilement sur ses jambes : le souffle court, les yeux brillants, le corps agité de légers spasmes. Aidée par la jeune femme qui était entrée dans sa petite cabane, elle s'était installée sur l'une des marches menant à une autre petite maison en bois. Les quatre autres personnes étaient reparties aux quatre coins du village sans un mot, le visage toujours recouvert par leur capuche. K avait, malgré son état de fatigue, pu apercevoir des pattes à la place de leurs pieds. Elle n'avait pas eu tort, plus tôt. C'étaient bien des métamorphes !

On lui avait porté une boisson de couleur rose pâle et un plateau-repas qu'elle avait considérés longuement avec défiance avant que le doux rire de l'ancien Augure de la reine Marguerite l'extirpe de sa contemplation. Il lui avait dit qu'elle pouvait savourer son repas et que rien n'avait été mis dedans.

K avait avalé son verre de jus de goyave d'une traite avant de dévorer son épi de maïs, ses pommes de terre et sa viande — qui avait le goût du poulet, mais pas sa consistance. Malgré ce repas copieux, ses tremblements n'avaient pas cessé. La jeune femme avait alors demandé à l'homme ce qui s'était passé exactement dans la hutte. Quelles avaient été ces visions qu'elle avait eues ?

Il lui avait expliqué que la hutte représentait le corps de Nexma. Son ventre : un endroit de protection. Que grâce à l'obscurité et à la chaleur, la jeune femme s'était retrouvée à l'état de fœtus, un être sans force, mais ouvert aux flux d'énergie. Le fait d'avoir bu la boisson donnée dans la cabane avait accéléré le processus d'ouverture d'esprit. Les pierres de lave qui étaient là bien avant la création avaient conservé la mémoire millénaire. Ainsi, quand un des métamorphes avait versé l'eau pure de la montagne sur ces pierres, elles avaient dégagé une vapeur transmettant à son cerveau des souvenirs enfouis.

Kassandra avait secoué la tête durant plusieurs minutes, réfutant la thèse qui pourrait la lier à Opal. Comment cela aurait-il pu être possible ? Elle n'était même pas une « Bête à appeler »... Talah avait alors souri et lui avait suggéré de l'appeler en faisant un petit jeu : noter avant l'appel un montant que la princesse devrait deviner, sans le savoir.

— Comment cela est-il possible ? Je pensais que les « Bêtes à appeler » devaient être choisies par notre déesse-mère.

— Cela a été le cas, jeune Kassandra. Tu avais été choisie pour devenir l'une des « Bêtes à appeler » de la future impératrice de Prima. Cependant, avec la prise d'indépendance de votre royaume, la reine Marguerite l'a refusé.

— Talah, Opal n'a pas bu mon sang lors de la cérémonie du liage ! Comment ça pourrait être possible ?

— Le sceau.

— Le sceau ? Comment ça ? Quel sceau ? demanda-t-elle en secouant sa tête, une totale incompréhension au fond des yeux.

L'homme soupira longuement, et avant de répondre, il souffla sur son cigare.

— Opal est différente de toutes les héritières que Prima a vues sur son sol – enfin, de mémoire de Priméens. Il s'est dit, lors de sa naissance, qu'elle pourrait être la descendante directe de la première impératrice de Prima.

Après quelques instants de silence, il ajouta :

— Concernant le sceau, eh bien… disons que c'est une marque qui revendique ta véritable appartenance, jeune Kassandra. Vous le possédez tous – toi, son lion, sa tigresse, son aigle, ses deux loups. Même les autres royaumes dont l'Histoire a effacé l'empreinte sur l'empire possèdent des hommes ou des femmes portant ce sceau.

Talah posa son regard doux vers la jeune femme et lui fit un sourire avant de continuer.

— Il est dit dans les écrits que naîtra une jeune âme de sang inaltéré qui aura à ses côtés les meilleurs combattants de chaque royaume, avant que les Ailés reviennent. De leur unité naîtra l'harmonie.

Kassandra fronçait les sourcils d'un air interrogateur.

Commissariat de police, New York

Denys et Kim avaient dû relâcher James Moore. Ils n'avaient aucune preuve suffisante pour le condamner. Les recherches qu'ils avaient menées au bar clandestin où des jeux illégaux étaient présents avaient démontré que James y était cette soirée-là. Idem pour les réunions des Alcooliques Anonymes.

Peter Hall était venu au commissariat, et ils l'avaient interrogé. Un gosse de riche. Le jeune homme était arrogant, hautain, centré sur lui-même… bref, il était imbu de sa personne. Quand il avait su pourquoi les policiers l'avaient attiré jusqu'au commissariat, il les avait menacés d'appeler son avocat ainsi que son père, un juge haut placé. Ce jeune homme connaissait un peu trop bien la loi.

Ils n'avaient rien obtenu de lui, d'ailleurs, car il n'avait répondu à aucune de leurs questions. Le jeune homme se dirigeait vers la sortie quand Ingrid cria qu'elle avait quelque chose.

Peter Hall sursauta, se retournant à moitié en hésitant un court instant, puis il partit. Denys fronça les sourcils en l'observant au loin. Il avait vu sa réaction. Dans un petit coin de sa tête, il nota qu'il fallait garder un œil sur ce type.

Denys marcha vers le bureau d'Ingrid, où se trouvaient déjà ses autres collègues. Quand Ludovic leur avait montré le film, ils étaient restés ébahis. Ils avaient enfin quelque chose à se mettre sous la dent. Aussitôt, la jeune femme s'était installée à son ordinateur et avait commencé à travailler sur la vidéo.

— J'ai pu recréer intégralement le visage de la fille, mais aussi celui du chauffeur. Grâce à ce lampadaire, j'ai eu assez de lumière pour identifier tout ce beau monde.

— Génial !

— Pas mal ! fit Ludovic en regardant la photo de la jeune femme métisse.

– C'est bizarre, mais elle me dit quelque chose, cette fille, murmura Denys, les sourcils froncés.

– Tu l'aurais déjà vue dans une de tes enquêtes ? demanda Ingrid en regardant attentivement le grand gaillard.

– Ça se peut ! Ce qui est sûr, c'est que son visage me paraît familier.

– Penses-y calmement, Denys, lui conseilla Kim en posant sa main sur l'épaule de son collègue.

– J'enverrai les photos dès demain à toutes les autres agences de police du pays. Mais ce n'est pas tout ce que j'ai trouvé, souffla Ingrid en se retournant à moitié vers les garçons, les lèvres serrées.

– Tu as autre chose ? lança Kim. L'inspectrice acquiesça de la tête en silence.

– On sait pourquoi il n'a pas voulu s'arrêter. Ça ne va pas vous plaire.

Elle alla chercher sur son ordinateur la vidéo et la fit repasser au ralenti. Comme ils ne voyaient rien, Ingrid recommença du début et pointa du doigt ce qu'ils devaient voir. Elle fit un zoom, faisant défiler seconde par seconde le film.

– Putain de bordel de merde ! s'écria Denys.

– Ça, tu peux le dire…, constata Kim, les bras croisés.

Sur le défilement des images, on pouvait voir un avant-bras pendre avant d'être recouvert par une pièce de tissu.

CHAPITRE 12

Stationnement du commissariat de police, New York

Le dénommé Peter Hall descendit les escaliers et se rendit d'un pas pressé vers sa voiture. Il tendit d'un air hautain un formulaire à l'agent qui se tenait debout près de l'engin. Quand tout fut correct, il s'assit sur le siège et tapota nerveusement son volant. Il regarda l'entrée du commissariat et passa ses mains sur son visage grimaçant. Le jeune homme démarra en trombe tout en passant un appel avec son cellulaire.

Commissariat de police, New York

— Il a un anneau au doigt, constata Ludovic en regardant l'image sur pause.

— Oui. Je l'ai remarqué aussi, répondit Ingrid en faisant un zoom sur la bague. Désolée, je ne peux pas faire plus, ajouta-t-elle en parlant de la qualité de l'image obtenue.

— As-tu pu trouver quelque chose à ce sujet ?

— Oui et non. J'ai comparé ce que je voyais à des bagues trouvées sur Internet. Ça m'a donné plusieurs concordances, dont celle-là, dit-elle en ouvrant une page Wikipédia dont elle lut le contenu. « L'anneau de fer martelé est un anneau symbolique porté par plusieurs membres du tourisme canadien. L'anneau est remis lors du Rite d'engagement et symbolise l'engagement du propriétaire de l'anneau envers sa profession. »

Après une courte pause, elle continua sa lecture.

— « Il se porte par convention sur l'auriculaire de la main utilisée le plus couramment, où il rappelle à son détenteur l'engagement solennel qu'il a effectué et qui l'oblige à un comportement professionnel exemplaire. Par conséquent, il doit être rendu à la Société des Quatre Vents s'il abandonne son serment. »

— *« Il movimento è il principio di qualsiasi vata »*, lut en bredouillant Kim en voyant l'inscription marquée sur une image de bague.

— Le mouvement est principe de toute vie, traduisit Denys, étonnant tout le monde. Quoi ? J'ai suivi des cours d'italien il y a longtemps…

— Parfait ! On sait donc que cet homme ou cette femme vient du Canada et fait partie du monde du tourisme.

— L'individu est également gaucher. Enfin, s'il a suivi la règle, émit Ingrid.

— Comment retrouver cette personne ? Nous ne savons même pas si elle est toujours en vie.

— Sur le site Web de la Société des Quatre Vents, ils disent que les 10 provinces canadiennes ont toutes reçu une bague portant la première lettre de leur région. Donc, déclara-t-elle en reprenant l'image agrandie de la bague, nous devrions voir une lettre sur cet anneau.

— On aurait dit un « O » ou un… « C », hésita Ludovic en se penchant vers l'écran.

— Ou bien un « Q », suggéra Kim en grimaçant. Tu ne peux pas améliorer l'image, Ingrid ?

— Je suis au maximum, avoua cette dernière en se mordant les lèvres.

— Je suis nul en géographie, dit Ludovic. Ça représente quoi comme État ? demanda-t-il à Ingrid.

— Ce sont des provinces. Il n'y a pas d'États au Canada. Le « O » serait pour l'Ontario. Le « C » pour la Colombie-Britannique, peut-être, et le « Q » serait pour le Québec, répondit Denys.

Tous se retournèrent vers lui en haussant à nouveau les sourcils, et il leur sourit.

— Ce n'est pas de ma faute si vous étiez nuls à l'école, les gars !

— Ouais… il va falloir contacter les responsables de ces trois provinces et leur demander s'ils ont reçu un avis de disparition, annonça Ludovic en grimaçant.

— Si cette personne est venue avec des clients ici à New York, ce sera plus facile de retrouver sa trace que d'appeler au Canada, émit Kim comme hypothèse. Ça va faire près de trois jours qu'elle n'est plus en service — si jamais elle avait des clients. Il doit y avoir des gens qui ont appelé la police concernant sa disparition.

Ludovic acquiesça de la tête doucement. Denys sourit et regarda Kim avec admiration.

— Tu n'es vraiment pas bête, dis donc…

— Merci, Denys, je le prends comme un compliment. Allons, tout le monde au boulot ! lança le lieutenant en se dirigeant vers l'escalier.

Terrier des Anciens, New York

— Madame ? Un appel pour vous, annonça une femme brune en se tournant vers elle. Peter Hall sur la ligne sécurisée.

— Passez-le-moi, déclara d'une voix ferme Adeline en appuyant sur son oreillette. Peter, comment allez-vous ? Ça fait plaisir de vous entendre, continua-t-elle d'une voix mielleuse.

— Bonjour, Adeline. Je vais bien, merci.

— Je voudrais vous remercier encore de votre excellente efficacité, mon cher ! Nous vous avons transféré un certain montant sur votre compte bancaire sécurisé. Un peu plus qu'habituellement, dit-elle en riant.

— Je vous remercie, Adeline. C'est excellent ! C'est toujours un plaisir de faire affaire avec vous, poursuivit Peter Hall d'une voix aimable, mais laissant deviner une légère interrogation.

— Puis-je savoir pourquoi vous m'appelez ? J'ai comme l'impression que l'argent n'est pas votre plus grande préoccupation aujourd'hui, dit-elle d'une voix agréable, mais en fronçant les sourcils.

— Je sors du commissariat de police…

— Et ?

— Ils m'ont posé tout plein de questions…

— C'est ce qui était prévu. Ils vont vous interroger, comme tous vos collègues. Ils n'ont aucune preuve pouvant laisser croire que vous êtes derrière tout ça ; rassurez-vous, Peter !

— Oui, ça, je le sais bien… enfin, je l'espère ! fit-il en riant. Quand je quittais la pièce où un policier m'interrogeait, j'ai entendu un de ses coéquipiers dire qu'il avait trouvé quelque chose. Ce n'est peut-être rien, mais je tenais à vous le faire savoir.

Adeline plissa les yeux. Ses lèvres n'étaient qu'une ligne mince.

— Allô ? Adeline, vous êtes toujours là ?

— Oui, oui. Dites-moi, mon cher, avez-vous le nom de ce policier qui vous a interrogé ?

— Oui, il m'a donné sa carte. Lieutenant Kim Kook.

BlackTower, Terre

Le lieutenant Janus July suivait la sergente Hewer vers le centre de contrôle. Elle se dirigea vers l'un des 10 postes de travail. Un soldat les salua avant de transmettre une vidéo prise par leur satellite une heure auparavant sur un des larges écrans.

— Il y a 1 heure et 10 minutes, notre satellite a repéré ce petit groupe à New York, dit la sergente.

Sur la vidéo qui jouait, ils purent apercevoir deux hommes — les jumeaux, semblait-il —, l'homme blond de la dernière fois, la femme aux longs cheveux blancs ainsi que Sacha et Simon. Laura St-James s'y trouvait également. On voyait cette dernière répondre au téléphone puis se diriger vers le groupe. Ils restèrent un moment à discuter et se séparèrent en trois groupes.

Les jumeaux se volatilisèrent, puis ce fut le tour de Simon et du métamorphe blond de disparaitre. Seules les trois femmes restèrent et se dirigèrent vers la rue.

— Toujours pas d'informations sur eux ? s'enquit le lieutenant-général.

— Négatif, monsieur ! Ils ne sont dans aucune base de données. Nous continuons nos recherches.

Le haut gradé souffla d'énervement. Ne pas savoir qui ils étaient le mettait en rogne.

— Où sont-elles allées ? demanda-t-il à nouveau en désignant du menton les trois femmes.

— Elles se sont dirigées vers l'hôtel où Guillaume Vent a disparu. Elles y sont toujours, monsieur !

— Ils sont en train de le rechercher, donc !

— C'est ce que nous pensons. Nos deux agents infiltrés sont dans l'hôtel en question, dit la sergente en uniforme noir avant de faire un signe à un soldat, qui transféra une autre vidéo sur les écrans. Celle-ci est plus nette et filmée à hauteur d'homme.

— C'est en direct ? demanda le lieutenant-général

— Oui, monsieur. Nos agents possèdent tous les deux des caméras, répondit le soldat en tapant sur son clavier holographique, faisant apparaître une autre vidéo sur les écrans.

On voyait un homme portant un costume-cravate discuter avec les trois femmes. Ils étaient dans un salon du fond, à l'abri des regards. La caméra fit un zoom, et à ce moment, ils purent voir en gros plan Laura St-James qui semblait effondrée. La deuxième caméra montrait le hall d'entrée.

— L'homme avec qui elles parlent est Jim Butt, le propriétaire de l'hôtel avec qui St-James fait affaire depuis plus de deux ans, expliqua le soldat.

Deux hommes s'arrêtèrent à la réception, sortant des badges de police. La réceptionniste leva la main et désigna les quatre personnes au fond. Un homme de type asiatique et un noir s'avancèrent vers le petit groupe avant de s'arrêter brusquement.

– Qui sont-ils ?

– Apparemment, ce sont des agents de police, dit le soldat en faisant des recherches rapides dans leur base de données avant que les visages des deux hommes apparaissent sur l'un des écrans holographiques. Kim Kook et Denys Grove, agents de la police de New York. Crimes majeurs.

Hôtel de New York

Ingrid n'avait pas tardé à trouver un groupe de personnes venant de Montréal sans guide. Un dénommé Guillaume Vent. Porté disparu le soir de leur arrivée dans la Grosse Pomme. Soir qui concordait avec le Fou du volant. Denys et Kim se rendirent donc à l'hôtel. À la réception ils demandèrent à parler avec le directeur au sujet de la disparition d'un homme. La réceptionniste leur désigna quatre personnes au fond de la salle en disant que l'homme était le responsable. L'homme en costume-cravate qu'ils voyaient de dos et une jeune femme noire discutaient tous les deux debout. Cette dernière avait l'air tendu, le visage fermé. Habillée d'un jeans, d'un haut et de bottes noirs, elle paraissait très mince. L'homme dut lui dire quelque chose, car elle porta la main à son front d'un air de désespoir. Le directeur avait l'air impuissant. Deux femmes se tenaient à côté d'elle, totalement différentes l'une de l'autre : une petite brune et une grande aux cheveux tendant vers le blanc. Cette dernière posa sa main sur l'épaule de la femme noire et lui sourit d'un air rassurant.

Kim jeta un coup d'œil rapide vers Denys, et ils se dirigèrent vers le petit groupe. Le regard des deux femmes se tourna instantanément vers eux. L'une sembla surprise, et l'autre parut méfiante. La petite brune ouvrit de grands yeux en les voyant. L'autre femme posa une main sur son bras. Kim fronça les sourcils et jeta à nouveau un coup d'œil à son partenaire. Ce dernier semblait tendu : son visage, d'habitude souriant et nonchalant, était devenu un masque froid et fermé. Kim ne l'avait jamais vu comme cela, même lors de sorties où ils devaient cueillir un malfaiteur. Il s'arrêta net.

— Ça va, mon pote ? Tu les connais ?

— Non, pas du tout. Désolé, j'ai… hum… quelques petits soucis… je viens de recevoir un texto urgent… Ça te dérange si je vais répondre ?

— Non bien sûr que non, fit Kim, les sourcils froncés.

— Je reviens tout de suite, dit-il en s'éloignant après avoir jeté un dernier coup d'œil aux femmes.

Kim continua sa route vers le petit groupe. Il vit la femme aux cheveux blancs dire un mot à la jeune femme noire, jeter un coup d'œil vers la brune et se diriger vers les escaliers sans se retourner.

— Bonjour ! Je suis le lieutenant Kim Kook, déclara-t-il en montrant sa plaque.

— Bonjour, lieutenant, je suis Jim Butt, directeur de cet établissement. Qu'est-ce que la police criminelle vient faire dans une affaire qui ne concerne qu'une simple disparition ? demanda l'homme.

— Nous avons lieu de croire que Guillaume Vent a un lien avec une autre affaire dont nous nous occupons.

Il se tourna vers la femme aux longs cheveux vanillés. Elle avait toujours son air triste, et ses yeux étaient rouges ; il se dit qu'elle devait avoir beaucoup pleuré.

— Puis-je savoir qui vous êtes ? lui demanda Kim.

— Je m'appelle Laura St-James. Je suis une collègue et amie de Guillaume, dit cette dernière d'une voix douce.

Coin de rue, New York

— Ça faisait longtemps, Denys, fit la voix douce d'Annabella.

— Bella, la salua l'homme en la regardant approcher.

Ils se regardèrent un instant en souriant presque.

— Est-ce que... c'est bien *elle* ? demanda Denys en hésitant.

— Oui, c'est Opal. Nous l'avons enfin retrouvée.

— Seigneur ! souffla l'homme en s'adossant contre un mur et en levant la tête vers le soleil qui faisait briller ses derniers rayons de lumière. Quand j'ai senti il y a trois mois ce pouvoir tellement intense, cette puissance... je n'y croyais pas trop. Mais elle est là. Incroyable !

— Oui. Nous sommes ici, à New York, car un ami d'Opal a disparu.

— Attends un peu ! Ne me dis pas que celui qui a disparu, Guillaume Vent, est son ami ? lança l'homme en se redressant brusquement.

— Oui, pourquoi ? demanda Annabella en le regardant un peu plus attentivement cette fois-ci.

— Et merde !

Appartement de Frederico, Montréal

Allongé sur son sofa, Frederico regardait distraitement ce qui jouait à la télévision, une bière posée par terre. La journée avait été longue — et même pénible, si l'on incluait cette interview. Il n'aurait jamais pensé que cette journaliste leur parlerait du phénomène qui s'était déroulé dans le ciel de Montréal cette nuit-là. Anna, qui n'avait rien vu, s'était posé des questions sur la crédibilité de la journaliste, tout comme les assistants de cette dernière. Un peu gênés, ils avaient coupé court à la conversation en passant au segment publicitaire. D'ailleurs, le directeur de la station était venu dire un petit mot à la journaliste. Quand l'interview avait recommencé, la conversation avait tourné exclusivement autour du tourisme. Par la suite, Anna et lui avaient dû retourner à l'agence de voyages en urgence à cause d'un souci majeur avec un groupe de clients se trouvant en Guadeloupe. Il leur avait fallu près de quatre heures pour en venir à bout. Ils allaient pouvoir enfin profiter de leur après-midi.

Anna, elle, était partie se préparer pour l'anniversaire d'une amie en commun. Elle n'avait pas trop la tête à cela à cause de la disparition de Guillaume, mais comme il le lui avait si bien dit, elle devait en profiter. Le lendemain arriverait rapidement, et la réalité avec. La jeune femme lui avait souri et était partie.

Quant à lui, il était rentré directement chez lui. Fatigué par la journée et inquiet de l'absence de son ami et collègue. Il espérait que tout irait bien pour lui.

Son cellulaire sonna. Un message.

17:00 Numéro inconnu – Compte rendu du jour?

Le cœur du jeune homme bondit à la vue de ce message. Que devait-il répondre à cela? Sa double vie commençait à lui peser de plus en plus. Il passa sa main sur son visage en grimaçant. Il fallait qu'il réponde. Mais quoi dire? «Laura est à New York pour essayer de retrouver Guillaume Vent, notre collègue qui a disparu. Elle doit être accompagnée de ses amis. » Il effaça le message et écrivit plutôt : « Guillaume Vent a disparu à New York. Laura est partie à sa recherche avec ses amis. » À nouveau, il effaça le message et souffla.

S'il envoyait ce genre de messages, on lui demanderait des comptes, c'était certain. Pourquoi n'avait-il pas abordé plus tôt le départ de Laura ? Il aurait des problèmes, c'était sûr. Il ne savait pas pourquoi, mais le fait de devoir raconter ce que faisait sa patronne le gênait de plus en plus. L'appel qu'il avait reçu la dernière fois lui demandant de laisser Anna seule avec cette femme lui avait fichu la trouille. Il ne savait pas ce qui se tramait, mais cela ne sentait pas bon ! Il reprit son cellulaire.

17:30 Frederico – Rien à signaler. Laura est toujours apeurée. Ses amis sont toujours présents autour d'elle.

Hôtel de New York

Kim Kook avait pris à part le directeur pour qu'il puisse répondre à ces questions. Lundi matin, des clients du Québec avaient constaté que leur guide n'était pas présent pour l'excursion prévue à 8 h 30. Le personnel de la réception, qui l'avait vu partir en soirée la veille, avait essayé d'appeler à sa chambre, pensant à une « panne d'oreiller ». Ils n'avaient eu aucune réponse, décidant alors d'ouvrir la porte de la chambre. Personne. L'agence de voyages venait souvent à cet hôtel avec des groupes. La réception avait donc son numéro de cellulaire au cas où. Aucun résultat.

— Nous avons compris qu'il lui était arrivé quelque chose quand nous sommes tombés sur la boîte vocale de son cellulaire. Ce n'est pas du genre de Guillaume de laisser ses clients en plan comme ça. Nous avons donc appelé madame St-James pour lui dire ce qui se passait.

— Depuis combien de temps connaissez-vous Guillaume ?

— Je connais madame St-James et Guillaume depuis deux ans et demi, maintenant. Depuis que nous avons signé un partenariat, en fait. Mais je vois Guillaume au moins une à deux fois par mois.

— Avait-il de mauvaises fréquentations ?

— Pas à ma connaissance. Guillaume est… était…

L'homme mit sa main sur sa bouche pendant un court instant et souffla longuement avant de reprendre.

— Guillaume est un professionnel. Le travail avant tout. Oui, il avait des flirts — mais rien de sérieux. Il profitait de la vie. Pas d'ennemis, c'est sûr !

— OK. J'aurais besoin des vidéos de la journée de son arrivée, s'il vous plaît. Savez-vous où il s'est rendu cette soirée-là ?

— Il devait se rendre à son lounge bar préféré, dans le quartier Hell's Kitchen, dit d'une voix douce Laura, interrompant la conversation.

Kim sursauta légèrement ; il ne l'avait pas entendue arriver. Il fronça les sourcils, étonné par son manque d'attention.

— Je suis désolée de vous interrompre, fit-elle en grimaçant légèrement. Mais vous avez dit que Guillaume était sans doute lié à une autre de vos affaires… Comment est-ce possible ?

— Je n'ai pas le droit de vous le dire, madame St-James, déclara Kim d'une voix ferme un peu sèche.

— Appelez-moi Laura, s'il vous plaît. Écoutez, je suis venue exprès depuis Montréal dès que j'ai su pour Guillaume ; j'ai besoin de réponses. C'est mon ami !

— Je comprends et je compatis. Mais pour l'instant, je ne peux rien vous dire… Laura, tant que l'enquête n'est pas terminée.

C'est à ce moment que revint Denys. Ce dernier rejoignit Kim non sans jeter de nombreux regards à Laura.

— Laura, je vous présente le sergent Denys Grove, annonça Kim Kook en faisant les présentations.

— Bonjour, la salua Denys en s'avançant pour lui serrer la main.

Quand leurs mains se touchèrent, une décharge électrique passa entre eux. Le choc fut si fort que cela les fit sursauter tous les deux. Laura leva ses yeux vers l'homme, et comme cela s'était produit avec Alexander et Jason Wolfe, elle vit une partie de son histoire.

Il sortit de la maison et courut à perdre haleine dehors. Des voix résonnèrent derrière, lui criant de revenir, dont celle de son ami, Alano. Il ne les écouta pas et continua de courir. L'air frais lui fit du bien. Il renifla intensément ces nouvelles odeurs totalement différentes de ce qu'il connaissait. Il ne reconnaissait plus le lieu où il était. Tout avait changé ! De hautes maisons en bois, comme il n'en avait jamais vu, avaient fait leur apparition. Sous ses coussinets, le pavé était froid. Il faisait déjà noir, quoique cela ne le dérangeait pas le moins du monde. Il voyait comme en plein jour. Quelques lanternes illuminaient le pont quand il le traversa rapidement en faisant des bonds prodigieux. L'odeur se dégageant de l'eau noire était tout simplement nauséabonde. Il passa sa patte sur son museau… Il courait toujours quand il huma l'air et s'arrêta. Cette odeur attrayante était celle d'un terrien. Un homme. Ce dernier rigolait tout seul et marchait en trébuchant. Une odeur âcre venait de la bouteille qu'il portait goulûment à sa bouche. L'homme se mit à chanter. Denys le suivit furtivement. Il ne ressemblait pas aux Priméens habituels. Il y avait quelque chose qui clochait chez cet homme. Alano lui avait dit qu'ils étaient devenus différents sans vraiment lui expliquer pourquoi. Son ami lui avait dit de patienter, ajoutant qu'il lui donnerait des réponses quand il serait prêt. Mais il était trop impatient. Il voulait savoir ce qui s'était passé sur Nexma pour que tout soit différent à ce point. Son intérêt revint vers l'homme quand ce dernier s'étala de tout son long par terre. Il dressa ses petites oreilles rondes et se mit à avancer furtivement. Son pelage noir lui permettait de rester camoufler. Il le renifla dans tous les sens. Encore cette odeur « sucrée ». Il n'y résista pas et mordit dans le mollet. L'homme se mit alors à crier en essayant d'échapper à sa prise. Ce dernier, les yeux dans le vague à cause de l'alcool, se retourna difficilement et écarquilla les yeux quand il vit la tête robuste et la mâchoire extrêmement puissante de la bête noire à ses côtés. Denys décida de lâcher l'homme, et en le regardant, il se lécha les babines. Le sang s'écoula de la blessure. Il l'avala avec délice et étonnement. Il aimait ce goût. Ses pupilles rondes et noires entourées d'un iris vert clair comportant des reflets ambrés fixaient l'homme, qui ouvrit la bouche et se mit à hurler de plus belle. L'homme continua de crier en appelant à l'aide. Alors, il fit ce qu'il devait faire et sauta de tout son poids sur le dos de l'homme en approchant ses crocs puissants de sa nuque.

Un petit cri s'échappa de la bouche de Laura. Ses iris devinrent vert clair avec des reflets ambrés pendant un très court instant, puis elle cligna des yeux, et ils revinrent à la normale. Par contre, ceux de Denys gardèrent leur forme animale.

Tout cela ne dura qu'une seconde. Annabella détourna l'attention des terriens en projetant son pied vers l'intérieur du genou du directeur, qui tomba. Le lieutenant se pencha rapidement pour le retenir, laissant à Annabella le temps de faire un signe à Denys. Elle lui désigna ses yeux. Ce dernier pinça ses lèvres et sortit rapidement ses lunettes de soleil. Laura, quant à elle, ne cessait de regarder le grand gaillard à ses côtés en reculant pour mettre de la distance entre elle et lui. Elle entendit le directeur remercier le policier et se tourna vers lui en essayant de cacher sa gêne.

— Est-ce que tout va bien? demanda le lieutenant à Laura, ayant l'impression d'avoir manqué quelque chose.

— Oui, tout va bien, intervint Annabella en souriant. Bonjour, je suis Annabella, une amie de Laura.

— Bonjour! la salua le lieutenant en lui serrant la main à son tour.

Kim se retourna vers son partenaire, qui se tenait à l'opposé des jeunes femmes. Il se demandait vraiment ce qui se passait.

— Comment pouvons-nous vous aider, lieutenant? demanda la dénommée Annabella, toujours souriante.

— Hum… oui. Laura me disait que vous saviez où Guillaume Vent se trouvait le soir de sa disparition.

Petit village de La Maná, Équateur

— Nous sommes une petite communauté installée ici depuis environ deux siècles. En gros, depuis que j'ai quitté la reine Marguerite. Nous sommes bien installés, comme tu peux le voir, expliqua en souriant Talah en montrant les différentes huttes de la main.

C'étaient des huttes entièrement sur pilotis — sommaires, mais agréables. Des enfants leur firent des sourires et des signes de la main quand ils traversèrent l'allée. Les adultes souriaient tout en restant en retrait, faisant un salut respectueux avant de retourner à leur tâche.

— Nous sommes autosuffisants en énergie grâce à des panneaux solaires photovoltaïques qui nous fournissent notre électricité, continua l'ancien Augure de la reine des panthères. Aucun rejet dans la nature ; tout est retraité en circuit fermé. Une eau pure nous vient de la montagne. Nous avons une petite rivière de ce côté-là qui nous donne du poisson et des écrevisses. La forêt nous offre notre ration de viande. La terre pourvoit en nous permettant de faire de la permaculture. Côté technologie, nous avons même une connexion Internet, rigola l'homme en se dirigeant vers la hutte où Kassandra avait dormi.

Ils grimpèrent les escaliers, et l'homme lui désigna un fauteuil en osier. Talah prit place sur celui d'à côté. Aussitôt que Kassandra eut pris place, la jeune femme de ce matin-là amena un plateau de fruits qu'elle déposa sur une petite table basse.

— Je sens que tu as de nombreuses questions à poser, jeune Kassandra. Cependant, tes questions devront attendre notre prochaine rencontre.

— Comment ça ?

— Si tu veux attraper ton vol pour te rendre au Portugal, comme les garçons et toi le voulez, il va falloir te préparer à partir. Une voiture passera d'ici deux heures pour te récupérer. Le pilote t'attendra au même endroit où il t'a laissée. Ensuite, tu reprendras ton vol vers l'Europe, comme l'appellent les terriens. Anay te montrera un endroit où te rafraîchir avant ton départ, dit-il en désignant la jeune femme souriante près de l'escalier.

— Talah, on ne s'est pas vus depuis la Grande Bataille, et tu me dis qu'on se reverra ? Permets-moi d'en douter !

Un long regard passa entre eux. L'homme fixa le ciel qui s'assombrissait doucement.

— Tu peux me poser une seule question, Kassandra.

— Comment peux-tu me dire ça ? demanda aussitôt K en se redressant à moitié sur le fauteuil. Après tout ce que tu m'as révélé dans cette hutte, ce que j'ai vu dans ces visions… tu ne peux pas me laisser comme ça ! s'insurgea-t-elle en se levant brusquement.

— Une seule question, jeune Kassandra, répéta-t-il un peu plus fermement.

La jeune femme pinça les lèvres et tapa du poing sur la rambarde avant de se tourner vers cet homme aux cheveux blancs et au visage émacié.

— Que s'est-il réellement passé avec ma sœur ?

L'homme soupira longuement.

— Il faut savoir qu'à cette époque, la princesse Opal n'était qu'un pantin entre les mains de ses deux parents. Chacun d'eux souhaitait quelque chose pour sa fille sans qu'elle ait véritablement son mot à dire, souffla Talah en grimaçant. Lors de cette soi-disant compétition qui avait pour unique but de montrer à l'empire qu'il disposait d'une arme exceptionnelle, l'empereur Jéromius a fait en sorte qu'Opal combatte Voanna. Je suppose que c'est avec l'aide d'un de ses sorciers qu'il a fait en sorte que sa propre fille soit possédée par une entité parasitant son esprit. Il n'avait pas d'autre choix, sachant très bien qu'Opal refuserait de combattre quiconque — et surtout Voanna.

Talah soupira longuement et eut un léger rictus avant de continuer l'explication.

— Comme tu le sais, ta sœur possédait un haut don de médiumnité, et elle a tout de suite vu ce qui se passait ; elle a donc essayé d'aider Opal et a absorbé ce parasite en pensant qu'elle pourrait s'en débarrasser par la suite... Seulement, elle n'avait pas imaginé que cela occasionnerait ce long sommeil...

K regardait Talah avec des yeux porteurs de l'incompréhension la plus complète. Opal lui avait donc dit la vérité concernant sa sœur : ce n'était pas elle... La jeune femme secoua sa tête et passa sa main dans ses cheveux, essayant de bien absorber ce que l'homme venait de lui expliquer. K ouvrait la bouche pour parler quand Talah se leva.

— Le temps des questions n'est plus. Tu dois à présent prendre le temps de la réflexion, dit-il.

Talah posa un dernier regard doux sur elle, puis il descendit les escaliers avant de disparaitre derrière une hutte.

Chambre d'hôtel, New York

— C'est un métamorphe ! s'écria Laura.

Elles venaient d'entrer dans l'une des suites de l'hôtel. Laura se mit devant les deux autres femmes, les bras sur les hanches.

— Qu'as-tu vu ?

— Une partie de sa vie, je pense. Il... attaquait un homme... et je crois qu'il connaît Alano...

— Alano et lui étaient de bons amis.

— Tu le connais, Annabella ? demanda Sacha.

— Oui. Nous l'avons rencontré il y a longtemps. Très longtemps. Quand nous étions sur Prima. Mais pour l'heure, le plus important est qu'il m'a révélé certaines choses étranges au sujet de cette affaire.

— Contactons les autres tout de suite, alors ! fit Sacha fermement.

Cette dernière ferma un instant les yeux et envoya un message télépathique à son frère jumeau.

— Simon et Gabriel arrivent, ajouta-t-elle en les rouvrant.

— Marcus et César arrivent également, confirma Annabella en ouvrant des yeux saphir.

Lounge bar et alentours, New York

Après que le petit groupe de femmes soit parti, Denys et Kim avaient regardé les vidéos de surveillance de l'hôtel. Ils avaient vu le groupe arriver, puis à l'écran, Guillaume avait distribué les clés des différentes chambres. Ils l'avaient vu faire un court discours dans la salle de conférence. Rien dans son expression physique ne laissait présager qu'il ne serait pas présent le lendemain. Vers 22 h, ils l'avaient vu attendre un taxi devant l'hôtel et partir. Denys avait noté la plaque d'immatriculation et l'avait transmis à Ludovic pour vérification. Ils avaient ensuite fouillé la chambre en quête de preuves. Ils n'avaient rien trouvé. En prenant l'ascenseur pour redescendre au lobby, Kim demanda à Denys pourquoi il gardait ses lunettes de soleil. Ce dernier lui sourit.

— Le style, Kim. Le style ! dévoila-t-il en les enlevant avec classe.

— Tu es vraiment con, toi, tu sais ? lui répondit Kim en le regardant tout en secouant la tête.

Les policiers se rendirent au lounge bar et interrogèrent les membres du personnel présents ce soir-là. Ils discutèrent avec un certain Naïk, videur de la boîte. Selon lui,

Guillaume était un habitué de l'endroit qui venait souvent quand il était à New York pour le travail. Il l'avait bien vu ce soir-là repartir en taxi avec une jolie jeune femme métisse. Ce qui pouvait arriver de temps en temps. Naïk n'avait jamais vu cette femme avant cette nuit-là. Lorsqu'il la décrivit, Denys et Kim eurent la certitude que c'était bien de la jeune femme sur la vidéo qu'il s'agissait. Naïk n'avait rien noté de plus. Il lui semblait que le couple allait passer une excellente nuit. Le videur se trouva ému et inquiet quand les deux policiers lui dirent que l'homme avait disparu depuis cette nuit-là. Ils parlèrent ensuite avec une femme appelée Dona et une autre jeune serveuse. Elles avaient bien vu Guillaume. Il avait l'habitude de venir boire un verre et relaxer au lounge bar. Selon elles, c'était un homme sans problèmes. Dona et lui étaient devenus des amis — et même un peu plus. Cette dernière fit un léger malaise quand ils lui dirent qu'il avait disparu. Ils lui jurèrent de lui donner des nouvelles lorsqu'ils en auraient. Elle leur confia qu'elle l'avait vu repartir avec la même jeune femme que Naïk avait décrite. La jeune serveuse et elle ne l'avaient jamais vue auparavant ; elle ne faisait pas partie des habitués.

Denys demanda à voir la bande vidéo de la soirée. Le propriétaire, ayant appris que des policiers étaient à son club, était venu les saluer et leur offrir son aide. Il leur montra la salle où étaient disposés les écrans de surveillance et demanda au technicien de faire jouer la vidéo qu'ils voulaient. Tout ce qu'ils virent alors fut un écran brouillé.

CHAPITRE 13

Lounge bar, Montréal

Anna discutait avec une amie dans le lounge bar quand elle aperçut une jeune femme de profil. Elle plissa les yeux. Il lui semblait la connaître. La femme portait un petit boléro noir, un magnifique collier et des boucles d'oreilles tendance dorées faisant ressortir sa peau chocolat au lait. Quand elle tourna la tête dans sa direction pour commander un verre au barman, Anna la vit mieux. Un rouge à lèvres d'un rouge vif, un nez aquilin. « Où l'ai-je déjà vue ? Ah, bien sûr… » Elle s'excusa auprès de son amie et allez voir la jeune femme.

— Brianna ! s'écria Anna en se mettant à ses côtés.

— Oh, Anna ! Quelle bonne surprise ! s'exclama la jeune femme en la regardant avec un sourire.

La jeune métisse remercia le barman pour le verre de champagne et s'approcha d'Anna afin de l'entendre mieux, le brouhaha du bar empêchant toute conversation.

— Effectivement ! Mais que faites-vous par ici ?

— Eh bien, j'attends des amis qui tardent à arriver, répondit Brianna, qui fit une grimace en tentant de sourire.

— Oh ! Pas top du tout.

— Oui, et ça fait quand même près de 30 minutes, dit-elle en regardant sa montre en soupirant. Et vous ? Vous êtes avec des amis ?

— Oui, nous venons tout juste d'arriver. On fête l'anniversaire de mon amie Thann. C'est elle, la fille qui porte la robe bleue, indiqua Anna en pointant du doigt une jeune femme asiatique.

Cette dernière se tourna vers les jeunes femmes en même temps et leur fit signe de venir.

— Ça vous dit de fêter avec nous… en attendant que vos amis arrivent ?

— Ce serait vraiment sympa, Anna. Êtes-vous êtes sûre que… ?

— Allons-y ! la coupa Anna en souriant.

Elles ne s'aperçurent pas qu'une femme brune les surveillait du coin de l'œil.

Quartier général des loups, appartement de Charlène, Montréal

Marc cuisinait dans l'appartement de Charlène. Ils voulaient manger dans la cuisine commune, mais trop d'oreilles indiscrètes auraient pu entendre ce que Charlène allait révéler. À cet étage, le niveau -2, de nombreux appartements avaient été créés pour le confort des loups, assez grands pour un couple. Il y avait là tout le luxe d'un petit appartement moderne. Les Sages — puis Dominicus par la suite — avaient fait en sorte que les membres de la meute se sentent à l'aise, qu'ils soient à l'extérieur ou à l'intérieur de l'enceinte. Les loups qui s'étaient mélangés aux terriens afin d'accéder aux différents secteurs clés du gouvernement se trouvaient à l'extérieur. C'était leur mission.

Certaines personnes de haut rang, comme les gardiens, les combattants qui veillaient à la sécurité, restaient souvent près de 24 heures sur 24 dans l'enceinte de la cité. Il fallait donc qu'ils soient à leur aise. Tout cet étage était magnifiquement agencé et très confortable.

L'homme entendit la douche s'arrêter et sourit. Il finissait de remplir deux verres de vin blanc quand Charlène apparut dans le petit salon. Elle s'assit sur le sofa et lui sourit quand il lui tendit un verre.

— Tu es belle !

— Ne dis donc pas de sottises, Marc. Je ne suis même pas maquillée, dit-elle en buvant une gorgée.

— Justement ! déclara-t-il en lui faisant un clin d'œil.

Charlène portait un court peignoir en soie mauve dévoilant ses belles jambes blanches. Ils se regardèrent longuement. Lentement, Marc se pencha et posa un baiser léger sur ses lèvres. Quand elle voulut ouvrir sa bouche pour approfondir le baiser, il recula et lui dit de passer à table. La jeune femme aux cheveux blonds courts ouvrit de grands yeux étonnés, puis elle plissa les yeux et soupira en souriant.

— Merci, fit-elle quand il lui avança sa chaise. Ça semble tout à fait succulent, Marc ! ajouta Charlène en le voyant servir deux magnifiques entrecôtes bien saignantes.

— Qu'est-ce que je t'ai toujours dit ? Le fait de manger détermine ton statut de prédateur ou de proie dans la chaine alimentaire, lui récita l'homme. Mange, et ensuite, tu me raconteras ta rencontre avec les Sages.

Chambre d'hôtel, New York

Gabriel, César, Marcus, Sacha, Simon et Laura écoutèrent Annabella avec attention. Elle leur raconta ce que Denys lui avait dit.

— Cette histoire n'est pas qu'une simple affaire, j'ai l'impression, constata Gabriel en se tournant vers la fenêtre.

Il avait retiré ses lunettes de soleil, exposant ses yeux dorés.

— Simon et moi avons suivi le chemin laissé par Guillaume. Il ne nous a menés à rien. Toutes les traces ont disparu.

— Une voiture qui s'évanouit sans laisser de traces, des vidéos introuvables… ça n'augure rien de bon.

— Ce qui est perturbant, c'est le récit de la vieille femme au sujet du taxi. Tu dis, Annabella, qu'elle l'a vu se volatiliser. Comment cela peut-il être possible ? se demanda Simon, qui était debout, les bras croisés, à côté du fauteuil de Laura.

— À quoi penses-tu, Marcus ? demanda Annabella sans répondre à la question.

Elle regarda l'homme qui était resté silencieux jusque-là. Ce dernier était assis sur un des fauteuils, les jambes croisées, les sourcils froncés. Il réfléchissait intensément ; cela se voyait. Il ouvrit la bouche et la referma. Il les regarda les uns après les autres.

— Avant tout, déclara Marcus en se levant, je dois vérifier certaines choses.

Il sortit un tube cylindrique de sa poche et l'étira, révélant ainsi une tablette holographique. Marcus s'installa sur la table et tapota dessus.

— Vous pensez que Guillaume est toujours en vie ? demanda Laura d'une petite voix.

Tous se pincèrent les lèvres sans oser répondre. Évidemment, ils ne le savaient pas, mais sa disparition remontait à près de trois jours maintenant, ce qui laissait peu de chances de survie. Laura se passa les mains sur son visage fatigué et souffla longuement. César serra son épaule, les faisant frissonner tous les deux. Elle appuya sa tête contre le fauteuil et releva les yeux vers lui en souriant bravement.

— *Courage,* Tia, lui glissa-t-il avec un pauvre sourire.

— *Il est mort, n'est-ce pas ?*

Gabriel se retourna au même moment et vit la proximité installée entre Opal et César. Ce dernier, sentant le regard du lion, leva la tête vers lui, tout sourire ayant disparu de son visage. Pendant un court instant, leurs regards s'affrontèrent avant que César baisse les yeux vers Laura en lui souriant à nouveau.

— *Je pense que oui,* Tia. *Mais on ne sait jamais…*

Laura soupira en voyant César s'éloigner. Elle voulait qu'il reste près d'elle.

— Comment connaissez-vous Denys ? demanda la jeune femme en changeant de sujet.

— Nous le connaissons depuis Prima, lui dit Bella.

— Denys est un « moitié-moitié ». Il traîne avec les panthères, expliqua Gabriel.

— Un « moitié-moitié » ?

— Il est mi-panthère, mi-tigre. Un hybride, quoi ! Les royaumes des tigres et des panthères l'ont rejeté quand ses parents ont été assassinés. Denys a été recueilli par la famille d'Alano et de Serena, expliqua César.

— Mais pourquoi l'ont-ils rejeté ?

— Parce que c'est un hybride.

— Si quelqu'un aime une personne d'un autre royaume, il est libre de le faire, non ? Ne me dites pas que dans l'empire, c'était interdit ! s'exclama Laura, révoltée.

— Cela ne l'a pas toujours été. Vers la fin… chaque royaume tenait obstinément à ce que les gens de son peuple restent ensemble et procréent au sein de la même race, lui répondit amèrement César en faisant des signes de guillemets lorsqu'il dit le mot « race ».

— Je n'y crois pas ! s'écria Laura, atterrée.

— Feu notre empereur — ton grand-père — a refait certaines lois vers la fin de sa vie, poursuivit Gabriel en souriant amèrement. Chacun à sa place !

César passa son bras autour des épaules d'Annabella en lui faisant un clin d'œil. Cette dernière lui sourit tristement. Laura allait poser une question sur le malaise de Bella quand Marcus parla.

— C'est normal que la police n'ait eu que des bribes de vidéos, annonça-t-il. On a piraté leur système de surveillance dans tout l'État de New York.

— Comment est-ce possible ?

— Facile ! Il y a toujours des petites failles dans les enregistreurs numériques de caméras de surveillance qui permettent aux pirates d'en prendre le contrôle pour visionner les enregistrements, les copier, les supprimer ou encore les éteindre ou les rallumer.

Tout en expliquant, Marcus agrandit l'écran holographique en l'écartant avec ses deux index afin qu'il soit visible aux autres.

— Normalement, reprit-il, les entreprises gouvernementales ont des programmes pour lutter contre ça. Mais ce qui s'est passé ici, continua le loup en montrant des lignes de programmation, c'est différent. On dirait que…

Il secoua sa tête légèrement, essayant de raisonner rapidement.

— En fait, c'est comme s'il y avait un logiciel espion transférant sur une autre bande toutes les informations en direct…

Tout en parlant, il s'était mis à taper à grande vitesse sur son clavier holographique. Il allait environ six fois plus vite qu'aurait pu le faire un simple terrien.

Quartier général des loups, étage des Sages, Montréal

– Oui, messieurs ; quelqu'un franchit les niveaux les uns après les autres, déclara Adeline au téléphone. Nos techniciens essayent de contrer la menace, mais il est rapide.

– Rapide à quel point ? demanda North.

– Plus rapide que nos techniciens. Plus intelligent que n'importe quel terrien, affirma-t-elle en regardant les hommes et femmes tapant rapidement sur leurs différents claviers.

– Avons-nous une idée de son identité ?

– Un seul nom me vient à l'esprit, monsieur. Un homme-loup avec lequel j'ai étudié il y a fort longtemps.

– Une des Sentinelles, donc…

– Oui, monsieur. Je pense à Marcus !

– Où est-il, exactement ?

– Un des techniciens a pu finalement localiser l'ordinateur d'où provient le signal. Il se trouve au centre de Manhattan, de l'hôtel de Guillaume Vent.

– Quoi ? Comment se fait-il que nous n'ayons pas été avertis de leur venue à New York ? s'écria South d'un ton irrité.

– Nous en reparlerons plus tard, le coupa West fermement. Il n'est pas venu seul à New York. Si les Sentinelles sont là, la princesse est sûrement du voyage aussi.

– C'est notre chance de frapper un bon coup, mes frères ! Adeline, envoyez-leur la vidéo immédiatement avant qu'ils aient accès à nos emplacements, puis détruisez l'endroit.

— L'endroit… en entier ?

— Exactement ! gronda la voix de North. Retransmettez-nous les informations dans la salle immédiatement ! ordonna l'homme en raccrochant.

Terrier des Anciens, New York

— Vous ! dit Adeline en désignant une femme brune. Lancez X47A et verrouillez-le sur la cible.

— Oui, madame. Mais… la sécurité a été renforcée il y a un mois, et je… je…

— Qu'on la fasse sortir ! hurla Adeline à deux gardes postés à proximité. Y a-t-il quelqu'un qui peut faire son travail normalement ?

— Je peux le faire, déclara un homme aux cheveux coupés courts en levant la main.

— Bien ! Remplacez cette incapable ! jeta d'une voix ferme la jeune femme. Si quelqu'un ne peut pas faire son travail, qu'il m'en avertisse immédiatement !

Seul le silence lui répondit. Elle eut un rictus.

— Bien ! Vous, installez une transmission en direct avec Montréal. Vous, préparez la vidéo ! ordonna-t-elle en désignant les personnes du doigt.

— Oui, madame, répondirent les deux hommes en chœur.

Des centaines de données se mirent à apparaître sur plusieurs écrans en face d'eux. Sur l'un d'eux, l'homme rentra les coordonnées de l'hôtel : 40° 45′ 25498″ N, 73° 58′ 48,41″ O. Sur un autre, un compte à rebours pas encore actionné mettait le compteur à 1 minute et 30 minutes. Sur le troisième écran, ils virent quatre hommes aux cheveux blancs s'installer dans leurs fauteuils et regarder.

— C'est fait ! lui dit l'homme en s'arrêtant de taper. X47A est prêt à être lancé.

— Alors, envoyons la vidéo à mon cher Marcus, dit Adeline en souriant méchamment.

BlackTower, Terre

Une alarme résonna soudainement dans la salle de contrôle. Sur l'écran principal s'afficha un compte à rebours, suivi de chiffres et de nombres. Une image d'un mini avion apparut, montrant toutes ses caractéristiques. Les soldats qui discutaient dans la pièce reprirent rapidement leurs places.

— Que se passe-t-il ? demanda le lieutenant-général July en accourant.

— Monsieur, quelqu'un paramètre à l'instant un drone classé expérimental. Le X47A, avec à son bord un missile, lui lança un soldat.

— Qui a autorisé ce lancement ?

— Je ne sais pas, monsieur. Le code est sensiblement différent du nôtre, dit un autre soldat.

— Qu'attendez-vous ?! Désarmez-le IMMÉDIATEMENT !

— Oui, monsieur ! dirent d'une seule voix les 10 soldats en tapant avec rapidité sur leurs claviers.

— Sergente Hewer, mettez les BlackTowers en liaison ! cria le haut gradé.

— Oui, monsieur, répondit-elle en se dirigeant vivement vers une console à l'arrière.

Quelques secondes plus tard, les majors généraux Aylan Cork et Lizzy Liu puis la lieutenante-générale Betsie Boot apparurent sur les écrans. Tout comme Janus July, ils coordonnèrent leurs troupes afin de désarmer le drone.

— Quelle est la cible ? demanda Betsie Boot.

— Ça semble être l'hôtel de New York! répondit d'une voix forte Lizzy Liu.

— Si nous n'arrivons pas à désarmer le drone avant son lancement, c'est cuit, lança Aylan Cork en grimaçant.

— Le décompte est lancé! s'écria d'une voix dure Janus July en voyant les nombres défiler.

Il restait 1 minute 27 secondes. Soit leurs soldats arriveraient à désarmer cette merde, soit des milliers d'innocents mourraient…

Chambre d'hôtel, New York

Tous étaient rassemblés autour de Marcus. Ils le regardèrent taper sur le clavier à toute vitesse et passer les différents niveaux de sécurité avec facilité.

— J'y suis! annonça-t-il.

Un millième de seconde après qu'il ait dit cela, l'écran de la tablette devint noir, laissant Marcus les sourcils froncés.

— Qu'est-ce qui se passe? demanda César, étonné, en se rapprochant de son frère.

— Je ne sais pas…, répondit-il en essayant de taper sur l'écran.

Une image apparut : quatre pièces blanches d'un jeu d'échecs étaient alignées. Chacune était un roi. Elles se regroupèrent pour n'en devenir qu'une.

Un homme jeune aux cheveux blancs apparut et se dédoubla à l'infini sur l'écran. Il disparut. L'écran noir revint. Marcus se leva de sa chaise et recula en fronçant les sourcils. Puis un homme d'âge mûr aux cheveux blancs apparut et se dédoubla à l'infini avant de disparaître, laissant l'écran noir. Enfin, un vieil homme aux cheveux blancs apparut et se dédoubla à l'infini. Écran noir.

– C'est quoi, ce truc ? demanda Simon en se mettant devant Laura au cas où.

Quatre hommes apparurent. Un court instant, ils crurent que c'était la même personne, car ils étaient semblables. Mais ce n'était qu'une illusion. Le premier portait un élégant ensemble noir et avait un chignon. Le second portait une veste bleue sur une chemise blanche et avait les cheveux tressés. Le troisième avait une toge grise, et le dernier portait une toge blanche et avait laissé ses cheveux libres. Tous avaient un visage ridé. Chacun parla à tour de rôle.

– Le message est adressé à la princesse Opal, héritière de Prima.

– On nous appelle les Anciens ou bien les Sages.

– En vérité, nous sommes les fidèles serviteurs du roi Clément.

– Rendez-vous ou bien vous subirez notre colère.

– Nous enlèverons vos amis, vos Sentinelles, toutes les personnes que vous chérissez !

– Nous les tuerons !

– Nous les annihilerons !

– Jusqu'au dernier !

Une image montra le corps ensanglanté de Guillaume sur le sol. Il ne restait rien de l'arrière de son crâne. Du sang séché s'étalait sur son torse nu, et son pantalon pendait sur ses jambes.

Laura cria et cacha son visage dans le coin de l'épaule de Simon. Elle ne pouvait pas voir ce qui était arrivé à son ami. Ils l'avaient tué. Tué à cause d'elle… Son cœur battait à tout rompre.

– Nous avons commencé avec celui-là.

– Mais il ne sera pas le dernier !

— Pour vous faire comprendre que nous ne plaisantons pas…

— … nous vous avons réservé une belle surprise.

— Nous recontacterons ceux qui survivront…

Ils se mirent à rire. Le son résonna dans leurs esprits longtemps après la fin de la transmission.

Gabriel, Annabella, César et Marcus étaient immobiles, tendus. Simon et Sacha entourèrent Laura immédiatement.

— Ceux qui survivront ? De quoi parlent-ils, au juste ? demanda Laura.

Elle sentait que l'atmosphère était devenue encore plus lourde et plus pesante. Les mots des quatre hommes lui avaient donné le tournis et lui avaient fait peur, bien évidemment. Annabella se tourna vers elle ; ses yeux, normaux il y a quelques minutes, avaient pris leur forme féline. Ses pupilles noires s'étaient agrandies, et ses iris d'un bleu éclatant propre au saphir couvraient presque la totalité de ses yeux de tigresse blanche.

— Tiens-toi prête, Opal, l'avertit-elle en penchant la tête comme si elle écoutait quelque chose.

— Quelque chose approche, chuchota César sans bouger.

— On doit sortir Opal d'ici, déclara Gabriel en la regardant rapidement avec ses yeux dorés qui brillaient encore plus que d'habitude.

— Les escaliers ! dirent les plus jeunes, qui se dirigèrent vers la porte en entraînant Laura.

— Attendez ! ordonna Gabriel avant de se retourner vers les deux frères. Marcus ? César ?

Ces derniers se tenaient immobiles. Ils avaient fermé les yeux et tentaient de repérer d'où venait le danger. Utilisant leurs deux pouvoirs combinés, Marcus et César se téléportèrent en cascade de manière fulgurante à tour de rôle afin de couvrir le plus grand périmètre possible autour de l'hôtel. Soudain, ils ouvrirent leurs yeux de loups en même temps.

Ils eurent tout juste le temps de se retourner en criant le mot « MISSILE ! » avant que tout explose autour d'eux.

Quartier général des loups, appartement de Charlène, Montréal

– Et tu vas vraiment les aider ou… ?

– Pour l'instant, je n'ai que ça à faire : créer un talisman afin de bloquer les pouvoirs de tout métamorphe. Ils ne m'ont rien demandé de plus. Ils m'ont juste dit d'être prête à être appelée, expliqua la jeune femme blonde, allongée de tout son long sur le large sofa du salon.

– Donc, ça veut dire qu'ils préparent quelque chose.

– À vrai dire, je n'en ai pas la moindre idée, Marc. Les Sages ont écouté ce que j'avais à dire, murmura Charlène en se mordillant l'ongle du pouce.

– T'ont-ils posé des questions ?

– Ils voulaient savoir en quoi je serais utile à part ça, fit-elle en faisant une moue.

– Qu'as-tu répondu ?

– Je leur ai donné l'exemple de ce que j'avais fait à Opal.

– Ha, ha, rit de bon cœur Marc. Tu sais que tu peux être amusante sous tes airs de femme mondaine.

Il continua de rire pendant que Charlène leur versait du vin. Elle sourit.

– Ces petits vieux ont-ils ri comme moi ?

– Ils sont restés stoïques comme des statues.

— Pourquoi ça ne m'étonne pas ? Donc, tu leur as dit ce que tu avais fait à Opal sur le toit, et là, tac ! Ils ont décidé de te prendre dans leur équipe, ma belle ?

— Je leur ai dit également que j'avais mes Sabs.

— J'avoue que tes créatures ne laissent personne indifférent ! acquiesça l'homme en allongeant ses jambes pour ensuite boire son verre et soupirer de contentement. Bien joué, Charlène !

— Merci. L'objectif premier est toujours que je revienne dans la meute en tant que « fiancée » ; ne l'oublie pas, Marc !

— Ça sera fait bien assez tôt, ma belle. Je ferai en sorte que les rumeurs courent dès demain sur toi. Sur le fait que les Sages t'ont prise sous leurs ailes. Que tu es devenue une de leurs combattantes. Ne t'inquiète pas, Charlène, dit-il en tendant son verre pour porter un toast.

— Comment puis-je te remercier ? demanda-t-elle d'une voix sensuelle en le regardant pour ensuite glisser sa main sur son entrejambe.

L'homme sourit encore plus largement. Charlène lui faisait de l'effet. Énormément ! Il se pencha vers elle, lui donna un baiser léger puis se mit debout. Un visage surpris se tourna vers lui.

— Je vais y aller, Charlène ; il se fait tard, murmura Marc en se levant et en se dirigeant vers la cuisine pour déposer son verre.

— Marc ? dit Charlène, hésitante.

— Oui ? demanda-t-il en se retournant.

— J'ai envie de toi comme toi tu as envie de moi, non ? Alors, pourquoi pars-tu ?

— Le jour où on fera l'amour, ce ne sera pas parce que tu veux me remercier ou en échange de quelque chose. Ça sera parce que tu auras vraiment envie de moi. De moi — Marc !

Ils se regardèrent un moment, puis il lui fit un clin d'œil. L'homme partit sans un bruit, laissant Charlène avaler son verre de vin blanc d'un trait, le regard fixe.

Lounge bar, Montréal

Il ne restait plus grand monde dans le lounge bar. Une jeune femme dansait sur la piste de danse en continuant de surveiller sa cible. Le volume de la musique avait diminué pour ne laisser que le son apaisant d'un slow. Les filles avaient fait la fête toute la soirée et avaient fêté Thann à coup de *shooters,* de champagne et de cocktails. Cette dernière et quelques autres dansaient tranquillement sur la piste de danse au son de la musique en buvant leur dernier verre. D'autres étaient affalées sur le sofa. Brianna était finalement restée avec elles. Elles avaient dansé et s'étaient amusées. Toutes avaient apprécié la jeune femme, qui leur avait même payé plusieurs tournées de shooters.

Anna et la jeune femme métisse étaient assises et prenaient un dernier verre au bar. Celle-ci avait commandé du champagne.

— Merci, Brianna ! la remercia Anna quand le serveur lui tendit sa flûte.

— Merci à toi, Anna, s'esclaffa la jolie métisse. C'est grâce à toi et aux filles que ma soirée a été au top.

— Ça m'a fait plaisir de te voir. Montréal est vraiment une petite ville, dis donc !

— Oui, effectivement. Vraiment petite...

— Sûrement, sûrement, murmura Anna en soupirant longuement.

La jeune femme but une gorgée de champagne.

— Qui y'a-t-il ? demanda Brianna en se tournant vers Anna. J'ai dit quelque chose qu'il ne fallait pas ?

— Disons que je ne devrais pas être là à m'amuser, fit Anna en soupirant longuement. Je suis venue ici parce que Frederico m'y a un peu obligée, à vrai dire.

— C'est ton collègue, c'est ça ? Celui que j'ai rencontré à la station ?

— Oui. Il voulait que je me change les esprits. Cette semaine a été difficile…

— J'ai l'impression que tu ne parles pas uniquement de travail, là.

— J'ai un ami et collègue qui a disparu il y a peu de temps.

— *Oh, my God*[25] ! Que s'est-il passé ?

— Nous n'en savons rien, expliqua Anna en secouant sa tête. Ma patronne est partie à New York pour essayer de retrouver sa piste avec quelques amis à elle. Mais je n'ai aucune nouvelle d'elle depuis ce matin. Ni de mon petit ami, d'ailleurs… Tout ça me stresse un peu.

— Ton petit ami est de la police ?

— Non, non. C'est juste un des amis de Laura. En tout cas, tout ça pour dire que si Frederico ne m'avait pas envoyée ici, je ne t'aurais pas revue.

— Il n'y a pas de hasard dans la vie ; c'est ce que je dis souvent. Je lève mon verre à Frederico. Il a eu raison de t'obliger à sortir et à t'amuser. Ça t'a fait du bien, j'en suis sûre, déclara Brianna en lui faisant un clin d'œil. Pour ton collègue, j'espère que ta patronne va le retrouver sain et sauf.

— Oui, je l'espère aussi…

Un silence tranquille s'établit entre elles, accompagné par la musique douce qui sortait des haut-parleurs. Elles virent

25. « Oh, mon Dieu ! »

Thann se diriger vers elles et surent que ce petit moment était terminé.

— J'appelle un taxi, les filles. Je pense que Vivi et Vanessa vont avoir du mal au travail tout à l'heure, dit la jeune asiatique en montrant les filles toujours allongées.

Toutes se mirent à rire et se dirigèrent vers les filles couchées sur le sofa. Brianna les regarda un instant, eut un léger rictus puis avala son verre de champagne d'un trait.

Commissariat de police, New York

Ils étaient encore tous présents au bureau malgré l'heure tardive. Une sirène retentit soudainement dans l'enceinte du commissariat, brisant la tranquillité routinière. Les quatre partenaires sursautèrent. Kim fronça les sourcils. Ce dernier prit le téléphone, et quand il eut la réceptionniste, il demanda ce qui se passait.

— *Holy shit*[26] ! On part tout de suite ! s'écria-t-il en se levant.

— Que se passe-t-il ? demanda Ludovic en prenant sa veste.

— L'hôtel que Denys et moi avons visité aujourd'hui vient d'exploser !

— Exploser ?

Les trois autres regardèrent Kim, les yeux ronds. Quand ils virent que son visage s'était fermé, ils s'empressèrent de prendre leurs armes et de suivre leur lieutenant.

26. « Putain ! »

CHAPITRE 14

Quartier général des loups, étage des Sages, Montréal

Les quatre hommes regardaient les images aériennes de l'hôtel en feu défiler sur les différents écrans de la salle. Ils pouvaient voir des camions de pompiers tout autour, l'embouteillage monstre entourant le lieu détruit et la population new-yorkaise massée aux abords des rubans de sécurité de la police. Un visage apparut à nouveau sur le moniteur principal. Adeline.

— Messieurs ! dit-elle en guise de salut.

— Le rapport, s'il vous plaît, Adeline, lança North en jouant négligemment avec sa bague.

— Le drone a lancé le missile sur le point d'impact, comme paramétré. De nombreuses victimes collatérales sont à signaler.

— Qu'en est-il de *nos amis* ? demanda South.

— Ils sont vivants. Nous détectons une source d'énergie près de la zone, située à 900 m du lieu d'impact, dit Adeline en leur montrant une image en infrarouge indiquant une zone de chaleur énorme.

— Ils sont là depuis combien de temps ?

— Nous venons de les apercevoir. Nous pensons qu'ils sont là depuis l'explosion de l'immeuble. Soit environ 25 minutes.

— Par l'univers ! Et c'est maintenant que vous nous le dites ? s'écria West, offusqué.

— Je suis désolée, monsieur West. Nous devions effacer nos traces en ce qui concerne le drone. Cela nous a pris un peu plus de temps que prévu.

— Est-ce que le fil… ?

— Oui, il s'est placé automatiquement au-dessus de l'endroit où la fille se tient. Nous l'avons retrouvée en partie grâce à cela.

— Ce qui est fait est fait ! Adeline, pouvez-vous nous montrer ce qui se passe exactement ?

— Bien sûr !

Adeline tapota sur un clavier. Sur un des écrans, ils pouvaient apercevoir une console de programmation. Des données furent ajoutées. Un satellite en trois dimensions se dirigeait jusqu'à un point donné. Quand l'icône arriva à son point d'ancrage, une image commença à se former, d'abord floue puis de plus en plus nette. Adeline fit un zoom. Sept personnes, dont une agenouillée, apparurent.

— C'est le mieux que je peux vous offrir, messieurs.

— Je me demande ce qu'elle fait…, dit East en se levant pour s'approcher de l'écran.

— Pourquoi ne bougent-ils pas ? se demanda West en croisant ses bras sur la table.

— Et pourquoi la fille utilise-t-elle son pouvoir ?

Il y eut un moment de silence. Chacun des frères était absorbé par ce qu'il voyait, essayant de comprendre pourquoi le groupe ne s'enfuyait pas et restait à proximité.

— Adeline, faites en sorte que le reste du bâtiment s'écroule ! ordonna soudainement East.

— Pardon, monsieur ?

– Vous avez très bien compris. Utilisez HAARP tout de suite ! s'écria-t-il.

Hôtel de New York

Le VUS de la police était pris dans le trafic. Parechoc contre parechoc. Ludovic, Denys, Ingrid et Kim ne voyaient que les feux de signalisation rouges à l'infini. Ils décidèrent de continuer à pied tant bien que mal dans une foule de gens courant à contresens. La lumière froide des lampadaires éclairait leurs visages frappés par la terreur. Des cris provenaient de partout. Des personnes affolées s'éloignaient du lieu de l'impact, pleuraient ou essayaient d'appeler leurs proches à l'aide de leur cellulaire. Une fumée dense et âcre entourait les lieux. L'odeur qui s'en dégageait était un mélange nauséabond de pétrole et de métal brûlés. Quand les agents de police arrivèrent sur place, ils découvrirent des débris partout par terre ; des chaussures, des bagages, des vêtements, des corps… Des rubans jaunes délimitaient le périmètre. Une centaine de policiers encadraient le lieu. Ils montrèrent leurs badges en arrivant puis se séparèrent afin d'aider les secours. Des dizaines de camions de pompiers étaient stationnés. Les blessés légers étaient soignés directement sur le trottoir. Des caméras de télévision diffusaient en direct ce qui se passait.

Des hélicoptères survolaient la zone, éclairant l'endroit où devait se trouver l'hôtel. Un trou béant laissant apparaître l'intérieur de l'établissement s'ouvrait désormais à eux. Ils ne savaient pas comment il tenait encore debout, mais les pompiers faisaient le maximum pour sortir les personnes coincées là-dedans.

Denys scruta les alentours à la recherche d'Annabella et des autres quand il sentit une main se poser sur son épaule. Il n'eut pas le temps de réagir et se volatilisa.

Denys se tenait auprès de Laura. Une sorte de halo bleuté l'entourait. La jeune femme était à genoux, les mains sur les cuisses, alors que ses yeux blanchâtres étaient grands ouverts ; elle semblait en transe. Du sang perlait le long de ses lèvres. Le pendentif qu'elle portait flottait, et la pierre à son extrémité émettait un rayonnement phosphorescent. La chose semblait pulser comme un cœur qui battait. Denys reconnut les Sentinelles ainsi que la jeune fille qu'il avait vue quelques heures plus tôt. Un autre type qu'il ne connaissait pas se trouvait là. Tous entouraient la princesse de leur corps, comme pour la protéger.

La main qui était posée sur lui se retira, et il put se tourner vers Marcus. Ce dernier lui fit un semblant de sourire malgré son visage barbouillé par de la suie.

— Que s'est-il passé ? Est-ce que la princesse va bien ?

— Un missile est venu percuter l'hôtel où nous étions, expliqua Marcus.

— Un missile ? Vous vous foutez de moi ? En plein Manhattan ?

Gabriel tourna pendant un court instant ses yeux toujours aussi brillants et le regarda sévèrement. Il avait des blessures sur le visage. Son tee-shirt était déchiré, tout comme son pantalon. Il n'avait pas envie de plaisanter.

— Savais-tu que les Anciens étaient toujours en vie, Denys ?

En entendant ces noms connus, il regarda Gabriel, effondré.

— Non ! Putain ! Je pensais qu'ils étaient morts depuis longtemps... Ce sont eux, les responsables de... ?

— Ils sont bel et bien en vie, et apparemment en pleine forme, ironisa Gabriel.

— Ce sont eux qui ont tué le collègue d'Opal, et ils n'ont pas hésité à tuer des innocents, résuma Marcus, immobile, regardant dans la même direction que la princesse.

Laura poussa un gémissement et posa ses deux mains au sol. Elle respirait de plus en plus difficilement.

— Que fait-elle en ce moment ?

— Elle retient la structure de l'hôtel, dit d'un ton sec César, le visage tordu de douleur.

— Seigneur !

César et Marcus se jetèrent un coup d'œil avant de regarder leur princesse, qui essayait de sauver autant de gens que possible. César sentait tout son corps se tendre : il avait mal, mais tenait bon pour Opal. S'il lâchait prise, elle le ferait également. Il le savait.

Marcus et lui ne l'avaient pas vu arriver. Ils n'avaient pas pensé regarder en l'air. Les frères n'avaient eu qu'une fraction de seconde pour revenir dans leur corps, créer un immense bouclier d'énergie et se volatiliser. Quand ils s'étaient écrasés au sol, César s'était brisé le bras gauche en protégeant Opal. Annabella s'était foulé la cheville, et les deux jeunes avaient des côtes cassées. Seuls Marcus et Gabriel n'avaient que des blessures superficielles. Malgré leur vitesse d'action, ils avaient tous été blessés par la déflagration. Une fois qu'ils se transformeraient, cela ne paraîtrait plus, fort heureusement. Mais du côté psychologique, ils avaient peur de la réaction d'Opal.

— Princesse…, chuchota Denys en la voyant trembler comme une feuille.

La jeune femme releva la tête. Des larmes de sang s'écoulaient de ses yeux toujours opalins. Elle tremblait tellement que ses dents s'entrechoquaient. Soudain, une vibration au sol se mit en route, comme un mouvement rotatif de plus en plus fort. Un grondement sourd couvrit le son des centaines de voix aux alentours. Les lumières de la ruelle se mirent à exploser. Les alarmes de voitures se déclenchèrent l'une après l'autre. Une borne d'incendie se mit à s'agiter en petits mouvements répétés avant d'exploser, laissant apparaître un geyser d'eau. Des poubelles se mirent à tressauter sur place, et des pots de fleurs se trouvant sur les fenêtres des bâtiments vinrent chuter autour d'eux. Les panneaux de signalisation se tordirent. Les huit hommes et femmes essayèrent de garder l'équilibre. Laura, à genoux, se tint la tête et se mit à crier avant de gémir de façon pathétique. Bella rattrapa César avant qu'il s'écroule par terre. Tous les deux durent mettre un genou à terre en grimaçant. Le jeune loup respirait difficilement.

— Je suis désolée, c'est trop dur…, souffla leur princesse en fermant les yeux.

L'opale arrêta d'émettre son rayonnement au même moment où Laura s'évanouit. Des cris montèrent. Un immense et terrifiant bruit se fit entendre, pareil au tonnerre grondant lors d'une averse. Puis un silence effroyable tomba.

BlackTower, Terre

Debout ou assis, tous les hommes et femmes de la base regardaient la destruction de l'hôtel, les lèvres pincées et les larmes aux yeux. Les soldats n'avaient pu désarmer le drone qui avait fait exploser la cible. Ils avaient échoué !

Ils avaient tous observé le halo bleu entourant Laura St-James, se disant alors que c'était la fin, quand une chose improbable s'était produite. L'hôtel qui allait s'effondrer d'une minute à l'autre tenait depuis que la jeune femme utilisait son pouvoir. Ils avaient compris : elle maintenait l'hôtel par sa force mentale afin de laisser le temps aux services de sécurité d'aider les innocentes personnes prises au piège. La lieutenante-générale avait donc mis la centaine d'hommes armés en embuscade, dont le but était de les éliminer, en *standby*.

Ils reprirent confiance quand une autre retentit dans l'enceinte de la base. Ils virent alors des données s'afficher. Quelqu'un utilisait la technologie HAARP ! Ils se regardèrent, affolés. Les quatre hauts gradés s'empressèrent de passer des appels, mais ils ne purent rien y faire. La terre trembla dans tout l'État de New York, faisant s'effondrer non seulement la cible, mais d'autres bâtiments aux alentours.

Le lieutenant-général Janus July se mit face à ses soldats.

— Ce qui s'est passé cette nuit ne doit plus se reproduire ! dit-il d'une voix forte et claire. Nous sommes le bouclier de protection des terriens contre les métamorphes. C'est pour ça que nous sommes là, soldats ! C'est pour ça que nous avons été créés ! Nos parents, nos arrière-grands-parents et nos arrière-arrière-grands-parents se battaient déjà contre eux ! Ils nous ont légué les BlackTowers avec l'ordre de maintenir l'équilibre entre ces deux mondes afin d'éviter que la Terre tombe entre leurs mains. Parce que oui, ce sont EUX qui ont fait ça ! Les Anciens, comme ils se font appeler !

Le lieutenant-général modulait sa voix afin d'atteindre le cœur des soldats ici, comme dans les autres BlackTowers qui écoutaient. Il reprit.

— Ceci n'est qu'un exemple de leur cruauté sans égale, de leur barbarie ! Ces êtres venus d'ailleurs se foutent carrément de la vie d'autrui et surtout de celles d'êtres inférieurs. Parce que oui, nous sommes des putains d'êtres inférieurs ; mais nous sommes des putains de terriens ! Nous avons à cœur notre patrie qui est la Terre ! Nous ferons tout pour elle ! Et c'est pour ça que nous sommes réunis ici !

Après une pause bien sentie, il reprit son discours.

— À la vue de ce qui s'est produit cette nuit, nous savons une chose : cette femme qui se fait appeler Laura St-James est la raison pour laquelle des milliers de personnes ont été tuées par les Anciens ! cria-t-il en pointant le doigt sur la photo de la jeune femme noire. Réalisez bien ceci, soldats : ces putains de métamorphes ont osé déclencher HAARP et ont tiré un missile en plein milieu de Manhattan ! Tout ça pour elle !

Janus July s'arrêta un instant de parler. Le visage ferme, il se tourna vers les écrans ; ses trois collègues hauts gradés hochèrent la tête, lui signifiant leur accord pour ce discours. Ils le savaient tous ; les soldats avaient besoin de se ressaisir, de reprendre des forces et de retrouver leur courage.

— Il se pourrait que cette femme soit contre ces tyrans. Il nous faut savoir qui elle est véritablement ! Savoir si on peut lui faire confiance ! Nous avons dans nos bases des armures à la plus haute pointe technologique nous permettant de nous battre d'égal à égal contre ces monstres. Peut-être est-ce le moment de nous en servir…

Il soupira avec force, la mâchoire crispée.

— Nous sommes peut-être faibles, mais putain, nous avons la technologie ! Vous êtes la crème de la crème, niveau intellect. À partir de maintenant, faisons notre tâche et écrasons ces métamorphes de mes deux ! s'écria le lieutenant-général en se mettant au garde-à-vous.

Les soldats de tous les BlackTowers se mirent debout en l'imitant, et tous ensemble, ils frappèrent du poing leur cœur trois fois.

— *Faith and might !* crièrent-ils tous d'une même voix.

Au plafond, leur sigle semblait resplendir.

Quartier général des loups, étage des Sages, Montréal

— Messieurs, vous m'avez fait demander ? dit Adeline en apparaissant sur l'écran.

— Oui, effectivement, fit South, qui versait du vin dans quatre coupes.

— Adeline, nous vous avons convoquée pour discuter de votre *partenaire,* lui annonça North en prenant le verre que lui tendait son frère.

Cette dernière haussa les sourcils puis releva la tête, attentive à ce qu'ils allaient lui dire.

— Il ne nous est plus utile, ma chère, dit calmement East.

— Il nous cache des informations importantes, qui plus est ! continua West.

— Il ne nous a pas avertis du fait que la fille serait à New York. C'est un signe, selon moi.

— Nous vous avons permis de gérer le cas de ce terrien, car nous pensions que vous pouviez le faire, mais il semble qu'en ce moment, il y a un laisser-aller de votre part.

— Messieurs, je suis désolée…

— Oui. Vous nous avez déçus, Adeline !

— Nous pensions que vous étiez comme nous…

— Sans cœur…

— Sans compassion…

— Vous vous êtes laissée attendrir !

La jeune femme brune soupira un instant, puis son visage se ferma et devint neutre.

— Qu'attendez-vous de moi, messieurs ?

— Par tous les dieux, débarrasse-toi de lui ! lâcha South avant d'avaler une gorgée de vin.

Terrier des Anciens, New York

Adeline coupa la communication, et son masque de femme sûre d'elle tomba. Ses yeux devinrent ceux d'une louve instantanément, fendus en oblique ; ses pupilles dilatées étaient bien rondes, et la couleur brune de ses iris englobait presque entièrement ses yeux. Elle poussa un cri de rage et tapa sur sa table avec rage. Celle-ci se fracassa au sol, faisant sursauter ses assistants autour d'elle. Ils la regardèrent avec effroi. Ses colères pouvaient être terribles.

Adeline s'en voulait. Ce que lui avaient dit les Anciens était pire qu'une insulte ! Elle les avait déçus. Elle ferma un instant les yeux et souffla longuement pour se calmer. Quand la jeune femme brune ouvrit à nouveau les yeux, elle souriait. Elle mit son casque et composa un numéro de téléphone. Une voix d'homme lui répondit.

— Allô ? dit une voix d'homme endormie.

— C'est moi, fit-elle.

Le Refuge, Montréal

Serena posa la main sur le front de Laura, allongée sur un lit blanc. Une ligne de perfusion était attachée à son bras. La docteure poussa un long soupir puis sortit de la chambre et se dirigea vers la salle d'attente où était rassemblé un groupe d'hommes et de femmes. Ils discutaient tous, et la conversation était vive. La télévision allumée montrait le drame qui se déroulait à New York.

Elle s'arrêta et observa l'un d'entre eux : Denys. Il n'avait pas changé. Serena ne s'était pas attendue à voir son plus vieil amant dans cette salle ce soir. Alano et elle n'avaient plus de nouvelles de lui depuis si longtemps qu'ils s'étaient demandé s'il était mort. Mais Serena savait bien qu'il ne l'était pas. Son cœur l'aurait su, lui !

Comme s'il se sentait épié, Denys se retourna vers elle et la regarda intensément. César, dont le bras gauche pendait, se tourna à son tour. Les autres suivirent le mouvement. Elle se décida alors à se diriger vers le petit groupe.

Alano était adossé contre le mur, un peu à l'écart, et fixait l'écran de télévision, le visage fermé.

— Qu'est-ce que je vous ai dit avant de partir ? Transformez-vous ! Vos blessures ne guériront pas tant que vous ne le ferez pas, leur dit-elle d'un ton ferme.

— Nous voulions avoir des nouvelles d'Opal avant, dit Annabella en grimaçant.

Elle était assise, la jambe en extension.

— La princesse est endormie et elle va bien. Je lui ai posé une perfusion pour abaisser sa pression artérielle et l'hydrater. Elle sera sur pied dans quelques heures.

— C'est parfait, alors !

— « Parfait » ? s'écria Gabriel. Je vous signale que les Anciens sont vivants et qu'ils veulent s'en prendre à Opal ! On ne sait pas où ils se trouvent ni ce qu'ils projettent de faire. Pour moi, ça ne va pas du tout !

— On sait une chose. Ils veulent éliminer toutes les personnes qui gravitent autour de la princesse — vous, en l'occurrence ! confirma Denys de sa voix grave.

Alano sursauta en entendant la voix de Denys. Ses lèvres se pincèrent davantage.

— Non, je ne pense pas, ou en tout cas pas tout de suite, émit Marcus, sa main se posant sur l'épaule de Bella. Si j'étais eux, je ferais en sorte d'éliminer les plus faibles avant, c'est-à-dire les terriens. Les personnes qu'Opal connaît depuis le début et à qui elle tient vraiment.

— Tu veux dire qu'Opal ne tient pas à nous, mon frère ? plaisanta César.

Il essayait d'être drôle, mais il semblait épuisé, et ce n'était pas juste à cause de son bras.

— Tu vois ce que je veux dire, lui répondit-il, un léger sourire sur ses lèvres.

— La princesse n'a pas grand monde autour d'elle, déclara d'une voix ferme Sacha. Cela restreint la donne.

— Oui, effectivement. Ils ont pu avoir Guillaume, mais il reste Anna, Frederico et son amie Kassandra, qui se trouve en Alaska si je ne me trompe pas. Ça, c'est pour les terriens, continua Simon.

— Ensuite, si je suis le raisonnement, il y a ceux qui ne la quittent jamais. Je veux dire vous, les jumeaux, et ensuite nous, résuma Gabriel en les regardant tous.

— Ouais, c'est à peu près ça.

— Vous oubliez quelqu'un, dit Serena en les regardant. Vous oubliez sa mère adoptive. Élisabeth.

— Hum, oui, acquiesça Annabella en hochant la tête.

— Alano ? lança Gabriel. Il faudrait augmenter le nombre de gens veillant sur les terriens dont nous avons parlé. Est-ce possible, selon toi ?

Ce dernier détacha son regard de la télévision et les regarda tour à tour en s'attardant plus longuement sur Denys. Il eut un rictus en secouant la tête.

— Je ne pense pas, répondit-il sèchement en se retournant vers l'écran.

— Comment ça ? demanda Gabriel, les sourcils froncés.

Alano se retourna vers eux en croisant les bras sur sa poitrine.

— Si les Anciens ont décidé de s'en prendre à la princesse Opal, ce n'est pas une centaine de nos gens qui suffiront à la protéger. Nous avons besoin d'une légion !

Wang Gung des tigres, Corée du Sud

Sur un immense divan de cuir blanc en forme de « L », trois femmes pratiquement nues gisaient, endormies. Des bouteilles d'alcool de toutes sortes traînaient sur le plancher en teck. Une télévision faisant pratiquement toute la longueur du mur diffusait, sans le son, un film classé X.

Pish'Edo, vêtu d'un *baji* blanc, pantalon ample attaché aux chevilles, mangeait un reste de *dak gangjeong*, du poulet frit, quand on frappa à la porte. L'homme fronça les sourcils. Il était pratiquement midi et demi ; il se demanda qui osait le déranger à cette heure.

Quand il ouvrit la porte avec la ferme intention d'engueuler la personne, il se retrouva en face de la femme qu'il avait rencontrée dans la salle du trône. Celle qui lui avait remis le coussin afin qu'il puisse s'asseoir. Regardant de tous côtés, l'air légèrement apeuré, elle lui chuchota quelque chose avant de s'éloigner rapidement.

Ils s'étaient donc tous réunis de nouveau sans l'avertir ? Le jeune homme esquissa un rictus mauvais avant de refermer la porte et de se diriger d'un pas rapide vers sa penderie.

Quartier général de la Coalition, Montréal

Ils avaient décidé de discuter dans le bureau d'Alano. Ils s'y rendirent en passant par le chemin souterrain longeant la voie du métro de Montréal. Entre-temps, Serena avait tenu à ce que César, Annabella et les jumeaux se transforment afin de soigner leurs blessures. De ce fait, à la suite d'Alano, de Gabriel, de Marcus, de Denys et de Serena se trouvait un magnifique et immense loup au pelage long et roux. Sa tête large comportait une truffe noire et des yeux verts éblouissants. Sa longue queue fouettait l'air. Haut sur patte, il était largement plus grand que la docteure, qui ne mesurait que 1,52 m. Plus petits, mais non moins imposants, Sacha et Simon suivaient le pas. Le jeune loup avait un pelage gris assombri de poils noirs, tandis que le pelage de sa sœur était intensément noir et long. Annabella fermait la marche. Sensiblement de la même taille que César, mais possédant un corps plus long et plus agile que celui d'un loup ou même d'un lion, Annabella était une splendide tigresse blanche. Quand elle marchait, elle ne faisait aucun bruit ; elle avait le front bombé, ses pupilles étaient bien rondes et ses iris bleus trônaient au-dessus d'un petit nez rose et de vibrisses abondantes sur son museau court. Il y avait des rayures brun clair sur son pelage blanc neige.

Ils entrèrent tous dans la petite salle.

— Je vais juste envoyer un texto à mes collègues pour leur dire que je vais bien, dit Denys en s'éloignant un peu.

— Tu connais ces terriens depuis combien de temps, Denys ? Je demande parce que nous n'avons reçu aucun message de toi depuis…, commença Alano d'une voix forte.

— Alano ! lança sa sœur en le coupant avant d'aller vers lui et de le prendre à part quelques minutes. Calme-toi, s'il te plaît, chuchota-t-elle.

— Comment peux-tu rester calme alors que… alors qu'il nous a… ?

— Pour le moment, nous devons nous concentrer sur des choses plus importantes que l'homme qui… qui…

Elle resta un court instant sans parler, laissant l'émotion prendre le dessus.

— Oh, Serena ! Je suis désolé, je ne pense qu'à moi, murmura son frère en la serrant contre lui.

Les autres membres du groupe se regardèrent entre eux, mais ne dirent rien. Ces trois-là avaient apparemment un passé tendu. Quand Denys revint vers eux, il semblait mal à l'aise — encore plus qu'à leur arrivée au Refuge, quand il avait vu les visages du chef de la Coalition et de sa sœur.

Aux abords de l'hôtel, New York

03:44 Denys – Salut, mon pote ! Désolé. Je n'ai pas pu te contacter avant. Je me suis fait frapper par un débris.

03:45 Kim – Oh, putain! Ça va? Tu es à quel hôpital? Je viens tout de suite!

03:46 Denys – Non! Ne t'en fais pas! Ce n'est rien de grave. Je dors chez un ami.

03:46 Kim – Tu nous as fait peur! Bref, repose-toi bien, mon ami.

03:47 Denys – Merci, mon pote.

• • •

– Hé, Kook! le salua un gars en tenue de pompier.

L'homme avait l'air épuisé. Son uniforme était couvert de suie noire. Il retira son lourd casque puis ses bombonnes d'oxygène et passa sa main dans ses cheveux.

– Tu es chargé de l'enquête?

– Hé, mon vieux! lança le lieutenant en lui passant sa bouteille d'eau. Non, pas vraiment! Quand j'ai su ce qui était arrivé, je suis venu aider.

Assis sur une des marches du camion de pompiers, Kim Kook se reposait. La nuit avait été longue et éprouvante, même si elle n'était pas finie pour la centaine de secouristes qui s'activaient encore dans New York. Ils avaient aidé les personnes coincées dans les débris de l'hôtel pendant des heures – même après l'écroulement du bâtiment en entier après la violente secousse. D'autres bâtiments s'étaient effondrés aux alentours. Il n'avait jamais vu autant d'ambulances et de voitures de pompiers dans un si petit périmètre. Des hélicoptères avaient transporté des milliers de personnes quand les services de secours terrestres ne le pouvaient pas.

Kim avait finalement renvoyé Ingrid chez elle, épuisée et choquée, tandis que Ludovic aidait les ambulanciers plus loin. L'homme soupira longuement et passa le dos de sa main sur son front. Son visage portait des traces noires. Il avait la certitude qu'il devrait jeter sa chemise, son jeans et ses chaussures une fois que tout ceci serait terminé.

– Qu'est-ce que tu penses de tout ça ? demanda-t-il en désignant les restes de l'hôtel qu'il avait visité quelques heures auparavant du menton.

– Ce n'est pas normal.

– Que veux-tu dire ?

– Ce n'est pas une explosion normale, si tu veux mon avis, Kook. Ce n'est pas dû à une fuite de gaz ni même à une bombe. Une explosion de ce type, je n'en ai vu qu'au Moyen-Orient, lorsque j'ai été déployé.

– Tu te fous de ma gueule ?

– J'aimerais tellement, Kook, dit-il en faisant un rictus.

Quartier général de la Coalition, Montréal

– Alano, peux-tu nous expliquer ce que tu entendais par « légion » ? demanda Gabriel en entrant dans le vif du sujet. Je me souviens des serviteurs du roi Clément comme étant d'excellents combattants. Cependant, ils n'étaient pas extraordinaires au point de nous pousser à recruter des milliers de guerriers pour les combattre.

– Ils ont changé les règles quand ils se sont réveillés au XVe siècle. Ce sont les premiers à être sortis de leur état d'hibernation.

– Tu veux dire… de *tous* les métamorphes ? s'enquit Gabriel en plissant les yeux.

– Exact, souffla Alano.

— Ils ont donc eu beaucoup de temps pour comprendre comment fonctionnait ce nouveau monde et pour agir en conséquence, devina Marcus en s'asseyant sur un fauteuil.

César le suivit et s'assit auprès de lui.

— Exactement, répondit Alano. Quand nous sommes sortis de notre sommeil, moi puis Serena, les loups régnaient déjà en maîtres en Europe depuis environ deux siècles. Ils ont conquis facilement et rapidement cette partie du monde avant de se rendre en Amérique en suivant la colonisation, et par la suite, ils se sont retrouvés dans toutes les autres régions de la Terre.

Après avoir caressé son menton pensivement, il ajouta :

— Ils faisaient partie de toutes les hautes sphères de la noblesse française, portugaise ou chinoise, pour ne citer que celles-là. Avec le soutien financier qu'ils avaient, ils étaient intouchables. Ils disséminaient leurs loups dans tous les corps de métier, dans toutes les familles d'aristocrates. Aucun secret ne leur échappait, et c'est toujours le cas à l'heure actuelle ! Ils ont des « partenaires », comme ils les appellent — partout ! Au début, ils n'étaient que métamorphes, mais actuellement, beaucoup de terriens travaillent pour eux.

— Comment sais-tu tout ça, Alano ? demanda César de sa voix rauque de loup.

— Parce que mon ex-meilleur ami en a fait partie ! cracha-t-il en fustigeant Denys du regard.

Tous les regards se tournèrent vers Denys. Ce dernier souffla longuement puis finit par acquiescer, les yeux baissés.

— Mais c'est un panthigre ! s'étonna Gabriel. Ne me dis pas que…

— Hélas, oui ! répondit Alano. Beaucoup de nos panthères se sont alliées aux « Sages », tout comme des lions et des tigres, ajouta-t-il en haussant les sourcils.

— Comment est-ce possible ? Comment les autres clans ont-ils pu s'allier avec les loups après tout ce qu'ils nous ont fait ? demanda Marcus abasourdi.

— Vous n'avez pas vécu au XVIIe siècle ; vous ne pouvez pas comprendre ! s'écria Denys, les poings serrés. Tout y était sale, immonde ! Nous vivions dans un… taudis. Ce que nous connaissions de nos royaumes respectifs avait disparu ! À cette époque, Nexma n'avait même pas d'eau courante ni d'électricité, et des épidémies de peste et de petite vérole, il y en avait en profusion !

Tout le monde le regardait. Alano serra les dents, mais ne dit rien. Ses yeux subissaient une transformation : ses pupilles se contractèrent en des points brillants, laissant le gris-vert de ses iris s'étendre.

— Les Anciens nous proposaient de vivre décemment, comme chez nous, ajouta-t-il doucement. Ils avaient de tout.

— Et c'est pour ça que tu es parti ? Que tu as abandonné ta seule famille pour des gens qui tuaient de sang-froid nos semblables ? cria Alano, les yeux flamboyants.

Gabriel posa une main sur son bras, lui demandant de se calmer. Ce dernier souffla longuement et recula vers le mur, où il s'adossa.

— Je… Eh bien, ils nous donnaient la protection dont nous avions besoin. Et ce n'est qu'après que j'ai su ce qui se passait vraiment, avoua-t-il en frottant ses yeux.

— Quand tu dis « nous », qui inclus-tu ?

— Il y avait de tout, expliqua Denys en s'asseyant sur un fauteuil.

Il passa ses mains sur son visage puis continua.

— Nous étions toutes sortes de métamorphes sous les ordres des Anciens. Il y avait des loups, évidemment, mais également des panthères, des lions et des tigres, comme l'a dit Alano. J'ai même rencontré une aigle !

Annabella pencha sa tête de côté et bougea ses oreilles, attentive à ce qui se disait.

— Au début, ils nous ont accueillis en amis en disant que nous devions nous serrer les coudes. Que nous étions seuls sur cette nouvelle Terre. Que nos querelles d'avant n'avaient plus lieu d'être. Que ces millénaires que nous avions passés endormis n'avaient été qu'une perte de temps. Que cela leur avait servi de leçon. Que désormais, nous devions survivre...

Denys soupira longuement.

— Nous habitions dans un château, nous avions des terriens pour serviteurs. Nous apprenions comment vivre avec ces derniers afin qu'ils ne remarquent pas l'animal en nous. Dès que j'ai constaté que tout était réel, je suis parti chercher Serena et Alano pour leur expliquer qu'il n'y avait plus rien à craindre des Anciens.

Il s'interrompit et ferma les yeux, l'air désespéré.

— Tu es venu nous chercher ? demanda Serena, surprise, en s'avançant d'un pas.

Denys ouvrit les yeux et acquiesça de la tête fermement.

— Quand je suis arrivé à la maison, vous n'étiez plus là. La... maison avait brûlé durant la nuit. Je vous ai cherchés durant des jours, reprit-il, accablé.

— Sais-tu ce que tes chers Anciens faisaient pendant que vous étiez dans votre palais à prendre du bon temps ? Ils nous pourchassaient ! Nous, qui refusions de croire à leurs mensonges ! Nous, qui refusions de nous soumettre à leur bon vouloir ! Leur tentative d'enlèvement de notre reine a bien failli fonctionner, et Serena a frôlé la mort de très près !

— Quoi ? La reine Marguerite est vivante ? Elle est ici ? s'exclama Annabella en feulant à moitié.

— Oui, elle est vivante, et ce n'est pas grâce à Denys ! cracha Alano. Tu leur as donné l'emplacement de notre cache !

— Pourquoi as-tu fait ça ? s'enquit doucement Serena.

— Ils m'avaient assuré qu'ils ne vous voulaient pas de mal. D'ailleurs, nous sommes allés vous chercher ensemble.

— Tu es un véritable con !

— Je pensais bien faire. Je n'imaginais pas un seul instant…

Alano se dirigea si rapidement vers Denys que personne ne put l'arrêter. Il l'envoya s'écraser contre le mur opposé. Quand le grand gaillard se redressa, Alano enjamba le bureau d'un saut, se jeta sur lui et le frappa encore une fois au visage. Ce dernier glissa par terre. S'accroupissant au-dessus de Denys, Alano se mit à se transformer partiellement. L'arrière de son crâne s'allongea et sa mâchoire s'étira, laissant apparaître une large gueule avec deux longues canines apparentes. Ses yeux s'enfoncèrent dans leurs orbites.

— Tu pensais bien faire ? cria d'une voix éraillée Alano en tenant le col de l'homme. À cause de toi, des centaines de nos semblables sont morts.

— Alano !

César et Annabella se tenaient près d'un Alano à moitié transformé sans oser le toucher. Ils grognaient autour de lui. C'était la première fois qu'ils voyaient l'homme aussi en colère. Ce n'était pas son habitude d'utiliser la force. Il avait de la rancœur envers Denys, et cela se ressentait. D'ailleurs, ce dernier ne cherchait pas à s'enfuir et subissait les coups de poing sans réagir, le visage en sang, ce qui fit rager encore plus son assaillant.

— Quoi ? Bats-toi ! Donne-moi une bonne raison de te tuer !

— Je suis désolé, Al…

— Non, il t'en faut plus ! cria-t-il en lui assenant deux autres coups de suite. Ça, c'est pour Pumba et Timon qui dormaient tranquillement pendant que tes soi-disant amis intervenaient et les massacraient un par un.

— Je… suis… désolé…, gémit Denys.

Une partie de son visage était boursouflée par les coups reçus, et il avait un œil enflé.

Alano rugit longuement, laissant toute sa rage ainsi que sa tristesse sortir par ce cri. Serena se mit à pleurer. Gabriel la prit dans ses bras.

À la porte se tenait Laura. Elle regardait la scène qui se tenait devant elle de ses yeux opalins. Au moment où César se tourna vers elle, étonné, la jeune femme apparut aux côtés de Denys et d'Alano. Tout le monde sursauta à sa vue.

— Opal ?

Cette dernière s'accroupit pour se mettre à hauteur de Denys et d'Alano et les toucha. Un voile blanc aveugla toutes les personnes réunies. Leurs yeux devinrent blanchâtres alors que ceux de Laura prenaient l'apparence des yeux de Denys : pupilles rondes entourées d'iris vert clair avec des reflets ambrés.

Denys se trouvait dans une pièce somptueuse. Cette pièce possédait un plafond peint en camaïeu rehaussé d'or. Des représentations du soleil et des planètes s'y trouvaient également. Les murs étaient ornés de tapisseries de Beauvais. La lumière du soleil pénétrait la pièce par les immenses fenêtres qui s'y trouvaient. Deux grandes consoles en bois doré à figures égyptiennes se trouvaient dans un coin. Il y avait du poulet, du poisson, du pain et du vin à profusion sur une table du fond. Quatre hommes aux cheveux blancs se tenaient au milieu de la pièce et annonçaient à haute voix que la paix entre métamorphes était établie. Une centaine d'hommes et de femmes s'y trouvaient. Tout le monde trinqua à ces dires. Adossée au mur, une jeune femme métisse regardait la scène d'un air triste; elle leva son verre pour faire comme tout le monde.

Denys émit un son sourd quand il se revit dans le songe.

Autre pièce. Un bureau avec de magnifiques peintures sur les murs. Une incroyable frise ornée de bas-reliefs de jeux d'enfants moulés en stuc doré faisait tout le tour de la pièce. Il était assis sur une chaise et écoutait l'homme lui parler. Habillé d'un justaucorps aux manches se terminant par de larges et hauts parements dorés et rouges, d'une veste laissant passer le jabot de la dentelle de la chemise blanche et d'une culotte noire faite sur mesure, North tentait de lui démontrer qu'avec le clan des panthères à leurs côtés, ils formeraient une grande famille luttant pour une seule chose : eux-mêmes! Ne voulait-il pas que sa tendre Serena soit auprès de lui? Que leur enfant vive sous protection? Que sa reine par procuration soit en sécurité? Denys baissa la tête, se demandant ce que son meilleur ami ferait à sa place, puis accepta. Avant de donner l'adresse à North, il exigea deux choses. Tout d'abord, Denys les accompagnerait le lendemain afin d'essayer de parler aux panthères. Et si les panthères ne voulaient pas les suivre, North devrait l'accepter. North le lui promit.

Serena sursauta et se colla un peu plus fort à Gabriel. Elle voyait à travers les yeux de la princesse l'histoire de Denys. Les yeux d'Opal se muèrent pour devenir gris-vert, et ses pupilles se contractèrent.

Alano marchait dans la rue parsemée de pavés. Des carrioles passaient à côté de lui. Les gens sortaient du travail et rentraient chez eux à la lumière des lanternes. Il n'écoutait pas vraiment ce qui se disait. Son ami lui manquait. Comment avait-il pu les abandonner ? Il serra les poings sur les sacs en toile qu'il tenait et accéléra le pas. Il faisait presque nuit quand il arriva devant une maison à pans de bois. Elle était penchée comme toutes celles du quartier ; il se demandait toujours comment elle faisait pour tenir.

Il se dit alors qu'il lui faudrait acheter de l'argile et du sable afin de terminer le remplissage d'une partie de la façade qui commençait à tomber en miette. Mais pas aujourd'hui ; il était fatigué. Il passa par une petite allée qui le mena dans une cour. Des enfants de tous âges vinrent le saluer en criant son nom avec joie. Il sourit. Ah, l'innocence ! Il salua des hommes qui se tenaient près de la porte. Il l'ouvrit et entra en prenant soin d'enlever ses chaussures crottées. Quatre gardes lui dirent bonjour. Une dizaine de femmes se tenaient près de la cheminée qui éclairait la pièce. Elles le saluèrent en souriant. Il déposa ses sacs remplis de victuailles sur une petite table puis demanda où se trouvait sa sœur. Il monta à l'étage. Dans chaque recoin de la maison, des hommes ou des femmes étaient debout ou assis. Serena était assise sur un lit. Les larmes aux yeux, elle sourit quand même à son frère. Elle passa sa main sur son ventre arrondi et lui dit que la garde rapprochée de la reine voulait le voir.

— Non ! gémit Denys.

— Princesse, ne faites pas ça, gémit à son tour Alano.

Tout son être était tendu. Son visage était redevenu anthropomorphe. Quand il ouvrit ses yeux, ils étaient opalins comme ceux des autres. Il voulut bouger, mais il n'y parvint pas.

Alano descendit les escaliers et se rendit dans la cour où il se trouvait auparavant. Une petite fille se mit devant lui et lui tendit une fleur. Il remercia la petite Theresa, qui rosit de plaisir et se dirigea vers le fond du préau. Il y avait une étable où était entassé du foin. Quatre hommes se tenaient debout dans le noir. Il leur fit signe et se mit à discuter avec eux. Ils avaient décidé de quitter Paris dans quelques jours. Ils devaient mettre en sécurité la reine et le reste des panthères. Le fait qu'une partie des panthères ait rejoint les rangs des Anciens leur faisait craindre pour la sécurité de leurs gens.

Un des gardes ouvrit la trappe cachée par une pile de foin, et il y descendit. Il se trouvait dans une grande cave en pierre. Ils l'avaient agrandie pour faire de l'espace pour les hommes et femmes du clan des panthères. Une sortie de secours avec été créée pour faire face à tout problème. Les gens s'entassaient dans des lits de fortune. Ils étaient trop nombreux pour rester dans la maison à trois étages qu'ils occupaient. Après tout, la reine utilisait tout le dernier étage pour elle, ses filles et ses assistantes.

Alano discutait de stratégies avec deux hommes quand retentirent des cris de terreur au-dessus d'eux. Le temps qu'ils montent, la maison était en flammes. Il s'élança vers elle en appelant Serena de toutes ses forces. Des bêtes hautes comme des chevaux se jetèrent sur les hommes, les femmes et les enfants. Ces derniers n'eurent aucune chance.

Il n'avait que sa sœur en tête. Il ne pouvait pas la perdre. Non ; pas elle ! Tout à coup, il se retrouva projeté contre le mur extérieur de la maison, le souffle coupé. La bête courut vers lui et fit pénétrer ses griffes dans ses épaules.

Opal grimaça de douleur.

La créature essayait de broyer le cou d'Alano avec sa gueule. Il se transforma partiellement et put, grâce à ses griffes, perforer la boîte crânienne du loup de bas en haut. Le sang du loup coula sur son visage. Il grimaça de dégoût. Il monta les escaliers en criant le nom de Serena. Elle lui répondit. Quand il arriva devant la porte de la chambre, un immense loup tenait en l'air Serena d'une main, et de l'autre il la griffa de droite à gauche le long de son ventre. Un hurlement de douleur sortit de la bouche de la femme. Il se jeta sur le loup…

— Non, je ne veux pas revivre ça, non! s'écria cette dernière en se mettant à sangloter, tombant à genoux.

Opal bougea la tête en entendant ces mots. Elle ferma les yeux pendant un court instant et les rouvrit; elle avait maintenant les yeux de panthigre de Denys.

– Pourquoi avez-vous fait ça ? C'étaient mes amis !

Ces deux questions, il les posait aux quatre hommes devant lui. Ces derniers plissèrent leurs yeux en le fixant. Il n'y tint plus et se jeta sur eux, essayant de les frapper. Mais ils bougèrent plus vite que lui. Un d'eux lui dit en souriant que ce n'étaient que des chats. Un autre lui dit que plus le nombre de panthères diminuerait, mieux ils se porteraient. Le troisième le souleva dans les airs et le laissa tomber sur une pointe en bois affutée. Il se retrouva empalé, tremblant de douleur. Du sang jaillit de sa bouche.

Dans le monde réel, du sang s'écoula également de la bouche de Laura.

Le quatrième, North, avoua aux autres qu'il trouvait fort regrettable le non-respect que les bâtards avaient pour les rangs supérieurs. Il les vit monter dans leur carrosse et partir. Il regarda le ciel bleu. Il allait mourir sans revoir l'homme qu'il considérait comme son frère et Serena, sa douce et incroyable Serena, la femme qu'il aimait par-dessus tout. Il espérait de tout son être qu'ils avaient pu s'enfuir. Il ferma les yeux et s'évanouit.

Le filtre laiteux qui s'était déposé sur les yeux de tous se leva, et ils purent revenir à l'instant présent. Les pleurs de Serena résonnèrent dans la pièce. Laura posa les yeux sur Denys. Des larmes silencieuses coulaient sur ses joues. Elle se tourna ensuite vers Alano, qui était appuyé sur le mur, le regard fixe. Elle posa sa main sur son bras, le faisant sursauter, et lui sourit pour le rassurer.

— Vous aviez besoin de connaître la vérité tous les trois, dit-elle d'une voix douce.

— Princesse... je..., commença-t-il avant de se mettre à pleurer.

Laura se leva et fit signe aux autres de sortir de la petite salle. Quand la jeune femme referma la porte, elle s'y adossa un instant et souffla longuement. Elle essuya le sang sur ses lèvres avec douceur, et ses yeux redevinrent normaux.

CHAPITRE 15

Quartier général des loups, appartement de Dominicus, Montréal

– Quelles sont les nouvelles ? demanda Dominicus avec une voix grave.

Contrairement aux autres fois où le silence et l'obscurité étaient présents, Brian vit avec surprise que Dominicus était attablé et prenait son petit-déjeuner devant une imposante télévision qui couvrait tout le pan d'un mur. Ses cheveux étaient toujours en pagaille et sa barbe était hirsute, mais il portait un jeans et une chemise propres. Il avait les pieds nus. Une fois son étonnement passé, Brian se prosterna jusqu'à ce que Dominicus lui dise de se relever et de se joindre à lui pour le repas. Il prit une chaise et s'assit à table avec l'Héritier. Devant lui, une dizaine de plats s'offraient à ses yeux : saucisses, œufs au plat, bacon, jambon, pommes de terre, croissants, pain rôti…

– Café ?

– Euh… oui, merci, Dominicus ! répondit Brian quand l'homme lui servit une tasse de café.

Il but une gorgée et s'extasia. « Du café frais ! » Dominicus écoutait ce que le journaliste expliquait à la télévision. Ce dernier retraçait l'itinéraire du Fou du volant, qui avait fait neuf morts et de nombreux blessés. Des images prises par des vidéastes amateurs montraient des voitures encastrées les unes dans les autres. Sur une autre image, on voyait un éclair jaillir du ciel et toucher un agent de police. D'autres vidéos aériennes montraient le tunnel Lincoln. La piste de l'homme au taxi s'arrêtait là, dans un endroit où il était impossible de se cacher ou de disparaître.

— Alors ? demanda Dominicus en se tournant vers Brian et en avalant une saucisse presque entière.

— Comme convenu, nous avons placé un dispositif de surveillance sur Alina. Elle se trouve dans un hôtel situé à l'intersection Saint-Denis et Labelle. Un chauffeur vient la prendre tous les jours et la dépose le soir. Il l'accompagne dans tous ses déplacements. Nous avons retrouvé le chauffeur, dit-il en devançant la question que Dominicus allait poser, et ce dernier lui fit signe de continuer. Il travaille pour une société viable. Il a été embauché pour conduire la jeune femme n'importe où et a été payé par un virement bancaire.

— Impossible de retracer le compte bancaire, je suppose ?

— Impossible ! répondit le loup.

— Hum… sers-toi, Brian, ne fais pas le timide ! Il y a de la nourriture pour un régiment sur la table.

— Merci, Dominicus, fit-il en se servant. Alina a été vue hier soir dans un bar.

— Seule ?

— Ce que je vais vous dire ne va pas vous plaire…, dit Brian, attendant que Dominicus lève son œil vers lui pour continuer. Alina a été vue avec une amie de *la fille*, annonça enfin Brian en accentuant les mots.

— La fille ? Tu veux dire Opal ? s'écria-t-il, interloqué.

— Oui.

— L'amie en question ne serait pas Anna, par hasard ?

— Oui, c'est elle, et il y a autre chose. Marc a discuté avec Charlène hier soir. Les Sages lui ont demandé de créer un talisman permettant d'annihiler le pouvoir des métamorphes.

— …

On n'entendait que le son en sourdine de la télévision. Le jeune homme regarda un instant Brian en plissant son œil ; il réfléchissait à toute allure, cela se voyait. Dominicus se tourna vers l'écran sans mot dire. Brian en profita pour manger, savourant chaque bouchée. Une journaliste en direct de New York évoquait l'horreur de cette nuit sur l'île de Manhattan. Un attentat avait eu lieu : une explosion avait eu lieu dans un hôtel, et de nombreuses personnes étaient mortes. L'attentat n'avait pas encore été revendiqué. Et comme si ce n'était pas assez, un très fort séisme avait ébranlé et détruit de nombreux immeubles, dont l'hôtel en ruines, qui n'avait pas résisté aux secousses.

Les morts se comptaient par centaines. Des blessés étaient conduits dans les hôpitaux des alentours. Des images aériennes montraient l'espace vide où aurait dû se trouver l'hôtel, ainsi que les autres immeubles de bureaux et d'appartements détruits.

Personne ne comprenait ce qui s'était passé. Ni les pompiers ni les experts. Une personne interviewée jura avoir vu passer quelque chose dans les airs avant que l'hôtel vole en éclats. Le présentateur reprit l'antenne en se demandant ce qui se passait dans la ville de Manhattan en ce moment. Une image apparut sur l'écran : un taxi jaune et l'image de la fumée s'élevant des ruines de l'hôtel. Dominicus poussa un juron. Il prit la télécommande, mit l'image sur pause et poussa à nouveau un juron.

— Brian ?

— Oui, Dominicus ?

— Trouve-moi le lien qu'il y a entre ces deux affaires, lui ordonna-t-il en pointant son doigt vers la télévision.

— Vous voulez dire le Fou du Volant et... ? Mais...

— Mon petit doigt me dit qu'il y a des choses qui se jouent en ce moment même et que nous ne sommes pas encore au courant.

— OK !

Wang Gung des tigres, Corée du Sud

Un pan de mur s'ouvrit et laissa passer six personnes avant de se refermer sans bruit. Elles se dirigèrent vers des fauteuils et s'assirent lourdement. Les quatre commandants soupirèrent de concert avant de se tourner vers Il Nam, qui servait au roi Sisouk du *baekseju,* un vin de riz. Ils en prirent également et attendirent qu'Il Nam prenne place à son tour pour continuer la discussion commencée au sous-sol.

— Les Anciens ont dépassé les bornes ! Ils ont tué des centaines d'innocents hier soir ! Jusqu'où cela va-t-il continuer ? demanda en secouant la tête le commandant Kam.

— Ce n'est pas la première fois, et ça ne sera certainement pas la dernière. Dans quelques semaines, plus personne ne reparlera de ce qui s'est passé à New York cette nuit. Ils ont les médias dans leurs poches et feront surgir un autre problème pour que les terriens pensent à autre chose, ajouta le commandant Yi avant de boire une gorgée de vin.

— Ils contrôlent cette planète, et ce, depuis qu'ils se sont réveillés, soupira le commandant Kon en se grattant le menton. Il est temps de le faire savoir !

– Que faisons-nous, *Taewang* ? Devons-nous les laisser faire ou bien essayer… ? commença le commandant Kun.

– « Ne bande pas ton arc si ton carquois est vide », cita la voix éraillée de Sisouk. Nous ne sommes pas encore prêts, et vous le savez également. Il nous faut attendre encore.

– Nous y sommes presque, murmura d'une voix presque imperceptible Il Nam avant d'avaler le contenu de son verre.

• • •

Accroupi près de la baie vitrée du bureau d'Il Nam, caché par un buisson, Pish'Edo avait tendu l'oreille. De toute cette conversation, il n'avait entendu qu'une chose : les tigres n'allaient pas combattre les loups ! Il serra les dents de rage : son père, le roi Sisouk, n'était qu'un pleutre ! Il avait peur et devenait vieux. Pour lui, la solution était de rester caché derrière la barrière de protection invisible et de laisser le champ libre à ces chiens ! Le jeune homme brun n'allait pas le laisser faire cela…

Agence de voyages, Montréal

La sonnette de l'agence retentit. Frederico se tourna vers la porte d'entrée, un sourire commercial aux lèvres. Quand il vit la personne entrer, il resta stupéfait, la bouche ouverte.

– Bonjour, Frederico. Notre amie est-elle ici ? demanda une voix féminine.

– Que… que faites-vous ici ? demanda-t-il en se levant, étonné, faisant grincer sa chaise sur le sol.

– Je suis venue voir Anna.

— Mais pourquoi ? Que lui voulez-vous ? lui lança-t-il d'une voix acerbe.

— Ça ne te regarde pas. Dis-moi juste où elle se trouve !

— Non ! Dites-moi pourquoi vous voulez la voir ! lui ordonna l'homme d'un ton inquiet.

— Frederico, j'en ai assez de tes questions, fit Brianna en enlevant ses lunettes. Ne me fais pas perdre mon temps.

Ses yeux devinrent complètement marron avec des reflets rouges. Elle se dirigea vers lui et s'arrêta, les mains posées sur le bureau.

— Et si jamais tu me reparles comme ça, je te tue ! siffla-t-elle.

Frederico humidifia ses lèvres et sa respiration devint hachurée. Ces yeux étranges qui le fixaient lui faisaient peur ; la femme ne plaisantait pas. Elle lui redemanda où se trouvait Anna. Il ne répondit pas tout de suite. Il ne pouvait pas lui laisser son amie. Pouvaient-ils en avoir après elle ? Ce n'était pas possible ! La sonnette d'entrée retentit à ce moment-là.

— Hé, Brianna, que fais-tu ici ? s'enquit gaiement Anna en montant les deux petites marches.

— Anna ! s'exclama Brianna en fermant brièvement ses yeux.

Quand elle les ouvrit, elle était tout sourire ; elle l'embrassa sur les deux joues.

— Je suis passée voir si tu étais partante pour un brunch ou un petit café avec moi. Je demandais justement à ton collègue si tu étais ici.

La jeune femme avait de nouveau son visage charmeur et agréable. Toute colère en avait disparu. Anna se tourna en souriant vers Frederico, resté debout derrière son bureau. Ses bras pendaient le long de son corps, et il avait le visage toujours défait.

— Est-ce que ça va, Frederico? demanda Anna en allant vers lui. Tu n'as pas l'air très bien, dis donc. Aurais-tu des nouvelles de Guil...?

— Non, non! Ce n'est pas ça. J'ai juste mangé quelque chose qui ne passe pas très bien.

— Justement, je lui disais de rentrer chez lui. Il a failli vomir avant que tu arrives! s'écria Brianna d'un air vraiment inquiet.

— Oh! Dans ce cas, rentre chez toi; je prends ta place.

— Non! Ça ira, je vais rester avec toi, Anna!

— J'insiste, Frederico! Tu as travaillé seul ce matin pour me laisser me reposer après ma soirée d'hier; c'est à mon tour. Prends-toi ton après-midi, OK?

Elle se tourna alors vers la jeune femme.

— Brianna, est-ce que ça te va si on commande quelque chose pour manger ici? Je ne peux pas quitter l'agence.

— Oui, bien sûr que ça me convient. Je vais aller acheter des petites choses à la Plaza Saint-Hubert et je reviens.

— Super! On fait ça comme ça, alors, lui répondit-elle en souriant. Je vais aux toilettes; je reviens tout de suite, et tu me mettras au courant pour les dossiers, fit-elle en s'adressant à son collègue.

Anna se rendit à l'arrière et ne vit pas le regard que porta Brianna à l'homme. Un regard de défi. Un regard de supériorité.

— Si tu dis ou fais quelque chose, je te jure que ta fin sera plus douloureuse que celle de Guillaume..., murmura doucement Brianna avant de remettre ses lunettes de soleil et de sortir.

Guillaume, choqué, se laissa glisser doucement le long du mur. Son cœur battait à tout rompre. « C'est elle… c'est elle qui a tué Guillaume… » Mais dans quoi s'était-il fourré ?

Quartier général de la Coalition

Ils se trouvaient dans la salle où Laura avait été présentée aux membres de la Coalition quelques jours plus tôt. Elle était assise sur une des chaises de l'estrade et caressait Simon et Sacha, assis à ses pieds. Ils n'avaient pas pu se retransformer comme les autres, vu que Serena ne pouvait pas encore leur fournir le sérum. Pour des loups de leur niveau, le temps de la transformation était plus long. Ses suiveurs n'étaient encore que des loups mineurs, des louveteaux sans aucun pouvoir particulier. Il était au plus bas échelon de ce groupe d'animaux.

On leur avait amené quelque chose à manger. Laura ne s'en était pas rendu compte, mais elle n'avait rien mangé ni bu depuis son café de la veille.

Elle pencha la tête vers le haut et souffla lentement. La douleur poignante d'Alano l'avait tirée de son sommeil. Cette sensation avait été si intense qu'elle avait failli s'étouffer avec. Quand la jeune femme avait ouvert les yeux, elle se trouvait devant la porte du bureau du chef de la Coalition. Comment avait-elle fait pour se retrouver là ? Elle n'en avait aucune idée. Ce mal rongeait non seulement Alano, mais également Serena et Denys. Son seul but était de faire cesser cette douleur. Par instinct, elle avait fait ce qu'elle pensait être juste : faire remonter les souvenirs de l'un et de l'autre afin qu'ils découvrent la vérité. Sur le coup, elle ne s'était pas dit qu'un des protagonistes avait agi en traître. Heureusement, car elle n'aurait pas su quoi faire. Laura sourit légèrement. Ce don était incroyable! Elle qui pensait pouvoir uniquement voir ce que les autres lui permettaient de savoir... En fait, c'était tout le contraire! Elle pouvait choisir ce qu'elle voulait voir et le faire voir à d'autres, apparemment.

Depuis son réveil, elle sentait que ses sens s'étaient intensifiés. Était-ce dû à l'opale ou à l'énergie qu'elle avait utilisée la veille au soir pour essayer d'aider ces pauvres personnes? Laura n'en avait pas la moindre idée. Une chose était sûre cependant : elle ressentait tout avec force. Un peu trop, si elle se fiait à ce qu'elle ressentait en jetant un rapide coup d'œil à la haute stature de César, debout auprès des autres.

Elle ne l'avait jamais vu en loup; elle n'avait pu que les admirer, lui et Annabella, sous leur forme animale. Ils étaient aussi hauts qu'elle! Incroyable! La jeune femme avait caressé Bella, qui s'était mise à ronronner de contentement! Elle avait éclaté de rire en attendant ce profond bourdonnement. César en avait profité pour poser sa grosse tête sur son épaule et avait léché son cou quand Gabriel était sorti de la salle. La sensation avait été... exquise et extrêmement sensuelle. L'étincelle entre eux n'avait pas faibli malgré le fait qu'il était un loup. Encore une fois, elle avait remercié le ciel qu'on ne la voie pas rougir. Ses yeux vert émeraude avaient brillé d'espièglerie à cet instant. Une complicité grandissante s'installait entre eux.

Laura revint au présent en sentant le museau de Simon sur sa main. Elle sourit, recommença à le gratter derrière l'oreille et écouta sans le montrer Marcus, Gabriel, César et Annabella, qui discutaient à quelques pas d'elle. Ils se parlaient par télépathie, mais cela ne l'empêchait pas d'entendre leur conversation comme s'ils discutaient à haute voix.

— *Je n'ai pas vu de peur ni d'appréhension dans ses yeux quand elle s'est tenue près d'Alano et de Denys,* affirma Gabriel en jetant de rapides coups d'œil en direction de la jeune femme.

— *Je n'en ai pas vu non plus quand elle a soutenu pendant une trentaine de minutes la structure de l'hôtel afin de sauver autant de personnes que possible…,* ajouta Annabella.

— *Oui, effectivement. J'ai l'impression que ses dons se manifestent quand elle en a vraiment besoin. Sous le coup d'une émotion forte ou de l'adrénaline !*

— *Tu as sûrement raison, César,* fit son frère. *Toutes les fois où son pouvoir a été actif, il y avait quelque chose qui l'affectait, comme lorsqu'elle nous a appelés à la rescousse par télépathie ou a finalement tué le loup alpha afin de nous protéger. Sur le toit du musée, même.*

— *Je ne suis pas à 100 % d'accord avec vous, les garçons. Elle redécouvre ses pouvoirs et commence à s'en servir par elle-même. Oui, il y a l'émotion qui entre en jeu, mais ce n'est pas tout ! La preuve : ce qui s'est passé avec Alano et Denys. Elle a le pouvoir, il me semble, de visualiser les souvenirs de tout un chacun. Là, elle a décidé de nous le faire partager.*

Ils acquiescèrent tous à cela.

— *C'est un bon début, de toute manière,* dit Marcus au bout d'un moment.

— *Ce qu'elle nous a fait voir était juste fou !* déclara César. *Les loups ont continué leur marche de destruction sur le reste des royaumes.*

— *Une question me chiffonne, les garçons. Que faisaient-ils tous sur Nexma ce jour-là ?*

— *Que veux-tu dire, Bella ?*

— *Si je me rappelle bien, seuls les royaumes des lions et des tigres avaient envoyé leurs meilleurs combattants sur Nexma. Donc, c'est normal d'en rencontrer ici. Mais que faisaient les panthères sur cette planète ?* demanda la jeune femme.

— *Tu nous poses une colle, là,* fit César en plissant le front.

— *Ça ne vous semble pas bizarre que leur reine soit sur Nexma ? Le feu empereur avait accepté la demande d'indépendance des panthères. Elles auraient dû être sur leur propre planète, non ?*

— *De plus, les panthères que nous avons vues dans les souvenirs d'Alano et de Denys étaient nombreuses… trop pour que ce ne soit qu'une visite de courtoisie. La reine a apparemment amené une cohorte de combattants, ainsi que leurs familles. Pourquoi ?*

— *Oui, en y réfléchissant bien, c'est étrange. Tu as raison. Les panthères n'appartenaient plus à l'empire. Alors que tramaient-elles avec les loups ? Que faisaient-elles sur leur planète ?*

— *Tout comme Alexander n'avait rien à faire ici… à moins d'accompagner son roi,* suggéra Marcus.

— *Lorsque nous nous sommes rendus sur Optima et Shaanxi Souk grâce aux portails interplanétaires, nous n'avons pas pu savoir ce qui était advenu des rois de ces royaumes… Ils manquaient à l'appel,* dit César en secouant légèrement la tête. *On supposait qu'ils étaient encore endormis… Se pourrait-il qu'ils se trouvent ici également ?*

— *Oh, je n'aime pas ça,* grimaça Gabriel.

— *Denys a dit également une chose qui m'a interpellée,* ajouta Annabella. *Il a dit qu'il avait rencontré une aigle quand il était chez les Anciens… Se pourrait-il que ce soit… elle ?*

Un silence lourd de sens s'installa entre eux. Leur tension était palpable. Ils se regardèrent tous en fronçant les sourcils. Sacha mit sa tête sur le genou de Laura et poussa un petit gémissement en la regardant. Cette dernière lui sourit en caressant sa grosse tête noire. Soudain, la jeune louve releva la tête, tout comme son frère, et regarda vers la porte. Tout le monde se tourna dans la direction d'où provenaient les pas. La porte s'ouvrit sur Serena, Denys et Alano. Les yeux gonflés par les pleurs, ils vinrent vers eux, un sourire hésitant sur leurs lèvres. Ils se prosternèrent devant Laura.

— Nous voudrions vous remercier, princesse. Merci de nous avoir permis de savoir ce qui s'est passé il y a très longtemps, commença Serena, dont la voix était mal assurée. Il y avait des choses qui nous tuaient à petit feu. Nous pouvons maintenant continuer à vivre…

Elle s'inclina encore plus vers le sol en disant cela.

— La vérité est importante pour moi. D'autant plus que l'on m'a menti depuis mon réveil sur Terre. Je peux donc comprendre l'importance que cela revêt pour vous trois.

— Oui, princesse !

— Je vous en prie, relevez-vous ! dit Laura, attendant qu'ils obtempèrent pour continuer. Comme je vous le dis, la vérité est importante pour moi. J'ai besoin de connaître toute la vérité, et je détesterais savoir que vous ne m'avez pas tout dit.

Un silence tendu se fit. Serena, Denys et Alano se regardèrent un court instant.

— Que faisiez-vous sur Nexma alors qu'en ces temps de conflits, vous auriez dû rester dans vos royaumes respectifs ? Annabella est surprise que votre reine soit ici sur Nexma, puisque vous n'apparteniez plus à l'empire. Est-ce que les rois des royaumes d'Optima et de Shaanxi Souk se trouvent ici également ? Expliquez-nous cela, leur ordonna Laura d'une voix ferme.

César, Marcus, Gabriel et Bella se regardèrent, l'air extrêmement surpris. Laura se tourna légèrement vers eux et leur fit un rapide clin d'œil avant de se retourner vers les deux panthères et le panthigre.

— Par où commencer… ? se demanda à haute voix Alano tout en se raclant la gorge.

— Par le commencement. Pourquoi étiez-vous sur cette planète ?

Après avoir jeté un coup d'œil rapide aux Sentinelles, l'homme expira profondément et se décida à parler.

— Serena, Denys et moi étions sur Nexma, car nous accompagnions notre reine, Marguerite. Idem pour Alexander, qui commandait la haute garde du roi des lions. Une réunion entre les rois et reines des royaumes environnants avait été organisée au sujet d'une menace grandissante sur l'empire.

— Une menace ? Quelle menace, Alano ?

Alano hésita pendant un court instant, puis il releva les yeux vers Laura.

— Vous, princesse. Vous étiez la menace.

Agence de voyages, Montréal

— Haha, rit Anna de bon cœur.

Elles étaient installées à l'arrière de l'agence et mangeaient avec appétit les plats asiatiques payés par Brianna. Cette dernière était même allée acheter une bouteille de champagne.

— C'était délicieux, mais là, si je continue, je vais exploser, avoua la jolie métisse en passant sa main sur son ventre.

— Idem ! On a trop mangé !

— Je trouve ça cool, ce que tu as fait pour ton collègue.

— Le laisser rentrer chez lui ? demanda Anna.

En voyant que Brianna acquiesçait de la tête, Anna sourit.

— C'est normal. On va dire que depuis quelques mois, nous ne sommes que deux et demi à l'agence.

— Comment ça ?

— Laura, notre patronne, a eu une séparation très difficile. Nous avons même pensé qu'elle était enceinte. Non, je te rassure, ce n'était rien de tel, ajouta-t-elle en voyant Brianna écarquiller les yeux. Mais depuis trois mois, elle semble… effrayée. Je ne l'ai jamais vue comme ça.

— Est-ce à cause de son ex qu'elle a peur ? Il était violent ?

— Pas à ma connaissance. En fait, nous lui avons posé des questions à ce propos, et elle ne nous a jamais vraiment répondu… mais j'ai bien l'impression que c'est possible. D'ailleurs, je n'ai plus jamais vu Dominic dans le coin.

— C'est étrange…

— Tu veux que je te dise quelque chose d'étrange ? Maintenant, elle a un chauffeur personnel et ne sort plus sans qu'un de ses amis l'accompagne.

— Ah, oui ?

— Ouais… j'ai l'impression qu'ils la protègent.

— De Dominicus ? Euh… de Dominic, je veux dire, fit-elle en se reprenant rapidement.

— Dominicus ? C'est quoi comme prénom, ça ? demanda Anna en rigolant.

— Je suis saoule, s'excusa la jeune femme en riant aussi. J'ai écorché son prénom. *Mea culpa*.

— Pour répondre à ta question, je pense que oui. Elle est devenue très secrète et discrète. Ce n'est plus la Laura que nous connaissions, soupira Anna.

— Les séparations sont toujours des choses horribles…, murmura Brianna en faisant la moue.

— Oooh ! Toi aussi ?

— Ouais. Il était ce que je désirais le plus, mais le destin en a décidé autrement, dit Brianna en laissant sa phrase en suspens avant de vider son verre d'un trait. Bon, on arrête de raconter des choses qui nous rendent tristes, OK ? Je nettoie tout ça. Toi, va à ton poste !

Quartier général de la Coalition, Montréal

Laura eut un sursaut et posa sa main sur son cœur qui battait la chamade. Plus elle creusait l'histoire de sa vie, plus elle se rendait compte que TOUT convergeait vers elle. Elle serra les dents.

— Continuez ! ordonna-t-elle.

— Nous avions été invités à la cérémonie du liage malgré le fait que notre royaume ne faisait plus partie de l'empire depuis longtemps. Notre reine a accepté, ne voulant pas mener le royaume à une nouvelle guerre à cause d'un quelconque refus. Au cours de cette soirée, nous avons pu voir et constater que votre pouvoir était devenu… incommensurable, raconta Alano en cherchant ses mots. Nous avons tous été submergés par ce flux d'énergie venant de vous et de vos Sentinelles, et sans le vouloir, nous nous sommes transformés, prenant notre forme animale. Notre reine a pu résister, mais pas ses deux filles. Normalement, une telle chose aurait dû être impossible !

Il regardait Opal avec une expression incrédule tout en écartant ses bras de façon involontaire.

— Un, nous ne faisions plus partie de Prima, comme je vous l'ai dit. Deux, la reine n'avait envoyé aucun enfant sur Prima afin qu'il devienne votre Sentinelle. Vous ne pouviez donc pas vous imprégner d'une panthère… et pourtant, vous l'avez fait !

Il arrêta un moment de parler, se souvenant de ce qui s'était passé.

— Cela a occasionné des tensions et de la peur dans tous les autres royaumes de l'empire, reprit-il en soupirant. Nous n'étions pas véritablement effrayés par vous, mais plutôt par l'empereur, votre père. Il était…

Il hésita à nouveau, se mordant la lèvre inférieure.

— La vérité, Alano ! lui intima Laura.

— C'était un tyran, princesse ! Dès son accession au trône à la mort de l'ancien empereur, votre grand-père, il a tout fait pour avoir le contrôle total de TOUS les royaumes de l'empire et par la même occasion nous récupérer — par la force s'il le fallait ! Il était déjà à couteaux tirés avec les loups, mais le fait de perdre le royaume des panthères juste avant son couronnement l'avait rendu fou furieux. Nous avions peur de ce qui se passerait s'il pouvait vous contrôler. Il aurait alors eu accès à assez de pouvoir pour contrôler l'empire d'une main de fer.

— Donc, les rois et reines des royaumes se sont rencontrés en secret…

— À plusieurs reprises, oui, princesse. Afin de parler de vous. De voir si c'était possible de canaliser ce don que vous aviez reçu. De savoir si vous pouviez être de notre côté, et non de celui de votre père…

— Et alors ? Que s'est-il passé ? Êtes-vous entrés en contact avec moi ?

Annabella leva sa tête vers Gabriel. Ce dernier la regarda d'un air presque désemparé. Il grimaça et continua de regarder Opal écouter ce qu'Alano lui disait. César se redressa, croisa ses bras sur sa poitrine et resta attentif à ce qui était en train de se passer. Marcus lui jeta un bref regard avant de reporter son attention sur Alano et la princesse.

— Nous avons essayé de communiquer avec vous, mais vous étiez surveillée par de nombreux gardes du corps dès la fin de la cérémonie. Une des filles de notre reine a essayé à son tour, mais nous pensons que sa missive a été interceptée. Nous avons essayé de nouveau, et quand nous avons enfin pu vous parler, vous... vous..., dit-il en balbutiant.

Il se racla la gorge et jeta un coup d'œil fuyant vers les Sentinelles.

— Vous vous êtes retrouvée...

Alano ne finit pas sa phrase et passa ses mains dans ses cheveux. Serena se colla contre Denys et ferma les yeux. Ce dernier la serra fermement contre lui en soupirant.

Le souvenir d'Alexander revint brusquement à Opal.

Elle vit la peur s'installer sur le visage de son roi à la fin de la cérémonie quand il avait constaté que seul l'empereur avait le sourire en regardant sa fille entourée de ses Sentinelles au milieu de l'arène. Après cela tout était allé vite : il y avait eu de nombreuses visites secrètes des rois et reines des autres royaumes. Certains voulaient tuer la menace qui pesait sur leurs têtes. D'autres, comme son roi, voulaient attendre de voir ce qui se passerait. Finalement, après qu'ils aient su que l'empereur avait emprisonné sa propre fille dans un donjon, ils avaient décidé d'agir...

— Pouvez-vous m'expliquer pourquoi j'ai été enfermée dans un donjon ? Et pourquoi ça vous a conduits à… agir ?

Tous sursautèrent, se retournant vers elle, choqués. Serena ouvrit des yeux éberlués. Denys et Alano se regardèrent rapidement. César et Annabella se jetèrent un long regard. Marcus plissa les yeux, mais ne dit rien. Un interminable et embarrassant silence les enveloppa. Laura les regarda les uns après les autres, mais personne n'osa lui répondre.

— Tu te souviens de ça, Opal ? demanda Gabriel au bout d'un moment.

— Était-ce affreux au point que personne ne veuille me le dire ? demanda Laura sans répondre à la question posée.

César s'approcha et posa sa main sur le dossier de sa chaise. Sacha et Simon s'écartèrent pour lui laisser la place. Il pencha sa tête et regarda Laura de ses beaux yeux vert émeraude.

— Veux-tu vraiment savoir, Opal ? demanda-t-il d'une voix sérieuse.

Laura le regarda attentivement puis acquiesça de la tête. Elle leva sa main vers lui afin de le toucher.

— Opal, non ! Tu n'es pas prête ! s'écria Gabriel en venant vers eux.

— Quand le serai-je, Gabriel ? lui demanda-t-elle sèchement, la main toujours en l'air.

— Ça va être horrible ! Je t'en supplie, ne fais pas ça ! s'écria le lion. César, éloigne-toi d'elle immédiatement !

Gabriel essaya de repousser César, mais il toucha malencontreusement Laura du revers de sa main, et comme cela venait de se produire avec Denys et Alano, elle entrevit les souvenirs de Gabriel. Ses yeux devinrent alors jaune-or.

– Non, Opal, gémit Gabriel avant que ses yeux déjà dorés brillent encore plus.

Il montait des marches en pierre. Il suivait l'empereur, entouré de gardes. Il y en avait devant et derrière lui. D'autres suivaient. Il n'avait pas vraiment le choix de suivre. L'homme le plus puissant de l'empire l'avait fait chercher. Il discutait avec César, Bella, Tim, Thoas et Marcus, essayant de faire quelque chose pour libérer Opal, quand des gardes armées du Roi avaient fait irruption dans sa chambre pour l'emmener.

• • •

Depuis le liage cinq mois auparavant, beaucoup de choses avaient changé. Les gens se méfiaient d'eux. De lui, de ses compagnons et même de la jeune princesse ! Ils n'avaient d'ailleurs plus le droit de quitter le palais. Une semaine plus tôt, l'empereur avait enfermé Opal dans un donjon à proximité du palais. Personne n'avait le droit de lui rendre visite. Même pas la reine Liliana. Il l'avait entendue pleurer et supplier son mari de laisser leur fille en paix. Opal leur avait confié quelques jours après la cérémonie du liage que son père agissait bizarrement avec elle. Elle commençait véritablement à avoir peur de lui. L'empereur lui avait ordonné d'utiliser son don en sa faveur afin de rétablir l'ordre dans l'Empire ! La soi-disant compétition qui avait eu lieu contre les panthères avait un seul objectif : montrer l'étendue du pouvoir de la jeune princesse. Il voulait régner non pas sur quatre royaumes, mais bien sur tous les royaumes qui étaient légitimement siens, même ceux dont ils n'avaient entendu parler que dans les manuels scolaires. Opal avait refusé, et il était entré dans une colère noire. Dès ce jour, le roi ne lui avait pas laissé une minute de répit. Il lui était interdit de voir ses Sentinelles et ses amis priméens, et elle devait s'exercer matin et soir pour affûter ses dons. Seulement, ce qu'elle avait fait lors de la cérémonie du sang ne s'était jamais reproduit après sa longue convalescence. Son pouvoir était latent, et nul ne savait pourquoi; tous ignoraient également quand elle atteindrait son plein potentiel.

En plus de tout cela, Alina avait disparu un mois environ après la cérémonie du liage. Inquiets, ils avaient tous voulu partir à sa recherche, mais avaient été écartés par l'empereur. Tim était désespéré. Ils avaient essayé de trouver un indice, mais il n'y avait aucune trace d'elle, aucune odeur. Comme si elle s'était évaporée. Comme si elle n'était plus de ce monde… Des métamorphes d'autres royaumes en voulaient-ils aux Sentinelles? La sécurité avait été renforcée, au cas où… Tim s'était enfermé dans sa chambre et n'en était plus sorti, pleurant sa peine.

Un soir, César, Marcus, Bella, Tim, Thoas et lui avaient pu entrer dans sa chambre en douce et l'avaient trouvée morte de fatigue sur son lit. Toujours habillée, Opal s'était allongée sur le lit et n'avait plus bougé jusqu'au lendemain. Ils s'étaient sentis impuissants. La semaine suivante, elle avait été entraînée dans le donjon sans que personne ne sache pourquoi. Elle s'était débattue avec acharnement avant que son père lui-même lui assène un coup, la frappant assez fort pour qu'elle s'évanouisse. Quand Gabriel avait voulu s'interposer, il avait hésité. Il ne pouvait pas la laisser comme cela… il l'aimait tant! César, lui, avait bondi vers l'empereur, essayant de le bousculer afin qu'il la lâche. Le jeune loup s'était retrouvé projeté contre un mur, les deux jambes brisées.

• • •

Gabriel secoua la tête, essayant de se concentrer sur ce qui se passait. Enfin, il allait la voir! Quand ils rentrèrent dans la cellule en *pierre, Opal se releva de sa couche et se tint debout, la tête haute et le port altier malgré son visage amaigri et sa robe déchirée.*

– Opal ! s'exclama-t-il en s'élançant vers elle.

Il enleva sa veste à toute vitesse et la posa sur les épaules nues de la jeune femme.

– Gabriel !

Elle se suspendit à ses bras et se mit à pleurer doucement. Il la tint contre lui, caressant ses vanilles en signe d'apaisement.

– Vous ne pouvez pas laisser Opal ici. C'est votre fille ! s'écria Gabriel, en colère, se tournant vers l'entrée en disant cela.

– Tu n'aurais pas dû venir, chuchota Opal, les yeux agrandis de peur en voyant son père rentrer dans la geôle.

L'empereur Jéromius s'avança et les contempla un instant. C'était un homme grand et musclé, mais tout en finesse. Il avait des cheveux et une longue barbe poivre et sel. Le contraste entre ses yeux pers et sa peau noire était saisissant. Il se tenait debout, emmitouflé dans sa longue veste rouge et noire brodée aux armoiries de Prima.

• • •

– Opal, réveille-toi ! lui ordonna Marcus.

– Je ne pense pas qu'elle nous entend, dit d'une voix rauque Annabella, soucieuse.

– Quelle mouche t'a donc piqué, César ? Pourquoi voulais-tu lui dire la vérité ?

– Alano, elle est en droit de le savoir. Elle ne veut plus qu'on lui mente, n'est-ce pas ?

Tous regardèrent les yeux dorés devenir lentement opalins.

– Elle se souvient…

• • •

— Ma fille, tu vas te montrer raisonnable, maintenant.

— Père…

— STOP ! cria-t-il brusquement, les faisant sursauter tous les deux.

Il sourit et se dirigea vers le trou qui servait de fenêtre à la pièce.

— Ma fille, il faut te décider, reprit-il, doucereux. Tu me transmets ton pouvoir, et tout sera fini. J'oublierai l'affront que tu as fait à la famille en t'acoquinant avec les panthères. J'oublierai même que ta mère t'a fait t'amouracher de ce… lion, ajouta-t-il en regardant Gabriel d'un air dégoûté. Au moins, c'est mieux que ce loup roux ! Opal, tu pourras retourner dans tes appartements, retirer cette robe affreuse et prendre un bain. Et tout reviendra à la normale. Alors, qu'en penses-tu ?

— Je ne sais pas quoi vous dire ; je ne contrôle pas mes dons. Je ne sais pas comment ça fonctionne…

— Tu ne me laisses pas le choix, ma chérie…

Ce dernier fit un signe de tête, et trois gardes arrivèrent. Ils séparèrent les jeunes gens. Deux gardes maintinrent Gabriel à genoux difficilement et lui enlevèrent sa chemise.

— Père, laissez-le ! Il ne vous a rien fait ! Je vous en supplie !

Elle alla vers son père, qui la repoussa violemment vers le lit. Il fit une grimace et essuya l'endroit où sa fille l'avait touché.

— Vas-tu enfin me donner ce que je veux, Opal, oui ou non ?

— Je ne sais pas comment faire ! Pourquoi ne le comprenez-vous pas ? s'écria-t-elle en pleurant.

L'empereur fit un signe. Le troisième garde projeta son pied en plein dans l'estomac de Gabriel afin qu'il arrête de se débattre. Ce dernier gémit. Un quatrième homme entra et se dirigea vers les hommes. Il tenait une fiole et versa son contenu dans la bouche du jeune homme. Gabriel toussa et cracha, puis il arrêta de se débattre et se mit à convulser au sol.

– Que lui avez-vous fait, père ? s'exclama Opal, apeurée, en voulant s'élancer vers son ami.

L'empereur l'en empêcha en la retenant par les épaules. Il se pencha à son oreille et lui murmura de bien regarder l'homme qu'elle « aimait ». Elle ne reverrait plus le visage qu'elle aimait tant. Mais elle avait encore le choix et pouvait lui sauver la vie… Des craquements horribles se firent entendre. Gabriel ouvrit la bouche pour crier, mais aucun son n'en sortit. Son crâne doubla de volume, et son visage humain se transforma rapidement. Une truffe noire et des oreilles couleur sable et arrondies apparurent. De longues canines firent leur apparition. Ses quatre membres se tordirent, faisant gesticuler Gabriel comme une marionnette. Un pelage court de couleur sable vint courir sur tout son corps nu. Ses bras et jambes s'allongèrent, et d'épaisses pattes musclées apparurent. Ses orteils devinrent d'épais coussinets. Une longue et épaisse crinière s'étendait de ses joues jusqu'au-dessus de ses épaules. La transformation se termina par une queue finissant en un pinceau de poils noirs.

Quand ce fut fini, seule la respiration haletante de Gabriel se faisait entendre. Opal pleurait, agenouillée au sol. Sur un signe de l'empereur, un des gardes prit son sabre et le planta en travers du lion. Un rugissement de douleur s'éleva dans la pièce. Opal ouvrit alors des yeux opalins et se mit à crier de désespoir. D'une main, elle projeta l'homme tenant toujours son arme contre le mur avec violence. Un vent s'éleva dans la pièce, formant une sorte d'entonnoir bleuté. Les gardes se retrouvèrent propulsés contre les murs. Un des gardes passa par la fenêtre. D'autres frappèrent le plafond avant de retomber au sol brutalement. Opal continua de crier. Le tourbillon devint plus violent, plus dense. Le lit se mit à flotter dans les airs, à l'instar de tout ce qui se trouvait par terre. La tour où ils étaient se mit à tanguer pendant qu'Opal s'élevait dans les airs, les cheveux déployés, le corps parcouru d'une aura bleutée. L'empereur, qui se retenait au mur, sourit en voyant cela. Il s'avança et l'attrapa par le mollet, la faisant descendre en un millième de seconde, puis il la frappa à la tempe. Elle s'évanouit.

• • •

— Seigneur ! fit Gabriel en ouvrant les yeux pour regarder autour de lui.

Tout était sens dessus dessous. Les tables, les bancs et les chaises avaient été renversés. Simon et Sacha se dégageaient des meubles tombés sur eux. Annabella déposait au sol une poutre centrale qui s'était détachée tandis que Marcus, avec l'aide d'autres métamorphes, retenait un mur entier qui menaçait de s'effondrer. Denys dégageait Alano du pan de plafond qui était tombé sur lui. Serena était près d'une porte arrachée et calmait les métamorphes qui venaient voir ce qui se passait. Alexander entra à cet instant et resta estomaqué devant l'ampleur des dégâts. Quand Gabriel leva les yeux, il vit César, transformé partiellement en loup, porter d'un bras Laura, inconsciente ; le poing qui avait servi à l'assommer était toujours serré.

— Je suis désolé, *Tia*, chuchota César d'une voix éraillée en la regardant.

Quartier général des loups, étage des Sages, Montréal

— Une secousse sismique ? demanda un des hommes.

— Apparemment, fit East en fronçant les sourcils.

Il allait déposer ses couverts sur la desserte.

— Il…

Un visage apparut sur l'écran principal. Adeline.

— Messieurs ?

— Oui, Adeline, qu'y a-t-il ? demanda North en allumant le bouton qui autorisait la visioconférence.

— Messieurs. Je suis désolée de vous interrompre, mais il s'agit d'un cas urgent.

— Nous vous écoutons !

— Nous venons d'enregistrer un pic d'énergie semblable en tout point à celui de *la fille*, survenu il y a quelques minutes.

— Le tremblement de terre..., murmura East en hochant la tête, comme si tout cela était censé.

— Oui. Ça s'est produit en profondeur, d'où la secousse.

— En êtes-vous sûre ? demanda South, suspicieux.

— J'en suis sûre et certaine, monsieur South. D'ailleurs, le filet s'est placé automatiquement au-dessus de la zone.

Les quatre frères se regardèrent avant de se tourner vers Adeline.

— Avez-vous localisé l'endroit exact de la source ?

— Oui, messieurs, déclara Adeline avec un sourire. Tout concorde avec la puce espion retrouvée dans le cellulaire de Guillaume Vent et la zone d'énergie.

— Ce qui veut dire... ? demanda North avec un large sourire.

— Nous connaissons l'endroit exact de la cache de la Coalition !

Pâtisserie, Plaza Saint-Hubert, Montréal

— Et pourquoi ne l'as-tu pas encore dit à Laura ?

— Parce que Simon ne veut pas qu'elle le sache tout de suite, expliqua Anna en faisant une moue.

— Mais… pourquoi ? demanda Brianna en buvant son café.

— Je ne sais pas vraiment. Peut-être qu'il veut être sûr…

— Je pense tout simplement qu'il ne sait pas comment le dire à Laura, rigola la jeune femme.

— Tu penses qu'il a peur d'elle ? Laura ne ferait pas mal à une mouche.

— C'est un gars ! dit-elle pour toute explication.

— Pourtant, je sais qu'elle accepterait notre relation. Elle veut que je sois heureuse, et je le suis, murmura Anna.

— Oui, elle sera sûrement contente de savoir que tu sors avec un bon ami à elle, j'en suis sûre. Moi, je pense que tu devrais le lui dire.

— Tu penses ?

— Tu as dit qu'elle acceptera votre relation, non ? Alors, vas-y !

Tout à coup, elles entendirent un bruit de verre cassé. Elles levèrent les yeux et virent que des tasses se trouvant accrochées derrière le comptoir tombaient toutes seules. La propriétaire, Sandrine, émit un léger cri de peur, tout comme une autre femme se trouvant à une table à côté de la leur et qui se tenait de toutes ses forces à la table. Samson, qui mangeait un croissant en compagnie d'un ami, regardait, un peu affolé, ce qui se passait. Anna sentit un léger tremblement. Elle regarda Brianna avec étonnement.

— Un tremblement de terre à Montréal ? Voyons donc !

Quartier général des loups, appartement de Charlène, Montréal

Une salle. Des murs peints en violet foncé. Sur un des murs, un immense pentacle de couleur doré, et en son centre, une tête de loup. Autour de ce pentacle étaient dessinées les différentes étapes de la lune : de la nouvelle lune à la pleine lune en passant par les différents quartiers. Un autel se trouvait au centre de la pièce sur un pentagramme. Une nappe blanche recouvrait la table de bois. Dessus, il y avait deux bougies rouges allumées et une coupe sacrée contenant un liquide rouge. Un petit couteau et une baguette en bois étaient posés là. Deux encensoirs diffusaient une fumée grise aux coins du mur. L'odeur était aromatisée par de la myrrhe et du camphre. Un écureuil était assis par terre sur un petit pentacle dessiné. Quand il essayait de sortir de la figure dessinée à la craie blanche, une décharge électrique le faisait revenir au centre. Il ne bougeait plus, terrorisé. Des chandelles noires et rouges allumées un peu partout éclairaient la pièce. Une voix féminine récitait un mantra d'une voix lancinante. D'un coup, une brise se mit à souffler violemment dans la pièce, soulevant les courts cheveux blonds de la femme. Une créature noire aux yeux rouges apparut dans un coin de la pièce, puis une légère secousse se fit sentir. À ce moment, les yeux de Charlène s'ouvrirent sur un océan de noirceur. Le liquide se trouvant dans la coupe s'éleva dans les airs comme un rideau, et une image s'y forma : une tempête se déchaînait autour d'une jeune femme noire, et ses longues vanilles se balançaient autour d'elle. Des chaises et des briques volaient autour d'elle. Un homme transformé partiellement en loup alpha l'attrapa par une de ses jambes et projeta son poing en plein dans son estomac. Les secousses cessèrent à cet instant. Tout retomba avec grand bruit au sol.

— *Je suis désolé,* Tia, *chuchota César d'une voix éraillée en la regardant.*

Charlène ferma les yeux un instant, et quand elle les rouvrit, ils étaient redevenus normaux. Elle se tourna vers sa créature.

— Ramène-la-moi !

BlackTower, Montréal

— Sergente Hewer ! appela une soldate en uniforme noir assise devant son écran.

— Oui, soldate, qu'y a-t-il ? demanda la femme en se rapprochant du bureau.

— Nous venons de recevoir un mémo de BTC[27], madame. Ils viennent d'intercepter un appel venant de la Coalition.

— De quoi s'agit-il ?

— Il y a eu une secousse sismique à Montréal dans cette zone-ci, expliqua la soldate en faisant apparaître la carte de la ville sur son écran.

Un cercle rouge entourait une zone se situant entre deux arrondissements : Ville-Marie et Mercier—Hochelaga-Maisonneuve.

— Apparemment, la Coalition vient de répondre à un appel concernant une intervention de la sécurité de Montréal sur cette secousse, justement.

— Pourquoi aurait-elle intercepté cet appel ? demanda la sergente Hewer en fronçant les sourcils.

— Selon BTC, il se pourrait que ce tremblement de terre n'en soit pas réellement un. BTC fait des vérifications, mais il est possible que ce soit la Coalition, l'instigatrice de cette secousse !

La sergente Hewer se mordit les lèvres.

27. BlackTower Co.

— A-t-on les coordonnées de l'endroit où ça s'est passé ?

— BTC mène des recherches. Elle nous revient dès qu'elle a les informations, madame !

— Bien ! Avertissez-moi !

— Oui, madame !

Quartier général de la Coalition, Montréal

— Qu'a-t-elle vu, exactement ? demanda doucement Alexander à Gabriel, qui était assis, les jambes pendantes dans le vide.

Ce dernier se tourna vers lui, le regarda sans parler puis eut un rictus. Il passa sa main sur son visage et s'allongea au sol, frustré. Ils étaient montés sur le toit d'un immeuble pour être au calme. Simon, César, Marcus, Alano, Alexander, Denys et Gabriel.

D'immenses nuages gris s'amoncelaient au-dessus de Montréal, annonçant la pluie. Il régnait une agitation monstre en bas. Des métamorphes solidifiaient la structure de l'édifice, Opal l'ayant sérieusement endommagée. Ils avaient eu une petite idée de l'étendue du pouvoir de la princesse ! Alano avait dû faire appel à d'autres mains aidantes afin de réparer les dégâts en vitesse avant que quiconque — c'est-à-dire des terriens — vienne fureter dans les parages. Ils avaient dû réparer les connexions réseau qui avaient été brouillées. La secousse avait été énorme !

— Opal voulait savoir pourquoi l'empereur l'avait enfermée dans le donjon. Je pense que ce qu'elle a revu a un lien avec ça, expliqua César, le regard lointain.

— Oui, mais de là à détruire une partie de l'immeuble..., murmura Alano.

— Que s'est-il passé exactement dans ce donjon? demanda Simon, les bras croisés.

— Je n'en sais rien. Ce que je sais, c'est que l'empereur a enfermé la princesse à cause de nous, les panthères, indiqua Alano, la tête penchée. Après la cérémonie du liage, nous n'avons cessé d'espionner la famille impériale, et surtout l'empereur. Nous étions au courant du fait qu'il commençait à maltraiter la jeune princesse parce qu'elle n'arrivait plus à utiliser les dons qu'elle avait acquis lors de la lune de sang.

— Des espions? s'enquit Alexander.

— Oui. Un de nos sorciers a concocté une potion qui permet de faire passer un métamorphe pour un Priméen. Nous l'avons donc utilisée; nous n'avions pas le choix! Nous devions parler à la princesse afin de savoir si nous pouvions avoir confiance en elle. Nous voulions déterminer si elle était une menace ou pas... Nous avons vu le véritable visage de l'empereur après qu'il ait surpris notre agent infiltré qui parlait avec la princesse... Il... il a lâché ses loups sur lui. Il est mort dans d'horribles souffrances.

Alano avait prononcé ces mots d'une voix atone.

— Après, je sais juste qu'il a enfermé la princesse et la traitait comme une traîtresse. Je ne sais pas ce qui s'est passé par la suite, ajouta-t-il en regardant Gabriel, toujours couché.

— L'empereur pensait que la punition qu'il avait infligée à Opal lui ferait entendre raison, raconta Marcus en regardant Simon; il allait avoir la réponse à sa question. Qu'elle allait finalement utiliser son pouvoir pour servir les intérêts de son père. Seulement, son don était véritablement bloqué. Cette nuit-là, l'empereur a fait en sorte qu'Opal souffre non plus physiquement, mais mentalement. Il a compris que la privation de nourriture ou de bien-être n'allait pas fonctionner sur elle. Il a agi d'une façon qui lui ferait vraiment mal.

— Gabriel, devina Denys en hochant la tête légèrement.

— Exact, acquiesça Marcus en faisant la moue. C'est cette nuit-là que Gabriel a été transformé en lion de façon permanente. Elle ne serait pas restée là sans rien faire en le voyant souffrir. Cette nuit, son pouvoir latent s'est réveillé de façon explosive. Elle a tué des gardes royaux et causé de nombreux dommages aux alentours.

— Ce qu'elle voit, elle le vit également..., devina en sursautant Alexander.

— Oui, elle le revit comme si c'était d'elle qu'il s'agissait, acquiesça Alano en se rappelant ce qui s'était passé tôt ce matin : du sang s'était écoulé de sa bouche quand Denys avait été poignardé en songe.

— C'est pour ça que je voulais qu'Opal me touche, dit amèrement César.

Quand les quatre autres le regardèrent, il continua.

— Elle voulait savoir pourquoi ; elle l'aurait su selon mes visions, et non celles de Gab !

— C'était trop tôt, César, fit le lion en se relevant.

— Trop tôt pour qui ? Pour Opal ou pour toi ?

— César..., le coupa Marcus en essayant d'intervenir.

— Non ! Je veux que Gabriel réponde ! Pourquoi n'est-elle pas prête, à ton avis ? Opal n'a pas changé depuis Prima, je te signale ! lança César en ouvrant ses bras. Elle est toujours la jeune fille que nous avons connue, et ce, malgré les millénaires passés. Oui, je sais très bien : il faut qu'on y aille doucement, mais ce n'est pas un bébé. Elle ne s'en souvient peut-être pas, mais c'est une guerrière, Gabriel ! Alors, je le répète : de quoi as-tu peur ?

— Je n'ai pas peur ! grogna Gabriel en s'avançant vers le groupe.

— Est-ce que ce sont les soi-disant sentiments que tu as pour elle qui te rendent incapable de voir la vérité ?

— César…, fit-il en l'avertissant.

— Si tu l'aimes, dis-le-lui, bon sang ! Et arrête de nous faire chier en essayant de la « protéger » de ses souvenirs !

— César… grogna à nouveau Gabriel.

— César, arrête ! lui dit Marcus.

— Non, il faut qu'il le lui dise. Et Gabriel doit savoir si elle a les mêmes sentiments pour lui. Car c'est de ça qu'il a peur. Peut-être que notre princesse ne l'aime plus, railla le jeune homme. Peut-être qu'elle a retrouvé la mémoire sur ce qu'elle ressent pour…

Gabriel, avec son pouvoir d'invisibilité, se jeta sur César le poing en avant, ne lui laissant pas finir sa phrase. Ce dernier l'esquiva habilement avec un sourire moqueur. Un duel s'engagea entre les deux hommes. Gabriel attaquait tandis que César ne faisait qu'esquiver.

Simon, Alano, Denys, Alexander regardaient les deux hommes se battre, soucieux. Marcus pinça ses lèvres nerveusement. César, plus rapide que Gabriel, avait une longueur d'avance sur lui. Il avait un sourire en coin et ne faisait qu'éviter les puissants coups du lion. Au bout d'un moment, ce dernier se mit à rugir de frustration et tomba à genoux au sol. Une larme coula le long de ses joues. Vaincu !

— Il faut que tu le lui dises mon ami. Tu ne peux pas continuer comme ça sans savoir, dit César en lui touchant l'épaule.

— *Maintenant, c'est quitte ou double,* dit-il en levant les yeux vers son frère.

— *Tu n'avais pas à faire ça…*, lui dit Marcus en secouant la tête, inquiet.

— *Je devais le faire !* répondit César avec un rictus.

CHAPITRE 16

Refuge, quartier général de la Coalition, Montréal

— *Tiens,* Tia, *c'est pour toi, dit un jeune garçon, en tenant un petit paquet dans sa main.*

Il avait les yeux vert émeraude et souriait.

— *Pour moi, César ? Mais pourquoi ? demanda Opal en prenant le paquet.*

— *Est-ce qu'il faut une occasion pour que je t'offre quelque chose,* Tia *? Ouvre-le ; ça ne te mangera pas ! dit-il en rigolant avant de s'asseoir sur une grosse roche.*

Opal ouvrit la petite boîte blanche et en sortit un joli bracelet. Le corps du bijou était fait de deux loups entrelacés. Leurs yeux étincelaient d'un noir onyx. Dans leurs gueules, au centre, se trouvait une émeraude de la même couleur que les yeux de son loup.

— *Il appartenait à ma mère. Elle m'a conseillé de l'offrir à une personne que je considère comme spéciale, murmura-t-il en rougissant.*

Il pinça les lèvres et regarda ailleurs, comme gêné.

— *J'ai le même, ajouta-t-il en lui montrant son poignet gauche.*

— *César… je… Merci, dit-elle en souriant. Tu me le mets ?*

— *Bien sûr, affirma César en sautant de son perchoir et en venant vers elle pour le lui mettre.*

Quand il attrapa sa main droite, la petite décharge électrique habituelle les fit sursauter tous les deux.

— *Voilà !*

La jeune Opal se tourna vers lui avec un immense sourire. Ce cadeau était magnifique. S'il lui offrait, peut-être tenait-il à elle, finalement. César sourit à son tour et entoura son visage de ses mains…

« Comme c'est doux et chaud ! Je me rappelle de ces mains douces qui se posaient sur mes joues quand j'étais plus jeune. »

Elle sourit.

— Mon enfant ? dit une voix féminine. Mon enfant, réveille-toi !

— Hum… ? demanda-t-elle d'une voix ensommeillée en ouvrant de petits yeux.

De beaux yeux rouge sombre se tenaient en face des siens. Une couleur pure comme le grenat. Laura sourit de contentement et referma les yeux ; elle voulait connaître la fin de son rêve avec César.

— Opal, tu dois te réveiller, pria une autre voix.

Laura se décida à ouvrir ses yeux et bâilla à s'en décrocher la mâchoire. Elle avait fait un drôle de songe : son loup lui offrant un cadeau. La jeune femme avait eu l'impression que ce n'était pas seulement un rêve, mais une partie de sa vie. Elle regarda autour d'elle et vit Sacha, Serena, Annabella et Marjoria qui la regardaient.

— Salut ! dit-elle.

Laura se redressa sur les oreillers et prit le verre d'eau sur la table de chevet près du lit. Elle but le verre d'un trait et soupira d'aise. Elle avait vraiment soif. Les quatre femmes surveillaient attentivement tous ses mouvements.

— Comment vous sentez-vous, Opal ? demanda Serena en s'avançant près d'elle et en lui prenant le visage pour vérifier ses yeux.

Quand Serena toucha la jeune femme, un petit cri s'échappa d'elle. Une décharge électrique passa entre les deux femmes. Serena recula précipitamment, mais ces yeux se muèrent instantanément en ceux d'une panthère. Annabella, adossée au mur, ne put retenir un léger cri. Ses yeux se modifièrent pour devenir bleu saphir. Idem pour Sacha. Un rayonnement bleuté se mit à briller sur tout le corps d'Opal. Laura leva ses bras devant elle, les tourna et les retourna en regardant ce qui arrivait avec étonnement, puis elle se souvint de ce qui s'était passé dans la salle. Les différentes réunions entre les rois et reines des royaumes, les dires de son père, la transformation de Gabriel en lion de façon permanente et sa réaction.

— Je vais bien, merci, Serena, murmura Laura tout en continuant de regarder l'énergie flotter autour d'elle.

Elle regarda brièvement Marjoria et lui demanda pourquoi elle se trouvait ici.

— La Coalition m'a demandé de venir.

La prêtresse s'approcha du lit et s'y assit sans toucher la jeune femme.

— Opal ? dit doucement Marjoria.

— Oui ?

— Comment te sens-tu ?

— Bien. Je veux dire, je ne suis pas fatiguée. J'ai l'impression que je pourrai courir un marathon. Je suppose que c'est grâce à l'opale.

— Je ne pense pas. Oui, la pierre fait sa part, mais la seule personne que j'ai vue avec cette aura bleue autour d'elle était ta mère, dit Marjoria avec un sourire. Tes pouvoirs te reviennent au fur et à mesure, mon enfant.

– Oui, je le constate, soupira Laura en regardant les quatre femmes. Est-ce que j'ai occasionné beaucoup de dégâts dans la salle ?

– Tu en as fait… pas mal, avoua Annabella en riant doucement.

– Pas mal ? Oh, mon Dieu… Tout le monde va bien ? Rassurez-moi !

– Personne n'est blessé, princesse. Il n'y a que des dégâts matériels, lui assura Sacha.

– Je suis désolée, Serena. Je me rappelle juste m'être laissée remplir par une colère sans nom après ce que mon… père a fait à Gabriel…

– Il va falloir, mon enfant, que tu apprennes à contrôler le don d'évocation. N'oublie pas que ce ne sont que des souvenirs. Ces instants sont déjà passés.

– Je le sais bien, Marjoria. Mais quand j'y suis, c'est comme si c'était la première fois que je les voyais. Pour moi, c'est réel. Et même si je sais que je ne fais que me souvenir, mon cœur est blessé par ce que je vois…

Un silence se fit dans la chambre. Les cinq femmes soupirèrent longuement en même temps, ce qui les fit sourire par la même occasion.

– Il faut que vous vous reposiez, princesse, fit Serena.

– Non ! Je me suis assez reposée, répondit celle-ci en secouant sa tête. Nous n'avions pas fini notre conversation. Il y a des choses que je dois savoir, et il faut mettre par la même occasion Marjoria au courant de ce que nous avons appris, ces dernières heures. Annabella, pourrais-tu appeler les autres, s'il te plaît, et leur dire que je les attends d'ici une demi-heure afin d'en parler ?

– Pas de problème. Sacha, viens avec moi.

— Et j'aurais besoin d'une bonne douche, moi, ajouta Laura en faisant la moue.

— Venez avec moi, princesse, je vais vous y conduire, déclara Serena en souriant.

— Merci !

Marjoria sourit avec fierté en entendant ces paroles.

Rues de Montréal

Il pleuvait des cordes, ce qui n'était pas étonnant, vu la chaleur à Montréal. Frederico roulait en direction de l'arrondissement Montréal Nord et souffla longuement. Il desserra sa cravate, déjà détachée. Une habitude. Il se remémora l'appel de ce matin-là très tôt.

— C'est moi, avait simplement dit une voix féminine.

Frederico s'était immédiatement réveillé après avoir reconnu la voix à l'autre bout du téléphone. À nouveau. Deux coups de téléphone en moins d'une semaine. Ses yeux s'étaient agrandis de crainte. Cette personne ne l'avait pas appelé depuis un moment, et tout d'un coup, il entendait parler d'elle. Que voulait-elle donc ? Était-ce pour lui parler de la jeune métisse qui tournait autour d'Anna ou était-ce parce qu'elle savait que Laura se trouvait à New York ?

• • •

La première fois qu'ils s'étaient rencontrés, c'était par le biais d'une annonce parue dans le journal gratuit de Montréal deux ans et demi plus tôt environ. L'annonce précisait qu'une entreprise internationale cherchait un agent de voyages. Il avait postulé, et après plusieurs tests généraux et psychologiques, il avait rencontré une jeune femme brune du nom d'Adeline Dubois. Très professionnelle. Il se rappelait s'être dit qu'elle était vraiment bien habillée. Elle portait un tailleur-pantalon fait sur mesure, son rouge à lèvres allait avec son teint, et ses cheveux étaient relevés en un magnifique chignon. La femme s'était assise en face de lui et avait commencé à lui poser des questions au sujet de son expérience touristique. Elle lui avait fait savoir qu'elle s'était renseignée sur «sa santé financière», qui n'était pas reluisante. Il se rappelait avoir été étonné à propos de cela, mais il lui avait tout de même expliqué qu'il était dans une mauvaise passe et qu'avec plusieurs cartes de crédit à rembourser, il ne s'en sortait pas. Il avait expressément besoin d'argent, et ce boulot bien payé pourrait l'aider à s'en sortir. Adeline avait fermé son classeur et était sortie un instant de la pièce. Il s'était alors levé, pour s'étirer et regarder dans l'immense miroir de la pièce. Quand la jeune femme était revenue, elle lui avait expliqué que ses patrons pouvaient payer ses dettes en intégralité. Frederico avait cru avoir mal compris. Elle lui avait expliqué qu'au-delà de son travail d'agent de voyage, son véritable travail consisterait à surveiller une personne en particulier et même à devenir son ami. Adeline avait ensuite précisé que tout cela devait rester secret et que si tout cela se savait, ses patrons seraient très fâchés.

Frederico avait accepté. Il n'avait rien à perdre. Adeline lui avait tendu un contrat déjà préparé en lui disant que s'il était engagé par ladite propriétaire, ses dettes — un montant de l'ordre de six chiffres — seraient payées en totalité. De plus, un montant couvrant ses dépenses courantes serait ajouté à son compte bancaire. Il avait accepté immédiatement et avait demandé où signer. La dénommée Adeline avait souri sans que son sourire atteigne ses yeux, puis elle lui avait dit qu'il fallait qu'il décroche le contrat avec Laura St-James avant tout.

C'est ce qu'il avait fait la semaine suivante. Il avait découvert une jeune femme souriante et avenante. Il avait tout fait pour rendre cette entrevue sympathique, et elle l'avait finalement embauché dans les jours suivants. Sept jours plus tard, son crédit, après signature du contrat, avait été payé. Quinze mille dollars avaient été déposés sur son compte, et on lui avait même offert un appartement tous frais payés au centre-ville ainsi qu'une petite voiture. Un salaire à quatre chiffres lui était versé tous les mois en plus de son salaire officiel. Il n'avait plus revu Adeline, à part dans de très rares cas. Depuis ce jour, il envoyait un rapport hebdomadaire à Adeline. Tous les jours, il faisait le suivi de ce qui se déroulait au bureau ou dans la vie personnelle de Laura. Au début, tout était normal, puis il avait remarqué ses nouvelles fréquentations, le fait que Laura avait de plus en plus de maux de tête, ses absences du bureau, ses problèmes avec Dominic, le fait qu'elle attendait sûrement un enfant (chose qui s'était révélée fausse par la suite)... Tout avait été consigné et envoyé à Adeline.

• • •

Frederico passa ses mains sur son visage, revenant à la réalité. Il n'était pas con. Il voyait et commençait à comprendre ce qui se passait autour de la jeune femme. La fois où elle avait eu une migraine affreuse au bureau, il lui avait conseillé d'aller se reposer à l'arrière. Quand il était venu voir si tout allait bien, il l'avait retrouvée assoupie sur le sofa. Une pierre comme il n'en avait jamais vu, brillant par intermittence, était posée au niveau de sa gorge. Trente minutes plus tard, Laura se réveillait et allait parfaitement bien. Il avait également remarqué, lors de la présentation sur le Mexique, que ses yeux avaient changé de couleur. Il avait cru halluciner, mais quand une invitée lui avait de surcroît dit que l'idée de mettre des lentilles était géniale, il avait su que ce qu'il venait de voir était totalement réel. Enfin, quand un de ses amis — celui aux longs cheveux roux — lui avait demandé s'il l'avait vue quelque part, il s'était douté que quelque chose clochait. Son amie Annabella était revenue, et il les avait vus la chercher à tous les étages du musée Pointe-à-Callière sans succès. Frederico s'était trouvé seul avec Anna afin de finaliser les feux d'artifice qui devaient être lancés à la fin de la soirée. Ils avaient alors tous entendu le tonnerre tonner, assez fort pour que les invités rentrent en vitesse dans le restaurant par peur de se faire arroser par une averse. Il s'était rendu sur la terrasse, observant le ciel sans nuages en se demandant ce qui se tramait vraiment, quand il avait entraperçu quelque chose qu'il n'arrivait pas à comprendre.

Discrètement, il s'était dirigé vers le toit du musée, et ce qu'il avait vu dépassait l'entendement. Il avait cru rêver : une femme — Laura — était entourée d'un halo bleuté, suspendue dans le vide sous un passage ou plutôt un tunnel s'ouvrant sur le reste de l'univers. Il en était tombé à la renverse, ses jambes ne le portant plus. Il avait terminé la soirée dans un état étrangement calme. D'un côté, il souriait aux personnes qui souhaitaient bonne rentrée à l'agence, et de l'autre, il était totalement déconnecté de la réalité.

Frederico n'avait pas fait part de ces données à Adeline. Son instinct lui suggérait de ne rien dire. Il ne savait pas pourquoi, mais il sentait que s'il savait trop de choses, il pourrait disparaître. C'est pour cette raison qu'il ne l'avait pas avertie pour New York. De toute manière, Laura y était allée pour Guillaume. Ce deuxième coup de fil d'Adeline le tracassait, cependant.

Refuge, quartier général de la Coalition, Montréal

Simon, Denys, Gabriel, César, Marcus, Alano et Alexander les avaient rejointes. Ils étaient tous réunis dans le bureau de Serena, plus moderne, mais un peu plus petit que celui de son frère. La seule chose en commun des deux pièces était le mur entier rempli de livres — des ouvrages de médecine pour Serena. Laura s'était douchée, et cela lui avait fait un bien fou. Le rayonnement bleuté avait disparu, mais elle sentait l'énergie continuer de crépiter tout autour d'elle. Marjoria lui avait expliqué que cela était normal et qu'au bout d'un moment, elle s'y habituerait.

Assise sur un fauteuil, Laura regarda discrètement Gabriel. Quand il sentit son regard, le jeune homme lui jeta un rapide coup d'œil en lui souriant rapidement et continua d'écouter Alano parler. Elle avait vu ses souvenirs à travers son don. Lorsqu'elle avait été dans sa tête, elle avait perçu tout l'amour que Gabriel avait pour elle. Et là, Laura avait eu un choc.

Elle ne comprenait pas. Si elle avait des… sentiments pour César… « OK, j'admets en avoir », se dit Laura. Dans ce cas, comment avait-elle pu en avoir pour Gabriel ? Cette question ne cessait de tourner en boucle dans sa tête. Les paroles de son père lui revinrent : « J'oublierai même que ta mère t'a fait t'amouracher de ce… lion. Au moins, c'est mieux que ce loup roux ! » Qu'avait-il voulu dire ? Qu'elle était amoureuse de César et de Gabriel ? Et que venait faire sa mère dans l'histoire ? Elle soupira longuement.

« Peut-être a-t-il des sentiments pour moi ? Il faut que je lui parle pour mettre les choses au clair », songea-t-elle.

Elle regarda discrètement César, mais ne vit rien à son poignet gauche, caché par sa veste. Laura soupira. « Je pourrais simplement lui poser la question, non ? » songea-t-elle.

– *Que veux-tu savoir,* Tia ?

Laura le regarda avec de grands yeux étonnés. César la fixait avec son petit sourire en coin.

– *J'aimerais te poser quelques questions.*

– *Quand tu veux, ma douce,* dit-il. *J'essayerai de te répondre. Mais n'oublie pas que tu as une réponse à me donner avant.*

– *Hein ? Comment ça ?* demanda-t-elle ; son cœur battait à tout rompre depuis qu'il l'avait appelée « ma douce ».

– *Je t'ai posé une question quand on était chez toi, tu t'en souviens ? Réponds, et ensuite…*

– *Césaaar,* soupira-t-elle.

Le jeune loup lui sourit et reporta son attention sur la conversation.

– Princesse ?

– Oui… Alano, dit-elle vivement en se retournant vers lui, le souffle court.

Laura eut un instant peur que leur conversation ait été entendue par tous.

– Je vous demandais si vous alliez bien.

– Oui, je vais bien. Avez-vous mis Marjoria au courant de ce que vous nous avez dit ?

– Oui, nous l'avons fait pendant que vous preniez votre douche.

— Bien !

— Alano, Serena ? Qu'en est-il de votre reine ? Est-elle toujours en vie ? demanda Marcus.

— Oui, elle l'est toujours.

— Penses-tu que nous pourrions la rencontrer et lui parler ? demanda à son tour Gabriel. Nous pourrions nous allier contre les loups.

— Je ne pense pas que c'est une bonne idée, dit Alano en se mordant la lèvre.

— Explique-toi !

— La reine Marguerite faisait partie du Conseil qui voulait voir la princesse mourir. À ses yeux, la menace que vous représentiez était trop élevée ; vous deviez mourir, princesse. C'est sans oublier le fait que vous avez blessé gravement sa fille héritière, expliqua-t-il en grimaçant tout en regardant Laura. La veille de l'attaque des loups sur Prima, nous nous sommes tous rendus sur Nexma. Il devait y avoir une dernière réunion décisive pour déterminer si l'attaque serait faite ou non.

Alano croisa ses bras sur sa poitrine et continua.

— La reine avait amené avec elle 500 de ses meilleurs combattants, en plus de sa garde rapprochée. Elle avait autorisé ces derniers à emmener les membres de leur famille, sachant qu'ils se battraient plus facilement s'ils les savaient en sécurité sur Nexma, et non sur Tellus, notre planète. La reine Marguerite savait que si le plan ne fonctionnait pas, elle serait protégée par les siens. De plus, en s'alliant aux loups, elle disposait d'une armée puissante et terrible. Idem pour les royaumes des tigres et des lions.

— Veux-tu dire que les rois des tigres et des lions sont également ici, sur Nexma ?

— Le roi Viktor a été tué par les Anciens après un long combat que nous avons perdu, il y a quelques années. Par contre, je ne sais pas si le roi des tigres est toujours en vie, annonça Alexander.

— Nous avons essayé de le retrouver, mais..., dit Serena en secouant la tête. Il était l'un des deux qui n'étaient pas pour cette bataille.

— Pourquoi ne nous avez-vous pas avertis ? s'enquit calmement Marjoria. Pourquoi n'avez-vous pas averti l'impératrice de ce qui arrivait ?

Alano et Alexander se regardèrent. Le premier pinça ses lèvres. Alexander ferma ses yeux une bonne seconde avant de répondre. La tristesse se reflétait sur son visage.

— Alano a plaidé pour faire cesser la guerre qui opposait les Panthères et Prima, il y a de cela fort longtemps. T'en souviens-tu, Marjoria ? demanda l'homme-lion en regardant la prêtresse.

Quand elle acquiesça de la tête, il continua.

— Ça a fonctionné. La guerre a cessé. Il a donc décidé de faire une plaidoirie pour que l'attaque n'ait pas lieu malgré le fait que sa reine n'était pas d'accord. Elle savait très bien qu'il aurait pu faire pencher la balance. Le Conseil était composé du roi Clément des loups, de la reine Marguerite des panthères, du roi Sisouk des tigres et de mon roi. À la fin des plaidoiries, nous avions deux votes pour chacune des options.

— Un statu quo ! s'exclama Gabriel.

— Exactement. Il n'y aurait pas d'attaques jusqu'à nouvel ordre, et nous allions gagner quelques jours qui nous permettraient d'essayer de faire entendre raison aux panthères et aux loups. Malheureusement, ces...

Il hésita sur le mot à dire, puis il continua rageusement.

— Les Anciens ont sorti une pièce de leur botte. Une cinquième personne est apparue et a pu voter, continua Alexander en observant plus attentivement Marjoria.

Marjoria le regarda à son tour d'un air interrogateur avant qu'une pléiade d'émotions passe sur son visage. Les yeux écarquillés, elle regarda Alexander avec étonnement.

— Non ! Ce n'est pas possible ! Elle a disparu après la cérémonie du liage... on l'a même crue morte...

— De qui parlez-vous, au juste ? demanda Laura.

Elle n'avait jamais vu Marjoria aussi en proie à des émotions. Elle semblait atterrée.

— Les Anciens ont emmené une jeune fille en disant qu'elle était la petite fille de la reine des aigles, expliqua Alano.

— Non ! s'exclama César en se redressant et en regardant Marjoria avec dédain.

— Impossible ! répliqua Annabella.

— De qui parlez-vous, au juste ? demanda Simon en s'avançant légèrement.

— On parle de la cinquième Sentinelle d'Opal, expliqua Marjoria. Elle a disparu quelques semaines après la cérémonie du sang. Nous pensions qu'elle avait été tuée par un métamorphe, mais apparemment, elle est toujours en vie.

Opal plissa les yeux. Cela lui disait quelque chose. Lorsqu'elle avait plongé dans la rivière du Souvenir, elle était revenue au moment de la cérémonie du sang. Elle se souvenait bien d'une jeune fille aux côtés de ses autres Sentinelles.

La fille métisse avec des ailes immenses faites de plumes caramel s'éleva dans les airs et poussa un cri strident. Elle avait les pieds en forme de serres. Ses yeux marron avaient des reflets rouge almandin.

— Alina, murmura lentement Laura.

Marjoria respira longuement, les sourcils toujours froncés. Elle hocha la tête.

– Nous ne savions pas que cette fille était toujours vivante. Les Anciens sont arrivés en paradant au milieu de la salle de conférence et nous l'ont présentée.

– Nous avons tous pensé qu'ils nous mentaient jusqu'à ce qu'ils nous en fournissent la preuve.

– La preuve ? demanda Laura, intriguée.

– Pour savoir si une personne fait partie de la royauté, on vérifie la présence d'une marque qui le prouve aux yeux de tous !

– De quoi s'agit-il ?

– Un cercle argenté se forme sur le contour des iris du métamorphe, expliqua Marcus. Tous les hommes et femmes de l'empire priméen possèdent ce cercle argenté afin de prouver leur appartenance à la famille royale.

– Ils ont donc attaqué Prima grâce au vote d'Alina… Je n'y crois pas, murmura Gabriel en secouant la tête.

– Nous y étions presque…, grimaça Alano en s'adossant au mur.

– Comment est-ce possible que cette fille ait été membre de la royauté, Marjoria ? demanda Alexander.

La prêtresse ne répondit pas tout de suite et posa son poing sur sa bouche.

– Marjoria ? dit doucement Laura en lui touchant la main.

– Quand nous sommes allés dans le royaume des tigres afin de choisir la Sentinelle d'Opal, l'impératrice Liliana et moi avons découvert par le plus grand des hasards que la fille de mon roi et de ma reine avait survécu au gel. Katameia avait dû rendre visite à des amis habitant dans ce royaume et avait pu échapper à ce qui était arrivé sur Vixma. Ils n'étaient pas tous morts ! Son mari et elle ont eu trois enfants, dont Alina. Nous avons tenu cela caché pour leur propre bien.

César et Marjoria se regardèrent un long moment avant que cette dernière coupe le lien en baissant les yeux. Un silence se fit, tout le monde réfléchissant aux paroles de la prêtresse. La bataille contre Prima avait eu lieu à cause d'un vote. D'un seul ! Des milliers de morts, un exil de la planète Nexma et tout ce qui en avait découlé... à cause du vote d'Alina.

– Elle est donc avec les loups ? déduisit Simon.

– Cela en a tout l'air..., dit Gabriel, plein d'amertume.

– C'est quand même bizarre qu'Alina se soit liée aux loups, déclara Marcus en plissant le front. Ça ne lui ressemble pas du tout.

– Je suis d'accord avec Marcus. Alina était douce et détestait la moindre complication, ajouta Bella en secouant légèrement la tête. Il a dû se passer quelque chose pour qu'elle se retrouve avec les loups.

– Ce qui est bizarre, c'est que nous ne l'avons jamais rencontrée depuis notre réveil, intervint Sacha. En tout cas, je ne m'en souviens pas.

– Soit nous avons oublié l'avoir vue, réfléchit son frère, soit on ne l'a vraiment pas vue. N'oublie pas que la meute compte plusieurs cités souterraines partout sur Terre.

– Oh, putain ! s'exclama tout haut Denys en frappant d'une main le bureau, faisant sursauter tout le monde.

– Quoi ? s'écria César en le regardant, surpris.

– La fille sur la vidéo... la fille qui était dans le taxi à New York...

– Le Fou du volant ? demanda Alano.

– Putain ! C'est Alina !

Quartier général des loups, niveau -2, Montréal

— Si Alina est ici, ce n'est surement pas de sa propre initiative, déclara Aiko en prenant place à table.

Les cinq autres femmes étaient déjà assises. Leurs visages étaient fermés ; elles semblaient désolées par la nouvelle. Les assiettes étaient servies, mais aucune ne commença à manger. Toutes pensèrent à la même chose : Alina était ici, à Montréal, aux ordres des Anciens.

— Ça fait déjà 15 ans…

— Je pensais qu'ils ne la retrouveraient jamais…

— Elle est ici par notre faute… Ils n'auraient jamais pu la corrompre sans notre présence !

— Il faut qu'on l'aide ! s'exclama Izabel.

— Et l'aider comment ? Toutes nos tentatives se sont soldées par ça, dit durement Aiko en montrant la longue cicatrice qui couvrait le visage de Jahia. Ou ça, ajouta-t-elle en pointant vers les yeux de Sonja. Ou ça, continua-t-elle en montrant le moignon de Meia. Ou la jambe de Dalhia, termina-t-elle. Et je passe sur les détails de ton corps, Izabel… Avez-vous un plan ?

Cette dernière pinça les lèvres comme toutes les autres en pensant aux punitions infligées. Un plan ? Tous avaient été des échecs jusqu'à présent. Ils les avaient pourchassées sans relâche.

— On ne peut pas les laisser la faire sombrer de nouveau dans leur folie. Ils sont fous ! Leurs cœurs sont un gouffre profond de noirceur, chuchota Sonja.

— C'est de ma fille qu'il s'agit, Aiko ! On ne peut pas les laisser se servir d'elle, murmura la femme métisse, outrée. Ce n'est pas parce que tu n'es pas passée aux mains des Anciens que tu dois…

— Je ne le sais que trop bien, la coupa la femme asiatique sans la laisser finir sa phrase. Cette fois-ci, on va réussir parce qu'on n'a plus rien à perdre, les filles ! Parce que je n'ai plus rien à perdre !

Aiko les regarda les unes après les autres fixement, le regard bien décidé.

— Je sais très bien pourquoi on ne fuit plus : je suis la seule physiquement intacte, et vous voulez que je le reste, continua-t-elle en secouant sa tête. Mais au-delà du physique, mon mental est touché, peut-être encore plus que le vôtre… Je n'en peux plus de vivre ici dans cette cité, prisonnière des loups, laissée à leur bon vouloir. Avant, nous étions seules ; nous ne le sommes plus ; la princesse Opal et ses Sentinelles sont ici, sur Nexma ! S'il y a la moindre chance qu'Alina et nous puissions survivre, je veux la tenter !

Aux alentours du métro Saint-Michel, Montréal

Frederico venait de se garer près de la station de métro Saint-Michel, dans Montréal Nord. Il n'aimait pas trop ce quartier, surtout en soirée ! Il regarda autour de lui. Les lampadaires éclairaient déjà la rue trempée de leurs néons froids. Il ne distinguait rien à plus de 2 m, tant l'orage qui s'abattait en ce moment était fort. Il décida d'attendre que la pluie se calme un peu avant de descendre.

Perdu dans ses pensées, l'homme sursauta quand un bruit venant du côté passager se fit entendre. À travers la pluie tombant en cordes, il aperçut une ombre devant la portière. Il sursauta encore plus fort, croyant que son cœur allait exploser. Il se pencha, un peu gêné par sa ceinture de sécurité, et vit que l'ombre tenait un parapluie. Frederico baissa la vitre, et de l'eau entra à l'intérieur de l'habitacle, le mouillant un peu. Il vit Adeline debout, son éternel sourire plaqué sur son visage. Il ouvrit la portière, et elle s'engouffra à l'intérieur.

— Il pleut vraiment fort ! s'écria-t-elle en mettant son parapluie détrempé à ses pieds.

— Bonsoir, Adeline. Oui, il pleut vraiment très fort, dit-il. Vous m'avez fait peur, je ne vous ai pas vue arriver.

— Je viens d'arriver à Montréal. J'ai reconnu votre voiture, et j'ai pensé que discuter ici serait mieux.

— Oh, OK, je comprends, acquiesça-t-il avec un rire tremblant.

Adeline portait une veste noire sur une chemise noire également. Un jeans et des bottes noires complétaient sa tenue. Chose étrange, elle portait des gants en cuir, beaucoup trop chauds pour la saison.

— Pourrais-je savoir pourquoi vous m'avez fait appeler ?

— Mes patrons voudraient avant tout vous remercier pour vos services. Au cours de ces deux ans et demi, vous nous avez tenus au courant de la vie de Laura St-James.

— C'est mon travail. C'est pour ça que j'ai été embauché.

— Exact ! Cependant…

Le cœur de Frederico se mit à battre plus fort. Le sourire d'Adeline s'élargit.

— Cependant, il semblerait que vous nous avez caché de petites choses, Frederico !

— Je vous ai tout dit !

— En êtes-vous sûr ?

— Oui. Je vous le jure ! Je… je… je…, bégaya-t-il avant de déglutir pour continuer. Si ça concerne New York, Laura y est allée pour notre collègue Guillaume, qui a disparu. Elle doit appeler demain pour un compte rendu.

— …

— Adeline, je vous ai envoyé chaque jour tout ce qui se passait dans la vie de Laura. Vous n'allez pas me licencier pour cette petite erreur, quand même ?

— Pourriez-vous m'expliquer ceci, alors ? s'enquit Adeline en lui passant des photos qu'elle sortit de l'intérieur de sa veste.

Le jeune homme prit les photos et eut un choc. Dessus, on le voyait debout près de la porte donnant sur le toit du musée Pointe-à-Callière, regardant ce qui se déroulait à l'extérieur. Sur d'autres, on voyait Laura rentrant dans un hôtel avec Annabella et Sacha ou bien serrant la main à un homme qui portait un costume-cravate dans le hall d'un hôtel.

— Je… je …

— Je suis désolée, Frederico. Je vous aimais bien, en plus, déclara Adeline, sincère, en grimaçant légèrement.

— Je vous en prie ! Oui, j'ai fait l'erreur de ne pas vous dire ce que j'avais vu sur le toit. J'en suis désolé. Laissez-moi une autre chance. Je ne vous décevrai plus ; je vous le jure ! s'écria-t-il d'une voix suppliante.

— Je t'ai laissé cette chance jusqu'à ce que tu me mentes encore une fois ! cria-t-elle, ses iris bruns englobant maintenant ses yeux presque en entier.

Frederico eut un sursaut d'effroi. Elle lui fit penser à la femme de l'agence ! Il posa sa main fiévreusement sur la portière, à côté de la poignée.

— Cela fait trois mois qu'ils envisagent de t'éliminer, pauvre crétin ! Et trois mois que j'essaie de les raisonner. Je leur ai dit que tu avais toujours été un bon *partenaire*. Je t'avais déjà pardonné pour le musée ; je l'avais attribué à la peur. Mais ça…, dit-elle en jetant un coup d'œil rageur à la photo de Laura à New York. Ça, je ne te le pardonne pas ! Tu m'as fait passer pour une moins que rien aux yeux de mes patrons, et pour cette raison, je vais devoir me débarrasser de toi.

Frederico ouvrit sa portière pour sortir à toute vitesse de la voiture et retomba contre son siège. Il avait oublié d'enlever sa ceinture de sécurité ! Il y eut un instant de flottement où l'homme horrifié regarda la jeune femme brune, puis tout se passa rapidement. Sans qu'il voie le moindre geste, Adeline tenait désormais entre ses doigts gantés une seringue. Il écarquilla les yeux, mais ne put rien faire. Elle lui enfonça l'aiguille dans le cou une demi-seconde plus tard.

— Qu'avez-vous fait ? cria-t-il, apeuré, en essayant de débloquer sa ceinture de sécurité.

Il put sortir de la voiture, mais tomba par terre ; les photos glissèrent au sol. Le Mexicain se releva et essaya de courir, mais retomba.

Frederico commença à respirer par à-coups. Il n'arrivait pas à se relever, comme s'il n'avait plus d'équilibre. Sa vision devint floue. Il se sentait léger. Les gouttes de pluie tombant sur lui étaient agréables. Il se sentait bien. Adeline apparut auprès de lui et s'accroupit en lui parlant doucement. Elle fouilla dans ses poches à la recherche de son téléphone cellulaire et le récupéra. À ce moment-là, Frederico tourna sa tête difficilement vers elle. Cette dernière le regarda en souriant.

— Chuuuut, chuchota-t-elle. Je t'ai administré quelque chose qui te fera planer. Tu ne sentiras aucune peur, aucune anxiété. Une belle dose d'héroïne, 60 mg de pur bonheur. Ne t'inquiète pas, je t'ai injecté la plus raffinée de tout ce que nous possédons. Ça ira vite. Ne lutte pas… tu vas adorer la sensation orgasmique que ça va te donner, puis tu vas t'endormir tranquillement. Ton rythme cardiaque va ralentir, et tu vas arrêter de respirer. Je trouve que c'est une mort très douce par rapport à ce que les Anciens voulaient te faire.

L'homme essaya de la toucher, mais elle se releva vivement. Adeline ramassa les photos et les remit dans sa veste, puis elle récupéra son parapluie et referma doucement la portière de la voiture avant de s'éloigner dans l'obscurité.

Appartement de Gabriel, Prima

L'impératrice avait organisé une fête pour l'anniversaire d'Opal. Cinq cents personnes au moins se trouvaient dans la grande salle de bal. Des nobles des royaumes environnants avaient été conviés pour les 17 ans de la princesse héritière. Gabriel en avait un peu marre, et en plus, les autres n'étaient même pas là ! Dans un coin, sur l'une des nombreuses consoles, le jeune lion trouva une coupe différente des autres. Il goûta son contenu vert, sembla en apprécier le goût et s'en alla sur la terrasse pour le boire tranquillement. Il y serait plus à l'aise et au calme.

Il y trouva Opal accoudée à la balustrade. Il lui semblait que la jeune fille était amorphe depuis quelques mois, et il ne savait pas trop pourquoi. Il savait juste que ce n'était pas la grande forme. D'ailleurs pour César c'était le même problème… S'étaient-ils disputés, tous les deux ?

— Hé, tu fais quoi là, toute seule ?

— Gab, dit-elle, sursautant légèrement.

Elle lui fit un pauvre sourire et se retourna pour contempler le paysage.

— On n'a pas vraiment parlé depuis un moment, mais que se passe-t-il ? Tu n'as pas vraiment l'air dans ton assiette. Est-ce que vous vous êtes disputés, tous les deux ?

— De qui parles-tu ?

— De César, voyons ! De qui veux-tu que je te parle ?

— César..., répéta Opal, un murmure dans la voix.

Son regard s'illumina pendant un très court instant pour revenir indolent.

— Non, je ne crois pas.

— Alors ? Est-ce la cérémonie du liage qui te préoccupe ? Je sais que c'est dans trois mois.

Gabriel but une nouvelle gorgée du liquide et eut un petit frisson. Il sentit son cœur battre plus vite. La jeune fille secoua ses longs cheveux vanillés, et une larme coula sur sa joue, ce qui l'alarma. Opal n'avait pas l'habitude de pleurer. Il se redressa, posa le verre et se tourna vers elle, inquiet.

— Qu'y a-t-il, alors ?

— Je n'en sais rien, Gab, murmura-t-elle en secouant la tête de gauche à droite. Je me sens comme vide...

— Vide ?

— Oui, vide ici, dit-elle en touchant son cœur et en le regardant avec de grands yeux pleins de détresse. Je ne sais pas ce qui m'arrive, Gab. Je sais juste qu'il y a quelque chose qui me manque plus que tout, et ça me tue.

Gabriel réfléchissait en plissant les yeux. C'était exactement mot pour mot ce que César lui disait la veille au soir. Le jeune lion passa sa main sur son front : l'alcool était vraiment fort. Pourtant, il était résistant. Mais que leur arrivait-il ?

— C'est quoi ? demanda Opal en montrant sa coupe du menton.

— Je ne sais pas, mais je peux te dire que ça cogne, rigola-t-il.

La jeune Opal prit la coupe qui était remplie aux deux tiers et l'avala cul sec.

— Hé, Opal, pas tout, hein ? Laisses-en un peu pour moi, quand même !

— Trop tard, rigola-t-elle également avant de s'arrêter, le regard flou. Wow ! C'est fort, dit-elle avant trébucher.

Gabriel la retint avant qu'elle tombe : leurs yeux se fixèrent et ne se lâchèrent plus ; ils étaient comme subjugués l'un et l'autre.

— Opal, chuchota-t-il avant de se pencher et de l'embrasser tendrement.

Gabriel ouvrit ses yeux jaune-or en soufflant longuement. Son cœur battait à tout rompre encore une fois. Il faisait noir dans sa chambre. Il était couché sur son lit et venait de se souvenir de la première fois qu'il avait embrassé Opal. Un moment qui était gravé dans sa mémoire, mais qui semblait présenter différents détails dont il n'avait pas conscience avant. Quelque chose clochait !

Portugal, Europe

En début d'après-midi, le soleil était haut dans le ciel. Une voiture de sport roulait sur l'autoroute depuis environ une heure quand elle prit une sortie sur la droite. Elle traversa une petite ville et continua sa route. Un bon moment plus tard, elle tourna à gauche sur un petit chemin rural. Il y avait des champs à perte de vue des deux côtés de la route. Des plantations d'oliviers et de vignes, de grandes plaines herbeuses où broutaient des élevages de chevaux, de moutons et de taureaux… Un immense tronc d'arbre bloquait le chemin en terre. La voiture dut s'arrêter. Un homme courbé fumant une cigarette sortit d'une maisonnette. Habillé comme un campagnard avec son béret, il traînait sa jambe droite. Il vint faire le tour de la voiture afin de parler avec le conducteur. Ce dernier fit descendre la vitre.

– Oh! *Boa tarde*[28], K, la salua l'homme en reconnaissant la personne à l'intérieur.

Il se redressa aussitôt.

– *Boa tarde,* Paulo. *Tudo bem*[29] *?* dit une voix féminine.

De longs cheveux roux volèrent au vent à cause de la brise.

– *Sim, sim. Está tudo tranquilo. Aguardam a sua presença no castelo*[30], annonça l'homme en marchant normalement.

Il se dirigea vers le tronc, le souleva facilement avec ses bras et le laissa tomber quand la voiture continua son chemin.

En montant une petite côte qui conduisait à un immense château, la femme aperçut dans ses rétroviseurs six félins courant autour de la voiture. Quatre la suivirent tandis que les deux autres s'éloignèrent. Des corps longs, hauts et musclés, des pattes larges, une queue longue et recourbée, un pelage se fondant avec son environnement… Elle sourit avec espièglerie.

Arrivée sur un chemin en gravier, la jeune femme accéléra d'un coup, projetant des cailloux partout autour de la voiture. Le compteur de la voiture monta à 140 km/h en moins de 5 secondes. Les quatre félins s'élancèrent à la suite de la voiture. À une courbe qui fit crisser les pneus, deux des panthères la dépassèrent par les côtés tandis que les deux

28. « Bon après-midi. »

29. « Tout va bien ? »

30. « Oui, oui. Tout est calme. On vous attend au château. »

autres bondirent au-dessus de la voiture. Ces dernières s'arrêtèrent devant le corps du logis central, qui formait une cour d'honneur semi-circulaire. Elles montèrent sur les marches et regardèrent la voiture s'arrêter dans un contrôle parfait. La poussière leur fit plisser les yeux.

Un homme se tenait là. Il souriait et semblait parler avec une des panthères assises près de lui, la langue pendante. La jeune femme sortit de la voiture et monta les marches. Des talons hauts, un pantalon-tailleur gris anthracite moulant son corps voluptueux et une blouse blanche complétaient ses habits. C'était tout le contraire de son habillement en Équateur. Un sourire éclaira son visage, dont les yeux vairons scintillaient. Un était brun foncé et l'autre était d'un bleu-violet. Une des panthères se frotta à elle. Elle était presque aussi haute que la femme.

– *Boa tarde,* Kass ! Tu pensais vraiment battre nos meilleurs gardes ? demanda moqueusement un homme de haute taille dont le crâne était couvert de longues dreadlocks attachées.

– Loin de moi cette idée, Ach, dit-elle en riant et en disant bonjour aux trois autres panthères. *Boa tarde a minha familia*[31] !

Les quatre panthères ronronnèrent de plaisir puis disparurent dans les champs, retournant faire leur tour de garde.

– As-tu fait bon voyage ? demanda le dénommé Aquiles en observant attentivement la jeune femme de ses étonnants yeux pers. Sa question en comportait une autre.

– Oui, c'était long, mais intéressant, précisa la jeune femme rousse en levant des yeux fatigués vers lui tout en posant sa main un court instant sur son avant-bras.

31. « Bon après-midi, ma famille ! »

Un long regard passa entre eux.

— Bien ! dit l'homme en hochant la tête.

Il avait l'air heureux de voir la jeune femme. Ils entrèrent à l'intérieur de la demeure. Un serviteur en uniforme vint lui souhaiter la bienvenue et récupéra son bagage.

— Ça fait du bien de rentrer à la maison, dit Kassandra. Où est Lucas ? demanda-t-elle.

— Il est avec la reine, qui d'ailleurs nous attend, lui répondit l'homme en marchant.

Ils se trouvaient dans un château portugais datant de la fin du XVIIIe siècle.

À l'époque, ils cherchaient à se mettre à l'abri des loups voulant les massacrer. Ils avaient quitté la France et s'étaient rendus dans les différents pays d'Europe avant de s'arrêter finalement au Portugal. Ils avaient acheté au départ une simple terre qui s'était agrandie au fil des siècles en un immense domaine isolé. Le village le plus proche était à près de 120 km. Sim était l'un des veilleurs du domaine. Il y en avait plusieurs. Des panthères, gardiennes des terres, veillaient sur la propriété et sur les leurs. La reine y avait fait construire un château. La résidence comportait plusieurs ailes, un pavillon de chasse, un théâtre privé… L'aile la plus au nord se terminait par un temple tandis que l'aile la plus au sud contenait les cuisines et les pièces réservées aux serviteurs.

— As-tu eu le temps de prendre connaissance des infos que Lucas t'a envoyées ? murmura l'homme en jetant un regard furtif autour d'eux.

— Oui, chuchota-t-elle également en le regardant rapidement. Lucas a été demandé auprès de la reine et a dû partir quelques heures après moi. Je suis restée au Québec, et j'ai su que les loups ont exécuté Guillaume Vent et Frederico Suarez en moins de quatre jours. La prochaine cible sera Anna Menon, récita-t-elle.

— Exactement ! Il y a autre chose de plus important. Nous te le dirons plus tard.

K hocha la tête, et ils continuèrent de marcher.

Ils arrivèrent devant deux hommes à la tête de panthère gardant une porte à doubles battants. Ces derniers portaient un costume noir. Les seuls éléments blancs sur eux étaient leurs gants. Ils ouvrirent la porte dans un même élan, laissant entrevoir une salle majestueuse. C'était une longue et basse pièce. Le plafond peint représentait des panthères, en homme ou en animal, ainsi que des symboles inconnus. La pièce était large et lumineuse, avec de grandes fenêtres des deux côtés. Entre chaque fenêtre se trouvait une console dorée semi-circulaire, et au-dessus de chacune se trouvaient des glaces ornées de candélabres de cristal. Le trône, placé dans une abside, se trouvait entre deux mini colonnes à tête de panthère.

Trois hommes se tenaient près du trône. Ils lui sourirent en la voyant arriver.

La jeune femme et l'homme aux yeux pers marchèrent et s'agenouillèrent longuement devant une femme. Assise, elle les regarda faire avec ses yeux de félin. Petite. Ronde. Le visage fort. Des cheveux roux tressés et attachés sur les côtés. Un diadème en or et platine scintillait sur ses cheveux où des diamants et des rubis finement ciselés étaient sertis. Elle portait une longue robe vert pâle qui allait bien avec son teint. Elle semblait en colère.

— Kassandra, tu es en retard ! affirma d'une voix cassante la reine.

— Je vous prie de m'excuser, Majesté. Il y a eu quelques petites complications que j'ai dû gérer avant de revenir vers vous, expliqua la jeune femme en se relevant.

— Tu aurais dû nous prévenir ! Nous étions prêts à envoyer Lucas, Axel et Tiago à ta recherche, dit la reine en désignant les trois hommes à ses côtés.

— Je suis désolée, Majesté. Cela ne se reproduira pas.

La reine soupira en secouant légèrement sa tête. Elle regarda la jeune femme debout devant elle.

— Allons, viens embrasser ta mère, et tu nous raconteras ce qui se passe en Amérique, ordonna la femme en tendant sa main vers elle.

Salle de contrôle, Prima

Marcus rentra dans la salle de contrôle, s'arrêta à la porte et porta son regard vers la personne à qui il devait parler. Après avoir discuté longuement avec les autres, ils avaient décidé de dire à Tim qu'Alina était en vie.

Quand ils étaient plus jeunes, ces deux-là étaient tombés amoureux. Tim, beau parleur, avait réussi à conquérir le cœur de la plus timide aigle que Marcus ait connue. Sa disparition concordait avec la pire période de leurs vies : confinement dans le palais sans possibilité d'en sortir après la cérémonie du sang. Malgré le fait que Tim et Thoas étaient Priméens et n'avaient aucun pouvoir, ils avaient été « prisonniers » tout comme eux. Personne n'avait pu se mettre à sa recherche, et cela avait rendu le jeune homme malheureux et impuissant. Ils l'avaient tous été. Alina faisait partie de la famille. Sa disparition avait rendu le jeune homme amer. C'était lui qui lui avait appris sa disparition des millénaires auparavant, et il allait refaire la même chose aujourd'hui… Fronçant les sourcils, Marcus revint à la réalité en secouant la tête. Il avait dû se passer quelque chose de terrible pour qu'Alina soit avec les loups. Cela ne correspondait pas à son tempérament. «Que s'est-il passé, Alina, pour que tu t'allies avec les Anciens?» se demanda-t-il.

— Hé, Marcus, ça va? Tu es devant la porte depuis un petit moment, dit Tim en venant devant lui. C'est Opal? Elle va bien?

— Oui, Opal va bien, le rassura-t-il en souriant sans que son sourire monte jusqu'à ses yeux. En fait, j'ai besoin de te parler. Nous avons appris une nouvelle hier soir.

Tim le regarda, un air interrogateur dans les yeux.

— Tu devrais t'asseoir, mon pote!

— Hé, tu me fais peur! Ça me rappelle la dernière fois, quand tu m'as appris la disparition de…

Le jeune homme buta sur le nom, avala sa salive et se pinça les lèvres.

— Ce n'est pas comme si tu allais me dire que vous l'avez retrouvée, rigola-t-il en faisant des guillemets avec ses doigts.

Il s'arrêta de rire en voyant le visage sérieux de Marcus. Le même visage sérieux qu'il avait en lui annonçant la nouvelle.

— Putain, Marcus! Ne me dis pas que…?

— Alina se trouve sur Nexma!

Commissariat de police, New York

Le lieutenant Kim Kook buvait son café à son bureau quand il vit Denys monter les escaliers rapidement, le visage sérieux.

Quand ce dernier le vit, il ralentit et se mit à sourire comme il avait l'habitude de le faire.

— Denys, tu es malade de venir ! s'exclama Kim.

— Et toi ? Tu ne t'es pas reposé de la soirée. Rentre chez toi, bon sang !

— Je suis rentré, je me suis douché, et je suis là.

— Elles ont sans doute raison… tu es un super héros !

— De quoi parles-tu ? demanda Kim, essayant de comprendre.

— Mais des secrétaires qui se pavanent pour toi en bas !

À ces mots, Kim se mit à rire. Denys reprit en imitant et en exagérant une femme bougeant sa main de façon féminine.

— « Oh Kim ! » « Le lieutenant, c'est le plus beau, le plus fort ! » « Oh oui, Kim ! »

— Tu es con ! dit-il, toujours en rigolant.

— Depuis que je suis arrivé, je ne fais qu'entendre que tu as été un super héros cette nuit. Il fallait bien que je monte pour faire comme si je travaillais.

— Tu es fou ! Dis donc, tu as été salement amoché, constata Kim en regardant attentivement le visage de son collègue. On dirait que tu as mangé une volée.

— Tu aurais bien aimé, hein ? dit Denys en s'installant à son bureau.

Il se mit à bâiller à s'en décrocher la mâchoire.

— Toi non plus, tu n'as pas dormi, j'ai l'impression…

Avant que Denys réponde, ils virent arriver Ingrid, elle aussi étonnée de les voir tous les deux déjà au poste.

— Mais que faites-vous là ?

— On peut te poser la même question !

— Patron, tu devrais vraiment aller te reposer. Et toi, Denys…, dit-elle en le regardant. Mais que t'est-il arrivé, mon Dieu ?

— On lui a foutu une raclée, lança Kim en rigolant avant de lui donner un coup amical sur son épaule.

Denys sourit en grimaçant. Il n'était pas si loin de la vérité.

— Sérieusement, Ingrid, je ne m'attendais pas à te voir ici si tôt.

— Je n'arrivais pas à dormir à cause de tout ça, poursuivit-elle en faisant un large geste de la main. Voir ces gens sortir des décombres de l'hôtel aussi mal en point… Disons que je… préfère être ici et faire quelque chose d'utile. D'ailleurs, je dois envoyer la photo des deux suspects aux commissariats du pays. Ce dossier m'exaspère sérieusement.

— Tout comme moi, avoua Kim en levant les feuilles du rapport qu'il lisait. J'essaye de comprendre également le fin mot de cette histoire.

— Ingrid, pourrais-tu nous envoyer la description de la femme et du chauffeur, s'il te plaît ? demanda Denys en se dirigeant vers la cafetière.

— C'est comme si c'était fait !

— Tu veux un café ?

— S'il te plaît. Merci, fit-elle en bâillant.

Ingrid alluma son ordinateur et enleva sa veste qu'elle déposa sur le dossier de son siège. L'écran s'alluma puis s'éteignit. Un décompte apparut sur l'écran noir : « 10, 9, 8… »

— C'est quoi, ça ? se demanda Ingrid en tapant sur son clavier.

— Que se passe-t-il ? demanda Denys en arrivant avec les tasses de café.

Il n'eut que le temps de se jeter au sol avec elle le plus loin possible du bureau avant que l'unité centrale explose, détruisant tout ce qui se trouvait dans les parages, faisant même voler l'écran au plafond. Ingrid ouvrit de gros yeux éberlués.

– Mais…

– Kim, ça va ? s'écria vivement Denys en se relevant.

– Ouais, ça va, dit l'homme debout.

Il regarda son ordinateur éteint avec suspicion et s'éloigna de l'appareil. Un énorme bruit les fit sursauter, puis les lumières s'éteignirent dans tout le commissariat.

• • •

– Hé ! Ça va, les gars ? s'écria Ludovic en montant les marches en courant.

Il était à l'étage du bas quand il avait entendu le boucan à son étage. Au milieu des marches, un bruit effroyable l'avait fait tressaillir, mais il avait continué de monter. Il s'arrêta au milieu de la pièce et regarda les nombreux débris par terre, atterré. Le bureau d'Ingrid avait pris feu et Kim y projetait la mousse de l'extincteur. Le sien avait été soufflé énormément. Tout était par terre. Denys frappait avec le pied le reste des cendres par terre. Ingrid se relevait lentement. Ludovic alla vers elle et lui demanda si ça allait.

– Ouais, ça va, lui confirma-t-elle en soupirant longuement.

Elle se tourna vers Denys et continua.

– Si Denys n'avait pas été là, je serais morte !

– Mais qu'est-ce qui s'est passé, nom de Dieu ?

— Quand j'ai voulu allumer l'ordinateur, j'ai vu qu'il y avait un décompte.

— Une bombe ?

Ingrid acquiesça de la tête, toujours abasourdie. Des collègues à eux montèrent voir ce qui se passait à leur étage.

— Rassurez-moi les gars. C'est l'un de vous qui a récupéré la cassette dans le magnétoscope, hein ? demanda Denys, soucieux, en se tournant vers eux.

Il se tenait devant la télévision et le magnétoscope. Les uns après les autres, ils firent non de la tête. Denys souffla longuement. Kim vint vers l'appareil.

— Ne me dites pas que notre preuve a disparu ? s'écria-t-il.

— Disparue ou volée… conclut doucement Denys en le regardant de côté.

— Tu ne penses pas que…, Ingrid, as-tu fait la sauvegarde de ton ordinateur ? demanda soudainement Kim en se tournant vers la femme.

— Oui, tout le dossier se trouve dans le serveur au sous-sol. C'est sauvegardé automatiquement plusieurs fois par jour.

Une seconde après qu'elle ait dit cela, l'alarme à incendie se déclencha, les faisant sursauter tous. La jeune femme se précipita en bas suivi par les autres. Une des réceptionnistes les regarda passer en courant, les yeux ébahis. Une autre était au téléphone et demandait de l'aide afin de remettre le courant dans le commissariat.

Ils arrivèrent au niveau du sous-sol, où une fumée épaisse envahissait déjà le couloir. Quand ils rentrèrent dans la salle, le gicleur arrosa copieusement tout le monde.

— Et merde !

Un employé était au téléphone et criait. Il leur fit signe de patienter un moment.

— Notre serveur a également sauté. Nous avons besoin d'un spécialiste aussi rapidement que possible !

Denys s'adossa au mur et serra les dents de rage.

Appartement de Laura, Montréal

— Bleu Voyages, bonjour ?

— Allô, Anna ? C'est moi !

— Laura ! J'attendais ton appel avec impatience. Où es-tu ? As-tu des nouvelles de Guillaume ? demanda Anna.

— Je viens de rentrer à la maison. Et hum… commença-t-elle.

— …

Un silence chargé d'émotion se fit des deux côtés. Une essayait de renforcer sa voix, l'autre attendait impatiemment les nouvelles.

— Je…, reprit Laura. Nous n'avons rien trouvé. Aucune trace de lui. La police new-yorkaise cherche toujours, mais ils m'ont dit de ne pas espérer le revoir en…

Laura ne termina pas sa phrase. Elle ne le reverrait plus jamais. Comment allait-elle vivre en sachant qu'il était mort par sa faute ? La réponse lui vint immédiatement. « En éliminant ceux qui ont fait ça. »

— Ils m'ont dit de ne pas espérer le revoir en vie, répéta-t-elle en finissant cette fois la phrase. Il y a peu de chances qu'il soit encore en vie aujourd'hui.

— Oh, mon Dieu ! dit Anna d'une petite voix.

— Est-ce que Frederico est là ?

— Non, il n'est pas encore arrivé, révéla la fille en reniflant.

— Écoute, je me prépare et j'arrive. On mangera ensemble et je vous raconterai tout, OK?

— OK! Laura?

— Oui?

— Comment vas-tu?

Laura regarda tout autour d'elle et passa sa main sur son front lentement. Il était bouillant. Tout son corps avait acquis une chaleur plus élevée que la normale. Elle avait envie de dire qu'elle bouillait de rage et qu'elle n'avait qu'une idée : retrouver les assassins de Guillaume et les tuer. Elle s'abstint de le faire.

— Ça ira. Une chose à la fois. Un jour à la fois...

Palais de Prima, Prima

Une tasse à la main, Marjoria regardait le ciel sans nuages, perdue dans ses pensées. Elle secoua légèrement la tête, soupira et but une gorgée de sa tisane. Le pépiement des oiseaux cessa quand un homme avec une cape grise s'approcha tranquillement et posa ses deux avant-bras sur la rambarde. Lui aussi regarda le paysage. Personne ne parla, le silence s'installant entre eux.

— Tu ne me dis rien? Aucun reproche?

— Il n'y a rien à dire, ma vieille amie. Pourquoi te reprocherais-je quelque chose? demanda calmement Arradoi.

— Il a suffi d'un vote, Arradoi! Juste un vote! Notre monde a complètement changé à cause d'Alina. Je... je suis encore sous le choc suite à ce qu'Alexander et Alano nous ont dit.

Elle secoua la tête encore une fois, essayant de comprendre ce qui se passait.

– Si nous avons gardé le secret sur l'origine d'Alina, c'était pour sa propre sécurité, reprit la femme. Comment ont-ils pu savoir qui elle était réellement ?

– N'oublie pas que les espions étaient légion en cette période troublée, Marjoria ! Les loups n'avaient qu'un but : celui de se servir d'Opal, peu importe par quel moyen.

– J'aurais dû veiller sur Alina plus attentivement.

– Tu veillais sur elle, je te signale ! Je me rappelle qu'elle te suivait comme ton ombre dans tout le palais.

– Ça, c'était avant. Quand nous venions de la ramener du royaume des tigres. Ce dont je parle, c'est après la cérémonie du sang... après tout ce qui s'est passé. Je n'étais pas à 100 % auprès d'elle. Nous devions nous occuper de quelque chose de plus important...

– Opal avait besoin de toi. Si tu n'avais pas été là pour elle, elle serait sans doute morte après cette compétition...

– Je me souviens d'Alina comme d'une jeune aigle douce et timide. Enfin, elle était ainsi quand l'impératrice et moi l'avons rencontrée la première fois. Elle avait juste besoin d'attention...

– Il a dû se passer quelque chose. Après la cérémonie, elle a disparu sans laisser de trace. Maintenant, nous savons de quoi il en retourne, nota Arradoï.

Marjoria soupira longuement.

– Les Anciens...

– Oui !

– Ces... rapaces de la pire espèce ! s'écria-t-elle rageusement. Tel que je les connais, ils ont dû lui faire des horreurs !

Arradoi posa sa main sur le bras de Marjoria et l'entraîna vers l'intérieur. Il s'arrêta et se tourna vers elle, le regard hésitant.

— Penses-tu vraiment que cette aigle n'avait pas son libre arbitre dans toute cette histoire ?

— Non ! Je suis sure et certaine qu'Alina s'est fait contrôler !

— Tu as peut-être tort !

— J'ai peut-être raison, et si elle est encore vie, comme on le croit, il va falloir qu'on l'aide. C'est la Sentinelle d'Opal. Elle n'a pas été choisie au hasard !

Commissariat de police, New York

— Pour que ça arrive, il fallait qu'on soit vraiment près du but, marmonna Ludovic, une serviette sur ses cheveux.

Ils s'étaient changés pendant que leurs collègues du laboratoire scientifique relevaient des empreintes et d'autres preuves. L'ordinateur d'Ingrid était carrément détruit. Il n'y avait aucune chance de retirer quoi que ce soit du disque dur. Les autres appareils avaient été emportés par le département technique pour une vérification attentive. Des techniciens étaient venus pour tenter de réparer le serveur du commissariat ; ils n'y étaient pas arrivés ! Une enquête avait démarré afin de connaitre les raisons de ces pertes, car des milliers de dossiers avaient disparu en fumée. Les policiers avaient essayé « de faire parler » les caméras, mais comme Denys et Kim s'y attendaient, la seule image qu'ils virent fut un écran brouillé.

— Exact, confirma Ingrid. Mais pour vous avouer la vérité, je vais encore me répéter : je suis totalement perdue avec ce dossier.

– Tu n'es pas la seule ! Je n'y comprends rien. Mais comme le dit si justement Ludovic, on touchait au but. Il faut juste savoir ce que c'était au juste.

– Ils ont détruit la seule preuve qui nous liait à eux. La description de l'homme et de la femme.

– Comment ont-ils su que nous avions ces portraits-robots ?

Denys leva la tête brusquement. Il plissa les yeux, essayant de se souvenir du moindre élément, puis secoua la tête de gauche à droite en serrant les dents.

– Qui était dans le bureau quand Ingrid nous a annoncé qu'elle avait découvert quelque chose ? demanda-t-il tout en se remettant à faire ce qu'il faisait.

Kim plissa les yeux. Il connaissait Denys ; s'il posait la question, c'était qu'elle était importante.

– Quand je vous ai appelés à mon bureau, commença Ingrid en fermant les yeux, la seule personne qui était ici était un de vos suspects... le jeune !

– Peter Hall, dit Kim en recherchant son dossier sur son bureau.

– Ces gens semblent avoir une longueur d'avance sur nous. Ils savent qui nous sommes, exposa l'homme blond en jetant sa serviette sur une chaise.

– Ils savaient exactement où mettre cette foutue bombe...

– Sans Denys, je ne serais plus là. Ce qui veut dire qu'ils pensaient faire au moins une victime.

– Intimidation ?

– Peut-être, émit Kim en plissant les yeux. Ou peut-être pas !

— Hé, mon pote, tu fais quoi ? demanda Ludovic à Denys.

Ce dernier ne disait rien et était assis à son bureau. Il gribouillait quelque chose sur une feuille. Le policier vint vers lui et regarda par-dessus sur épaule.

— Oh, putain ! s'exclama-t-il en ouvrant des yeux ébahis.

Kim et Ingrid se jetèrent un coup d'œil et allèrent se mettre derrière Denys. Ils restèrent éberlués. Kim émit un long sifflement. Denys dessinait de mémoire le portrait de la fille du taxi.

— Je n'ai retenu que son visage, s'excusa Denys, sérieux, en tendant la feuille à Ingrid. Mais ça nous servira, je pense. Si tu pouvais l'envoyer également au Canada, ce serait bien.

— Et pourquoi pas juste aux États-Unis ? demanda Ingrid en prenant le dessin.

— Si cette fille a quelque chose à se reprocher, elle ne restera pas aux États-Unis. La frontière terrestre avec le Canada est la plus proche. Elle pourrait s'y rendre facilement.

— Oui, tu as raison, dit Ludovic. Peut-être même qu'elle connaissait le mort ? suggéra-t-il alors.

Kim s'immobilisa à nouveau.

— Et si nous nous étions trompés de cible… ? Peut-être que le chauffeur n'avait rien à voir avec tout ça. Peut-être qu'il n'était là…

— … que pour servir de chauffeur, termina calmement Denys en croisant les bras.

CHAPITRE 17

Quartier général de la Coalition, Montréal

– Alano, nous avons reçu un courriel de Denys, annonça Jacob en entrant dans le bureau.

Il lui tendit une feuille sur laquelle le portrait d'Alina était dessiné. Alano la regarda longuement. Ses yeux changèrent un court instant pour devenir ceux d'une panthère.

– Je me souviens d'elle, comme si c'était hier…

– Il nous a envoyé également un message disant que ses collègues ont été pris pour cible par les Anciens.

– Quoi ?

– Une de ses collègues a failli mourir. Ils ont apparemment détruit toutes les preuves que les policiers possédaient. C'est-à-dire les images de la fille et du chauffeur de taxi et toutes les informations concernant ce dossier.

– Alors ? Comment… ? dit Alano, agitant la feuille en fronçant les sourcils.

– Il l'a dessiné lui-même, expliqua Jacob avec un sourire.

– Bien ! dit Alano en souriant à son tour.

– Il demandait aussi si tu voulais aller visiter un *partenaire*.

Le sourire d'Alano s'élargit.

– Contacte les Sentinelles immédiatement !

Salle de téléportation, Prima

Tim se trouvait dans la petite salle de téléportation — une petite pièce ronde entrouverte soutenue par d'énormes piliers robustes disposés tout autour. Le visage fermé, il regardait sur les écrans holo-tactiles alors que les données de Nexma s'inscrivaient automatiquement.

L'annonce que Marcus lui avait faite ce matin avait été comme un coup de tonnerre. Après des années passées à se demander sans cesse si Alina avait été tuée ou pas, il avait eu sa réponse : elle était en vie. Son ami lui avait expliqué les derniers faits : elle et les loups, ainsi que le possible meurtre du collègue d'Opal. Tim secoua la tête en soufflant longuement tout en regardant sans le voir les lignes d'énergie suivre le dessin du pentacle. Du sol, elles se mirent à serpenter en suivant les sept colonnes centrales puis atteignirent le plafond qui illumina tous les symboles des royaumes. Chacun s'illumina d'une couleur différente avant qu'une bouffée d'énergie bleue explose dans les airs et devienne une sorte de tube verticale partant du plafond vers le sol.

César, Bella et Marcus arrivèrent à cet instant. Bella se dirigea vers lui et le prit dans ses bras sans rien dire. Marcus lui tapota l'épaule avant de se diriger vers le halo, suivi d'Annabella. César lui serra longuement la main en soutenant son regard. Tim pinça les lèvres tout en hochant la tête.

— On va te la ramener, Tim ! On a perdu assez de personnes qui comptent pour nous ! fit le jeune loup avant de traverser le halo et de disparaître.

Oui, il savait que ses amis n'allaient pas laisser tomber Alina. Quoi qu'il arrive, c'était la famille avant tout !

Toit d'un immeuble, appartement de Peter Hall, New York

– C'est bien ici ? s'enquit César en regardant tout autour de lui.

– Oui, comme indiqué par Denys, confirma Alano en regardant son téléphone intelligent. Merci, Marcus ! ajouta-t-il en lui faisant un bref signe de la tête.

Ils se trouvaient sur le toit d'un immeuble à Manhattan. Marcus les avait téléportés jusqu'ici à la demande d'Alano après qu'ils les aient informés du fait qu'un *partenaire* des Anciens pouvait leur apporter des détails importants. Marcus était déjà agenouillé au-dessus de la trappe, mais il ne l'ouvrit pas tout de suite. Avec sa tablette holographique, il désactiva le système de sécurité ainsi que les caméras de sécurité que le bâtiment possédait. Denys avait envoyé toutes les informations nécessaires sur la structure du bâtiment.

– C'est bon ! annonça Marcus en levant la trappe. Nous avons 25 minutes avant que les caméras se remettent en marche ! ajouta-t-il en repliant la tablette, qui forma un tube cylindrique qu'il mit dans sa poche.

– OK ! Je passe devant, exigea Annabella en descendant les escaliers.

– Hé, oh, ça devait être moi, bougonna César d'une voix faussement fâchée.

– Trop tard, grimaça-t-elle en tirant la langue.

– Marcus…

– Allons, César ! Descends et arrête de faire l'enfant !

– Tu n'es vraiment pas un gentil grand frère, toi, dis donc, marmonna l'homme en descendant les escaliers.

— Il n'a vraiment pas changé, nota en souriant Alano.

— Malheureusement ! s'exclama Marcus en levant la tête au ciel.

• • •

— Appartement 902, souffla Alano.

Annabella leva le pouce en signe d'acquiescement. Ils avaient descendu l'escalier de service durant de longues minutes avant d'arriver à l'étage qu'ils désiraient. La jeune femme défit son chignon, fit gonfler ses cheveux et ajusta son soutien-gorge afin de faire paraître plus imposants ses seins. César sourit en regardant Marcus, qui avait les yeux fixés sur eux. Bella ouvrit de grands yeux quand elle le vit la fixer. Marcus secoua la tête, et comme pour se reprendre, il récupéra le tube cylindrique qu'il étira à nouveau et se mit à taper rapidement sur l'écran. Alano ne s'était rendu compte de rien. Elle fit un clin d'œil à César et attendit que Marcus fasse les dernières vérifications en scannant l'appartement désiré, puis à son hochement de tête, elle frappa à une porte.

La porte s'ouvrit sur un jeune homme en survêtement. Son visage, d'abord arrogant, fit place à un air séducteur quand il vit la femme vêtue de cuir noir en face de lui.

— Bonjour ! Je suis désolée de vous déranger, dit d'une voix sensuelle Annabella.

— Salut ! Pas de problème, vous ne me dérangez pas, dit l'homme en détaillant Annabella d'un œil gourmand. Que puis-je faire pour vous, mademoiselle ?

— Je suis votre voisine, et… euh… il me manque du sel, grimaça-t-elle en souriant. Est-ce que… ? commença-t-elle sans finir sa phrase.

— J'en ai. Vous êtes chanceuse, dites donc ; suivez m…

Il n'eut pas le temps d'en dire plus, Annabella sauta sur lui, le faisant tomber au sol de tout son poids. Marcus et César sortirent de leur cache. L'un coinça l'homme afin qu'il ne bouge plus tandis que l'autre maintenait sa bouche ouverte. Alano referma la porte rapidement. Il se saisit d'une pince et tira sur la première prémolaire de droite. L'homme se mit à se tortiller sur le sol, poussant des petits cris, essayant de se débattre. Alano tira plus fort et retira la fausse dent.

— Voici un savant gadget, dis donc ! déclara Alano en se relevant et en admirant la puce cachée dans la dent. Une puce qui vous suit à la trace ! Et si, par malheur, vous vous faites prendre, une simple pression vous permet d'appeler nos chers amis pour qu'ils envoient du secours.

— Qui êtes-vous ? demanda l'homme en se relevant et en se tenant la joue.

Il recula et buta contre le mur. Il avait perdu son air supérieur ; sa respiration était saccadée. Son cœur battait plus rapidement que la normale. Il regarda tour à tour les quatre personnes. César se trouvait entre lui et la porte d'entrée.

— Vous ne savez pas qui je suis… j'ai le bras long. Je pourrais vous faire enfermer…

— Ah, ces fils de riche ! Ils sont tous pareils, que ce soit sur Terre ou sur Prima ! s'exclama César.

— Je vous avertis : si vous ne quittez pas mon appartement sur-le-champ…, continua l'homme en pointant du doigt.

— Oui ? Vous allez faire quoi ? demanda Alano en se tournant vers lui.

Ses yeux changèrent de couleur et de forme, laissant l'homme muet.

— Vous n'avez pas vraiment l'air surpris. Peter, nous avons des questions pour vous. Et je vous conseille d'y répondre ; sinon, mes amis ici présents, dit Alano en montrant du menton Annabella, Marcus et Simon, vont devoir vous y aider.

Le dénommé Peter secoua la tête à plusieurs reprises en grimaçant. Il passa sa main sur son visage.

— Je le savais… je n'aurais jamais dû leur faire confiance. Je savais que ça allait arriver un jour.

L'homme se décolla du mur et alla vers une table basse d'un pas lent. Il prit une bouteille de whisky et versa une bonne rasade dans un verre.

— Vous permettez ?

— Faites, je vous en prie, concéda Alano.

L'homme but d'un trait le contenu du verre, puis il se mit à courir vers la baie vitrée laissée ouverte. Il passa à travers et se jeta du neuvième étage.

— Marcus, c'est à toi, dit d'une voix calme son frère.

— Hum, fit-il avant de disparaître et de réapparaître une seconde plus tard avec l'homme dans les bras.

Ce dernier le regardait, complètement abasourdi. Marcus le lâcha et il tomba par terre.

— Je vous en prie… je ne peux pas parler ; sinon, ils vont me tuer ! s'écria l'homme désespéré.

— C'est nous qui allons vous tuer si vous ne répondez pas à nos questions, Peter.

— Vous ne comprenez pas ! Je ne peux rien dire. Ils le sauront !

— Si vous parlez des caméras et des micros dans l'appartement, je les ai désactivés, annonça Marcus.

— Vous ne comprenez pas ! cria Peter. Tout ça, ça vient d'eux. Je préfère mourir plutôt que répondre à vos questions. Ma famille sera sauve. Jamais je ne les trahirai.

— Ce n'est pas grave, Peter, je comprends. Annabella ? César ? Marcus ?

— C'est toi qui voulais être le premier, non ? Je te laisse le faire, dit Annabella à César.

— Sérieux ? C'est moi qui vais devoir me salir en faisant *ça* ?

— Qu'est-ce que vous allez me faire ? demanda l'homme, apeuré.

— Mes trois amis ont le pouvoir de lire les informations qu'ils veulent en buvant le sang de leur… proie.

— Vous vous foutez de moi ? C'est ça ?

Alano sourit en secouant la tête. L'homme s'évanouit.

— Pas très résistant, le type !

— Non, mais je suis sérieux, Bella ; tu le fais et on n'en parle plus.

— C'est à ton tour. Marcus nous a conduits jusqu'ici, et EN PLUS, il a sauvé l'homme du suicide. Je vous ai fait entrer dans l'appartement ET je vais lui enlever le souvenir de ce qui s'est passé ET le soigner ! C'est à ton tour, César, trancha Bella d'une voix souriante.

Annabella et Marcus se sourirent, complices, les bras croisés.

— Je ne demande pas à Marcus, car sinon, il ne pourra plus s'arrêter… Ça fait longtemps que je n'ai pas fait cette connerie, murmura César en regardant l'homme qui était toujours évanoui.

— Est-ce qu'il y a un souci ? demanda Alano en les regardant tous les trois.

— Oh ! Disons que la dernière fois que l'un de nous a voulu faire ça, l'aventure s'est presque finie en bain de sang.

— Comment ça ? s'enquit Alano, qui les regardait avec de gros yeux.

— Quand Simon et sa sœur Sacha sont arrivés sur Prima il y a trois mois, nous devions vérifier ce qu'ils savaient. Les planques, la façon dont la meute fonctionnait. J'y suis allé un peu fort, et je n'ai presque pas pu m'arrêter, avoua Marcus, les bras croisés.

— À notre défense, il faut dire que ça faisait longtemps que nous n'avions pas bu du sang d'un autre métamorphe. C'est comme aspirer l'énergie vitale d'une personne, expliqua Bella.

— Tu te fiches de moi ? Et c'est maintenant que vous me le dites ?

— On pensait que l'homme allait tout dire en voyant qui nous étions, dit César en haussant les épaules.

— Si c'est trop pour toi, César, on peut l'emmener au quartier général, proposa Alano en réfléchissant rapidement. Nous allons pouvoir le faire parler.

— Si on le fait, le quartier général ne sera plus sécuritaire, et les Anciens sauront que nous sommes venus. Il nous reste combien de temps ?

— Un peu moins de 10 minutes, l'avertit Marcus en regardant le décompte affiché sur la tablette.

— N'oublie pas, César. Une petite morsure pour que je puisse la faire ensuite disparaitre, dit Annabella.

César acquiesça de la tête en s'approchant de l'homme évanoui.

— Tia ?

— *César, ça va ?* lui répondit instantanément Laura.

– *Oui. Disons que je serai temporairement indisponible durant quelques minutes. Ne fais pas de bêtises pendant ce temps, OK ?*

– *Tu es bête, César,* rigola-t-elle. *Que vas-tu faire pour être* off ?

– *Je t'expliquerai plus tard, OK ?*

– *OK… Fais attention à toi, mon loup…*

César leva l'homme en le prenant par le col et le maintint à sa hauteur. Ses yeux devinrent presque entièrement vert émeraude tandis que ses pupilles noires se dilataient. On ne voyait presque plus rien du blanc de ses yeux. Son visage se modifia sensiblement pour s'allonger vers l'avant. Ses dents commencèrent à pousser, son nez devint plus long. Ses bras s'allongèrent graduellement, et enfin, ses mains se couvrirent de poils. Ses ongles devinrent plus longs et plus pointus, enserrant le cou de l'homme facilement.

– Marcus ? dit-il en jetant un coup d'œil en arrière.

– Je suis là !

César ouvrit sa gueule, retroussa ses babines et le mordit du bout de ses canines à la base du cou, là où la chair était la plus tendre. La chair de l'homme était savoureuse. Quand le sang se répandit sur sa langue, il ferma les yeux, emporté par le délice. Et les pensées de l'homme lui vinrent, d'abord floues puis de plus en plus nettes.

Il avait environ huit ans quand il rencontra pour la première fois le grand patron. Deux hommes se tenaient à ses côtés. Son père et son grand-père, respectueux à l'égard de l'homme assis sur un banc dans un parc. Ce dernier lui sourit en disant qu'il était le nouveau descendant des Hall. L'homme portait un élégant et très coûteux costume anthracite. Il avait de longs cheveux blancs et des yeux noirs comme de l'encre. Son père lui expliqua par la suite que c'était grâce à lui que la famille était aussi riche aujourd'hui. Cela faisait des générations que la famille Hall travaillait pour cet homme. Et lui, Peter, devrait travailler un jour pour lui. Il lui avait demandé qui il était vraiment. Son père lui avait juste dit que cet homme était éternel. Quand son grand-père mourut, son père accéda au siège de juge. Une récompense de la part du grand patron en guise de condoléances ! Il voyait que son père faisait tout ce que l'homme lui disait. Ils avaient une très belle maison, de l'argent, des voitures. Ils étaient respectés ! Un jour, son père avait crié au téléphone en refusant de faire quelque chose. Trois jours plus tard, sa sœur mourrait. Il avait retrouvé son père alors qu'il pleurait dans son bureau. Une semaine plus tard, on l'avait recruté. On lui avait implanté une puce dans une dent. On lui avait offert une voiture haut de gamme dernier cri, ainsi qu'un appartement dans le quartier le plus chic de Manhattan, tous frais payés ! Son père lui dit qu'il y avait une place dans le département de la police portuaire et qu'il allait y travailler. Son premier travail pour eux avait été de détruire les vidéos pour cacher la téléportation du taxi dans le tunnel.

— Essaye de trouver les moyens d'entrer en contact avec eux, chuchota Annabella.

— Alors ? demanda Alano en se tournant vers elle.

— Il fouille dans sa vie, expliqua-t-elle en ouvrant ses yeux couleur saphir.

— Tu le vois ?

— Nous sommes tous connectés, oui ! acquiesça Annabella en souriant à Alano.

Une femme brune, bien habillée le rencontra une première fois. Adeline Dubois. Elle lui tendit un cellulaire ainsi qu'une tablette contenant tous les renseignements qu'il avait besoin de savoir : comptes bancaires, numéros à composer, mots de passe… Quand ils se rencontraient, c'était toujours dans un parc. Toujours au même banc. Toujours à la même heure.

Marcus ouvrit instantanément ses yeux émeraude et chercha dans la pièce la tablette qui se trouvait sur la table basse. Il posa dessus un petit gadget qui s'alluma automatiquement et se mit à télécharger les données contenues.

— César, relâche-le maintenant! ordonna son frère en s'avançant vers lui.

Ce dernier se mit à grogner et continua à tenir la gorge de l'homme entre ses doigts griffus. Il ajusta ses dents sur la peau de Peter et continua à ingurgiter le sang de la victime. Marcus s'approcha du mur et attendit que son frère ouvre les yeux pour lui répéter la même chose. Comme César continuait à grogner sans vouloir desserrer ses crocs, l'énergie de Marcus monta brusquement et les enveloppa tous les deux quand il le toucha. L'homme-loup retroussa ses babines, puis l'instant d'après, il relâcha l'homme, qui tomba par terre, inconscient. César perdit l'équilibre et dut s'accroupir pour ne pas tomber. Il se mit à respirer lourdement.

Annabella alla tout de suite vers l'homme endormi et plaça ses deux mains au-dessus de la morsure. Lorsqu'elle se concentra, une énergie bleuâtre les enveloppa tous les deux. La blessure se résorba rapidement. Elle plaça par la suite ses deux pouces et ses deux index sur les tempes de Peter.

— C'est bon!

Alano vint remettre la dent à sa place. Ils portèrent l'homme sur le sofa et l'allongèrent dessus. Marcus récupéra la petite boîte qui avait terminé de télécharger les données et la remit dans sa poche.

— Combien de minutes nous reste-t-il?

— Moins de 15 secondes. Rapprochez-vous de moi! ordonna Marcus.

Ce dernier toucha son frère toujours accroupi, et ils se volatilisèrent au moment où les caméras se remettaient en fonction.

Appartement de Laura, Vieux-Port de Montréal

Laura finissait de boire sa tasse de café quand la voix de César avait résonné dans sa tête. La recommandation de son loup la fit sourire, puis elle alla déposer sa tasse dans l'évier. Leur conversation mentale se mettait en place tout doucement, et elle appréciait de plus en plus cette sensation. La jeune femme récupéra son sac, ouvrit la porte et sursauta. Un de ses gardes du corps, de profil, se tenait devant sa porte. Laura allait lui demander ce qui se passait quand un bruit mou se fit entendre. Elle jeta un coup d'œil dans le couloir, et ce qu'elle vit lui donna la chair de poule. Une créature, identique à celle qui lui faisait faire tant de cauchemars la nuit, se tenait debout près d'eux. Cette dernière venait d'infliger à un de ses gardes une blessure monstrueuse. Un deuxième garde était allongé au sol, face contre terre, et ne bougeait plus.

— Courez! lui cria le garde, les yeux jaunes, avant de se mettre à se transformer en loup.

L'homme déchira ses vêtements et poussa un bref aboiement. Son visage se modifia rapidement pour s'allonger vers l'avant. Ses dents poussèrent, son nez devint plus long. Ses bras et ses jambes s'allongèrent graduellement et enfin se couvrirent de poils. L'être qui se tenait devant elle n'était plus un homme à part entière : une tête très large, une poitrine étroite, mais forte, des pattes plus longues avec de larges pieds. Il avait un pelage noir et une longue queue qui remuait de gauche à droite. Le loup était plus petit que César transformé. Il la regarda en lui jetant un coup d'œil d'avertissement et s'élança à toute vitesse vers la créature.

Ce fut le début des pas de danse entre les deux êtres. Le loup feignait une passe puis sautait à la gorge de la créature, et avant que les bras aux pointes acérées s'abattent sur lui, il la lâchait. Le couloir étant assez large, il bondit en essayant d'entraîner la créature vers lui. Cette dernière frappa un dernier coup, le ratant, et se retourna vers la femme en émettant de petits cris. Le loup sauta sur son dos et le mordit au sang au niveau de la nuque. Un des bras de la créature passa à quelques millimètres du loup avant qu'il la lâche à nouveau. Laura n'eut pas le temps de lui crier de faire attention aux griffes de la créature qu'un homme apparaissait par une porte de service.

— Mais que se passe-t-il ici ? s'écria le concierge.

L'homme resta figé sur place en voyant la scène dans le couloir. Il laissa tomber son seau d'eau et son balai par terre, tétanisé. Laura en profita pour reprendre ses esprits. « Je ne peux pas le laisser se battre seul contre cette créature ! » Comme si le loup entendait ses pensées, il se tourna vers elle et émit deux aboiements brefs.

— *Si, vous le pouvez, et vous le devez, princesse,* lui transmit-il d'une voix rauque en évitant à nouveau les doigts acérés.

Ses yeux jaunes la suppliaient de s'enfuir. Laura hocha la tête, attrapa l'homme par le bras et l'entraîna avec elle par l'endroit où il était arrivé.

Ils étaient dans une sorte de sas. Un escalier et une porte. L'escalier de service permettait de monter ou de descendre aux étages. Elle pencha la tête vers le bas, essayant de voir la fin des escaliers.

– Mais… c'était quoi, ça ? demanda l'homme, tétanisé, en jetant de nombreux regards craintifs vers la porte qui se refermait doucement derrière eux.

Laura ne répondit pas. Elle alla vers la porte et essaya de l'ouvrir. Impossible !

– C'est l'escalier de secours, dit le concierge.

– Avez-vous la clé ?

L'homme s'approcha de la porte et sortit un trousseau de clés. Il essaya de mettre la clé dans la serrure, les mains tremblantes. Quand un long hurlement retentit, il laissa tomber le trousseau par terre, effrayé. Laura sauta dessus et lui demanda laquelle était la bonne. La porte s'ouvrit finalement sur une ruelle. Le soleil était haut dans le ciel. Laura leva les yeux vers le concierge.

– Courez, monsieur !

Elle-même s'élança vers l'escalier et regarda en bas. Elle se trouvait au huitième étage et fit de son mieux pour descendre sans tomber. Les marches étaient vieilles, étroites et rouillées. « Mais pourquoi ai-je mis mes talons aujourd'hui, merde ? » Soudainement, la porte bondit et se fracassa sur la façade d'en face, qui se trouvait à environ 3 m. Ils levèrent les yeux au même moment. La créature apparut en faisant des petits bruits. L'homme voulut crier, mais Laura posa sa main précipitamment sur sa bouche et l'entraîna contre le mur du bâtiment. La jeune femme posa un doigt sur ses lèvres, indiquant au concierge de se taire. Ils entendirent des pas pesants au-dessus d'eux. Puis tout à coup, plus rien. L'homme regarda Laura et communiqua en bougeant les lèvres sans émettre un son :

— Il est parti.

Laura secoua sa tête vigoureusement et essaya de le maintenir au mur. Trop tard ; le concierge s'approcha de la rambarde et regarda à droite et à gauche, puis en l'air. Il se tourna vers la jeune femme en souriant presque de soulagement.

— Il est vraiment part…

Ce dernier ne finit pas sa phrase. Une main noire s'était enfoncée dans son thorax. Il se remit à crier en voyant la main bouger à travers lui. La créature qui s'était posée sur la barre, approcha l'homme de son visage et le lécha de sa langue noire.

— Non, noooooon ! cria-t-il.

Laura n'attendit pas plus et escalada la rambarde afin d'atteindre les marches du bas, où elle se mit à descendre à toute vitesse. Elle atteignait le quatrième étage quand elle fut propulsée par un poids lourd. La jeune femme passa à travers la balustrade et chuta du quatrième étage. Elle allait tomber quand elle atterrit parfaitement au sol et se releva, les yeux opaques. Un battement de cils plus tard, tout revint à la normale. Elle regarda le concierge gisant par terre à côté d'elle, le visage partiellement lacéré. Ses yeux la regardèrent, sa bouche essayant d'émettre un son. Le cœur de Laura battait à tout rompre. Elle toucha son front du bout des doigts quand il mourut.

Laura se mit debout et constata qu'un de ses talons s'était cassé. La créature se posa au sol sans bruit et s'avança vers Laura en lui tendant le bras. Il émettait de petits bruits. La jeune femme recula au fur et à mesure tout en mesurant la distance avec la rue principale. Courir avec un talon cassé, ce n'était pas possible. Elle enleva ses chaussures tout en continuant de s'éloigner de la bête. Cette dernière arrêta de marcher et pencha sa tête de côté. « C'est le moment ! »

Se disant cela, Laura se retourna et s'élança le plus vite possible en direction de la rue. Elle avançait plus rapidement qu'un simple terrien quand la créature se téléporta devant Laura, qui buta violemment contre elle. L'être enserra ses bras de ses mains noires et souleva Laura jusqu'au niveau de ses yeux entièrement rouges, à part ses pupilles, qui n'étaient que des points noirs. C'était totalement effrayant !

La bête se mit à émettre à nouveau des petits bruits et ouvrit sa gueule, exposant des canines acérées, et une langue noire vint la lécher. Elle grimaça, essayant de se libérer de sa poigne de fer.

— *Ma petite chérie, il faut que tu te sortes de là, et vite !*

Cette voix… Laura l'avait toujours entendue dans un petit coin de sa tête, mais ne lui avait jamais prêté attention avant ces derniers temps. La première fois que la jeune femme avait réalisé que c'était réel, c'était le soir où ses pouvoirs avaient explosé au Vieux-Port de Montréal. La seconde, c'était quand elle l'avait aidée à vaincre Dominicus sur le toit du musée.

— Je veux bien, mais comment ? demanda-t-elle à haute voix.

— *Prends appui sur la poitrine de cet être et libère-toi. Tu as assez de force pour le faire !*

Laura fit ce que la Voix lui disait. En un millième de seconde, elle se balança en prenant appui grâce aux mains qui la tenaient et mit ses pieds nus sur la poitrine noire de la créature. La jeune femme s'appuya et s'élança de toutes ses forces en arrière. La bête recula, entraînée par la poussée tandis que Laura se retrouvait propulsée en arrière. Elle atterrit et cria en touchant le sol, puis elle se tint la cheville droite en se mordant les lèvres. « Merde ! » se dit-elle. La créature grogna en émettant de longs cris, cette fois-ci, et se mit à marcher vers elle.

– *Appelle tes Sentinelles, Opal !*

Laura hocha la tête et ferma les yeux en fronçant les sourcils. Rien ! « Qu'est-ce qui se passe ? Je n'arrive pas à me concentrer… » Elle essaya de plisser les yeux, mais un énorme mal de tête apparut. « César… » Un bruit au-dessus d'elle la fit lever la tête : une autre créature venait d'apparaître. Elle ne faisait rien à part la regarder. Un détail, cependant, attira son attention : elle portait sur sa poitrine nue une sorte d'amulette en cuivre retenue par une chaîne qui se balançait doucement au rythme de sa respiration.

– *Quelque chose bloque tes…*

– Quoi ? s'écria-t-elle en essayant de comprendre tout en grimaçant. Tu es encore là ?

Seul le silence lui répondit. Un immense coup la fit rouler sur plusieurs mètres. Seul le mur du bâtiment la retint. Laura se releva tant bien que mal ; sa cheville lui faisait un mal de chien. Elle souffla longuement, du sang coulant de son nez. Laura regarda la bête qui s'approchait, les crocs sortis. Sa migraine gagnait du terrain. La créature propulsa son poing sans hésiter vers ses côtes. Laura cria, cracha du sang puis dut s'agenouiller, mal en point. La créature l'attrapa par ses vanilles et la projeta dans les airs. La jeune femme buta contre le mur de l'autre côté de la ruelle. Lorsqu'elle le vit, elle leva ses deux bras en croix pour se protéger et se retrouva propulsée en arrière. Laura trébucha et tomba par terre durement en ouvrant les yeux. « Mais que se passe-t-il ? Je ne ressens plus rien... » La jeune femme n'eut pas le temps de penser à plus ; la créature la prit par le col de son tee-shirt.

Cette dernière leva la tête vers l'autre créature qui émettait de petits cris. Elles se mirent à converser dans leur langue. Voyant que l'être ne s'occupait plus d'elle, Laura sortit son téléphone discrètement de son jeans et voulut composer le numéro de la Coalition quand il se mit à sonner : César ! La créature se tourna vers elle brusquement et fixa ce qui sonnait. Laura le lui lança en pleine face, puis projeta sa jambe gauche contre le cou de la bête tout en appuyant sa cheville blessée sur le thorax de l'homme-loup. Il la lâcha d'un coup. Elle se mit à courir malgré sa cheville blessée dans la ruelle tout en appelant psychiquement ses Sentinelles à l'aide. Pour toute réponse, elle eut une migraine monstre. Tout comme la première fois, la créature se matérialisa devant elle. Laura eut le temps de s'arrêter cette fois-ci, regardant rapidement derrière elle, mais l'autre créature avait disparu. Celle qui était devant grognait et lui prit la main fermement. Son mal de tête avait brusquement cessé. « Je me sens mieux... » La créature voulut la tirer vers elle, mais n'arriva pas à la faire bouger. Laura fronça à nouveau les sourcils, surprise. Elle regarda sa main libre et ressentit son énergie qui pulsait en elle à nouveau.

– *Ce qui bloquait tes pouvoirs a disparu, ma fille.*

– Et qu'est-ce qui les bloquait ? demanda-t-elle à haute voix.

– Je ne suis pas sûre. Même moi, je n'ai pas pu t'atteindre. En tout cas, débarrasse-toi de cette créature le plus vite possible.

– C'est comme si c'était fait !

Quand l'être comprit que la jeune femme n'allait pas bouger d'un pouce, il se mit à balancer ses poings de toutes ses forces, essayant de la toucher et de la faire tomber. Laura leva ses deux bras devant son visage, s'en servant comme boucliers. La créature lui donna un nouveau coup sur les côtes, la faisant blêmir, elle tomba par terre, agenouillée. Quand l'être vint près d'elle, Laura leva sa main en signe d'allégeance. La créature la regarda, étonnée, puis fit une sorte de sourire montrant ses crocs. Il lui prit la main. Le visage de Laura se referma, un rictus aux lèvres. Quand elle ouvrit des yeux opaques, une décharge d'énergie passa à travers elle et se transféra dans l'être maléfique. Celui-ci gesticula, essayant de lâcher la jeune femme. La créature ouvrit sa bouche comme pour crier. Son corps devint bleuté. Il se mit à gonfler : ses bras, son ventre, ses jambes… puis sa tête explosa, projetant du sang tout autour. Laura ferma ses yeux quand le liquide chaud se répandit sur son visage, ses vêtements et ses cheveux. Quand la jeune femme ouvrit les yeux, elle lâcha la main de l'être, qui tomba au sol.

• • •

Laura ramassa son cellulaire par terre. Elle grimaça en jetant un coup d'œil au corps du concierge allongé : il était mort parce qu'il s'était retrouvé au mauvais endroit, au mauvais moment. Son téléphone se remit à sonner. Elle soupira longuement tout en se téléportant au huitième étage. Dans le couloir, trois loups gisaient, morts. Les murs étaient barbouillés de sang et d'autres choses pas très ragoûtantes. La jeune femme entrait dans son appartement en boitillant quand elle porta le téléphone à son oreille.

— Princesse, est-ce que vous allez bien ? demanda Alano. César a essayé de vous contacter. Il n'arrivait plus à vous ressentir…

— Vos trois hommes sont morts, tués par une des créatures de Charlène.

— Quoi ? Est-ce que vous… ?

— Le concierge de l'immeuble est également décédé. Victime collatérale, tu me diras ?

— Princesse, allez-vous bien ?

— Alano ?

— O-oui ?

— Est-ce comme cela que tu me protèges ?

— P-princesse, je suis désolé… Nous arrivons immédiatement ! affirma-t-il d'une voix ferme.

— Quand tu verras mes Sentinelles, dis-leur de répondre à mes appels de temps en temps ; ce serait bien ! ronchonna-t-elle en raccrochant.

— *Ne leur en tiens pas rigueur, ma chérie…*

— Ah, non ? Comment ça ? J'étais en danger, et personne n'est venu !

— *Quelque chose bloquait toutes transmissions entre toi et le reste. Même moi, je n'ai pas pu communiquer avec toi…*

La jeune femme se dirigea vers la salle de bains, les lèvres serrées. Sa cheville lui faisait un mal de chien. Elle enleva son tee-shirt et grimaça en faisant rouler ses épaules. Elle avait mal partout. Des yeux opaques la regardaient dans le miroir. Son visage semblait avoir été battu. Le reste de son corps n'était qu'une grosse ecchymose que même sa peau noire ne pouvait cacher. Son opale tenait entre ses seins.

— Ne m'a-t-on pas dit que mes Sentinelles et moi avions un moyen de communication incroyable et exceptionnel ?

— *Oui, vous devriez pouvoir communiquer n'importe où, peu importe la distance qui vous sépare. Ce n'est pas si grave ; tu as pu te débarrasser de cette vermine, non ?*

— Oui, effectivement. Je ne devrai compter que sur moi-même à partir de maintenant ! confirma-t-elle d'une voix rude.

— *Ma chérie, ce n'est pas ce que j'ai voulu dire…*

Le bruit de la douche assourdit la voix.

Rues de New York

Denys et Kim se trouvaient à bord du VUS de service. Ils se dirigeaient chez Peter Hall.

— Tu réalises qu'ils sont entrés au commissariat et que PERSONNE ne s'est rendu compte de ça ? C'est incroyable !

— Ils ont dû venir quand tout le monde était occupé avec l'explosion de l'hôtel et le tremblement de terre.

— Oui, sûrement ! J'espère juste que les deux cas ne sont pas reliés, murmura Kim.

— Que veux-tu dire par là ?

— J'ai rencontré un pompier qui m'a dit que ce n'était pas un incident « normal », répondit-il en levant les index et les majeurs du volant pour faire des guillemets.

— Que veux-tu dire par « pas un incident normal » ? répéta Denys en levant les doigts de la même manière.

— Il se pourrait que ce soit plus qu'une simple fuite de gaz ou même qu'une bombe. Tu me connais, Denys ; je ne crois pas aux coïncidences. Se pourrait-il que notre affaire et l'explosion de l'hôtel soient liées ?

— …

Denys regarda par la vitre. Il serra les dents, mais se tut.

— Est-ce que toutes les infos sur le dossier ont disparu parce que nous sommes justement proches de la solution ?

Kim soupira longuement puis continua sur sa lancée.

— Et si le chauffeur du taxi fou n'était là que pour servir de chauffeur, Ingrid avait raison depuis le début : c'est bien la fille qu'il nous faut !

— Ouais, mais si nous pouvions mettre la main sur lui, ce serait également parfait, dit Denys, l'esprit ailleurs.

— Oui, bien sûr !

Kim Kook s'arrêta de parler un moment pour faire une manœuvre et s'engagea sur une avenue.

— Cette situation me dépasse ; j'ai l'impression qu'il nous manque juste LA pièce du puzzle qui nous fera comprendre ce satané dossier.

— …

— Tu es étrangement calme, toi, dis donc, remarqua Kim en lui jetant un coup d'œil.

— J'ai l'impression qu'on nous suit…

Kim Kook regarda instantanément le rétroviseur intérieur.

— Le Hummer noir ?

— C'est un type militaire, rectifia Denys en grimaçant. Il nous suit depuis que nous avons quitté le commissariat. Prends sur Murray Street ; je veux être sûr.

— Mary-Tom-Lincoln 0000, dit Kim en regardant à nouveau la route.

Pendant que Denys tapotait sur le clavier de l'ordinateur afin de retrouver la plaque d'immatriculation, Kim tourna sur la rue en question. Le véhicule fit de même quelques secondes plus tard.

— Merde ! Je n'ai rien sur cette plaque ! lâcha Denys en jetant un coup d'œil au rétroviseur externe.

— Comment ça ? grimaça Kim en accélérant.

Denys prit le micro de la radio de police et appela la centrale.

— Équipe Delta-Kilo à Répartiteur, nous avons un possible 10-10. Véhicule suspect qui nous a possiblement pris en filature. Humvee militaire. Immatriculation : Mary-Tom-Lincoln 0000. Nous sommes sur West Broadway et Murray Street, déclara l'homme noir au micro.

— Répartiteur à Équipe Delta-Kilo. Répétez le numéro d'immatriculation.

— Équipe Delta-Kilo, je répète : Mary-Tom-Lincoln 0000

— Répartiteur à Équipe Delta-Kilo, accès refusé. Impossible de retracer la voiture.

Denys et Kim se regardèrent en fronçant les sourcils. Ce dernier dépassa deux voitures par la droite en empiétant sur la voie d'urgence, et il tourna brusquement sur la gauche. Les pneus crissèrent. Le véhicule noir s'élança alors à leur poursuite, se faisant klaxonner par les autres usagers de la route. Une série de coups de feu retentit, faisant éclater le pare-brise arrière. Les deux hommes se baissèrent instantanément sur leur siège.

— Putain ! Ils nous tirent dessus ! s'écria Denys en dégainant son pistolet.

Il essaya de tirer, mais les tirs continuaient.

— Armes automatiques ! cria Kim pour couvrir le bruit des vitres brisées.

— Accélère, Kim !

Il récupéra le micro et se mit à hurler.

— Équipe Delta-Kilo, code 10-13 ! Je répète, code 10-13 ! Suspects armés avec armes automatiques !

D'autres coups de feu rapprochés se firent entendre, faisant éclater l'autre rétroviseur extérieur. Kim dut tourner sur la droite sans laisser la priorité aux autres voitures et se fit klaxonner copieusement. Puis en accélérant, il zigzagua afin d'éviter les tirs. Il finit par distancer le véhicule noir, qui ne fut bientôt qu'un point derrière eux.

— Répartiteur à Équipe Delta-Kilo, bien reçu. Tenez bon ! Équipes Alpha3, Nora et X-ray en route. Localisation par GPS activée !

— Oh, putain ! s'exclama tout d'un coup Denys en jetant un coup d'œil sur sa gauche.

Un autre véhicule militaire noir était stationné à l'intersection, mais ne bougea pas. Leur VUS continua à la même vitesse, essayant de s'éloigner du lieu de poursuite.

— Putain ! C'était quoi, ça ? éclata Kim en regardant le rétroviseur intérieur pour s'assurer que la voiture ne les suivait plus.

— Je n'en sais fichtrement rien, mais ça ne sent pas bon ! répondit Denys.

Ce dernier prit son cellulaire et allait composer un numéro quand il leva les yeux devant lui lorsque Kim tourna sur North End Avenue.

— Attention ! cria Denys.

Kim eut tout juste le temps de freiner et s'arrêta à quelques millimètres d'un monstre. Les deux hommes durent se pencher en avant afin de voir les parechocs de la voiture. Un véhicule gigantesque au motif de camouflage urbain se trouvait au beau milieu de la rue. D'une hauteur de presque 3 m et d'une largeur de 2,5 m, leur VUS ressemblait à une coccinelle à ses côtés. Les deux collègues se regardèrent rapidement. Le moteur de l'immense 4x4 se mit à vrombir de plus en plus fort. En une fraction de seconde, Kim passa en marche arrière et recula en faisant crisser les pneus sur l'asphalte. Durant le même temps, Denys enleva sa ceinture de sécurité, passa son corps par la fenêtre et se mit à tirer sur l'immense mastodonte qui s'élançait vers eux.

Denys essaya d'atteindre les occupants du véhicule, sans succès. Les impacts de balles s'imprimèrent sur le pare-brise et le capot sans causer le moindre dommage.

— Il est blindé ! cria Denys tout en continuant de tirer.

— Nom de Dieu ! Essaye les pneus ! lui suggéra en criant Kim.

Pendant que ce dernier tirait sur les pneus en désespoir de cause, essayant de les faire éclater, Kim Kook reculait à toute vitesse afin que le véhicule ne les emboutisse pas. De nombreux passants durent courir se mettre à l'abri. Une voiture qui sortait de son emplacement perdit son capot. Kook ne vit qu'à la dernière minute un autre véhicule noir foncer du côté passager. Il eut tout juste le temps de tirer son collègue à l'intérieur de l'habitacle. Le choc entre les deux voitures fut effroyable. Le bruit de tôle tordue se fit entendre. Le VUS fit volte-face sous l'impact. Denys perdit son pistolet sous la charge brutale de l'autre voiture ; il tomba à ses pieds. Sa tête cogna lourdement contre le rebord intérieur de la portière de la voiture. Le temps qu'ils se remettent de leurs émotions, un choc violent les fit rebondir sur leurs sièges. L'immense véhicule blindé les poussait — littéralement !

— Denys, ça va ?

— Ouais, dit-il grimaçant, un filet de sang coulant le long de sa tempe.

— Il faut qu'on sorte de là immédiatement ! cria Kim en regardant par le pare-brise arrière.

Leur voiture se rapprochait d'une marina, et s'ils ne faisaient rien dans les secondes suivantes, ils se retrouveraient dans la rivière Hudson. Kim appuya sur le frein, essayant de sortir la voiture de là. Il y eut des crissements de pneus. Ils virent un homme sortir du toit du véhicule et se mettre à tirer sur eux. Des rafales de tirs se firent entendre. Leur pare-brise avant éclata sous les balles. Denys se coucha comme il le pouvait sur Kim afin de le protéger des impacts. Les tirs ne s'arrêtèrent pas, réduisant en miettes l'intérieur de l'habitacle. Kim prit le micro qui pendait.

— Équipe Delta-Kilo, des renforts sont demandés de toute urgence ! 10-13 ! hurla Kim avant que la voiture bascule dans l'eau.

Terrier des Anciens, New York

Adeline regardait les deux 4x4 militaires quitter la zone quand la police arriva quelques secondes plus tard sur les lieux.

— Bien joué ! s'exclama-t-elle en faisant une grimace qui se voulait un sourire.

— Je viens de leur envoyer l'itinéraire de retour, annonça le jeune homme aux cheveux coupés courts.

— Je détourne actuellement les caméras de route afin qu'ils puissent revenir au bercail sans problème, dit un autre homme.

— Notre type est sur place, lança un troisième homme en se tournant vers Adeline.

— Bien… bien…, sourit-elle, satisfaite.

Rues de New York

Des dizaines de voitures de police se trouvaient stationnées devant la marina. Une ambulance aux gyrophares allumés se frayait un chemin à travers de nombreux badauds venus voir ce qui se passait. Des cris se faisaient entendre de part et d'autre. Deux policiers aidaient Denys à remonter la paroi rocheuse descendant à la verticale dans la mer. L'homme était trempé des pieds à la tête.

— Merci, les gars ! les remercia-t-il, l'air grave.

Denys se retourna. Il s'était jeté sur Kim afin de le protéger du choc lorsque la voiture était littéralement tombée dans la rivière Hudson, basculant le toit en avant. Il avait été violemment projeté contre le toit du véhicule. Cette partie de la rivière étant profonde, la voiture avait coulé très vite à cause des ouvertures laissées par les balles. Kim, la tête en bas, avait essayé de se libérer de sa ceinture de sécurité, mais il en avait été incapable. Elle s'était bloquée. En voyant cela, Denys avait pris les deux parties et les avait séparées rapidement. Il s'était senti par la suite entraîné vers la surface. Il avait levé les yeux et avait vu un de ses collègues nager rapidement vers la surface en le tenant par le col de sa chemise. Des policiers avaient plongé afin de les aider. Denys se pencha et donna le bras à son ami et collège afin de le sortir de l'eau. Ce dernier s'allongea sur l'herbe et souffla longuement.

— Alors, les gars, vous jouez sans nous, c'est ça ? plaisanta l'un des policiers debout à côté d'eux.

Il essayait de plaisanter afin de détendre l'atmosphère.

— La prochaine fois, David, on t'appelle, je te le promets, lui répondit Kim, toujours couché, en essayant de reprendre son souffle. Merci, Denys... pour la ceinture, souffla-t-il en levant les yeux vers son partenaire.

L'homme noir sourit et croisa les bras sur sa poitrine en grimaçant légèrement.

— Hé, Denys, tu es blessé ! s'exclama un des policiers.

Du sang coulait le long de son épaule droite. Il avait bien senti trois balles perforer sa chair au moment où il avait couvert Kim de son corps. Denys tilta et réfléchit rapidement afin de trouver une solution pour qu'on ne l'envoie pas à l'hôpital. Les médecins auraient du mal à comprendre pourquoi les balles ne l'avaient pas tué, ou du moins pourquoi il tenait encore sur ses pieds. Il fallait juste qu'il se transforme afin de rejeter les corps étrangers et de permettre à son corps de cicatriser.

— Oh, une petite éraflure, sans doute, dit-il d'un ton badin, comme il avait l'habitude de faire.

Il se mit à faire tourner son épaule, montrant à tous que ce n'était rien de grave.

— OK ! Mais va quand même voir les infirmiers quand tu auras le temps, d'accord ? lui conseilla l'homme en aidant les autres à remonter sur la berge.

— Pas de problème, papa ! dit-il à la blague.

Il se tourna vers Kim, qui se remettait debout. L'Asiatique semblait un peu secoué.

— Si on m'avait dit que je me ferais presque tuer par des tirs de UZI, que je serais poursuivi par un putain de véhicule immense et que je prendrais un bain sans le vouloir, je ne l'aurais pas cru, continua-t-il en souriant. Et en plus, j'ai perdu mon pistolet !

Kim sourit et regarda à l'endroit où avait disparu leur voiture de service. Il grimaça.

— Ils voulaient vraiment nous éliminer…, murmura-t-il.

— Ou du moins, nous intimider, rectifia Denys.

— Tu le penses ? demanda-t-il en tournant sa tête vers lui.

— Mouais, ça m'en a tout l'air ; sinon, ils nous auraient tout simplement tués d'une balle dans la tête.

— Cette affaire est plus importante qu'on pourrait le croire, alors…

Un bruit de pas les fit se retourner. Un agent en civil s'approchait d'eux. Il leur serra les mains.

— Je suis désolé, les gars ; on aurait besoin de vos dépositions. Est-ce que… ?

— C'est bon, Bob, on peut la faire de suite !

— OK, les gars ! Nous avons mis un code rouge sur tous les véhicules de type militaire noirs des environs.

— Ils sont sûrement déjà loin à l'heure où on se parle, supposa Denys, l'air sérieux.

— Pouvez-vous m'en dire plus ?

— C'étaient des mercenaires ou des hommes qui n'en sont pas à leur premier coup d'essai — ça, c'est sûr ! Ils nous ont filés depuis que nous sommes partis du commissariat.

— Trois Hummer noirs. De type militaire, si je ne me trompe pas, sûrement des Humvee. J'ai remarqué que toutes leurs plaques d'immatriculation se suivaient. Mary-Tom-Lincoln 0000, 0001 et 0002. Ils nous ont poussés dans une embuscade en suivant un itinéraire préétabli.

— Un quatrième 4x4 nous attendait. Immense. Blindé. Je n'ai jamais vu un véhicule du genre.

— Blindé ? En êtes-vous sûrs ?

— Oui, acquiesça Denys en faisant une drôle de tête.

— Parce qu'aucun Humvee n'est blindé, d'après ce que je sais.

— Celui-là n'était pas un Humvee. Il était gigantesque, haut sur ses roues. Notre VUS atteignait à peine ses parechocs !

— Attendez, les gars ! Vous êtes en train de me parler d'un char d'assaut, là...

— Je t'assure, Bob, que j'ai essayé de tirer sur le pare-brise, les pneus et le châssis. Je n'ai rien pu faire. Totalement blindé.

— Ce truc était..., fit Kim, secouant légèrement la tête, ne trouvant pas les mots pour décrire le véhicule

Un policier vint vers eux en agitant le bras. Il semblait excité.

— Hé ! Un des passants qui se trouvaient là a pris des vidéos avec son cellulaire ! s'écria-t-il.

— J'adore ce siècle, affirma Denys en se rapprochant de l'homme en question, qui accéda à la vidéo.

On voyait un gigantesque véhicule 4x4 pousser le VUS dans l'eau facilement et repartir à toute vitesse, suivi par une autre voiture noire de style Hummer. Une voix d'homme se mit à crier d'appeler la police aux personnes assistant à la scène quand ces dernières arrivèrent par une autre rue en grand nombre. Ils virent les policiers descendre de voiture et des passants leur crier qu'une voiture était au fond de l'eau...

— Les gars..., commença Bob en les regardant tour à tour, l'air grave. Je ne sais pas sur quelle affaire vous êtes, mais pour qu'on vous envoie un Marauder, il faut que ce soit terriblement important !

Castelo da Raínha Margarida[32], Portugal

Le soleil commençait à se coucher quand les quatre hommes et Kassandra sortirent du château pour se rendre vers un bâtiment par la porte arrière. Ce bâtiment ne ressemblait à

32. « Château de la reine Marguerite ».

aucun autre aux alentours, car il était plus moderne et plus récent. Les panthères avaient dû être au fait des avancées technologiques. C'était obligatoire si elles voulaient survivre. C'est pour cela qu'elles avaient construit une aile contenant toute la nouvelle technologie de ce siècle.

Deux hommes-panthères leur ouvrirent la porte d'entrée en s'inclinant devant eux. Un petit brouhaha se fit entendre. Une dizaine de personnes, en blouses blanches pour la plupart, se trouvaient dans les couloirs et discutaient. Quand les membres du groupe les virent arriver, ils s'arrêtèrent de parler et les saluèrent en penchant respectueusement leur tête. Les cinq personnes passèrent devant eux sans s'arrêter et entrèrent dans une salle.

— Alors, que s'est-il passé en Équateur, K ? As-tu pu rencontrer l'Augure ? demanda Lucas.

Il marcha vers un bureau et se laissa tomber sur la chaise. L'homme portait un costume trois-pièces gris foncé et une chemise bleue, et à son cou trônait le collier qui ne le quittait jamais.

— Oui, Lucas, j'ai pu le rencontrer. Il n'a pas changé depuis tous ces siècles, dit K, pensive, en s'asseyant sur le coin d'une table. Il m'a fait remonter dans mes souvenirs pour que je puisse revivre le moment où j'ai dû me battre contre Opal. Ce fameux faux prétexte que l'empereur avait trouvé pour tester nos forces.

— Je me rappelle… C'était quelques jours après la cérémonie du liage, non ? Ce fameux jour où Voanna est tombée dans un sommeil profond après son combat contre Opal, acquiesça Aquiles, songeur.

— Pourquoi ce jour-là ? demanda un homme de taille moyenne.

Celui-ci partit s'asseoir devant un autre bureau et alluma son ordinateur avant de se tourner vers la jeune femme, l'air interrogateur. Ses cheveux brun clair s'arrêtaient au niveau de son cou ; il avait un nez aquilin, de même qu'une barbe de plusieurs jours qu'il devait sûrement tailler tous les matins.

— Je lui avais demandé de m'expliquer pourquoi j'avais cette soudaine connexion avec Opal, Tiago.

— Je ne comprends pas. Vous vous êtes battues, et tu as gagné, non ? Que s'est-il passé ce jour-là pour que tu te sois connectée à elle ? demanda d'une voix rauque un homme blond.

Ce dernier était debout et regardait Kassandra. De taille moyenne également, il était le seul à être un peu plus baraqué que les autres. Il avait de beaux yeux bleus perçants et une barbe identique à celle de Tiago.

— Effectivement, Axel. Je vous ai expliqué que j'avais eu des doutes quand j'avais reçu sa réponse à ma lettre. Vous vous en souvenez ?

En voyant les hochements de têtes, K continua.

— Je vous ai également dit qu'elle m'avait laissée gagner le combat afin de protéger Tellus de l'empereur…

— Ce que la reine n'a jamais voulu reconnaître, la coupa Lucas.

— Exact ! Pour ma mère, Opal était la menace à éliminer, et c'est toujours le cas. Pour elle, si Opal m'a « laissée gagner », c'était pour mieux nous piéger avec son père.

K souffla longuement, avant de reprendre.

— Dans ces souvenirs, j'ai vu une sorte de halo violet entourant mon corps quand je l'ai blessée avec mes griffes.

— Un halo ? Comme il y a trois mois ? demanda Axel, l'homme blond.

— Hum, hum...

— Mais pourquoi maintenant ? Tu n'es pas une de ses « Bêtes à appeler », K ! Comment est-il possible que tu sois connectée avec cette femme ? Ça n'a aucun sens ! lança Tiago.

Aquiles plissa ses yeux pers en regardant attentivement K se mordre les lèvres. Ce que lui avait fait comprendre Talah lui restait en travers de la gorge : comment pourrait-elle être une Sentinelle ? La jeune femme souffla à nouveau en secouant la tête. Elle ne pouvait rien révéler pour l'instant. Elle avait d'abord besoin de penser à ce que lui avait dit l'Augure. Si elle était véritablement une des Sentinelles d'Opal, cela changeait tout. Pour elle, pour ses compagnons, pour les panthères, pour la reine... et leur but !

Un silence se fit. Tous regardèrent K, qui semblait en proie à une intense réflexion.

— Malheureusement, je n'en sais pas plus. Talah ne m'a rien dit d'autre.

— C'était une perte de temps, finalement, souffla Axel, exaspéré.

— Peut-être. Au moins, nous savons d'où vient cette connexion entre vous deux, même si ça semble bizarre.

K acquiesça, heureuse que ses compagnons ne continuent pas avec leurs questions.

— Que s'est-il passé pendant mon absence, alors ? Quelle était la chose importante à me dire ?

— Les Anciens sont de retour !

— Pardon ? s'écria K en regardant Lucas d'un air choqué. Tu plaisantes, j'espère !

— J'aurai aimé ! avoua en grimaçant Lucas tout en récupérant son cellulaire qui venait de sonner dans sa poche. João a repéré un des Anciens à New York lors de la fameuse poursuite dans les rues de Manhattan. Nous supposons qu'il y a un lien avec eux. Idem pour l'attaque terroriste de l'hôtel qui a fait des centaines de morts, dit-il en levant ses index et majeurs afin de mimer des guillemets pour le mot « terroriste ».

— Par le ciel ! s'exclama la jeune femme.

— Que décide-t-on, alors ? demanda Axel.

— Je ne sais pas, murmura Aquiles. Nous n'avons pas les mêmes moyens que les loups — ça, c'est sûr ! dit-il en allant s'asseoir au bout d'une table.

— Nous n'avons pas leurs moyens, certes, mais nous avons placé nos espions au sein des leurs, ainsi que dans la Coalition. La preuve : on a su pour le traceur qu'Opal devait installer dans le cellulaire. Et là, Lucas, tu as pu savoir pour l'attaque qui se produira très bientôt, détailla Tiago.

— Les loups ne nous craignent pas. Nous devons utiliser ce fait à notre avantage, déclara Axel.

— Lucas, es-tu certain pour l'attaque ? demanda K en jetant un coup d'œil à son compagnon occupé avec son cellulaire.

— …

L'homme en costume écrivait nerveusement sur son téléphone tout en fronçant les sourcils. Son expression ne présageait rien de bon.

— Lucas ? dit Tiago. Que se passe-t-il ?

— Fred vient de m'envoyer un message au sujet d'un des collègues d'Opal. Frederico Suarez a été retrouvé mort mercredi soir à Montréal, annonça-t-il en passant sa main dans ses cheveux.

— *Enfraquecer o inimigo, matando a sua família !* récita Aquiles avec un rictus.

— *Exactamente*[33]. Tuer les proches pour atteindre son ennemi et l'isoler ! ajouta Axel en soupirant.

— Nous ne pouvons rien faire de toute manière, surtout si ce sont les Anciens qui ont perpétré ce meurtre. Concernant l'attaque, Lucas, en es-tu sûr ? redemanda K.

— *O nosso amigo confirmou*[34], affirma-t-il en la regardant, les mains dans ses poches. Les Anciens attendent la super lune afin d'attaquer ; ça se produira d'ici deux nuits, donc.

— Ce n'est plus Dominicus qui mène le jeu. Les Anciens ont repris la meute en main. Ce qui veut dire qu'on est à peu près sûrs qu'ils veulent ramener la planète Nexma dans notre système solaire d'origine, supposa Aquiles.

— Nous pourrions profiter du fait qu'ils sont occupés pour la leur ravir, non ? suggéra Tiago.

— Et si nous attendions de voir comment la situation évolue ?

— Nous avons assez perdu de temps ! Attaquons ! s'écria Tiago en se levant de sa chaise.

— Pour faire quoi après ? On la tue, et ensuite, on est complètement bloqués sur cette fichue planète ? ironisa K en secouant la tête. Non ! Soyons intelligents et faisons d'une pierre deux coups. Si la meute peut ramener Nexma sur Andromède, ça nous aidera pour notre second plan.

— Je suis d'accord avec K, fit Axel. Par contre, ça ne nous empêchera pas d'aller voir comment ça se passe.

— Comme m'a dit K il y a trois mois, si leur plan ne fonctionne pas, Opal aura toujours sa meilleure amie Kassandra. On ne perd rien en ne passant pas à l'attaque, énonça doctement Lucas.

33. « Exactement. »

34. « Notre ami l'a confirmé. »

— Exact. Si nous devions attaquer et échouer — et surtout si l'un des membres de la Coalition me reconnaissait —, il en serait fini de mon anonymat, confirma la jeune femme rousse.

Un silence s'établit avant que la jeune femme reprenne.

— Bon ! On est d'accord ? demanda K en les regardant tous.

Quand les quatre autres acquiescèrent de la tête, elle se tourna vers Lucas.

— Peux-tu nous donner plus de détails concernant l'attaque ?

Appartement de Laura, Montréal

Laura n'avait pas arrêté de se morigéner sur le fait de ne devoir compter que sur elle-même afin de ne pas être déçue. Elle avait créé quelque chose qui dépassait l'entendement lors de la cérémonie du liage, selon Marjoria, mais à l'heure actuelle, cela ne devait plus fonctionner ! Ses Sentinelles et elle n'étaient pas sur la même longueur d'onde. La jeune femme était toujours en colère contre eux, contre Alano, contre César. Ce dernier l'avait prévenue du fait qu'il ne pourrait pas lui répondre si quelque chose n'allait pas, mais elle lui en voulait quand même. Elle n'était pas raisonnable, elle le savait bien. En fait, elle était en colère contre elle-même et contre son incapacité à se battre sans aide extérieure. Elle était la cause de nombreuses morts ! Sa cheville lui faisait vraiment mal. Laura n'avait pas réussi à se guérir, même en essayant avec sa pierre, et cela l'avait rendue plus qu'irritable. Elle se regarda une dernière fois dans le miroir, grimaçant en voyant les coupures sur ses joues et son front, et décida de laisser ses vanilles libres afin de cacher sa peau boursouflée. Elle cligna plusieurs fois des yeux, mais ils restèrent laiteux.

La jeune femme sortit de la salle de bains en boitant, vêtue d'un pantalon et d'une blouse noire. Lorsqu'elle arriva dans le salon, un silence de plomb s'abattit. Gabriel, Annabella, Marcus et César étaient présents, tout comme Simon, Sacha, Alano, Jacob et même Alexander. Trois hommes qu'elle ne connaissait pas s'y trouvaient également. Ils la regardèrent tous avec effarement en voyant ses nombreuses blessures et en constatant l'état de sa cheville.

Sa colère flamba d'un coup lorsqu'elle les aperçut. Ses yeux, toujours opalins, se mirent à luire plus fort. Où étaient-ils quand elle avait eu besoin d'eux ? Ses trois gardes étaient morts pour la garder en vie. S'il y avait eu un signal quelconque disant qu'ils étaient en danger, ils auraient pu survivre… Le concierge qui n'avait rien demandé à quiconque était mort également. Il aurait pu survivre si elle avait été capable de l'aider. Guillaume aurait pu survivre si…

– Je veux que mes gardes ainsi que le concierge aient une sépulture décente, ordonna-t-elle d'une voix sèche.

Laura dévisagea ces gens qui n'osaient pas la regarder. Ils savaient qu'ils étaient en faute ; elle en avait la certitude. Peut-être qu'elle aurait dû faire le premier pas, mais elle n'en avait pas envie. La jeune femme passa devant eux et prit une bouteille d'eau dans le réfrigérateur avant d'en avaler le contenu d'un trait. « Hum, c'est vrai que faire tout ça m'a demandé pas mal d'énergie ». Elle commençait à avoir faim, également. Laura ouvrait une deuxième bouteille quand Alano vint vers elle.

– Princesse, hum, je voudrais vous présenter vos nouveaux gardes. Ils vont remplacer ceux qui sont…

– Non !

– Non ?

– Je ne veux pas d'autres gardes, Alano.

– Opal, ne fais pas l'enfant. Tu dois avoir des gardes pour te protéger, annonça fermement Gabriel.

Laura faillit s'étouffer avec l'eau. Elle toussa puis se mit à rire comme une cinglée. Ils se regardèrent tous ; devenait-elle folle ? César la regardait, lui, fixement. Il semblait pris de remords. Laura n'osa pas le regarder.

– Me protéger ? s'écria la jeune femme en retrouvant son souffle. Me protéger… fit-elle à nouveau en murmurant. Est-ce que quelqu'un voudrait bien m'expliquer ? Comment pourrait-on me protéger si toutes les personnes qui doivent soi-disant me protéger se font tuer ? demanda Laura en insistant sur le mot « protéger ». Si elles me laissent combattre seule des monstres ?

– Princesse…

– Stop ! commanda-t-elle fermement. Alano ? Si tu ne changes pas ta façon de faire, toutes les personnes qui m'entourent mourront, et moi aussi du même coup. Ce ne sont pas de vrais combattants – désolée si je vous enfonce, dit-elle en regardant rapidement les trois gardes. Mais ce que j'ai combattu en bas, je… je ne sais même pas comment j'ai réussi à battre ces choses. Je n'ai pu le faire qu'en grande partie grâce à mes pouvoirs. Si tes combattants n'en sont pas capables, ils ne me sont pas utiles et se feront tuer pour rien, même pour me faire gagner quelques minutes… comme pour ces trois-là, ajouta-t-elle en montrant de la main les gardes.

– Princesse, ce sont de bons combattants, intervint Alexander.

— Non !

— Nous sommes là, Opal, dit Annabella en s'avançant d'un pas.

La colère d'Opal flamba sur le coup. Une onde d'énergie flotta tout autour de Laura avant de disparaître. Bella ouvrit de grands yeux hésitants en la regardant. Laura inspira longuement et se tourna vers ses Sentinelles.

— Où étiez-vous quand la bête a littéralement enfoncé son poing à travers l'estomac de l'homme qui s'occupait de l'immeuble ?

— Opal...

— Où étiez-vous quand elle me rouait de coups ? demanda-t-elle en levant sa blouse et en laissant voir des bleus impressionnants.

— ...

— Où étiez-vous quand je vous appelais ?

— César..., commença Marcus.

— César a essayé de me contacter, oui. Pourquoi lui et pas vous tous ? Est-ce que notre soi-disant lien n'en est pas un ? Est-ce qu'on m'aurait menti ? cria-t-elle en colère.

— ...

Laura fit un sourire qui n'atteignit pas ses yeux. Elle hocha doucement la tête puis déposa sur le comptoir de la cuisine son cellulaire. Elle récupéra son sac à main et ses lunettes de soleil et prit la bouteille d'eau à moitié entamée. Les trois gardes s'apprêtèrent à la suivre. Elle s'arrêta et se tourna vers les trois hommes. Laura les fixa un instant.

— Ne me suivez pas, loups ! C'est un ordre ! lança-t-elle d'une voix cassante.

Laura mit ses lunettes et se volatilisa sous leurs yeux.

Quartier général des loups, salle du Conseil, Montréal

— Le talisman fonctionne, annonça Charlène en se relevant de sa position de salut.

— En es-tu sûre, sorcière ? demanda South.

Les quatre Sages étaient assis devant l'immense table ronde de la salle du Conseil et écoutaient attentivement ce que leur disait Charlène.

— Oui, j'en suis sûre. J'ai envoyé un appât pour les tests, comme convenu. Le talisman a annulé la transformation pour les deux premiers gardes. Ils n'ont pas pu se transformer, comme je l'avais prévu.

— Et la créature a gardé ses pouvoirs ?

— Oui, elle les a conservés. J'ai paramétré le talisman afin que mes créatures ne soient pas affectées par son action.

— Quel est son champ d'effet ?

— Cela fonctionne sur environ 300 m aux alentours. Quand nous avons fait l'essai sur *la fille*, nous avons constaté qu'elle a retrouvé sa puissance dès que la créature qui le portait est sortie de la zone.

— Même *la fille* ne peut se défendre contre ça ! s'exclama West en faisant tourner entre ses mains tremblotantes l'amulette.

— Intéressant !

— Oui. À la base, je l'ai fabriquée pour qu'elle n'agisse que sur les métamorphes. Apparemment, ça fonctionne pour elle aussi : ses pouvoirs étaient inexistants, selon ma créature. C'est devenu une Priméenne normale ! Nous aurions pu la récupérer dès aujourd'hui !

— Ne sois pas trop pressée, Charlène, l'avertit North en souriant largement. Chaque chose en son temps.

— Que fait-on, alors ? s'enquit Charlène.

— Nous allons avant tout te récompenser pour cette petite chose que tu as créée. Nous allons parler à Dominicus afin qu'il accepte de te rencontrer.

Les yeux de Charlène brillèrent d'une joie non contenue.

— Attention, Charlène ! La décision LUI appartiendra. Ne te réjouis pas trop vite !

— C'est déjà beaucoup, ce que vous faites, Sages ! Je ne vous remercierai jamais assez, déclara-t-elle en s'agenouillant, tête baissée.

Les quatre hommes se jetèrent un rapide coup d'œil, le sourire aux lèvres. Le plan fonctionnait à merveille.

— Nous allons bientôt te présenter une personne que tu connais bien…, lui apprit East en se levant en tremblant.

— Vous travaillerez ensemble, poursuivit West en se levant difficilement de sa chaise.

— Vous collaborerez sur le cas de *la fille*, continua South en suivant ses frères tranquillement.

— Tu as bien rempli ton rôle, Charlène !

— C'est un honneur de travailler avec vous, Sages ! dit cette dernière, qui était toujours agenouillée, la tête penchée.

— Un rôle qui ne fait que commencer, ma chère, murmura North en s'éloignant.

Appartement de Laura, Montréal

— Comment est-ce possible que tu aies été le seul à savoir qu'elle avait un problème ?

La question venait d'être posée par Gabriel. Ils étaient tous les quatre restés à l'appartement d'Opal. Ils avaient besoin de réfléchir à ce qui venait de se passer avec elle. César se tourna lentement vers Gabriel, le visage aussi froid que le sien.

— À ton avis ?

— Si je le savais, je ne te poserais pas la question, César !

Ce dernier ne lui répondit pas et s'avança vers la baie vitrée où il posa son front bouillant. Il avait eu peur — très peur ! Il n'aurait pas dû accepter de boire le sang de ce terrien. Il aurait dû suivre son instinct, qui lui conseillait de ne pas perdre le contact avec Opal.

— César, je t'ai posé une question, bon sang ! s'énerva Gabriel.

— Il a toujours été là, dit d'une voix douce Bella.

— De quoi parles-tu ?

— De ce lien qu'ils ont, tous les deux.

Gabriel pencha la tête en plissant les sourcils.

— Ne te rappelles-tu pas, Gabriel, la complicité qu'il y avait entre eux quand nous étions jeunes ? Lorsque nous jouions aux cartes et qu'à eux deux, ils gagnaient chaque partie. Quand nous nous cachions, c'étaient toujours eux qui gagnaient… quand ils étaient ensemble, dit doucement Bella.

Gabriel secoua légèrement sa tête et passa sa main sur son front. Il serra son poing et repensa aux rêves qu'il avait faits dernièrement. « César et Opal… non, ce n'est pas possible ! » Il en était convaincu : il se serait rappelé une telle chose.

— De quoi te souviens-tu depuis que tu t'es réveillé, Gabriel ? demanda Marcus, l'air sérieux.

— Pourquoi toutes ces questions ? D'abord il y a Bella, puis toi, Marcus ? grogna Gab, rebelle.

— Ils veulent savoir si tu te souviens de la vérité ou si tu es toujours dans ton monde imaginaire où tu crois aimer Opal ! cracha César en se retournant vers eux.

– Je ne te permets pas ! rugit Gabriel en s'élançant vers le loup.

– Tu refuses de voir la vérité, Gabriel, et j'en ai plus qu'assez ! rugit à son tour César.

Front contre front, ils s'affrontèrent du regard. Leurs yeux devinrent plus brillants. Ils étaient prêts à passer au combat. Marcus s'avança près d'eux, calme.

– Ce n'est pas le moment ! Nous devons discuter avec les membres de la Coalition et leur dévoiler notre plan pour la protection d'Opal sur cette planète. Nous reparlerons tous les quatre de ce… sujet, mais pas avant qu'Opal soit en sécurité ! Elle est notre priorité et l'a toujours été !

CHAPITRE 18

Agence de voyages, Montréal

Laura ouvrit la porte d'entrée de son agence de voyages, et ce qu'elle vit l'alarma aussitôt : Anna était entourée de deux policiers. Quand cette dernière la vit arriver, elle ne put se retenir, et des larmes se mirent à couler sur ses joues. Laura monta les petites marches rapidement et demanda ce qui se passait. Anna lui serra le bras.

— Anna ? Ça va ? Que se passe-t-il ?

— Toi ? Ça va ? s'enquit-elle en ouvrant ses grands yeux vert clair tout en regardant son visage égratigné.

— Oui, ne t'inquiète pas ; j'ai eu un petit accident, dit-elle en souriant rapidement à son amie.

— Madame St-James ? demanda un des policiers en présentant son badge.

— Oui, c'est moi. Mais que se passe-t-il ? répéta-t-elle.

— Connaissez-vous un certain Frederico Suarez ?

« Oh, mon Dieu. Non, je vous en prie ! »

— C'est mon employé, notre collègue, notre ami ! A-t-il des problèmes ? demanda Laura.

— C'est un peu plus compliqué que ça…, commença le second policier.

— Que se passe-t-il, agents ? dit-elle alors d'une voix plus autoritaire.

Les deux policiers se regardèrent un instant et se tournèrent vers Laura, qui tenait toujours Anna dans ses bras. Elle voulait savoir.

– Nous avons découvert un corps sans vie cette nuit, près de la voiture de votre collègue.

– Nous avons besoin que vous veniez authentifier le corps de la victime.

– Attendez… en fait, vous n'êtes pas certains que c'est bien Frederico. Ce n'est peut-être pas lui, Laura, fit Anna en s'essuyant les joues, les yeux brillants.

– J'espère que non… Je vous suis, messieurs. Anna…

– Je viens avec toi ! Je ne te laisse pas affronter tout ça toute seule encore une fois, la coupa la jolie blonde en allant éteindre les lumières pour ensuite mettre un mot à la porte.

Quartier général des loups, niveau -2, Montréal

Quand l'homme en toge grise apparut en marchant tranquillement au niveau -2, accompagné par quatre gardes vétérans, les métamorphes surent que quelque chose d'exceptionnel se passait. Tous les loups sans exception qui rencontrèrent l'homme aux cheveux blancs se prosternèrent devant lui. Cela faisait très longtemps qu'ils n'avaient pas vu cet homme. Pour les plus anciens loups, ce pouvait être une question de siècles ! Certains pensaient que les Sages étaient morts. D'autres croyaient qu'ils étaient tellement vieux qu'ils se trouvaient dans des capsules de vie afin d'échapper à la mort. En voyant l'homme marcher tranquillement dans le couloir, ils durent changer d'avis. Brian, qui sortait de la cantine, faillit avaler de travers sa boisson en voyant l'homme s'approcher. Il s'agenouilla immédiatement comme le reste des métamorphes et regarda discrètement à sa suite. L'homme semblait se rendre vers les appartements de Dominicus. Il récupéra son cellulaire et envoya un texto.

12:30 Brian – Un des Sages se dirige vers vos appartements.

Une femme agenouillée avec déférence jeta un coup d'œil furtif vers North. Ses beaux yeux vert émeraude se durcirent avant qu'elle baisse à nouveau la tête.

• • •

Dominicus déposait son cellulaire sur la table lorsqu'on frappa à la porte. Il plissa les yeux quand la porte s'ouvrit sans qu'il en ait donné l'ordre. « Ah, ces Sages ! » se dit-il en grognant.

– Dominicus, je ne veux pas m'imposer, fit une voix rauque. Puis-je entrer ?

Le jeune homme leva son œil unique au ciel et soupira longuement en croisant les bras. Ses cheveux en bataille cachaient la partie manquante de son œil.

– Je prends ça pour un oui, dit l'homme en souriant et en s'avançant tranquillement dans le salon.

– Que venez-vous faire ici, North ?

– Oh, je passais par ici, tu vois, mon enfant. Je me suis arrêté, me disant : « Tiens, tiens ! Et si j'allais rendre visite à un ami ? »

Dominicus éclata d'un rire tonitruant. Ce North cachait bien son jeu ; il avait un humour transcendant. Pendant qu'il riait, le vieil homme inspecta des yeux les lieux.

– Puis-je m'asseoir ? demanda-t-il en désignant un fauteuil.

— Je vous en prie ! acquiesça Dom en l'accompagnant, mais en restant debout devant lui.

— Assieds-toi, proposa North.

— Je suis mieux debout, Sage !

— Comme tu voudras, mon enfant ! Je vois que tu es bien installé, déclara-t-il en montrant de la main le salon moderne avec l'immense télévision, la bibliothèque et la gigantesque table couverte de mets délicieux.

— Voulez-vous venir habiter avec moi, alors ? C'est beaucoup plus confortable qu'à votre étage.

— Hum, c'est vrai que ça change de nos vieux appartements, mais...

— Mais vous êtes bien en bas ! Oui, je sais ! poursuivit Dom en faisant un rictus de dégoût. Alors, dites-moi, que venez-vous faire ici ? Si vous êtes sorti de votre repaire, c'est que ce doit être important.

— Tu sais, mon enfant, ton père et moi avions de grands projets pour toi...

— Pas encore cette histoire..., marmonna Dom d'une voix quasi désespérée.

— Chut... laisse-moi t'expliquer ! Quand nous avons décidé de tuer la menace qui planait sur nos têtes, notre décision a été prise pour assurer à la nouvelle génération un futur. L'invasion de Prima a été préparée depuis la nuit de la cérémonie du liage. Depuis cette nuit, ton père, mes frères et moi-même savions que nous devions utiliser *la fille*. Elle est la clé de tout ! souffla l'homme en soupirant.

North regardait Dominicus debout, les bras croisés, la mine indifférente.

— Quand cette planète a été envoyée dans ce système solaire, quand nous nous sommes réveillés, mes frères et moi, nous avons vu ce que la menace avait fait contre notre royaume…

North s'arrêta de parler, les lèvres serrées de dégoût. Il soupira et regarda le jeune homme.

— J'ai décidé de faire de toi ce que ton père voulait que tu sois. Un homme fort, puissant, influent ! Le monde t'aurait craint, tes loups t'auraient respecté ! J'ai peut-être trop fait. Je t'ai peut-être trop poussé dans tes retranchements, exprima l'homme en fixant l'œil manquant de Dom. Malgré l'amitié que je te porte, tu t'es détourné de moi.

— North…

— Je sais que tu nous as menti, Dominicus. Nous savons que tu voulais t'emparer du pouvoir de la fille afin d'avoir cette planète sous contrôle. Cependant, ton manque de clairvoyance et ton impatience ont joué contre toi.

— Comment osez-vous ? explosa Dominicus en s'avançant vers l'homme aux cheveux blancs.

— J'ose ! hurla North en se mettant debout en une fraction de seconde.

Son hurlement fut comme une onde de choc, repoussant violemment Dominicus contre le mur. Le salon se retrouva sens dessus dessous en un instant. Un tourbillon passa et jeta tout par terre. Dominicus regarda stupéfait, l'homme debout devant lui. Il n'était plus courbé, mais se tenait bien droit, plus grand que dans ses souvenirs. Les yeux de North étaient devenus totalement noirs. Puis, comme si de rien n'était, tout s'apaisa et North se rassit. À la porte, des coups retentirent. Dominicus hurla que tout allait bien.

— Je suis ici contre l'avis de mes frères, expliqua d'une voix calme North.

Dominicus tourna la tête vers lui et plissa l'œil qui lui restait. Il était sur le qui-vive. Le jeune homme semblait inquiet. Il n'avait jamais vu ce genre de pouvoir venir du Sage. Il pensait même qu'il n'en possédait plus.

— Je suis là pour te proposer un partenariat, Dominicus, ajouta North, pensif.

— Quel… genre de partenariat ?

— Nous ne t'avons pas dit toute la vérité sur nous. Nous aurions peut-être dû le faire ; ainsi, nous aurions perdu moins de temps. Peut-être est-ce pour cela que tu ne nous faisais pas assez confiance… Je pense que le temps est venu pour que tu saches qui nous sommes réellement. Tu n'es plus le loup d'autrefois. Cette balafre, dit North en désignant l'orbite vide du jeune loup, te rappellera tous les jours ton imbécilité et ta jeunesse.

North posa sa lèvre sur sa bague sans quitter des yeux le jeune homme adossé au mur et l'embrassa. Sous les yeux atterrés de Dominicus, le vieil homme se transforma en homme plus jeune. North fit un rictus et lui demanda s'il enfin était prêt à écouter. Sans un mot, Dominicus se glissa sur le fauteuil en face de l'homme et attendit.

Commissariat de police, Montréal

Laura et Anna étaient assises devant le bureau d'un lieutenant de police. Toutes les deux portaient leurs lunettes de soleil. Personne ne parlait. Ce n'était pas nécessaire, car il n'y avait rien à dire.

— Mesdames, voici vos cafés, dit doucement une dame bien en forme et avec un sourire avenant.

— Merci à vous, lui répondit Laura.

La dame leur donna les deux gobelets et les regarda encore un peu puis s'éloigna, non sans leur avoir jeté un dernier regard.

— Je n'y crois pas, chuchota Anna en prenant un mouchoir et en s'essuyant les yeux sous ses lunettes.

Laura baissa les yeux vers le gobelet qu'elle tenait et but une gorgée de café. Elles s'étaient rendues au commissariat de Montréal. Pendant le trajet, Anna avait tenté d'appeler leur collègue. En vain. Un des agents les avait conduites à la morgue, et pendant qu'il retirait le corps de son emplacement réfrigéré, Laura avait prié. Prié pour qu'au moins, son ami soit avec la Coalition, caché quelque part. Le cri d'Anna l'avait fait revenir à la triste réalité. Quand Laura avait découvert le visage blême de Frederico, allongé sur le drap blanc, elle avait été sous le choc. Elle l'avait fixé sans pouvoir penser à quoi que ce soit. Après la colère de ce matin, une tristesse sans nom s'immisçait en elle. Laura s'était avancée vers le corps pour poser sa main sur son bras, se mordant la lèvre inférieure. Il était si froid !

— Que s'est-il passé ? avait demandé Laura aux hommes à leurs côtés.

— Je vous en prie, madame St-James, avait alors dit un homme en montrant la porte. Je vais vous conduire auprès du lieutenant Bouchard. C'est lui qui s'occupe du dossier.

Elles étaient donc assises devant le bureau du lieutenant en question et l'attendaient. Il arriva quelques minutes plus tard.

— Madame St-James, madame Menon, je suis désolé d'avoir pris autant de temps. Je suis le lieutenant Bouchard. Je devais régler des petites choses, expliqua l'homme en s'attardant sur le visage de Laura avec attention.

— …

— Hum… je suis désolé pour votre collègue. Toutes mes condoléances.

— Merci, répondirent-elles en même temps.

— J'aurai des questions à vous poser, mesdames, au sujet de Frederico Suarez.

— Avant tout, annonça Laura en enlevant ces lunettes, nous aimerions savoir ce qui lui est arrivé, lieutenant.

Ses yeux marron foncé fixaient avec attention le lieutenant.

— Il apparaît, selon l'enquête, que votre collègue a fait une overdose.

— Pardon ?

— Impossible ! dit en même temps Anna.

— Est-ce qu'il se droguait ? s'enquit l'homme en les regardant toutes les deux.

— Non !

— C'est sûr que non. Il ne fumait même pas, ajouta Anna en ramenant ces lunettes sur ses cheveux.

— Peut-être avait-il des problèmes en ce moment ? Financiers ? Sentimentaux ? demanda le policier.

— Concernant les finances, si je me fie au salaire que je lui payais, il n'en avait pas. Sinon, il m'en aurait parlé, j'en suis sûre. Sentimentalement, il s'est séparé de son petit ami dernièrement, mais il allait très bien et profitait de sa vie de célibataire.

— Était-il stressé ?

— Il allait bien ! affirma Anna en secouant la tête.

— Quand est-ce que vous l'avez vu pour la dernière fois ?

— On a fait une interview à la radio ce mardi. Ensuite, on est allés travailler au bureau. Mercredi après-midi, il est retourné à la maison, et j'ai pris la relève à l'agence de voyages.

— Et de votre côté, madame St-James ?

— Je l'ai vu lundi à l'agence de voyages. Nous étions tous ensemble quand nous avons appris la disparition d'un autre de nos collègues.

— Guillaume Vent, fit le lieutenant en ramassant un tas de feuilles sur son bureau.

— C'est exact ! acquiesça Laura en haussant les sourcils.

— Nos collègues de New York nous ont fait parvenir le portrait-robot d'une personne qui pourrait être derrière la disparition de votre collègue.

Il déposa les feuilles et se tourna vers les deux femmes. Le lieutenant Bouchard s'adossa à son siège, croisa sa jambe et regarda Laura.

— Il y a des détails que je ne comprends pas dans cette histoire, commença-t-il.

— Qu'est-ce que vous ne comprenez pas, lieutenant ?

— De un, qu'est-ce que votre collègue Frederico Suarez faisait avec ça ?

Il leur donna une photo plastifiée. Sur cette dernière, on pouvait voir Laura serrant la main de Denys. Le lieutenant Kook et le directeur de l'hôtel se tenaient juste derrière elle. Annabella était de profil, et Sacha, de face.

— On a retrouvé ceci sous la voiture de votre collègue, ajouta le lieutenant Bouchard en surveillant attentivement les réactions de Laura.

— C'était à New York. J'y suis allée pour retrouver Guillaume, ou du moins pour trouver une piste, expliqua Laura en regardant la photographie avec étonnement. Mais que faisait-il avec ça ?

— Il te surveillait ? demanda Anna, qui peinait à y croire.

— C'est la question que je me suis posée en voyant cette photo, nota le policier en contemplant Laura. Pourriez-vous me dire ce qui s'est passé avec votre visage, madame St-James ?

Laura regarda le policier sans comprendre ce qu'il voulait dire, puis elle se rappela les égratignures. Si elle avait su qu'elle irait au commissariat, elle aurait fait en sorte d'essayer de cacher cela. Elle allait plutôt devoir mentir.

– Lors de ma dernière journée à New York, je suis tombée. Il y a eu une explosion à mon hôtel et un tremblement de terre.

– Quelqu'un peut-il confirmer ce que vous venez de dire ?

– C'est dans tous les médias en ce moment…

– Pourquoi lui posez-vous autant de questions ? demanda Anna en réalisant que quelque chose n'allait pas.

– Madame Menon, votre patronne a un visage avec pas mal d'égratignures, comme si elle s'était battue, et nous retrouvons votre collègue mort. Je fais le lien entre les deux, tout simplement.

– Pardon ? Mais vous m'accusez ? s'indigna Laura, furieuse.

– Nous sommes en train d'effectuer une petite enquête sur vous, madame St-James. Nous attendons de savoir qui sont les personnes sur la photo. Bien entendu, vous pouvez toujours me le révéler tout de suite…

Laura ne répondit pas, se contentant de plisser les yeux. Il poursuivit.

– Il y a une heure environ, des collègues ont justement reçu un appel à l'aide. Il se passait quelque chose d'étrange dans votre logement. Il y avait, et je cite, « des cris, des hurlements monstrueux provenant du huitième étage, où loge

Laura St-James ». Étage que vous avez complètement acquis. Pourquoi ?

Comme Laura ne répondait pas, le policier continua.

— Comment vous êtes-vous rendue à New York ?

Comme elle ne répondait toujours pas et continuait de secouer sans cesse la tête, il ajouta :

— Aucun de nos collègues des douanes frontalières et des aéroports ne vous a vue. Nous n'avons aucun signe de votre passage ; nous ne savons pas où vous êtes allée.

— On arrête là ! s'exclama Anna. Vous accusez Laura d'être mêlée à la mort de Frederico ?

— Et à celle de Guillaume Vent, confirma le policier en se levant.

Le lieutenant Bouchard alla vers Laura et la mit debout brusquement, la faisant trébucher à cause de sa cheville blessée, puis lui passa les menottes. Un court, très court instant, les yeux de Laura devinrent opalins avant de revenir à la normale. Il n'eut pas le temps de dire la célèbre phrase « Vous êtes en état d'arrestation » ; son bureau céda et s'effondra au sol dans un vacarme incroyable.

Quartier général de la Coalition, Montréal

— La princesse a raison ; notre système de protection est de la *bullshit* ! J'ai l'impression que nous sommes dans un mauvais film ! s'écria Alano en se prenant le visage entre les mains.

— Depuis que la Coalition doit assurer la protection de la princesse sur Terre, nous avons perdu pas mal d'hommes dans notre camp, constata Alexander.

— N'oubliez pas Guillaume Vent ! Un proche d'Opal que nous avons laissé mourir, grimaça Annabella, assise sur le bout d'un bureau.

— Il reste Frederico, Anna et Kassandra, je vous signale, ajouta Simon en regardant les hommes devant lui. Nous devons faire en sorte de les protéger avant tout.

— Comment ? Nous n'avons pas été capables de suivre la puce espion installée dans son cellulaire, puce qui était censée ne pas pouvoir s'éteindre ! Nous n'avons même pas été capables de voir venir ce meurtre ! s'écria Jacob rageusement en se passant la main dans les cheveux.

— Nous avons toujours eu du retard sur les loups. Technologiquement, nous sommes faibles. Nous sommes dépassés, murmura Alano, désespéré.

— Et financièrement, comment vous vous situez ? demanda César, sérieux, en croisant les bras.

— Idem. Nous avons voulu bien faire, respecter les lois des terriens. Ce que vous voyez là nous a été légué il y a fort longtemps par un noble que nous avons aidé… Les caisses sont quasiment vides à l'heure actuelle.

— Comment les Anciens peuvent-ils avoir autant de moyens ? Ça me dépasse ! lança Gabriel.

— Depuis leur réveil, ils se sont acoquinés avec tous les nobles, toutes les personnes utiles à leur montée en puissance. Comme je vous l'ai déjà dit, les loups sont partout sur Terre. Ils se trouvent dans tous les cercles qui gravitent autour du pouvoir.

— Pourquoi ne pas nous avoir dit que vous aviez quelques problèmes ? demanda Bella. Pourquoi ne pas nous avoir dit que vous ne disposiez pas de l'équipement nécessaire ?

— Je pensais pouvoir y arriver avec ce que nous avions, répondit Alano en regardant les écrans noirs. Je ne m'imaginais pas que les loups avaient autant d'avance sur nous.

— Je crois que le temps est venu d'arrêter de suivre les règles. Ça ne marche pas ! Nous devons jouer à leur façon, maintenant, dit César. Quand penses-tu, frérot ?

— Je dis que tu as raison, acquiesça Marcus en arrêtant de taper sur le clavier de l'ordinateur central.

Il se tourna vers eux.

— Mais avant tout, dites-moi, qu'en est-il de la *primelink* ?

Alano, Serena, Alexander et les autres se regardèrent, puis se tournèrent vers le loup.

— Depuis notre réveil, la puce ne fonctionne plus. Aucun moyen de communication sur cette planète, expliqua Jacob en soupirant.

— Nous supposons que c'est dû au fait que Nexma a quitté la galaxie d'Andromède…, ajouta Alexander en plissant les lèvres.

Les Sentinelles se jetèrent un rapide coup d'œil avant que Marcus parle.

— OK… Comme vous le savez tous, depuis trois mois, je travaille avec une équipe sur Prima pour comprendre la technologie actuelle de la Terre. Il y a une chose importante sur cette planète qu'il faut savoir. Tout tourne autour de l'ARGENT. Cette monnaie virtuelle que l'élite terrienne a créée pour acquérir le pouvoir. Sans ça, nous ne sommes rien. Sans argent, nous ne représentons rien, ici !

Il se remit devant l'ordinateur et tapota sur le clavier tout en parlant.

— Nous avons donc ouvert plusieurs comptes bancaires aux quatre coins de la planète. Sur chaque continent, pour être précis.

Marcus fit apparaître sur les différents écrans des diagrammes, des histogrammes ainsi que des lignes de compte bancaires. Des montants élevés apparaissaient en plusieurs devises étrangères. Des noms d'entreprises apparaissaient et disparaissaient.

— Nous disposons d'assez de fonds pour créer notre propre technologie hybride basée sur Prima et sur celle de la Terre — et plus encore.

— Marcus et Tim ont commencé à chercher un site sur Terre. Cela nous permettra de construire une base terrestre et ainsi de rester connectés à Prima, si besoin est, expliqua Annabella.

— Tout est prêt pour le début de la construction. Nous avons porté nos choix sur certains secteurs clés. La santé, tout d'abord, grâce aux biotechnologies, ainsi que la nanotechnologie. Je crois avoir compris, Serena, que tu avais débuté la création d'un sérum afin que les nouveaux métamorphes ne se transforment pas à la pleine lune…

En voyant son hochement de tête, Marcus continua.

— Avec ce que la Terre possède comme ressources, tu pourras y arriver plus facilement et peut-être recréer la potion nous permettant de passer pour de simples terriens ? dit-il en souriant légèrement.

— Les services financiers sont également l'un des secteurs clés. La preuve : ils nous permettent de nous servir allégrement, précisa César en fronçant le front de douleur. L'aéronautique, les communications et le numérique également, continua-t-il difficilement.

Un bref regard passa entre Marcus et César. Ce dernier hocha la tête et fit semblant de reporter son attention sur la discussion.

– *Opal, est-ce que tout va bien ?* demanda César.

– N'oublions pas la sécurité. Nous aurons besoin de gadgets, d'armes et de nouvelles technologies afin que nous puissions protéger Opal et nous-mêmes d'une manière 100 % efficace, continua Gabriel.

– Comment avez-vous fait ? demanda Serena en voyant des montants à plusieurs chiffres s'afficher sur un des écrans tandis que la projection du nouveau site apparaissait sur un autre.

– Il vaut mieux ne pas savoir certaines choses, lui répondit Marcus en souriant. Je pourrai ramener une partie de l'équipe de Prima, mais nous devrions trouver des métamorphes spécialisés dans les différentes technologies sur Terre. Nous devons commencer le plus rapidement possible.

– *Non, pas vraiment. Frederico a été tué !* lui répondit par la pensée Laura.

– Vous avez fait du bon boulot, dit Gabriel en posant sa main sur l'épaule de l'homme. Si Opal reste sur cette planète, nous allons enfin avoir les moyens de la protéger.

– *Quoi ?* s'exclama le jeune loup en ayant un geste brusque.

Il n'avait pas fini sa phrase quand un des écrans se mit à clignoter pendant qu'un téléphone sonnait. Marcus poussa un juron en voyant des lignes de programmation apparaître sur l'écran.

– Que se passe-t-il ? demanda Alano en voyant l'image de Laura apparaître sur le deuxième écran.

– Quelqu'un fait des recherches sur Opal, répondit Marcus en fronçant les sourcils.

Il se mit à taper plus rapidement.

– *On m'a jetée en prison pour son meurtre et celui de Guillaume,* souffla d'une voix fatiguée Laura.

– Hum… je crois que nous avons un léger souci, déclara Simon en regardant son cellulaire.

Il attendit que tout le monde le regarde avant d'ajouter :

– Opal est en prison…

César soupira longuement en se passant deux doigts sur la tempe.

Commissariat de police, Montréal

Laura bouillait de rage depuis ce matin. Qu'est-ce qu'elle avait bien pu faire pour que sa journée soit si merdique ? Le fait qu'elle soit en garde à vue depuis près de deux heures l'enrageait encore plus. Elle soupira et essaya de se ressaisir, tenant l'une contre l'autre ses mains menottées.

La jeune femme sourit en se rappelant la tête du lieutenant quand il avait regardé son bureau détruit. Elle n'avait que deux options : soit elle détruisait son bureau, soit elle le projetait contre les baies vitrées. Il l'irritait à ce point-là. Laura sentit son énergie pulser à l'intérieur d'elle, comme si ce souvenir l'agaçait. En vérité, la voix de César l'avait calmée et apaisée avant qu'elle fasse quelque chose de grave. Il lui avait dit que Marcus et les autres faisaient le nécessaire, et depuis, c'était silence radio.

La pièce où on l'avait menée était froide. Une table et deux chaises. Ils lui avaient déposé un gobelet d'eau qu'elle avait avalé depuis. Finalement, ce n'était pas vraiment comme dans les films ; le méchant et le gentil ne l'asticotaient pas avant l'arrivée de son avocat afin de l'acculer au pied du mur et de lui faire faire des aveux.

Son sourire se flétrit. « Frederico... »

La jeune femme mit ses coudes sur la table et posa son visage sur ses mains. La Coalition avait laissé les Anciens mettre la main sur son ami. Il était mort par sa faute... encore une victime innocente ! Après Guillaume, c'était au tour de Frederico. Morts parce qu'ils la connaissaient. Morts parce qu'ils avaient été mal protégés. Il fallait que cela cesse ! Il fallait qu'elle protège Anna par tous les moyens et qu'elle envoie un message à Kassandra le plus rapidement possible. Si elle pouvait continuer à vivre dans le fin fond de l'Alaska dans son chalet de luxe, ce serait un poids en moins pour l'instant.

Laura pensait à tout ce qu'elle devrait faire quand elle entendit deux personnes discuter. Elle se tourna vers la vitre sans tain et plissa les sourcils. « Nooon ! Je les entends vraiment ? » se dit-elle en souriant.

— Mais putain, Bouchard ! Pourquoi l'avez-vous enfermée ? demanda une voix d'homme éraillée.

— C'est une suspecte, patron !

— Vous n'avez pas une seule putain de preuve contre elle, bon sang !

— Nous attendons de savoir qui sont ces gens sur la photo. Nous avons également fait des prélèvements sous les ongles de la victime afin de voir si des résidus de peau correspondraient à celle de la femme.

— Et puis c'est quoi, cette connerie selon laquelle elle serait allée à New York sans passer par les douanes ?

— Mes assistants passent en revue la liste des personnes qui ont traversé le pays aux différentes frontières canado-américaines.

— C'est du grand n'importe quoi ! Sérieux ! Dites-moi vraiment pourquoi vous l'avez arrêtée, Bouchard !

— Je ne la sens pas, patron ! Mon instinct de flic m'avertit que cette femme n'est pas ce qu'elle prétend être, dit l'homme.

« Si seulement il savait à quel point il est près de la vérité... », pensa Laura en soupirant. Elle continua d'écouter, les yeux fermés.

— Votre instinct ? Hum... montrez-moi cette photographie.

Un cliquetis se fit entendre et un boîtier se ferma.

— Bon sang ! dit la voix éraillée.

— Ne me dites pas que vous les connaissez ?

— Lui, l'Asiatique, c'est le lieutenant Kook. J'ai bossé avec son père avant qu'il reparte en Corée du Sud à sa retraite. Le noir, là, doit être son coéquipier. Bon sang, Bouchard !

Une porte s'ouvrit. Laura sursauta, pensant que c'était la sienne qui s'ouvrait. Elle referma les yeux.

— Messieurs, excusez-moi de vous déranger, dit alors une voix féminine.

— Rose, entre ! Alors, qu'as-tu trouvé ? Des équivalences entre la peau de la suspecte et...

— Non ! le coupa la dénommée Rose. Aucune correspondance n'a été trouvée entre l'homme et la femme.

— Mais les griffures ?

— Non, Steve, il n'y a aucune concordance entre ces deux cas. La femme a pu effectivement tomber ou se faire battre, mais je ne pense pas qu'elle a tué notre victime. Je peux me tromper, bien sûr, mais... l'autopsie du corps a montré que notre victime avait dans son système une dose de diacétylmorphine dépassant 100 fois la dose moyenne.

— De l'héroïne ?

— Oui, de l'héroïne. Entre 60 et 70 mg dans son sang, alors que la moyenne serait de 0,1 mg à 0,3 mg. C'est aussi la première fois que je vois de l'héroïne si pure.

— Tu te fous de nous ? 60 mg !

— Que voulez-vous dire par « pure », Rose ?

— Patron, on appelle l'héroïne « la drogue des riches ». Je ne pensais pas que ce nom trouverait tout son sens ici. La victime a dans son corps près de 15 000 $ d'héroïne d'une variété peu commune qu'on retrouve la plupart du temps dans les pays d'Asie du Sud-Est ! Poudre fine et raffinée à 99,9 %. De la vraie...

Un sifflement s'échappa de la bouche du lieutenant Bouchard pendant que Laura soufflait lentement pour calmer ses nerfs.

— La personne qui s'est donné du mal pour tuer la victime a les moyens de le faire. Gaspiller près de 15 000 $, ce n'est pas rien, Steve.

— Ouais, marmonna ce dernier.

On frappa à la porte. Laura tourna la tête à nouveau vers la vitre sans tain.

— Messieurs. Rose, salua une voix jeune.

— Entre, le bleu. Alors, qu'as-tu trouvé chez elle ?

— Elle nous voit ? demanda le jeune homme en voyant le visage de Laura tourné vers eux.

Cette dernière tourna tranquillement sa tête et regarda droit devant elle.

— Hé, le jeune ! C'est une glace sans tain ! Qu'est-ce qu'on vous apprend à l'école de police aujourd'hui ? Alors, qu'as-tu trouvé chez elle ? répéta Steve Bouchard.

— Rien ! Tout était calme. Nous sommes allés voir l'homme qui nous avait appelés. Il semblait ne pas se rappeler avoir passé cet appel !

– *Come on !* s'écria le policier en passant ses deux mains dans ses cheveux. As-tu fait le tour de l'immeuble ?

– Oui, tout était en ordre. Une femme de ménage nous a même ouvert l'appartement de la suspecte, mais il n'y avait rien à signaler.

– Bouchard, vous allez devoir la libérer en espérant qu'elle ne porte pas plainte contre le service, déclara l'homme en soupirant profondément.

– Il nous reste le bureau aux frontières…

– Vous êtes un têtu, vous ! Comment aurait-elle fait pour traverser la frontière vers les États-Unis sans se faire voir ? Qu'est-ce que vous croyez ? Qu'elle a creusé un tunnel ? Qu'elle s'est volatilisée ? dit l'homme à la voix éraillée d'un ton moqueur. Libérez-la, c'est un ordre !

Laura soupira longuement… elle allait sortir de là. Retour à la réalité !

Quartier général des loups, étage des Sages, Montréal

Attablés, les trois hommes virent rentrer North dans la salle de travail. Ils arrêtèrent de travailler et attendirent que leur frère se serve un verre de vin et prenne place.

– Alors ? demanda South.

– T'a-t-il cru ? demanda West en scrutant son frère.

– Disons que si Dominicus avait encore le moindre doute, il a disparu à l'heure actuelle.

– Lui as-tu dit pour Joseph ? demanda East.

– Oui. Juste ce qu'il devait faire pour le ramener à la vie.

– Et concernant Charlène ?

North sourit, leva son verre et le but.

– Bien, bien, dit West en souriant.

— Avez-vous pu contacter notre *partenaire* en Espagne ? demanda North en déposant son verre sur la table.

— Oui, nous venons tout juste de rentrer avec West et South. La réunion a été… intéressante, lui répondit East.

— C'est-à-dire ?

— Ils sont sur le point d'y arriver ! expliqua South avec un sourire approbateur.

— Une partie de l'argent lui sera envoyée dans les heures à venir pour qu'il puisse compléter les derniers tests, dit West

— Dans combien de temps cela sera-t-il opérationnel ?

— Il faudra encore un ou deux mois, lui dit son frère.

— Bien, bien. Passons à la phase finale, mes frères !

Castelo da Raínha Margarida, appartement de K, Portugal

— Très bien ! Ne tentez rien pour l'instant. Agissez normalement. Vous êtes là pour suivre le plan et rien d'autre, dit la voix ferme de Lucas.

— …

— Appelez-moi s'il y a du nouveau, ordonna-t-il en raccrochant.

Lucas gratta son épaule nue, déposa le téléphone sur une table et leva les deux bras au ciel en s'étirant de tout son long. Une porte s'ouvrit puis se referma. K apparut dans la chambre dans un peignoir vert qui moulait ses formes, une serviette attachée autour de ses cheveux.

— C'était qui ?

— L'équipe *Pão 9*. Des métamorphes tournent autour de la propriété en Alaska depuis le jour où ils sont arrivés…

– Des membres de la Coalition ou de la meute ? demanda la jeune femme en fronçant les sourcils.

– *Pão 9* penche plus pour la Coalition. Ils ont reconnu certains visages.

– Combien de métamorphes pour assurer MA sécurité ? s'enquit-elle en penchant la tête, faisant glisser la serviette au sol.

– *Pão 9* m'a dit en avoir compté une vingtaine.

– Une vingtaine ? Mais c'est plus que le double !

– Alano doit avoir la trouille de perdre la meilleure amie d'Opal après n'avoir rien pu faire pour les deux autres, suggéra l'homme en souriant.

– Oui, sûrement, fit la jeune femme.

Elle soupira longuement en jouant avec les poils de sa poitrine.

– Je sens que tu ne nous as pas tout dit sur ton séjour, K ; est-ce que je me trompe ?

La jeune femme soupira à nouveau et baissa légèrement le visage.

– Tu ne te trompes pas. Je dois digérer certaines choses avant de vous dire ce que Talah m'a appris.

– Entre toi et Opal ? demanda-t-il en plissant légèrement les sourcils.

– Oui, entre autres…

K se mordit les lèvres et allait se détourner quand Lucas la retint par la main. Ils se regardèrent, puis son amant pencha la tête vers la jeune femme et l'embrassa tendrement. Elle se suspendait à son cou quand des coups frappés à la porte les firent s'arrêter. K fit une petite moue et se décolla de lui à regret.

Un homme-panthère se tenait devant la porte quand elle l'ouvrit.

— Votre Altesse Royale, Sa Majesté la reine souhaite vous voir dans ses appartements *para o pequeno-almoco*[35]. Vous, ainsi que *senhor*[36] Lucas.

— Dites à ma mère que nous arrivons !

Quartier général des loups, appartement de Dominicus, Montréal

— Dominicus ? dit Brian en entrant dans l'appartement.

Ce dernier s'avança dans le salon et vit un homme devant la télévision. Brian écarquilla les yeux quand l'homme se retourna vers lui. Dominicus s'était rasé, et ses cheveux en bataille avaient laissé place à une nouvelle coupe de cheveux ; ils avaient été taillés au centimètre près. Il avait revêtu un pantalon noir haute couture et une chemise blanche taillée sur mesure. Il portait également des chaussures cirées, ce qui contrastait avec les pieds nus qu'il arborait depuis trois mois. Ses muscles saillaient sous ses vêtements. Quand il se retourna complètement vers Brian, ce dernier vit que son œil droit était caché par une rondelle oculaire noire. Brian se prosterna immédiatement avec un sourire.

— Allons ! Lève-toi, Brian, fit le jeune homme en souriant également. Que m'apportes-tu comme nouvelles, dis-moi ? demanda-t-il en s'installant sur le fauteuil. Assieds-toi et parle !

— Merci, Dominicus. Nous avons appris que Guillaume Vent, un des collègues terriens de *la fille,* a sans doute été tué à New York au même moment que l'affaire du Fou du volant.

— Hum, hum…

---

35. « Pour le petit-déjeuner ».

36. « Monsieur ».

— Hier, nos informateurs nous ont appris que Frederico Suarez reposait à la morgue. C'était également un ami de *la fille*. Il avait dans son corps une dose d'environ 60 mg d'héroïne ! Une dose qui pourrait tuer un éléphant, si on devait faire une comparaison…

— Trop de coïncidences, n'est-ce pas ? susurra-t-il en souriant légèrement.

— Exactement ; il semblerait que tous les proches de *la fille* se font tuer. Et je me demande si cette femme, Alina, ne suit pas Anna pour une raison obscure…

L'Héritier semblait l'écouter, un coude posé sur l'accoudoir du fauteuil, les doigts venant négligemment caresser son menton dénudé. Brian continua son explication.

— À savoir également : *la fille* a été emprisonnée, mais a été relâchée quelques heures plus tard. Ses suiveurs l'attendaient à sa sortie. Je n'ai pas vu ses Sentinelles, mais elles devaient être cachées dans le coin !

— Tu as bien travaillé, Brian ! lança Dominicus en se levant tranquillement.

Il se rendit sur la table et se servit un verre de jus d'orange. Il but une gorgée.

— Vous n'avez pas l'air étonné, constata Brian en plissant les yeux.

— Effectivement. Je ne le suis pas ! confirma Dom en se tournant vers lui.

— Mais… comment… ?

Il ne finit pas sa phrase et eut une illumination.

— Les Sages…

Quand Brian vit l'homme acquiescer, il se leva et alla vers lui.

— Que vous a-t-il dit ? Si vous me permettez de vous demander ça, bien sûr.

Dominicus fit un petit sourire, regarda Brian puis but le reste de son verre avant de répondre.

— North — car c'est lui qui est venu hier — m'a mis au courant de certains projets concernant le futur de la meute… et je dois t'avouer qu'ils me surprennent.

Il arrêta de parler et passa ses doigts sur la rondelle oculaire.

— Ce ne sont pas les loups que je croyais, et je comprends maintenant pourquoi mon père les a choisis.

— Sommes-nous du même côté, alors ?

— Oui et non, Brian. On va suivre leur plan ; s'il fonctionne, ça nous facilitera la tâche sur plusieurs plans. Par contre, on les tient à l'œil.

— OK. Alors, que veulent-ils faire au juste à *la fille* ?

— Ils veulent l'affaiblir. Les meurtres à venir feront plier Opal, et nous pourrons alors faire main basse sur son immense pouvoir !

Commissariat de police, New York

— Vous pensez que tout ça est lié à l'affaire du Fou du volant ? demanda le chef du département de police.

Denys, Kim, Ingrid et Ludovic se trouvaient dans le bureau du grand patron. Les événements des dernières 24 heures avaient mobilisé tout le personnel du commissariat. Premier objectif : comprendre ce qui s'était passé dans leurs locaux habituellement sécurisés. Deuxième objectif : expliquer le pourquoi de l'attentat en plein jour contre deux policiers.

— Il me semble que oui, monsieur, répondit Ingrid. Ils ont actionné un dispositif afin de détruire mon ordinateur et toutes les données essentielles à l'enquête. Ils ont pris le temps de détruire également tous nos serveurs.

— Ce qui est troublant, c'est que toutes nos caméras ont été désactivées alors qu'elles fonctionnent 24 heures sur 24 habituellement, continua Ludovic. Tout au long du déplacement du taxi, de son point de départ au tunnel Lincoln, les caméras n'ont rien filmé… Nous pensons que les vidéos ont été effacées délibérément.

— Dès qu'Ingrid a pu reproduire les deux portraits-robots des suspects, nous avons eu des problèmes, intervint Kim.

— Le seul individu sachant que nous avions découvert quelque chose est Peter Hall. Il était à notre étage quand nous nous sommes tous dirigés vers Ingrid, fit Ludovic.

— Ça n'explique pas pourquoi ils s'en sont pris à Kook et Grove, déclara le chef du département en regardant les deux hommes.

— Ils voulaient nous faire peur, patron, expliqua Denys. Ces gens qui nous suivaient étaient des professionnels ; j'en mettrais ma main à couper. S'ils avaient voulu vraiment nous tuer, ils l'auraient fait, je pense. Ils voulaient juste nous donner un aperçu de ce qu'ils peuvent faire.

— Ils avaient un Marauder… un Marauder, Grove ! Seigneur ! vociféra leur chef en prenant des photographies grand format des véhicules. En plus des Humvee ! Ça va beaucoup trop loin, cette affaire.

— Nous devions toucher à la solution pour qu'ils prennent ces mesures, monsieur !

— Que vous a dit ce Peter Hall ?

— Rien, grimaça Ludovic, qui avait mené l'interrogatoire ce matin. Il connaît un peu trop bien les lois. Un gosse de riche. Son avocat était déjà au commissariat quand nous sommes arrivés avec lui, et bien sûr, il a invoqué le cinquième amendement afin que son client ne parle pas.

— Nous avons dû le relâcher ; autrement, son avocat aurait porté plainte contre nous pour « détention abusive », ajouta Ingrid, découragée.

— Bien, bien… Y a-t-il autre chose que je devrais savoir dans ce dossier ? demanda en soupirant longuement leur patron, les regardant tour à tour.

— Nous avons eu un appel de Montréal au Canada pour Laura St-James…

À ces mots, Denys tourna instantanément la tête vers Ludovic, qui continuait de parler.

— Ils voulaient vérifier si on la connaissait et savoir quand vous l'aviez rencontrée.

— Pourquoi ? demandèrent Kim et Denys en même temps.

— Elle s'est retrouvée détenue par nos collègues montréalais en lien avec une affaire de meurtre. Son employé, apparemment.

— Guillaume Vent ? demanda Kim en plissant le front, essayant de comprendre.

— Non ; tu ne me croiras pas, mais un autre de ses employés s'est fait tuer dans la nuit de mercredi à jeudi. Ils l'ont retrouvé mort au coin d'une rue.

— Oh, putain de merde ! ne put s'empêcher de s'exclamer Denys.

Palais de Prima, Prima

Laura se trouvait sur la terrasse de sa chambre à coucher, pieds nus, et regardait le paysage de Prima longuement. Le ciel était gris et nuageux. Une brise soufflait par à-coups, la faisant frissonner de temps à autre. Elle portait une longue chemise de nuit blanche qui traînait au sol et qui laissait apparaître sur son avant-bras droit une longue cicatrice en forme de fougère. C'était la seconde fois qu'elle dormait sur Prima. La première fois avait été le soir où elle avait dû enlever la vie à John Wolfe, loup alpha qui avait reçu l'ordre de la tuer. C'était cette nuit également qu'elle avait su la vérité sur Dominic, son ex-petit ami. Elle secoua la tête légèrement afin de se débarrasser de ses souvenirs déplaisants.

• • •

La veille au soir, à la sortie du commissariat, Laura avait été accueillie par Sacha et Simon. Anna lui avait souri d'un air gêné, lui disant qu'elle ne savait pas qui appeler d'autre. Laura était alors montée à l'arrière sans poser de questions, remerciant les jeunes gens d'être là. Elle avait épuisé toutes ses réserves d'énergie et ne restait éveillée que parce qu'il le fallait. Quand Simon stationna la voiture en face de l'immeuble de la jeune femme blonde, Laura lui demanda de l'accompagner jusqu'à chez elle malgré le refus d'Anna, qui voulait que son amie rentre chez elle le plus rapidement possible afin de se reposer. Dès qu'ils furent sortis de l'habitacle, la jeune femme demanda à Sacha de faire en sorte que son amie soit surveillée 24 heures sur 24 et que des gardes viennent en soutien. La jeune louve hocha la tête et appela la Coalition immédiatement.

Une fois cela fait, Laura sortit son cellulaire de sa poche et appela Kassandra. Cette dernière lui répondit presque immédiatement.

— Salut, Lolo ! *What's up* ?

— Coucou…, dit-elle d'une voix éteinte.

— Hé ! Ça va ?

— Oui… oui, ça va ; je suis juste un peu fatiguée. Et toi ? demanda-t-elle en prenant une voix plus énergique.

— Hum. Eh bien, j'ai beaucoup de travail : ces maisons sont gigantesques, Lolo ! Il y a vraiment des gens qui ont de l'argent ! Ce n'est pas croyable ! Et ils veulent que je décore tout ça en moins d'un mois !

— Tu pourras y arriver ?

— Bien sûr que non ! s'exclama-t-elle en riant. Et même si je le pouvais, je ne le ferais pas !

Les deux femmes se mirent à rire toutes les deux. Laura s'arrêta, car son pied se mit à la faire souffrir. Elle s'étendit sur la banquette arrière, mettant son sac sous sa tête pendant que Kassandra parlait. Une migraine fit son apparition. « Super ! » se dit-elle.

— Sais-tu combien ils me payent par heure, Lolo ?

— Vingt-cinq mille dollars par mois, d'après ce que tu m'as dit… Assez pour que tu restes une semaine de plus ?

— Ils me paient assez pour que je reste un mois de plus !

— Wow ! Donc, tu vas rester dans ta toundra pendant deux mois ? demanda-t-elle, intéressée.

— Oui, au moins ! Je rigole, mais il y a vraiment beaucoup de travail à effectuer. Heureusement que j'ai mes deux assistants avec moi. Je ne sais pas ce que j'aurais fait sans eux !

— Je suppose…

— Je sais qu'en rallongeant la durée de mon contrat, je manquerai peut-être ton anniversaire, poulette !

— C'est le cadet de mes soucis, Kassandra. L'important, c'est le contrat, non ?

— Non ! c'est ton anniversaire ! Et en plus, comme je te connais, il se peut que tu ne le célèbres même pas alors que tu vas avoir un quart de siècle ! Tu sais quoi ? Je vais essayer de me libérer…

— Non ! cria-t-elle presque, faisant se retourner vivement Sacha. Je veux dire, ne t'inquiète pas ; ce n'est qu'un anniversaire de plus, dit-elle d'une voix plus calme.

Elle fit un signe d'excuse à la femme assise sur le siège passager. « Je ne veux pas qu'il t'arrive quelque chose par ma faute, K. »

— Amasse du fric et ramène-moi un steak de wapiti quand tu reviendras. Je serai contente.

— N'importe quoi ! Tu auras 25 ans, ma vieille !

— Tu sais que je ne suis pas très anniversaire. Je le fêterai avec toi. C'est le plus important pour moi : être avec les personnes que j'aime.

— OK, OK… si tu me prends par les sentiments. Je pensais te ramener une peluche de Balto. Il est très célèbre, ici. C'est ce fameux chien qui a ramené un vaccin et sauvé des milliers d'enfants…

— Tu sembles captivée, dis donc !

— Ils ont même une statue du chien dans Central Park à New York, chose que je ne savais pas, avec l'inscription suivante : « Cette statue est consacrée à l'esprit invincible des chiens de traîneau qui ont transmis par relais l'antitoxine sur 600 miles de glace rugueuse à travers les eaux déloyales et les tempêtes de neige arctiques de Nenana, au soulagement de Nome, en détresse pendant l'hiver de 1925 », cita-t-elle par cœur.

— OOOK…, se moqua presque Laura en éclatant de rire. Alors, disons du wapiti et une peluche de Balto !

— Affaire conclue ! Oh, attends une seconde !

Laura l'entendit parler avec un homme au loin.

— Lolo, je vais devoir te quitter. On se rappelle ?

— OK. Fais attention à toi, Kassandra, OK ?

— Bien sûr que oui ! Bisous.

Simon entra dans la voiture au moment où la conversation prenait fin. Laura, toujours couchée, bâilla et ferma les yeux un moment. Le jeune homme la regarda attentivement. Les égratignures sur son visage n'avaient pas encore disparu. Il soupira, regarda rapidement sa sœur, hocha la tête et démarra.

• • •

— Opal ? dit soudainement une voix rauque.

Laura sursauta et revint à la réalité. Elle se tourna vers la voix et vit Gabriel debout au milieu de la terrasse. La jeune femme lui sourit doucement, et il vint vers elle.

— Désolé de t'avoir fait sursauter, s'excusa l'homme en arrivant près d'elle.

Laura lui sourit légèrement et retourna à sa contemplation. Sa colère d'hier s'était un peu apaisée. Gabriel jeta un coup d'œil rapide à son avant-bras et fit une grimace en voyant la cicatrice. Il s'accouda à la rambarde puis se tourna vers elle et la regarda discrètement. Quand Laura s'aperçut de cela, elle se tourna vers lui et fut surprise par l'éclat de ses yeux dorés. Le jeune homme lui fit un vrai sourire.

— Tu étais souvent accoudée à cette rambarde, avant ! Tu pouvais rester des heures à contempler cette vue, Opal. Je vois que cette habitude ne s'est pas perdue.

– Le paysage est magnifique ; ça m'apaise, murmura Laura, un peu gênée sans savoir pourquoi.

Était-ce le fait qu'ils soient seuls tous les deux qui la mettait mal à l'aise, ou le fait qu'elle se doutait qu'il avait des sentiments pour l'ancienne Opal ? Comment cela se faisait-il qu'elle ait pu être avec César ou lui ? Il y avait quelque chose d'incompréhensible. Était-elle une fille facile à l'époque ?

Comment lui dire que la personne qu'elle avait envie de voir à l'heure actuelle était un loup aux incroyables iris vert émeraude qui ne lui avait pas parlé par la pensée depuis la veille ? Laura n'avait pas osé le recontacter, non plus.

– Je suis vraiment désolé de ce qui est arrivé. Nous sommes tous désolés ! lança-t-il en désignant son visage encore marqué de petites égratignures. Ta sécurité est notre priorité, tu dois le savoir. Nous avons été jusque-là incapables de protéger tes amis. Ça n'arrivera plus ! Je te le promets !

– Peux-tu vraiment me le promettre, Gabriel ? La Coalition n'a pas les moyens p…

– Marcus, Tim, Nolane et les autres ont réussi à contourner les lois qui régissent la planète Terre et surtout celles des terriens, dit-il en la coupant. Ils ont pu obtenir des fonds illimités pour construire un gigantesque réseau terrestre. Nous sommes connectés ici et là-bas.

– Et concernant la protection ? Je vous l'ai dit : je ne veux voir personne se faire tuer comme ça pour moi !

– Nous avons revu avec Alano les procédures de sécurité. Dans les jours à venir – une semaine tout au plus –, nous devrions avoir des combattants sur Terre – des vrais, cette fois-ci – venant des royaumes. Le quartier général de la Coalition va également migrer ailleurs, une trouvaille de Marcus. Un emplacement plus sécurisé, plus moderne. On ne sait pas encore où.

— Ça me semble bien, murmura Laura d'un air vague.

— À quoi penses-tu ?

— Je vais arrêter de dire que cette histoire est incroyable, mais elle l'est vraiment, Gabriel ! s'écria-t-elle en passant ses deux mains le long de ses cheveux. J'ai dormi 7300 ans, et je suis l'héritière d'un immense empire. J'ai tout pour moi : un palais, des serviteurs... Et pourtant, des méchants veulent ma mort et celle de mes proches. Hier, je me suis retrouvée seule à combattre cette créature, et je vous ai appelés au secours...

Elle secoua la tête, comme pour faire cesser les images qui y défilaient.

— ... Seulement, ce lien que nous avons apparemment s'est avéré inefficace au moment où j'avais le plus besoin de vous, continua-t-elle. Je l'ai quand même vaincue parce que je n'avais pas le choix, et j'ai décidé qu'à partir de ce jour-là, je ne compterais que sur moi.

— Opal, ce lien, nous l'avons encore ! Tu viens de te réveiller ; il nous faut du temps pour...

— Je ne veux compter sur personne. Je ne le peux pas ! Pas quand la vie de mes amis — ou la mienne — est en jeu. J'ai décidé de venger la mort de Frederico et de Guillaume ; les Anciens n'ont aucun droit de vie ou de mort sur qui que ce soit !! soutint-elle, enflammée.

Gabriel la regarda intensément pendant quelques secondes avant de lui sourire tendrement. Quand il parla, ce fut pour changer de sujet.

— Depuis le premier jour où je t'ai vu, tu m'éblouis par ta volonté, ta verve... et pourtant, tu restes un mystère pour moi. Dans mes souvenirs, tu étais impétueuse. Tu savais ce que tu voulais dans la vie, toujours prête à prendre le parti des plus pauvres, des moins nantis. Tu te battais comme une lionne avec le regard acéré d'un aigle pour faire valoir tes idées ! Tu ne te laissais pas faire du tout.

Après quelques secondes de silence, il continua.

— Je me rappelle que ta mère, la pauvre, se fatiguait à te faire marcher comme une princesse digne de ce nom. Alors que toi, tu n'avais qu'une envie : mettre un pantalon et courir dans la forêt avec nous. Je n'ai jamais rencontré une femme comme toi ! avoua Gabriel en riant à ces souvenirs.

Au fur et à mesure que Gabriel lui faisait ces compliments, les yeux de Laura papillonnaient de gauche à droite ; elle n'osait pas le regarder dans les yeux. Gabriel leva sa main, prit une vanille et la mit derrière son oreille. À ce contact, elle frissonna ; sa main était chaude. Il passa délicatement son pouce sur sa joue, ce qui fit frissonner Laura, mais plus pour la même raison. « Oh, non… »

— Tu as sans doute lu en moi lorsque tu as eu la vision de ton père et de ma transformation. Nous nous aimions sur Prima. C'est arrivé d'un coup, toi et moi, dit Gabriel en la regardant dans les yeux. Le fait est que tu as sans doute oublié ce qui nous rattachait tous les deux, même si parfois, je vois dans tes yeux cette petite flamme qui brillait pour moi quand tu me regardais autrefois, chuchota-t-il en souriant du coin des lèvres.

Gabriel prit sa tête dans sa main et l'amena doucement vers son visage. Laura ouvrit de grands yeux étonnés. Gabriel se pencha un peu et posa ses lèvres sur celle de Laura. Cette dernière eut un flash.

Gabriel et elle, roulant dans le foin, riant et s'embrassant. Un instant léger et tendre, puis passionné et intense. Elle sentait le cœur du jeune homme battre contre sa poitrine tellement il était soudé à elle. Elle sentit son rythme cardiaque s'accélérer. Il se coucha sur elle et l'embrassa à pleine bouche. Elle caressa ses cheveux blond-châtain, gémissant d'un désir inavoué. Soudainement, il cessa de l'embrasser pour la regarder avec passion.

– Je t'aime, mon amour ! dit Gabriel avec verve.

Laura s'écarta de Gabriel, la bouche entrouverte, la main sur son cœur, les iris dorés. Elle hésita à regarder l'homme debout. Finalement, la jeune femme leva ses yeux vers lui, qui ne cessait de la fixer de son regard jaune doré. Elle ne savait plus quoi dire ni faire. Elle avait revu un moment intime qu'ils avaient partagé tous les deux et se sentait gênée. Très gênée. Laura voyait la poitrine de Gabriel se soulever plus rapidement. Il devait avoir eu cette vision également.

– Gabriel…

– Je sais ! Il est trop tôt. Je n'aurai pas dû t'embrasser… mais j'en avais envie, expliqua l'homme en cherchant son regard. Cette vision, c'était…

– Hum… je… Disons que c'était assez intime ! souffla Laura en passant la main sur sa pierre, embarrassée. Je t'avouerai que je voulais discuter avec toi à ce sujet.

Elle leva le visage vers lui.

– Qu'espères-tu de moi, Gabriel ?

– Que veux-tu dire ?

– Est-ce que tu espères que je reviendrai vers toi ? Est-ce que tu espères que… ?

– Opal, mes sentiments pour toi n'ont pas changé. Malgré les millénaires passés, je n'ai qu'un seul but : toi !

Laura sentit une larme couler le long de sa joue. Elle se détourna pour qu'il ne voie pas sa peine et ferma les yeux. Elle avait vraiment été une salope dans cette vie ! Gabriel s'approcha et se colla à elle, l'entourant de ses bras.

• • •

Un mouvement sur le toit. Un rictus. Un poing se serrant. Une longue natte rousse flottant dans l'air. Puis plus rien.

• • •

Gabriel leva aussitôt la tête vers le toit et plissa les yeux.

— Gabriel, je ne sais pas si je t'aime. Je ne m'en souviens que grâce à tes souvenirs. J'ai l'impression que cette Opal d'avant n'est pas moi, aujourd'hui, avoua-t-elle en secouant légèrement la tête. Je suis assez perdue, pour te dire la vérité… Et le fait que tu m'embrasses rend les choses un peu plus compliquées pour moi, parce que je ne sais pas si je ressens les choses que j'ai vues dans ma vision. On a été ensemble dans une autre vie. En tout cas, pour moi, c'est comme si ce n'était pas réel.

— Je comprends, dit l'homme en se renfermant instantanément, comme à son habitude.

Il se recula, desserrant son étreinte autour d'elle. Laura se retourna vers lui. Il la regardait, mais ne laissait plus rien paraître.

— Non, attends ! Tu ne peux pas te fermer comme ça — pas quand tu viens de m'avouer que tu m'aimes, Gabriel.

Elle secoua la tête longuement, des larmes perlant aux coins de ses yeux.

— J'aurais aimé m'en souvenir ! continua-t-elle. Je me sens prise entre… Je… je ne sais pas ce qui est arrivé à ce moment-là. Mais je… Elle s'interrompit un instant. « Comment lui dire expliquer sans lui dire pour César ? »

— J'ai tellement de choses dans ma tête en ce moment qu'une relation amoureuse… En fait, ce n'est pas quelque chose que je pourrais gérer. Je ne saurais même pas comment. Cette semaine a été difficile pour moi. Je n'ai pas l'habitude de voir mes amis mourir, de voir des personnes mourir dans l'effondrement d'un immeuble, ni de devoir affronter des créatures créées par la magie noire…

La jeune femme se tourna vers la rambarde et joua nerveusement avec sa pierre, la faisant rouler entre ses doigts. Elle ne savait pas quoi lui dire sans lui faire du mal. Elle le sentait blessé : Gabriel s'était ouvert à elle, et tout ce qu'elle avait réussi à faire, c'était de le voir se refermer à nouveau. Laura se retourna vers le jeune homme pour lui dire qu'elle était profondément désolée, mais il n'était plus là. Laura se sentit mal. Elle plaça sa main sur sa bouche puis se mit à pleurer. De plus en plus fort. Elle s'assit et entoura ses genoux de ses bras. Elle pleurait pour Guillaume, pour Frederico — ses amis qui n'avaient rien demandé, mais qui étaient morts parce qu'ils étaient justement ses amis.

Elle pleurait pour le concierge, mort lui aussi parce qu'il était là au mauvais endroit, au mauvais moment. Elle pleura parce qu'elle faisait souffrir Gabriel alors que ce n'était pas son intention. Elle pleura parce que les sentiments qu'elle sentait naître au creux de son corps pour César lui faisaient peur. Elle pleura parce qu'elle avait peur. Peur de ce qu'elle avait fait à ces deux hommes. Peur parce qu'elle ne connaissait pas l'avenir.

Elle qui pensait que sa mauvaise journée de la veille était terminée...

Terrier des Anciens, New York

Adeline avait sa tête des mauvais jours. Les bras croisés, elle faisait les cent pas. Ses assistants lui jetaient de temps à autre un regard, mais elle n'en avait cure. Comment avait-elle pu faire une erreur aussi monumentale ? Laisser un indice aussi évident à la vue de tous – et surtout de la police ! Elle s'en voulait ; ses sentiments avaient obscurci son professionnalisme. La femme brune aspira longuement l'air par le nez et expira par la bouche. Mettre la police sur la piste de *la fille* n'était pas le plan – pas du tout ! Si elle enquêtait sur la jeune femme, la meute n'aurait plus la liberté d'agir librement. Et si les Anciens l'apprenaient, elle ne donnerait pas cher de sa peau. Adeline avala sa salive difficilement. La veille, elle avait contacté le *partenaire* le plus haut placé dans la police du Québec afin qu'il mette tout en œuvre pour qu'on la relâche et récupère cette photographie compromettante.

– Madame, l'appel que vous attendiez. Ligne 2. Elle est sécurisée.

– Thomas, as-tu pu mettre la main sur la photo ? demanda-t-elle directement après avoir appuyé sur son oreillette.

– Bonjour, Adeline. Moi aussi, je vais bien, merci ! plaisanta une voix masculine.

– Excuse-moi. J'espère que tu te portes bien...

– Oui, très bien. Quel temps fait-il à New York, dis-moi, très chère ? s'enquit la voix faussement intéressée.

Adeline soupira silencieusement et leva les yeux au ciel avant de lui répondre d'une voix égale qu'il faisait très beau et très chaud.

– Comme chez nous, dit l'homme avec dans la voix un petit sourire ; il semblait amusé à l'idée de la faire languir.

– Alors ? As-tu pu récupérer cette photographie ? demanda à nouveau la jeune femme brune, les lèvres pincées.

– Oui ! Je l'ai avec moi.

– *Yeees !* s'exclama-t-elle, soulagée.

– Tu m'en dois plus qu'une, Adeline, susurra-t-il de sa voix éraillée.

CHAPITRE 19

Terrasse, appartement d'Opal, palais de Prima

— Hé, Opal…

Assise par terre, la jeune femme n'avait pas bougé de l'endroit où elle se trouvait plus tôt. Laura tourna un visage triste vers la voix féminine qui avait prononcé son vrai prénom. Bella vint s'asseoir à ses côtés sans un mot et regarda le ciel nuageux.

— Quand nous étions plus jeunes, murmura-t-elle d'une voix douce, nous nous disions que le ciel de Prima réagissait à tes humeurs. Quand tu étais triste, il était couvert. Quand tu étais heureuse, le ciel resplendissait. Alors, rien qu'en regardant le ciel, je savais si tu allais bien ou pas. Veux-tu en parler ? demanda Bella au bout d'un moment.

— Eh bien, si on oublie le fait que mes deux amis et collègues sont morts par ma faute, je viens juste de faire du mal à une personne qui tient apparemment à moi… Bella ? Je peux te poser une question ? demanda Laura en se tournant vers la jeune femme aux cheveux blancs.

— Bien sûr que oui !

— Est-ce que… ? Comment étais-je plus jeune ? Est-ce que je respectais les hommes ? Est-ce que je jouais avec eux ?

— Pourquoi me poses-tu cette question ?

Laura regarda Bella avec hésitation avant de se mordre les lèvres. Elle secoua la tête et poussa un sourire désabusé.

— Non, ce n'est pas grave. C'était juste une question comme ça…

— J'avais hâte que tu succèdes à tes parents, lui dit alors Annabella. Ton cœur était bon. Ton âme devait être la plus resplendissante de Prima. Jamais au grand jamais tu n'aurais joué avec le cœur de César ou de Gabriel.

Laura la regarda brusquement. « Est-ce qu'elle sait quelque chose ? »

— Opal, tu n'aurais jamais fait ça ! Tu aimais un homme, c'est sûr, et tu sais au plus profond de ton cœur de qui je parle. Vous étiez liés par quelque chose d'incommensurable. Un lien.

— Un lien…

Le visage de Laura s'illumina lorsqu'elle entendit ces mots, puis elle reprit un air préoccupé.

— Mais comment Gabriel peut-il avoir des sentiments pour moi si je n'ai rien fait, si je n'étais pas quelqu'un d'horrible auparavant ? J'ai comme l'impression d'avoir fait de mauvaises choses dans mon autre vie. J'ai revu un souvenir de Gabriel… on s'embrassait ! s'exclama-t-elle, atterrée.

— Opal, écoute ton cœur ; lui seul est en mesure de t'indiquer la vérité.

— Ne me parle pas comme Marjoria, s'il te plaît, Bella ! Je veux savoir pourquoi mon cœur bat pour César et pourquoi Gabriel m'aime alors que je ne ressens pas ça pour lui !

Bella fronça les sourcils, ouvrit la bouche puis la referma en soupirant longuement.

— Ce sont mes Sentinelles, nom de Dieu ! Et César doit s'en douter ! Je me sens tellement mal. Pourquoi je ne m'en souviens pas ? s'écria Laura en se remettant debout rapidement.

Elle alla à la rambarde, rejeta ses longues vanilles et leva les yeux vers le ciel gris.

— J'ai appris une chose au cours de ma vie, Opal : il faut suivre son cœur. C'est ce que tu m'as dit une fois quand je te parlais de ma peur de m'engager avec Marcus.

En entendant ces mots, Opal leva un regard étonné vers Bella, qui venait la rejoindre.

— Un jour, tu m'as dit mot pour mot ceci : « Bella, toi et moi, nous savons au fond de notre cœur à qui nous sommes destinées. Ce ne sont certainement pas les lois de l'empire qui nous feront chavirer. Nous sommes fortes, et nous affronterons tout pour ces deux frères que nous aimons. »

Les deux femmes se regardèrent intensément. Laura venait d'avoir sa réponse. Elle sourit à Bella, qui la prit un instant dans ses bras avant de l'entraîner vers sa chambre.

— Allez ! Il est temps que tu te fasses dorloter : le repas ne nous attendra pas !

Un timide rayon de soleil apparut à travers les nuages.

Quartier général des loups, appartement de Charlène, Montréal

Comme c'était arrivé lors de l'apparition de North à cet étage, la sortie de Dominicus de son appartement créa tout un émoi. Les gardes à sa porte le regardèrent avec étonnement, puis retrouvant leur bon sens, ils s'inclinèrent respectueusement devant lui. Il leur fit un signe de se relever et les remercia d'avoir protégé son entrée. Il marcha dans les allées et, chaque loup qu'il croisa ouvrit des yeux surpris avant de s'incliner devant l'Héritier du trône.

Après trois mois de réclusion volontaire dans son appartement, l'homme avait décidé de sortir. Était-ce la venue d'un des Sages la veille qui avait fait changer d'avis le jeune homme ? Telle était la question que tout le monde se posait. Un brouhaha se fit à son passage. Tous sortaient de leurs appartements ou du lieu où ils se trouvaient pour le voir. Avait-il changé ? La perte de son œil avait-elle modifié ses traits ? Les femmes le regardèrent toujours avec envie malgré la rondelle. Dominicus sourit avec plaisir en entendant leurs chuchotements.

Le bruit dans les couloirs fit sortir Charlène au moment même où Dominicus arrivait à sa porte. Les deux jeunes gens se regardèrent pendant plusieurs secondes. Charlène n'en croyait pas ses yeux. Elle sursauta quand il parla.

— Charlène, tu me laisses entrer ?

— O-oui, bien sûr, souffla la jeune femme hâtivement en le laissant passer.

Elle referma sa porte sous le murmure des personnes amassées dans le couloir. Dans le salon, Dominicus attendait au milieu de la pièce, les bras croisés.

— Pourquoi, Charlène ?

La femme blonde sut immédiatement de quoi il parlait et pinça les lèvres. Elle avait répété ce qu'elle devait dire des centaines de fois devant le miroir. Mais là, elle était coincée, le voyant debout devant elle après trois mois de tension. Elle n'osa pas le regarder en face.

— Réponds-moi, Charlène.

— J'avais peur ! s'écria-t-elle.

— Peur ? De quoi ?

— Depuis que nous sommes nés, cette femme est au cœur de toutes nos discussions. Sa présence s'est intensifiée quand les Sages ont pris possession d'elle et cherché à la contrôler. Elle était présente ici ! Dans la cité ! Puis quand tu as dû t'investir à fond dans cette relation avec elle, elle était encore là !

— Charlène, tu savais très bien que c'était pour le bien de la meute et de notre mission, fit-il en soupirant sur les derniers mots.

— Je le sais, mais..., murmura la jeune femme blonde en baissant la tête.

— Tu n'as pas pu te retenir, n'est-ce pas ?

— Quand je l'ai eue entre mes mains, je n'avais qu'une envie : la voir souffrir ! Elle le méritait après tout ce qu'elle nous avait fait. C'est à cause d'elle que la Grande Bataille a été déclarée, qu'il y a eu autant de morts... Notre famille... notre vie...

Charlène se rapprocha du sofa et s'y assit lourdement. Elle semblait épuisée et pleine de remords, mais elle continua de parler.

— Quand j'ai réalisé ce que j'avais fait, il était trop tard : Joseph avait été touché. Nos loups et mes Sabs étaient partis en fumée. Tu allais te faire tuer quand je nous ai téléportés ici.

— Joseph est entre la vie et la mort par ta faute, Charlène ! dit Dominicus d'une voix sombre.

— Tu penses que je ne le sais pas ? s'écria-t-elle. Chaque jour, depuis trois mois, je me demande pourquoi j'ai agi ainsi. Pourquoi je n'ai pas suivi le plan ! Si j'avais fait l'incantation moi-même, nous aurions eu Opal sous notre coupe.

— Hum, hum, marmonna Dominicus en touchant sa rondelle oculaire.

— L'as-tu vu ?

— Pas encore. Je suis venu directement chez toi...

— Je suis désolée, déclara Charlène en le regardant cette fois dans les yeux.

Elle se leva doucement et se plaça devant lui en continuant à murmurer qu'elle était désolée. La jeune femme voulut toucher l'accessoire qui cachait son orbite vide, mais sa main fut saisie fermement par celle de Dominicus. Il la remit le long de son corps, soupira puis se dirigea vers la porte, laissant Charlène immobile. Il entrouvrit la porte d'entrée, hésita un instant, et dit avant de refermer la porte derrière lui :

— Viens me rejoindre dans mes appartements ce soir !

Aéroport de JFK, New York

— Est-ce que la ligne est sécurisée ? demanda Denys de son nouveau cellulaire.

— Oui, Denys. Que se passe-t-il ? demanda la voix sérieuse d'Alano.

— Déjà, explique-moi ce qui se passe avec la princesse. Qu'est-ce que c'est que cette histoire de meurtre ? Notre collègue vient de nous dire que Montréal a appelé la centrale pour obtenir des renseignements sur elle.

Alano poussa un long soupir au bout de la ligne.

— Les loups ont exécuté un autre ami à elle : Frederico Suarez. Ils se font vraiment un devoir de tuer toutes les personnes de son entourage.

— Putain de merde !

— Oui, comme tu dis. Un *chacal*, comme on les appelle, a également tenté de l'abattre hier midi. Les gardes sont tous morts, et un terrien a été tué.

— Elle a pu… ?

— Oui, mais pas grâce à nous ! C'est César qui a senti que quelque chose n'allait pas. Nous ne savions même pas qu'elle se faisait attaquer ; tu imagines ? s'écria Alano d'une voix encore confuse.

— …

— Bref, je t'épargne les détails de sa colère légitime à notre encontre. Concernant la police, tout a été réglé, et nous avons pu dissimuler certaines choses à temps.

— Pas vraiment…

— Comment ça ? s'exclama d'une voix alerte Alano.

— Nous avons eu un léger souci ici, à New York, expliqua Denys.

— Que veux-tu dire par « léger souci » ?

— Des véhicules armés nous ont attaqués en plein jour, mon partenaire et moi, hier. Et quand je te dis qu'ils étaient armés, je ne plaisante pas ; c'était du sérieux.

— Deux attaques combinées ?

— Ça m'en a tout l'air…

— Merde ! Toi ? Ça va ?

— Oh, pas grand-chose de mon côté. Juste trois petites balles reçues. J'ai pu protéger mon partenaire ; c'est ça l'essentiel.

— OK ! S'ils s'en prennent à des terriens, c'est que vous êtes trop près de la vérité. Il faut qu'ils laissent tomber ce dossier, Denys !

– Je le sais bien; ça me ferait vraiment chier que mes partenaires meurent par la faute des loups. Cependant, ce n'est pas possible.

– Pourquoi?

– Nous sommes à l'aéroport, prêts à prendre notre vol pour Montréal. Notre patron a décidé de nous envoyer au Canada afin d'enquêter sur la mort de Suarez.

– QUOI?

– Une enquête est ouverte sur Laura St-James au niveau international.

Salle de réception, palais de Prima

De nombreux serviteurs se pressaient vers la salle de réception où serait servi le souper du soir. On sentait une impatience, une fébrilité électrique. Se serait la première fois depuis des millénaires qu'ils serviraient à nouveau la princesse officiellement. Le jour où elle était venue sur Prima et y avait dormi, seules quelques personnes étaient au courant de sa venue. Juste une poignée de gens l'avait vu. Cette fois-ci, elle serait présentée à tous. La longue table avait été dressée. Des serveurs en uniforme en lin blanc portant des bouchées et des coupes d'alcool passaient entre les personnes présentes. Les cinq représentants des royaumes étaient là et échangeaient entre eux. Certains discutaient avec Marcus, Tim et leur équipe à propos du nouveau réseau terrestre qu'ils avaient créé et des besoins qu'ils devraient satisfaire dans les heures et jours à venir. César apparut dans la salle, le visage fermé, et attrapa un verre qu'il avala d'une gorgée. Il faisait pareil avec le second quand son frère arriva à ses côtés.

— *Que se passe-t-il ?* demanda-t-il en pensée.

— *Rien,* répondit César par le même moyen de communication.

Il attrapa un troisième verre et allait le porter à sa bouche quand Marcus arrêta son geste.

— *César, réponds-moi !*

— *Non !*

— *Il s'agit d'Opal ?*

César serra les dents et avala le contenu de son verre d'un trait. Il en reprit un autre avant de regarder son frère dans les yeux. Il fit une grimace en baissant la tête.

— *Il lui a parlé ?*

— *Hum…*

Marcus allait lui demander autre chose quand Gabriel entra dans la pièce. Il n'avait pas l'air de bonne humeur, et cela se ressentait à l'aura guerrière qui rayonnait autour de lui. Il chercha une personne du regard, et quand il tomba sur César, le lion plissa les yeux. Les deux hommes s'affrontèrent du regard un long moment avant que Cam vienne interrompre l'échange afin de discuter avec Gabriel.

— *Es-tu sûr qu'il lui a bien parlé ?*

— *Oui. Il l'a même embrassée.*

Marcus haussa un sourcil, jeta un coup d'œil rapide à Gabriel. À cet instant, un brouhaha se fit entendre à l'extérieur. La porte s'ouvrit sur Annabella, Marjoria et Arradoi. Quand Laura entra à son tour, suivie par ses Suiveurs, tout le monde s'agenouilla immédiatement, respectueusement. La jeune femme se tint debout à l'entrée de la pièce.

Annabella l'avait coiffée d'un chignon lâche, faisant passer une partie des vanilles de devant sur son front pour ensuite les attacher par-derrière. Quelques nattes libres flottaient autour de son visage. Elle avait dû la maquiller également, car son visage ne portait plus aucun signe d'égratignures – à moins que Marjoria l'ait soigné. La robe qu'elle portait était magnifique, faisant ressortir son teint chocolat. De couleur blanc crème, la tenue sans manche montrait son cou fin et découvrait ses longs bras minces. Le haut brodé de milliers de perles soulignait sa taille fine. Une ceinture de la même couleur séparait le bas, qui tombait à ses pieds en jeu de tulle.

La jeune femme semblait un peu triste malgré son sourire. Les traits tirés, elle regarda l'assistance agenouillée. Priméens, loups, tigres, panthères, lions. Tous la saluaient ! Elle jeta un rapide coup d'œil vers César, qui la regardait à travers ces cils, puis elle regarda rapidement du côté de Gabriel et pinça les lèvres. Laura soupira, puis, la tête haute, elle leur dit à tous de se relever. Marjoria lui sourit et lui fit signe de se diriger vers le milieu de la pièce. Les personnes se mirent debout. Un serveur se dirigea vers cette dernière et lui présenta des coupes. La princesse passa devant Gabriel sans le regarder. Ce dernier garda les yeux baissés et ne leva les yeux que quand elle fut loin devant. César plissa les yeux en penchant légèrement la tête, essayant de comprendre. Annabella, vêtue d'une belle longue robe bleu clair, eut un regard d'apaisement à l'endroit de Marcus avant de suivre la princesse. Gabriel, quant à lui, jeta un bref coup d'œil en passant près des deux frères.

– *S'il lui a parlé, ça n'a pas dû se passer comme il l'espérait,* suggéra Marcus, pensif.

– *Ouais, apparemment,* soupira César en buvant d'un trait son verre.

Wang Gung des tigres, Corée du Sud

Un immense tigre avançait rapidement et furtivement dans la forêt bordant le palais royal. L'animal s'arrêtait de temps à autre, humait l'air puis repartait. Son excellente vision lui permettait de distinguer les petits animaux qui s'enfuyaient loin de ses larges pattes… et accessoirement loin de ses crocs.

La lune rayonnante apparut derrière les nuages. Le tigre se dirigea alors vers le sous-bois et se tapit un instant avant de continuer son chemin en se faufilant discrètement.

Après quelques kilomètres, l'animal arriva près d'un très vieux et très beau pin de grande taille atteignant 60 m de hauteur avec ses branches.

Le processus de transformation s'amorça : les griffes rétractées lors de sa marche sortirent de leurs protections, comme si elles voulaient sortir. Ses quatre pattes s'étirèrent pour ensuite se rétracter. Son corps musclé se contracta, se tordit et s'allongea pour ensuite rapetisser. Sa tête massive se ratatina, ses oreilles rondes se plissèrent et ses joues fondirent pour enfin former une tête anthropomorphe.

L'homme souffla longuement et se releva, nu. C'est à ce moment que trois personnages aux chapeaux coniques cachant leurs visages apparurent devant l'homme. En chœur, ils le saluèrent, un genou à terre.

– *Daegun*, chuchotèrent-ils en baissant la tête en signe de respect.

Pish'Edo sourit d'un air satisfait en croisant ses bras sur sa poitrine nue.

Une ombre cachée derrière un arbre observait sous son chapeau conique les quatre hommes.

Quartier général des loups, niveau -3, Montréal

Dominicus descendit au niveau -3 par le T-Quan, le téléporteur aux trois anneaux. Il se retrouva dans un sas, une pièce sécurisée munie de deux portes étanches, où il attendit que les deux hommes en service finissent de le regarder avec des yeux éberlués avant de pouvoir s'avancer. Seules des lumières tamisées bleues éclairaient le long couloir. À ce niveau, deux départements existaient. Le premier — où il se trouvait actuellement — était consacré aux loups sortant de leur long sommeil et ayant besoin de soins. Plusieurs parties s'y trouvaient : les chambres du réveil, de dépendance et enfin d'acclimatation, où les loups reprenaient toutes leurs fonctions normales, tant psychologiques que physiques.

Dominicus se rappelait son réveil en 1902 : tout n'avait été qu'agonie durant un temps qui lui avait semblé être une éternité, surtout quand il avait senti son sang se remettre à circuler dans ses veines. Douleur intense ! On aurait dit de la lave en fusion s'écoulant à l'intérieur de lui. Son cerveau s'était remis à fonctionner : il avait essayé de tousser, de déglutir, tentant d'absorber de l'air, les yeux grands ouverts, mais aveugles. Quand enfin il s'était mis à respirer, il avait cru mourir : l'air qui pénétrait par son nez et descendait jusqu'à ses poumons dégonflés, les remplissant à nouveau, n'avait rien de doux ni d'apaisant. Le fait de devoir inspirer et expirer l'avait fait s'évanouir de douleur. Dominicus avait donc décidé de moderniser cette partie du département afin que les loups ne se réveillent pas dans d'affreuses souffrances, comme lui et les loups avant lui.

Le jeune homme dut passer à nouveau par un sas. Celui-ci était rotatif, permettant le passage entre les deux enceintes.

La lumière tamisée était verte dans cette partie. L'atmosphère de cet endroit était plus froide, à environ 2 ou 3 degrés Celsius, au contraire de celle d'avant, qui était plus chaude d'environ 28 degrés. La seconde partie de l'étage menait aux chambres de recherche médicale spécialisée dans le domaine du vivant. La vie se présentait sous tellement de formes et à des échelles si différentes que la biologie couvrait un très large spectre : molécules, cellules, organismes, populations et écosystèmes. Une quarantaine de métamorphes œuvraient à comprendre les différentes espèces sur Terre, mais surtout la leur. C'était là également que se trouvait Joseph depuis trois mois. Dominicus s'arrêta devant la grande vitre et tilta. Un caisson translucide. Joseph se trouvait là, relié à de nombreux fils et plongé dans un liquide amniotique qui le maintenait en vie. Dominicus souffla longuement et serra les dents. Posant sa main sur sa rondelle oculaire, il soupira puis se dirigea vers la porte. Il allait l'ouvrir quand une voix se fit entendre.

— Hé, toi ! Tu n'as rien à faire ici ! avertit une voix grave.

Dominicus se retourna à moitié. L'homme qui venait vers lui à toute vitesse s'immobilisa en réalisant qui était debout devant lui. Il s'agenouilla immédiatement.

— Héritier ! dit-il. Je vous prie de m'excuser. Je ne vous avais pas reconnu.

— Relève-toi, Marc !

L'homme se releva sans oser le regarder dans les yeux par respect. Il n'aurait jamais pensé rencontrer Dominicus ici. Ce dernier entra dans la pièce, suivi par Marc, qui lui jeta de nombreux regards en coin.

— Comment va-t-il ? demanda Dominicus en se tenant près du cocon.

– Nous le maintenons dans le liquide amniotique depuis que vous êtes arrivés ici, il y a trois mois. Ses fonctions vitales sont très faibles, mais constantes. Nous lui faisons une amniocentèse toutes les semaines. Nous avons remarqué une très, très légère amélioration dans ces cellules, qui se régénèrent lentement, expliqua Marc en regardant le jeune homme retrousser sa manche droite.

– Bien ! fit Dominicus en se mettant au-dessus du visage de Joseph endormi.

Il porta son poignet droit à sa bouche, qui se mit à s'allonger sensiblement, laissant apparaître de longues canines de loup. Quand il y mordit, du sang s'écoula de son menton.

– Mais que faites-vous ? murmura Marc en se reculant dans un coin.

L'homme ne lui répondit pas. Il tendit son bras au-dessus du caisson. Le sang se mit à dégoûter et à se mélanger au liquide.

Salle de réception, palais de Prima

Annabella était en train d'observer César boire. Le jeune loup avalait coup sur coup des verres d'alcool. Il n'avait pas arrêté depuis le début de la réception, et son humeur semblait aussi sombre que celle d'Opal. Même si celle-ci essayait de sourire à tout le monde, la pointe de tristesse au fond de ses yeux ne pouvait être cachée.

Ce qu'elle lui avait dit plus tôt sur sa terrasse avait été remplacé par les incertitudes lorsqu'elle avait vu César et Gabriel dans la même pièce. Qui n'aurait pas hésité dans la même situation ? Elle ne se souvenait plus de rien. Bella soupira et profita du fait qu'Opal et Marjoria s'éloignaient ensemble pour rejoindre César.

— César, arrête ça !

— De quoi parles-tu ? marmonna César en levant vers elle des yeux flous.

— Cesse de faire semblant que tu ne réalises pas qu'Opal se sent aussi mal que toi !

— …

— César, t'es-tu mis à sa place une seule minute ?

Le jeune homme tourna sa tête brusquement vers Annabella avec un visage grimaçant de colère.

— Je t'interdis de me dire ça, tigresse ! Tu ne sais pas de quoi tu parles ! grogna-t-il en se levant vivement de table.

César s'empara d'une bouteille pleine avant de filer hors de la salle. Marcus fronça les sourcils et s'apprêtait à se lever à son tour quand Bella secoua la tête en le regardant et en haussant un sourcil. En voyant le hochement de tête de Marcus, elle se leva afin de rejoindre son frère. Marcus soupira profondément. Gabriel, qui n'avait pas perdu une miette de ce qui venait de se passer, se mordait les lèvres, l'air interrogateur.

Bella retrouva César assis sur un banc dans le petit jardin. Il avalait la boisson directement au goulot. La jeune femme prit place à ses côtés sans un mot.

— Je sais très bien qu'elle se sent mal, chuchota César un instant plus tard. Le ciel est nuageux.

Annabella sourit en entendant ces mots.

— Je m'excuse, César… je n'aurais pas dû te dire ça. Marcus m'a tout raconté, et je sais très bien que tu as souffert plus que nous tous — réunis. Ta souffrance était palpable. Et moi qui pensais pendant toutes ces années que ce n'était qu'un simple mal de tête…

Bella soupira, secoua légèrement la tête puis continua.

— J'aimerais juste te faire comprendre qu'Opal vit très mal cette situation avec Gabriel et toi. Elle se demande pourquoi deux hommes lui tournent autour. D'après ce que j'ai pu comprendre, elle s'en veut et se dit qu'elle a dû faire des bêtises quand elle était plus jeune et se jouer de vous deux.

— C'est du n'importe quoi ! lâcha César. Ce n'est pas du tout de sa faute !

— Ça, nous le savons, mais pas elle ! Pas ma petite sœur de cœur, murmura tristement la jeune tigresse.

Un bruit de pas leur parvint. Marcus se dirigea vers son frère, la mine sombre. Il attrapa la bouteille d'alcool et l'envoya voltiger au loin avec un bruit de verre cassé. Il prit également place aux côtés de César sans un regard pour celui-ci, son pied sur la cuisse. Il se mit à tapoter rageusement sa jambe.

— César, vas-tu retourner à tes vieux travers et recommencer à boire pour oublier ?

— …

César plissa les yeux et contracta sa mâchoire sans répondre.

— Vas-tu me faire regretter toutes ces putains d'heures passées dans la salle de contrôle à rechercher notre princesse ? demanda Marcus d'un ton sec.

— …

— Réponds !

— Non, souffla César.

— Alors, putain, conduis-toi comme l'*inaltéré* d'Opal et fais en sorte de lui expliquer ce qui se passe entre vous ! Tu te ressaisis et tu vas la voir. Ce soir ! gronda Marcus en tournant des yeux verts flamboyants vers César.

Ce dernier avala difficilement sa salive et acquiesça de la tête.

• • •

Adossé contre un mur près du jardin en silence, Gabriel fronça les sourcils. Sans bruit, il répétait le mot étrange que Marcus venait de prononcer.

Balcon, palais de Prima

— Marjoria, j'ai besoin de me souvenir…

— Le temps le fera pour toi, mon enfant.

— Je n'ai pas le temps, justement… Je… je…

Laura soupira longuement et se tourna vers la femme aux cheveux rouges.

— Je ne veux pas faire souffrir les personnes qui m'entourent parce que j'ai oublié qui je suis et ce que j'ai fait autrefois, tu comprends ?

Marjoria la regarda intensément. Elles se trouvaient sur un petit balcon éclairé par les rayons lumineux de la lune malgré les nuages dans le ciel. Il ne restait qu'une journée avant que le satellite naturel de Prima soit complet.

Les deux femmes étaient sorties prendre l'air après le long repas. Les autres continuaient à discuter des plans du futur emplacement qu'ils devaient choisir sur Terre.

— Tu parles de Gabriel, n'est-ce pas ?

En la voyant acquiescer doucement, Marjoria continua.

— Je me demandais aussi pourquoi il avait l'air aussi tendu.

— Dans mes visions, j'ai bien vu que lui et moi avions eu une histoire en commun. Il m'en a parlé au détour d'une conversation, cet après-midi, et je n'ai pas su quoi lui répondre, à part le fait que je n'avais pas les mêmes sentiments et que…, fit-elle sans continuer sa phrase.

Devait-elle parler de César et de ce qu'Annabella lui avait dit ?

— Il ne l'a pas accepté, énonça Marjoria en posant ses mains sur la rambarde et en laissant son regard assombri dériver vers le lointain.

— Il a disparu avant la fin de notre discussion, murmura la jeune femme peinée. Marjoria, tant que je ne me rappellerai pas, cette vie passée demeurera irréelle pour moi. La rivière du Souvenir pourrait…

— Non, mon enfant, tu n'iras pas là !

— Mais pourquoi ?

— Parce que tu n'en as pas besoin, tout simplement. Les souvenirs que tu possèdes arriveront bien assez tôt, j'en suis persuadée. Je devine que cela occasionne pour toi une frustration, ce qui est totalement normal. Tu aimerais savoir maintenant, et non demain, continua-t-elle d'une voix calme. Je vais te poser une petite question, mon enfant. Si je te laissais aller à la rivière du Souvenir, comme tu me le demandes, qu'en tirerais-tu ?

— Je connaîtrais enfin ma vie ! Je saurais ce que j'ai fait dans cette vie-là, s'exclama-t-elle, les yeux brillants de larmes contenues.

— Et qu'est-ce que ça t'apporterait ? Cela résoudrait-il les problèmes actuels ? Opal, écoute-moi. Avant notre arrivée dans ta vie, tu vivais sous l'identité de Laura St-James. Tu as évolué sans savoir qui tu étais réellement, mais tu as continué de forger ton propre caractère. Ta propre personnalité. La preuve : tu étais intenable malgré ce que les loups t'ont fait des années durant. Ils voulaient te contrôler et ils n'ont pas pu.

Elle fixa Laura un moment, puis elle ajouta :

— Leur plan a échoué ; sais-tu pourquoi, mon enfant ? Parce que depuis ta naissance, tu suis ta propre ligne de conduite, ta propre façon de penser — et rien ne pourrait changer ça ! Parce que tu es toi, Opal ! Si je te laissais replonger dans tes souvenirs, qu'en tirerais-tu ? Rien ! Mon enfant, tu n'es plus l'Opal que j'ai connue, enfant ! Tu es devenue la femme que tu devais être. Comprends-tu ce que je viens de te dire ?

— Oui, mais…

— Tu dois agir en fonction de maintenant, de ce qui se passe aujourd'hui. Tu te dois de tolérer l'absence partielle de souvenirs sans être contrariée par cela, parce que tu n'as pas le choix, tout simplement. Tu te dois d'être patiente et d'affronter tes craintes. Parce que cette amnésie que tu as s'évanouira dès que tu seras prête à savoir. Au fond de toi, tu le sais !

— Marjoria…, répéta Laura d'une toute petite voix en soupirant.

— La patience est la qualité qui te permettra de surmonter tous les obstacles auxquels tu es confrontée, lui répondit Marjoria en mettant sa main sur son épaule et en la pressant légèrement. Tu n'es plus seule, Opal, malgré ce que tu sembles penser. Plus maintenant. Nous sommes tous là pour toi.

— Je sais. Je sais bien. J'ai juste peur, tu sais…

— Je le sais bien, mon enfant ! Concernant Gabriel — ou qui que ce soit d'autre —, prends du temps pour toi avant tout. N'agis pas parce que tu ne veux blesser personne. Tu dois agir selon ce que ton cœur veut vraiment ; ne laisse personne te dire le contraire… Pas même moi ! dit-elle enfin en la regardant avec un sourire aimant.

Forêt de Prima

Deux immenses loups regardèrent au loin les lumières du palais qui brillaient de mille feux.

Leurs yeux se plissèrent et des grimaces tordirent leurs gueules.

— Elle est là au château, et on ne peut rien faire ! ragea de sa voix rauque le loup au pelage noir.

— Elle est trop bien entourée. Ce ne serait pas intelligent de l'attaquer alors que ses Sentinelles sont présentes autour d'elle et que tous les gardes entourent le palais pour sa protection, répondit l'autre loup.

— D'après notre espionne, les scientifiques travaillent à la création d'un nouveau quartier général dont la base sera implantée sur Nexma. Ils se méfient de la Coalition depuis que son chef ne leur a pas tout dit…

— Intéressant… A-t-elle pu contacter ma sœur ? demanda-t-il en détournant ses yeux bleu-vert du palais.

— Non, pas encore, Uline. Elle y travaille.

— Nous…, commença à dire le loup avant de s'interrompre soudainement en tournant brusquement sa grosse tête vers l'arrière.

Le loup noir fit la même chose : leurs yeux se plissèrent, le bout de leurs truffes frémit et leurs oreilles bougèrent, semblant écouter quelque chose venant de la forêt. Quelque chose d'étranger à l'environnement normal.

Un craquement. Un bruit de pas qui semblait se rapprocher de l'endroit où ils se trouvaient. Le loup noir et l'autre se regardèrent, puis chacun prit un chemin différent pour disparaître dans la nuit silencieusement.

Quelques secondes plus tard, Thoas et ses hommes apparurent à l'endroit exact où se tenaient les loups. Deux hommes vinrent observer les empreintes. Les lentilles qu'ils portaient leur permettaient de voir de nuit. Thoas se releva sans bruit et fit deux signes de la main indiquant deux directions opposées. Tous hochèrent la tête et se séparèrent, tenant leur arme à la main.

Commissariat de police, Montréal

Denys et Kim descendirent du taxi qui les avait conduits de l'aéroport vers le commissariat de police, à Montréal.

Le vol s'était bien déroulé. Ils avaient pu être surclassés en classe affaires quand la jeune femme au comptoir avait su qu'ils étaient agents de police. Mais surtout, cela s'était produit parce qu'elle avait eu un coup de cœur pour le lieutenant Kim Kook. Enfin, Denys n'avait pu s'empêcher de répandre cette rumeur en envoyant une photo du couple à Ludovic et Ingrid, restés au bureau. Ces derniers étaient restés à New York, car ils devaient essayer de retracer le groupe qui leur avait tendu une embuscade avec les véhicules armés. Durant le vol d'une heure et demie, ils en avaient profité pour dormir un peu. La nuit précédente avait été courte pour eux.

— Wow ! J'adore cette ville, s'exclama Kim en voyant les lampadaires s'allumer au fur et à mesure. Une ville moderne et bilingue avec des tas d'espaces verts partout !

Il s'étira de tout son long.

– Tu y es déjà venu ?

– Oui, mais ça fait très longtemps, lui répondit son partenaire.

Ils récupérèrent leurs légers bagages et montèrent les marches. Arrivés à la réception, ils demandèrent à parler avec le lieutenant Bouchard. On les fit patienter dans la salle d'attente quelques minutes avant qu'un homme brun de 1,70 m environ vienne à leur rencontre. Il avait les cheveux un peu gras et portait une veste trop grande pour son corps mince ainsi qu'une cravate rouge vermillon. L'homme se présenta à eux comme le lieutenant Bouchard.

– Je ne pensais pas que vous arriveriez si vite, fit-il en guise de salut en leur serrant la main.

– Ces dernières 24 heures ont été mouvementées à New York. C'est pour ça que notre patron nous a envoyés ici, afin de tirer les choses au clair.

– Suivez-moi à mon bureau, déclara Bouchard en leur désignant le chemin. Je vous dirai ce que je sais, et j'espère que vous pourrez m'éclairer sur cette affaire également.

• • •

– Nous l'avons rencontrée à l'hôtel où Guillaume Vent s'était installé avec le petit groupe de clients.

– Celui qui a explosé quelques heures après votre venue ?

– Exact !

– La femme discutait avec le directeur de l'hôtel quand nous sommes arrivés sur place.

— L'avez-vous trouvée suspecte à ce moment-là ? demanda le lieutenant Steve Bouchard en buvant une tasse de café.

— Non, pas du tout ! répondit Denys. C'est simplement une femme qui a perdu son collègue et ami, d'après ce que j'ai pu constater. Elle cherchait à le retrouver.

— Pourquoi demandez-vous ça, Steve ?

— Je ne l'ai pas sentie quand elle est arrivée au bureau. Mon instinct de flic me dit qu'elle cache quelque chose.

— Quoi ? demanda Denys, les bras croisés en se laissant aller sur son fauteuil.

— Tout ça, fit-il en levant les bras pour désigner les papiers qui se trouvaient sur son bureau. Et le fait qu'elle portait des marques au visage semblant être des égratignures. Elle boitait également ; il y a anguille sous roche.

— Alors, si je résume : vous pensez que Laura St-James aurait pu tuer Suarez et aurait commandité le meurtre de Guillaume Vent ? demanda Kim en plissant les yeux.

Steve Bouchard acquiesça de la tête d'un air ferme.

— Hé, les gars ! s'exclama Denys. Vous pensez vraiment ce que vous dites ? Quel serait le motif ? Il faut avoir des preuves avant d'accuser une personne, je vous signale ! N'oubliez pas pourquoi nous sommes là ! Premièrement, nous devons rechercher cette femme qui pourrait bien se trouver ici, ajouta-t-il en désignant le portrait-robot d'Alina sur le bureau du policier. Et deuxièmement, il nous faut vérifier si notre embuscade a quelque chose à voir avec cette affaire du Fou du volant.

— Je vais vous montrer quelque chose, lança Bouchard en cherchant un peu partout sur son bureau. Nous avons retrouvé, sur les lieux du crime, une photographie de vous deux, tombée sous la voiture. On y voyait la suspecte et trois autres personnes. Deux femmes et un homme que nous avons identifiés comme étant le directeur de l'hôtel… Câlice ! Où ai-je mis la photo ? dit-il rageusement.

Il se mit à chercher activement sans rien trouver. Il s'excusa et se leva pour aller au bureau de la secrétaire, qui pourrait sans doute l'aider. Denys se tourna vers Kim.

— Tu ne crois tout de même pas qu'Op… euh… que Laura St-James est mêlée à tout ça, hein ? demanda-t-il en toussant afin de cacher son lapsus.

— On ne peut rien négliger, déclara Kim en prenant sa tasse de café pour en remuer le contenu doucement avec sa cuillère. Toute cette histoire est sans queue ni tête ! Alors, mettre cette femme sur la liste des suspects ne me dérange pas, ajouta-t-il en avalant une gorgée.

Denys se laissa aller à nouveau sur son siège. Il prit son cellulaire et envoya un rapide message.

— Je suis désolé, s'excusa Steve Bouchard en revenant vers eux en secouant la tête. Nous n'arrivons pas à mettre la main sur cette preuve.

— Disparue ? s'enquit Denys en haussant un sourcil.

— J'espère que non, murmura l'homme en soupirant et en touchant les poches de sa veste, comme s'il avait pu mettre la photographie à l'intérieur.

— Quelle est votre opinion sur Laura St-James, Steve ? demanda alors Kim.

Le policier les regarda attentivement. Il déposa son stylo avec lequel il jouait et passa sa main sur ses cheveux, puis il avança sa chaise vers eux afin de leur parler discrètement.

— Vous connaissez l'instinct de flic, je suppose. Cet instinct, je l'ai toujours suivi. Il me dit qu'il y a quelque chose qui cloche dans toute cette affaire. De votre histoire de Fou du volant jusqu'à maintenant. Il posa son coude sur la table, en présentant son poing devant Kim et Denys. Bouchard leva son index.

— Un, le jour où Suarez meurt, quelques heures plus tard, elle apparaît avec des blessures et est plutôt mal en point.

Il leva son majeur.

— Deux, on appelle notre poste de police pour signaler que dans l'immeuble de la jeune femme, il se passe des choses étranges. Quand on arrive, il n'y a plus rien. Comme si tout avait été nettoyé !

Bouchard leva son annulaire.

— Trois, la douane doit refaire deux fois des recherches pour enfin retrouver son passage au poste frontalier. Alors que normalement, c'est simple. Quatre, dit-il en levant son auriculaire, elle a brisé mon bureau par télékinésie… elle n'est pas comme nous !

— Pardon ? demanda Kim avec hésitation en jetant un court regard à Denys.

Il avait peut-être mal compris la dernière phrase.

— Vous avez bien compris…, lui assura l'homme en ouvrant de grands yeux.

Le policier fut alors distrait par la secrétaire, qui vint vers lui en lui annonçant qu'elle n'avait rien trouvé. Denys regarda Steve Bouchard en serrant les dents ; il n'aimait pas ce type !

Wang Gung des tigres, Corée du Sud

Assis en lotus sur un tapis rouge où un tigre avait été brodé en fil d'or, le roi Sisouk méditait. Les yeux fermés, le dos droit, les paumes tournées vers le ciel, il respirait par le ventre afin de concentrer son énergie sur ses points vitaux.

Des bâtons d'encens se trouvaient disséminés aux quatre coins de la pièce, distillant une senteur musquée. Quatre bougies positionnées aux points cardinaux illuminaient le lieu sombre.

Une des bougies s'éteignit lorsqu'une ombre apparut sur le mur. Cette dernière fit le tour de l'homme assis, et au fur et à mesure, les bougies s'éteignirent. Quand l'ombre se détacha du mur et se matérialisa devant le roi Sisouk, la quatrième et dernière bougie s'éteignit, laissant la fumée se disperser dans les airs dans l'obscurité. Un homme vêtu d'un chapeau conique s'accroupit et lui souffla quelque chose à l'oreille.

En entendant ces mots, le roi des tigres ouvrit des yeux saphir étincelants de colère.

CHAPITRE 20

Appartement de Laura, palais de Prima

Laura pleurait sur son oreiller. De longs sanglots déchiraient le silence de sa magnifique chambre à coucher. Elle se sentait triste, seule et coupable. Les beaux mots d'Annabella n'avaient rien changé, à l'instar de ceux de Marjoria.

Déjà, les assassinats de Frederico et de Guillaume la faisaient culpabiliser à mort, et il fallait qu'en plus, elle aille mal à cause de son absence d'attirance pour Gabriel et ses sentiments grandissants à l'égard de César. Durant le souper, Laura l'avait surveillé à travers ses longs cils. César ne lui avait pas adressé un seul regard ; son cœur s'était serré. Le jeune homme avait enfilé des verres d'alcool tout au long du repas, ne mangeant pratiquement rien. Elle s'était d'ailleurs demandé comment il tenait toujours debout. Laura avait aussi jeté de nombreux coups d'œil vers Gabriel. Celui-ci avait discuté avec les représentants des royaumes sans poser ses yeux sur elle.

Que s'était-il passé pour qu'elle soit aimée par deux hommes alors que son cœur ne penchait que pour un ? Pourquoi avait-elle joué avec eux ? Pourquoi ? Comment ? Ces questions ne cessaient de tourner dans sa tête.

La jeune femme n'avait pas osé appeler César par le lien qu'ils détenaient. Elle avait honte et s'en voulait de savoir

Gabriel intéressé par elle. Le baiser de quelques heures plus tôt restait gravé dans sa tête. Laura n'osait pas le contacter alors qu'elle avait juste envie de le faire. « Aaah, pourquoi tout doit-il être embrouillé ? César... » Elle se remit à pleurer ; elle était si faible et pathétique...

– Tia, *tu n'y es pour rien.*

Cette voix à l'intérieur de sa tête la fit sursauter, et ses pleurs s'intensifièrent.

– Tia...

– *Je suis désolée, César, je...*

– *Viens m'ouvrir la porte.*

– *La porte ?* demanda-t-elle en se redressant à moitié sur le lit.

– *Je suis sur ta terrasse. On doit parler.*

Laura s'assit un instant sur le rebord, frotta ses yeux bouffis et se releva. La courte nuisette que Bella avait choisie pour elle moulait son corps. Elle passa son peignoir de la même matière, l'attacha autour de sa taille puis se dirigea pieds nus vers la terrasse en se mouchant de façon pas très élégante puis en essayant de mettre en ordre ses longues vanilles. La jeune femme tira les larges rideaux et découvrit un immense loup aux yeux vert émeraude qui l'attendait devant la baie vitrée. Ses oreilles bougeaient de haut en bas, comme s'il était attentif à tous les bruits des alentours. Laura suspendit son geste et se perdit dans son regard. Celui du loup. Celui de César.

– *Ça te dit de faire un tour ?*

Laura hocha timidement la tête et fit coulisser la porte vitrée. Quand elle se retrouva dehors, elle renifla sans grâce avant de voir César s'allonger par terre, sa longue queue touffue balayant le sol.

– *Monte !*

– *Tu veux que je monte sur ton dos ?* demanda-t-elle, pas très rassurée.

– *À moins que tu veuilles faire les 6 km à pied…*

– *Hum… et, euh, comment dois-je faire ça ?*

Le rire de César résonna dans sa tête alors que ses yeux ne la quittaient pas.

– *Déjà, tu t'avances vers moi, tu passes une jambe au-dessus de moi…*

– *Je sais comment faire, César,* le coupa Laura. *Ce que je veux dire, c'est…*

– *Je peux te porter, Opal, si c'est ce qui te pose problème. On l'a déjà fait plusieurs fois auparavant. À cette époque, j'étais moins fort que maintenant, et ça ne m'a pas empêché de te trimballer sur plusieurs kilomètres,* rigola le loup.

Ses yeux brillèrent lorsqu'il prononça ces mots. Laura passa une main sur son doux et long pelage roux avant de faire passer sa jambe au-dessus de son dos et de s'installer à califourchon sur lui. Des étincelles pétillèrent sous sa main, ses jambes, ses cuisses.

– *Accroche-toi,* Tia, fit le loup en se relevant sur ses pattes lentement.

César marcha doucement, lui laissant le temps de s'habituer aux mouvements avant de trottiner tranquillement vers la forêt. Ils s'éloignaient du palais, et grâce à la lumineuse lune presque ronde, elle pouvait apercevoir les détails autour d'elle. Les nuages s'étaient dissous.

La sensation était extraordinaire : souple, puissant, sans hésitation, le loup avançait. La jeune femme ressentait tous les mouvements nerveux de César, et sans qu'elle s'en aperçoive, elle se mit à les suivre. Laura resserra ses cuisses nues contre ses flancs quand il commença à se faufiler à travers les arbres de plus en plus vite. César accéléra alors jusqu'à ce qu'il coure à toute vitesse. Un sourire aux lèvres, Laura sentait l'excitation se propager en elle. Cette rapidité, cette sensation, cette exaltation…

Elle suivit à nouveau ses mouvements et baissa instinctivement son buste pour améliorer leur aérodynamisme. Laura fronça les sourcils en voyant un ravin se profiler devant eux.

– *César, il y a un ravin devant nous.*

– *Je le vois,* Tia.

– *Tu ne ralentis pas !* s'écria Laura, inquiète.

– *Me fais-tu confiance ?*

– *César ! Il y a plus de 3 m entre les deux bords !*

– *5,35 m, pour être exact,* rigola César en continuant d'accélérer.

– *César, arrête-toi,* chuchota-t-elle en voyant le ravin se rapprocher de plus en plus d'eux.

– *Me fais-tu confiance, ma douce ?* lui redemanda-t-il sans pour autant arrêter de courir.

– *Je vais te tuer !* s'écria-t-elle.

Elle n'avait pas peur ; elle avait totalement confiance en lui, et il le savait.

César se mit à nouveau à rire avant de bondir au-dessus du ravin. Laura eut le souffle coupé par la crainte et par la vue : juste au-dessous d'eux s'écoulait un torrent tumultueux où la couleur de l'eau prenait des tons lumineux grâce aux rayons de la lune. Quand le loup atterrit sur l'autre bord, Laura se mit à rire de bonheur. Elle se sentit instantanément bien, comme si toutes ses peurs s'étaient enfuies.

La jeune femme se redressa légèrement, ne se tenant qu'avec la force de ses jambes nues autour des flancs du loup. Elle leva les bras au ciel et se laissa aller contre le dos du loup tout en admirant la magnifique lune qui illuminait le ciel de Prima.

Après un moment, César arrêta de marcher. Laura, qui avait fermé ses yeux, les rouvrit en entendant un bruit d'eau. En se redressant, elle resta immobile, estomaquée. Ils avaient devant eux une petite cascade. La clarté de la lune lui permettait de voir la couleur changeante de l'eau. Il n'y avait aucune trace de nuages dans le ciel.

– Wow ! murmura la jeune femme en descendant du dos du loup.

– *Tu ne vois pas grand-chose, car il fait noir, mais j'étais sûr que cet endroit t'apaiserait. C'était notre… ton endroit préféré,* dit César en se reprenant.

– *Notre endroit préféré,* répéta-t-elle en le regardant d'un air interrogateur. *Comment ça ?*

César s'avança vers le bord de l'eau sans lui répondre et s'abreuva. Laura s'approcha et se laissa tomber à genoux près de lui sans parler. Le son de la chute couvrait tous les autres bruits. Une sorte de petit abri. César avait raison : cet endroit l'apaisait. Laura pencha la tête, essayant de se souvenir… C'est alors qu'une impression de déjà-vu la saisit. Cette cascade, elle en avait rêvé trois mois plus tôt, voyant César et elle qui s'amusaient près de cette rivière… La jeune femme sourit.

– *C'est à moi de m'excuser,* fit la voix de César alors qu'il s'allongeait auprès d'elle. *C'est moi qui ai dérogé à ma promesse de veiller sur toi.*

Il ne la regarda pas en disant cela.

– *César…,* dit Laura en se tournant vers le loup.

– *Comme je te l'ai dit, j'ai dû couper notre lien. Nous avons trouvé un homme qui travaille pour les Anciens, et nous voulions savoir de quoi il en retournait.*

– *Qu'as-tu fait ?*

– *J'ai bu de son sang.*

Il lui jeta un coup d'œil puis regarda ailleurs encore une fois.

– *J'ignorais si ça allait te perturber, alors je n'ai pas pris de chance ; j'ai coupé notre lien. Et c'est à ce moment que les* chacals *ont attaqué !*

Sa voix était triste et pleine de colère.

– *Tu ne pouvais pas savoir, César…*

– *Si, je le devais !* gronda César en se redressant. *Je suis le seul lien que les autres ont pour te retrouver. Si jamais il t'arrivait encore quelque chose, je ne me le pardonnerais jamais.*

– *Pourtant, vous m'avez bien retrouvée sur la Terre. Tim et Marcus ont su où me chercher, non ?*

César tourna sa longue tête massive vers elle et la regarda de ses yeux obliques et phosphorescents. Sa gueule se tordit comme s'il faisait une grimace. Son museau fin se retroussa, et ses oreilles s'abaissèrent vers l'arrière. Et là, Laura comprit : c'était lui – seulement lui – qui l'avait retrouvée. Grâce à leur lien !

Appartement de Gabriel, palais de Prima

Le jeune homme marchait de long en large sur sa terrasse. Il n'osait pas s'étendre sur son lit ; les rêves bizarres qu'il faisait le gênaient. Gabriel repensa à sa conversation avec Opal de tout à l'heure et se traita de tous les noms. Il avait pensé qu'en l'embrassant, il l'amènerait à se souvenir de l'amour qu'il y avait entre eux. Cela n'avait pas été le cas. Pire : cela l'avait sûrement confortée dans le fait qu'elle n'était pas attirée par lui. Mais comment cela était-il possible ? Gabriel se tint debout, les bras croisés, le visage tourné vers la lune. Avait-il rêvé de leur histoire ensemble? Gabriel se passa les mains dans les cheveux avec rage. Opal et César… non, ce n'était pas possible! Il se serait souvenu de cela. Pourtant, Marcus et Bella semblaient se rappeler quelque chose. Est-ce que ses rêves essayaient de l'aider à s'en souvenir, lui aussi? Et surtout, qu'est-ce que Marcus avait voulu dire par «*inaltéré*»?

Il réfléchissait toujours quand il vit César monter les marches qui menaient à la terrasse d'Opal sous sa forme de loup. Quand ce dernier leva les yeux, Gabriel devint instantanément invisible afin de ne pas signaler sa présence. Il prêta attention à ce qui se déroulait, mais aucune voix ne lui parvint, à part les bruits des griffes du loup sur les carreaux. Quelques instants plus tard, la baie vitrée coulissa. Il entendit des reniflements, puis quelques instants plus tard, il vit Opal chevauchant César et disparaissant en direction de la forêt. Redevenu visible, Gabriel pinça les lèvres, et après une demi-seconde d'hésitation il sauta de sa véranda à celle d'Opal et les suivit discrètement.

Quartier général de la Coalition, Montréal

Denys passa une main sur son visage fatigué. Après sa réunion avec l'agent de police de Montréal, Kim et lui avaient mangé un morceau puis n'avaient pas tardé à aller se coucher. Il avait attendu d'entendre le souffle endormi de Kim à travers le mur pour sortir rencontrer les membres de la Coalition. Il avait raconté à Alano, Jacob et Alexander ce qui se passait avec la police. Jacob se mit devant un ordinateur. Sur l'écran principal, ils virent s'afficher le visage d'un homme.

– Steve Bouchard.

– Nous avons déjà eu affaire à cet homme dans le passé au sujet de son fils, intervint immédiatement Alano en plissant le front.

– Ah, oui ? demanda d'un ton interrogateur Jacob.

Il reprit la lecture.

– Quarante-cinq ans, policier depuis près de vingt-cinq ans. Ses états de service ne sont pas très reluisants. Alcoolisme. Coups et blessures. Il s'est pris plusieurs blâmes au moment où il a perdu son fils… Oh, merde, c'est lui !

– Quoi ? demanda Alexander en se mettant à lire en diagonale, lui aussi. Toutes ces enquêtes n'ont jamais abouti. Tom Jefferson, Victor Cortez, Mariana Pouillard, Saam… Oh, Seigneur ! s'exclama-t-il en s'arrêtant sur le dernier prénom.

– Ces noms vous disent quelque chose ? leur demanda Denys.

– Ce sont des métamorphes, Denys, lui répondit Jacob en lui jetant un bref regard et en se retournant vers l'écran de l'ordinateur. Tous, sans exception ! Saam était la fille d'Alexander ; ils ont tous été tués par la meute de Dominicus. Nous avions pu les faire intégrer une vie normale avec les terriens.

– Il enquête sur les métamorphes, alors ? demanda-t-il, surpris, en se levant de la chaise où il était assis depuis le début de la conversation.

– Ça m'en a tout l'air, dit Alexander, pensif.

– Le fils de Bouchard est mort dans des circonstances tragiques. Il se trouvait au mauvais endroit, au mauvais moment. L'enfant sortait de l'école quand il a été attaqué par un loup naissant. C'est comme ça qu'on appelle ceux qui viennent de renaître, ceux qui ne pensent pas encore et qui réagissent comme leur animal intérieur. Nous ne savons pas comment il a fait pour s'échapper de la chambre forte où nous les mettons habituellement quand ils se réveillent. Il l'a tué avec une telle violence que nous ne pouvions plus rien faire pour l'enfant.

– Nous avons dû abattre Edward – c'était le nom du loup. Il avait goûté le sang humain et ne semblait plus vouloir s'arrêter.

– Le lendemain de l'attaque, des dizaines de policiers ont patrouillé les environs afin de retrouver le gosse. Des techniciens ont retrouvé des gouttes de sang sur la scène de crime. Le sang de son fils…

– Et de celui d'Edward, devina Denys en se rasseyant.

– Exact ! Ils ont dû l'analyser et ne pas comprendre ce mélange.

– Qu'avez-vous fait du corps de l'enfant ? s'enquit Alexander.

Ce dernier n'était pas particulièrement curieux, mais il ne pouvait s'empêcher de penser à Samson et Benjamin, ses petits-fils.

– Nous avons dû brûler le corps. Nous n'aurions jamais pu remettre l'enfant à son père. Pas dans l'état dans lequel nous l'avions trouvé, expliqua Alano en grimaçant. Edward l'avait déchiqueté avec une telle violence…

Il souffla longuement à ce souvenir et arrêta là la description. Les quatre hommes regardèrent la photo du policier sur l'écran.

– Cet homme n'a pas pu faire son deuil, et il est à la recherche de tous les indices qui pourraient lui faire comprendre la disparition inexpliquée de son fils.

– Et il a dans sa ligne de mire l'héritière de tous ces métamorphes, résuma Denys en passant à nouveau ses deux mains sur son visage, désespéré.

Cascade, forêt de Prima

– Quand je me suis réveillé de ce long sommeil, je me suis souvenu de toi instantanément, commença d'une voix éraillée le loup. C'est comme si tout me revenait en pleine face, de façon plus ou moins intense ! Marcus pense que c'est peut-être toi qui nous as fait sortir de ce… coma. Quand tous les autres avaient perdu espoir, grâce au lien, je te savais en vie, quelque part.

Le museau du loup se contracta.

– Quand tu t'es réveillée, je t'ai ressentie comme si tu étais à côté de moi, *Tia*. Et pourtant, quelques minutes plus tard, tu t'éteignais à nouveau. Je l'ai confié à Marcus, et avec l'aide de Tim, il a continué les recherches dans la direction que j'avais fournie. Lorsque tu t'es réveillée la seconde fois, ils ont pu te repérer plus facilement, même si ça nous a pris près de trois ans pour y arriver.

– Comment ?

– Lors de ton premier réveil, nous avons eu le temps de communiquer ensemble quelques secondes, juste assez pour que je mémorise la zone de localisation.

À ces mots, Laura tourna vivement son regard vers lui, surprise.

– Je me suis souvenue de toi ? demanda-t-elle d'un ton incertain. Mais… comment… ? Et pourquoi je… ? Qu'est-ce qui… ?

La jeune femme n'arrivait pas à finir ses phrases ; elle souffla longuement en secouant sa tête de gauche à droite. Elle se sentait impuissante.

– Veux-tu savoir, *Tia* ?

– Oui !

Le loup posa alors son énorme museau sur son épaule et ferma les yeux. Les yeux de Laura se modifièrent pour acquérir des iris d'un vert éblouissant.

Elle se vit dans le corps de César. Il marchait dans les couloirs d'un pas hésitant. La bouteille d'alcool qu'il avait entre ses doigts faillit glisser par terre. Il la retint et avala le reste de la boisson avant de la lancer contre le mur rageusement. « Encore un jour à tenir… Putain, il me faut une autre bouteille et une nouvelle femme », se disait-il. Même si ces deux choses ne le satisfaisaient pas, elles avaient au moins l'avantage de lui changer les idées. « Les femmes et l'alcool ! Quel beau mélange ! » se dit-il ironiquement.

Il arrivait devant la salle de contrôle quand il perdit l'équilibre et tomba à quatre pattes. Un sentiment de dédoublement le parcourut tout entier. Une voix lui parvint à travers la brume. Il ouvrit ses yeux et inspira profondément. Était-il possible que ce soit… ?

– César !

– Tia ? Tia, c'est toi ?

– César…

– Tia, est-ce que ça va ? Dis-moi où tu es.

– Je ne sais pas…

– Ouvre les yeux, montre-moi ton environnement !

– Je suis fatiguée, si fatiguée. César, qu'est-ce qui m'arrive ?

– Ma douce, je t'en supplie, ouvre les yeux. Je vais pouvoir te retrouver comme ça. Fais-le !

Ce qu'il vit au travers des yeux d'Opal le fit frissonner de terreur. Plusieurs personnes tournaient autour de son amour, leurs yeux jaunes brillants de curiosité et de méchanceté. Ces personnes portaient toutes un masque de chirurgien au visage. Une lumière vive au plafond l'aveuglait ; Opal leva sa main pour se protéger de l'éclat. La jeune fille semblait se trouver dans une salle d'hôpital. Il entendit un des hommes dire qu'il fallait avertir les autres que la fille s'était réveillée et que le reconditionnement du cortex cérébral pouvait enfin commencer. En entendant ces mots, Opal essaya de se libérer en projetant au loin une personne par la pensée et en attaquant une autre en balançant son pied vers son visage. Un bruit d'os cassé retentit. Opal n'eut pas le temps de se lever ; deux personnes vinrent la maintenir pendant qu'une autre lui injecta rapidement un sédatif.

– César, je ne veux pas encore t'oublier, fit Opal d'une voix suppliante.

– Marcus te retrouvera, Opal. Je t'en supplie, tiens le coup, ma douce !

– César, je t'aime…

Et quand il allait lui répondre, il ouvrit la bouche en émettant un gémissement de douleur et se tint la tête comme si elle allait éclater.

– Opal…, chuchota-t-il avant de se laisser aller au sol, souffrant le martyre.

Il revint à la réalité en sentant une main posée sur son épaule. Marcus.

– Tia est vivante.

– Où se trouve-t-elle, César ? As-tu une petite idée ? demanda son frère en l'aidant à se mettre debout.

– Elle a ouvert les yeux. Je peux donc trouver son point de localisation.

– *On n'a pas encore testé l'appareil, César ; je ne sais pas si…*

– *On n'a pas le choix ! Je ne la laisserai pas tomber une fois de plus ! On utilise ce putain d'appareil pour trouver* Tia *et la ramener une fois pour toutes à la maison !*

Marcus le regarda intensément, les lèvres pincées, et hocha la tête. César se dirigeait donc vers la salle de contrôle en titubant quand son frère l'arrêta.

– *Pas aujourd'hui !*

Et avant qu'il puisse le contredire, Marcus ajouta :

– *Tu as trop d'alcool dans le sang pour qu'on puisse essayer l'appareil. De un, je n'ai vraiment pas envie de perdre mon frère pour cette connerie. De deux, il faut que je le programme. Donc, je t'accompagne à ton appartement, et tu te reposes ! Un point, c'est tout !*

César souffla longuement et opina de la tête à son tour, anxieux.

– *Elle est vivante, César ! Ça ira, nous y arriverons ! Nous retrouverons notre princesse, je te le jure !*

Laura inspira longuement et revint à la réalité. César ne l'avait jamais abandonnée. Jamais ! Et plus important encore : elle avait dit à César qu'elle l'aimait. La jeune femme s'allongea contre son loup et ferma les yeux en frissonnant, non de froid, mais d'épuisement. César posa sa tête sur ses pattes avant de fermer également les yeux.

Quartier général des loups, appartement de Dominicus, Montréal

Une chambre. Des soupirs de femme. Des gémissements de plaisir. Deux corps se mouvaient sur un immense lit, en sueur. La jeune femme couchée sur le ventre levait les fesses vers l'homme qui se tenait derrière elle. Ce dernier, en cadence, venait et ressortait d'elle en prenant appui sur son avant-bras. Il passa une main dans les courts cheveux blonds de la femme, puis, attirant son visage vers lui, il l'embrassa passionnément. La jeune femme voulut se retourner pour le prendre dans ses bras, mais il ne lui en laissa pas l'occasion. Dominicus se redressa, les jambes de part et d'autre de Charlène. Il lui tint les hanches des deux mains et la pénétra à nouveau, ce qui fit crier de plaisir la femme. Il commença à aller et venir en elle de plus en plus vite, de plus en plus fort. Charlène se mit à hurler de plaisir sous les coups de butoir pendant que le jeune homme rugissait. Quand il jouit enfin, il s'écroula sur la femme, épuisé, la bouche ouverte.

CHAPITRE 21

Cascade, forêt de Prima

Quand Laura ouvrit les yeux, il lui fallut deux secondes pour se rappeler où elle se trouvait. En entendant le bruit de l'eau, la jeune femme sourit, rassurée. Elle leva les yeux et observa la forêt luxuriante qui l'entourait : des lianes et des plantes grimpantes dans les branches de hauts arbres, et au sol, de magnifiques fleurs de toutes couleurs déployant leurs pétales pour saluer le lever d'un nouveau jour. Des oiseaux pépiant la ramenèrent à la réalité ; elle leva son bras droit à la rencontre de l'endroit où se trouvait couché César. Ses doigts ne sentirent que l'herbe mouillée par la rosée. Laura se redressa vivement et eut tout juste le temps de voir l'homme sous sa forme anthropomorphe marcher un instant puis plonger dans la rivière. Quand la jeune femme le vit remonter à la surface, César passait ses mains sur son front, rejetant en arrière ses cheveux qu'il avait pris soin de tresser. Laura ne pouvait le voir que de dos, mais elle se mit à rougir ; son corps réagissait à sa nudité. Les muscles de son dos, la fermeté de ses fesses et de ses cuisses… tout en lui dégageait la puissance d'un loup supérieur. Le jeune homme nagea vers la cascade. Lorsqu'il atteignit la chute d'eau, il se releva, plaça ses deux bras de part et d'autre de la roche et laissa couler la puissance de l'eau sur ses épaules, la tête penchée.

Il semblait y avoir un banc de sable.

Le cœur de Laura se mit à battre plus rapidement. Elle essaya de penser à autre chose, mais son regard revenait sans cesse vers le corps nu de César. Il l'appelait sans qu'elle sache comment. Laura frissonna, et ses yeux devinrent opalins. Elle avait envie de lui. En poussant un profond soupir, la jeune femme se leva délicatement du sol et retira son peignoir, puis, vêtue de sa courte nuisette en soie, elle s'avança dans l'eau. Cette dernière était froide, ce qui la fit frissonner, puis elle se mit à nager. César entendit le clapotis de l'eau et se tourna vers le bruit. Son visage était sombre et sérieux. Laura le vit lever un sourcil, puis son sourire taquin refit surface. Quand elle arriva auprès de lui et se remit sur ses pieds, les yeux de César se posèrent sur son corps moulé par le tissu mouillé qui ne cachait plus rien de son anatomie. Il se mordit ses lèvres et expira longuement avant de lui tendre la main, qu'elle prit automatiquement. Une étincelle jaillit entre eux – peut-être encore plus intense qu'avant. Le jeune homme recula en la faisant passer sous le rideau d'eau et se pencha vers elle en posant un baiser possessif sur ses lèvres, ce qui les fit davantage frissonner. Le bruit de la chute d'eau leur revenait comme assourdi. Ils se trouvaient dans une bulle, rien que tous les deux.

– Bien dormi ? demanda-t-il en la regardant intensément.

– À quoi pensais-tu à l'instant, César ? Tu semblais si sérieux.

Le jeune homme lui sourit sans répondre et passa sa main sur sa joue, les faisant tressaillir encore une fois.

– A-t-on déjà fait l'amour ?

– Non, *Tia*.

— Pourquoi ?

Laura se colla à lui et frissonna en sentant son érection contre sa peau mouillée.

— Parce que comme un con, j'attendais le bon moment pour le faire avec toi, lui avoua-t-il avec un étrange sourire.

César se pencha vers sa bouche et l'embrassa à nouveau, passionnément. Leurs langues se mêlèrent, se goûtèrent, se reconnurent. Laura posa sa main sur son ventre plat et musclé et la fit remonter lentement vers son torse. César se mit à respirer par à-coups.

— Quel aurait été ce bon moment, César ?

— J'avais organisé une soirée exprès pour notre première fois, ici, dans la clairière, dit-il d'une voix rauque.

César s'adossa contre une grosse roche tout en entraînant Laura avec lui. Il renifla son cou et l'embrassa délicatement. Laura frissonna de désir. Elle se colla contre son corps découpé et dur et ne put s'empêcher de gémir doucement de plaisir. Les sensations qu'il provoquait à travers son corps étaient intenses. Elle avait envie de lui comme il avait envie d'elle ; elle le sentait : son érection était massive, pulsante, et sa respiration était hachurée. Quand Laura posa délicatement sa main autour de sa hampe, les yeux de l'homme se modifièrent pour devenir obliques.

— Si nous continuons, je vais te faire l'amour, Opal. Il est encore temps d'arrêter, si tu ne veux pas...

— J'ai envie de toi, César.

— Si on le fait, tu seras mienne. Et alors, ni Gabriel ni un autre ne pourra poser ses lèvres sur les tiennes ! l'avertit-il d'un air rageur.

Pour toute réponse, elle passa ses bras autour du cou de César et le força à se pencher pour l'embrasser. C'était comme si elle lui donnait l'autorisation qu'il attendait depuis très longtemps : il tira la tête de Laura vers l'arrière par les cheveux et la fixa un long moment avant de la soulever dans ses bras et de pénétrer sa bouche de sa langue. Tout comme la dernière fois, son baiser était impétueux, féroce. L'homme posa sa large paume sur un des seins de Laura et grogna quand il ne put les toucher librement. Il prit donc le bas de la nuisette et la déchira de bas en haut.

— César..., se plaignit Laura.

— Tu en as d'autres dans tes tiroirs, lui dit-il en jetant le morceau de tissu sur le côté.

Il fit de même avec sa culotte, qu'il déchira et laissa tomber à l'eau. César souffla et admira le corps nu de la jeune femme.

— Tu es belle, Opal !

Tout en l'embrassant, le jeune homme fit descendre en une caresse sa main sur son corps couleur chocolat : de sa joue, il continua vers son cou, s'attardant sur ses seins en forme de poires puis descendant le long des côtes pour enfin arriver vers l'intimité de Laura. Cette dernière gémit en sentant la main caresser son bouton de rose. Voulant lui donner du plaisir également, elle le prit dans ses mains et se mit à faire des mouvements de va-et-vient de plus en plus fermes. Elle le sentit pulser à son contact. Un son sourd sortit de la bouche de César.

— Si tu continues, je ne vais plus pouvoir me retenir, murmura-t-il d'une voix rauque en s'écartant d'elle, mais en accélérant, lui, ses mouvements circulaires sur son clitoris.

César se déplaça et se colla contre son dos. Il plaça son érection contre ses fesses et, en pliant légèrement ses genoux, toucha son intimité trempée par l'envie. Laura se mit à gémir de plus en plus fort. La sensation était extraordinaire, différente de toutes les autres expériences qu'elle avait connues avec Dominic. Un tas d'émotions bouillaient en elle : le plaisir intense qu'elle sentait monter… et le manque que seul César pouvait combler. Un orgasme la parcourut, la faisant frissonner et trembler de toutes parts, si fort qu'elle serait tombée si César ne la retenait pas. Laura respira fortement ; son désir pour lui était plus fort. Elle le voulait en elle – tout de suite !

– S'il te plaît…, gémit-elle, n'en pouvant plus.

Laura posa sa tête contre son torse et leva les yeux vers lui. Ils se regardèrent intensément un court instant avant que César lui fasse un magnifique sourire.

Ce dernier la poussa vers la roche tout en embrassant le creux de son épaule. Il se baissa un peu et enfonça son pénis en elle lentement. La hampe put s'enfoncer facilement en elle, tellement elle était excitée. Laura ne put s'empêcher de crier de plaisir : il était gros et long. César s'arrêta un instant. Les iris du loup se modifièrent pour devenir opalins avant de retrouver leur couleur verte.

– Ça va ? demanda-t-il d'une voix pleine d'envie en se penchant vers son oreille.

– Continue, s'il te plaît, dit-elle d'une voix essoufflée.

– Vos désirs sont des ordres, princesse, chuchota le jeune homme en commençant à glisser doucement en elle, déclenchant des ondes de plaisir entre eux.

César sortit son sexe entièrement pour ensuite s'enfoncer en elle encore et encore. La sensation était tout simplement incroyable. La cadence se mit à s'accélérer graduellement. Le souffle court de César se mêlait aux cris de jouissance de Laura. Quand celle-ci se mit à jouir, les contractions pelviennes sur le pénis de César eurent raison de lui. Il prit les cheveux de Laura et les entortilla dans son poing. Ce faisant, il dégagea le cou de la jeune femme. Son visage se modifia pour laisser apparaître ses crocs.

– Tu es mienne, Opal ! Aujourd'hui et pour toujours, grogna César avant de planter délicatement ses canines dans la chair juste au-dessus de la clavicule de la jeune femme.

Cette dernière se mit à crier de plaisir à cette morsure. Ses yeux opalins devinrent un très court instant vert émeraude avant de redevenir blanchâtres. Un flot d'émotions, toutes plus intenses les unes que les autres, contracta leurs corps. César relâcha l'épaule et releva le visage vers le ciel en hurlant.

La jouissance fut si forte qu'ils se laissèrent tomber dans l'eau, n'arrivant plus à se tenir debout.

C'est à ce moment précis que le cours de la chute d'eau s'inversa.

Cascade, forêt de Prima

L'air changea, se modifia. Plus aucun oiseau ne chantait, et il n'y avait plus le moindre bruit. Seul un silence très étrange s'installa dans la clairière. Quand l'eau se mit à se mouvoir différemment, Gabriel redevint visible. Il tilta et recula d'un pas.

Se tenant au bord de la berge, il avait entendu les cris de plaisir d'Opal et de César derrière la chute d'eau. Son cœur s'était serré de désespoir. Il allait repartir vers le palais quand il avait senti un changement dans l'air. Quelque chose était en train de se passer. Lorsque le jeune lion vit l'eau inverser son cours d'eau normal, il ouvrit des yeux étonnés. L'eau remontait carrément la chute ! Il souffla puis s'accroupit un instant, abasourdi. Ce qu'avait dit Marcus hier soir prenait plus de sens.

– Inaltérable, murmura-t-il en baissant la tête.

Grotte, forêt de Prima

– Qu'il en soit ainsi ! souffla Marjoria en ressentant le changement intangible dans l'air.

Le rouge almandin de ses iris envahit presque toute la surface visible de ses yeux. La prêtresse les ferma un instant afin de ressentir l'intensité du moment. Elle souffla longuement.

Le cocon en verre se mit à luire par intermittence d'une couleur bleue étincelante. Marjoria regarda longuement la coque transparente et hocha la tête.

– Ce que l'univers a créé ne peut être défait !

Appartement de Bella, palais de Prima

Alors qu'ils étaient couchés dans les bras l'un de l'autre, Marcus ouvrit brusquement des yeux verts éclatants. Bella, quelques secondes plus tard, sourit, exposant le bleu saphir recouvrant presque entièrement ses yeux. Marcus soupira de soulagement et se passa une main dans les cheveux.

– Enfin !

– La nuisette a fait son effet, finalement, dit Bella en éclatant de rire.

– De quoi parles-tu ? lui demanda Marcus en se tournant vers elle, l'air interrogateur.

– C'est juste un truc de filles, rigola-t-elle sans s'arrêter.

Quelque part sur Prima

De très hautes falaises escarpées d'une hauteur d'environ 800 m bordaient une mer agitée. Un homme habillé d'une cape grise et tenant un long bâton faisant office de canne était debout devant l'horizon. Brusquement, il fit tourner sa tête à 180 degrés, regardant en direction de la forêt.

Ses iris gris avaient disparu pour laisser place à une myriade de couleurs. Les sourcils plissés, Arradoi eut un instant de surprise avant de faire un sourire espiègle. Il se retourna en lâchant sa canne, ses pupilles prenant la forme d'un losange s'étirant en trait vertical pendant qu'il marchait jusqu'à l'extrémité des falaises pour se jeter dans le vide sans aucune hésitation.

Quelques secondes plus tard, sa cape virevoltait dans les airs. Au loin, une longue silhouette planait au-dessus de la mer.

Quartier général des loups, salle du Conseil, Montréal

Les Sages avaient fait venir Alina et Charlène dans la salle du Conseil afin de parfaire le plan qu'ils avaient préparé contre la princesse Opal. Les deux femmes s'étaient déjà rencontrées des années auparavant, et malgré des interactions limitées, elles avaient écouté d'un air attentif la voix ferme d'East.

Alina avait été surprise de voir les Sages sous leur forme de vieillards en toges. Elle s'était souvenue à temps du fait que la plupart des loups ne connaissaient pas leur véritable apparence : des hommes forts portant un costume-cravate ayant des partenaires dans tous les coins de la Terre. L'élite parmi l'élite, contrôlant la moindre parcelle terrestre.

La jeune femme était en train de se demander quel visage elle appréciait le moins parmi les Sages quand une certaine langueur la prit. Elle ferma pendant un court instant ses yeux en grimaçant. Qu'elle le veuille ou pas, Opal s'immisçait en elle de façon insidieuse grâce au lien créé des millénaires auparavant. Car oui, elle savait exactement de qui provenait cette sensation. Elle avait eu la même impression trois mois plus tôt, quand Opal avait réactivé ses dons. Par la même occasion, elle avait ranimé le lien avec ses Sentinelles, dont elle avait fait partie autrefois.

Opal avait fait voler en éclats son petit microcosme qu'elle avait créé et imaginé en se mentant à elle-même. Elle l'avait fait se souvenir des choix pris au détriment de sa vie d'autrefois. Les horreurs qu'elle avait commises et qu'elle s'apprêtait à commettre de nouveau mettaient à mal sa conscience. Alina soupira longuement et pinça les lèvres en espérant que personne ne remarque son trouble. Cependant, lorsqu'elle ouvrit les yeux, ses iris étaient devenus d'un marron étincelant avec des reflets rouges almandin. Les quatre Sages, d'un même mouvement de tête, se tournèrent vers elle. « Trop flippant ! » songea-t-elle.

– Que se passe-t-il, Alina ? s'enquit South, intrigué par les yeux brillants de la jeune aigle.

– Hum… je ne sais pas exactement, lui répondit Alina en fronçant les sourcils.

– Est-ce *la fille* ? demanda West, le regard insistant.

– Je n'en suis pas certaine…, fit-elle.

– …

– Nous en reparlerons plus tard, Alina, dit d'une voix autoritaire North en la regardant dans les yeux.

Il détourna les yeux et dit à East de continuer. Alina prit un air attentif afin d'écouter ce que le Sage disait pendant que son cerveau surchauffait.

Castelo da Raínha Margarida, aile technologique, Portugal

– Selon Fred et les autres, Opal a quitté le commissariat avec les Suiveurs. Depuis, nous n'avons plus de nouvelles d'eux, expliqua Aquiles en tapant sur son clavier rapidement.

– Nos panthères ont quadrillé la ville. Elles les recherchent depuis, mais elles n'ont encore rien trouvé, dit Tiago, un rictus aux lèvres.

– Est-il possible qu'ils se trouvent sur Prima ? demanda Lucas.

– C'est une possibilité à ne pas exclure, dit Axel tout en regardant les infos défiler sur l'écran d'Aquiles.

Après le petit-déjeuner qu'ils avaient pris avec la reine, Lucas et Kassandra s'étaient rendus dans leur salle de travail pour rejoindre Tiago, Aquiles et Axel. Ces derniers avaient reçu des messages du Québec durant la nuit, mais n'avaient pas voulu les déranger, mettant à profit ces heures pour travailler sur leur plan et faire leurs recherches. Ils n'avaient quasiment pas dormi de la nuit.

Kassandra, assise sur le coin d'une table, écoutait ses compagnons discuter, pensive. La jeune femme avait besoin d'un temps de réflexion, après ces derniers jours intenses !

Comment dire à Lucas que selon l'Augure, ils étaient des anthropomorphes grâce à l'ADN Priméen ? Des animaux ? Eux ? C'était si inconcevable qu'Aquiles exploserait de rire ! Comment expliquer à Tiago que les livres d'histoire qu'ils avaient lus lorsqu'ils étaient petits n'étaient que des ramassis de mensonges, d'après les dires de Talah ? Comment dire à Axel que les théoriciens de leur royaume avaient menti sans vergogne, tant ils avaient honte, alors que son propre père avait été un éminent chercheur ? Mais surtout, comment leur expliquer qu'il était possible qu'elle soit une des Sentinelles d'Opal ? Elle secoua la tête d'incrédulité. Pour expliquer ces choses, il fallait d'abord qu'elle en ait la preuve. Elle n'y croyait toujours pas, alors le dire à haute voix pourrait s'avérer problématique.

Ce lien avec Opal avait été activé par l'éclipse lunaire… Ce sceau que toutes les Sentinelles possédaient apparemment existait-il vraiment ?

K plissa les sourcils, se sentant étourdie. En regardant Tiago faire les cent pas, elle faillit faire un malaise. Le sol semblait tanguer sous ses pas. Kassandra ferma les yeux un moment, et quand elle les rouvrit, les quatre garçons tournèrent brusquement la tête vers elle, inquiets. Ses yeux vairons brillaient de mille feux : la lentille cachant son œil se déchira, laissant apparaître un iris violet couvrant presque tout son œil.

— K ! Tes yeux ! s'exclama Axel en se précipitant vers elle.

— K, que se passe-t-il ? demanda Aquiles.

— Je ne sais pas trop ; j'ai l'impression que…

La jeune femme ne put dire un mot de plus et s'effondra dans les bras d'Axel.

Agence de voyages, Montréal

— Salut, Laura, dit Anna en rentrant dans l'agence. Oh, salut, Simon, ajouta-t-elle en le voyant, les yeux brillants.

Ils se croisèrent dans les petites marches à l'entrée de la boutique.

— Salut, Anna, répondit le jeune homme en souriant.

Il s'apprêtait à sortir.

— Laura, si tu as besoin de moi, appelle-moi, OK? dit l'homme en se retournant vers la jeune femme assise à son bureau.

— Merci, Simon, répondit Laura en hochant sa tête. Coucou, Anna!

Elle se leva et prit Anna dans ses bras. Elles restèrent un moment ainsi avant de se séparer. Laura passa sa main sur son front et soupira.

La jeune femme était de retour sur Terre, et la réalité avait repris son plein droit, avec son lot de conséquences : la mort de ses amis causée par les Anciens, la sécurité renforcée afin de protéger Anna et Kassandra, le problème avec la police…

Cependant, malgré tout cela, son corps émettait de petites contractions, comme s'il ressentait encore, deux heures plus tard, César en elle. C'était troublant et excitant en même temps! Celui-ci l'avait ramenée à ses appartements sans que quiconque s'aperçoive de quelque chose. Au moment de la laisser sur le pas de sa porte, il s'était transformé et l'avait prise dans ses bras pour un long et langoureux baiser. Comme il était nu et qu'elle ne portait qu'un peignoir, César avait bien failli l'entraîner vers le lit. Cependant un coup frappé à la porte les avait séparés, les laissant essoufflés et frustrés.

— On ne voit plus tes cicatrices, dis donc, observa Anna en regardant son visage.

— Oui, effectivement, balbutia Laura, un peu gênée, en revenant à la réalité. Une amie m'a donné un baume — une recette de grand-mère — à mettre sur le visage.

— Wow ! En 24 heures, tu n'as plus rien ! s'exclama la jeune femme blonde qui ne cessait de l'observer sur toutes les coutures.

— Oui, dit-elle en faisant une légère moue.

— Qu'est-ce qui est arrivé à ton cou ? demanda alors Anna en pointant le pansement collé à l'endroit où César l'avait mordue.

— Hum… je me suis écorchée, balbutia Laura en arrangeant mine de rien ses vanilles sur ce « cadeau ».

Elle avait remarqué cette marque en se regardant dans le miroir de sa chambre, après sa douche. Elle n'allait pas dire à Anna que ce suçon venait de César. De toute manière, cela disparaîtrait après quelques jours. Un silence triste s'établit entre elles.

— Tu devrais rentrer chez toi, Anna. Prends quelques jours pour toi. Ça ne sert à rien de venir à l'agence.

— Et te laisser là ? Toute seule ?

— Je ne suis pas seule. Sacha et Simon sont dans le coin, si jamais il se passe quelque chose. Et, hum… merci de les avoir appelés pour moi, au fait !

— C'est normal. Je t'avouerai que j'ai été dépassée par les événements. Je n'avais que leurs numéros, alors… Mais je ne comprends toujours pas pourquoi cet imbécile de policier t'a mis les menottes, lança Anna en s'asseyant sur l'une des chaises en face du bureau de Laura.

— Je n'ai pas compris non plus, chuchota cette dernière en secouant la tête, prenant place à ses côtés sur l'autre chaise.

— Cette histoire est folle, Laura. Complètement folle ! Nous avons perdu deux amis en moins d'une semaine, murmura Anna, les yeux brillants. J'essaye de comprendre, mais je n'y arrive pas. Le fait que Frederico se soit apparemment drogué ne tient pas la route. Il ne fumait même pas !

— Je ne sais pas quoi te dire, mais fais juste attention à toi, s'il te plaît, OK ?

— Tu penses que nous avons affaire à un tueur en série qui veut tous nous tuer ? hoqueta-t-elle, un peu affolée.

— J'espère bien que non ! déclara-t-elle en éclatant d'un rire forcé.

Anna n'était pas si loin de la vérité. Au lieu d'un tueur en série, il y en avait quatre qui voulaient les assassiner. Laura avait demandé que la sécurité soit renforcée autour de ses deux amies restantes. Qu'Anna soit protégée à 100 %. Elle avait même appelé Alano ce matin-là pour le lui répéter de vive voix. La jeune femme avait également demandé des nouvelles de Kassandra. L'homme lui avait dit qu'une vingtaine de métamorphes se trouvaient à proximité d'elle, dans la ville où elle se travaillait en Alaska. Il avait ajouté après une courte hésitation qu'Élisabeth était sous protection également. Elle n'avait rien répondu à cela. Qu'aurait-elle pu dire ? Qu'elle le veuille ou pas, Élisabeth avait été sa mère depuis son réveil. Et que ça lui plaise ou non, les Anciens connaissaient le lien qu'il y avait entre elles, malgré la trahison.

— As-tu pris quelque chose à manger ?

À sa réponse négative, Anna se leva, lui disant qu'elle allait lui acheter un petit quelque chose. Tout en se dirigeant vers la porte d'entrée, Anna s'arrêta brusquement et se retourna vers Laura, le front plissé.

— Dis-moi, il y a quelque chose qui me turlupine depuis le commissariat.

— Qu'est-ce que c'est ?

— Comment se fait-il que le bureau de ce Bouchard se soit affaissé au sol comme ça ? Et pourquoi t'a-t-il regardée comme si c'était de ta faute ?

Petit salon, palais de Prima

Marcus, Annabella et Tim étaient assis sur leurs sièges et finissaient de prendre leur petit-déjeuner quand César apparut, tout sourire, dans la salle.

Marcus et Bella se jetèrent un regard complice pendant que Tim, éberlué, regardait le jeune homme qui engloutissait son repas après avoir salué tout le monde avec un sourire.

— C'est bien la première fois que je te vois sourire si tôt le matin ! dit Tim en fronçant les sourcils. Qu'est-il arrivé pour que tu sois de si bonne humeur ?

— C'est vrai, ça, César ! Que s'est-il passé pour que tu sois aussi joyeux ? Dis-le-moi, mon frère ! lança Marcus, espiègle.

César, un morceau de pomme de terre coincé dans la bouche, releva le visage vers eux d'un air innocent, ce qui ne manqua pas de faire éclater de rire les trois autres. Il avala difficilement sa pomme de terre avant de se tourner vers eux, le sourire aux lèvres. Le jeune homme avait l'air vraiment heureux !

— Hé, mon pote ! Tu me fous la trouille en souriant comme ça, lui dit Tim en le regardant avec une certaine lueur d'incertitude dans les yeux. Rassure-nous ; tu vas bien ?

— Je ne me suis jamais senti aussi bien de toute ma vie ! lança César avec un sourire bien plus large que précédemment.

— J'en suis bien contente, dit doucement Bella en le regardant.

César fronça les sourcils en observant son frère et Bella, qui le fixaient avec un semblant de pétillement dans les yeux.

— Vous savez ?

— De quoi parles-tu ? demanda Tim, complètement largué.

Bella et Marcus acquiescèrent de la tête à la question du jeune homme.

— Comment est-ce possible ?

— Qu'est-ce qui est possible ? demanda Tim en les regardant tour à tour.

— J'ai perçu ton aura.

— OK ; je peux comprendre pour toi, puisque tu es mon jumeau. Mais toi, Bella ? Comment as-tu pu savoir ce qui se passait ?

— J'adore quand on m'inclut dans la conversation…, lança Tim.

— J'ai ressenti quelque chose d'intangible qui a troublé l'air, une énergie. Quelque chose m'a réveillée… et j'ai su !

— Moi, ça ne m'a pas réveillé du tout, glissa Tim, pince-sans-rire.

— Si tu l'as ressenti, il est possible que… Hé, avez-vous vu Gabriel ? demanda César en grimaçant légèrement.

— Je l'ai vu passer en coup de vent avec Thoas il y a 30 minutes environ. Ils devaient se rendre dans la forêt au sujet des renégats qui se trouvent sur nos terres.

— Comment était-il ?

— Hé, les gars, on parle de Gab, là ! Un gars taciturne et bourru — qu'il soit transformé ou pas ! Par contre, il n'avait pas l'air dans son assiette ce matin, répondit Tim.

— Il l'aurait su d'une manière ou d'une autre, César. Cette façon a été certes brutale, mais au moins, il l'a ressentie.

César repoussa son assiette et soupira en s'adossant lourdement à son siège. Il était heureux, bien sûr, mais il n'avait pas eu l'intention de crier sous tous les toits qu'Opal lui appartenait. Le jeune homme fit une grimace se voulant un sourire. En fait, oui, s'il en avait eu l'occasion, il l'aurait fait ! Il aurait crié à l'empire que sa douce guerrière était enfin à lui. Il avait attendu si longtemps ! Par contre, Gabriel n'avait été qu'un pion sur l'échiquier, et ça, ça le faisait bien chier ! Il faudrait qu'il lui explique véritablement ce qui s'était passé, mais pas aujourd'hui. Aujourd'hui, il avait juste envie de gambader à quatre pattes. Il sourit en pensant à cela.

Des bruits de pas. Une onde combattive émanait de la personne qui arrivait vers eux. Le visage de César se ferma immédiatement. Marcus se leva instantanément tandis que Gabriel s'avançait d'un pas conquérant vers la table. César se mit également debout avec des mouvements lents. Bella pinça les lèvres en les observant tous les trois. Tim passa sa main sur sa bouche, essayant de comprendre pourquoi ses amis étaient aussi tendus.

— Explique-moi ! ordonna Gab de sa voix rocailleuse.

Terrier des Anciens, New York

— Bonjour, messieurs !

— Adeline ! lancèrent trois voix masculines en même temps.

North, South, East et West venaient d'apparaître dans la salle de réunion. Les yeux de South redevinrent normaux. Ce dernier expira longuement puis sourit.

— Adeline ! Alors, où se trouve notre expérience ? demanda-t-il avec un énorme sourire.

Agence de voyages, Montréal

– Merci pour le repas, remercia Laura en s'essuyant la bouche.

Elle se leva et versa l'eau chaude de la bouilloire dans leurs tasses respectives.

– Il n'y a pas de quoi ! répondit Anna en finissant d'avaler ses dernières pâtes.

La jeune femme nettoyait déjà la table de conférence qui leur servait également de table de cuisine.

– Je vais appeler les compagnies aériennes pour connaître les tarifs d'envoi du cercueil, ajouta Anna.

– Tu ne feras rien de tel, Anna ! Tu vas rentrer et préparer tes valises, lui annonça Laura en lui tendant une pochette que la jeune femme prit.

– Qu'est-ce que c'est ?

Son regard était devenu incertain alors qu'elle essayait de comprendre ce que sa patronne lui disait. Elle savait très bien ce qu'elle avait en main : ils en offraient à tous leurs clients quand ils réservaient un voyage avec l'agence.

– Ce matin, j'ai appelé un de nos fournisseurs pour te prendre un aller simple pour Nantes. Tu pars demain !

– Hein ? Mais pourquoi ?

– Anna, avec tout ce qui se passe ici, toutes ces pertes, je pense que tu devrais aller voir ta famille quelques jours, voire quelques semaines. C'est important, la famille ! Tu pourras te reposer et revenir quand tout sera beaucoup plus calme ici.

– Je suis d'accord, mais je ne te laisserai pas seule ici, Laura !

– Anna ! Je...

— Non! Tu es ma seule famille ici; je ne t'abandonnerai pas! Je vois ce que tu traverses depuis trois mois. Ta rupture avec Dominic t'a fait mal. J'ai vu comment tu as maigri, comment tu t'es renfermée sur toi-même. Tu ne manges plus, tu ne t'amuses plus! Tu n'es plus la Laura que j'ai connue. Même les textos de Kassandra ne te déridents plus. Et ça me fait mal, parce que j'aimerais te revoir sourire, entendre à nouveau ton rire quand je dis une connerie...

La voix enrouée, les larmes aux yeux, elle continua.

— Maintenant, Frederico et Guillaume sont partis et... Il y a quelque chose que tu me caches... et je ne sais pas de quoi il s'agit. Ces gens qui te tournent autour, ce César, cette Bella et les autres...

— Anna...

Cette dernière alla prendre deux sachets de thé dans l'armoire. Quand elle revint vers sa patronne, elle sourit timidement. Laura passait sa main sur son pansement pensivement.

— Je ne te l'ai pas encore dit, parce qu'avec tous ces problèmes, je n'ai pas eu vraiment le temps, mais j'ai un copain depuis deux mois, souffla-t-elle d'un coup.

— Oh, Anna, je suis contente pour toi! L'essentiel, c'est que tu sois heureuse avec cet homme. Tu l'es?

— Tu sais quand on te dit d'attendre et qu'un jour, tu trouveras ta moitié de pomme...?

— Tu l'as trouvée..., dit Laura en hochant la tête, compréhensive.

— Oui. Cet homme me remplit de joie. Sa voix me transporte quand il prononce mon nom. Je suis..., commença-t-elle d'une voix béate sans finir sa phrase.

— Tu es amoureuse, dis donc, affirma Laura en souriant. Est-ce que je le connais ?

— Oui, tu le connais — très bien, même, ajouta-t-elle en baissant la tête sur sa tasse de thé.

— OK ! Donne-moi au moins un indice, alors…, réfléchit-elle en fronçant les sourcils.

— Laura, je sors avec Simon.

CHAPITRE 22

Castelo da Raínha Margarida, Portugal

La chambre à coucher ensoleillée était magnifiquement décorée dans le style rococo. De forme carrée, elle donnait l'illusion d'être circulaire, avec un plafond en forme de dôme soutenu par des colonnes portant des miroirs. Entre les colonnes se trouvaient des ornements sculptés sur lesquels étaient peintes des scènes tirées de l'histoire des panthères.

Là où devrait se tenir un lit, se trouvait une capsule ouverte à la place. La reine, penchée au-dessus de la coquille translucide, souriait en parlant doucement.

— Comment va-t-elle, mère ? s'enquit K en s'avançant vers la femme.

— Bonjour, Kassandra. Ta sœur va aussi bien que possible, dit la reine en se redressant vers la jeune femme.

Cette dernière tendit une main que sa fille prit, puis elle l'embrassa sur la joue. Elles regardèrent une jeune fille couchée, endormie. Elle ressemblait comme deux gouttes d'eau aux deux femmes, avec sa chevelure rousse et son teint très blanc.

— Veux-tu nourrir ta sœur ? demanda la reine.

— Bien sûr !

K remonta la manche de la blouse qu'elle portait. La reine lui tendit une petite lame. Kassandra la prit et trancha en ligne droite son poignet. La jeune femme se pencha et positionna cette partie ensanglantée au-dessus de la bouche ouverte de la jeune femme endormie.

Après s'être évanouie dans la salle de travail, K avait dû passer des tests imposés par Axel afin de savoir si elle avait pu être intoxiquée par un produit venu d'Équateur. Leur théorie première était que Talah lui avait fait absorber un produit pour possiblement l'affaiblir. Kassandra avait été à moitié soulagée que ses compagnons croient cela. Cependant, une seule chose passait dans son esprit : Opal. Car elle avait la certitude que son évanouissement était de sa faute. Il fallait qu'elle sache de quoi il en retournait, et la seule qui pouvait l'éclairer se trouvait debout à ses côtés.

— Mère, pensez-vous qu'Opal est toujours une menace pour nous ?

— Kassandra, que dis-tu là ? demanda la reine Marguerite, atterrée, en la regardant avec incompréhension.

— Je vous le demande, car pour l'instant, elle semble loin d'être une menace pour…

— Lorsqu'elle se réveillera et que son amnésie s'évaporera, elle suivra les enseignements de son père, c'est sûr ! la coupa-t-elle violemment. Opal est l'incarnation du mal à l'état pur. Si nous l'avions éliminée, comme certains devaient le faire lors de la Grande Bataille, nous ne serions pas ici, sur cette planète ! dit-elle enfin avec dégoût.

— Je comprends parfaitement ce que vous dites ; cependant, je n'ai toujours pas ressenti de malveillance en elle. Et vous savez très bien que je la suis depuis son réveil.

— Ses pouvoirs doivent être en latence, tout simplement ! Elle et ses Sentinelles sont les pires choses que Prima a créées !

— En parlant de ses Sentinelles, pourquoi Tellus n'a pas envoyé de « Bête à appeler » ?

— J'ai refusé !

— Mais pourquoi ?

— Nous étions en pleine transition quand l'impératrice et sa prêtresse sont venues dans notre royaume. J'ai donc refusé.

— Qui avaient-elles choisi comme « Bête à appeler », mère ? demanda d'une voix neutre Kassandra.

— Je te sens bien curieuse, ma fille. Que se passe-t-il ? s'enquit-elle d'une voix suspicieuse en se redressant et en observant sa fille plus attentivement.

Kassandra prit son air le plus naturel. Il ne fallait pas que sa mère se doute de quelque chose.

— Nous essayons d'avancer sur son cas, et toutes les informations à son sujet sont utiles. Surtout avec la meute qui a toujours une longueur d'avance sur nous, mère ! C'est pour ça que nous nous demandons si nous devrions collaborer avec elle.

— Collaborer avec elle ? répéta la reine. Il n'en est pas question ! Je l'interdis : les panthères ne suivront aucun ordre de cette femme !

— Mais…

— C'est décidé, Kassandra !

La reine Marguerite soupira, arrangea sa robe en la plissant avec ses mains puis posa une question, changeant délibérément de sujet.

— Quand partez-vous pour le Canada ?

— Nous partons très bientôt, mère, répondit K en baissant ses yeux.

Elle retira vivement son poignet et le pressa pour arrêter l'écoulement de sang.

— Qu'avez-vous décidé ?

— Nous allons observer en tout premier lieu. Par contre, si jamais une occasion se présente à nous, nous la saisirons.

— Fais de ton mieux, Kassandra. Mais si tu peux nous ramener Opal vivante, sache qu'elle sera d'une très grande utilité ici, dit-elle en montrant du menton la jeune femme endormie.

Kassandra embrassa la joue de la reine et s'apprêtait à quitter la pièce, un rictus aux lèvres, quand sa mère l'appela, la faisant se retourner, le visage neutre à nouveau.

— Oui, mère ?

— La « Bête à appeler » devait être… ta sœur, dit-elle.

— Merci de me le dire, mère, dit K en se retournant pour sortir de la chambre en grimaçant.

La reine Marguerite pinça les lèvres quand sa fille sortit. Elle se dirigea vers la grande fenêtre et respira longuement, les yeux dans le flou.

Agence de voyages, Montréal

— … parce que je ne veux pas que tu meures ! cria Laura.

— Mais de quoi parles-tu ? Je ne comprends pas un traître mot de ce que tu me dis, Laura ! Pourquoi est-ce que je mourrais, dis-moi ? s'écria Anna en se prenant la tête entre les mains.

Laura la regardait avec impatience. Comment lui expliquer ? Guillaume… Frederico… Quand Anna lui avait révélé qu'elle sortait avec Simon, la jeune femme avait cru que son cœur allait exploser. Sans un mot, elle était allée dans son bureau et s'y était assise en secouant la tête de désespoir.

— Anna, les choses ne sont pas telles que tu le crois…

— Dans ce cas, explique-moi ! cria à son tour Anna. Parce que je ne vois pas pourquoi sortir avec l'homme que j'aime pourrait me tuer !

— Tu ne sais rien de lui, protesta Laura. Ça ne fait que trois mois que vous vous connaissez. Tu ne peux pas déjà l'aimer, bon sang !

— Arrête ça ! Je ne comprends pas pourquoi tu t'acharnes sur cette relation. Ça devrait te faire plaisir que je tombe amoureuse d'un de tes amis.

— Ça ne me fait pas plaisir du tout, Anna, rétorqua Laura, les dents serrées alors qu'elle la regardait droit dans les yeux.

La jeune femme blonde la fixa avec étonnement. Elle recula un peu sans cacher son incrédulité.

— Laura…

— Anna, quitte-le, s'il te plaît. Simon n'est pas assez bien pour toi.

— Comment peux-tu dire ça de ton ami ?

— Ce n'est pas mon ami ! hurla-t-elle.

Laura se leva et alla vivement vers la baie vitrée afin qu'Anna ne voie pas les larmes qui menaçaient de couler le long de ses joues. Elle était furieuse contre elle-même. Comment n'avait-elle pas pu voir ce qui se tramait ? Simon et Anna. Elle ne voulait pas que ses amis terriens soient au cœur de la confrontation : il ne lui restait que Kassandra et Anna.

— Il avait raison, murmura Anna au bout d'un moment.

Elle se dirigea lentement vers son bureau.

— Que veux-tu dire ? demanda Laura en essuyant furtivement ses joues.

— Simon avait raison. Il voulait tenir notre relation secrète. Il ne voulait pas que tu le saches. Je comprends maintenant pourquoi, chuchota-t-elle.

— Quoi ? s'écria Laura en se retournant d'un coup vers sa collègue et amie, choquée.

Simon savait donc que ce qu'il faisait n'était pas bien et avait voulu cacher sa relation avec une terrienne. « Je vais le tuer ! »

— Laura ? Dis-moi la vérité, s'il te plaît.

— Anna, je ne peux pas…

— Es-tu amoureuse de lui, toi aussi ? C'est pour ça que tu essayes de nous faire rompre ? Tu le veux pour toi toute seule ? demanda-t-elle, les larmes aux yeux.

Anna se tenait debout devant son bureau, le dos droit, les bras croisés sur sa poitrine. Son regard ferme fixait Laura.

— Anna, ce n'est pas ce que tu crois…, dit cette dernière en secouant de gauche à droite sa tête avec véhémence.

— Est-ce que c'est pour ça qu'il est toujours avec toi ? Ils te suivent à la trace, sa sœur et lui. Vous couchez ensemble ? demanda Anna en pleurant.

— Non !

— Dans ce cas, pourquoi ? Pourquoi !

— Notre relation est différente de ce que tu crois. Des circonstances ont fait en sorte que nous sommes maintenant liés…

À ces mots, les pleurs d'Anna augmentèrent.

— Mais nous ne couchons pas ensemble. Je te le jure ! continua Laura.

— Alors, pourquoi ? répéta-t-elle mécaniquement.

Le visage ruisselant de larmes, Anna essayait de comprendre sans y arriver.

— Si vous n'êtes pas ensemble, si vous êtes juste des amis, alors laisse-nous en paix, Laura ! Laisse-nous vivre cet amour ! Je croyais que tu étais mon amie !

Laura la regarda récupérer son sac et s'enfuir en courant de l'agence. Elle ne savait pas quoi dire, quoi faire. Aurait-elle dû mentir à son amie ? Inventer une histoire entre elle et Simon ? Cela aurait simplifié les choses. La jeune femme soupira profondément. Dire la vérité ? Qu'aurait-elle pu dire, d'ailleurs ? Que Simon était un très jeune loup ? Qu'il ne se contrôlait pas assez pour qu'elle soit en totale sécurité avec lui ? Qu'elle se trouvait sur la liste des Anciens ? Qu'elle-même avait peur pour la vie de l'une de ses seules meilleures amies ? Qu'elle ne voulait pas qu'elle meure comme Guillaume ou Frederico ? Laura ferma les yeux, une autre larme coulant sur sa joue, quand elle sentit d'une manière impossible à comprendre que César était également triste. C'était étrange que de ressentir cette sensation qui n'était pas la sienne. Elle s'essuya les yeux.

— *César ?*

Jardin de Prima, Prima

Gabriel avait laissé parler César sans l'interrompre. Cette histoire insensée qu'il entendait prenait son sens au travers des cauchemars qu'il avait faits. Le lion avait juste secoué sa tête à plusieurs reprises, plein d'incompréhension.

César avait arrêté de parler depuis un moment, mais les deux hommes restaient immobiles. Ils ne se regardaient pas. Un silence pesant s'était installé sans que l'un ou l'autre y mette fin. Gabriel souffla longuement et se mit à se déshabiller rapidement.

Les yeux de Gabriel, déjà dorés, se mirent à briller. Des craquements se firent entendre : son crâne doubla de volume et son visage anthropomorphe se transforma rapidement. Une truffe noire et des oreilles couleur sable et arrondies apparurent. Un pelage court de couleur sable vint courir sur l'ensemble de son corps nu. Ses bras et jambes s'allongèrent, et d'épaisses pattes musclées apparurent. Ses orteils devinrent d'épais coussinets. Une longue et épaisse crinière s'étendait désormais de ses joues jusqu'au-dessus de ses épaules. La transformation se termina par une queue finissant en un pinceau de poils noirs.

Presque aussi haut que César, Gabriel se tourna vers lui ; ses yeux exprimèrent une incertitude absolue, puis sans un mot, il se mit à courir vers la forêt.

— Je suis désolé, mon ami, je ne voulais pas te l'apprendre comme ça, murmura rageusement César en se laissant tomber sur le banc en pierre.

Il passa sa main sur son visage. Il était fatigué et triste, et il se sentait impuissant. Quelle merde ces deux femmes avaient créée dans leur vie ! Il regardait l'horizon quand il entendit sa voix l'appeler.

— Tia, *tout va bien ?* demanda-t-il, tout de suite en alerte.

C'était la première fois qu'elle l'appelait par le lien.

— *Oui, je… j'ai senti que… euh, tu étais triste.*

— *Tu l'as ressenti ?* répéta César, étonné, en fronçant les sourcils.

— *Peut-être que je me trompe; je voulais juste savoir si tu allais bien, mon loup,* dit d'une voix douce Laura.

— *Tu ne t'es pas trompée, ma douce. J'étais triste, mais je vais mieux, maintenant que je te parle !*

— *Ça fait bizarre de pouvoir te ressentir, César.*

— *Ça surprend la première fois, et après, tu t'habitues. Tu verras.*

— *Est-ce comme ça que tu sentais que je n'étais pas bien ou que j'avais un problème ?*

— *Effectivement !* confirma-t-il en souriant.

— *Mais comment est-ce possible, maintenant ?*

— *J'ai ma petite idée,* dit César avec un petit rire. *Tu te rappelles ce qu'on a fait à la cascade, ce matin ?*

— *César...*, dit-elle d'une voix gênée.

— *Ne sois pas gênée, surtout pas avec moi. Et surtout pas à cause de ce que nous avons fait,* Tia. *Si j'avais pu, j'aurais recommencé encore et encore. C'est bon d'être enfin en toi.*

— *Je... je...*

César se mit à rire de sa gêne. Il décida de ne pas l'embêter plus à ce sujet.

— *Et toi ? Es-tu bien rentrée ?*

— *O-oui...*

— *Je sens que tu es troublée. Que se passe-t-il ?*

— *Je me suis disputée avec Anna. Elle vient de me dire qu'elle sort avec Simon et qu'elle en est amoureuse.*

— *Simon ? Ton Suiveur ?*

— *Oui...*

— *Oh !*

Plaza Saint-Hubert, Montréal

Anna s'arrêta, essoufflée, devant le premier banc qu'elle trouva sur son chemin et s'y assit. Elle essuya les larmes qui coulaient sur ses joues, farfouilla dans son sac et y trouva une paire de lunettes de soleil qu'elle enfila pour cacher ses yeux rouges. La jeune fille sortit son cellulaire et envoya un texto.

18:40 Anna – Simon, peux-tu venir à l'appartement, stp? C'est urgent! :(

18:42 Simon – Tout va bien?

18:42 Anna – Non.

18:43 Simon – J'arrive!

Elle remit son cellulaire dans son sac, se leva et se dirigea vers le métro Beaubien sans remarquer Alina, qui la suivait sans se faire voir.

Quartier général des loups, niveau -3, Montréal

– Comment avez-vous su que…? commença Marc sans finir sa phrase.

– Va me chercher les proies – immédiatement! ordonna Dominicus d'une voix rauque.

Celui-ci regardait en souriant Joseph, assis par terre, qui tentait de respirer normalement. Une flaque de liquide translucide s'étendait autour de lui. Les tuyaux qui le maintenaient en vie traînaient près de lui. Sa respiration laborieuse contractait tous ces muscles. Ses yeux étaient devenus presque entièrement rouges, et ses pupilles noires étaient dilatées. On ne voyait presque plus rien du blanc de ses yeux.

Charlène apparut quelques minutes plus tard, portant une cape noire, et regarda avec étonnement et joie son ami par terre.

— Mais… comment est-ce possible ? demanda-t-elle avec un immense sourire.

— Les Sages.

— Les Sages ? répéta-t-elle en essayant de comprendre.

Deux femmes arrivèrent, à moitié endormies, et furent poussées dans la salle par deux gardes. Elles s'écroulèrent au sol, en pleurs, les suppliant de les relâcher.

— Marc ? Pourquoi ces terriennes ?

— Je lui ai demandé d'en garder à proximité, Charlène. Il se peut que Jo ait faim après ce long sommeil, annonça Dominicus en la regardant.

— Seuls les loups sortant de leur capsule ont cette faim, Héritier. Joseph a expérimenté ça il y a plus d'un siècle maintenant, déclara Marc. Il ne devrait pas en avoir besoin à l'heure actuelle. Nous avons déjà eu des cas semblables ; rappelez-vous…

Un grognement sourd vint interrompre l'explication du médecin. Ils virent Joseph retrousser ses lèvres en regardant attentivement les deux personnes dans la même pièce que lui. Il leva son nez comme s'il humait l'odeur des deux terriennes. Ces dernières se mirent debout et allèrent prudemment à l'autre bout de la pièce, suivies par le regard animal de Joseph. Il se mit à quatre pattes, son corps nu parcouru par des tremblements. L'homme noir se transformait. Son dos s'arqua. Son squelette anthropomorphe se déboîtait en entier et se distendait de ses vertèbres cervicales jusqu'à ses vertèbres caudales, laissant apparaître une queue nue. Ses côtes se déplacèrent, s'arrondirent. Ses organes internes grossirent également. Ses humérus et fémurs s'incurvèrent légèrement tandis que ses chevilles, ses doigts et ses orteils s'allongeaient pour reposer sur des coussinets. Il tordit son cou vers l'arrière. Son visage devenait plus long. Son nez et ses dents commencèrent à pousser. Ses oreilles s'agrandirent et se placèrent haut sur la tête. À ce moment-là, de courts poils noirs recouvrirent tout son corps. La transformation ne prit que quelques secondes, mais les jeunes proies eurent l'impression qu'elle dura une éternité; elles hurlaient le long du mur, absolument terrifiées.

L'énorme loup noir marcha vers elles en rampant presque, les regardant avec attention et surtout avec faim, les oreilles basses. Une des femmes s'élança vers un coin. Mal lui en prit! D'un bond, Joseph l'attrapa à la gorge si violemment que des bruits d'os brisés se firent entendre. Le loup attendit que sa proie cesse définitivement de bouger pour la lâcher et s'allonger sur elle de tout son corps tandis que l'autre femme s'accroupissait dans un coin en pleurant. La langue pendante pleine de sang, Joseph regarda vers la vitre derrière laquelle Dominicus et les autres se tenaient. Charlène hoqueta à la vue des yeux du loup. Ils s'étaient modifiés. Autour de ses iris toujours rouges, un cercle argenté était apparu.

— Ce n'est pas possible…, chuchota-t-elle en se tournant vers Marc, lui-même choqué par le secret dévoilé.

Dominicus hocha la tête. Il posa sa main sur la large vitre et sourit.

— Mange, mon frère, tu en as besoin, dit-il à voix haute.

Un cercle argenté vint entourer ses iris tandis que la couleur noire se propageait lentement sur ses yeux.

Appartement d'Anna, Montréal

— Anna, nous devons arrêter de nous v…, commença Simon.

— Ah, non, pas encore ça! s'exclama Anna en le coupant.

Elle retira ses bras du cou de l'homme, s'écarta et le regarda, incrédule.

La jeune fille blonde était arrivée chez elle tant bien que mal, encore toute bouleversée par la discussion qu'elle avait eue avec Laura. Comment une simple confidence à quelqu'un qu'elle croyait connaître avait-elle pu dégénérer à ce point ?

Une douche chaude l'avait aidée à libérer toutes les larmes de son corps. Simon était arrivé 15 minutes plus tard. Elle avait couru vers lui et s'était accrochée à ses épaules et ne l'avait plus lâché, cherchant du réconfort. Quand il avait parlé, c'était pour dire qu'ils devaient rompre.

— Qu'est-ce que tu veux dire ? s'étonna le jeune homme en essayant de la prendre dans ses bras.

— Laura vient de me conseiller « gentiment » de rompre avec toi. Qu'est-ce qu'il y a entre vous deux que vous ne me dites pas ? demanda la jeune femme.

Elle fit deux pas de côté et le fixa intensément.

— Laura le sait ? s'écria Simon, atterré. Comment l'a-t-elle su ?

— Je le lui ai dit !

— Putain, Anna ! cria-t-il. Je t'avais demandé de ne rien dire ! Bordel !

Immobile, l'homme se passa la main dans les cheveux. Il semblait tendu et nerveux. Brusquement, il se dirigea vers le salon à grands pas sans écouter les demandes d'Anna. Regardant furtivement par la fenêtre, il ne vit rien. La rue était déserte ; pourtant, il savait qu'une vingtaine de gardes étaient là pour protéger la jeune femme.

Quand le Suiveur était arrivé chez Anna, il les avait aperçus et leur avait fait un signe de tête imperceptible, comme à l'habitude.

Mais avec la princesse qui était au courant, ses Sentinelles devaient le surveiller, maintenant… Quel con il était! Il n'aurait jamais dû tomber sous le charme de la jeune femme blonde qui était en ce moment en train de s'énerver et de crier. La première fois qu'il l'avait vue, c'était au musée Pointe-à-Callière. Ils avaient dû accompagner la princesse à ce rendez-vous. Il l'avait remarquée. Il avait senti son odeur. Une odeur particulière. Anna était intéressée par lui; il l'avait senti de suite. Et il avait goûté au fruit défendu. Quel con il était! Simon se tourna vers elle et la contempla. Il n'avait jamais eu de petite amie. Oui, il avait bien baisé des femmes; ce n'est pas ça qui manquait dans la meute. Cependant, avec Anna, il se sentait bien; c'était une sensation toute nouvelle. Sa sœur avait raison : il devait vraiment tenir à elle. Il l'aimait! Sans cela, il n'aurait jamais menti à la princesse afin de venir la rencontrer en cachette. Après la mort de Guillaume puis celle de Frederico, il ne voulait en aucun cas que l'on fasse du mal à cette femme. Il fallait l'éloigner d'eux… de lui. À tout prix!

— Tu sembles plus intéressée par les sentiments de Laura que par les miens, Simon. Que fais-tu de ce que je ressens pour toi?

— Anna…

— Non; ce n'est pas juste! Je croyais que nous étions bien ensemble…

— C'est le cas, Anna.

— Alors, pourquoi? Pourquoi veux-tu que nous nous séparions? Je sais que Laura et toi, vous êtes amis depuis longtemps. Mais votre comportement étrange me perturbe au plus haut point. Dis-moi la vérité, Simon, s'il te plaît.

— Anna…

— L'aimes-tu ? Aimes-tu Laura ?

— Anna…

— Arrête de répéter mon nom comme un perroquet ! cria-t-elle, les larmes aux yeux. Réponds-moi s'il te plaît. Aimes-tu Laura ?

— Oui, j'aime Laura, lui répondit-il en la regardant droit dans les yeux. Mais la relation que Laura et moi avons est… particulière.

— P-particulière ?? bégaya-t-elle avant de pouffer de rire.

— Je t'assure que ce n'est pas ce genre d'amour que j'ai pour elle. J'ai le plus grand respect pour Opal. Elle nous a aidés, ma sœur et moi…

« Elle nous a laissées vivre alors qu'elle aurait pu nous tuer », pensa-t-il.

— Opal ? Tu es la troisième personne que j'entends dire son prénom de baptême, chuchota Anna pour elle-même.

— Anna, écoute-moi…

— Simon, partons ! Partons de Montréal, toi et moi. J'ai des économies en France… nous pourrons vivre là-bas. Ta sœur serait la bienvenue, fit-elle en lui touchant la joue tendrement. Je t'aime Simon.

— Anna, je ne peux pas, dit-il en secouant sa tête avec désespoir.

— Mais bon sang, que t'a-t-elle mis en tête pour que tu veuilles rester auprès d'elle ?

— Anna… je lui suis lié corps et âme. Un jour, quand tout sera fini, je te dirai tout !

— Si tu m'aimais un tant soit peu, tu me dirais toute la vérité maintenant ! s'écria Anna.

Anna était en colère. Contre lui… contre Laura.

Elle croisa ses bras contre sa poitrine et se dirigea vers la fenêtre où se trouvait auparavant Simon en poussant un soupir. Elle n'avait pas le choix. La jeune femme devait prendre une décision pour son propre bien.

– Tu dois choisir, Simon. C'est Laura ou c'est moi, murmura-t-elle en regardant la super lune commencer son ascension dans le ciel.

« Magnifique ! » songea-t-elle. Quand elle le sentit venir dans sa direction, elle eut un sourire de joie. Il l'avait choisie ! Pourtant il se tint derrière elle sans la toucher. Par le reflet de la fenêtre, Anna vit une main hésitante se tendre vers elle et le visage triste de Simon. Sa bouche se tordit en un rictus amer ; il baissa son bras puis se retourna sans regarder en arrière.

Quand elle entendit la porte d'entrée s'ouvrir et se refermer, Anna poussa un cri qui ne quitta jamais sa gorge en se laissant tomber au sol.

Lorsque Simon sortit de l'appartement, le jeune homme sursauta, aux aguets. Annabella, toute de noir vêtue, les bras croisés sur sa poitrine, était adossée à la porte d'à côté. Le Suiveur soupira longuement et vint au-devant d'elle. Un regard bleu saphir plein de tristesse se posa sur lui ; elle avait dû entendre la conversation. Bella lui sourit tendrement et se mit en marche vers la sortie. Après un coup d'œil rapide vers la porte d'Anna, il décida de suivre la Sentinelle d'Opal.

Agence de voyages, Montréal

Simon et Annabella arrivèrent à l'agence de voyages. Sacha leur ouvrit puis referma la porte d'entrée sans bruit. Ils marchèrent vers l'arrière de la boutique. Là, ils trouvèrent, Laura couchée sur le fauteuil, les yeux rougis. Quand elle les vit arriver, la jeune femme se releva doucement en grattant légèrement le dessus de son pansement.

— Merci, Bella ! Tu peux rentrer, maintenant.

— En es-tu sûre ? Je peux attendre, si tu veux... suggéra-t-elle en hésitant.

— Non, c'est bon. Retourne au quartier général. Quand j'aurai fini de parler avec Simon, nous viendrons vous rejoindre.

— Bien, comme tu le souhaites, Opal, fit-elle en l'observant attentivement.

— Sacha, peux-tu aller fermer la porte derrière Bella, s'il te plaît ?

La jeune femme brune acquiesça de la tête et accompagna Annabella jusqu'à la porte d'entrée.

Pendant ce temps, Laura attacha ses cheveux avec un élastique et fit chauffer de l'eau pour une tisane. Simon surveillait ses moindres gestes. Elle semblait fatiguée et triste. Il ressentait sa douleur infinie. Il s'agenouilla par terre, posant les deux mains au sol.

— Princesse, je suis infiniment désolé, s'excusa l'homme d'une voix éteinte.

— J'ai dit à Anna que tu étais dangereux pour elle, Simon, déclara Laura. Et je le pense vraiment.

— Je ne lui aurais fait aucun mal ; je vous le jure, princesse !

— Peux-tu me le certifier, Simon ? Peux-tu me garantir que tu ne t'attaquerais jamais à elle un soir de pleine lune ? s'exclama-t-elle en se retournant vers lui.

Elle vit Sacha debout dans un coin, la tête baissée.

— J-je…

— Avant que tu me jures que ça ne se produira jamais, rappelle-toi ce qui s'est passé il y a trois mois, lors de l'éclipse lunaire ! ajouta-t-elle en baissant les yeux à nouveau vers lui. Quand Anna parlait avec toi, sur la terrasse du musée, tu avais l'air particulièrement tendu et énervé. Est-ce que je me trompe ?

— Non, vous ne vous trompez pas, princesse, répondit-il en grimaçant. La lune m'appelait. Encore plus parce qu'elle était particulière. Mais comme vous dites, ça fait trois mois. Je ne pourrais pas lui faire de mal, je le jure !

— Simon, tu es différent d'elle. Anna est terrienne. Tu es un loup !

— …

— Comment vas-tu lui expliquer ta transformation en loup à chaque pleine lune ? Comment vas-tu lui expliquer les lentilles que tu dois porter pour cacher la vraie couleur de tes yeux ? demanda la jeune femme noire en colère. Et si elle veut des enfants ? Que vas-tu lui répondre ?

— …

— Anna n'a pas conscience de ce qui se trame en ce moment, comme la plupart des terriens ! s'écria Laura en passant ses mains sur ses cheveux.

Elle souffla avant de reprendre.

— J'aurais dû m'en aller quand il était encore temps, quitter mes amis avant qu'ils se fassent tuer. Je n'ai apporté que du malheur depuis la cérémonie sur Prima, et aujourd'hui, voilà où j'en suis, avec plusieurs morts sur la conscience, continua-t-elle en secouant la tête. J'ai acheté un billet d'avion pour Anna afin qu'elle rentre chez elle dès demain. J'ai aussi parlé avec Alano afin qu'il resserre la sécurité autour d'elle pendant le temps qu'il faudra.

— Je comprends…

— Tu sais très bien que je veux laisser mes amis en dehors de tout ça. Ce qui s'est passé avec Guillaume et Frederico ne te fait pas peur ? Tu n'as pas peur qu'elle meure comme eux ?

— Si !

— Mais je sens que tu n'es pas d'accord avec moi et que tu veux toujours inclure Anna dans ta vie, affirma Laura en penchant la tête et en le regardant comme si elle lisait dans ses pensées.

— Princesse, puis-je vous parler en toute honnêteté ?

— Vas-y, mais relève-toi d'abord, lui ordonna Laura en s'asseyant sur une des chaises.

— Princesse, je suis totalement d'accord avec ce que vous avez dit. L'éloigner, la protéger… Je ne veux pas qu'elle meure non plus ; le seul fait d'y penser…

Il avala difficilement sa salive.

— Je tiens à Anna. Au tout début de notre relation, je me suis demandé si je ne faisais pas une connerie. C'était votre amie ! s'exclama Simon en baissant les yeux vers Laura. Pourtant, je n'ai rien pu faire. C'était comme si j'assistais, les mains liées, à ce qui se passait entre elle et moi. Cela ne m'est jamais arrivé… Je ne comprends pas vraiment ce qui se passe, mais je ne peux pas rester loin d'elle longtemps. Elle m'est aussi indispensable que vous, princesse, murmura-t-il en passant sa main sur sa bouche.

À ces mots, Sacha leva des yeux étonnés vers son frère, comme si elle avait compris ce que Simon expliquait. Ce dernier se tourna vers elle, plissa le front et grimaça en secouant sa tête. Sacha, elle, soupira longuement et s'adossa plus lourdement au mur.

– Non, ce n'est pas possible…, murmura Simon pour lui-même, les yeux hagards.

– Que se passe-t-il, Sacha ?

– Simon a *pris conscience* d'Anna.

– Je ne comprends pas.

– Il est lié à elle comme nous sommes liés à vous, articula la jeune louve. Normalement, quand nous *prenons conscience* de notre partenaire, l'autre personne le fait également.

Laura, abasourdie, regarda Simon, debout au milieu de la pièce. Était-ce comme le lien qu'elle partageait avec César ?

– Et que se passe-t-il quand on les sépare l'un de l'autre ? demanda-t-elle.

– Ils se meurent, l'un et l'autre…, dévoila Sacha en regardant le dos de son frère, un peu choquée.

Un silence se fit entre les trois jeunes gens. Laura, atterrée, ferma pendant un court instant les yeux. Des coups frappés à la porte d'entrée les firent sursauter. Sacha se tourna vers eux.

– C'est le lieutenant Kook. Il est seul.

– Mais que fait-il ici ? se demanda Laura à haute voix.

Simon se mit aux côtés de Sacha afin de voir l'Asiatique faire des signes à la porte.

– Sacha, peux-tu aller lui ouvrir, s'il te plaît ? Installe-le à mon bureau. Simon, peux-tu contacter le quartier général et demander ce qu'il fait ici ? Vois si Denys est à Montréal également, ordonna d'une voix fatiguée Laura en se levant.

— OK, lui répondit Sacha en sortant de la pièce.

— Princesse ...

— Il va falloir qu'on en reparle, Simon, déclara Laura en se tournant vers l'homme aux cheveux poivre et sel. Que tu sois lié ou non à Anna, il n'est pas question que je la laisse être avec toi si elle doit souffrir.

« Et il n'est pas question que je la laisse rester auprès de moi si elle doit mourir », pensa-t-elle.

Appartement d'Anna, Montréal

Des bruits dans le couloir la firent se relever. Anna prit un mouchoir, se moucha et alla se mettre devant le judas de la porte d'entrée afin de voir ce qui se passait. Elle sursauta et recula brusquement. Clignant des yeux, essayant de comprendre ce qu'elle avait vu, elle posa son œil à nouveau sur le judas et observa. Un homme se tenait de profil devant sa porte. Il reculait, semblant terrifié. Soudain, quelque chose — un long bras — le frappa, le soulevant dans les airs. Anna cria avant de mettre sa main sur sa bouche et de reculer d'un pas.

— Fuyez ! cria un homme dans le couloir.

Après avoir entendu ce mot, Anna eut tout juste le temps de verrouiller la porte d'entrée qu'elle vit la poignée tourner la seconde d'après. Anna regardait la scène, terrifiée. Que se passait-il donc ? Qui était cet homme ?

La jeune femme s'éloigna de la porte à reculons tout en voyant la poignée tourner sans succès. Son cellulaire se trouvait sur la table basse du salon. Il fallait qu'elle appelle Simon ! Un grand bruit se fit entendre : la porte avait été arrachée de ses gonds et se trouvait par terre, dans son appartement. À l'entrée, Brianna la regardait avec un petit sourire. L'une de ses mains et la manche de son manteau étaient recouvertes d'une substance aqueuse rouge. Du sang… Anna allait crier, mais la femme vint vers elle en un quart de seconde et posa une main sur sa bouche, lui signifiant de ne pas crier.

— Toi et moi, nous allons faire un petit tour, Anna.

Sur le balcon se tenait une créature totalement effrayante. Un Sabs. La bête regardait la super lune dans le ciel.

Refuge, quartier général de la Coalition, Montréal

Denys se trouvait dans la salle d'attente du Refuge. Il discutait avec Jacob et Annabella quand un halo bleuté apparut. Quand il disparut, huit nouvelles personnes étaient présentes. Denys avait laissé Kim à l'hôtel. Ce dernier voulait aller souper dans un restaurant du coin avant qu'ils repartent pour New York le lendemain. Lui avait décidé de retourner à la Coalition.

Alano lui avait expliqué rapidement qu'il devait y avoir une réunion concernant la construction du nouveau quartier général. Ils étaient peu de métamorphes à connaître le plan. Cette nuit, ils devaient se rencontrer en petit comité afin d'en discuter. Alano avait même réduit le nombre de métamorphes dans le quartier général afin d'éviter des fuites. Ils avaient donc convenu d'un rendez-vous avec la princesse Opal, les représentants des différents royaumes, les Sentinelles et quelques membres, dont Alexander et Jacob.

— Salut, les gars, lança ce dernier en les voyant venir vers eux.

— Bonsoir, la compagnie ! répondit César en faisant un signe de la main.

Le loup jeta un regard vers Bella, qui hocha rapidement la tête.

— C'est tranquille, ici, fit remarquer la jeune Pia.

— Oui, effectivement. Alano souhaitait vous rencontrer sans la présence d'autres métamorphes, expliqua Jacob.

— Bella ? Opal est-elle avec toi ? demanda Gabriel, le visage crispé, en jetant de légers coups d'œil à droite et à gauche.

— Non, elle est en compagnie de ses Suiveurs à son bureau, expliqua-t-elle en faisant une petite moue.

— Qu'est-ce qui se passe, au juste ? demanda Cam en la regardant.

— Opal a découvert que Simon sortait avec Anna.

Un silence étonné se fit. Même Pol, qui ne laissait rien paraître habituellement, parut surpris.

— Le Suiveur ? s'indigna Ava.

— Il n'a pas perdu de temps ! s'écria César en se dirigeant vers un distributeur de boissons. Oh, j'adore vraiment cette planète ! ajouta-t-il en débouchant une cannette de soda. Tu en veux une ? demanda-t-il en voyant Denys le regarder avec un sourire.

— Oui, lui répondit-il en allant vers lui.

— Opal voulait discuter avec lui avant de se rendre ici, ajouta Annabella en soupirant.

— En parlant d'Opal… Denys, quelles sont les nouvelles au sujet de l'enquête ouverte sur Laura St-James ? s'enquit Marcus en tapotant sur sa tablette.

BlackTower, Terre

— Il y a moins de 10 minutes, l'immeuble où se trouve l'appartement d'Anna Menon a été envahi par des Sabs. Nous avons retrouvé des loups morts à son étage, annonça la lieutenante-générale Betsie Boot.

Les deux majors-généraux soufflèrent bruyamment, tout comme le lieutenant-général Janus July. Ce dernier se trouvait dans son bureau et conversait par visioconférence avec les trois autres BlackTowers.

– Et la fille ? demanda Aylan Cork en fronçant les sourcils.

– Envolée.

– Pourrait-il s'agir des Anciens ? demanda Lizzy Liu.

– Notre satellite a pu prendre des photos. Je vous les montre, dit Betsie Boot avec un léger rictus aux lèvres.

Sur leurs écrans respectifs, des photos défilèrent : un Sabs se trouvait sur le balcon d'un appartement et récupérait le corps d'Anna dans ses bras. À ce moment, une femme aux cheveux bouclés indiqua à la créature de partir. Celle-ci disparut. La femme regarda un instant le ciel illuminé par la lune avant de faire apparaître deux longues paires d'ailes caramel. D'un seul bond, elle s'élança vers le ciel avant de s'éloigner rapidement.

Un silence de mort s'abattit sur le groupe.

– Qu'est-ce que c'était que ça ? demanda Janus July en écarquillant les yeux, interloqué devant l'image de la créature ailée.

– Nous pensions qu'il n'y avait que quatre groupes de métamorphes. Nous nous sommes trompés, apparemment !

– Seigneur, gémit Lizzy Liu en secouant la tête.

Terrier des Anciens, New York

Adeline toucha son oreille droite et se dirigea vers un des ordinateurs se trouvant dans une salle entourée de vitres.

Cette dernière, petite, servait de salle d'observation. Les quatre hommes se trouvaient assis à leurs sièges et regardaient avec attention ce qu'il y avait devant eux. Derrière la vitre de protection teintée, un homme blond aux yeux fermés se trouvait dans une salle totalement blanche. Aucune porte en vue. Aucune fenêtre visible. Vêtu d'un pantalon et d'un tee-shirt noirs, pieds nus, l'homme se tenait debout au beau milieu de la pièce, les bras tendus. Autour de l'homme circulait une aura bleutée. Il ouvrit des yeux opalins, et tout d'un coup, un tourbillon se forma autour de lui. L'homme se mit à rire de bonheur.

— Messieurs ? Nous avons repéré le signal du passage interstellaire il y a maintenant neuf minutes, leur annonça Adeline.

— Bien, bien, dit North en se frottant les mains de contentement, regardant ses frères avec satisfaction.

— Est-il prêt ? demanda East à Adeline en tournant son siège vers elle.

— À 65 %, monsieur East. Le « *remplissage* » a dû prendre plus de temps que nécessaire. C'est un terrien ! À trop grosses doses, il aurait pu mourir.

— Soixante-cinq pourcents, c'est peu…

— Si tout se passe comme prévu, il n'aura à affronter que la Coalition. Et avec la force qu'il a en ce moment, rien ne lui résistera. Si le plan A ne fonctionne pas et si *la fille* arrive quand même au quartier général de la Coalition, elle sera affaiblie. Il aura la possibilité de faire d'une pierre, deux coups. Détruire l'endroit et par la même occasion la ramener ici.

Un silence se fit ; plusieurs regards passèrent entre eux. Ils hochèrent tous la tête en même temps. North alluma un micro. Le son d'interférence fit tourner la tête à l'homme vers la vitre, qui devint transparente.

— Félicitations, mon cher Patrick ! Vous avez acquis une puissance extraordinaire !

— Je me sens invincible... je me sens rempli d'une énergie monstre. Merci, monsieur.

— Vous savez comment je récompense *mes partenaires*, Patrick ! Alors ? Êtes-vous prêt pour votre première mission ?

CHAPITRE 23

Agence de voyages, Montréal

– Bonsoir, lieutenant Kook. Je suis surprise de vous voir ici. Avez-vous des nouvelles de Guillaume ? s'enquit Laura en allant vers lui et en lui serrant la main.

Cette dernière remercia Sacha, qui passa à l'arrière sans dire un mot, puis se tourna vers l'homme. Elle devait jouer le jeu, la jeune femme le savait. Si cet homme était ici, c'était sûrement à cause du meurtre de Frederico. Il devait la soupçonner, tout comme ce policier, il y a deux jours. « À sa place, j'en aurais fait autant », songea-t-elle en faisant la moue.

– Non, malheureusement, déclara-t-il tout en lui serrant la main. Désolé de venir tard ; je ne pensais pas que l'agence serait fermée.

– Je vous en prie, asseyez-vous, lieutenant. Nous avons fermé un peu plus tôt à cause des derniers évènements.

– Appelez-moi Kim, fit-il en s'asseyant avec un léger sourire. Je comprends !

– Kim, répéta Laura en souriant doucement. Que puis-je faire pour vous, alors ? Vous n'avez pas quitté New York juste pour me dire bonjour, je suppose.

– Je suis ici pour votre collègue Frederico Suarez. Il a été retrouvé mort, n'est-ce pas… ?

Pendant qu'il parlait, l'homme observait attentivement Laura. Il avait décidé de passer à son bureau vu qu'il se trouvait près du restaurant où il avait mangé. Bouchard leur avait parlé des cicatrices au visage qu'elle portait ainsi que de son boitement. Il n'avait constaté ni l'un ni l'autre. Étrange ! Elle lui semblait plus fatiguée que la fois où ils l'avaient rencontré à l'hôtel de New York : de larges cernes couraient autour de ces yeux.

— Vous pensez que c'est moi qui les ai tués ? demanda-t-elle d'un air triste, mais digne.

Ce n'était pas vraiment une question, mais plutôt une constatation.

— Nous avons parlé avec le lieutenant Bouchard, hier soir et ce matin.

— Nous ?

— Mon collègue Denys Grove et moi-même.

— OK. Hum... ce policier m'a retenu de longues heures au poste de police. Il ne m'a pas vraiment écoutée, disons-le comme ça, expliqua-t-elle en le regardant dans les yeux.

La femme qui se tenait devant lui semblait, malgré sa fatigue, forte. Laura le regardait dans les yeux sans aucune hésitation, comme à New York.

— Que pouvez-vous me dire à propos de vos collègues, Suarez et Vent, Laura ? Travaillaient-ils sur un même dossier ? Étaient-ils proches ? Faisaient-ils la fête ensemble ?

— Quand un collègue a besoin d'aide sur un dossier, on l'aide, tout simplement. Pour répondre à vos questions, oui, nous sortions souvent ensemble quand nous avions le temps. Juste à côté, il y a un bar vraiment sympa...

— Oui, j'ai vu. J'ai interrogé le patron, Roger... quelque chose...

— Roger… quelque chose, répéta Laura, se moquant de lui.

Kim regarda la jeune femme se moquer de lui. Elle lui offrait son premier vrai sourire depuis qu'il la connaissait. Cela illumina son visage et le rendit plus beau. Pourtant, il s'éteignit aussi vite qu'il était venu.

— Je dois vous avouer que le seul lien que je vois entre Frederico et Guillaume, c'est moi, lui confia-t-elle.

— Denys et moi avons épluché votre dossier. Il n'y a rien qui apparaît, tout est net. Avez-vous des ennemis ?

— Je ne sais pas quoi vous dire de plus, Kim…

Son regard dévia vers une ombre filant à la vitesse de la lumière vers eux. En un quart de seconde, Simon eut le temps de tirer Laura de côté et de la protéger de son corps tandis que Sacha faisait la même chose avec Kim Kook. Une déflagration se fit entendre. La baie vitrée explosa en un millier de morceaux meurtriers. Laura vit Simon serrer les dents. Une créature effrayante fit son apparition au milieu de l'agence. « Un *chacal* ! »

La créature possédait une tête de loup du bout du nez jusqu'aux oreilles, mais le reste du corps était humain. Un corps noir, baraqué, tout en muscles. Un petit pagne cachait ses parties intimes. Les pupilles de la créature n'étaient que des points noirs. Les yeux rouge sang de la bête brillaient d'un éclat particulier et étaient vraiment effrayants.

Le *chacal* envoya quelque chose par terre. Des petits objets de forme sphérique firent du bruit en touchant le sol. Des billes rondes. Noires. Il y en avait quatre. Laura tourna son visage en direction de Sacha et de Kim. L'homme debout regardait la créature avec effroi, tétanisé. Sacha grognait avec rage et montrait les dents malgré les éclats de verre logés dans sa peau. La louve ne semblait pas sentir la douleur. Idem pour Simon, qui la poussait à rester cachée derrière lui.

Quand les billes arrêtèrent de rouler et se stabilisèrent à leur niveau, elles se mirent à bouger sur place de façon saccadée. Simon et Sacha se regardèrent une seconde avant qu'une lumière incandescente les frappe de plein fouet.

Les quatre hommes et femmes disparurent.

Une femme, debout en face de l'agence, repoussa sa capuche noire, dévoilant de courts cheveux blonds. Charlène avait les yeux totalement noirs. Le temps s'était figé. Elle prononça des phrases en une langue inconnue, et tout revint à la normale : la baie vitrée fut réparée et les passants qui s'étaient immobilisés clignèrent des yeux avant de reprendre leur chemin, comme si de rien n'était. Toutes les lumières de l'agence s'éteignirent les unes après les autres.

Castelo da Raínha Margarida, Portugal

— Il n'en est pas question !

Un jeune garçon aux yeux pers sursauta, comme pris en faute. Il n'avait pas le droit de se trouver dans cette partie du château ; il sortait de la chambre de K et pensait ne trouver personne à cette heure-là dans les couloirs. Il plissa les yeux et continuait à se diriger vers la sortie le plus discrètement possible. La voix était celle de sa reine, et il n'avait aucune envie de subir ses foudres.

— Voyons, Marguerite ! La déesse-mère l'a elle-même désignée ! Nous ne pouvons aller à l'encontre de sa décision, s'écria une voix ferme, féminine.

Le garçon s'arrêta brusquement et tendit l'oreille. Cette voix, il la connaissait… il repoussa une de ses dreadlocks derrière son oreille et attendit.

— J'ai dit non, Liliana ! Je ne te donnerai pas ma fille pour qu'elle devienne l'animal de compagnie de l'héritière !

À ces mots, il arrêta de respirer et ouvrit des yeux étonnés. Parlaient-elles de... ?

— Marguerite, je comprends parfaitement que tu sois contre, avec tout ce qui est arrivé entre nos deux royaumes, mais dis-toi que cela pourra sûrement à nouveau nous lier et faire oublier les rancunes passées.

— Pour que vous ayez encore plus d'ascendance sur Tellus ? Jamais ! cracha la reine Marguerite.

— La déesse-mère a...

— Que nenni ! Tu utilises la déesse-mère quand ça t'arrange. Je te connais, Liliana. Pour toi, c'est Prima avant tout !

— Reine Marguerite, je me permets de m'inclure dans la conversation. Votre fille possède le sceau. Elle sera appelée, quelle que soit la décision que vous prendrez.

— Tu me menaces, prêtresse ?

Le jeune garçon se mordit les lèvres. Il assistait à une réunion secrète entre l'impératrice, sa reine et la prêtresse rouge ! « Mais de qui parlent-elles ? De Voanna ou de Kassandra ? »

— Loin de moi cette idée, reine Marguerite. Je voulais seulement vous expliquer que peu importe la décision prise, l'univers suivra son cours. Si votre fille est la « Bête à appeler » d'Opal, comme nous le pensons, rien ne pourra contrarier son plan.

Il entendit la reine Marguerite se mettre à rire à gorge déployée. Ce son le fit frissonner.

— Liliana, Marjoria... ne pensez pas que votre petite plaidoirie me fera accepter le fait que ma fille deviendra l'animal de cirque d'une petite fille pourrie gâtée qui doit penser que tout lui est dû, car elle est l'héritière d'un empire !

Elle arrêta un instant de parler avant de reprendre.

– *Je ne suis pas dupe : la seule chose que vous souhaitez, c'est remettre la main sur Tellus. Alors, si vous n'avez rien d'autre à dire, je vous invite à quitter mon royaume immédiatement !*

Des bruits de chaises puis de pas se firent entendre. Le jeune garçon sursauta à nouveau et regarda autour de lui avant de se dissimuler derrière un rideau rouge. Il vit la porte s'ouvrir : l'impératrice Liliana en sortit, suivie de la prêtresse Marjoria. Elles passèrent devant l'endroit où il était caché. Pendant qu'il retenait son souffle, le regard de l'impératrice se posa sur lui, semblant transpercer le rideau. Son regard alla droit dans les yeux du jeune. Elle fit un léger sourire et continua de marcher vers la sortie sans se retourner.

– Aquiles ?

Ce dernier sortit de son songe et se tourna vers la voix qui l'interpellait.

– Oui ? demanda-t-il en voyant Tiago appuyé contre le cadre de la porte.

– Il est presque l'heure. On va retrouver les autres ?

Aquiles hocha lentement la tête, prit son sac et suivit son ami.

Ruelle de New York

Ils se retrouvèrent tous les quatre – Simon, Sacha, Kim et Laura – debout au beau milieu d'une ruelle, regardant aux alentours, effrayés.

– M-mais… ? bafouilla le policier en regardant partout autour de lui, éberlué.

Quand Sacha se tourna vers lui, il sursauta et se mit à reculer en dégainant son arme pour ensuite le pointer vers elle. Cette dernière avait perdu ses lentilles quand la couleur de ses iris avait pris de l'ampleur. Kim Kook voyait désormais des yeux jaunes tachetés de rouge aux pupilles très dilatées. Des bouts de verres coincés dans sa chair rendaient son visage encore plus effrayant.

— Non, ne tirez pas, Kim ! s'écria Laura en se mettant entre lui et Sacha. Elle ne vous fera rien, ajouta-t-elle en levant la main, les doigts écartés.

— Mais qu'est-ce qui se passe ? Qu'est-ce que vous êtes ? demanda en criant l'homme tout en continuant de reculer.

Il jeta un coup d'œil à Simon, qui scrutait les alentours, à l'affût du moindre bruit suspect.

— Ce n'est pas ce que vous croyez… S'il vous plaît, calmez-vous, le supplia-t-elle en regardant le Glock pointé vers Sacha.

Cette dernière l'avait repoussée derrière elle en grognant vers le policier.

— Mais c'est quoi, ce délire ? se demanda-t-il à lui-même en passant sa main libre sur son front.

— Princesse, il faut sortir d'ici, et tout de suite ! cria Simon en reniflant les airs.

— J'essaye d'appeler le quartier général, ajouta Sacha en prenant le cellulaire dans sa poche.

Elle se détourna du policier après lui avoir jeté un dernier regard d'avertissement.

— Princesse ? chuchota Kim Kook en la regardant avec attention.

— …

— C'était quoi, cette… chose dans votre bureau ?

— J-je…

— *César !*

— Ça n'a aucun sens, Seigneur ! gémit-il en secouant la tête, le pistolet toujours à la main.

— *Sentinelles ! J'ai besoin de vous, immédiatement !*

Laura se mordit les lèvres tout en continuant d'appeler Gabriel, Bella, César et Marcus. Une légère migraine apparut. « Bizarre ! » Elle avait déjà ressenti cette sensation. Mais où ? Elle se le demandait quand le policier se mit à courir et à s'éloigner d'eux vers l'autre bout de la ruelle.

— Kim ! s'écria-t-elle en le voyant partir. Il faut qu'on reste ensemble !

Elle se dirigeait vers l'homme quand elle se retrouva arrêtée dans son élan par Simon.

— Il faut le protéger, leur dit-elle, affolée.

— Il faut qu'on vous sorte d'ici, et tout de suite, dit Sacha en la regardant. La connexion ne passe pas ici !

— Suivons-le, alors ! dit Simon.

Avant qu'il termine sa phrase, ils virent l'homme passer devant eux dans les airs. Il allait s'écraser contre la façade d'un immeuble quand Sacha bondit et le rattrapa au vol, tout cela en une demi-seconde. Kim se releva, aussitôt sur ses gardes, les yeux apeurés. Il remercia la jeune louve d'un signe de tête et regarda dans la direction d'où il provenait.

— Je vois que nous avons de la compagnie, ici, susurra une voix féminine.

Une femme s'approcha lentement vers eux, vêtue d'une combinaison noire avec une fermeture éclair sur le devant et de bottes noires. Grande, élancée, elle avait des cheveux bouclés tout autour d'un magnifique visage. Elle les regardait avec un sourire étrangement froid sur ses lèvres peintes en rouge. Elle plissa les yeux, et en un quart de seconde, elle projeta Sacha et Simon contre la façade, qui s'émietta. Ils tombèrent par terre, le souffle court. La femme s'avança vers Laura. Celle-ci recula.

— Stop ! cria Kim en pointant son arme vers la femme à la peau chocolat au lait.

Cette dernière ne le regarda pas, passant devant lui.

— Dégage, terrien ; tu ne m'intéresses pas !

— Reculez ou je tire, lui ordonna le lieutenant en haussant la voix.

— Tu ne tirerais pas dans mon dos, n'est-ce pas ? insinua la femme d'une voix mielleuse.

— Partez, Kim ! cria Laura tout en reculant. Tout de suite !

Laura regarda avec insistance le policier. Son regard dévia vers la femme, qui la prit par le col et la leva dans les airs aussi facilement que si elle avait été un sac à main. Kim tira. Une fois. Deux fois. Trois fois. Dans un silence, les balles ressortirent de la combinaison de la femme et tombèrent par terre une après l'autre. Le policier et Laura étaient sous le choc. La femme pencha la tête sur le côté puis balança Laura vers Sacha et Simon, qui l'attrapèrent. La seconde suivante, la femme mystérieuse se trouvait devant le lieutenant Kook. Celui-ci vida son chargeur sur elle. Elle lui sourit, regarda les sept points d'impact sur sa combinaison et passa nonchalamment sa main dessus pour les faire tomber. L'inconnue s'apprêtait à le frapper quand Sacha plongea vers elle, l'entraînant dans son élan. Les deux femmes roulèrent au sol. Sacha se mit à la frapper plusieurs fois au visage avec force. La femme au sol la repoussa en la projetant dans l'air grâce à ses jambes. Celle-ci n'eut pas le temps de se relever ; Simon lui assena son poing en plein visage. La femme métisse resta étendue au sol. Laura se pencha vers le policier, qui s'était accroupi et regardait d'un air hagard les balles. Son mal de tête augmentait.

— Je n'arrive pas à me transformer, dit Sacha en jetant un coup d'œil au cellulaire. Et il n'y a toujours pas de réseau.

— Il y a quelque chose qui est en train de se passer... moi non plus, je ne peux me transformer, et mes forces diminuent, avoua Simon en grinçant.

— Je n'aime pas ça, Simon. Il faut qu'on sorte la princesse d'ici.

— Est-ce que ça va ? demanda Laura à Kim.

Il ne put parler, mais hocha la tête, les yeux agrandis par la peur, tout en fixant la forme allongée. Ils sursautèrent tous quand sa tête se tourna vers eux avec un immense sourire. L'inconnue se releva si rapidement que Laura cligna des yeux plusieurs fois tout en regardant ce visage en train de se reconstruire. La métisse fit craquer les articulations de son cou puis lécha du bout de la langue le sang coulant de ses lèvres.

Sacha et Simon se placèrent en mode attaque.

— Te souviens-tu de moi, Opal ?

À son air étonné, son sourire s'accentua.

— Et si je fais comme ça ? suggéra-t-elle, mettant un genou à terre et la regardant d'un air timide. Me reconnais-tu maintenant, princesse ?

Laura regarda la femme. Elle se demandait où elle avait bien pu la rencontrer quand les yeux de celle-ci se modifièrent un court instant afin de devenir plus brillants. Et là, elle se souvint.

Une jeune fille métisse suivait Marcus et César. Elle était de la même taille qu'Annabella. De beaux cheveux caramel bouclés encadraient un beau visage. Elle lui jeta un rapide regard avant de lui faire un sourire timide.

— Alina...

Dès que ce nom franchit ses lèvres, elle lança un nouvel appel à l'aide.

— *Seigneur ! Sentinelles, nous avons vraiment besoin de votre aide ! César, je t'en supplie, réponds-moi !*

— Ah, enfin, Opal ! Je suis contente que tu te souviennes de moi. Bien, commençons ! D'abord, le terrien.

En une demi-seconde, Alina fut sur Kim Kook. Elle le balança comme une pierre vers les poubelles. Un bruit d'os cassé se fit entendre. L'homme gémit, mais ne se releva pas.

— Ensuite, le loup.

La jeune femme métisse rejoignit Simon par-derrière en lui attrapant les cheveux, et elle le déséquilibra rapidement. Ce dernier tombait à la renverse quand Alina appuya son pied de toutes ses forces sur son péroné et lui cassa net la jambe. Simon hurla de douleur. Aussitôt, Alina le projeta contre le mur, l'assommant un instant.

— Enfin, la louve, déclara Alina en se tournant vers Sacha.

— Nooon ! Arrête ! cria Laura. Pourquoi fais-tu ça, Alina ?

— Parce que je n'ai pas le choix…, chuchota la femme.

— On a tous le choix. Je sais que tu travailles avec les Anciens, mais ça ne veut pas dire que…

— Quoi ? cria Alina, étonnée.

— Écoute, on peut s'entraider.

— Tu n'as rien compris, Opal. Ce n'est plus moi qui décide, et ce, depuis bien longtemps…, la coupa la jeune aigle en secouant légèrement la tête de gauche à droite. Si je ne le fais pas, ils s'en prendront à elles…

Alina se plaça devant Laura et la balança au sol d'un revers de la main. Sacha poussa Alina sur le côté et se pencha vers la princesse, non sans observer avec attention la femme debout.

— Princesse ! Dès que je commencerai à me battre contre elle, vous devrez partir immédiatement, lui glissa rapidement Sacha.

— Je ne vais pas t'abandonner, Sacha — ni Simon, dit-elle en serrant les poings.

— Princesse, je ne peux pas vous protéger en étant sous cette forme. Allez-vous-en, je vous en supplie ! Allez trouver de l'aide, ajouta Sacha en lui tendant le cellulaire.

— Tu devrais faire ce que te dit ta louve… Héritière de Prima.

— Pourquoi t'en prendre à eux si c'est moi que tu veux ? Ne sois pas lâche et bats-toi contre moi !

— Oh ! Ne t'inquiète pas ; dès que j'en aurai fini avec ta Suiveuse, je serai là. Et ça commence dès maintenant.

Sur ces mots, la métisse se déplaça à grande vitesse vers les poubelles, arracha une barre de métal d'un conteneur et la lui lança en pleine poitrine. Sacha écarquilla les yeux et hoqueta. Alina marcha vers elle, un rictus aux lèvres. La jeune louve se tenait encore debout, tenant le morceau de métal entre ses doigts alors que du sang coulait de ses lèvres.

— Je peux t'aider, peut-être ? demanda Alina en enfonçant la barre en métal de quelques centimètres.

Sacha s'agenouilla en hurlant, crachant du sang, puis glissa au sol, inerte. L'aigle retira la barre de son corps et la contempla un instant avant de jeter un coup d'œil à Laura, qui la fixait, décomposée.

— *César, je t'en prie, viens nous aider…*

Quartier général de la Coalition, Montréal

– Donc, c'est pour ça que nous sommes ici à Montréal. Normalement, nous rentrons demain à New York, expliqua Denys.

– Comment faire pour que les soupçons sur Opal soient levés ? demanda Gabriel, les bras croisés.

– Dans le meilleur des cas, il faudrait que nous trouvions un coupable sur qui rejeter la faute des deux meurtres ! révéla Denys. À ce moment-là, elle sera lavée de tout soupçon.

– Déjà mort, si possible, ajouta Pol d'un ton froid et inflexible. Moins de problèmes par la suite.

– Qu'en est-il du chauffeur de taxi ? demanda Marcus.

Ils se trouvaient dans la salle des opérations. Comme à son habitude, ce dernier était en face d'un ordinateur et tapait à toute vitesse sur le clavier, essayant de trouver des éléments clés. César vint s'asseoir au coin du bureau en se touchant légèrement les tempes des doigts.

– Tia, *ça va ?*

– Aucune trace de son côté. Il s'est évaporé dans les airs, lui répondit Denys. Nous avions un portrait-robot de lui, mais il a été détruit, comme tu le sais…

– La meute doit être dans le coup ! supposa Pia.

– Je pencherais plus sur les Anciens, rétorqua César.

Il grimaça.

– *Opal, réponds-moi !*

Annabella plissa les yeux vers le jeune homme d'un air interrogateur. César semblait mal en point.

– Quelle est la différence ?

– Depuis trois mois, il n'y a eu aucun mouvement de la part de Dominicus. Selon mon contact, il vit en reclus dans ses appartements, contrairement aux Anciens, qui ont envoyé une vidéo de bienvenue aux Sentinelles, expliqua Ava.

— Ils ont repris le contrôle de la meute, donc, conclut Pia.

— Exactement; et ils semblent être plus redoutables que Dominicus...

— *Est-ce que tout va bien, César ?* demanda Annabella par leur lien télépathique.

— *J'ai l'impression qu'Opal a des ennuis... je n'arrive pas à la contacter.*

— *Votre lien ?* demanda Gabriel en l'observant attentivement.

César hocha la tête sans arrêter d'appeler Opal.

— *Il n'a pas l'air de fonctionner ! C'est comme la dernière fois, quand elle a rencontré les* chacals. *Quelque chose bloquait notre lien,* dit-il, inquiet, en fermant les yeux.

— *Annabella, essaye de la retrouver, comme tu l'as fait au musée. Moi, je vais vérifier si son...,* commença Marcus en se tournant vers son écran.

Ils furent interrompus par une sirène d'alarme. Le son, modulé à une fréquence maximale, fit sursauter fortement tous les occupants de la salle d'opération.

Ils se regardèrent tous, se demandant ce qui se passait, pendant que César sortait ses deux katanas de son baudrier en plissant les yeux. Il jeta un coup d'œil à son frère, qui le rassura en lui faisant un signe de la tête; il chercherait Opal quoiqu'il arrive.

Quand ils sortirent à la file indienne de la salle, une énorme déflagration secoua le bâtiment entier, faisant perdre l'équilibre à Pia, Cam et Ava. Une fumée noire et épaisse montait dans les airs. Des cris s'élevaient au loin.

Annabella releva des iris d'un bleu saphir. Elle se pencha vers Marcus.

— Je ne ressens pas Opal, chuchota-t-elle d'une voix atone.

BlackTower, Terre

— Qu'en est-il des hommes que tu as envoyés suivre K en Équateur, Lizzy ? Ont-ils découvert quelque chose d'intéressant ? demanda Betsy Boots en soupirant.

— Quand ils sont arrivés au village avec le guide, il n'y avait plus aucun signe de vie, commença Lizzy Liu.

— Comment ça ? demanda Janus July.

— L'endroit était vide. Nos hommes ont trouvé de la cendre encore chaude, ce qui veut dire qu'ils n'étaient pas très loin. Ils ont décidé de faire une recherche dans un périmètre élargi.

— Le souci, c'est notre manque de connaissance de cette zone. Ils peuvent se cacher partout !

— Putain, est-ce qu'on pourrait avoir de bonnes nouvelles ? marmonna Janus July, rageur. Y a-t-il autre chose, Lizzy ?

— Ils ont trouvé d'étranges artefacts, comme ces trois-là, ajouta la femme en envoyant les photos sur leurs écrans respectifs.

Les hommes et la femme les observèrent en fronçant des sourcils : sur la première photo, on apercevait une représentation d'une pyramide avec 13 divisions horizontales, surmontée d'une sorte d'œil. L'autre montrait un serpent dont le ventre était découpé par plusieurs lignes horizontales. Et enfin, la troisième représentait des incrustations sous forme de petites plaques ainsi qu'une écriture inconnue gravée.

— Qu'est-ce que c'est que ça ? demanda Aylan Cork.

— Nous n'en sommes pas encore sûrs ; c'est pour ça que nous allons étudier le tout dans nos laboratoires. Nos hommes sont en train de tout empaqueter, expliqua la major générale Liu tout en regardant la troisième photo avec insistance.

Ruelle de New York

Laura était à genoux, le visage en sang. Elle releva la tête et observa la scène : par terre, Simon essayait tant bien que mal d'atteindre Sacha en gémissant de douleur. Laura ouvrit la bouche puis la referma ; tout son corps n'était que douleur. Elle essaya de se remettre debout, mais un coup de botte l'en empêcha, la rejetant violemment au sol.

— Pourquoi essayes-tu de te relever, Opal ? cria la voix d'Alina. Ne comprends-tu pas que tu n'as pas le choix ?

— On a toujours le choix, Alina, gémit-elle.

— Non, ce n'est pas vrai ! s'écria la femme en lui donnant un autre coup de pied dans le ventre, la faisant se recroqueviller sur elle-même.

— Laisse-les tranquille, chuchota Laura, du sang coulant de sa bouche.

— Je fais ce qu'on m'ordonne, dit la femme, désabusée. Tes Suiveurs sont sur la liste, alors…

— C'est moi que tu veux, non ? Alors, laisse-les partir ; je t'en supplie, dit Laura en essayant de se remettre à nouveau debout.

Cette dernière se trouvait à quatre pattes quand, de la jambe droite, Alina la souleva dans les airs, la regarda les lèvres pincées et la projeta violemment contre le mur. Le long cri se finit en plainte avant de s'arrêter quand Laura glissa au sol. Alina soupira longuement tout en faisant un rictus.

— Tu ne mérites plus d'être appelée l'héritière de Prima. Tu ne sais plus te défendre ni te battre. Tu es pathétique !

— Bats-toi contre moi, plutôt ! cria Simon en s'élançant rapidement vers la femme.

Il lança un coup de poing à la droite puis à la gauche d'Alina, qui les esquiva facilement. Celle-ci était beaucoup plus rapide que lui. Simon ne se laissa pas démonter et continua d'attaquer la femme qui avait blessé si sauvagement sa sœur. Il fallait qu'il la tue immédiatement ; sinon, elle s'en prendrait par la suite à la princesse. Des coups de poing partirent dans tous les sens. Ils atteignirent finalement la cible et firent tomber la jeune femme. Alina posa une main par terre et essuya le sang qui coulait au coin de sa bouche avec l'autre en souriant d'un air sadique. Elle ne semblait pas affectée par ses blessures. Simon, au contraire, était essoufflé et en sueur ; sa blessure ouverte à la jambe saignait abondamment et le faisait souffrir atrocement. La femme se releva si promptement que Simon n'eut pas le temps de voir le poing arriver sur son nez. Un bruit d'os cassés se fit entendre. Il tituba et recula à l'aveugle sur une seule jambe valide, tenant son nez ensanglanté à deux mains. À moitié assommé, il vit la femme courir vers lui ; elle sauta en l'air pour percuter de ses deux pieds son sternum. Il hurla de douleur et chuta lourdement quelques mètres plus loin, entraînant des poubelles à sa suite.

C'est à ce moment-là que surgit Anna en hurlant à pleins poumons, se mettant devant le corps immobile de Simon, le protégeant d'Alina.

— Noooon, je t'interdis de le toucher ! lui cria-t-elle.

— Mais qui vois-je ? sourit la jeune femme en la regardant. Tu as réussi à te libérer, on dirait !

Laura s'était réveillée en sursaut en entendant le cri d'Anna. Elle grimaça de douleur en se redressant doucement pour s'asseoir, le dos contre le mur. Quand elle vit Anna sur Simon, elle secoua la tête, n'en croyant pas ses yeux.

— Oh, Seigneur ! Non, murmura-t-elle.

Castelo da Raínha Margarida, Portugal

En se dirigeant vers leur salle de travail, Aquiles laissa Tiago partir devant, prétextant avoir oublié quelque chose dans sa chambre. À la place, il se rendit à la chambre de K et cogna à la porte en espérant que Lucas n'y était pas. Quand la porte s'ouvrit sur la jeune femme rousse, ils se regardèrent un instant avant qu'elle lui fasse signe d'entrer.

— Je me demandais combien de temps il te faudrait pour venir me voir, lui dit Kassandra tout en rangeant quelques affaires dans un sac à dos.

— Tu ne nous as pas tout dit, n'est-ce pas ? affirma-t-il après avoir fermé la porte derrière lui.

— Comment as-tu su que Talah se trouvait en Équateur, Aquiles ?

— J'ai fait des recherches.

— Arrête de me mentir Ach ! Ça fait près de deux siècles qu'il est parti. Personne ne savait où il se trouvait ! Et toi, comme par hasard, tu le trouves en si peu de temps ? Explique-moi ça ! lui ordonna-t-elle en croisant les bras sur sa poitrine.

Aquiles jeta son sac sur le lit et leva les mains en signe d'apaisement.

— Je l'avoue : je suis toujours resté en contact avec lui. Cet homme est un Augure, Kass : il connaît le futur. Avant de s'enfuir, il m'a donné un moyen de le contacter en cas de besoin.

— Pourquoi ne me l'as-tu pas expliqué avant que je parte ?

— Tout d'abord, Lucas était avec toi quand je t'en ai parlé. Mais de toute façon, est-ce que ça aurait changé quelque chose ? demanda Aquiles en levant un sourcil.

Kassandra poussa un profond soupir puis se remit à faire son sac de manière automatique.

— Tu ne m'as pas répondu. Tu ne nous as pas tout dit sur ce qui s'est passé là-bas, hein ?

— Exact ! lui dit-elle en le regardant sans véritablement le voir.

K baissa les yeux vers son sac, soupira puis se dirigea vers la porte vitrée, les mains sur ses hanches. Son regard se perdit dans la large forêt entourant le château. Aquiles la suivit, posa ses mains sur ses épaules et la força doucement à le regarder.

— Pourquoi ?

— Ça remet en cause tout ce que nous avons appris, Ach. Il se pourrait que l'on nous ait menti depuis notre naissance. Que même ma mère m'ait menti !

— Est-ce que tu y crois ?

Kassandra secoua la tête, comme si elle n'y croyait pas, et pourtant, elle leva ses yeux vairons semblant toujours perdus vers ceux d'Aquiles.

— Qu'est-ce que ton cœur te dit, Kassandra ? demanda-t-il en posant sa main sur la poitrine de la jeune femme, à l'endroit même où l'organe qui la maintenait en vie se mit à battre un peu plus rapidement sous l'effet de ce toucher.

Son regard se brouilla, puis finalement, elle hocha lentement la tête. Aquiles se pencha vers elle et l'embrassa tendrement sur le front puis la serra contre lui.

— Raconte-moi !

Quartier général de la Coalition, Montréal

Gabriel essaya de tousser discrètement. Il était en sueur. La fumée noire se dissipait très lentement, obligeant le lion à plisser ses yeux dorés afin d'essayer de voir ce qui se trouvait autour de lui. Comme lui, César et Ava se trouvaient chargés de la surveillance des alentours. Ava, collée au mur, se faisait toute petite malgré son gabarit et surveillait le couloir. César, accroupi dans un coin, ses katanas croisés devant lui, ne bougeait pas d'un poil. Gabriel se doutait bien qu'il essayait toujours de contacter Opal, car tout son corps était contracté : sa respiration était haletante, et de la sueur dégoulinait de son front. La couleur vert émeraude avait recouvert ses yeux. Une petite part au fond de Gabriel était envieuse de ce lien qui unissait Opal et César. Une part de lui souhaitait que tout ce qu'on lui avait dit ce matin soit en réalité faux… Il secoua la tête et pinça les lèvres ; ce n'était pas le moment d'y penser. Le loup sentit le regard de Gabriel sur lui et le regarda également. Oui, ils pensaient tous à Opal ! Était-ce un piège afin de les retenir ici pendant que les Anciens essayaient de la leur ravir ? Ils espéraient que ces Suiveurs feraient leur travail en attendant qu'ils sortent du quartier général. Jacob avait essayé de réparer l'alimentation de secours, sans succès. Il était parti avec Pol et Bella afin de pouvoir le faire manuellement. Cela faisait moins de cinq minutes qu'ils étaient partis. Les trois métamorphes étaient arrivés sans encombre à la salle du générateur quand six loups les avaient attaqués farouchement. Grâce à leurs pouvoirs — Pol avec son contrôle du chi et Bella avec sa projection de glace —, ils avaient pu maîtriser les loups rapidement et facilement. Jacob était chargé de trouver un moyen de redémarrer la génératrice de secours qui avait été bloquée délibérément.

Seule la connexion télépathique entre les Sentinelles leur permettait de savoir que tout allait de leur côté.

Marcus se téléportait en attendant, en quête de leur princesse. Dès que Bella lui avait confirmé ce que César leur avait dit sur Opal, il était parti à sa recherche. L'émetteur de son cellulaire indiquait l'agence de voyages, où il s'était rendu en premier lieu. Rien ! Puis il était allé à son appartement. Personne ! Il s'était ensuite dirigé chez Anna et avait failli se faire atteindre par un tir ami. Les gardes devant veiller à la sécurité d'Anna avaient été décimés, mais ils avaient eu le temps d'avertir Alano avant que la ligne coupe sans raison.

Le nettoyage des lieux avant le retour au quartier général était en train d'être fait de façon prioritaire. De plus, ils avaient trouvé un manteau laissé par terre et taché de sang dans l'appartement d'Anna. Des résidus d'énergie verte s'évaporèrent autour de lui quand Marcus se téléporta dans la salle du quartier général. Un léger bruit de moteur s'élevait au loin. Lorsque l'électricité revint, tous poussèrent un soupir de soulagement. Le conduit de ventilation projeta à nouveau de l'air frais et les ordinateurs redémarrèrent.

— As-tu pu la localiser ?

— Non, malheureusement, Pia. Ni elle ni ses Suiveurs ! lui répondit Marcus, les sourcils froncés, en s'installant rapidement devant un ordinateur. Par contre, les Anciens ont enlevé Anna.

— Merde ! s'exclama Denys.

— Alano est au courant. Les gardes ont pu lui annoncer la nouvelle avant que la ligne coupe. J'y retourne dès que je peux.

— Si nous arrivons à savoir ce qui se passe ici, nous pourrons aller l'aider, leur dit Cam.

• • •

Des cris provenaient d'une des entrées menant au Refuge. César se releva doucement et se tourna discrètement vers Ava et Gabriel.

— Je vais aller jeter un coup d'œil, chuchota César.

— Je viens avec toi, lui dit Gabriel.

— Moi aussi, je viens ! répliqua Ava.

Gabriel passa la tête dans la salle des opérations où se trouvaient Denys, Cam, Pia et Marcus et les avertit qu'ils allaient partir en éclaireurs.

— Faites attention à vous ! Il se peut que nous soyons attaqués par les Anciens, lui dit Denys, les sourcils froncés.

— Il se peut que ce soit un piège, les avertit Cam. Attendez d'en savoir plus avant de partir !

— S'il se passe quoi que ce soit, n'oubliez pas : nous sommes connectés, Marcus, Bella, César et moi, répondit Gabriel avant de repartir furtivement.

Pour se rendre au Refuge, ils durent passer par le chemin souterrain longeant une des voies du métro de Montréal. Personne ! Pourtant, des cris de terreur et de souffrance leur parvenaient de temps en temps à travers les murs.

— Je ne comprends pas ! s'exclama Ava. Les cris viennent d'ici, pourtant...

La femme regarda les murs tout autour d'eux. Elle descendit sur les rails et renifla l'air.

— Est-ce que vous sentez ça ? demanda la jeune femme brune.

— Une odeur particulière, répondit Gabriel, qui plissa le nez et les regarda tour à tour avec incertitude.

Il y eut une petite détonation au niveau de la porte menant au Refuge. Elle fut néanmoins assez puissante pour que quelques petites pierres du tunnel s'écroulent et qu'ils perdent l'équilibre.

— Qu'est-ce que... ? demanda Ava en s'équilibrant comme elle le pouvait en attendant que la secousse se termine.

Gabriel courut vers la porte et l'arracha en voulant l'ouvrir. Il eut tout juste le temps de se jeter sur le côté ; des blocs de brique et ciment se déversèrent à l'endroit où ils se trouvaient un peu plus tôt.

— On est mal ! constata César en regardant la porte totalement impraticable.

Le bruit sourd d'une rame de métro se fit entendre. Ava remontait sur le passage quand une explosion souleva le wagon de tête avant qu'il retombe violemment sur les rails. Une seconde détonation, quelques secondes plus tard, détruisit entièrement le devant de la voiture de tête, le projetant devant sur plusieurs mètres. Il alla taper le plafond avant de retomber brutalement sur la voie. Les wagons heurtèrent le débris et déraillèrent, occasionnant une troisième explosion plus violente. Une boule de feu colossale arrivait rapidement vers eux, inévitable. Ni Gabriel ni Ava n'auraient le temps de retourner à l'autre entrée ! César remit alors en vitesse ses katanas à l'intérieur de son baudrier et se mit à donner des coups de poing dans le mur en accéléré. Gabriel et Ava firent de même. S'ils ne sortaient pas de là tout de suite, ils allaient mourir ! Ils n'avaient pas la possibilité d'éviter le mur de feu qui se rapprochait de plus en plus ni d'en atténuer les conséquences. Les wagons frappant la structure du tunnel faisaient un bruit d'enfer en avançant vers eux. Gabriel passa son bras à travers le mur en premier. Sous l'effet de la chaleur, ils serrèrent les lèvres et balancèrent plus rapidement leurs poings contre le mur. La barrière de feu passa à l'endroit où ils étaient au moment même où ils s'engouffraient avec promptitude dans la brèche qu'ils venaient de faire.

— Une seconde de plus, et on se faisait griller comme des saucisses ! s'écria César en se redressant, les mains rouges.

Il arrêta de parler et sortit rapidement ses katanas de son baudrier tout en se mettant en garde.

— Je pense que Cam avait raison, déclara Ava en se mettant de dos à César.

— On a un autre petit problème également, chuchota Gabriel en plaçant son dos contre ceux des autres tout en adoptant la même position. Je n'arrive plus à me connecter aux autres…

Une vingtaine de loups les entouraient en grognant, les yeux jaunes pleins d'un désir assassin.

Ruelle de New York

– Je t'interdis de le toucher, Brianna ! cria à nouveau Anna.

Ses yeux lançant des éclairs, elle regardait la femme debout avec haine.

– An... na... va-t'en, murmura difficilement Simon.

– Et si je le touche, qu'est-ce qui va se passer, jolie Anna ? Tu me feras quoi ? demanda Alina en la regardant de haut.

Son regard de haine était toujours fixé sur son ancienne amie. Alina se contenta de rire doucement, puis de plus en plus fort.

– Tu ne sais vraiment pas ce qui se trame, n'est-ce pas ? lui demanda-t-elle en s'arrêtant enfin. Tu ne sais pas qui ils sont, continua-t-elle en désignant de la main Simon et Sacha par terre, puis enfin Laura.

– Je ne suis pas conne, Brianna. Je sais très bien qu'ils ont un secret. Par contre, ce que je sais, c'est que tu es une salope de la pire espèce ! Tu voulais faire quoi en m'amenant ici ? Tu espérais que j'aurais peur de mes amis ? Que je les détesterais ? C'est plutôt toi que je hais en ce moment !

Le rire d'Alina monta à nouveau dans les notes aiguës. Elle avait l'air de s'amuser en entendant les réponses de la jeune femme blonde.

– Oh, je suis si triste ! cria-t-elle d'un ton moqueur en se dirigeant tranquillement vers Sacha, encore allongée par terre. Veux-tu le savoir, Anna ? Veux-tu savoir qui nous sommes réellement ?

– Laisse-la tranquille ! Elle ne t'a rien demandé ! cria Laura.

Cette dernière s'était relevée, adossée tant bien que mal au mur. Elle n'avait pas l'air bien du tout.

— Laura…, bredouilla Anna en la voyant se lever difficilement, le visage en sang.

— Mais elle veut savoir, Opal ! Il faut qu'on lui révèle pourquoi Simon ne voulait pas avouer la vérité, n'est-ce pas ? C'est pour ça que je l'ai amenée ici. Afin qu'elle sache. Faisons-lui une démonstration, susurra Alina en s'inclinant sur Sacha.

— Je t'ai dit de LES laisser tranquilles, et ça vaut également pour Sacha ! ordonna d'une voix forte Laura en marchant péniblement et en se mettant devant Anna.

Quand Alina se retourna vers elle, elle reprit.

— Anna n'a rien à voir avec ça. Alors, tu la laisses partir immédiatement !

— Sinon quoi ? Tu vas utiliser tes pouvoirs incroyables pour me tuer ?

Elle se mit à rire à nouveau.

— Anna ! cria-t-elle en se tournant son visage vers la blonde. Veux-tu savoir ?

— Ne lui réponds pas, Anna !

— L-Laura…

— Allons, allons… princesse. Tu commences à être énervante.

Alina se déplaça à une vitesse si surnaturelle que personne ne la vit arriver devant Laura. Elle la souleva dans les airs, sa main serrant son cou à la limite de l'étranglement. Laura ne touchait plus le sol. Elle remuait frénétiquement ses jambes, et ses bras frappaient la main qui commençait à l'étrangler.

Des petits craquements se firent entendre. Les bras d'Alina se mirent alors à s'allonger de plus en plus. Les manches de sa combinaison se déchirèrent sur ses humérus et radius, qui s'allongeaient indéfiniment. Les doigts qui serraient le cou de Laura devinrent des phalanges basales et terminales terminées par de longues plumes. Ses bras devaient mesurer près de 2 m de long ! Laura se démenait toujours comme un beau diable afin de se libérer. Anna se mit à crier en voyant ce qui était en train de se passer. Sacha se releva rapidement et sauta dans les airs en prenant son élan. Le choc fut si violent entre la louve et Alina que cette dernière lâcha brusquement Laura. Simon ouvrit ses yeux d'un coup, poussa Anna et sauta dans les airs afin de la rattraper à temps.

Laura, maintenant au sol, reprenait son souffle difficilement quand elle remarqua l'infinie tristesse dans le regard d'Anna. Cette dernière les fixait, estomaquée.

— Simon… Anna, balbutia difficilement Laura, la main sur sa gorge.

— Oui, j'y vais.

Le Suiveur se dirigeait vers la jeune femme blonde quand le corps de Sacha vint le heurter violemment. Ils s'enfoncèrent dans les conteneurs à déchets. Laura essaya de se mettre debout, mais un cri inhumain lui perça les tympans. Un long cri aigu, strident, horrible ! Toutes les personnes présentes collèrent leurs mains à leurs oreilles afin de se protéger de ce son. Laura avait mal. C'était horrible ! Terrible !

Quand ce fut fini, la jeune femme essaya à nouveau de se remettre debout, mais retomba par terre, désorientée, n'ayant plus d'équilibre. Son regard devint flou. Elle n'entendait plus aucun son.

Laura vit au ralenti Alina dans les airs avec une paire d'ailes immenses de la couleur du caramel. Ses yeux étaient d'un marron tellement particulier qu'ils semblaient rouges comme l'almandin. Elle volait vers Sacha et Simon, mal en point comme elle. Ils essayaient de se relever, mais avaient perdu tout sens de l'équilibre. Laura vit la femme mettre pied à terre ; elle s'approcha de Sacha pour la prendre avec une de ses… mains ? Elle n'eut pas le temps de tergiverser là-dessus ; l'autre aile se transforma en pointe qui vint se planter dans le cœur de la jeune femme brune, qui écarquilla les yeux sous l'effet de l'assaut.

Laura vit Simon hurler quand la pointe traversa la poitrine de sa sœur. Elle le vit se jeter sur la jeune aigle, mais celle-ci, en ressortant la pointe ensanglantée, jeta le corps de Sacha sur lui. Elle vit les deux corps emmêlés frapper durement le mur. Simon protégea sa sœur du mieux qu'il le put. Elle vit le visage de Simon grimacer et pleurer alors qu'il serrait Sacha contre lui.

Le corps de la Suiveuse commença à changer. Des gargouillis s'échappèrent de sa bouche et ses bras et ses jambes s'allongèrent ; son corps se mouvait tout seul. Des poils noirs apparurent sur son corps à une vitesse hallucinante. Ce qui restait par terre n'était plus anthropomorphe. Un pelage recouvrait totalement le corps de la bête qui se tenait, comme morte, à côté de Simon, la langue pendante à travers ses crocs.

En voyant cela, Simon se mit à hurler de douleur. Laura ne l'entendait toujours pas, mais elle ressentait sa douleur profonde et intolérable. Elle pouvait sentir le lien qui la liait à Sacha se dissiper peu à peu dans les airs. Son cœur lui faisait mal comme s'il se tordait dans tous les sens sous l'effet de la douleur de la mort de Sacha. Laura n'en revenait pas. L'attaque avait été si rapide, si…

— Voici ce que nous sommes, Anna, annonça la femme aux ailes caramel en regardant la scène. Tu réalises ? dit-elle en ouvrant des yeux où la douleur fut visible un court instant avant qu'ils redeviennent neutres. Tu es amoureuse d'un homme qui n'en est pas vraiment un. Tu as même été amie avec une aigle pendant une courte période, déclara-t-elle en faisant battre ses ailes.

Anna regardait, les yeux écarquillés, ce qui se passait devant elle. La bouche entrouverte, des larmes coulant sur ses joues, elle était incapable de bouger, sous le choc. À genoux, Anna s'interrogeait sur ce qui se passait devant ses yeux. Laura essaya de se diriger vers elle quand d'un bond, la jeune aigle se mit entre elles.

— Oh non, princesse. Je dois accomplir ma mission : celle de tuer toutes les personnes à qui tu tiens. Et Anna en fait partie, ajouta Alina d'un ton résigné. Si je laisse la sorcière s'en occuper, elle les fera souffrir avant de les tuer…, murmura-t-elle.

Laura n'entendait toujours rien et tenait difficilement sur ses jambes. Elle plissa les yeux et essaya de tendre l'oreille afin de mieux entendre ce que la femme disait. Mais tout ce qu'elle pouvait percevoir n'était que du brouhaha.

— Laisse-les immédiatement tranquilles. Tu as dit que c'est moi que tu voulais, non ? Alors, prends-moi, qu'on en finisse ! cria Laura à la jeune femme d'une voix sourde.

Alina s'avança vers elle, et du bout de ses ailes, elle lui tint le menton. Elle regarda Laura attentivement.

— Tout est à cause de toi, Opal, tout vient de toi. C'est de ta faute, tout ce qui arrive ! Pourquoi ne t'es-tu pas tenue tranquille sur Prima ? Pourquoi voulais-tu à tout prix nous libérer ? Pourquoi n'as-tu pas suivi les directives qu'une héritière se devait de respecter ? Je ne serais pas là… je n'aurais pas été obligée de faire ça, glissa-t-elle doucement.

Alina se tourna vers Anna en continuant de parler.

— Je ne serais pas obligée de la tuer… je n'aurais pas été obligée de tuer Guillaume et les autres…

Alina baissa les yeux un instant, baissant sa garde. C'est à ce moment que Simon sauta sur elle. Il ne sentait plus la douleur physique qu'occasionnait sa blessure à la jambe. Toute sa rage et toute sa fougue faisaient en sorte d'annihiler cette douleur. Il voulait venger sa sœur, sa jumelle. Son autre partie. Son autre lui. « C'est de ma faute, tout ça ! », songea-t-il. « Si je n'avais pas désobéi, si je n'étais pas tombé amoureux, rien de tout ça ne serait arrivé. Anna serait saine et sauve, et les autres seraient sûrement au quartier général. » Il ne pouvait pas se transformer, mais il s'en fichait. Il devait faire quelque chose. Il le savait.

Puisant dans sa force surhumaine, il attrapa une des ailes des deux mains, et d'une poussée décuplée par l'adrénaline, il la projeta contre les conteneurs à déchets.

— Anna ! Laura ! Fuyez ! leur ordonna Simon en agitant les bras.

Il prit Anna par le bras et la releva, puis il fit de même avec Laura et les poussa à s'enfuir.

— Courez !

— Non ; je ne pars pas, déclara Laura toujours d'une voix sourde. Je ne te laisse pas seul.

Elle recommençait enfin à entendre.

— Princesse… il faut que vous vous cachiez, Anna et toi. Elle veut la tuer et après te…

— Je ne veux pas t'abandonner, s'écria Laura, désespérée.

— Fuyez ! cria durement Simon en les poussant dans le dos.

Un dernier regard fut échangé entre Simon et Laura, puis cette dernière décida de quitter cet endroit aussi vite que possible. Elle devait protéger Anna, appeler ses Sentinelles pour qu'elles puissent venir les aider.

— Reste en vie, Simon. C'est un ordre !

BlackTower, Terre

— Monsieur, je suis désolé de vous déranger, mais c'est important !

— Repos, soldat ! Que se passe-t-il ? demanda Janus July en se tournant vers la porte du bureau.

— On attaque le quartier général de la Coalition !

— Quoi ? Qui ? demanda-t-il en se redressant de sa chaise.

— Des métamorphes de type loup se trouvent autour de leur bâtiment. Ils ont déjà attaqué les gardes.

— Putain ! siffla en même temps Aylan Cork.

Ce dernier venait de recevoir des données sur sa tablette de travail. Les trois autres se tournèrent vers l'écran montrant le major général Cork et le regardaient taper, le visage soucieux.

— Que se passe-t-il, Aylan ? demanda Betsy Boots.

— Nos hommes ont aperçu la haute garde des tigres à Montréal.

Un silence alarmant s'installa dans la pièce.

— Les panthères sont apparemment en état d'alerte. Elles se sont disposées tout autour du quartier général de la Coalition, annonça quelques secondes plus tard Lizzy Liu.

Cette dernière avait récupéré une feuille donnée par un de ses soldats et la lisait rapidement.

— Ils ont décidé de s'en prendre à la Coalition ce soir, apparemment.

— Avez-vous des nouvelles de Laura St-James ? demanda Janus en se tournant vers le soldat toujours debout près de la porte.

— Non, monsieur. Plus depuis 30 minutes. La sergente Hewer se trouve au dernier emplacement enregistré : la Plaza Saint-Hubert. D'après les dernières données, le lieutenant Kim Kook de la police de New York discutait avec Laura Saint-James quand nous avons cessé d'avoir des nouvelles d'elle.

— Nos hommes les recherchent activement, lança Betsie Boots avant de se tourner vers des hommes et femmes autour d'elle et d'ordonner une surveillance accrue de différents secteurs.

Sans un mot, les quatre hauts gradés se levèrent de leurs sièges respectifs et se dirigèrent vers leur centre de contrôle.

— Soldats, montrez-nous immédiatement ce qui se passe au quartier général de la Coalition, et putain, trouvez-moi Laura St-James !

Quartier général de la Coalition, Montréal

Denys et Cam se trouvaient près de la porte d'entrée à observer les alentours discrètement. La fumée noire se dissipait lentement dans le couloir grâce à la ventilation. Marcus, lui, essayait de rétablir la connexion au serveur du quartier général. Quand elle fut opérationnelle, Pia agita la main afin de le signaler aux deux autres.

— Peux-tu voir ce qui se passe avec les caméras ? demanda alors Denys en venant vers lui, inquiet.

— Je vais essayer, lui répondit Marcus en tapant à toute vitesse sur le clavier de l'ordinateur. J'y suis !

Pia, Cam, Denys levèrent les yeux vers les écrans tapissant le mur. Le loup passait de caméra en caméra, vérifiant celles qui étaient toujours fonctionnelles. Il lâcha un soupir de soulagement. Sur les écrans, trois caméras se mirent en marche.

Sur la première, ils virent passer des loups et des loups alpha. Certains étaient debout sur leurs pattes arrière ; leurs bras étaient allongés, et leurs griffes étaient aussi longues qu'une main ; ils semblaient montrer le chemin aux autres.

— Ils sont nombreux, souffla Pia en regardant l'écran, apeurée.

— Ils se dirigent vers le Refuge, non ? supposa Cam.

Marcus passa à la deuxième caméra. Alano, Serena, Alexander et plusieurs autres membres de la Coalition marchaient dans un couloir gris quand ils se retrouvèrent attaqués par une dizaine de loups.

— Non ! Ce n'est pas possible ! s'écria Denys en voyant des crocs d'un énorme loup noir passer à quelques millimètres du bras de Serena. Il faut que j'y aille, ajouta-t-il en s'élançant vers la porte.

— Tu ne sais même pas où ils se trouvent ! rétorqua Cam en serrant les lèvres.

— Attends ! s'exclama Marcus. Je vais les chercher.

Il mit deux doigts sur son front et… rien ne se passa. Marcus ouvrit les yeux, plissa le front et referma ses yeux. Il recommença une seconde puis une troisième fois. Surpris de ce qui se passait, il s'adossa à sa chaise.

— Marcus, ne me dis pas que tu ne peux plus te téléporter ? articula Cam.

— Il y a quelque chose d'étrange qui se passe, fit l'homme, le front plissé à nouveau. Denys, ne bouge pas d'ici ! lui ordonna-t-il.

— C'est bon, ils les ont eus, annonça Pia en montrant du doigt Alano et les autres, qui se dirigeaient vers le bout du couloir pour se mettre à l'abri.

— Peux-tu appeler Bella ? demanda Denys en revenant vers Marcus tout en le scrutant.

Marcus ne répondit pas et serra les dents. La troisième caméra s'alluma. Une créature noire aux yeux rouges descendait des escaliers. Un homme blond vêtu d'une toge blanche suivait la bête.

— Un des Anciens ? s'exclama Pia.

— …

L'homme à la toge leva la tête vers la caméra, laissant voir des yeux opalins, ce qui les fit tous sursauter. L'homme sourit et fit un clin d'œil à la caméra comme s'il les voyait, puis il fit un signe, et un des *chacals* sauta et arracha l'appareil.

— Je rêve ? marmonna Marcus en regardant, ébahi, l'écran brouillé.

— Il a les mêmes yeux que la princesse, murmura Cam avec stupéfaction.

— Marcus, peux-tu appeler Bella ? demanda Denys à nouveau en le regardant attentivement.

— Pas depuis cinq bonnes minutes. Je n'ai plus aucune connexion mentale. Même pas avec mon frère, avoua le jeune loup.

Il se retourna brusquement et se mit à taper sur le clavier de l'ordinateur. Il avait une idée.

CHAPITRE 24

Quartier général de la Coalition, Montréal

Pol et Bella traînèrent les corps des loups dans le local. Discrètement, ils surveillèrent les entrées et sorties pendant que Jacob utilisait la tablette holographique fournie par Marcus pour se connecter au réseau local.

— Ne restons pas ici plus longtemps ! D'autres loups viendront à coup sûr à cause du bruit, décréta à voix basse Pol en ajustant ses lunettes rondes.

— Laissez-moi une minute. Je veux voir ce qui se passe au quartier général.

Annabella souffla longuement et plaça sa main sur le mur afin de se reposer.

— Est-ce que tout va bien, Annabella ? demanda Pol.

— Je crois…

— Tu crois ou tu en es sûre ? demanda l'homme.

— Je ne sais pas…, répondit-elle avec difficulté. Il y a quelque chose dans l'air…

En entendant ces mots inhabituels de la part d'Annabella, Pol la regarda plus attentivement. Elle semblait plus pâle qu'à l'accoutumée. Il se retourna vers Jacob, toujours concentré sur la connexion au serveur, puis ferma un instant ses yeux et se mit en position de méditation, ses deux poings se refermant l'un sur l'autre. Seules leurs respirations étaient audibles. Pol ouvrit brusquement des yeux bruns aux pupilles dilatées.

— Je n'arrive pas à me concentrer, déclara Pol, étonné.

— Jacob ? dit Bella dans un murmure. Je pense que nous avons un problème, poursuivit-elle en regardant l'homme.

— Quel genre de problème ? s'enquit-il en s'avançant vers eux sans faire un bruit.

— Peux-tu prendre ta forme animale ? demanda Pol.

Jacob pencha la tête et essaya de débuter sa transformation comme il l'avait l'habitude de le faire, c'est-à-dire en laissant sa panthère monter en lui, annihilant toute autre forme. Il s'arrêta, éberlué, puis plissa le front et réessaya. Rien ! Il n'arrivait pas à se transformer.

— Il faut que nous retournions à la salle des opérations, et tout de suite !

Un bip retentit de la tablette. Trois paires d'yeux fixèrent l'appareil. Un message de Marcus.

Marcus – Jacob ?

Jacob – On est là. Nous sommes OK. Il se passe quelque chose de bizarre avec nous. Je n'arrive pas à me transformer. Bella ne se sent pas bien.

Marcus – C'est pareil de notre côté ! Plus de lien télépathique avec qui que ce soit. Je ne peux pas me téléporter non plus. Pia est en train d'envoyer un message sur le cellulaire de César.

Jacob regarda Pol et Bella en se pinçant les lèvres. Ces derniers soupirèrent de dépit. C'était pire qu'ils le pensaient.

Jacob – Quelque chose bloque nos pouvoirs, apparemment. Et pour les caméras ?

Marcus – Alano et les autres se dirigent vers une des entrées du Refuge. Il y a des loups appartenant à la meute dans le quartier général. Nous avons aperçu deux chacals *au niveau du Refuge qui marchaient avec un inconnu.*

Jacob – OK ! Rendez-vous au niveau B2. C'est le plus proche. Je t'envoie les instructions.

• • •

Des corps de loups s'entassaient au sol. César essuyait sur la fourrure d'un des loups ses katanas rouge sang quand son cellulaire émit un son.

— C'est Pia, annonça César à voix basse en allant vers Ava et Gabriel pour leur montrer le message envoyé qui demandait si tout se passait bien de leur côté.

19:09 César – À part manquer de nous faire griller comme des saucisses et ensuite nous battre contre une vingtaine de loups… oui, ça va ! Vous ?

19:09 Pia – Oui, ça va. Bella et les autres également. Nos facultés métamorphiques sont limitées.

19:10 César – Pour ça, on s'en est rendu compte ! Plan ?

19:10 Pia – Rendez-vous au niveau B2. Faites attention aux loups ! On vous envoie l'itinéraire dans un moment.

19:11 César – Marcus a-t-il pu retrouver Opal ?

19:11 Pia – Non.

— Et merde ! lâcha César en lisant le dernier message de Pia, se frottant les doigts sur la bouche.

— Nous sommes bien dans un traquenard, les garçons, confirma Ava.

— J'espère vraiment que Simon et Sacha protègent Opal, dit à haute voix Gabriel.

Un son de message leur indiqua qu'ils avaient reçu l'itinéraire. Ils se mirent en route.

Ruelle de New York

Anna se laissa entraîner par Laura facilement, totalement choquée par ce qu'elle avait vu. Elles couraient quand elles entendirent à nouveau le cri strident. « Oh, non ! Pas encore ! » se dit Laura en se bouchant les oreilles. Le cri les stoppa net dans leur course, les immobilisant comme si Alina contrôlait leurs membres. Anna tomba et se mit à gémir. Laura, elle, essaya de résister, le souffle court. Le cri se répercutait à l'intérieur de son corps, l'empêchant de faire ne serait-ce qu'un mouvement. Son cœur battit plus fort. En essayant de lutter, elle regarda au sol et aperçut une chose en cuivre au milieu de la ruelle. Un objet plat et rond. Elle était sûre de l'avoir déjà vu quelque part.

La mémoire lui revint par flashs.

Un bruit au-dessus d'elle… une autre créature venait d'apparaître… la regarder… sa poitrine nue… amulette en cuivre… balançait doucement au rythme de sa respiration. Quand Laura entendit le cri de douleur de Simon, elle tomba par terre. Il fallait qu'elle balance cette chose aussi loin que possible. Elle le sentait ! Ce devait être cet objet qui annihilait leurs pouvoirs. Les hurlements de douleur de Simon s'intensifièrent, ce qui lui donna un coup de fouet. La jeune femme put bouger ses membres et rampa jusqu'au talisman. Quand elle le toucha, elle constata qu'il était incandescent ; elle dut le relâcher brusquement. Laura vit une bouche d'égout sur sa gauche, et en arrêtant de réfléchir, elle se dirigea tant bien que mal vers elle à quatre pattes.

— Opaaaaal! cria soudain une voix féminine.

Cette voix, Laura l'aurait reconnue parmi toutes. Un cauchemar qui menaçait ses nuits depuis trois mois maintenant. Laura fit un arrêt puis se dépêcha de faire rouler l'amulette vers la bouche d'égout.

— Elle a le talisman ; arrête-la immédiatement ! cria à nouveau la voix.

— Tu fais ça et Anna est morte, l'avertit Alina d'une voix forte.

Laura s'arrêta, se releva et se retourna, le talisman dans sa main droite crispée sous l'effet de la brûlure intense. Alina se tenait derrière Anna, ses phalanges formant une pointe acérée posée sur sa gorge.

Les yeux en larmes de la jeune femme suppliaient Laura de faire ce que la femme voulait. Le cœur de Laura se tordit encore une fois. Elle leva les yeux et vit Simon, empalé en haut d'un escalier à plus de 6 m de haut, une barre de fer lui sortant du ventre. Laura cligna les yeux rapidement. Il n'était pas mort ; sinon, il serait déjà transformé en loup. « Nous avons encore une petite chance », pensa-t-elle.

Elle tourna finalement son attention sur la petite femme aux cheveux blonds courts qui avait hanté ses nuits durant ces derniers mois. Elle était là, devant elle. La tête haute, elle la fixait de ses yeux bleu-vert haineux. Les souvenirs revinrent instantanément en elle. Laura serra plus fort l'amulette entre ses doigts. Une odeur de chair brûlée la fit revenir à la réalité. Charlène était accompagnée par deux créatures horribles que Laura avait rencontrées pour la toute première fois sur le toit du musée Pointe-à-Callière.

— Allons, ma chérie, annonça mielleusement Charlène. C'est terminé, tu as perdu.

— Anna, me fais-tu confiance ? demanda Laura en regardant son amie et collègue.

Elle savait qu'Anna était sous le choc, mais elle devait faire sa part. Laura voulait être sûre qu'elle réagirait quand le moment serait venu.

— Opal, tu vas nous suivre bien gentiment. Mais d'abord, lâche ce que tu tiens.

— Anna ? Me fais-tu confiance ? répéta-t-elle en haussant la voix.

— Ouiiiiiiii ! pleurnicha cette dernière.

Tout se passa en un quart de seconde. Laura écarta ses doigts en serrant les dents. De la peau se détacha de sa paume droite. Elle lâcha le talisman au-dessus de l'ouverture. Sur un signe de Charlène, les deux Sabs se jetèrent sur Laura. L'amulette rebondit sur une des barres en fer de la bouche d'égout et tournoya pendant ce qui sembla être une éternité avant de tomber dans le trou. Un des monstres lacéra la jambe de Laura quand il voulut attraper le talisman. Celle-ci se recula pour qu'il ne l'attrape pas par la même occasion. La seconde créature essaya de la saisir avec ses bras, mais Laura, plus rapide, sauta en l'air et lui balança son pied au visage. Le choc projeta la créature à quelques mètres de là. Laura se sentit instantanément mieux.

— Tue-la ! ordonna Charlène à Alina.

Cette dernière serra les dents en entendant cet ordre, puis elle baissa lentement la pointe de ses ailes qui se trouvait sous la gorge d'Anna et la dirigea vers sa poitrine. Elle s'arrêta, hésitante.

— Qu'est-ce que tu attends ? Fais-le, bon sang ! répéta la sorcière.

Laura s'apprêtait à secourir son amie quand la main de l'aigle s'enfonça dans la poitrine d'Anna, qui n'avait toujours pas bougé.

— Nooon ! s'écrièrent en même moment Charlène et Laura — pour deux raisons bien différentes. Charlène venait de s'apercevoir de la blessure qu'un de ses Sabs avait infligée à l'héritière. Le fait qu'une de ses créatures puisse la blesser n'était pas prévu dans le plan. Le venin de ses créatures était mortel. Si elle ne récupérait pas Opal tout de suite, elle allait mourir. North et ses frères seraient terriblement en colère.

— Saisissez-la immédiatement ! ordonna-t-elle à ses Sabs.

Pour Laura, le fait de voir Anna la regarder tandis qu'elle glissait au sol, les yeux écarquillés, était inconcevable. Elle lui avait demandé de lui faire confiance, et voici ce qui s'était produit. Laura s'avança à toute vitesse vers elle et poussa Alina, qui se retrouva projetée à une dizaine de mètres d'elles. Laura s'agenouilla auprès de la jeune femme blonde, les larmes aux yeux, puis elle enleva la plume qui collait à la plaie.

— Non, Anna ; ne meurs pas, s'il te plaît, chuchota-t-elle en appuyant sur la blessure.

— L-Laura…, prononça difficilement Anna en la regardant sans comprendre ce qui lui arrivait.

Simon hurla de désespoir. « Non ! Pas elle ! Pas Anna ! » pensa-t-il. Il leva les yeux vers la lune qui brillait, énorme, ronde, splendide dans le ciel, et hurla à nouveau. L'attraction de la lune sur la Terre était forte pour le loup. Plus près de la Terre que la normale, la super lune attisait sa puissance. Le loup qui hurla était un loup assoiffé de liberté et de vengeance. À l'aide de ses pieds et de ses mains, il se propulsa dans le vide et se mit à se transformer. Quand il arriva au sol, Simon retomba sur ses quatre pattes, les griffes ancrées au sol, et grogna férocement. Ses nombreuses blessures cicatrisaient à toute allure.

— Le portail est brisé, confirma Alina en revenant vers Charlène tout en s'époussetant.

— Ce n'est pas ça le plus important, répondit la sorcière en montrant la blessure à la jambe de Laura. Nous devons la ramener immédiatement à la cité. Sinon, elle mourra.

Laura avait le souffle court ; son cœur lui faisait mal. Ce n'était pas possible ! Anna avait les yeux vitreux.

— Ne t'inquiète pas, Anna. On va t'aider. Je te le jure, pleura Laura en appuyant toujours sur la plaie d'où s'écoulait une énorme quantité de sang. Gabriel, Bella, Marcus et César vont arriver bientôt. Tiens le coup !

— Je n'ai pas été assez rapide, excuse-moi…, lui dit Anna en la regardant avec un air désespéré.

— C'est plutôt à moi de m'excuser. Je n'aurai jamais dû te demander de faire ça.

— Je savais que tu me cachais quelque chose, mais ça, c'est le pompon…, prononça Anna en essayant de plaisanter avant de se mettre à tousser grassement ; du sang s'écoula de sa bouche.

— Je t'en prie, ne parle pas.

Elle se concentra.

— *Dépêchez-vous, elle ne tiendra jamais le coup !* hurla-t-elle à ses Sentinelles.

— Jure-moi de tout m'expliquer après tout ça, s'il te plaît.

— Anna…

— Jure-le-moi !

— Je te le jure.

Anna sourit et regarda Simon, transformé en loup, puis elle sourit à nouveau et ferma les yeux. Le cœur de Laura se serra une nouvelle fois, plus cruellement.

— Anna… non… ouvre les yeux… ne t'endors pas… S'il te plaît ! cria la jeune femme en la secouant. Réveille-toi ! hurla-t-elle. Tu ne peux pas nous faire ça. Je t'ai promis de tout te dire. Je te dirai toute la vérité. Réveille-toi !

— Tes amis meurent les uns après les autres, n'est-ce pas ? annonça Charlène en s'approchant légèrement. Tout est de ta faute depuis le début ; tu le sais très bien. Alina a fait du bon travail en tuant tous ces terriens à qui tu tenais, en commençant par ce Guillaume… Je crois que c'est dans la même ruelle, d'ailleurs. N'est-ce pas, Alina ?

Comme cette dernière ne lui répondait pas, Charlène continua.

— Mais ne t'inquiète pas, Opal ; d'après elle, Guillaume n'a pas eu le temps de souffrir. Contrairement à ton amie Anna et aux quelques victimes collatérales, continua la sorcière en désignant entre autres le policier à terre.

Les yeux à moitié ouverts et la respiration haletante, Kim Kook regardait sans vraiment la voir la scène qui se déroulait près de lui.

— …

Alina ferma ses yeux, qui exprimaient du désespoir. L'instant suivant, elle les rouvrit avec un air neutre.

— Opal, dans peu de temps, ta jambe gauche sera paralysée, continua Charlène. Tu as reçu du venin de mes braves Sabs.

Le regard de Laura se posa sur sa blessure. Effectivement, elle ne sentait presque plus sa jambe ; elle ne l'avait pas réalisé. Tous ses membres se mirent à trembler.

Simon se rapprocha d'elle et la toucha en lui transmettant ses pensées. Il créerait une diversion, puis elle partirait aussi rapidement que possible. Il se décolla d'elle et se mit à grogner avec rage. Son Suiveur n'en était plus un!

— Je peux te soigner, mais pour cela, il faut que tu viennes avec nous. Je suis la seule capable de le faire. M'entends-tu… ?

Laura se mit à trembler de plus en plus fort. Cela partait de sa main droite et se dirigeait vers tous ses autres membres. Quelque chose pulsait à l'intérieur d'elle. Quelque chose de plus fort qu'elle. De la rage? Peut-être. Elle en avait assez que ces amis meurent par sa faute. De la honte? Sûrement! Elle était excédée de devoir dépendre des autres pour sa survie. Simon allait se faire tuer pour la protéger — elle! Elle ne pouvait pas le laisser se faire tuer. Non, elle ne le voulait pas! Elle ne voulait plus dépendre de qui que ce soit. Au point où elle en était, César aurait dû lui répondre, la rejoindre avec les autres et tous les sauver. Ils devaient avoir des problèmes. Elle voulait les aider, pas être un problème pour eux. Ils formaient sa famille, maintenant. Laura ne laissera mourir personne d'autre. Elle contempla son amie par terre.

C'était avec Anna qu'elle plaisantait de tout et de rien. C'était avec elle aussi qu'elle dévalisait les boutiques afin de trouver les meilleures bouteilles de champagne du Canada. Avec personne d'autre! Avec qui allait-elle faire cela si Anna n'était plus de ce monde?

— Aaaaahhhh, gémit Laura en baissant la tête.

Le sol commença à trembler. Les créatures aux yeux rouges émirent un petit cri.

— Que se passe-t-il? s'inquiéta Alina en regardant en même temps du côté de Simon, qui menaçait de lui sauter dessus à tout moment.

— Rien qui vaille…

— Aaaaaaaaaahhhh!

Un cri plus fort sortit de la bouche de Laura. Elle mit ses mains ensanglantées sur son visage, se rejeta en arrière et poussa un cri plus long, plus fort…

Le sol trembla avec plus d'intensité. Les escaliers de secours suspendus glissèrent, les terrasses grincèrent, les sacs-poubelle tombèrent du dessus des conteneurs et un pot de fleurs tomba à quelques millimètres de la tête de Kim Kook.

— Aaaaaaaaaaaah!

Le cri prenait de l'ampleur. Le sol tremblait pour de bon. Des klaxons se firent entendre, ainsi que des bruits de voitures s'entrechoquant au loin… Des cris de peur également. Une onde de choc provenant de Laura explosa, propulsant les créatures contre les murs des édifices comme des pantins désarticulés. Alina et Charlène restèrent debout, mais avec peine. Laura projeta deux ondes bleutées vers les monstres, qui se désintégrèrent immédiatement. Quand Laura ouvrit enfin ses yeux, ils étaient devenus opalins. Le visage fermé, la jeune femme se redressa et se mit à crier, le regard vers le ciel, les poings serrés. Un entonnoir se forma autour d'elle, fait d'énergie bleutée avec de petits éclairs de temps à autre. Son pendentif s'échappa de son haut et voleta dans le sens du courant. L'opale rayonnait. Le sol se mit à crépiter et à se fissurer autour d'elle. Cela partait du point où elle se trouvait et se répandait un peu partout. Le sol se creusa sous son poids. Des boucliers d'énergie entourèrent sur-le-champ les corps de Sacha, du lieutenant Kook, de Simon et enfin d'Anna.

C'est à ce moment que Laura laissa toute sa rage et sa colère s'emparer d'elle. L'entonnoir devint une sorte de gigantesque tube bleu montant haut dans le ciel. Les deux femmes, qui ne pouvaient pas combattre cette puissance, décidèrent de s'enfuir. Avant que Charlène ne téléporte, Laura lui envoya une onde tellement puissante qu'elle se trouva catapultée contre le mur d'un bâtiment. Elle passa à travers l'édifice et ressortit du côté opposé, laissant l'édifice avec un cratère en son milieu. La sorcière déboula et s'écrasa sur une route. Des crissements de pneus retentirent. Alina s'élança dans les airs afin de s'échapper, mais Laura, plus rapide, se téléporta derrière elle et la projeta au sol avec une violence terrible. La jeune aigle traversa le béton et tomba directement dans une rame de métro. Rebondissant à cause de la force, elle glissa sur les rails sous les cris apeurés des passants. Le métro passa au même moment.

Quartier général de la Coalition, Montréal

Avant de partir de la salle des opérations, Denys avait tenté de prévenir Alano. En passant les caméras au crible, Marcus avait pu les retrouver près de l'armurerie. Il avait pu leur faire signe grâce au voyant rouge de la caméra. Denys avait ensuite utilisé le code morse afin de leur faire savoir où se rendre.

Ils s'étaient tous retrouvés au niveau B2 sans vraiment rencontrer d'embûches. Pol, Bella et Jacob étaient arrivés en premier. Ensuite Ava, César et Gabriel les avaient suivis, puis le dernier groupe s'était joint à eux. Denys se dirigea vers Serena, la serrant dans ses bras, de la tendresse passant dans ses yeux.

Ils se partagèrent des armes terriennes. Fort heureusement, sous l'ordre de Thoas, les représentants avaient été équipés avec des fusils d'assaut *Enforcer* avant de se rendre sur Terre.

— Il faut que nous réussissions à sortir du quartier général afin de retrouver Opal, lança César. D'ici, nous ne pouvons ni nous transformer ni nous connecter avec elle.

— Il y a cinq sorties. Ici, ici, ici et ici, montra du doigt Alano sur le plan que Jacob avait téléchargé sur la tablette. Celle-ci a été détruite quand nous y arrivions ; on peut l'éliminer.

— Cette sortie est détruite également, affirma Gabriel en pointant la zone. Nous en revenons. Il n'y a rien.

— Nous revenions de cette entrée quand nous avons rencontré Alano, annonça Élisabeth en indiquant une troisième zone. Il n'y a plus de sortie de ce côté.

— Il reste donc ces deux zones, déclara Alexander.

— Nous allons devoir nous séparer, conclut Denys en les regardant tous de sa haute taille.

— Cela ne me plaît pas.

— Je n'aime pas ça non plus, mais nous n'avons pas le choix, déclara Marcus, un rictus au coin des lèvres.

— OK ! articula Alano. Gabriel, César, Romeo, Steven, Pol, Annabella, Cam, Pia, Ava, Alexander, vous venez avec moi, dit-il en les désignant. Nous passerons au niveau du Refuge, ce qui laissera du temps à Jacob, Marcus, Denys, Serena, Élisabeth, Farah et vous trois pour aller vers la zone 2. Moins de gens la connaissent ; il se peut donc que la voie soit libre.

— Excellente stratégie, approuva César avec un petit sourire qui n'atteignit pas ses yeux.

Il était inquiet, et cela se sentait. Serena s'approcha d'Alano et le prit dans ses bras. Les yeux humides, elle ne dit rien. Denys vint la prendre par les épaules. César fit un signe militaire à son frère avec un léger sourire. Ce dernier sourit en secouant sa tête. Il serra la main de Bella en la regardant longuement, puis il sourit à Gabriel avant que les deux groupes se séparèrent sans un regard en arrière.

Sur les toits, Montréal

Cinq ombres apparurent sur le toit d'un immeuble. Toutes de noires vêtues, elles s'accroupirent aussitôt en appuyant sur l'appareil qu'elles avaient au poignet, humèrent l'air puis hochèrent la tête. Aquiles tapa sur sa tablette puis prit une bombe de peinture blanche et fit une croix à l'endroit où ils étaient apparus. Pendant ce temps, Lucas, Axel, Tiago et Kassandra se rapprochèrent du bord sans faire un bruit. Ils se penchèrent et regardèrent tout ce qui se trouvait aux alentours d'un immeuble.

— Quatre Sabs sur le toit, compta d'une voix basse K.

— On doit donc faire attention aux changements de direction du vent. S'ils nous repèrent, la mission est fichue, indiqua Lucas.

— Je vois neuf alphas autour de l'immeuble, marmonna Axel.

— Ils n'y sont pas allés en douceur, dis donc, grimaça Aquiles. Ça doit être la baston en bas.

Ruelle de New York

Ce sont de nombreuses voitures de police, avertisseurs lumineux et sonores au maximum, qui la sortirent de son état de rage. Laura flottait encore dans les airs, regardant l'ouverture faite par Alina. Expirant profondément, elle s'aperçut que des voitures de police venaient de leur côté. La jeune femme regarda vers le sol d'où provenait un bruit sourd et vit Simon sur ses pattes arrière alors qu'il cognait contre le cocon protecteur où il se trouvait. Une pensée lui parvint : « Anna, Sacha, Kim Kook… »

Cette pensée l'enflamma à nouveau. Un quart de seconde plus tard, elle marchait en boitillant vers le cocon d'Anna pour la libérer, faisant la même chose pour Sacha, le policier et Simon. Le loup courut vers Anna, la reniflant et gémissant longuement. Puis il alla vers sa sœur, faisant de même. Tant de peine se dégageait de ses jappements ! Simon se retourna et la fixa de ses yeux jaunes et rouges. Il lui fit parvenir à nouveau une pensée : « Refuge ».

— Oui, tu as raison, Simon, nous devons les emmener au Refuge. Tout de suite ! approuva Laura.

Des bruits de pas de course se manifestèrent. Des dizaines de voix s'élevaient dans la ruelle. Elles étaient proches.

La jeune femme fit venir à elle Sacha et le policier. Simon se dépêcha de la rejoindre d'un bond. Une lampe les éclaira quand Laura ferma les yeux.

— STOP ! On ne bouge plus, cria une voix d'homme.

Une sphère d'énergie translucide se forma autour d'eux. Ils disparurent au moment où d'autres lampes éclairaient l'endroit où ils se trouvaient quelques secondes auparavant.

BlackTower, Terre

Le large écran flexible couvrant tout le pan d'un mur ovale retransmettait les images en direct. Les membres des BlackTowers virent Laura St-James aux prises avec Charlène, ses Sabs et la nouvelle créature qu'ils avaient détectée moins d'une heure auparavant. Ils virent son combat contre les deux femmes puis sa téléportation avant l'arrivée de nombreux policiers new-yorkais dans la ruelle. Ces derniers continuaient de fouiller la scène dans les moindres recoins.

Sur un autre écran, un journaliste parlait sur une des chaînes de télévision nationales de l'accident qui s'était produit dans le métro de Montréal. Il y avait eu une centaine de victimes. La société s'occupant du transport montréalais avait dû fermer le métro au complet, craignant un attentat terroriste.

— Où est-elle allée ? demanda Janus July en se tournant vers les 10 bureaux occupés par des soldats.

Ces derniers tapaient sur leurs écrans personnels en rythme, concentrés.

— Où se trouve-t-elle ? demanda-t-il à nouveau d'une voix forte et ferme.

— Un pic d'énergie vient juste d'apparaître dans cette zone, monsieur, répondit un soldat en envoyant l'information vers l'écran principal.

C'était une carte géographique d'un des quartiers de Montréal. Un point rouge clignotait sur un immeuble.

— Le quartier général de la Coalition ! dit la sergente Hewer, les yeux plissés.

Elle venait tout juste d'arriver à la base. Le lieutenant-général Janus July se retourna vers les écrans. Les visages soucieux d'Aylan Cork, de Betsie Boots et de Lizzy Liu apparurent. Ils discutaient avec leurs propres soldats tout en donnant des ordres.

— Monsieur ? lui dit une soldate. Nous détectons des groupes de métamorphes de type panthère à trois endroits autour du quartier général de la Coalition.

Cette dernière transféra les images satellitaires sur l'écran principal. Les trois groupes se trouvaient sur les toits d'immeubles et semblaient observer avec attention le quartier général. Le troisième groupe apparut sur l'écran : cinq métamorphes vêtus entièrement de noir semblaient se regrouper et regardaient un écran avec attention.

— Aquiles, Axel, Tiago, Lucas et K, lança Lizzy Liu en se mordant les lèvres. Ils surveillent la scène, mais la question est plutôt la suivante : vont-ils enfin attaquer ?

Salle de contrôle, Prima

— Hé ! lança Thoas en s'avançant vers le bureau de Tim.

Il salua Vin et Xaviu, qui se trouvaient à leurs postes, et s'installa près de son ami. Il n'avait pas eu le temps de venir le voir depuis l'annonce de l'apparition d'Alina sur Nexma.

— Hé, répondit le scientifique avec un sourire léger avant de continuer de vérifier son écran holographique parsemé de données mathématiques. Comment avance ta recherche avec les loups fugitifs ?

— On suit leurs traces, mais ils nous échappent chaque fois. C'est incompréhensible ! expliqua Thoas en passant les mains dans ses courts cheveux noirs. C'est comme s'ils savaient que nous leur tendons des embuscades.

— Un espion dans tes rangs ? chuchota Tim en fronçant les sourcils.

Le scientifique s'arrêta de travailler et regarda Thoas avec attention.

— C'est possible. Ce matin, nous avons mis en place un plan avec Gabriel pour le coincer, si c'est bien de ça qu'il s'agit. Dès son retour, on va l'essayer, murmura Thoas en se penchant vers son ami afin de ne pas se faire entendre.

– En parlant de Gab, tu sais ce qui se passe entre lui et César ?

– De quoi parles-tu ?

– À table, il y avait une tension… désagréable. Gab est venu demander des explications à César, et ils sont partis tous les deux pour discuter.

– …

– Toi, tu sais quelque chose, dit Tim en plissant les yeux.

– À ton avis, Tim ? s'exclama Thoas en lui faisant de gros yeux.

– Oooh ! Tu penses que… ?

– Ouais ! Il se peut que César ait dit la vérité sur ses sentiments pour Opal et que Gabriel l'ait mal pris.

– C'est ce que je me disais, mais je n'étais pas certain. Ni Marcus ni Bella ne voulaient m'en parler.

– Soit ils sont convaincus que nous n'étions pas au courant pour eux deux, soit ils pensent que nous ne nous souvenons pas de certaines parties de l'histoire à cause de ce long sommeil.

– D'ailleurs, il faudra qu'on m'explique ce qui s'est véritablement passé, parce que moi, je n'y comprends rien !

– Je te signale que c'est toi, le scientifique, Tim ! répliqua le militaire. C'est TOI qui devrais avoir les explications, non ?

– Ah, oui, c'est vrai ! s'exclama Tim en riant.

Ils se mirent à rire pendant quelques secondes avant de laisser un silence agréable les entourer. Thoas donna un léger coup de poing sur l'épaule de son ami et sourit tendrement.

– J'espère qu'ils vont les ramener à la maison.

Quand Tim le regarda, Thoas continua.

— Vous avez assez souffert, tous les deux, non ? Nous avons besoin que notre famille soit à nouveau réunie. Opal et Alina doivent rentrer à la maison !

Tim acquiesça de la tête doucement, fit un sourire puis reprit son travail pendant que Thoas repartait.

Sur les toits, Montréal

Tiago et Aquiles calibraient un appareil afin de détecter un éventuel pic d'énergie. Les deux travaillaient sur leurs tablettes rapidement tandis que Lucas et K regardaient sur une autre ce qui se déroulait dans le quartier général de la Coalition grâce aux caméras piratées. Axel, lui, surveillait les alentours du quartier général.

Quelques minutes plus tôt, des loups alpha appartenant à la meute avaient attaqué et tué trois hommes se rapprochant d'une des entrées. L'attaque avait été rapide et directe, ne leur laissant aucune chance.

— Que se passe-t-il en bas ? leur demanda Axel en regardant les deux jeunes gens.

— Hum… ils se sont séparés en deux groupes. Le souci, c'est qu'ils étaient attendus des deux côtés.

— D'un côté par des loups et de l'autre par un homme avec les Sabs de la sorcière.

— Il ressemble à un des Anciens ; tu ne trouves pas, Lucas ?

— Tu veux dire que… ? commença Tiago en ouvrant de grands yeux surpris.

— Non. Ce n'est pas un Ancien, lui assura l'homme aux cheveux brun foncé. Il a une toge comme eux, mais il ne leur ressemble pas.

— Ils ne se transforment pas. Je trouve ça étrange, souligna K en grimaçant.

— Et où se trouve Opal ? Elle devrait être avec eux à l'heure actuelle, dit Axel à voix basse.

— Je ne sais pas, et je trouve ça inquiétant, déclara Aquiles en se tournant vers eux. Se sont-ils déjà attaqués à elle ? Ça, c'est la question à se poser.

Un silence de réflexion se fit. Au bout d'une minute, les poils de leurs bras se hérissèrent.

— Qu'est-ce que c'est que ça ? croassa Axel.

— Oh, wow ! s'écria Tiago en regardant sa tablette.

— Ce n'est pas possible ! s'exclama à son tour Aquiles.

Axel, K et Lucas rejoignirent leurs amis rapidement. Sur leurs deux tablettes, des histogrammes montaient dans le rouge. Le pourcentage d'énergie augmentait de manière exponentielle. Les deux tablettes s'éteignirent à cause de la surchauffe.

— *Merda !*

Ils regardèrent tous l'écran montrant ce qui se passait en direct au quartier général de la Coalition, surpris par ce qu'ils voyaient.

Refuge, quartier général de la Coalition, Montréal

Quand ils atterrirent dans la salle d'attente du Refuge, Simon et Laura furent accueillis par des tirs d'armes à feu. Pensant être en sécurité, la jeune femme avait retiré le bouclier translucide qui lui avait permis de transporter tout le monde. Elle n'eut que le temps de se mettre à genoux et de remettre l'enveloppe en place avant qu'une autre rafale de tirs soit tirée vers eux. Ils étaient au milieu de coups échangés de part et d'autre de la salle. Quand Laura regarda autour d'eux, elle vit que plusieurs cadavres se trouvaient par terre. Cadavres de loups, de lion, de tigres et de panthères…

En sentant un liquide couler sur son bras droit, elle constata que son épaule était en sang et grimaça. Bizarrement, elle n'avait pas mal. C'était la même chose pour sa jambe : elle ne ressentait pas de douleur. Les tirs continuèrent de plus belle vers le dôme. Laura jeta un coup d'œil sur la provenance des tirs et aperçut des métamorphes qu'elle n'avait jamais rencontrés auparavant.

– C'est la princesse ! On la protège ! cria Alano par-dessus les tirs.

– C'est l'héritière de Prima ! Feu sur elle, dirent plusieurs voix inconnues.

– Simon, il faut faire quel… dit la jeune femme en se tournant vers son Suiveur.

Elle ne termina pas sa phrase. Simon était allongé, du sang coulant de son poitrail. Il avait été touché tout comme elle, mais plus gravement. Laura se maudit pour son manque de clairvoyance : elle n'aurait jamais dû baisser son bouclier avant d'être sûre d'être en sécurité. Elle inspecta les autres rapidement. Il n'y avait rien à signaler ; ils n'avaient pas été touchés.

– Simon…, murmura la jeune femme en s'agenouillant près de lui.

Laura appuya sur la blessure afin d'arrêter le saignement. Le loup ouvrit les yeux, la regarda un moment puis les referma en gémissant. Il avait l'air très mal en point.

– Nooon ! Pas toi, Simon, s'il te plaît ! souffla-t-elle, les larmes aux yeux. Il faut juste que je retrouve Serena. Oui, c'est ça, elle vous soignera. Tous ! Je n'ai pas beaucoup de temps…

Laura ferma un instant les yeux et entendit les faibles battements de cœur de Simon ainsi que ceux du policier, tandis que ceux d'Anna étaient terriblement faibles. Ceux de Sacha… étaient inexistants. Les tirs devenaient de plus en plus rapprochés, et l'épaisseur de l'enveloppe diminuait. Laura savait qu'elle ne pourrait pas garder ce bouclier en place longtemps, et elle ne se sentait pas la force de se téléporter à nouveau. Que se passait-il donc ? Laura regarda le sang de son épaule s'écouler rapidement de sa blessure et tomber sur celle de Simon. Elle devait faire quelque chose. D'ailleurs, la jeune femme commençait à ressentir des picotements désagréables sur ses deux membres touchés.

Laura prêta attention à ce qui se déroulait sur le champ de bataille. Se retournant à moitié et observant ce qui se passait, Laura vit son loup se battre comme un beau diable. Ses katanas faisaient des miracles. Il était agile, rapide et déterminé. Un sourire naquit sur ses lèvres. Annabella combattait aux côtés de Pol. Ces deux-là mettaient en pratique leurs connaissances des arts martiaux et se débrouillaient excellemment bien. Synchronisés, ils neutralisaient leurs adversaires rapidement et efficacement avant que Pol tire à plusieurs reprises, touchant mortellement les loups. Gabriel et Cam jouaient de leurs muscles et se battaient comme des boxeurs. Ils étaient terriblement violents dans les coups donnés. C'était la première fois qu'elle voyait Gab se battre sans se transformer. En fait, c'était extrêmement bizarre. « Pourquoi ne se transforment-ils pas ? » se demanda-t-elle. Ava et Pia combattaient également de leur côté sous leur forme anthropomorphe. Elles tenaient la même sorte d'arme que Pol et tiraient sur leurs adversaires. Alano et deux hommes firent feu en s'approchant du dôme. Il se mit à crier pour couvrir les tirs.

— Princesse, pouvez-vous vous téléporter ailleurs ?

— Je n'en ai plus la force, je crois, lui dit-elle.

Cette dernière n'avait pas fini sa phrase quand son regard redevint normal ; le bouclier devint encore plus fin. Un tir atteignit le dôme et le traversa comme du beurre. Elle se releva à toute vitesse, traînant sa jambe, et ferma les yeux. Levant ses bras malgré sa blessure à l'épaule, elle se concentra pour pouvoir raffermir le dôme.

— Que se passe-t-il, Alano ? s'enquit Laura, les yeux toujours fermés, quand le dôme fut stabilisé.

— Nous avons été attaqués par la meute ! lui cria-t-il en tirant sur un loup qui approchait dans leur direction.

— Pourquoi ne vous transformez-vous pas ?

— Il y a quelque chose qui bloque notre transformation, Opal. Nous avons essayé par tous les moyens, mais rien n'y fait ! Pourtant, eux, ils le peuvent ! Ce qui nous désavantage énormément.

— Recherchez un talisman plat de cette taille. Il est de couleur cuivre. C'est cette chose qui bloque nos pouvoirs. Quand vous l'aurez trouvé, détruisez-la ! Elle nous affaiblit tous — même moi !

La jeune femme lui montra en parlant la paume de sa main droite où il ne restait plus d'épiderme. Le dessin du talisman était inscrit en rouge sang dessus — souvenir incandescent de la brûlure. Alano écarquilla les yeux, mais ne dit rien au sujet de cette marque inscrite sur la paume en cloque de la princesse.

— Faites attention ! La pierre brûle quand ce n'est pas le porteur qui la détient.

— Steven ! Romeo ! Cherchez-la immédiatement. Je reste avec la princesse.

Ils hochèrent la tête et disparurent.

Laura entrevit César qui se faufilait derrière une colonne et qui la regardait en pinçant les lèvres. Laura essaya de communiquer avec lui, mais avec un rictus, elle comprit qu'elle n'y parviendrait pas. Seul ce maudit talisman pouvait annuler leur lien télépathique. Il lui fit signe de partir, mais elle ne put que secouer la tête et fermer les yeux, épuisée.

— Est-ce que ça va, princesse ? lui demanda Alano en l'observant rapidement.

Il avait remarqué le haut blanc déchiré, le pansement sale sur sa clavicule, les ecchymoses ainsi que le sang sur son visage et ses blessures au bras qui ne cessait de couler au sol. Il constata aussi que le poids de son corps n'était équilibré que sur une seule jambe.

— Simon est blessé grièvement, tout comme Anna et le policier. Sacha est… Il nous faut Serena immédiatement, sinon…

À ces mots, elle ouvrit ses yeux. Elle fixa son regard marron foncé sur Alano avec détermination. Non, elle ne laisserait mourir aucune personne ici.

— Où est-elle ? demanda Laura.

— Elle est retenue prisonnière dans la salle du fond, annonça Alano en désignant la salle chirurgicale où Serena avait l'habitude de soigner les métamorphes. Élisabeth, Marcus, Denys et d'autres membres y sont également. Nous avons dû nous séparer pour trouver une sortie. Malheureusement, ils nous attendaient aux deux endroits.

Laura arrêta de l'écouter ; une détresse sans nom la submergea. Seule Serena avait le pouvoir de remettre sur pied Anna et les autres. La jeune femme ne pouvait pas rester là sans rien faire. Elle ne pouvait pas attendre qu'ils meurent sans tenter quelque chose – pas cette fois ! Il n'en était pas question ! Laura voyait tout le monde combattre pour rester en vie, mais également pour la défendre. Ses Sentinelles combattaient comme de beaux diables pour que les tirs et les attaques vers elle cessent. Elle se disait cela quand elle vit Pia s'effondrer au sol, touchée par une salve en pleine poitrine.

Les yeux de Laura redevinrent opalins. À la vitesse de l'éclair, elle se rendit auprès de Pia et la rattrapa avant qu'elle touche à terre.

Tout le monde regarda cela avec étonnement. Puis, une fois la première surprise passée, deux immenses loups s'élancèrent vers elles. Ils furent arrêtés par Alano et Ava.

– Pia...

La jeune femme ouvrit les yeux et sourit en la voyant.

– Princesse... ce fut un honneur d'avoir pu vous servir..., dit cette dernière avant de s'arrêter en toussant grassement ; de la mousse rouge sortit de sa bouche.

Pia leva sa main droite, que Laura serra pendant que la jeune panthère essayait de prendre des goulées d'air sans y parvenir. Son corps se relâcha doucement, et elle ferma les yeux.

– Pia..., murmura Laura.

Cette dernière déposa lentement le corps par terre. Laura plissa un instant ses paupières afin d'écouter le cœur de la jeune fille. Ce dernier émettait des pulsations minimes ; il y avait encore de l'espoir. À mesure que Laura se relevait, le dôme devenait plus épais, plus dense, plus opaque. Quand elle regarda la plus jeune des représentants des royaumes au sol, son innocence perdue dans cette guerre, la rage monta à nouveau ! Le sol commença à se fissurer sous ses pieds. Laura fit disparaître la jeune panthère sous le dôme. Ses yeux opalins brillèrent avec un peu plus d'éclat.

L'un des loups était sur Ava, essayant d'atteindre sa gorge. Laura apparut à côté d'eux en une millième de seconde. D'une main, elle l'attrapa à l'encolure et le balança violemment sur l'autre qui s'apprêtait à bondir sur Alano. L'arme de ce dernier s'était enrayée. Ils roulèrent, et une colonne les arrêta, non sans être détruite au passage. Laura aida Ava à se lever.

— Va sous le dôme, Ava ! ordonna Laura.

— Oui, princesse, répondit la femme en la regardant avec étonnement et respect.

À chaque pas que faisait Laura, l'énergie bleutée qu'elle dégageait faisait crépiter l'air. L'énergie courait autour de son corps comme une aura. Le sol se fendait, craquait, se disloquait. Les murs du Refuge se lézardaient. Les secousses, semblables à celles d'un tremblement de terre, faisaient osciller tout le bâtiment ! Gabriel, Bella, Cam et tous les autres regardèrent ce qui se passait, essayant de se retenir en évitant des pans de plafond tombant sur eux.

— Allez, Opal, fais-en du pâté pour chien ! hurla César en se débarrassant d'un adversaire.

Laura sourit. Les deux loups se regardèrent un court instant et décidèrent de s'élancer en même temps.

— Il faut qu'on l'aide ; sinon, elle va se faire tuer ! s'écria Cam.

— Je ne pense pas qu'elle ait besoin d'aide, lui dit lentement Annabella.

— Vous êtes fous ! Elle ne pourra pas s'en sortir toute seule, s'exclama-t-il en voulant s'élancer.

Pol l'arrêta d'un geste. Cam cria. Laura tourna sa tête vers lui d'un air interrogateur, puis tout en regardant l'homme qui venait de crier, elle saisit facilement les deux loups à la gorge. Et serra. Quand la jeune femme se tourna vers les loups, son visage était devenu inexpressif, et ses lèvres n'étaient qu'une ligne fine sur son visage. Les bêtes essayèrent de la mordre et de la griffer. L'énergie bleutée tout autour d'elle les empêchait de lui faire du mal. Laura serra si fort que ses doigts passèrent à travers les cous des loups. Elle tira et ramena des éléments viscéraux digestifs, ventilatoires et phonatoires. Le sang gicla partout et éclaboussa entièrement la jeune femme. Les deux corps sans vie tombèrent à ses pieds.

Cam regarda Opal, bouche bée. Ce qu'il voyait lui semblait insensé. La princesse avait éliminé les deux loups si facilement que c'en était presque troublant. Quand elle l'avait regardé fixement tout en continuant de serrer, il avait pris peur. L'aura autour d'elle était tellement bourrée d'énergie qu'il en avait eu la chair de poule. Laura ne souriait pas ; son visage était fermé. Elle tremblait. De petits éclairs zébraient autour de son corps. Respirant rapidement et clignant des yeux plusieurs fois, elle sentait la même rage que tout à l'heure monter en elle.

— Aaaah, murmura-t-elle en essayant de garder les yeux ouverts.

Laura se mit à trembler de plus en plus fort. Ses membres lui faisaient de plus en plus mal, comme s'ils essayaient de pousser. Elle sentait quelque chose bouger dans son corps. Elle pensait au tout début que cela venait de sa colère, mais désormais, elle avait plutôt l'impression que cela voulait sortir. Elle devait essayer de se contrôler ; il lui fallait trouver Serena avant tout.

— Aaaaaah, gémit un peu plus fort Laura.

Elle dut s'accroupir un instant afin de faire passer la douleur qu'elle ressentait au plus profond de son corps. Cela pulsait en elle de plus en plus.

— Opal, que se passe-t-il, au juste ? demanda Annabella en s'accroupissant près d'elle.

— Il faut trouver Serena, chuchota la jeune femme, toujours accroupie, à bout de souffle. Elle doit aider…

Laura ne continua pas la phrase, mais fit disparaître le dôme opaque. Les corps inertes de Sacha, de Kim Kook, d'Anna, de Pia et de Simon s'y trouvaient. Ava appuyait sur la blessure de Simon. Alano était à genoux au-dessus d'Anna et pratiquait un massage cardiaque.

— *Tia*, est-ce que ça va ? demanda César en touchant son épaule.

— Ne la touche pas ! cria Annabella au même moment en levant le bras pour l'empêcher de le faire.

Cette dernière n'avait pas terminé sa phrase quand César, posant sa main sur l'épaule de la princesse, se retrouva projeté à travers la pièce. Il passa à travers une grande baie vitrée, la brisant complètement, avant de s'écraser contre le mur du fond de la salle opératoire, inconscient. Des cris parvinrent de là où il avait été catapulté.

— César ! s'écria Marcus faiblement.

Sur les toits, Montréal

— Alors ? fit impatiemment Lucas en levant ses yeux de l'écran.

— C'est bon, on rallume, marmonna Tiago, un tournevis à la bouche.

Ils avaient reconnecté le détecteur aux deux tablettes. Aquiles alluma l'une d'entre elles et tapota l'écran.

— Bon sang ! Opal a l'air en pleine forme, s'exclama ce dernier en voyant l'histogramme monter en flèche comme cela s'était produit plus tôt. Son énergie est incroyable !

— Oui, mais pourtant, je la trouve bizarre…

— Comment ça, K ? demanda Lucas en regardant attentivement la jeune femme, qui scrutait ce qui se passait dans le quartier général de la Coalition.

— Elle a ses pleins pouvoirs, mais j'ai l'impression qu'il y a quelque chose qui se passe…

— Quoi ? demanda Tiago, regardant lui aussi l'écran.

— Euh… ? Les gars, venez voir ça, murmura Axel en désignant du doigt quelque chose au-dessus de l'immeuble où se trouvait le quartier général.

Ils virent une sorte d'immense bulle de savon : une sphère formée d'un mince film d'eau savonneuse prenant les teintes de la super lune. Une légère iridescence rappelait les couleurs de l'arc-en-ciel. Elle flottait dans les airs, mais semblait immobile au-dessus du bâtiment.

— Qu'est-ce que c'est que… ? dit K en plissant les yeux puis en se relevant lentement.

Tous se levèrent et regardèrent ce phénomène incroyable devant eux. Un mouvement sur leur droite les fit sursauter ; ils se tournèrent immédiatement. Ils avaient oublié de rester accroupis. Trois personnes portant un large chapeau conique se tenaient sur un des toits. Elles aussi regardaient la drôle de sphère flottante. Ces dernières tournèrent leurs têtes vers eux en même temps.

— Si on m'avait dit… ! s'exclama Tiago en sursautant.

— Je pensais qu'ils étaient morts…

— Sérieux, Axel, tu pensais vraiment qu'ils l'étaient ? demanda ironiquement Aquiles, ne quittant pas des yeux les trois personnages.

— Apparemment, ce soir, c'est le lieu de rendez-vous de tous les métamorphes, grimaça K.

— Tenez-vous sur vos gardes, ordonna Lucas aux autres avec un rictus de colère.

Refuge, quartier général de la Coalition, Montréal

Par la large baie détruite par l'envolée de César, ils purent apercevoir deux loups et une panthère se trouvant au sol, sans vie. Serena se tenait debout en face d'un homme en toge blanche qui la soulevait par le col de sa chemise, ses pieds ne touchant pas le sol. L'homme se redressa et fixa l'endroit où César était allongé, les yeux plissés. Serena jeta un regard vers eux, les yeux agrandis par la peur. Alano la regardait avec inquiétude, mais continuait le massage cardiaque sur Anna. Plusieurs *chacals* se trouvaient dans la salle. Un était près de César. Deux autres gardaient Marcus et Élisabeth, très mal en point. Ils avaient dû vouloir se défendre. Le dernier *chacal* avait à la main un long couteau. Il était debout près de Denys, allongé sur la table d'opération. Ce dernier était en très mauvaise position ; une barre en fer dépassait de son ventre et ressortait sous la table. Une autre se trouvait plantée dans la cuisse, et du sang s'écoulait de ses plaies jusqu'au sol.

— Nous allons avoir du mal à les déloger de la salle d'opération, murmura Gabriel, qui s'était mis au-devant de la princesse, toujours accroupie.

— Si nous ne pouvons pas nous transformer, c'est certain, ajouta avec le même timbre de voix Cam, qui s'avança également afin de faire un rempart de son corps.

— Princesse Opal ! Mes amis et moi, nous vous attendions ! s'écria l'homme à la toge blanche en se rapprochant de l'ouverture laissée par le passage de César.

Il sourit et pencha la tête afin d'essayer de voir la jeune femme qui était cachée derrière Gabriel et Cam. Il croisa les bras sur sa poitrine et leur dit de se pousser. Les deux lions raffermirent leurs positions en émettant des grognements.

— Si c'est ainsi, voilà pour vous ! bougonna l'homme, fâché.

Ses yeux prirent une couleur opaline instantanément. Il décroisa ses bras, et d'un mouvement vers le haut, il envoya voltiger les métamorphes. Même Bella alla s'écraser contre un mur.

— Voilà ! vociféra-t-il. Princesse !

Quand Opal leva ses yeux vers lui, elle fut surprise par la couleur de ses yeux.

— Je m'appelle Patrick. Je suis l'un des *partenaires* des Anciens. Je suis très heureux de vous rencontrer. Il faut dire qu'il y a un peu de vous qui coule en moi en ce moment, rigola-t-il.

— Que voulez-vous dire ? souffla-t-elle en se remettant debout malgré les pulsations de plus en plus fortes émanant de son corps.

— Ha, ha… J'ai le même pouvoir que vous. Je peux même dire, si vous me le permettez, que je suis en quelque sorte votre fils, annonça-t-il en ouvrant de gros yeux. Petite démonstration ?

L'homme écarta ses jambes, contracta ses bras en serrant les poings, s'arqua et laissa l'énergie bleutée l'envelopper. Des veines apparurent au niveau de ses tempes, et quand il se mit à hurler, un vent violent tourbillonna autour de lui. Les Sabs se regardèrent avant de disparaître. Serena poussa un hurlement de frayeur quand elle vit la table d'opération s'envoler en l'air, entraînant Denys. Marcus sauta et attrapa son ami tout en retirant la barre de fer de son corps. À cette seconde précise, profitant de la disparition des *chacals*, Laura transporta le reste de ses amis présents à côté d'elle dans le dôme, qu'elle referma hermétiquement.

La jeune femme s'élança en courant vers la salle, se déplaçant à une vitesse dépassant l'entendement. Au moment d'atteindre l'homme à la toge blanche, elle se volatilisa et réapparut derrière lui, le surprenant alors qu'il pensait qu'elle allait l'attaquer. Laura attrapa Serena par le bras et se volatilisa du côté de Marcus, qui tenait Denys, de César et de sa mère adoptive. Une seconde plus tard, elle se trouva au centre du dôme avec tout le monde. De l'énergie bleutée circulait autour de son corps, et ses yeux brillaient encore plus.

— Laura, chuchota Élisabeth, ébahie.

— L'homme possède le talisman, révéla Laura en levant ses bras, se concentrant afin de téléporter le dôme ailleurs. Je l'ai aperçu à son cou ; on doit sortir d'ici tout de suite, sinon…

Elle n'eut pas le temps de finir sa phrase ; des coups furent portés au dôme. Les *chacals* étaient apparus de nouveau et frappaient le bouclier de toutes leurs forces.

— C'est ça que vous cherchez, je suppose ? demanda une voix grave et rauque.

L'homme s'était téléporté vers la sphère en souriant ; il se plaça juste devant Opal et ouvrit sa paume. Un talisman semblable à celui que Laura avait trouvé par terre dans la ruelle s'y trouvait. Celle-ci ouvrit sa bouche et la referma, inspirant difficilement l'oxygène. Elle ne comprenait pas pourquoi cette amulette lui faisait autant de mal. Elle comprenait que sa fonction première était de maintenir les métamorphes sous leur forme anthropomorphe. Mais elle sentait pulser quelque chose à l'intérieur de son corps. Quelque chose qui semblait vouloir sortir.

Sa paume droite brûlée se mit à trembler. Elle dut poser un genou par terre, étourdie. La coquille devint transparente un infime moment avant que Laura serre les dents et se relève difficilement. Son bras droit ainsi que sa jambe gauche ne bougeaient plus.

— Il faut récupérer ce talisman et le détruire, articula Serena en regardant Denys, inconscient.

La barre de fer auparavant plantée dans sa cuisse se trouvait au sol, ensanglantée. Ses deux mains appuyaient sur les blessures du panthigre.

— Ses blessures ne cicatrisent pas !

— Nous devons faire quelque chose et vite ! Les vies de nos amis et des terriens sont en jeu, ajouta Alano en continuant le massage cardiaque sur Anna. La princesse ne tiendra pas longtemps.

— Nous ne faisons pas le poids, dit Ava en regardant avec terreur deux *chacals* qui se léchaient les babines en les fixant.

Cette dernière continuait d'appuyer sur la blessure de Simon. Pol était auprès de Pia et appliquait sa paume sur sa blessure tandis qu'Alexander aidait Kim Kook à s'asseoir. Ce dernier se réveillait au pire moment. Du sang coulait de son nez et sur sa tempe, et ses deux jambes étaient brisées ; le policier regardait partout, ahuri.

— Vous ne pouvez rien me faire, « Sentinelles ». Aucune personne ici présente ne le peut, d'ailleurs. Vous n'arriverez pas à vous transformer. Vous la sentez, n'est-ce pas ? Cette peur ? Et si vous n'arrivez pas à vous transformer à temps, vous mourrez ! déclara l'homme en jouant avec le talisman. Je vous propose donc un marché...

— Non ! hurla César. Jamais !

Laura tressaillit au son de la voix du loup — incisive, ferme. Il se relevait doucement. Elle pouvait sentir sa présence ; ses yeux la fixaient, elle en était certaine. Ils ne pouvaient plus communiquer, mais leur lien était toujours présent.

— Ce marché est le suivant, Opal, lança le dénommé Patrick en s'adressant à la jeune femme. Vous contre eux.

Ils se regardèrent dans les yeux. Laura ressentit une nouvelle pulsion au niveau de son cœur.

Elle poussa un léger cri.

— Qu'est-ce qui me garantit que vous les laisserez en vie ?

— Opal, ne fais pas ça ! protesta Annabella.

— C'est un mensonge ! s'exclama Alexander.

— Les Anciens ne s'intéressent qu'à vous, princesse. Et comme signe de bonne volonté, je vous donnerai le talisman dès que vous sortirez de votre abri.

Gabriel, César, Marcus, Bella, Cam et Jacob se jetèrent un regard rapide avant de hocher la tête. Ils voulurent s'élancer hors du dôme, mais un regard de Laura les repoussa à l'intérieur. Cette dernière jeta un coup d'œil aux personnes d'un air las. La ligne de vie de certains ne tenait plus qu'à un fil. Celle de Sacha s'était éteinte. Serena pouvait sauver le reste d'entre eux ; elle le savait. Par contre, si c'était un piège, ils auraient le temps de se téléporter ailleurs grâce à Marcus.

— Laura ! Non, ne fais pas ça, je t'en conjure ! s'écria Élisabeth, alarmée par l'expression de son visage.

— Je te les confie ; soigne-les, Serena ! dit Laura en se tournant vers la docteure. Vous autres, je vous donnerai du temps pour que vous puissiez vous échapper, ajouta-t-elle.

Elle s'attarda un moment sur son loup avant de sortir de sa protection sous leurs yeux stupéfaits.

CHAPITRE 25

Quartier général des loups, Montréal.

– Alors ?

– Elles viennent juste d'arriver – dans un sale état. Elles sont avec Marc et l'équipe de médecins, répondit Brian en raccrochant.

– …

– Prévient-on les Sages ?

– Non ! Ils le sauront bien assez tôt, s'ils ne le savent pas déjà ! Le plan B est de toute manière en place, fit Dominicus en désignant du menton l'immense écran se trouvant dans une des salles du niveau -1.

Les deux hommes suivaient l'évolution de la situation dans le quartier général de la Coalition. Assis, les jambes croisées, Dominicus regardait Opal, qui venait de sortir du dôme et qui se dirigeait vers l'homme à la toge blanche.

– C'est ce qui causera sa perte ! dit Dom d'un ton moqueur en la voyant écraser le talisman entre ses doigts.

– Son innocence ?

– Non, sa connerie ! Elle croit en la bonté de l'être.

La porte s'ouvrit à ce moment-là, les faisant tourner la tête. Un homme noir portant un jeans et une chemise noire s'avança vers eux. Aminci, mais toujours bien bâti, il se dirigea vers eux de sa démarche athlétique habituelle.

L'homme semblait en pleine forme malgré ses trois mois passés dans le coma. Brian fit un sourire éclatant. Il était content de retrouver Joseph sur pied. Il lui serra la main avec force et respect. Un regard passa ensuite entre Dominicus et Joseph. Ils avaient beaucoup de choses à se dire.

— Qu'est-ce que j'ai raté, dites-moi ? demanda ce dernier en s'installant sur un fauteuil aux côtés de Dominicus pour fixer l'écran.

Refuge, quartier général de la Coalition, Montréal

Aussitôt que Laura sortit, le dôme redevint opaque et épais. Des cris atténués lui parvinrent de l'intérieur, et des coups sourds firent trembler l'abri. Laura serra les dents. Elle devait coûte que coûte le maintenir résistant aussi longtemps que possible.

— Marché conclu, répondit-elle en lui tendant la main avec un air de défi.

— Un marché est un marché, princesse, lui dit l'homme en lui remettant le talisman.

Quand Laura prit l'amulette incandescente entre ses doigts, elle sentit son souffle s'accélérer, puis elle la détruisit. Elle se sentit instantanément mieux. Patrick remit sa capuche blanche.

— *Opal, ne fais pas ça !* lui ordonna César.

— Je vous en prie, venez, dit-il en lui tendant la main. Les Anciens ont hâte de vous revoir.

— *Opal ! Laisse-nous combattre !* la supplia Bella.

— Dites-leur de partir avant ! lui ordonna Laura en désignant du menton les *chacals.*

— *C'est un piège, Opal !* gronda Gabriel.

— Bien sûr, bien sûr !

Il fit un geste, et les créatures disparurent une par une.

— *Les chacals sont partis ; laisse-nous sortir !* s'écria Marcus.

Laura tendit sa main vers celle de l'homme pendant qu'une cacophonie régnait à l'intérieur du bouclier.

— Tia, *putain, je vais te tuer !*

Et ils disparurent.

Terrier des Anciens, New York

Patrick et Laura se téléportèrent dans une salle blanche. Aussitôt, les quatre *chacals* qui s'y trouvaient déjà l'entourèrent. Patrick la lâcha, s'avança légèrement et s'agenouilla.

— Je vous l'ai ramenée, comme promis, déclara l'homme.

— Patrick, Patrick ! Vous êtes fantastique ! affirma une voix rauque et grave.

Laura leva la tête et vit quatre hommes aux cheveux blancs assis dans un petit local, protégés par une vitre. C'était ceux de la vidéo : les Anciens. Ils semblaient différents, plus jeunes. Comment était-ce possible ? Ils souriaient en se frottant les mains d'un air satisfait. Une femme brune se tenait derrière eux et la fixait. Laura eut l'impression de l'avoir déjà vue...

La jeune femme se mit à regarder autour d'elle. Tout était blanc. Plusieurs caméras les fixaient. Aucune sortie n'était visible. Au plafond, un immense miroir lui renvoya son image. Elle avait du sang partout : sur son cou, sur ses mains, dans ses cheveux... Son pansement imbibé de sang ne tiendrait plus longtemps. Son haut blanc n'était plus qu'un souvenir à jeter à la poubelle. Ses yeux brillaient par intermittence. Il semblait à Laura qu'ils suivaient le rythme des pulsations qui se produisaient dans son corps. Sa jambe griffée par le *chacal* et son bras étaient pratiquement paralysés.

— Opal, nous sommes heureux de te revoir parmi nous, poursuivit la même voix.

— Ta présence nous a manqué, fit une seconde voix.

— Pour quelqu'un qui a été griffé par un des Sabs de la sorcière, tu as l'air d'être en forme, ajouta une troisième voix.

— Tu es bien la digne fille de ta mère, déclara une quatrième voix.

— Maintenant que vous m'avez, vous allez cesser de vous en prendre à la Coalition ! exigea Laura.

Les quatre hommes pouffèrent de rire. Laura plissa les yeux.

— Patrick ? De quoi parle-t-elle, au juste ? demanda East.

— Je lui ai dit que c'était elle qui vous intéressait, et non les autres. Je les ai donc laissés en vie.

— Ha, ha ! Quel comique ! dit South, qui regardait son frère en rigolant.

— Retournez immédiatement au quartier général de la Coalition et tuez-les tous ! vociféra North.

— Non ! Je ne suis venue que pour m'assurer qu'il n'arriverait rien de mal à mes amis ! Nous avions un pacte ! hurla la jeune femme noire.

— Ne crois pas tout ce qu'on te dit, Opal. Élisabeth te l'a sans cesse répété, n'est-ce pas ? s'esclaffa West.

En entendant le nom de sa mère adoptive, elle eut un choc.

— Elle est vraiment naïve !

— Elle a bon cœur, plutôt !

— Allez-y, Patrick, dépêchez-vous ! Prenez avec vous d'autres Sabs ! ordonna North.

– Oui, monsieur, acquiesça l'homme.

Celui-ci se tourna vers Laura et la regarda en souriant, puis il se volatilisa avec les quatre créatures.

– Non ! balbutia Laura en secouant la tête.

Elle ferma les yeux.

– *César, ils arrivent ! Avez-vous pu quitter le quartier général ?*

– *Non ! Est-ce que tu vas bien, toi ?*

– *Oui… je suis désolée de ne pas t'avoir écouté. J'ai cru qu'en faisant ça, je vous laisserais le temps de partir.*

– *On s'occupe de ces créatures et on vient te chercher,* Tia *! N'oublie pas ; tu es plus forte que tu le crois, ma douce !*

Laura se laissa tomber au sol, épuisée. « Trop naïve ? » Elle avait espéré qu'avec ces minutes de répit, ses amis pourraient quitter le quartier général et se mettre à l'abri. Trop naïve…

Elle espérait que César ne lui en tiendrait pas rigueur. La jeune femme s'allongea au sol sur le dos et regarda le plafond avec des yeux flous. Elle avait perdu trop de sang et se sentait faible. Sa main droite la faisait souffrir de plus en plus, et sa paume n'était plus qu'un ensemble de cloques et de déchirures. Laura ferma les yeux et se laissa aller.

– *Mon enfant ! Mon enfant ! Réveille-toi ! Ton combat n'est pas terminé !*

– *Je suis si fatiguée…*

– *Si tu ne retournes pas là-bas, ils mourront tous !*

– *César…*

Laura essaya de se relever, mais retomba sur le dos, épuisée. Son corps ne répondait plus.

– *Mon corps me fait mal.*

– *Tu te transformes pour prendre ta forme animale.*

– *Je… croyais que les membres de la famille impériale ne pouvaient pas se transformer…*

– *Opal, tu es unique ! Tu n'es pas comme nous. Dès le jour de ta naissance, j'ai su que j'avais reçu une fille particulière avec des dons particuliers. Le jour où tu t'es liée à tes Sentinelles me l'a confirmé. Ton pouvoir est incommensurable.*

– *Pourquoi moi ?*

– *L'univers t'a choisie, ma fille. Tu es celle qu'Andromède attendait ! Alors, révèle ton pouvoir aux Anciens. Qu'ils sachent qu'on ne s'attaque pas à nous sans en subir les conséquences !*

– *Hum… comment je fais ça ?*

– *Laisse-toi aller, mon Opal… ouvre-toi à l'univers. Laisse sortir ce qui est en toi, ce que tu es ! Et crois en TOI !*

Laura ouvrit des yeux presque entièrement vert émeraude. Des cercles argentés vinrent s'y dessiner avant de disparaître aussi vite qu'ils étaient arrivés. Ses pupilles noires se dilatèrent, puis tout s'accéléra. Son corps se mit à bouger tout seul. Son dos s'arqua pour être plus arrondi, puis il se contracta dans l'autre sens, disloquant sa colonne vertébrale. Des bruits d'os cassés se firent entendre. Laura hurla. La douleur était effroyable. Ses bras et ses jambes se mirent à s'allonger. Son tronc gonfla, déchirant ses vêtements. Son pansement se détacha et tomba par terre pendant que des poils noirs apparaissaient, emprisonnant l'opale dans sa chair. La même chose arriva à l'anneau qui était à son doigt. Laura crut manquer de souffle ; des larmes menaçaient de couler sur ses joues. Elle essaya de crier, mais n'y arriva pas. Sa tête se modifia et se tendit. Son nez humain s'affaissa puis s'allongea. Même chose pour sa bouche, qui s'allongea et qui devint une gueule. Des dents poussèrent dans ses gencives pour devenir des crocs. Ses oreilles s'agrandirent et restèrent droites. Laura ne bougeait plus. Seule sa respiration profonde était toujours audible.

– *Opal, est-ce que ça va ?*

– *Oui,* répondit-elle à César, un peu essoufflée.

– *En es-tu sûre ? Je te sens différente !*

– *Il vient de se passer quelque chose de bizarre… je… Laisse-moi un petit moment.*

– *OK !*

Le silence tomba. L'animal couché qui se tenait en face d'eux était l'héritière de Prima quelques secondes auparavant. Durant sa transformation, les quatre hommes s'étaient levés de leurs chaises et avaient regardé le spectacle avec horreur, leurs verres de champagne se répandant sur la table.

– Ce n'est pas possible !

– C'était donc vrai !

– Ce n'était pas censé être un mythe ?

– Adeline !

– O-oui, monsieur…, bafouilla la jeune brune, totalement choquée par ce qui se déroulait en bas.

– Vérifiez l'épaisseur de la vitre – immédiatement !

Laura essaya de se mettre debout, mais perdit l'équilibre. Elle produisit une onde de choc en retombant au sol. Les murs se mirent à tanguer tandis que le miroir au plafond se brisait et tombait sur elle en une pluie de verre. Elle regarda avec étonnement ses quatre pattes et tourna sa grosse tête pour voir une queue balayer le sol. Elle réussit à se remettre debout avec lenteur même si elle était un peu déséquilibrée. À chaque pas, des ondes d'énergie se propageaient aux alentours. « Quelle sensation particulière ! » pensa-t-elle.

Un mouvement derrière la vitre la fit détourner le regard et grimacer. Les quatre hommes la regardaient, totalement éberlués; on aurait dit de la peur au fond de leurs yeux. La vitre tanguait avec les pas de Laura sous sa nouvelle forme. Celle-ci sourit – ou plutôt, elle pensa l'avoir fait. Elle se contracta et poussa un long hurlement qui détruisit la vitre la séparant des Anciens. Une onde de choc sortit de sa gueule quand elle aboya et fit exploser tout ce qui se trouvait aux alentours. Elle allait sauter pour les achever quand la Voix l'arrêta.

– *Opal, ton peuple !*

En entendant ces mots, Laura acquiesça de la tête, se disant qu'elle n'avait pas de temps à perdre, puis elle plissa les yeux avant de se volatiliser instantanément.

Sur les toits, Montréal

Deux groupes d'hommes et de femme se battaient. Les coups étaient rapides, précis et violents. Un homme au chapeau déséquilibra Tiago avec un coup de pied bas circulaire. Avant même qu'il touche le sol, l'homme lui envoya un coup de poing direct au visage. Sa tête s'encastra au sol.

En sautant vers eux, le deuxième homme leva sa jambe et envoya son tibia en plein sur le visage d'Axel, qui se retrouva projeté à quelques mètres de là.

Le troisième homme se déplaça rapidement en faisant des pas chassés. Il esquiva les coups de Lucas avant de le saisir par la tête et de lui envoyer un coup de genou en pleine face. Le jeune homme tituba, mais avant qu'il se ressaisisse, l'homme lui envoya un coup de poing au niveau du plexus solaire, ce qui le fit parcourir quelques mètres puis tomber à la renverse.

Les trois hommes aux chapeaux coniques se tournèrent d'un même mouvement vers Kassandra et Aquiles en les entourant. Ils marchèrent autour d'eux sans un mot et sans faire de bruit. Aquiles les regardait, concentré, les lèvres serrées, en position de combat.

— Écoutez ; nous ne voulons pas nous battre, lança K.

Elle n'eut pas le temps de finir sa phrase ; les trois hommes s'élancèrent sur eux en même temps. Un des Sabs surveillant l'immeuble releva la tête et renifla l'air. Il se tourna instantanément vers l'endroit où se trouvaient les huit personnes en plein combat. La créature émit un léger cri, faisant venir ses congénères près d'elle, et leurs regards totalement effrayants se posèrent au même endroit.

Refuge, quartier général de la Coalition, Montréal

Quand Laura se téléporta dans la salle principale du Refuge, c'était le chaos. Il y avait une dizaine de métamorphes transformés contre deux fois plus de Sabs. Elle s'élança vers la première créature à sa portée et la mordit au niveau du cou. Cette dernière n'eut pas le temps de hurler ; Laura venait de trancher sa tête de loup avec ses crocs. Elle bondit sur un autre *chacal* qui menaçait un lion, l'attrapa par le cou et planta ses longs crocs dans sa chair. Le lion qu'elle avait aidé semblait estomaqué par son apparition.

Un silence se fit. Des yeux terrifiés d'un côté comme de l'autre regardaient Laura. Plus imposante que la moyenne — de la même taille que les formes animales des Sentinelles — et haute sur pattes, son corps était couvert de fourrure noire, et sa longue queue fouettait l'air. Elle se tenait avec un air impérial au milieu de la pièce. Ses yeux luisaient d'un vert émeraude. Mais le plus hallucinant, c'était l'énergie bleutée qui courait le long de son corps.

Les Sabs se mirent à l'entourer immédiatement en émettant de petits cris. Laura les regarda faire sans cesser d'observer l'homme à la toge blanche. Patrick la regarda avec étonnement. Quand leurs yeux se rencontrèrent, ceux de l'homme vacillèrent. Il fronça les sourcils et secoua sa tête, comme s'il ne pouvait pas y croire.

— Mais c'est impossible, murmura-t-il.

— Et pourquoi ce serait impossible, Patrick ? s'enquit-elle d'une voix enrouée en avançant vers lui.

Laura posa les yeux sur sa droite. Deux lions — les deux sous leur forme d'alpha — la regardèrent avec attention. Debout sur leurs pattes arrière, ils étaient musclés et baraqués, et leurs pelages courts et denses étaient couleur sable pour le premier et ocre pour le second. Leurs pattes avant n'en étaient pas vraiment. Les longs doigts pourvus de griffes rétractables leur servaient à tenir des choses ou à se battre. Elle reconnut les yeux dorés de Gabriel et ceux de Cam malgré les poils qui en couvraient une partie.

Sous sa forme d'alpha, Annabella était majestueuse. Son corps blanc à rayures brun clair était imposant, et tout comme le faisait Gabriel, elle tenait sur ses pattes arrière.

Plusieurs panthères — soit sous forme animale, soit sous forme d'alpha — se tenaient à leurs côtés.

Laura tourna ses yeux vers la gauche. Deux immenses loups roux sous leur forme d'alpha la contemplaient avec stupeur ; ils étaient semblables en tout point, si l'on oubliait le pelage court de l'un et le pelage long de l'autre. César sembla lui faire un sourire avec un clin d'œil en prime.

— *Tu m'étonneras toujours, ma douce,* lui dit-il tout en surveillant les créatures.

Pol, sous sa forme anthropomorphe, la regardait avec un sourire. Il maintenait deux poches de liquide au-dessus du policier éveillé et d'Anna, toujours endormie. Serena, elle, s'occupait de Simon et de Pia. Une énergie blanche provenait de ses deux mains. La docteure sourit en lui jetant un rapide coup d'œil avant de retourner à sa tâche. Un imposant panthigre noir et une autre panthère sous sa forme d'alpha se tenaient à leurs côtés, les protégeant pendant qu'ils soignaient les métamorphes et les terriens. Laura sourit en voyant cela ; ils allaient se remettre ! Patrick croisa son regard à ce moment-là et fit un sourire qui fut vite effacé de son visage.

— Vous n'êtes pas une louve ! Ce n'est pas possible ! s'écria Patrick. Je ne sens pas que vous êtes un animal. Qu'êtes-vous donc ?

La louve pencha sa tête et le regarda en levant ses pupilles noires vers lui. Ses babines se retroussèrent. Elle se rappela ce que Dominicus lui avait répondu un jour.

— Je suis ton pire cauchemar, Patrick. Tu n'aurais jamais dû faire du mal à mes amis ! aboya-t-elle en levant ses deux pattes avant pour en frapper le sol.

Deux ondes de choc se dirigèrent vers les Sabs les plus proches et les projetèrent violemment contre un mur. César et Marcus s'élancèrent vers les créatures et leur tranchèrent la gorge avec leurs crocs et leurs longues griffes. La louve continua ce manège pendant que ses Sentinelles et les autres terminaient le travail.

Patrick entrouvrit sa bouche avant de hurler aux créatures d'attaquer Laura. Elle l'entendit leur dire de la mordre autant de fois que possible afin que leur venin fasse effet. Les bêtes s'élancèrent sur elle par vagues. Plus agile et plus rapide qu'elles, Laura les repoussa facilement, donnant un coup de patte ici et un coup de croc là. Elle ne comptait plus les têtes arrachées et les bras tombés par terre. Un Sab qui la plaqua sur sa gauche la déstabilisa. Elle se trouva déséquilibrée et tomba de tout son long, projetant une immense onde d'énergie à travers tout l'édifice. Une pluie de débris tomba sur eux. Le plafond commençait à s'effondrer. Les Sabs ne perdirent pas une minute et sautèrent tous sur elle.

Patrick profita de cette accalmie pour lancer une boule d'énergie qui toucha Serena. Le panthigre poussa un long gémissement et s'élança, la gueule ouverte, vers l'homme, avec qui il se battit férocement. Serena ne réagit pas tout de suite. L'énergie blanche sortant de ses mains se tarit pendant qu'elle baissait les yeux sur la large blessure à sa poitrine, puis elle leva les yeux vers l'énorme louve et murmura quelque chose. Cette dernière voyait leur dernier espoir s'envoler avec Serena. La louve se fit submerger par les créatures, qui se jetèrent sur la masse déjà compacte.

– Tia*!* s'écria César par la pensée.

Le loup essayait de s'élancer vers elle quand il fut pris en tenaille par deux *chacals*.

– Relève-toi immédiatement, Opal ! lui cria-t-il tout en se battant rapidement et efficacement.

– César a raison, ma fille; il n'est pas question que tu abandonnes !

– Il est trop tard… Serena est blessée. Tous mes espoirs concernant mes amis reposaient sur elle…

– Que dis-tu ? N'as-tu pas soigné tes Sentinelles il y a quelques mois ?

— *C'était grâce à l'éclipse ...*

— *Non ! Opal, comme tu es têtue ! L'éclipse n'a fait que raviver tes pouvoirs, c'est tout ! Opal, relève-toi et va sauver tes compagnons.*

— Tia, *relève-toi, c'est un ordre !* gronda son loup.

À ses mots, la louve ouvrit des yeux de couleur opaline. Une énorme lumière bleue éclata de toutes parts sous les créatures. Ces dernières furent instantanément détruites et retombèrent au sol en une pluie de cendre.

Des bouts de plafonds continuaient de tomber ; des colonnes s'affaissèrent et les murs se fissurèrent de plus en plus.

Les métamorphes se battaient toujours contre les Sabs. Laura, à nouveau sous sa forme anthropomorphe, se tenait en suspension dans les airs, le visage fermé par la rage alors que ses yeux opalins brillaient. Un halo bleuté l'entourait. L'opale à son cou voltigeait autour d'elle en rayonnant. L'anneau à son index brilla un instant avant de s'éteindre. Un nouveau symbole apparut sur le matériau : la forme d'un trait se dessina et se colla au rond inscrit trois mois auparavant. La marque faite par César sous sa clavicule se trouva cachée sous ses vanilles, tout comme ses seins nus. Laura se téléporta et se tint en face de Patrick, le regardant avec dédain.

— Panthigre ! cria-t-elle.

Quand Denys la regarda, elle continua.

— Laisse-le-moi !

— Non ! s'écria Patrick, en reculant.

— Si ! murmura Laura en le saisissant rapidement par le collet.

Patrick se mit à hurler de douleur quand elle posa sa main grande ouverte sur sa poitrine. Il essaya de se débattre, bougeant la tête de gauche à droite tout en baissant les yeux vers l'endroit où se trouvait la main de Laura. L'homme ne pouvait plus bouger. Son vêtement, au départ blanc, devenait de plus en plus foncé et commençait à se désintégrer. La poitrine de Patrick se mit à bouillir, et des cloques y apparurent. Des volutes de fumée sortaient de son corps, et d'un coup, il prit feu. Patrick continua de crier pendant quelques secondes avant que ses hurlements déchirants s'éteignent et qu'il tombe en cendre. Les Sabs restants disparurent dès qu'ils virent les restes de l'homme.

Laura se mit à respirer fortement, et des frissons parcoururent son corps nu. Ses doigts se contractèrent, sa bouche s'entrouvrit. La jeune femme se redressa et se mit à crier, le regard tourné vers le plafond, les poings serrés. Un entonnoir d'énergie bleutée, semblable à celui de la ruelle, se forma autour d'elle. Ses vanilles volèrent en l'air, et l'opale brilla encore plus. Le sol se mit à crépiter et à se fissurer davantage autour d'elle, et le sol se creusa sous son poids.

– *Comme tu l'as fait avec ta forme animale, laisse-toi aller, ma fille. C'est toi qui décides ce que tu veux être.*

Des boucliers d'énergie entourèrent toutes les personnes présentes dans la salle. À ce moment, Laura laissa l'énergie s'emparer d'elle entièrement. L'entonnoir devint un colossal halo bleu montant haut dans le ciel. Un large passage se créa à travers l'édifice qui s'effondrait littéralement autour d'eux. Laura se retourna vers les 11 cocons d'énergie flottant dans les airs derrière elle. Son regard retrouva automatiquement les yeux vert émeraude de César. Celui-ci hocha la tête.

La jeune femme tourna la tête vers la gauche puis vers la droite ; elle les regarda tous et sourit avant de lever les deux bras. Ils s'élancèrent alors vers le ciel à une vitesse dépassant l'imagination, disparaissant dans le firmament.

Sur les toits, Montréal

En sang, K, Tiago, Aquiles, Axel et Lucas combattaient du mieux qu'ils le pouvaient. Les trois hommes aux chapeaux coniques étaient vraiment plus forts qu'eux ; cela ne faisait aucun doute. Ils ne leur laissaient pas le temps de se transformer et les attaquaient sans relâche. Tout à coup, quatre Sabs surgirent de nulle part. Posées sur le rebord de l'immeuble, les créatures les regardaient tour à tour en émettant de petits cris.

— Il ne manquait plus qu'eux, chuchota K avec un rictus.

— Aquiles, peux-tu nous téléporter loin d'ici *imediatamente*[37] ? demanda Tiago en lui jetant un rapide coup d'œil.

Tout comme les autres, il savait que s'ils ne partaient tout de suite, ils étaient foutus.

– *Cruz branca*[38], murmura celui-ci en leur indiquant la croix blanche dessinée par terre.

Il commença à sortir sa tablette de sa poche.

Les panthères allaient s'y diriger à la fin du décompte de Lucas lorsque de fortes secousses sismiques se produisirent. Tous sursautèrent, même les créatures. De l'énergie se mit à palpiter autour d'eux. Les trois hommes aux chapeaux pointus faits de joncs tressés s'immobilisèrent avant de reculer lentement, non sans surveiller les Sabs et les panthères. Ils regardèrent tous vers le bâtiment d'où provenaient des cris de peur. Ce dernier s'effondrait de toutes parts quand

37. « Immédiatement ».

38. « Croix blanche ».

une gerbe bleutée explosa, ouvrant l'immeuble en son centre. Un halo lumineux bleu monta dans les airs et disparut aussitôt. Tout cela se passa très rapidement. Les Sabs se regardèrent, penchèrent la tête puis disparurent.

– J'ai l'impression qu'Opal a encore déjoué les plans des loups, murmura Axel en se tenant les côtes.

Les trois hommes tournèrent alors leurs regards vers eux. Leurs yeux bridés brillaient dans l'obscurité tandis que leurs iris jaune-brun prenaient toute la place. Formant un ensemble étonnant, ils s'élancèrent et sautèrent de toit en toit rapidement avant de disparaître dans l'obscurité.

Les hommes et la femme se redressèrent en soupirant de douleur. Tous semblaient avoir un membre cassé ou luxé. Ils s'avancèrent vers le rebord et observèrent ce qui restait du bâtiment voisin. Des voitures de pompiers, de policiers, des ambulances se trouvaient en bas. Une foule de badauds regardait et commentait dans un brouhaha gigantesque.

– Eh bien, si on m'avait dit que je reverrais un jour une partie de la haute garde du roi Sisouk… ! s'exclama Lucas.

– Depuis son appel lancé il y a trois mois, tous les royaumes sont au courant du fait qu'Opal est vivante et se trouve sur cette planète, affirma K.

– Se peut-il qu'ils soient juste venus observer, à votre avis ?

– Ça m'en a tout l'air, mais ils ne s'attendaient pas non plus à nous voir. Ils ont été surpris, dit Tiago en essayant de sourire malgré la douleur à son bras.

– Même s'ils nous ont battus à plate couture, gémit Axel.

– Aquiles, avons-nous l'enregistrement de ce qui s'est passé en bas ? demanda Lucas en se tournant vers son ami.

L'homme tapota sur la tablette puis afficha un sourire.

— Oui, tout a été enregistré.

— Dans ce cas, partons ! ordonna Lucas en se dirigeant en boitant vers la croix blanche.

Une fois arrivés dans la zone, ils attendirent qu'Aquiles paramètre leur retour au château. Lucas posa sa main sur l'épaule de K, qui se retourna vers lui. Il la trouvait extrêmement calme.

— Kassandra ? Est-ce que ça va ?

— Oui, ça va, ne t'en fais pas. Je me demande juste où sont passés Opal et les autres, expliqua-t-elle en levant la tête vers le ciel.

***Wang Gung* des tigres, Corée du Sud**

En opposition aux pièces carrées ou rectangulaires que l'on retrouvait souvent en Corée du Sud, le bâtiment était en rondeur. La décoration intérieure moderne comportait beaucoup de rouge et d'or. Un des murs portait les armoiries des tigres : sur un fond rouge se trouvait le dessin d'un tigre blanc s'étirant de tout son long, la patte allongée. Ses yeux bleu saphir fixaient l'horizon.

Une large pièce s'étendait sur deux étages. Une vingtaine d'hommes et de femmes en hanbok noir s'activaient au premier étage, casque d'écoute à l'oreille, écran d'ordinateur allumé devant eux. Au second étage, quelques personnes assises devant une balustrade regardaient un large écran qui dominait la salle. Le roi Sisouk, Il Nam ainsi que les quatre commandants s'y trouvaient. Plusieurs gardes habillés en noir et portant un chapeau conique se tenaient en arrière.

Impassible sur son large et imposant siège rouge, le roi Sisouk regardait les images du Canada pendant que les autres s'exclamaient à la vue du faisceau bleuté qui montait vers le ciel.

— La princesse a réussi à s'extirper de ce piège ! s'écria le commandant Kun.

— Oui ! Son pouvoir est édifiant, ajouta Kam en souriant.

— Nous devons la contacter dès que possible, dit le commandant Yi.

— Avec la princesse à nos côtés, nous pourrons faire trembler les loups, affirma le dernier commandant, Kon.

Il Nam, assis à côté du roi Sisouk, se tourna vers lui en souriant légèrement.

— Nos commandants ont raison : nous devons dès que possible entrer en contact avec la princesse, *Taewang*.

— Qu'en est-il de nos tigres ? demanda de sa voix éraillée Sisouk sans répondre à Il Nam.

L'homme semblait préoccupé : son visage était fermé.

— Ils viennent de rentrer au palais, *Taewang*, lui répondit le commandant du sud.

— Bien ! fit l'homme en se relevant de son siège royal.

Habillé d'un *ch'eollik* en soie dorée décoré sur le devant du symbole du tigre, l'homme dégageait une aura de pouvoir.

— Dites-leur de me rejoindre dans la cour… et dites au jeune *daegun* de venir immédiatement !

Dès que le roi se leva, toutes les personnes autour de lui se redressèrent également en signe de respect et baissèrent humblement la tête. Il Nam sursauta lorsqu'il entendit les propos du roi et plissa son front.

— *Taewang*, vous n'allez quand même pas…

— *Nae olaen chingo*, que faisait mon père quand un individu violait un de ses ordres, dis-moi ? demanda ce dernier sans se retourner.

— Il le défiait en duel… jusqu'à ce que mort s'ensuive.

— « La vie et la mort sont comme les deux faces d'une feuille blanche », cita-t-il.

— *Taewang*, puis-je vous parler seul à seul ?

Le roi soupira puis hocha la tête. D'un geste, il ordonna aux personnes présentes de les laisser avant de se retourner vers son vieil ami. Seuls les gardes restèrent avec eux.

— *Taewang*, donnez-lui une dernière chance, dit à voix basse Il Nam. Le jeune *daegun* n'est qu'un tigreau qui est perdu. La réapparition d'Annabella est sûrement une des causes de cette prise de décision de sa part. Peut-être veut-il vous montrer de quoi il est capable ? Vous rendre fier ?

Il Nam soupira légèrement.

— Avant, que nous sachions que la princesse Opal était en vie, votre fils ne faisait rien à part s'amuser et boire. Vous étiez obligé de lui donner des ordres afin qu'il s'exécute et s'occupe des entreprises que nous possédons…

Il Nam arrêta un instant de parler afin d'observer son souverain. Ce dernier, le visage toujours fermé, semblait l'écouter attentivement.

— Si je peux me permettre, *Taewang*, reprit l'homme aux cheveux blancs, si vous décidez de le défier, votre fils n'aurait aucune chance contre vous, et vous le savez bien. Entre vous et moi, je ne suis pas sûr que vous tiendrez le coup après avoir tué de vos mains votre propre fils !

À ces mots, Sisouk tourna des iris couleur saphir vers Il Nam. Ses lèvres n'étaient qu'un trait mince. Il ferma un instant ses yeux, semblant maîtriser la frustration et la colère qu'il ressentait, puis il soupira longuement et sourit.

— Il Nam, *nae olaen chingo* ! Il n'y a que toi pour me faire voir les choses de façon différente. Qu'il en soit ainsi ! Ta mission sera de surveiller le jeune *Daegun* afin qu'il ne commette pas d'imprudence et qu'il ne mette pas en péril la situation de notre peuple.

L'homme aux cheveux blancs s'inclina bien bas.

ÉPILOGUE

Télévision, Montréal

Une femme parlait au micro devant une caméra retransmettant en direct. On entendait et voyait des camions de pompiers et de policiers entourés du reste des ruines d'un bâtiment. Des badauds se tenaient en retrait.

— On peut dire que les Montréalais n'ont pas eu une soirée de tout repos. Après l'accident dans le métro plus tôt, il y a eu l'effondrement de cet édifice ! Selon le maire, ce bâtiment était très vieux, bâti en 1654. Apparemment, malgré des rénovations de la ville effectuées il y a huit ans, le bâtiment n'a pas pu résister au temps.

— N'est-ce pas bizarre qu'un bâtiment s'écroule sans prévenir, Jacqueline ?

— Exactement, Pierre-Yves ! Le porte-parole du maire de l'arrondissement nous expliquait avoir ressenti beaucoup de secousses sismiques ces derniers jours. Il se peut donc que cela ait entraîné une brèche dans la structure, expliqua la journaliste.

— C'est vrai que depuis quelques jours, Montréal est en proie à de nombreux tremblements de terre. Certains de nos spécialistes s'appliquent à dire que l'épicentre se trouve dans l'arrondissement en question. Y'a-t-il eu des personnes blessées ou mortes ? demanda le commentateur.

— Pour l'instant, nous n'en savons rien. De nombreux pompiers et secouristes font du mieux qu'ils peuvent afin de retrouver des victimes, s'il y en a. En temps normal, cet édifice est fermé le soir. Par contre, il y a beaucoup de personnes sous le choc, et certaines ont dû être conduites à l'hôpital pour choc nerveux.

— Jacqueline, qu'en est-il des personnes qui ont vu, et je cite, « une extraordinaire lumière bleue sortir de la bâtisse pour s'élever dans les airs » ?

— J'ai posé certaines questions, et quelques jeunes m'ont confirmé avoir vu cette lumière bleue monter dans le ciel.

— Avaient-ils bu ? plaisanta le commentateur en souriant.

— Le souci est que j'ai discuté avec trois ou quatre autres personnes qui ont vu la même chose…, lui répondit Jacqueline avec un ton sérieux.

La caméra filmait les ruines encore fumantes de ce qui restait de la bâtisse. On pouvait voir le chef des pompiers interrogé par Jacqueline. En arrière-plan, deux hommes en uniformes noirs se tenaient près du ruban jaune. Après un regard, ils partirent.

Sortie de métro Frontenac, Montréal

Une dizaine d'ambulances, de camions de pompiers, de véhicules d'intervention et de voitures de police se trouvaient à la sortie du métro Frontenac. Les rues étaient fermées. Des badauds étaient présents, chuchotant, prenant des vidéos et appelant leurs proches pour être sûrs qu'ils se trouvaient sains et saufs chez eux. Certaines personnes assises dans la rue semblaient hébétées. Des visages noircis, des cheveux collants, des peaux couvertes de transpiration, des larmes sur les joues… et des morts entassés dans des housses noires dans trois camions réfrigérés de la morgue.

Dans une ambulance, deux hommes essayaient de ranimer une femme. Après plusieurs essais, ils arrêtèrent, en sueur.

– C'est la sixième qu'on perd ce soir, soupira un technicien ambulancier en retirant avec lassitude ses gants pour verser une solution hydro-alcoolique sur ses mains.

– J'en ai marre de ce travail de *marde* ! Je suis là pour sauver des personnes, pas pour en perdre, *estie* ! dit l'autre en retirant rageusement les patchs collés à la poitrine de la femme aux cheveux noirs.

– J'ai entendu dire que ça pourrait être un attentat…, lança l'autre en remettant de nouveaux gants et en les doublant.

– *Estie* ! Ils n'en ont pas marre de tuer des pauvres innocents ? s'exclama l'homme en refermant la housse autour de la femme.

– Hé, les gars ! hurla un homme de la société de transport de Montréal plus loin. On a besoin de vous ici !

– Mathias, on y va !

– Je fais quoi du corps ?

– On va s'en occuper plus tard ; il ne va pas partir en courant.

Mathias sauta de l'ambulance, ferma la porte arrière et courut avec son collègue vers le métro.

Quelques minutes plus tard, un mouvement saccadé fit bouger la housse. Un léger cri et un souffle haletant retentirent avant qu'un poing transperce la housse pour l'écarter et laisser un visage absorber l'oxygène. La femme aux cheveux noirs regarda partout autour d'elle, ne comprenant pas comment elle avait fait pour atterrir dans une ambulance. Elle se redressa rapidement et se mit debout, mais faillit perdre l'équilibre. Elle se retint au brancard avant de regarder autour d'elle. Elle trouva une blouse bleue qu'elle enfila sur son tee-shirt découpé. Elle chercha son sac, qu'elle ne trouva pas. Des cris à l'extérieur la firent sursauter ; elle s'avança près de la porte arrière, souffla un bon coup et sortit, la tête baissée, en espérant de pas être vue. Elle referma la porte de l'ambulance et s'éloigna du métro rapidement.

Elle marcha sans se retourner jusqu'au boulevard Notre-Dame. Quand elle traversa la rue, elle jeta un léger coup d'œil derrière elle. Ses yeux, presque entièrement bleus, ne perçurent aucun danger la menaçant. Elle s'assit sur un banc, retira sa perruque qui cachait des cheveux blonds et soupira longuement. Elle l'avait échappé belle…

Télévision, New York

— … cela perturbe la circulation, expliqua un homme en montrant de la main une zone délimitée par des rubans jaunes et une bâche. Les policiers ont donc fait faire un détour obligatoire aux automobilistes. Aucun témoin n'a pu nous raconter ce qui s'était passé.

— Comment ça ? demanda le présentateur en direct.

— Personne ne se souvient de ce qui s'est passé. Aucun ne se rappelle comment l'incident s'est produit. Idem pour les personnes habitant cet immeuble, dit l'homme au micro en le désignant du doigt. Nous avons un immeuble troué de part et d'autre, et personne ne comprend ce qui s'est passé. Nous avons essayé d'obtenir les vidéos de circulation afin de comprendre pourquoi il y avait eu un impact au sol aussi profond ; nous n'avons rien trouvé. Les caméras n'avaient rien filmé.

– Rien du tout ? En êtes-vous sûr, Michel ?

– Il n'y avait que de la friture. Selon un des policiers avec qui j'ai parlé, il se pourrait que ce soit une météorite... C'est ce que les agents de la CIA lui ont dit, et c'est également pour ça que le périmètre autour de l'impact est actuellement interdit d'accès.

– OK ; tenez-nous au courant, Mich...

– Nous avons autre chose, Daniel ! C'est arrivé en même temps que la météorite, expliqua l'homme en insistant sur le mot « météorite », comme s'il n'y croyait pas. À moins de 200 mètres du lieu d'impact, dans le métro de Manhattan. Des témoins ont carrément eu le temps de filmer la scène qui s'est déroulée devant leurs yeux... Je vous laisse juger par vous-même, déclara le journaliste.

Un cellulaire filmait une jeune femme qui souriait. Elle penchait la tête et tirait la langue. Tout à coup, un bruit sourd retentit. La jeune femme sursauta, ouvrit de grands yeux, se rapprocha de l'homme tenant le téléphone et regarda derrière elle.

– Oh, mon Dieu ! Mais qu'est-ce que c'est ?

Un brouhaha monstre se fit. L'écran filmait la chose qui avait atterri sur le rebord du métro. De la poussière volait du trou où elle était apparue. La chose avait d'immenses ailes caramel. Des plumes virevoltèrent autour de la chose avant que cette dernière roule et tombe sur les rails. Deux secondes plus tard, le métro passait. Des cris surgirent tout autour.

– Oh, mon Dieu ! Oh, mon Dieu ! cria l'homme au cellulaire en se rapprochant de l'endroit où était tombée la chose.

La vidéo s'arrêta. Michel apparut à l'écran, ainsi que Daniel, totalement surpris par ce qu'il venait de voir. Quand l'homme posa une question, Michel toucha son oreillette pour comprendre ce que disait le présentateur.

— Mais qu'est-ce que c'est que ça ? Michel, êtes-vous sûr que cette vidéo est authentique ?

— Écoutez, pour être tout à fait honnête avec vous, je n'en ai aucune idée ! J'ai interrogé les personnes de la vidéo. Elles étaient parfaitement choquées et terrifiées ; ça vient renforcer l'hypothèse de l'authenticité. Et elles ne sont pas les seules à avoir vu ce qui s'est passé ; elles sont simplement les seules à l'avoir filmé.

— Mais à votre avis, qu'est-ce que c'est, au juste ? Un individu déguisé ?

Le présentateur essayait de comprendre ce qu'il avait vu sans vraiment y arriver.

— A-t-on pu retrouver le corps, au fait ?

— Non ! Pas de sang – rien ! Juste des plumes, comme celle que j'ai à l'instant en main.

La caméra fit un zoom sur ce que tenait le journaliste : une longue plume caramel.

— Et c'est ce qui est incroyable, ajouta-t-il. Peu importe la nature de la chose, elle n'aurait pas pu survivre au passage du métro. Nous allons devoir décortiquer la vidéo.

Le dénommé Michel continua de parler en direct. Il ne vit pas deux hommes en uniforme noir s'arrêter et le regarder avec attention.

BlackTower, Terre

– Nos hommes sont aux deux points d'impact. Ils vont nettoyer la place le plus tôt que possible, annonça la sergente Hewer en venant s'asseoir dans un fauteuil.

– Nous allons devoir parler au Conseil de ce qui se prépare dans l'ombre, avertit Lizzy Liu.

– Effectivement, nous n'avons plus trop le choix, au vu de ce qui s'est produit cette nuit, acquiesça Aylan Cork.

– Si une guerre est en préparation, nous devons nous servir de notre technologie pour nous battre et pour protéger les terriens. C'est une condition essentielle ! affirma Betsie Boots en soufflant sur sa cigarette.

– Où en sont les tests ? Le savez-vous ? leur demanda Hewer en plissant le front.

– D'après ce que je sais, ces armes sont indestructibles, faites avec les matériaux les plus résistants que nous possédons sur Terre. Par contre, nous n'avons jamais pu les tester sur un métamorphe, expliqua Janus July en mâchouillant sa lèvre inférieure.

On frappa à la porte, puis un soldat rentra, salua ses supérieurs et tendit une lettre estampillée avec le mot « Prioritaire ». En regardant l'écran, la sergente put constater qu'à quelques secondes d'intervalle, un soldat remettait un document aux trois autres hauts gradés. Un silence se fit quand ils prirent connaissance de l'envoi. Janus July tendit le document à Hewer puis se leva de son fauteuil.

– Ils veulent nous voir…, commença-t-il.

– Je me disais bien qu'ils ne resteraient pas silencieux bien longtemps, déclara le major général Cork.

– On se voit donc dans 24 heures à la base, lâcha la lieutenante-générale Boots tout en écrasant sa cigarette dans un cendrier.

Ils hochèrent tous la tête avant de couper la communication. Le lieutenant-général se tourna vers la sergente Hewer, qui lisait toujours la feuille, essayant de comprendre cette invitation.

– Prête à vous rendre au quartier général des BlackTowers, sergente Hewer ?

– Oui, monsieur, souffla-t-elle.

Remerciements – Beta

À mon équipe du tonnerre : Michaël Catanzariti, Claudie Marne et Philippe Guay. Grâce à vos idées, à vos conseils, à votre soutien et surtout à votre amitié, voici le second livre de Prima. Une belle part de cette histoire, je vous la dois!

À mon «parceiro no crime», Filipe Bastos, qui est toujours là à mes côtés. Qui répond à chacune de mes questions concernant Prima de jour comme de nuit. Quand je parle de l'univers de Prima, qu'il s'agisse d'hologramme, d'*Enforcer*, de trou de ver ou de Primelink, c'est Filipe qui est derrière toutes ces idées de technologies…

À Stéphanie Bastos, qui m'a largement aidé concernant la Corée. Gomawo!

Merci Ingrid Targa, qui, par ses critiques avisées, m'a amenée à modifier le premier jet de Beta Andromedae, à l'améliorer et à revoir les histoires d'amour! Je t'aime JBA ;)

Maman, qui m'encourage chaque jour et qui est mon soutien quotidien. Mwen enmen-w anpil ma petite maman d'amour.

À mon papa, que j'aime énormément et qui est toujours présent pour moi, avec moi. Nous sommes reliés par un incroyable lien invisible! Tes 18 ans te vont bien, reste comme ça!

Mon ami Guy Arbouet, qui, depuis le début de cette aventure, n'a cessé de m'encourager.

Merci à ma maison d'édition, AdA, qui a cru au monde de Prima. Merci à toutes les personnes qui, dans des délais serrés, ont créé les fondations de Prima : infographiste, graphiste, correctrices, réviseur linguistique. Un « big up » spécial pour Nicolas Whiting, qui a véritablement écouté mes désirs d'auteur.

Murielle Mi

ADA ÉDITIONS

www.ada-inc.com
info@ada-inc.com

www.facebook.com/EditionsAdA

www.twitter.com/EditionsAdA